八旗

Heart of the Eight Banners

心象

Literature, Emotion and Society of
the Banner People, 1840-1949

※

**旗人文学、
情感与社会**

1840~1949

※

刘大先　著

社会科学文献出版社

SOCIAL SCIENCES ACADEMIC PRESS (CHINA)

目　录

导　言————001

第一章　王朝的焦虑与想象的疗救————027

第一节　开眼"看"世界 / 030
第二节　大梦谁先觉：顾太清的焦虑与化解 / 046
第三节　《红楼梦》的读者：文康的幻想 / 064
第四节　官侠合治与大众趣味 / 076

第二章　新兴传媒与京旗小说群像————085

第一节　被遗忘的文学群体 / 088
第二节　传媒空间开拓与京旗小说的格局 / 097
第三节　清末民初京旗小说的风貌与特点 / 107

第三章　乱世与情感结构变迁————127

第一节　蔡友梅的浮世绘 / 132
第二节　重写义妓传奇：异邦的教育 / 151
第三节　苦情案件：舆论、法律与公共情感 / 162

第四章 怀旧意识与通俗文化改造————175

    第一节 儒丐的遗民书写 / 179

    第二节 丧失感与底层悲悯 / 223

    第三节 通俗小说的类型融合 / 235

    第四节 清以降武侠文化的变迁 / 254

第五章 文化政治与身份重塑————267

    第一节 汪笑侬与过渡时代 / 270

    第二节 观念的潜流 / 287

    第三节 病相报告：老舍的幻寓批判 / 301

    第四节 城市意象与文化象征 / 313

结 语 / 327

参考书目 / 333

后 记 / 349

导　言

·─────────────── ── ───────────────·

在一般的历史叙述和文学史断代中，1840 年被视为近代史的开端，此后 100 余年正是中国从"天下"式的王朝帝国向现代（民族）国家转型的大变革时代，历经抗御外衅、内部自强、保教保种、维新革命和反帝反殖民的民族独立与解放，直至中华人民共和国的建立。在历史行进的曲折过程中，整个国家的政治、经济、文化、思想秩序都发生了堪称天翻地覆的变化，"中西古今之争"的结果是启蒙现代性在中国的展开，并行的是价值观念的重构。"文学"的观念和叙述相应地发生了一系列形式、技法和理念的演进，进而形成今日关于文学的知识型构、美学范例与评价典律。

此段时期的中国文学，在近代文学研究和现代文学研究的学术脉络中，已经积累了丰厚的资料与研究成果。本书选择旗人文学作为研究对象，则接续并开拓了少数民族文学学科中有关满族文学研究的路径，试图在近现代文学断裂、赓续、传承、新变的既有论述中引入较少为人专门关注的旗人文学现象与文人群体，以期补苴罅漏，形成更为完整的近现代文学史图谱。笔者想要提出并且试图解决的问题是：在急剧变化的时代，旗人如何界定自己的身份，从而在变动的秩序中定位自身，融入不断发生裂变的社会之中。这个过程与怎样确立一个现代中国，以及中国人在近代以来全球秩序重组的过程中如何认识自我密切相关。因为旗人在有清一代具有统治族群的特殊性，而旗人文学的嬗变则生动地映现了近现代转型里中国多元族群分化重组的历史过程和心理过程。

自努尔哈赤在 17 世纪早期开始建立起军民一体的八旗制度，经过一个半世纪，已经让旗人与帝国之间家国一体的联系得到固化。清顺治年间开始实行旗民分治，以八旗制度统辖旗人（其内部构成又分为满洲八旗、蒙古八旗和汉军八旗，而"首崇满洲"；族裔来源则包含了满、汉、蒙古、索伦、维吾尔甚至俄罗斯等多个族群），以州县制度管理民人（主体为汉人，包含其他少数族群）。八旗制度不仅仅是帝国统治与控制的基础之一，而且同旗人的切实利益、风俗习惯、伦理人心及意识形态紧紧地联系在了一起，可谓牵一发而动全身。由于与八旗制度密切相关，旗人作为一个多族群的融合体，较少种族含义而更多职业身份的意义。"一种社会的制度构成了社会的子宫，个体就在其中成长和社会化，结果，制度的某些方面被反映在他们自己的人格之中"①，旗人与八旗制度之间彼此建构，通过征战将东北、西北、西南疆域统一，使得游牧文化与农耕文化联合，让长城南北、塞外绝域皆成"中国"，定鼎后以理学为基础，将原族群的萨满文化因素融入，形成了既归依中华文化"大一统"的主流正统，又保留制度性与族群性文化并行的特征。这一切都给旗人文学、中国文学乃至今日的中国文化留下了可供阐发的遗产。

这里涉及的"旗人"概念，常与"满洲""满人""满族"交织在一起，需要略作辨析。"满洲"早先是女真部落集团的组成部分之一，"元明时期，满洲作为女真的属部而存在和发展，直到努尔哈赤起兵反明、统一女真各部，成为新的统治者之时，恢复其古老的族号并实现民族认同的时候……原来作为努尔哈赤所部的专称的'满洲'，随着这一族体的不断扩大，从专属于某一小民族的族称成为其统治之下其他小民族的共同的称号"②。"旗人"和"满洲"以及晚清才出现的"旗族"虽有重叠，但并非同一内涵，它们都是复杂的人群联合体，二者交叉重合，却又无法等同划一，并且各自随着历史的进程而演变。③ 在清代和民国，日常和书面语

① 〔美〕彼德·布劳（Peter M. Blau）：《社会生活中的交换与权力》，孙非、张黎勤译，华夏出版社，1988，第 29 页。

② 祁美琴：《对从民族到国家历程的理论反思——兼论"满洲"的意义》，载刘凤云、董建中、刘文鹏编《清代政治与国家认同》，社会科学文献出版社，2012，第 123 页。

③ 此方面研究较多，〔美〕柯娇燕（Pamela Kyle Crossley）对此有简略但清晰的梳理，参见氏著《孤军：满人一家三代与清帝国的终结》，陈兆肆译，人民出版社，2016，第 18～23 页。晚近的研究，颇具参考价值的有定宜庄《清末民初的"满洲""旗族"和"满族"》，《清华大学学报》（哲学社会科学版）2016 年第 2 期。

中也常用"满人"指代"旗人"和"满洲"。关于"旗人"与"满族",学术界的意见人言人殊,以王锺翰为代表的学者认为二者无甚区别,李洵、李广柏等人则持不同观点。[①]"旗人""满洲""满人"与后来才确立的"满族"族称之间有着千丝万缕的传承关联,但在不同的历史语境中,需要还原到其源起语境中去看。[②]现代民族国家意义上的"满族",更多意义上是中华人民共和国成立之后,民族识别与命名的产物,它与"满洲"和"旗人"有历史书写中的延续性,但在历史叙述中将这二者用"满族"指称,却是后来历史书写中往前追溯的结果。为了避免混淆,本书所用的"旗人"(史料中的"满人"多泛指八旗属众,某些特定场合会特指"满洲旗人"),在涉及 20 世纪 30 年代东北的伪满洲(国)时会特别标注说明。

郎世宁画阿玉锡持矛荡寇图,阿玉锡原是蒙古准噶尔部小吏,归附乾隆,后在平定准噶尔部时立下赫赫战功。蒙古八旗内部也是多元的构成。

　　晚清 70 年与现代民国 30 年正是帝国中的特殊族群"旗人"向现代少数民族"满族"转化的一个世纪。这种转化从嘉庆、道光年间民人涌入原本只许旗人居住的北京内城时就已经崭露苗头[③],除了在政治、经济、体制上的直接反应之外,在文学书写中也以隐微的方式显现出来,关涉到历史时势变迁中旗人的政治身份和文化认同的嬗变,美学观念与语言技法的更新。我们可以看到,已经接受儒家理学正

① 董文成主编《清代满族文学史论》,中国文联出版社,第 15 ~ 21 页。
② 相关讨论,参见定宜庄《清末民初的"满洲""旗族"和"满族"》,《清华大学学报》(哲学社会科学版)2016 年第 2 期。
③ 刘小萌:《清代北京旗人社会》,中国社会科学出版社,2008,第 266 页。

统意识形态的旗人如何一步一步从帝国王朝认同与文化民族的子民，转化成现代政治国家中多民族的一分子。伴随着这个过程，旗人文学所表征的世界认知、社会情绪、文化心态和个体情感，形成了一种我称之为"心象"的心灵塑像和美学形象。

所谓心象，在心理学上指头脑中浮现出的知觉形象或者组织样式，这里用来指称作家在现实物象的感觉和体验基础上，在文本中有意识或无意识地创造出的艺术形象。从中国传统儒家与道家传统来看，"象"是一种世界观和认识论，"妙能参透万象而得其势用"[①]：贞观万物，去迹存象，"立象以尽意"，进而渗入艺术创造，"以宇宙人神的具体为对象，赏玩它的色相、秩序、节奏、和谐，借以窥见自我的最深心灵的反映；化实景而为虚境，创形象以为象征"[②]，形成超以象外、得其环中的艺术境界。这种中国古典意象与意境的美学观念构成了一种"抒情传统"，"不仅标示一种文类风格而已，更指向一组政教论述，知识方法，感官符号、生存情境的编码形式"[③]，延及近代大历史转折中"落伍"或被贬抑的旗人个体那里，成为一种在启蒙、革命之外具有本土意味的表述方式。"心象"的另一条理论来路，是戏剧家和翻译家焦菊隐（1905～1975）曾经以导演实践为基础发展出的以"心象说"为核心的表演理论。作为融合斯坦尼斯拉夫斯基体验派理论、哥格兰表现派理论和中国传统戏曲表演理论和艺术理论的产物，"心象说"纠正了20世纪50年代初空讲体验所造成的偏颇，不仅为中国演员提供了一个切实可行的创造角色的方法，而且在若干环节上发展了斯氏体系。[④] 在焦菊隐那里，"心象"有时候与"意象"相通用[⑤]，主要指演员结合剧本形成的心理上的想象性形象。这种想象性形象类似于郑燮所说的"胸中之竹"："江馆清秋，晨起看竹，烟光日影露气，皆浮动于疏枝密叶之间。胸中勃勃遂有画意。其实胸中有竹，并不是眼中之竹也。因而磨墨展纸，落笔倏作变相，手中之竹又不是胸中之竹也。总之，意在

① 方东美：《生命情调与美感》，见氏著《生生之美》，北京大学出版社，2009，第204页。
② 宗白华：《中国艺术意境之诞生》，见氏著《美学与意境》，人民出版社，1987，第210页。
③ 王德威：《抒情传统与中国现代性：在北大的八堂课》，生活·读书·新知三联书店，2010，第5页。
④ 邹红《焦菊隐"心象说"所涉及的几个理论问题》《焦菊隐"心象说"与斯式体系及戏曲关系问题》等文有详细论述，参见邹红《作家·导演·评论：多维视野中的北京人艺研究》，文化艺术出版社，2008，第129～159页。
⑤ 焦菊隐：《导演的艺术创造》，见北京人民艺术剧院博物馆编《焦菊隐文集》，文化艺术出版社，2005，第218页。

笔先者，定则也；趣在法外者，化机也。"① 无论是焦菊隐的话剧"心象"，还是郑板桥画论的"胸中之竹"，他们更多是着眼在艺术创作的构思或体验阶段，实际上就是"美感过程中经由知觉、想象活动，不断激发主体情意而构成的心理表象"，"无关功利而普遍令人动情，无关概念而指向认识"② 的审美意象。

　　本书所说的"心象"在吸收前述理论的基础上，更多用于指创作完成后的作品以及这种作品所流露出的心态、情绪与精神状态，具有美学形象与社会心理隐喻的双重含义。毫无疑问，在近现代转型之中，"心象"不仅仅是心理表征，更是社会表征和政治行为，它具体化到旗人文学中从旗人生计到满汉关系、从文化氛围到价值观念、从"排满"浪潮到身份凸显、从遗民情绪到爱国激情的书写当中。旗人文学显示出日趋改变的意识观念与情感结构，并且通过"心象"的主观方式参与到文化实践当中，与外部社会、政治、体制和文化的整体结构变迁形成既有同构又有辩证的互动，显示出文学在历史中的能动力量。这种力量看似细若微尘，却又绵延不绝，对于确证旗人自我身份乃至整个中国在变化了的世界局势中的国家认同有着令人无法忽视的认知功能。

——————————　二　——————————

　　按照满族文学资深研究者关纪新的归纳，19 世纪以后，"满族由一个尚武民族向文化民族过渡，至嘉、道年代格局概定……家族性写作的情形也大为增加。像铁保和他的夫人莹川、他的弟弟玉保，奕绘和他的两位夫人太素、太清，英和与他的父亲德保、儿子奎照，麟庆及其家族"③，成为清代文学中现象式的文化景观。从"尚武"到"重文"的群体性趋向，不啻是"民族精神"的一大转变。但是这个"文"显然不是单向度的满族文化，而是接受汉文化正统后的新产物，从文学上来说，不仅意味着汉文的广为采用，也是对附着在汉文表述背后的一系列美学与价值观念的悦纳。这种带有集体无意识色彩的文化演变在乾隆盛世时就让统治者感到了族群特质失落的威胁，因而乾隆晚年的一系列文化工程，如《满洲

---

① 郑燮：《郑板桥集・题画・竹》，载周积寅编著《中国画论辑要》，江苏美术出版社，1985，第76～77页。
② 汪裕雄：《审美意象学》，辽宁教育出版社，1993，第25页。
③ 关纪新：《满族书面文学流变》，中国社会科学出版社，2015，第183页。

源流考》①《钦定八旗通志》②，一方面是文治武功的煊赫展示，另一方面也是为了强化建构旗人与满洲文化认同，而之所以要强调满洲认同，恰恰是缘自"满洲特性"的弱化。这种意识形态的努力起到了部分作用，但就文学而言，儒家诗文正统已然成为主流，词曲小说也基本从属于宋元而下的汉文学传统，体现在旗人精英的书面文学那里，"满洲特性"只是作为亚文化进入到主流文化之中。反倒在八旗下层官兵那里兴起的子弟书、八角鼓等曲艺样式可能更多包含了旗人文化的特质。两者结合，形成了一种闲适轻逸、精致娱乐、具有族群性意味的旗人文学特征。

此种族群性不仅仅为旗人所专有，而是整个主流满汉文化精英层面共享的诗文风流大传统。这种积淀在文化记忆深处的传统是如此悠久与深厚，以至于在遭逢外来冲击时仍然顽强地表现出因循已久的惯性。但是到19世纪中叶之后，由于遭逢近代西方文化的冲击、"银贵钱贱"的财政危机、两次鸦片战争的受挫以及平定太平天国起义所形成的满汉权力转移，中国的整体文化语法发生变化，敏感的士人对于既有传统开始反思，文学也随之产生革新的倡议。彼时儒家理学作为主导性意识形态尽管摇摇欲坠，但依然维持着表面的崇高地位，只是这种官方话语正在日益失去效力。由地理位置换到权重位移，身份危机显然已经侵蚀渐至印刻到旗人的心灵之中，出于一种怖惧熏灼而又竭力想要把握住可以攀附之物的纠结心理，"同治中兴"（1862～1874）前后，旗人群体基本上回返沉浸在帝国再次复兴的迷梦之中。此际的旗人文学以费莫文康《儿女英雄传》和顾太清的《天游阁集》与《红楼梦影》为著，可以看到那种在时代大势中的焦灼和通过文学弥补修复内心危机感的努力。而最初有机会亲身体验域外经历的下层官员斌椿，在其日记《乘槎笔记》和诗集《海国胜游草》《天外归帆草》中还不曾觉察世界大势质变的到来，或者说略有体会却无力应对，更有可能是他被异域的陌生性所震骇而产生了文化休克，只能回归到传统的思路之中，反映在其叙述和抒情的方式之中，有一种胡志德所谓的"将世界带回家"③的归化色彩，这是在西方文化强势入侵的语境中意图保留古老美学方式的无意识心理。

---

① 乾隆四十二年敕撰，阿桂、于敏中、和珅、王杰、董诰等纂修。
② 乾隆五十一年敕撰，纪昀等修，嘉庆年间成书，共365卷。
③ Theodore Huters, *Bringing The World Home: Appropriating the West in Late Qing and Early Republican China*（University of Hawaii Press, 2005）.

与铁保时代的盛世不同，晚清到民国的旗人面临着诸多方面的挑战和影响，从经济地位的下降到西方观念的摄入，都不得不进行应对，进而产生怀旧与变革的不同取径。旗人生计作为一直以来困扰着整个清代的潜在问题，于晚清之际日益凸显出来。①旗人内部开始分化，少数旗人仕途发达，凭借权势积累了大量财富；而多数旗人则丧失或部分丧失了原有的经济来源，旗丁无力养家，以至负债累累，甚或出现了隐瞒身份冒充民人卖身为奴的事件。康熙、雍正、乾隆、嘉庆四朝都曾考虑从长远的角度解决八旗生计问题，实行过沿边驻防、井田、屯庄、垦殖等办法，然而最终都以失败告终。②经济上的窘迫直接影响到精神面貌，在一个外来者的眼光中，晚清的旗人"经过四个世纪悠闲懒散的生活，他们已经失去了蛮勇气概，失去了激励他们横扫中原的冒险精神，失去了使他们的冒险行动得以成功的大胆、刚毅和使用武器的技能。即使他们已经丧失了其蛮族祖先的尚武天性，但仍然保留着祖先的骄傲、无知、残酷和迷信。满洲人已经失去了天性中的自由与淳朴，并把那些恶劣的品质都施加在汉人身上"③。这种刻板印象后来还出现在一系列旗籍出身作家的文学描写与自我反思之中④，成为一个经久不衰的文学母题。

同时，虽然八旗特权和政府偏袒旗人的情形直至洋务运动时也未有改观，但

---

① 清军入关以来，旗人从奴隶制式的渔猎经济转变为以农耕经济为主，包含游牧等多种形态的生产与生活方式，这种剧烈变化必然带来一定程度的不适应。清政府把八旗兵丁视为"国之根本"，只准他们以"骑射为业"，不准从事其他任何行业的生产劳作。这种征战思维用于守成时代就显得胶柱鼓瑟，当国家财力允许时，"恩养"这些旗人尚能勉强维持；而在国家财力有限、旗人人口不断增加、旗地变卖租赁严重、八旗官兵腐败日甚的情况下，八旗生计就越来越成为清朝统治者一个最为棘手的问题。为了解决这一问题，在八旗官员任职方面，清政府划定固定的满缺，为旗人入仕任职创造更多的条件；无论官俸还是粮饷，满洲八旗都远远超过蒙古八旗、汉军八旗；清廷还在北京周围500里之内强行圈占民地，在八旗内部按等级分配，在京畿地区建立数量众多的旗人田庄，以其收获养活旗人。
② 李乔：《八旗生计问题述略》，《历史档案》1985年第1期；李尚英：《论"八旗生计"问题产生的原因及其后果》，《中国社会科学院研究生院学报》1986年第6期；韦庆远：《论"八旗生计"》，《社会科学辑刊》1990年第5期；韦庆远：《论"八旗生计"（续）》，《社会科学辑刊》1990年第6期；贾艳丽：《清末旗人军事改革与八旗生计》，《满族研究》2009年第3期；魏影：《清代八旗生计问题探析》，《哈尔滨工业大学学报》（社会科学版）2011年第2期。
③ 《英国驻华公使馆武官布朗上校有关满洲的笔记》，陈春华等译，载《清史译丛》第5辑，中国人民大学出版社，2006，第183页。
④ "风俗人心之坏，就全地球而论，莫胜于中国。就中国而论，莫胜于北京。就北京而论，又莫胜于旗人。"皆窳：《旗人劝旗人》，《京话日报》1905年第188号，"演说"。

在鸦片战争和太平天国起义之后，伴随着地方对中央的疏离，满汉在整个制度体系中的轻重关系发生了明显的逆转。嘉、道、咸、同年间接踵而来的外来挑战，应接不暇。同治朝大部分或者可以说全部时间国家的朝政都掌控在慈禧太后手中，借助曾国藩、左宗棠、李鸿章等汉人重臣，勉强出现中兴局面。满人有识之士，对八旗的颓势忧心忡忡。光绪八年（1882），原内阁学士、礼部侍郎爱新觉罗氏宗室宝廷（1840～1890）就曾上疏曰："近年八旗文风未见，大逊于前。何以消乏如此？推原其故：一由于官学废弛，教育无法。虽不乏读书应试之人，而专攻举业，所学非所用。一由于开捐以来，进身太易。捐一笔帖式，谋入档房。但能奔走攀援，虽目仅识丁，不十年即可富贵。纵有聪明可造之才，沾染陋习，亦渐于轻浮卑佞。"[1]宝廷的忧虑在于感受到了政府腐败所带来的八旗文化的衰落。西方世界于此之际已经将其器物与观念带入中华帝国的固有历史进程——欧洲资本主义与工业革命结合之后，民族国家将自身的政治模式通过经济与战争的方式向世界其他地方推广和输入，"漫长的十九世纪"（从1789年法国大革命到1914年第一次世界大战爆发）充斥着革命、资本和帝国的冲突[2]，其时间段几乎与清帝国盛世的结束与帝制的终结同步。在这个全球历史进程中，清帝国左冲右突旗人的身份感觉面临前所未有的外来冲击和自我质疑。即便是对时局深有感触的宝廷，其诗作中仍然没有出现真正意义上的文学观念变化。

真正的变化来自自下而上的边缘和民间：从精英思想来说，经今文学和洋务运动兴起，西方文化通过译书局、传教士、留学生、报刊等新兴媒体日益传入，逐渐颠覆和重构了整个中国的思想与文化状况，少数有着丰富经验的诗人如黄遵宪，将新兴的器物与词语带入文学表达之中；就普通民众而言，民间曲艺、说部、戏曲等原先在文学等级中处于较低位置的体裁类别地位提升，而审美趣味也从雅正蕴藉下沉为畅达通俗。从咸丰、同治年间开始，"陷入人生桎梏的八旗子弟们，不可能永远坐拥往日共创新政时刻的风发憧憬与热衷追求，在越来越多远离硝烟、令人迷蒙的岁月里，黯淡无光的人生成了苦苦盘剥他们的世袭宿命。为外界不易想象的恰是，本应枕戈待旦、代代强势的旗族子弟，由此而渐渐走上了一条以市井下层文化情趣排遣光阴的路，他们放逐了前世的宏远人生鹄的，远离

① 宝廷：《请整顿八旗人才疏》，载邵之棠辑《皇朝经世文统编》卷三十四"内政部"。
② 〔英〕艾瑞克·霍布斯鲍姆：《帝国的年代：1875～1914》，贾士蘅译，中信出版社，2014。

成本功利地，向着一切可以发散自我精力的泛艺术方向，漫漶铺张，导致了民族大部分成员的情绪低迷和精力废弛"[1]。新兴传媒的拓展与旗人生存语境的困扰，带来了娱乐通俗文学的兴盛。《三侠五义》之类的话本说书，就是在这种背景下诞生的口头大众文学形式，与渐趋清通晓畅的书面表述一起构成了旗人文学的主体生态，而两者最终在 20 世纪之后融合为一种雅俗共赏的风格。

三

晚清旗人感受到"惘惘的威胁"的原因，西方文化倒在其次，更多来自汉人在清政府体制内权力的上升，以及受西方观念影响而形成的体制外的不满。如同朱维铮指出的，清帝国的政治体制是以一个少数民族压迫多数民族为表征的，与中国历史上其他少数民族建立的政权不同，清政府始终实行旨在守护统治民族特权的政策。随着统治民族的寄生化，清帝国不得不在严分满汉的同时，实行满汉共治，并被迫把共治权从文官制度逐步扩大到军事组织。出于被同化的恐惧，旗人君主贵族在意识形态上始终坚持双重准则：一方面以汉制汉，一再由皇帝出面对朱熹学说重作解释，以此当成汉人上层进入各级政府的首要条件；另一方面固守本族群的萨满信仰，并抬举在边疆少数民族中流行的喇嘛教，以扩大与汉文化颉颃的基础。于是，在帝国整个存在时期的民族关系上，便出现种种矛盾现象，在上的满洲君主独裁与在下的汉人文官横行并存，在内地的旗人形成被汉人割裂的各个据点与在边疆的少数民族保持与汉文化差距相映，在中央政府形成继续严分满汉的权力结构与各级地方政府愈来愈受汉人管理控制的奇特反差。[2] 但无论在边疆控制、民族治理还是在军事建制、官方学说上，清帝国都存在着没有完全政治一体化的罅隙，在开疆拓土时它可能会被压倒一切的军事所掩盖，在承平时日也尚能掩藏在经济迅速发展的繁荣之中，而一旦遭遇外来侵略和内部离心力的双重冲击，就很难维持原本就暗流涌动的政治统治结构。如果说两次鸦片战争乃至 1884～1885 年中法战争的失败还没有在心理层面击垮抱有改革愿望的上层精

[1]　关纪新：《满族书面文学流变》，中国社会科学出版社，2015，第 223 页。
[2]　朱维铮：《清末的民族主义》，载李世涛主编《知识分子立场：民族主义与转型期中国的命运》，时代文艺出版社，2000，第 196 页。

英，那么到了 1894 年的甲午战争，可谓给士人整体以沉重打击。那种被原先藩属国打败的创伤感，导致有识者认识到在原有意识形态基础上的修补已经全然失效。他们在一系列挫败中意识到西方人在坚船利炮之外，一定更为深刻的东西决定了根本性的成败，因而维新派和革命党人并起。短命的百日维新，更是暴露出清廷的无法合作，清政府在统治阶级内部也发生了断裂，汉民族主义正是在外部侵略和内部衰败之间兴起，甚至影响到部分旗人精英。

标志性的事件是 1900 年（庚子年）义和团运动兴起，6 月 21 日，清室以光绪帝的名义，向英、美、法、德、俄、奥匈、日、意、西班牙、荷兰、比利时十一国同时宣战。英国深恐战争波及所属势力范围的长江流域，便策动两江总督刘坤一、湖广总督张之洞等与列强合作，经买办官僚盛宣怀从中牵线策划，由上海道余联沅出面，与各国驻沪领事商定《东南保护约款》和《保护上海城厢内外章程》，规定上海租界归各国共同保护，长江及苏杭内地均归各省督抚保护，这是"奇怪战争中的局部和平"，即所谓东南互保。[①] 东南互保在事实层面证明了中央政府的权威丧失，疆吏甚至开始公然无视中央指令，并且不仅汉员如此，满员也有参与。正因为东南互保，义和团没有成为一个全国性的民众运动，却也向国内外显示了中国政治的分裂与离心趋势——君主无力辖制地方实权派，其作为道统与正统的表率与象征也岌岌可危。庚子国变中八国联兵、群虎搏羊的结果是京城危在旦夕，慈禧太后也陷入乘舆播迁的命运。1901 年 1 月 29 日流亡中的慈禧在西安以光绪帝名义发布丁未谕旨谓："中国之弱在于习气太深，文法太密，庸俗之吏多，豪杰之士少。文法者，庸人借为藏身之固，而胥吏恃为牟利之符。公私以文牍相往来，而毫无实际。人才以资格相限制，而日见消磨。误国家者在一私字，祸天下者在一例字。晚近之学西法者，语言文字、制造器械而已。此西艺之皮毛，而非西学之本源也。居上宽，临下简，言必信，行必果，服往圣之遗训，即西人富强之始基。中国不此之务，徒学其一言一话、一技一能，而佐以瞻徇情面、肥利身家之积习。舍其本源而不学，学其皮毛而又不精，天下安得富强耶？"[②] 这是在无奈情境中重拾三年前被废弃的维新变法主张，开启了此后五年"清末新政"的先声。

---

① 马勇：《从戊戌维新到义和团：1895-1900》，江苏人民出版社，2005，第 468 ~ 478 页。

② 朱寿朋编《光绪朝东华录》第四册，张静庐等校点，中华书局，1984，第 4601 ~ 4602 页。

　　在从下到上追求富国强兵的倒逼之声中，可以发现，与实际政治、经济、军事局势并行的是"富强"与"进化"作为外来观念在本土的生根。"自中国人从观念上接受了富强，并在外力逼视下力图富强之日起，国家思想其实已在日积日重之中入人之心，并生发出种种与之枝干相连的大观念和小观念。这个过程使旧日的夷夏之辨在蜕变中一节一节升华为民族主义；使熟知已久的家族观念、地方观念在自觉和不自觉中一步一步地为国家至上让出了空间；使原本散漫的个体一代比一代更切近地为文字所生成并由文字作鼓荡的国民意识所染化。而后是'与吾人夙不相习'的'国家主义'在节节苗生中化为一种富有感召力和神圣性的东西，在随后而来的 20 世纪的艰难困苦和颠沛曲折里以此凝聚和支撑了中国人。"①而天演"进化"被视为公理之后，整体性的思维方式也就发生了变化。严复（1854～1921）在翻译《天演论》时设立了"内籀"——"察其曲而知其全者，执其微以会其通者"与"外籀"——"据公理以断众事者，设定数以逆未然者"两种方法②：既然有了普世性的"公理"，那么就可以用它裁断特殊性的事物；有了规律性的"定数"，那么未来也是可以通过推理预知的。这样，关于民族与国家将来的乌托邦规划，就呼之欲出了。这种现象与规律、空间与时间观念的双重刷新，可以解释绝大多数先进的士人或者说知识分子为何决定摆脱帝制、重铸旧邦、寻求立宪、再造中华。旗人中的很多敏感分子也加入这个队列中来，一方面是外在形势所逼，另一方面也是情感与心理上的默然转型，这是"新旧之交"的一大转折。

　　在革命与排满的民族主义舆论氛围之中，作为集权的最后努力，清廷推行预备立宪，主要涉及：一是行政改革，包括司法改革、教育改革，其核心是官制改革；二是设立议会；三是实行地方自治③，其中满汉关系是一个重要方面。预备立宪时期官绅奏议化除满汉畛域缘由大致有四：一是针对"排满"革命，认为如果消除畛域，就可以抵制革命党以满汉问题为借口的革命；二是防止外患有机可乘；三是宪政的要求；四是满汉权利确实存在不公现象。而具体措施包括裁驻防，改旗籍，筹八旗生计，不分满汉官缺，法律同一，礼制同一，推行满汉通婚、姓名

① 杨国强：《衰世与西法：晚清中国的旧邦新命和社会脱榫》，中华书局，2014，第 343 页。
② 王栻主编《严复集》第五册，中华书局，1986，第 1319～1320 页。
③ 张海鹏、李细珠：《中国近代通史·第五卷·新政、立宪与辛亥革命（1901–1912）》，江苏人民出版社，2005，第 16～40 页。

并列等。①如同某举人上条陈中所言："今朝廷但求宪政成立，则教育整顿、学术一致；奖励持平，黜陟一致；议院渐设，权利一致；法律改良，刑罚一致；服饰仪节，悉定划一，章程设立，则礼俗一致。统贵族、华族、士族、民族，咸受治于宪法范围之中，则于满人不见为独优，即于汉人不见为独黜，界限之说，不言自破，乱党虽欲蛊惑，亦无从藉口，此善法之至善者也。"②但这些不过是一厢情愿之幻想，而清廷也无意实行真正意义上的议会民主，这种平满汉畛域举措事实上效果不大，在排满革命的浪潮之中更显孱弱无力。瓜尔佳氏震钧（汉名唐晏，1857～1920）在笔记中就说过："八旗人才，国初最盛，乾嘉而后已少逊矣，今尤寥寥。"③人才匮乏是一方面，另一方面在旗人内部也产生了叛逆，如正黄旗的汪笑侬（1858～1918）、正红旗的英敛之（1867～1926）这样的旗人子弟已经接受了革命派的理论，转而开始抨击他们祖辈一直以来勉力拱佐、赖以生存的清朝廷。英敛之 1898 年前后受康有为、梁启超变法思想影响，在澳门《知新报》上发表同情戊戌维新变法的文章。④汪笑侬在谭嗣同就义后编写上演的京剧《党人碑》《辛丑条约》签订后创作演出的京剧《哭祖庙》，均是借古讽今，鞭挞时局。如同后来有研究者所说："辛亥革命以清朝专制统治为革命对象，以'排满革命'为号召，一般满人心怀畏惧。但在辛亥革命中，参加革命的满人很多，帮助过革命者的旗人也为数不少。当然，旗人对以'排满'为口号的革命的支持一是由于清廷的腐败与专制已为进步人士所愤恨，二是由于革命党人后来对于'排满'的正确解释，还有各种亲情及友情的错综复杂，但这种影响的大小，他们的内心世界何如，犹豫与矛盾如何交织等很耐人寻味。"⑤那种微妙的心理，正史不存，倒是可以从其"心象"——他们的文学作品中得窥一二。

---

① 李细珠：《预备立宪时期的平满汉畛域思想与满汉政策的新变化——以光绪三十三年之满汉问题奏议为中心的探讨》，载中国社会科学院近代史研究所政治史研究室编《清代满汉关系研究》，社会科学文献出版社，2011，第 474～481 页。

② 《举人李蔚然条陈除满汉界限之策以立宪为至善之法呈》，载故宫博物院明清档案部编《清末筹备立宪档案史料》下册，中华书局，1979，第 953 页。

③ 震钧：《天咫偶闻》，北京古籍出版社，1982，第 113 页。

④ 英敛之在 1899 年初的日记中还记述二月十六日晚读何沃生、胡翼南的新政论议，"服其立言明白晓畅，说理深透切中，直欲向书九叩，不止望空三拜也。其新政始基，尤觉为中国之顶门针、对症药"。方豪编录《英敛之先生日记遗稿》，文海出版社，1974，第 19 页。

⑤ 贾艳丽：《辛亥革命中的满汉关系》，见中国社会科学院近代史研究所政治史研究室编《清代满汉关系研究》，社会科学文献出版社，2011，第 534 页。

正如杨国强所总结的："六十年中西交冲和节节变迁之后，作为一场改革的清末新政在十年里牵汇万端，所曾达到的深度和广度都是前所未有的。西人述中国史，称之为晚清七十年里最有活力的时代。然而除旧布新又是一种搅动和震动，变法的深度和广度，同时又成为搅动的深度和广度。这个过程改变了官制，改变了地方社会，改变了朝廷与疆吏的关系，改变了读书人与君权的关系，改变了绅士与国家权力的关系，改变了财政，改变了兵制，改变了人的命运，改变了人的观念，改变了人的归属。"[1] 所谓"改变了人的归属"实是指辛亥革命以来的现代革命包含的双重主题：建国和新民，这将民国的建立与此前的王朝递嬗区别开来："'革命'这个古典政治中原本的循环往复之匡正的古意，在这场古今之变的大变局中，就发生了根本性的变化，即它不再是王朝循环往复的一种匡正机制，不再是王道推翻霸道的一种正当性手段，而是超越了王朝政治的历史循环论和古典政治的王霸革命论，将现代政治奠基于人民主权之上。也就是说，这个现代政治是一个人民的共和国，中国人民成为这个国家的主人，所谓革命，不是革除一家一姓的帝王之命，不是革除满清异族之命，而是对于传统王朝政治的政权制度本身予以革除，所导致的乃是与古典政治完全不同的现代政治的兴起，是一个现代新中国的兴起。"[2] 它不仅是王朝交迭的常态，更是社会结构涣散的变态，对于旗人是天翻地覆式的冲击。对于旗人而言，如何由统治的特权民族转化为"人民"中的组成部分的归属感，改变尤为艰难。承续了 19 世纪中叶后的地方势力分化，辛亥革命中的一部分人想象中的理念带有共和革命烙印，即地方脱离帝国中央控制，然后组成联合政府国家。但这种设想无力应对现实中没有联合意愿的蒙藏分离主义势力，民国政府之所以能够在法理上实现对清朝疆域的继承，离不开清皇室、南方革命派与北洋军阀集团的"大妥协"。[3] 通过《清帝逊位诏书》的颁布，从法理上限制了以"效忠大清不效忠中国"的边疆分离主义空间，同时，从"排满革命"到"五族共和"，革命派的理论导向也在自我修正，主观上和政治上赋予了旗人以"人民"的合法性。但由于民族主义情绪既起，而汉人长久积蓄的历史怨恨一时难泯，在大众意识层面，旗人及其文化在客观上需要很长时间才能摆

[1]　杨国强：《衰世与西法：晚清中国的旧邦新命和社会脱榫》，中华书局，2014，第 444 页。
[2]　高全喜：《立宪时刻：论〈清帝逊位诏书〉》，广西师范大学出版社，2011，第 150 页。
[3]　章永乐：《旧邦新造：1911-1917》，北京大学出版社，2011，第 49～81 页。

脱由于邹容、陈去病、章太炎等革命派的"排满"宣传所塑造的"八旗子弟"腐化败落的刻板印象,这也是随后清末民初旗人作家们所着力书写的主题。

------------------------------ 四 ------------------------------

辛亥革命前后旗人形象的污名化与现实惨境,折射在蔡友梅、儒丐、老舍、王度庐的小说之中。[①]此际正如鲁迅所谓"无论是专制,是共和,是什么什么,招牌虽换,货色照旧"[②],无论内政外交,还是立法行政司法均处于淆乱之境,用当时观察者的话来说:"清廷之于内务,徒骛其名,而实则颠倒错乱,条理不分,是非不核。官吏方以敷衍为能事,国民亦惟放弃为自由。如警察也,则官长辄躬自违法,而市民尤蔑视警章;如户口调查也,则主事者既以畏难求速了,而乡居者更因迷误生乱阶;如行政区划也,则操纵迁除者意存肥瘠,把持地方者争议城乡;如卫生、救灾、慈善事业等也,则捐输报效之说,因缘以为利,迷信欺诈之弊,纠葛而难穷;如禁烟赌也,则作法者多自蹈,奉令者务面从;其他满蒙藏事务,名实相违,上下相蔽,莫不皆然。要之专制之朝,官民之诏令而罔知法意,其无法治,可断言也。……民国刷新,公权普及,凡百政务,不惟其名惟其实,内务整理,组成完备之国家,与夫优美之社会,即为万国观听所系,是得为中华大共和国与否,在吾中华国民自为之耳。茕茕恤恤,徒求承认于外交之空文也,不亦惑乎!"[③]绝地天通般的社会结构重组并没有给普通民众生活带来实际改观,原先旗人还具有一定的象征性地位,如今则一落千丈,除了少数上层贵族保留了较高的社会身份,绝大部分下层旗人潦倒无计,其中的部分文化人或者走向戏园,或者充任小公职,有的就利用自身的特长进入新兴媒介办报鬻文为生。

从个人的角度来看,一方面,清末民初的"旗族"报人往往著文都为稻粱谋,少有专门从事文学创作的,也没有像梁启超之类维新派、革命派的那些明确的诗歌与小说主张。因而,他们尽管也会在报纸上开设"社会小说"等名目,但是当时广被提倡的政治小说、科幻小说、侦探小说很少,而多为"社会""武侠""警

---

① 张菊玲:《"驱逐鞑虏"之后——谈谈民国文坛三大满族小说家》,《中国现代文学研究丛刊》2009年第1期。

② 鲁迅:《两地书·八》,《鲁迅全集》第十一卷,人民文学出版社,2005,第470页。

③ 杜亚泉等:《辛亥前十年中国政治通览》,周月峰整理,中华书局,2012,第92~93页。

世"等以猎奇性和娱乐性为主的类型。不过，大的时代语境中报刊媒介的发展、言论空间的开拓、雅俗之间的互融、启蒙思潮的扩散，以及新的文学观念、小说观念对他们或多或少有潜移默化的影响，尤其是翻译小说。当然，就个体来说，文学观念和文学实践的区别很大，比如留学日本归来的儒丐就对欧洲和日本文学比较熟悉，而其他更多的旗人作家就并没有这样的视野，很大一部分不过是随波逐流。在辛亥以后整个社会语境中排满的氛围下，旗人的出身造成许多人囿于生存窘迫，难以在精神与思想上有所创新。另一方面，传统观念的影响太深，今昔对比造成的失落感使得普通旗人对于旧朝的认同感无法遽然抹去，对混乱黑暗的现实又无能为力。种种情感交织起来，往往使他们在怀旧缅怀中愤世嫉俗，有道德严厉化的倾向。

　　清末民初旗人报刊作家的出现显示了近现代文学两个方面的巨大变化：一是职业作家的出现，逐渐使得文学成为一种独立的事业，而不仅仅是个体抒发情志、遣兴娱乐的业余项目。这当然与新的大众媒介发展的普遍情形有关，具体到旗人群体中更与因没有其他生活生产技能所带来的现实境况有关；二是也正因为文学逐渐成为事业，以及启蒙新民等观念的引入，使得文学获得了公共性，尤以小说为最，成为参与社会文化建设的一种能动性力量。彼时的旗人作家在写作上往往有个共同的特点，就是在涉及现实题材时总是采取自然主义的方式展现与暴露，这是因报刊文体限制而形成的特征。剑胆的《王来保》就形近于一个新闻案件的深度报道，事故情由在开篇就已经完全说明，主体部分主要就是将情节梗概充实血肉而已，就好像新闻报道的倒金字塔结构，务使读者先行了解事件的概况，然后再加以敷陈漫衍。王来保最后并没有沉冤得雪讨回自己应得的钱财，这也是如实记载。作者在行文中的实录意识是明显的，也充分表明这些作者对于新闻自由和耳目喉舌公器的自识——它无力解决矛盾，但是至少做到了秉笔直书。小说中的一段话也表明，当时此类作为大众传媒的报纸在社会中所起的作用：

　　　　那人把报举起来说道："这叫《京话日报》，北京首创第一家。主任彭老先生，对于社会人民身上，很受了诺大的痛苦，因为爱护人民，得罪了官场。当前清时，因事封了报馆的门，把彭老先生，发往新疆。共和告成，才将他老先生赎回。本不愿再入报界，因见人民的困苦，比前更加了倍，遂又把《京话日报》二次复活，三次复活，一直到了如今。论中国十八省的报纸，大小不下好几百家，我敢推尊《京话日报》谁也不能比他。这话怎么说呢？别的报纸，不是给人作了机关，要不就是指着他赚钱，纯乎成了营业性质，至于民间苦困，全都没人去管。彭老先生，特在报上，辟出一个门类，名为介绍慈善。凡是孤苦无告的人，给他馆里投上一封信，或是求钱，或是求事，或是有什么大冤枉，他那儿都管给宣布出来，刊资分文不取。请问大家，北京这么些个报纸，谁有像彭老先生这样热心？"①

剑胆当时在《京话日报》②供职，他在小说《文字狱》中也说过类似的话：

报上的小说，本是一件附属品，原为引人入胜，好请那不爱看报的主儿，借着看小说，叫他知道些国家大事、社会情形。当年本报主任彭翼仲，苦心孤诣，借此开通人民的知识，收工不小。所登《侦探记》《猪仔记》最有趣味（《猪仔记》小说一出，即受外国公使干涉。彭与英使萨道义，直接辩驳，冲突数次，英使无言，引为知己）。后出各报，模仿此意，瑕瑜互见，然已失当日之本旨矣。迨至如今，几成一种惯例，彷佛没有小说，就不成为白话报，并于销路上，亦颇生窒碍。此种情形，初非彭君意料所及，只得于小说中选择体格，力矫流弊而已。看来虽系一种闲文，或述古，或论今，必使读者多少得些益处，方不负诸君欢迎本报之雅意。③

文中的"彭老先生"彭翼仲是著名报人，他 1904 年创办的《京话日报》在 1906 年 9 月 28 日因连续报道南昌教案事件真相被查封，本人也被流放新疆 10 年。1913 年 7 月在彭翼仲回京主持《京话日报》复刊后，也只发行了 22 天就又在"癸丑报灾"中再度被查封。1913 年 11 月 1 日，第三次出版，此后接续出版了 10 年

---

① 剑胆：《王来保》，原载《京话日报》，于润琦主编《清末民初小说书系·社会卷下》，程敏、杨之锋点校，中国文联出版公司，1997，第 946 页。

② "京话日报设于正阳门外五道庙，社长彭翼仲，编辑吴子箴、文啙窳、春治先，连载白话，以开发民智为宗旨，每日一张，以讲孟子最博好评。"管翼贤纂辑《新闻学集成》第六册，中华新闻学院，1943，第 283 页。

③ 剑胆：《文字狱》，原载《京话日报》，于润琦主编《清末民初小说书系·社会卷下》，程敏、杨之锋点校，中国文联出版公司，1997，第 900 页。

左右。① 除了《京话日报》，他还创办过《启蒙画报》（1902 年）② 和《中华报》（1904年）。从《文字狱》中的表述可以略微见出其办报"开民智"的初衷，而小说这种"附属品"也正是在"开通人民"的意愿中逐渐甩脱"羽翼经史"的卑微，而成为一种议论时政、改造人心的利器。另外一位影响力较大的旗人作家蔡友梅也曾给《京话日报》撰过稿，还担任过《公益报》（1905 年创办）编辑和《进化报》（1907 年创办）社长。这些报纸或言论时事，或关注旗民生计，或普及教育，多数站在平民知识分子的角度看待时事。

彭翼仲像

　　用精英文学的标准来看，这些旗籍报人作家的作品缺乏超越性和较为深远的关怀，他们采时事入小说，就现实谈问题，推行略显迂腐的道德教化，是普遍的现象。铺排纪实，绘影绘形，展现市井风情是彼时旗人小说给人最直观的印象。他们普遍采用吴沃尧、李宝嘉那种"目睹怪现状""官场现形记"的"串珠式"写法，通过观察者游历的眼光扫描了辛亥革命到二次革命前后群魔乱舞的社会丑态。这

---

① 关于彭翼仲回京复刊及《京话日报》被查封事，参见彭望苏《北京报界先声：20 世纪之初的彭翼仲与〈京话日报〉》，商务印书馆，2013，第 42～48 页。

② "有彭怡孙氏出刊启蒙画报于五道庙，氏字翼仲，性豪爽，不畏强劲，愤国势之衰退，毅然辞官，创办画报。氏自任撰述，聘名画家刘炳堂绘图。此等刊物，概以社会教育为目的，于失学之人及妇孺受益匪浅。该画报首列浅白论文，次列故事及浅近科学。彼时有志士二人，一为醉郭，一名巨云章，每日持报沿街叫卖，并在人多处讲解，以故闾阎之中，行销甚广，而醉郭、巨云章之名亦深印于市民脑中矣。风气既开，有志者纷起创立报馆。"管翼贤纂辑《新闻学集成》第六册，中华新闻学院，1943，第 282 页。

种写法虽然不无揭批现实的意思，却谈不上文体结构自觉、典型化和新价值的确立。旗人小说之所以采用实录式的写法，主要文学思想和创作动机还是来自维新运动宣传家们所提倡的"改良群治"。基于这种政治抱负，作家往往有种铁肩担道义的勇气和正义感，如蔡友梅所说："戏剧小说都含着警戒人的意思，看书听戏得在大处着眼，明白人不挑无味的眼。再进一层说，小说以劝善惩恶为宗旨，官场腐败、社会龌龊，该描写地方不能不描写，要全都避忌，怕人挑眼，就不用作小说了。记者办《进化报》时，登过一段小额小说，内容系旗人小额专放旗帐，倚势打人，后来小额改恶从善，也是一段实事。后来接过一封来函，说放旗帐是一宗营业，法律所不禁，（你听）放旗帐也有圣贤，（圣贤不干这个）贵报挖苦放旗帐的，未免不对。要再损放旗帐单，鄙人从此不瞧贵报云云。你想这个来函多新鲜，如今这个来函我还保存着呢！等着《进化报》复活的时候儿，我必把他登出来。"① 话里话外，透着文人的倔强和对自己道德优势的自信。

正因为积极干预现实，此类报纸往往寿命不长。1914 年 4 月，袁世凯公布《报纸条例》，规定各种报纸，应于发行日递送警察官署存查；凡涉及"淆乱政体""妨害治安"等项，一律不准登载，违者重惩。② 不过严苛的舆论管制在各种政治力量的掣肘中，有时候鞭长莫及，难以面面俱到，还是留下了各类不同主张的发声空间。清末民初的京城旗人作家几乎都是形形色色大小报纸的编辑、记者，通过与大众传媒的密切联系，及时反映社会现状，体察普通民众的要求，抒发他们的心声。在各地军阀之间及其与北京政府互相争斗之际，中央政府缺乏控制力度，同时来自国外各种势力潜移默化的影响，民间维新革命力量的推动，遂而产生一种类似公共空间的"飞地"。在这种飞地上，作家们凭借手中的笔抒情泄愤、针砭时弊、表达观点，当然许多报纸后来被军阀政党势力所收买或控制，但是以旗人为主体的一些报纸，因为身份处境的缘故——时时处在"排满"遗留下来的阴影中——所以，反而游离超脱于一般政党派系之外，表达了下层市民的心声。

这种情形可以看作鸦片战争以降城市市民阶层生存状态与政治反应的一个侧面。销烟之战后，中国经济受到西方资本主义的侵害，农村经济崩溃，随之而来

---

① 损公（蔡友梅）：《曹二更》，原属"新鲜滋味"之十八种，载于周润琦主编《清末民初小说书系·警世卷》，赵淑清点校，中国文联出版公司，1997，第 671～672 页。

② 方汉奇：《中国近代报刊史》，山西人民出版社，1983，第 710～711、718～720 页；复旦大学新闻系新闻史教研室编《简明中国新闻史》，福建人民出版社，1986，第 134～135 页。

的，虽然有其凋敝的一面，但由于商业城市的兴起，在买办与民族资本的发展过程之中，城市劳工与市民阶级也随之扩大，这就形成市民生活的意识形态，与之相应的便是市民阶级的文化，而晚清士人经由白话报刊、宣传品、讲报、演说、戏曲等形式在市民生活中宣扬新思想，由此造成市民运动。[①] 到民初，隐隐然已经形成一种虽然微弱但绝不能小觑的市民群体，以及表达其意见和欲望的公共空间——报刊传媒。可以说，清末民初的旗籍报人小说家也同其他激进的启蒙宣传者一样，是这一时代公共空间建立的有力一维，通过他们的创作、传媒和实事之间的互动，为进一步的文化实践提供了可能。

一般历史叙述、文学史记载总是侧重于那些走在时代前列的人物和他们的思想，但是在这些先行者背后有无数被遮蔽的大众。旗人小说接近普通民众的阅读现状、文学趣味、认识观点，可能更接近清末民初这段历史的原貌——它们不仅反映出旗人文化对于整体性中华文化形成的融合互动的阶段性过程，而且体现了特定转型期具有代表性的国民整体的情感与精神状况。此外，清末民初旗人小说处于中国与西方（同构为古典与现代）交通碰撞的风口浪尖之处，与观念层面的转化相应的是他们在语言上所作的现代改造，尤其是将北京地方性的语言融入文学描写当中，逐渐形成了影响后世直至当下的"京味儿"风格，也值得重笔一书。旗人小说尤为体现出特殊性的地方在于，由于所处特殊的时间段落，其创作群体又是作为清朝统治民族后裔的特殊群体，他们的作品中透露出来的微妙的民族意识和家国思想的精神谱系也值得反思，涉及的不仅是微观的个体身份政治，更关乎宏观的集体文化认同。

这些报刊文学中体现的辛亥革命前后的旗人态度，显示了同一社会语境中的认知差异。如同恩斯特・布洛赫（Ernst Bloch）所谓："并非所有的人都存在于同一个现在。他们存在于同一个现在也只是外在状态，是通过我们现在能看到他们这一事实来实现的……他们身上携带着以前的成分，这就是区别。"[②] 这种被历史学者称为"同时异代"的情形，并不是物理时空上的差异，而是指人的主观精神和情感认知上的不同："一边'民国肇建百废兴'，一边'鼎革之后万事空'，一边是'图南此日联镳返，逐北他日奏凯回'之高昂畅快，一边却是'碑碣犹题清

---

① 　李孝悌：《清末的下层社会启蒙运动：1901–1911》，河北教育出版社，2001。
② 　Ernst Bloch, *Heritage of Our Times* （Berkeley: University of California Press, 1991）, p.97.

处士，衣冠不改旧遗民'之固执落寞，求变更化与处常守故，锐意进取与抱道自任，此等巨大反差恰说明烙有不同朝代痕迹的人群在同一时空中游走并存。"[①] 经过新文化运动洗礼之后，旗人群体发生分化，坚持立宪改良理想者有之，转而奔向革命路途者有之，在日本帝国主义侵华战争开始之后更是诞生了一种新的民族意识和国家认同，作为旗人后裔的老舍、萧乾、端木蕻良、舒群、马加、李辉英等就显示了这种新的变化。这个时候在大众文化语境中"八旗子弟"已经成为一个贬义词，显然不能概括内部充满复杂性的旗人全体，而"满族"这一新型命名正在伴随着"国家至上"的反帝主义、爱国主义、民族主义的思潮日益构建形成。这些在反殖反帝反封建的多重历史使命中的旗人后裔，接受了"新文学"从思想到形式的感召与改造，投身到建设新中国的历史使命之中，成为中华人民共和国成立后社会主义文化实践中重要的组成部分。

五

通过以上时势变迁与旗人的文学书写之间互动的勾勒，以时间延展和主题侧重为线索，我们可以将晚清民国的旗人文学分为三个时段。（1）第一次鸦片战争到甲午战争后的维新派兴起，可以视作清帝国的夕阳晚景，受外来坚船利炮挑战自上而下施行洋务运动所带来的短暂"中兴"，激发了旗人文学中心理修复式的书写：遭遇外来文化的冲击被虚构的美好愿景所冲淡，滞后于"诗界革命"等新兴的文学主张与思潮。（2）从清末新政到辛亥革命后的20年，是清民鼎革混乱的军绅政治时代，伴随着新兴报刊传媒的兴起，失去制度性庇护的旗人或者走向革命的道路，或者转入传媒业，成为时代日常生活场景的记录者与见证者，接续了"小说界革命"的理路又自外于"新文化运动"的激进浪潮，成为革命大历史中具有保守色彩的底层文学的制作者。（3）20世纪三四十年代，出于对国民党政府"国族一体"的民族主义政策的不满，加上抗日战争爆发所激发的中华民族认同，旗人文学一方面呈现出多元性的文化诉求，另一方面也积极加入救亡图存的主潮之中，顺理成章地进入"后旗人"文学时代。当然，这个线性分期的梳理无法精确到与政治事件同步，因为旗人群体内部不同的文学表达也存在着参差错

---

① 王学斌：《最好与最坏的时代（第一部）：局中人》，东方出版社，2013，第4页。

落、交叉重叠以及"同时异代"的现象；同时文学形态和美学观念的转变也是潜移默化地缓慢运行，而较少狂飙突进的骤然变化。通过文本进行考察，考察旗人文学所表征的心理情绪和感受认知在历史进程中潜滋暗长的位移，正是本书的任务之一。

　　显然，对于旗人文学而言，这个历史过程凸显出来的是有关文化身份与认同的问题。如同斯图亚特·霍尔所说："关于'文化身份'，至少可以有两种不同的思维方式。第一种立场把'文化身份'定义为一种共有的文化，集体的'一个真正的自我'，藏身于许多其他的、更加肤浅或人为地强加的'自我'之中，共享一种历史和祖先的人们也共享这种'自我'。按照这个定义，我们的文化身份反映共同的历史经验和共有的文化符码，这种经验和符码给作为'一个民族'的我们提供在实际历史变幻莫测的分化和沉浮之下的一个稳定、不变和连续的指涉和意义框架。"① 如果付诸文学形象，实际上会提供一种方法，将某种想象的一致性强加给分散和破碎的经验，从而构成某种抵抗和身份的资源。还有一种立场则是认识到在许多共同点之外，仍然有一些深刻和重要的差异点，并且随着历史的变化，某种独特的身份会产生断裂和非连续性。"文化身份既是'存在'又是'变化'的问题。它属于过去也同样属于未来。它不是已经存在的，超越时间、地点、历史和文化的东西。文化身份是有源头、有历史的。但是，与一切有历史的事物一样，它们也经历了不断的变化。它们绝不是永恒地固定在某一本质化的过去，而是屈从于历史、文化和权力的不断'嬉戏'。身份绝非根植于对过去的纯粹'恢复'，过去仍等待着发现，而当发现时，就将永久地固定了我们的自我感；过去的叙事以不同方式规定了我们的位置，我们也以不同方式在过去的叙事中给自身规定了位置，身份就是我们给这些不同方式起的名字。"② 霍尔讨论的是后殖民的黑人问题，但他的方法对于认识旗人文学从文化主义到族裔民族主义再到具有中华民族意味的大民族主义也有一定的借鉴意义。

　　从旗人文学书写进入，并不意味着局限于某种预设身份的"少数民族文学"学科框架，而是将晚清以迄民国这一特定时期的旗人、旗人作品、旗人文化活

---

① 〔英〕斯图亚特·霍尔：《文化身份与族裔散居》，见罗钢、刘象愚主编《文化研究读本》，中国社会科学出版社，2000，第 209 页。

② 〔英〕斯图亚特·霍尔：《文化身份与族裔散居》，见罗钢、刘象愚主编《文化研究读本》，中国社会科学出版社，2000，第 211 页。

动，置入更广范围的社会、外交、政治、经济史的网络中加以考察，试图通过在既有近代史、近现代文学以及满族文学史研究的基础上，以点带面地勾勒晚清至民国一个多世纪的旗人文学嬗变，及其所折射出来的美学裂变、文化信息和政治涵义。这种嬗变是双方面的：一方面是技巧、语言与叙事等形式层面，另一方面是思想、意识与诉求的观念层面，它们几乎同时产生在实践之中。旗人文学研究已有的相关成果多是从满族文学史、文化史的角度，侧重具体文人及其作品，考镜源流，阐发美学。但族别化研究容易陷入一种孤立叙事之中，而如果想要更为通透地理解我们的研究对象及其时代，显然需要一种整体性的、关系性的视野。晚清民国 100 余年为中国近现代历史重要转型期，帝制王朝在民族 – 国家的国际环境中无论从文化权势还是从政治经济外交等诸多方面都遭遇冲击，只有在这个语境中才能更为清晰地理解旗人文学在文学史和文化史中所扮演的角色。

旗人一方面作为王朝的统治族群，另一方面又是中华文化中的少数民族；同时旗人内部又有满洲、蒙古、汉军等的区别；在地缘文化上，同俄、日、韩（朝鲜）等国又有时松时紧、此消彼长的关联。他们在剧变时代的文学文本中所体现的复杂身份与文化认同，显示了历史与价值之间的张力与诡计，对于认识中国近代史的转型尤为关键。作为中国文学内部多样性的亚类型，旗人文学文本所体现出来的形式探索、审美格调、内容特质、伦理关怀，既有与主流同构的普遍性一面，也具有特殊性，此二者之间的区别与联系能够提供考量近现代文学变革的新鲜视角，进而为重新建构中国文学史的知识谱系起到促进作用。中华文化系统地现代变化究竟是"断裂式"的还是"连续性"的，通过考察旗人文学能够做出超出于单纯从主流文化视角观察所得出的结论，反过来它也能够增进我们对于总体性中国近现代文学的体察。

如前所言，聚焦旗人书面文学研究，其问题意识来源于对既有以"满族文学"或"少数民族文学"为名的文学史及作家作品研究的单维叙事所感到的不足，因而首先要对接的学术脉络是少数民族文学学科中的相关满族文学研究。国内学者专门对旗人书面文学进行整理和研究主要集中在两方面：史料整理如朱眉叔、黄岩柏、董文成、卜维义等做的满族文学资料辑录与笺注 [1]；史论则有赵志辉、邓

---

[1] 朱眉叔、黄岩柏、董文成、卜维义选注《满族文学精华》，辽沈书社，1993。

伟、马清福、董文成等较多集中于满族文学源流及脉络梳理的文学史与概论①。专题性研究如赵志忠的满语文学史略、张菊玲的满族作家文学讨论、张佳生的宗室文学等研究②，突出了满族文学独有的创作方式和题材风格。这些著作重点在于有清一代的古典文学。在现当代满族文学的研究中，关纪新的满族现代文学家艺术家传略为进一步研究提供了线索，他以老舍为中心发散开来的研究等则从民族心理、满族传统精神文化、语言特点等角度，深入探讨了满族文学之于整个中华民族文学的意义和价值。③路地、关纪新主编的《当代满族作家论》选取满族作家53人，凸显出满族作家在现当代中国文学史上的贡献和地位，是对于20世纪满族文学创作状况整体的鸟瞰和评价。④这些研究在爬梳史料、刊谬补缺上颇见功效，但更多停留在对历史线索和文学现象的描述性层面，往往缺乏明确的总体性判断和观点。它体现为一方面以后发的"满族""少数民族"的概念去框定此前复杂而缠绕的材料与内容；另一方面旗人文学会在狭窄而孤立的认识框架中进行封闭性的自我言说，难以与其他兄弟民族文学以及广阔的社会历史语境发生互动，从而也就见树不见林，将手段当作目的，搁置了研究的价值关怀。

历史学科的关于清代与满族研究，虽然并没有直接涉及文学问题，但对于了解旗人的历史沿革、生存状况提供了很有价值的参考。⑤国外相关研究此前较

---

① 张菊玲：《清代满族作家文学概论》，中央民族学院出版社，1990；董文成主编《清代满族文学史论》，中国文联出版社，2000；张佳生：《清代满族文学论》，辽宁民族出版社，2009；赵志辉主编《满族文学史·第一卷》，辽宁大学出版社，2012；赵志辉主编《满族文学史·第二卷》，辽宁大学出版社，2012；马清福主编《满族文学史·第三卷》，辽宁大学出版社，2012；邓伟主编《满族文学史·第四卷》，辽宁大学出版社，2012。

② 张菊玲、关纪新、李红雨编《清代满族作家诗词选》，时代文艺出版社，1987；马清福：《八旗诗论》，延边大学出版社，1989；张佳生：《清代满族诗词十论》，辽宁民族出版社，1993；王佑夫、李红雨、许征编《清代满族诗学精华》，中央民族大学出版社，1994；张佳生：《独入佳境：满族宗室文学》，辽海出版社，1997；赵志忠：《清代满语文学史略》，辽宁民族出版社，2002；关纪新：《满族小说与中华文化》，社会科学文献出版社，2014；胥洪泉：《清代满族词研究》，中国文史出版社，2015。

③ 关纪新：《老舍与满族文化》，辽宁民族出版社，2008。

④ 路地、关纪新主编《当代满族作家论》，春风文艺出版社，2004。

⑤ 刘小萌：《满族的社会与生活》，北京图书馆出版社，1998；刘小萌：《旗人史话》，社会科学文献出版社，2010；定宜庄：《清代八旗驻防研究》，辽宁民族出版社，1999；戴迎华：《清末民初旗民生存状态研究》，人民出版社，2010；常书红：《辛亥革命前后的满族研究：以满汉关系为中心》，社会科学文献出版社，2011。

少：日本桥川时雄《满洲文学兴废考》更多集中于古典阶段；柯娇艳（Pamela K. Crossley）、欧立德（Mark C. Elliott）、路康乐（Edward J. M. Rhoads）等人的著作①，对满族族性及文化认同的探讨富于启发性，但只是部分涉及满族文学的内容，忽略了东北满人这一条重要的线索②，并且只将文学作为历史论证的材料，没有从文学研究的角度，来考察旗人对于国家和族群想象的能动功能及其自身的演变。政治学与法学的相关研究，从学科细分的角度看与文学研究没有联系，但如果我们要进行真正意义上的跨学科研究，就不能忽略旗人文学在其历史发展过程中与政治、经济、文化、军事乃至国际关系等领域难以割裂的关联。"旗人文学"何以成为一个学术问题，必须回到历史语境之中，既立足于文学文本本身，也要同时不断地观照与之并行的历史语境，后者事实上决定了前者的任何细枝末节的变化。

已有的成果开创风气，为进一步的研究提供了许多议题生长点，不过也存在对于特定阶段文学的化约。晚清向民国转型时期的旗人文学研究一直缺乏置入前现代中国向现代中国转型语境中进行的综合考察。具体来看：（1）多数文学史和概论性著作更倾向于全面勾勒满族文学发展流变的历史图景，而对于其中透露出来的身份认同和叙事转变较少针对性的问题意识；（2）清末民初的旗人文学无论从史料收集和研究来说，都较为薄弱，虽然张菊玲、关纪新等人已经有相关论述，但置入中国古典文学向现代文学的递嬗过程中的考察尚少，更多是从满族文学与主流文学的"异中之同"或"同中之异"的角度切入，而对"同"和"异"之间的互化流动没有进行清晰厘析；（3）更多在满族文化内部进行考察，虽有研究从各民族文学共生共荣的视角做了一定的探讨，但可生发的空间依然相当大；（4）仅从现代以来定型的"文学"（审美为主导的小说、戏剧、诗歌、散文）观念入手，无视更多无法被现代文学观念容纳的笔记、日记、述闻、戏曲等文本，

---

① 〔美〕罗友枝：《清代宫廷社会史》，周卫平译，中国人民大学出版社，2009；〔美〕路康乐：《满与汉：清末民初的族群关系与政治权力（1861-1928）》，王琴、刘润堂译，李恭忠审校，中国人民大学出版社，2010；Pamela K. Crossley, *ORPHAN WARRIORS: Three Manchu Generations and the End of the Qing World*（Princeton University Press, 1990）；Pamela K. Crossley, *A Translucent Mirror: History and Identity in Qing Imperial Ideology*（University of California Press, 2002）；Mark C. Elliott, *The Manchu Way: The Eight Banners and Ethnic Identity in Late Imperial China*（Stanford University Press, 2001）.

② 刘大先：《族群性、地方性与国家认同——百年中国文学的满人路径》，《当代文坛》2020 年第 4 期。

这无疑窄化了特定民族文学更为丰富的内涵和外延，使许多从传统中国主流文化及满族文化角度看，属于"文学"范畴的作品无法纳入考察视野，而满族文学在现代以来如何逐渐归化于主导性的现代"文学"观念本身就是值得思考的议题。"文学"的观念在这 100 年的时间里有个逐渐被现代学科规范化的过程，所以本书涉及的人物、活动和文本比较宽泛，除了一般意义上被主流文学史所关注的小说、诗词、戏曲之外，还包括官员文士的日记、笔记等，这也显示了特定民族文学在现代转型之际从体裁芜杂到界限分明的文类演化轨迹。虽然我并无能力进行政治史、文化史和社会心理的全面研究，但是会将此类视野作为参照系，进行历时性梳理，主要以文学文本所体现的美学特征和情感结构为主线，辨析在不同历史时期旗人文学所进行的表述，以及他们与汉族文学或主流文学之间的差别与联系、交流和影响，总结其运行规律、发展态势、风格特点、身份定位和精神诉求，注重的是观念范式的综合转型，力求在讨论每个具体个案时做到史料与阐释并重。

最后要重申一下本书的意义与价值：就满族文学文化而言，重新叙述与解读曾经被主流文学研究忽略的作家、作品和现象材料，深入体察晚清以降中国由帝制国家向现代民族国家发展过程中，统治民族旗人在身份嬗变过程中经历的情感、思想和政治追求的变化，有利于加深理解与沟通当下中国多民族文学与文化；就中国各民族文学及文化关系而言，通过旗人文学的具体个案，回溯"中华民族"及新中国各少数民族的形成与嬗变，为中国文学史乃至近现代中国（民族）史提供独特的思考路径和观察角度，与滕绍箴、李治亭、佟永功、王政尧、孙静、杨念群等人的史学研究形成互补[①]；就跨民族及国际视野而言，对于近现代以来满汉、满蒙关系，远东殖民史和东北亚民族与国际关系都提供了崭新的切入角度。因此，本书希望能够在推进跨文学、历史与区域研究的对话方面略尽绵薄的努力。

尽管属于文学史研究，在具体写作中，我并不打算削足适履地设定硬性框架，而是基于个案的研究和群像的扫描，最终一是要勾勒出"满洲""旗人""旗族""满族"等族称概念的流变过程，以之折射不同历史境遇中族群政治及文化内涵与外

---

① 滕绍箴：《清代八旗子弟》，中国华侨出版公司，1989；孙静：《"满洲"民族共同体形成历程》，辽宁民族出版社，2008；佟永功：《满语文与满文档案研究》，辽宁民族出版社，2009；王政尧：《清史初得》，辽宁民族出版社，2010；杨念群：《何处是"江南"：清朝正统观的确立和士林精神世界的变异》，生活·读书·新知三联书店，2010；李治亭：《李治亭文集》，吉林文史出版社，2012。

延；二是揭橥旗人文学体现出的文化民族主义在近现代受政治民族主义冲击，旗人身份与认同发生急剧变化，晚清民国的历史进程促成了满族作为中华民族内部平等"人民"的少数民族一员的诞生；三是阐发旗人文学带有普遍性的意义所在：作为中国文学史近现代转捩中特定族群文学，晚清民国旗人文学体现了族群认同内涵历史的转型，这个转型对于其他中国少数民族而言具有共通性，在由家国一体的普遍性文化民族向现代民族国家的政治民族归属过程中，它通过文学书写和想象解构与建构政治文化，既受历史语境的影响与制约，也与之互动和挑战，具有实践性和能动性。

第一章
王朝的焦虑与想象的疗救

　　满洲以异族"蛮夷"的身份取代明朝统治，要在军事征服、政权取代之外取得德性和文化上的统治，不是霸道，而是王道，才能获得正统的地位，获得长治久安的正当性。但"关于'正统'的说法在历史上有一个漫长的演变过程，最早的'正统论'主要是在时间观上讲地位更替的合法性问题，即所谓'正闰之辨'，以'正统'一词比之帝王受命。但'正统论'的发展以后基本上是在'疆域拓展'和'族群之别'这两个要素上进行选择"①。从空间上立论，拥有正统与否往往与是否拥有更广大的领土直接相关。清初帝王以合并长城内外、收归新疆西藏创造了明朝无可匹敌的"大一统"疆域规模，消解了"种族"论述，取得了成功；而在"道统"的归属和支配方面，则以文化取代血缘和族群，用尊德性和改造理学作为意识形态，从而接续了万世一系的正朔谱系。在统治者的官方如此，而在民间士人精英那里兴起的对于"礼治社会"的追求，则与之形成了无意中的合流。"从晚明到清初，'礼'被刻意提倡，标举为思想及社会的核心价值，而且希望在日常生活的整个精神上符合'礼'的精神，或合乎《家礼》、古礼。……这一次礼治运动不是针对特定的冠婚丧祭之礼节，而是认为整个社会国家都要纳入'礼'的轨范。"②思想上官方意识形态的风行草上、礼教下

---

① 杨念群：《何处是"江南"：清朝正统观的确立与士林精神世界的变异》，生活·读书·新知三联书店，2010，第268页。

② 王汎森：《权力的毛细管作用：清代的思想、学术与心态》，北京大学出版社，2015，第38~39页。

延，士人精英对于王朝鼎革过程中礼崩乐坏历史的拯救意识，加上军事行动的成功以及组织上八旗制度的积习所在和对行为规范的潜在影响，从自上而下与自下而上的两个方向、外在制度与内心追求的两个层面，共同构成了有清一代文化与思想上的礼制主流，流播所及，也构成了作为统治族群旗人的文化特征：旗人重礼。

但无疑这已经是传统礼治社会的最后光华，1793 年（乾隆五十八年），英国马嘎尔尼使团的来访作为一个标志性事件——礼仪冲突其实也是政治冲突，预示了风雨欲来的 19、20 世纪的中国大变局。① 在内有叛乱、外有殖民侵袭的交困之中，尤其是到了 19 世纪中叶，不得不张开眼看外部世界，清王朝面临的是国家危亡和礼崩乐坏的危机。旗人群体在这个时候，很大程度上无论在心理还是事实层面都已经浸润在中华儒家主流文化的"正统"里，但是作为一个较为特殊的人群，他们折射在文学作品中的自信与惶惑，构成了近现代中国文化转型的独特一脉：既有所有中国人共有的那种普遍性紧张，也有与帝国利益密切攸关的独特性情感。本章将结合最早出使海外的下等官员斌椿、宗室贵族命妇顾太清、家道中落的显贵后裔文康和底层说书艺人石玉昆几个个案进行讨论，揭示在内外威胁之中，他们或者沉迷在天朝上国迷梦之中，或者通过想象性的虚构疗治创伤体验之样态，进而映射出旗人群体在历史转折中的不同心理取向以及随之所带来的文学与美学形态的下沉与通俗化。

第一节　开眼"看"世界

1844 年，在江苏任知县的魏源开始依据林则徐所辑的西方史地资料《四洲志》，参以历代史志、明以来《岛志》及当时夷图夷语，陆续编撰成《海国图志》。大约同一时期，在福建任布政使、办理开放厦门、福州两口通商事宜的徐继畬也根据自己购得的西方地图两册和其他西人杂书，撰写《瀛寰志略》。此二书"一

---

① 〔美〕何伟亚：《怀柔远人：马嘎尔尼使华的中英礼仪冲突》，邓常春译，社会科学文献出版社，2002。

改历代四裔传之例，以开国别史之先声"①，"华夷相隔之天下，一变为中外联属之天下"②，新的史地知识展示了新的世界图景，进而重塑了中国人新的自我与他者认知，对于日本的明治维新和后来清政府的维新变法都影响甚巨，因而，近代史论述中常见将林则徐、魏源、徐继畬等人视为首先"开眼看世界"的人物。这是就知识视野和思想观念产生的影响而言，若从身经亲历的角度看，真正最早出洋"开眼"看西方的士人，却是一个名不见经传的正白旗汉军低级官员斌椿。

1866 年阴历正月，斌椿（1803~？）带着同文馆的学生正黄旗蒙古籍凤仪、镶黄旗汉军张德彝（1847~1918）、彦慧及自己的儿子广英，一行五人，奉朝廷之命"游历"欧洲，历时半年有余。同行的还有海关总税务司英国人赫德（Robert Hart，1835~1911）以及两个翻译。这次游历正是因赫德竭力向朝廷申请并允诺由税务司先行垫付旅费，才得以成行的。一行人从北京出发，由海路向南，经一个多月的航程，到达法国马赛，先后游历了法国、英国、荷兰、丹麦、瑞典、芬兰、俄国、比利时等 15 个国家，于十月初七日回到北京。这是近代以来中国官方第一次派遣使团出访西方国家，比日本明治政府派遣出访欧美的岩仓使团还要早 5 年 ③——当然两者所出访的人员级别、规模和达到的效果不可同日而语。

正是因为这个"第一次"，所以斌椿一行的记载颇被史家关注，但是一般人对这个"非正式的到西方收集资料的公费观光团"④ 评价不高，因为他们目迷五色，只顾流连于五花八门的社会风俗，鳞次栉比的高楼汽灯，新奇古怪的机械器物，对于本该更为关注的议会和政治体制则疏于考察。对于那些在"现代化"史观下的历史书写者来说，斌椿访问团是无裨于彼时中国应当"走向世界"、追寻富国

---

① 刘师培：《万国历史汇编·序》，转引自邬国义、吴修艺编校《刘师培史学论著选集》，上海古籍出版社，2006。
② 薛福成：《筹洋刍议》，《筹洋刍议：薛福成集》，徐素华选注，辽宁人民出版社，1994，第 88 页。
③ 岩仓使团于 1871 年 12 月 23 日从横滨乘美国商船"亚美利加"号起航，总共访问了欧美 12 个国家，历时 1 年零 10 个月。使团包括岩仓具视、大久保利通、木户孝允、伊藤博文、山口尚方等 48 人及 50 多名留学生。这些成员都是王政复古明治维新的主力军，后来很多人官职显赫，成为影响国家政策的人物。关于这个历史事件的描述参见田中彰《岩倉使節団『米欧回覧実記』》（東京：岩波書店，2002）；米欧亜回覧の会、泉三郎编《岩倉使節団の群像：日本近代化のパイオニア》（京都：ミネルヴァ書房，2019）。
④ 徐中约：《中国近代史：1600–2000，中国的奋斗》，世界图书出版公司，2008，第 304 页。

强兵之路的。^① 这种看法有其具体话语背景，却缺乏对于历史人物与事件同情的理解。以后见之明苛责古人是简单而又容易的，但斌椿是晚清帝国的士大夫，将其行其文放入当时政治、社会、文化语境中，尤其是从他作为一个下层旗人文士官员的角度来看，可能会更加贴合实际的情形。因为他身份的代表性——既非倭仁（1804~1871）那样守旧的理学家，也不是洋务改革派或者有"先进"思想的知识分子——我们倒可以由此观察绝大多数普通晚清士人在遭逢中西古今转折时的心态。

有关斌椿生平记载不多，据现有资料，他应该是幼读诗书，性格老成，颇受儒家理学思想影响。^② 他先任山西襄陵知县，后因病呈请回旗，被总税务司赫德延请办理文案。在一首长诗中，他描述自己是："生平蠢拙安田畴，读书闭户无他求；惟有奇编贪不足，石渠天禄勤旁搜；撑肠那得五千卷，借观时苦同荆州；琅嬛福地有日到，百城坐拥轻王侯。牙签翠轴徒饱蠹，一编在手真忘忧；读万卷书行万里，有志未识何年酬。壮岁饥驱不自主，西瞻华岳东罗浮；南登会稽临禹穴，北至娲皇炼石补不周。精气时欲骛八极，舟车所至陧十洲；偶观山经抱长叹，掉头思作乘桴游；爪哇天竺倘可到，纵横四表开双眸。"^③ 另一首中也写道："平生遇迍邅，所如不快意；惟有山水缘，颇为天所畀；劳生半驰驱，游观聊自慰；每于行役时，逢山辄留憩；蜡

斌椿肖像

---

① 这方面最典型的例子是钟叔河，他在 20 世纪 80 年代的现代化文化思潮中整理出版了一系列"走向世界丛书"，重印了晚清海外游记、日记、诗文，对使团的评价大多遵循"现代化"观念。参见其《从东方到西方——"走向世界丛书"叙论集》，上海人民出版社，1989。

② 董恂在《海国胜游草·序》中称"友松其中退然如不胜衣，其言呐呐然如不出诸其口"，见斌椿《乘槎笔记·诗二种》，岳麓书社，2008，第 149 页。

③ 斌椿：《海国胜游草·泊舟锡兰岛，客又增至三百余人，内不同国者二十有八，不同言语者一十七国，形状怪异，洵属大观。因与凤夔九、德在初（俱翻译官）诸人及三子广英，论〈山海经〉所载各国传讹已久，非身历不能考证也，率成长古》，《乘槎笔记·诗二种》，岳麓书社，2008，第 161 页。

屦笑阮生，登山嗟屡敝；九州曾历七，广见堪傲睨。"① 相较于绝大部分受限于八旗驻防制度，而无法离开北京或驻地所在满城的旗人来说，斌椿算是游历比较丰富的，心态也比较开放。在给赫德做中文秘书时，他结识了在京的传教士和西人如卫三畏（Samuel Wells Williams，1812～1884）、丁韪良（William Alexander Parsons Martin，1827～1916）等，从中也曲折得到一些域外的零星碎散的知识，所以在总理衙门派人赴欧，满朝"无敢应者"的情况下，年已60多的他反倒机缘巧合成了"中土西来第一人"②。

因为总理衙门要求出访团收集情报，"沿途留心，将该国一切山川形势、风土人情，随时记载，带回中国，以资印证"③，加上斌椿本人喜欢舞文弄墨，这就促成了日记《乘槎笔记》和《海国胜游草》《天外归帆草》两部诗集的诞生。

1. 主体权力：看与被看

斌椿一行在欧洲停留时间有限，多为走马观花，尽管他回国后向总理衙门呈上日记时写道："所经各国山川险塞，与夫建国疆域，治乱兴衰，详加采访，逐日登记。其国人之官爵姓字，以及鸟兽虫鱼草木之奇异者，其名多非汉文所能译，姑从其阙。至宫室街衢之壮丽，士卒之整肃，器用之机巧，风俗之异同，亦皆据实书，无敢傅会。"④ 但这不过是虚夸之文，他的观察与记载粗率简陋，还没有同行的年轻学生张德彝既细且多。很多时候斌椿只是如同辜鸿铭讽刺的那样，是"出洋看洋画"⑤，通览他的纪行，记载最多的是热闹新奇的场面，尤其是看戏，这样的段落比比皆是：

---

① 斌椿：《天外归帆草·意大里亚境内山势奇峻，入峡后重峦叠嶂，奇峰插天，有如老人对弈及熊下山形最肖，余若中土双姑、五老、巫峰、雁荡诸名胜，指不胜屈》，《乘槎笔记·诗二种》，岳麓书社，2008，第189页。

② 斌椿：《天外归帆草·晓起》，《乘槎笔记·诗二种》，岳麓书社，2008，第189页。又据《赫德日记》编者所引当时在华英人资料，斌椿得以进入总署以及奉诏出使，是因为他与恭亲王有私人交谊，并且可能是总署大臣恒祺的姻亲。见张治《异域与新学：晚清海外旅行写作研究》，北京大学出版社，2014，第184页。

③ 《筹办夷务始末》（同治朝）卷三十九，载《续修四库全书·四一九·史部·纪事本末类》，上海古籍出版社，1995，第690页。

④ 斌椿：《乘槎笔记（外一种）》，湖南人民出版社，1981，第56页。

⑤ 辜鸿铭：《张文襄幕府纪闻》（1910），山西古籍出版社，1995，第52页。

（巴黎）夜戌刻，观剧，至子正始散，扮演皆古时事。台之大，可容二三百人。山水楼阁，顷刻变幻。衣著鲜明，光可夺目。女优登台，多者五六十人，美丽居其半，率裸半身跳舞。剧中能作山水瀑布，日月光辉，倏而见佛像，或神女数十人自中降，祥光射人，奇妙不可思议。观者千余人，咸拍掌称赏。

二十六日，拜英国使臣、美国使臣，皆驻巴黎者。夜赴戏园看驰马，较中国解马，更为便捷。有妇人能于马上跳跃。马疾驰，人持圈道旁，女跳圈中过，仍跃在马背。有能令马人立而舞。又有铁栅，大于屋，置轮其下。中畜狮子大小五，吼声震耳如铜征。一人执刀入栅与斗，燃火统。狮子怒吼，其声惊人，观者无不咋舌。

（伦敦）初八日，夜观剧。座落宽大，扮演奇妙，可观。

花木繁盛，皆团圈成塔形，惟觉堆砌如象生花，而乏天然丰韵耳。玻璃房之高敞，为泰西所罕见。夜至茶园观剧，神妙不测。

十六日，拜美国阿使臣、法国喀使臣、瑞国公使。夜观剧。

（瑞典）归途观夜剧，皆著名女优，演本国昔年君王事，惜不解。（各国方言不同，王公贵官皆能习数国语言，多以英法为官话，若市肆抵习土语，不能解也。）

（巴黎）戌刻，同人约观剧，演前代太子纳妃事，极水火变化之奇。

二十四日，晴。申初，看驰马戏，园周二里许，男女扮演各国服饰及战斗状，新奇悦目，又有猴走绳、狗驰马，皆未曾见。

不夸张地说，只要条件允许，他几乎是走一路看一路戏。在巴黎最后的日子，如上述引文之后的六月二十六、二十七、二十八日他都是在或者看马戏或者观戏法中度过的。起程回国之前的七月，初三观驰马戏，初四看演火枪，初五照像，初六看百戏烟火，没有一样是事关外交政治、军国大业的。据研究者考察，他甚至有可能为了看戏，而白天装病，晚上出门，从而影响了整个旅行团的活动计划。[1]

---

[1] Richard J. Smith, John K. Fairbank and Katherine F. Bruner eds., *Robert Hart and China's Early Modernization: His Journals, 1863 ~ 1866*, p.355. 转引自尹德翔《东海西海之间：晚清使西日记中的文化观察、认证与选择》，北京大学出版社，2009，第51页。

不过，斌椿在欧洲遍看各国戏剧，自己实际上却并不懂外语，不过是看看热闹。他就为此苦恼过："有约予戌刻听乐者，喝彩甚众，苦不解。"[1] 这不是他一个人的苦恼，即使是此后的清廷正式出使团，除翻译官以外，公使、参赞、随员一般也都不懂外语。他们就像王韬在英国时自叹的诗句所描画："口耳俱穷惟恃目，暗聋已备虑兼盲"，王自注说："来此不解方言，故云"。[2] 听觉交流功能的丧失，强化了对于视觉的依赖，而由于无法进行深入透彻的理解，所以这种观察就变成了浮光掠影的猎奇和驯服他者的归化。猎奇是瞩目于具体琐碎与新奇怪异的细节与器物；归化则是用本土的叙述方式将所见的新异事物加以"翻译"转写，使之成为能够被书写者和预期阅读者熟悉与接受的客体。

斌椿的观察以眼睛所见的西方社会风俗习惯、高楼大厦、煤气灯、电梯、机器等为主。乘坐的轮船火车、马赛的电梯、里昂的火轮织绸缎（三月二十一日）、巴黎的自行车（三月二十二日）、火轮法造钱（三月二十八日）、电机寄信法（有线电报）、伦敦的火轮解木（四月二十六日）、曼彻斯特的纺织厂（四月二十九日）、苏格兰妇女的染发（五月初九）、瑞典的显微镜（五月二十八日）、普鲁士的火轮法大锤（六月十六日）……都让他津津乐道，而对政治制度此类略抽象的事物只一笔带过。在英国的时候，四月十八日这天虽然阴有小雨，但是斌椿的活动比较多：

> 至古天主堂，高十二丈，石柱穹窿数十切，极工细。惟阅千余年，多剥蚀矣。古君主大臣皆葬其下，并刻石肖其形。申刻，至公议厅。高峻宏敞，各乡公举六百人，共议地方公事。（意见不合者，听其辩论，必俟众论金同然后施行，君若相不能强也。）夜观戏法，奇绝。（如木函高尺许，内藏人首，言笑问答如常。纳妇人于竹箱，合盖，以长刀叠刺，初闻呻吟，俟无声息，启视，则空箱也，妇人已于对楼呼唤。[3]

一天中，他游览了天主教堂，到议会大厅参观，并且夜里还看了场变戏法，显然

---

① 斌椿：《乘槎笔记（外一种）》，湖南人民出版社，1981，第 39 页。
② 王韬：《目疾》，《蘅华馆诗录》卷四。
③ 斌椿：《乘槎笔记（外一种）》，湖南人民出版社，1981，第 25 页。

白天的活动他丝毫没有兴趣，一点也没有意识到议会这样完全有别于清朝廷的政治制度的意义何在，只是平白素朴地加以记录；对于晚上的戏法，则兴味盎然地描绘了让他印象深刻的细节：让他震惊的不是中外政治体制上的差异，而是眩目的机械、新颖别致的表演与舞台，以及带有异国风情的西人体貌。

斌椿在异域"观看"他者时，自己也成为他者目光所摄取的对象，一个值得注意的事项就是照相。伦敦四月初十的日记中，他不无自得地记载道："午刻往照像（西洋照像法，摄人影入镜，以药汁印出纸上，千百本无不毕肖也。）……各国新闻纸，称中国使臣将至，两月前已喧传矣。比到时，多有请见，并绘像以留者。日前在巴黎照像后，市侩留底本出售，人争购之，闻一像值银钱十五枚。"① 五月十八日，在荷兰照像。在游玩行宫时受邀到管理园林的官员家中，那人 15 岁的女儿长得秀俊可人，亲自带他各屋参观，并且向他索取照片。② 五月二十八日在瑞士，国王弟弟邀请他在水晶宫晤谈甚欢，赠送他印像银钱一枚，要求换他的照像并名片。③ 斌椿对这些本为西人猎奇的举动，心中倒颇为受用，否则也不可能将这些小事记载在他那本来就简略无比的日记中。

摄影术在此时刚刚发明应用不过三十多年时间④，这项新兴技术实际上显示了一种现代性的观看与控制方式——通过对形象的选择与固定，打造出一个具体形象，并由此形象来表征形象背后的想象性的文化与地方。斌椿的照片之所以如此受到欢迎，正是因为他那与西人不同的形象，指向于一个长久存在于西方人心目中的"天朝"⑤。而斌椿在英国最后一日游水晶宫见到"湖北人黄姓，身不满三尺。又安徽人詹姓，长八九尺，自言形体与人异。又粤东少妇一人，装饰状貌，西国未见者。洋人以之来游，为射利一也"⑥。就更是一个典型的以畸形怪异的中

---

① 斌椿：《乘槎笔记（外一种）》，湖南人民出版社，第 23 页。
② 斌椿：《乘槎笔记（外一种）》，湖南人民出版社，第 34 页。
③ 斌椿：《乘槎笔记（外一种）》，湖南人民出版社，第 37 页。
④ 1826 年，尼埃普瑟（Joseph Nicephore Niépce, 1765～1833）用化学方法把摄影暗箱中的影像加工成永久性的纪录片。1833 年，尼埃普瑟去世，达盖尔（Louis Jacques Mandé Daguerre, 1787～1851）继续实验，1839 年，达盖尔摄影法经过法国科学院和法国研究所联合举行的会议讨论，引起轰动。参见〔德〕瓦尔特·本雅明（Walter Benjamin）《摄影小史》，载罗岗、顾铮主编《视觉文化读本》，2003，第 21～45 页。
⑤ 外国人对于中国的想象与形象塑造，参见周宁编著《2000 年西方看中国》，团结出版社，1998；《龙的幻象》，学苑出版社，2004；《天朝遥远：西方的中国形象研究》，北京大学出版社，2006。
⑥ 斌椿：《乘槎笔记（外一种）》，湖南人民出版社，1981，第 32 页。

国人作为展览和凝视的工具的显例，构成了西方文化对中国形象的东方化想象与
建构。

斌椿的一双眼睛在观察、凝视西行途中遇到的人、事、物，在观看的同时，
他和同行者以及"清国人"也成为被看的对象。[1]从知觉现象学来说，感觉者与
被感觉者不可分割，观看者与被观看者同时都是在看。人身处于世界之中，"可
见世界与我的原动的投射世界都是同一存在的一些完整的部分。身体同时既是
能见的，又是所见的"[2]。这是一个主客不分的诞生的过程，一种关系型的互为
存在，在这种活动过程中主客彼此映照，显现了各自的特性。斌椿对于政治体
制的麻木和对于外在景物的敏锐，恰恰显示了他作为一个传统文人认知世界的
方式。

2. 文化翻译：审美化写作

斌椿之所以无法深入考察西方的民主政治、科学主义和功利精神，客观原因
固然是"中国之至外洋，不过历其都会而止，所取材者，皆习闻习见之事，欲觇
其国之强弱、民之情伪，彼固善匿，我亦未必善问，不可骤得也"[3]。主要还是因
为主观原因——他还是个传统社会中的文人士大夫，对于西方现代文明一方面没
有"前理解"（vorverstaendnis）积累的接受基础，另一方面也根本没有自觉探究
的强烈欲望。尽管如此，他的日记和诗歌还是携带了一些西方文化的信息，虽然
这些信息经过他的书写而变形了。

斌椿一行在欧洲各处常常被视为奇观，路人见到他们，"皆追随恐后，左右围
观，致难动履"[4]。这样被"凝视"（gaze）的情形在张德彝的日记中有多处记载，
但是斌椿却几乎没有述及。正如前文所说，看与被看、权力的施与和接受是相互

---

[1] 田晓菲曾经详细分析过晚清中西交流中"观看的修辞学框架"，见 Xiaofei Tian, *Travel Writings from Early Medieval and Nineteenth-Century China* (Cambridge：Harvard University Press，2011)，pp.158–214。

[2] 〔法〕梅洛－庞蒂（Maurece Merleau-Ponty）：《眼与心》，商务印书馆，2007，第 762 页。

[3] 朱一新：《无邪堂答问》第 4 卷，中华书局，2000，第 114 页。

[4] 张德彝：《航海述奇》，岳麓书社，2008，第 480 页。

的、同时发生的过程，他的"不记"恰恰显示了他对此的心理抵触——意识到那些猎奇目光背后的权力与控制欲望。他的做法是通过审美化的书写，将所见所感本土化，从而消除异文化的陌生感，取消它们的疏离，使之驯服归化在古典汉语的书写中，这是一种文化翻译活动，用胡志德（Theodore Huters）的话来说就是"将世界带回家"[1]。

喻近譬远是斌椿最常用的修辞方式，比如说到西人衣裳服色，是"似菊部之扮演武剧，又如黄教之打鬼"[2]。在巴黎大臣家的宴会上见到"各官夫人，姗姗其来，无不长裙华服，珠宝耀目，皆袒臂及胸。罗绮盈庭，烛光掩映，疑在贝阙珠宫也"[3]。在包军门的公所听女客鼓琴唱歌，音韵动人，便"疑董双成下蕊珠宫而来伦敦也"[4]。在德国拜威税司，见到他能歌善琴的夫人姊妹，收到她们赠送的照片眉目秀丽，就想到"携之中华，恐二乔不能专美千古"[5]。无论是在何地，遇到哪国人物，他总是不由自主地用本土文化中的人事相比拟。这不是斌椿独特的地方，而是不同文化交流中，文化主体常见的行为方式——用熟悉的、贴近的文化词汇来把握异文化中的新事物。

这种做法并不是抱残守缺，或完全是负面的，而是不同文化接触中必然要经过的初级阶段。从这个意义上来说，反而具有积极意义。因为正是在这样的书写中，为本土文化增添了一些新的成分。在斌椿的两部诗集《海国胜游草》《天外归帆草》中，这一点表现得更加明显。两集均写沿途游历见闻，共有诗137首。但是，斌椿所经历的海外经验几乎不可能用古典诗语恰如其分而又完整地表达出来。于是他使用两种办法补足诗行的不能尽意：一是采用较长的诗题，以帮助解释诗句的含义；二是在某些诗行之后加散句注解。前一种方法如《海国胜游草·昨观火轮泄水，偶题七律一首，已入新闻纸数万本，遍传国中。今日游生灵苑，所畜珍禽异兽甚多，长官具中华笔墨索题，走笔》。这么长的诗题，只是为了交代以下两句："今日新诗才脱稿，明朝万口已流传。"[6] 对于未见识过现代传媒的读

[1] Theodore Huters, *Bringing the World Home: Appropriating the West in Late Qing and Early Republican China*（Honolulu: University of Hawai'i Press, 2005）.
[2] 斌椿:《乘槎笔记（外一种）》，湖南人民出版社，1981，第11页。
[3] 斌椿:《乘槎笔记（外一种）》，湖南人民出版社，1981，第20页。
[4] 斌椿:《乘槎笔记（外一种）》，湖南人民出版社，1981，第25页。
[5] 斌椿:《乘槎笔记（外一种）》，湖南人民出版社，1981，第35页。
[6] 斌椿:《海国胜游草》，《乘槎笔记·诗二种》，岳麓书社，2008，第171页。

者，这两句诗所体现的近代大众传媒的传播效力，需要经过解释才能让读者明白原委。后一种方法如同集《包姓别墅（包翻译官戚友妇女均来看视）》中两句："自言不泥轮回说，约指金环脱与看（西俗，婚期主教者予女金环，戒勿脱，违则不利云）。"① 诗句涉及中土所无的婚姻风俗，不得不在诗句后加以解释。② 在 19 世纪末黄遵宪等人倡言的"诗界革命"兴起之前，引新词入旧体早已开始，斌椿的这种方法实际上不同程度地为后继者仿效。海外的新经验的表达受桎于旧诗的形式，诗人只好伤害旧诗形式的内在和谐，以求意思的清楚。有论者对晚清旅美游记的研究发现，"从汉赋遗绪、史官日记到包含西学新思想的新文体，游记在西方的现代化经验的递增中，也有不同的呈现。在书写策略上，可以看到初开国门接触西方的林针，以骈文以及五言诗记录下游美经历；洋务运动发轫，李圭运用日记体式，分地记录赴美参加博览会的见闻；到了梁启超的手上，《新大陆游记》突破古文义法，以俚语、西方语法入文，务求平邑畅达的新文体与迁人墨客的抒情诗歌体并行。空间的移动带领出开阔的视野，而对自身有所反照，进而影响到文体的变易"③。随着越来越多人的游历活动、越来越多新经验的出现，旧体诗文的变易与改革也就势在必行了。

作为一个平庸的传统文人，当然不能指望斌椿能够在书写形式上有所突破，尽管描写了许多新事物，但是他的诗歌所体现出来的意境却是陈旧的，典型的如《黑水洋大风》的新词旧意。不过，如果像钱锺书那样嘲笑《海国胜游草》"比打油诗好不了许多"④，也是厚诬前人，是以后见之眼强求往古之人。尹德翔准确地发现了斌椿作品的诗意化风格和对西方文化审美化的态度，他认为"斌椿的文人身份和气质，使他将此次具有历史意义的出使，当成了真正的游历，或亦公亦私的休闲，他将西方世界所见所闻，情不自禁施之以清词丽句，而许多重要的文化问题，就给轻轻巧巧打发掉了。这种表现本身，在无意之中，包含了对西方文化的轻视"⑤，"斌椿采取的叙述策略，就是用文学情趣来回避中西之间国家冲突、文

---

① 斌椿：《海国胜游草》，《乘槎笔记·诗二种》，岳麓书社，2008，第 169 页。
② 林岗：《海外经验与新诗的兴起》，《文学评论》2004 年第 4 期。
③ 尤静娴：《越界与游移——晚清旅美游记的域外想象与书写策略》，见王德威、季进主编《文学行旅与世界想象》，江苏教育出版社，2007，第 116 页。
④ 钱锺书：《七缀集》，上海古籍出版社，1985，第 132 页。
⑤ 尹德翔：《东海西海之间：晚清使西日记中的文化观察、认证与选择》，北京大学出版社，2009，第 59 页。

化冲突问题，从而解除作者乃至一般读者的内心矛盾和焦虑"①。这种看法其实有以己度人之嫌疑，因为无论从个人教育、出身经历，还是从日记及诗文文本看，斌椿都并无中西冲突的自觉观念，他几乎没有这种意识与念头——这并非是对西方文化的轻视，而恰恰是四海之内皆兄弟的传统"天下"观念的再现。

　　旅行实际上是一系列的文化冲突、断裂与交流的过程，如同社会学家尤瑞（John Urry）敏锐地发现的："旅游这种实践活动涉及'离开'这个概念，即有限度地与常规和日常活动分开，并允许自己的感觉沉浸在与日常和世俗生活极为不同的刺激中。通过考虑典型的旅游凝视的客体，人们可以利用这些客体去理解那些与它们形成反差的更为广阔的社会中的种种要素。换句话说，去思考一个社会群体怎样建构自己的旅游凝视，是理解'正常社会'中发生什么的一个绝妙途径。我们可以通过调查旅游的典型形式，利用差异的事实去质疑'正常世界'。如此以来，旅游就不再是个琐碎的、无关紧要的主体，相反它显得意味深长，因为它能揭示出正常实践活动的方方面面，若非如此，这些方面也许仍然会晦涩难懂。"②斌椿之行也可以视作一种从传统中国士大夫的"正常实践活动"中离开，进入到异质的文化中，而通过他在旅途中的这些书写，我们恰恰可以考察到他所身处的"正常社会"的面貌。此时的中国社会，大部分士人还是传统"天下观"岿然不动的局面。甚至直到1875年，郭嵩焘出使英国还忧谗畏讥，当他在日记和报告中对西方文明有些肯定的描述，尚且遭到保守派士大夫群起攻击，最后任期未满就被清政府调回。③

　　斌椿在他的日记和诗集中，展示出来的是中国古典士大夫的诗性品格、闲情逸趣和自我塑造的英雄形象。他努力观察西方的结果，是只看到了自己。这在近代中国的转型历程中并非个案——他还没有转变成一个近代西方意义上的"知识分子"，而这正说明当时的中国社会，尽管在19世纪上中叶以来已经遭到了英国为代表的殖民帝国的持续冲击，但是基本社会结构、政治理念和文化信心尚未发生大的变革。

---

① 尹德翔：《东海西海之间：晚清使西日记中的文化观察、认证与选择》，北京大学出版社，2009，第66页。
② 〔英〕尤瑞：《游客凝视》，广西师范大学出版社，2009，第3页。
③ 〔美〕汪荣祖：《走向世界的挫折——郭嵩焘与道咸同光时代》，岳麓书社，2000。

3. 时空观念：文化的自信与盲目

返程经过非洲海的时候，心情放松的斌椿写道："轺轩远到见风光。"① 这句可以视作他对此次旅程的夫子自道：无论在东南亚还是在欧洲，无论是看工业革命后的机器大生产还是剧场里的表演艺术，他都是把它们当作一种"风光"来看的。而在这样的目光背后，呈现一种根深蒂固的"天下"观念，在他的眼里，没有国家/民族之间的界限，当然也谈不上"古今"之别，只有地方风俗的不同。

在一首诗中，斌椿写道："今兹同来大荒外，地球正在西南陬；天教大扩胞与量，二十八国人同舟；歧舌每每烦九译，一十七种言啁啾；形状诡异服色怪，雕题长股如观优。列邦咸知重华夏，免冠执手礼节修；晨昏相见情谊洽，颇同谈笑杂歌讴。凡人禀赋同此理，所藏不愿终相尤；岂必殊方始隔膜，同室往往操戈矛；情联义合消畛域，海外亦皆昆弟俦。若云夏鼎铸异物，穷奇罔两情难投；贯胸羽民三面国，传讹已久今在不？吾人读书弗泥古，矜奇炫异亦可休；武成只取二三册，亚圣斯言良有由。"② 虽然有 28 国人，17 种语言，需要靠翻译才能勉强沟通，但是在他的眼中，这些国家人民都仰重华夏文明，是华夏的海外兄弟，他们的国家在斌椿的心目中就是《山海经》上记载的"天下"的各个方国。在另外一首《中秋差旋，寄弟子廉、兼寄杨简侯表弟、维雨楼甥四十韵》中，他回顾海外旅途，写道："周游十五国，亦各有专美……蕃王知敬客，处处延睇视；询问大中华，何如外邦侈？答以我圣教，所重在书礼；纲常天地经，五伦首孝悌；义利辨最严，贪残众所鄙；今上圣且仁，不尚奇巧技；盛德媲唐虞，俭勤戒奢靡；承平二百年，康衢乐耕耔；巍巍德同天，胞与无远迩；采风至列邦，见闻广图史。"③ 流溢在文本中的空间观念是从先秦以来就常存于文士心中的民胞物与、天下一家，价值观念更是全归束到儒家式的纲常伦理之中。

在《越南国杂咏》中，斌椿视安南等地为中国藩属："道路喧传天节明，使星

---

① 斌椿：《天外归帆草·南面有山为阿非利加洲界（产狮子、鸵鸟，中多黑人）》，《乘槎笔记·诗二种》，岳麓书社，2008，第 192 页。

② 斌椿：《海国胜游草》，《乘槎笔记·诗二种》，岳麓书社，2008，第 161～162 页。

③ 斌椿：《天外归帆草·中秋差旋，寄弟子廉，兼寄杨简侯表弟、维雨楼甥四十韵》，《乘槎笔记·诗二种》，岳麓书社，2008，第 202～203 页。

昨夜到占城；中华冠盖今重见，齐说恩临海宇清。自注曰：地多闽粤人，久不睹天朝人物；闻予来，皆求一见为快。"^① 其书写远夷慕华情状，似全然不谙英法殖民情势，一派洋洋自得，恰说明对于中华文化的自信心还没有消失。《黑人谣（阿非利加洲多黑人，轮船火舱雇佣数十人以司火）》里写道："山苍苍，海茫茫，阿非利加洲境长；黑人肌肉黝如墨，啾啾跳跃嬉炎荒。冰蚕不知寒，火鼠不畏热；黑人受直佣舟中，敢向烘炉当火烈。烘炉烈火金铁熔，赤身岂怯火焰红？临阵冲锋称敢死，食人之禄能输忠。吁嗟乎！蹈汤赴火亦不怨，其形虽恶心可赞，愿以此为臣子劝。"^② 虽然结尾比较陈腐，但可见其没有种族歧视的平等眼光。在书写异域与他者时，斌椿的基本观念是一种"采风"式的观察，不光他如此，国内的文人读到他的日记诗作也是用这种理解范式来解读的。杨能格作序称："据事直陈，不少增饰"，"奉宣天子威德，以怀服远方，永式声教"^③，并且题辞说："尧天胞与遍寰瀛，郑重星槎第一行"^④。斌椿一行的形象基本笼罩在绝域怀柔的传统认知观念之中，看当时各个文人的题辞，便略知一二：龚自闳说他是"熙朝盛德遍怀柔"^⑤，陆仁恬言："岛夷风景诗中绘，华夏人文海外传"^⑥，彭祖贤言："文教固知渐被远，采风第一有谁俦"^⑦。多是溢美之词，无一例外都是在怀柔远人的世界认知范式之中，而这一模式从1793年乾隆末马嘎尔尼使团访华开始，就已经受到了冲击^⑧，1816年英国政府再次派阿美士德勋爵使华试图扩大在华市场，但因为拒绝三拜九叩，嘉庆下诏书称："中国为天下共主，岂有如此侮慢倨傲，甘心忍受之理。是以降旨逐其使臣回国。"^⑨ 此际虽然经历了两次鸦片战争，然而随着洋务兴起有中兴之望，绝大多数士人却依然没有意识到天下的世界体系已经崩溃，逐渐为新型国际体系所替代。

---

① 斌椿：《海国胜游草》，《乘槎笔记·诗二种》，岳麓书社，2008，第158页。
② 斌椿：《天外归帆草》，《乘槎笔记·诗二种》，岳麓书社，2008，第192~193页。
③ 《杨能格序》，《乘槎笔记·诗二种》，岳麓书社，2008，第88页。
④ 斌椿：《乘槎笔记·诗二种》，岳麓书社，2008，第151页。
⑤ 斌椿：《乘槎笔记·诗二种》，岳麓书社，2008，第152页。
⑥ 斌椿：《乘槎笔记·诗二种》，岳麓书社，2008，第153页。
⑦ 斌椿：《乘槎笔记·诗二种》，岳麓书社，2008，第153页。
⑧ 有关此历史事件及相关东西礼仪文化的晚近研究，参看〔美〕何伟亚（James L. Hevia）《怀柔远人：马嘎尔尼使华的中英礼仪冲突》，邓常春译，社会科学文献出版社，2002。
⑨ 〔法〕佩雷菲特：《停滞的帝国——两个世界的撞击》，生活·读书·新知三联书店，1993，第587页。

斌椿的时间观念也依循着中国传统的记时系统，并且用中国本土的皇帝纪年衡准世界上其他国家的时间，这里也可以见出他中国中心的观念。《乘槎笔记》中记载：

> 二十四日，晴。午正行七百九十六里。申正泊舟锡兰（土人统名之为印度）。酉刻，阵雨。
>
> 考《瀛寰志略》，锡兰在南印度之东南，海中大岛也。周千余里，中有崇山高阜。近海寒下地，多雨，多迅雷。花木繁绮，林内多象，山出宝石，所产桂技最良。前明时葡萄牙据立埠头，后为荷兰所夺。嘉庆元年，英人尽有其地。《天下郡国利病书》云，古狼牙修也，自苏门答腊顺风十二昼夜可至。相传释迦从伽蓝屿来登此山，犹存足迹。山下有寺，中贮释迦涅槃真身及舍利子。明永乐六年，遣太监郑和等，资供器、宝塔，布施于寺，建碑。（土人多畜象，置木架其背，形长方，上可坐四五人，驱策若牛马。）①

上面《乘槎笔记》里的这段话直接来自徐继畬《瀛寰志略》：

> 锡兰（锡伦、西仑、僧伽剌、楞伽山、宝渚、则意兰、则意拉），在南印度之东南，海中大岛也。周回千余里，中有崇山高阜，近海洼下。地多雨，多迅雷。山川灵秀，花木繁绮，禽声欢乐，风景足怡。林内多象，土人用之如牛马。居民皆崇佛教，云佛生于此土。生齿繁多，谷不足，仰食印度诸部。
>
> 出宝石，海滨出明珠，所产桂皮最良，胜于粤西。前明中叶，葡萄牙据锡兰海口立埠头，寻为荷兰所夺。嘉庆元年，英吉利驱逐荷兰，尽有海滨之地。时锡兰酋残虐失民心，其都城在海滨，名可伦破，英人屡进攻，内溃而亡，全岛遂为英有。英以大酋镇守，海舶屯集之地，名停可马里。
>
> 《天下郡国利病书》云：锡兰山国，古狼牙修也。自苏门答剌顺风，十二昼夜可至。其国地广人稠，货物多聚，亚于瓜哇。中有高山，上产鸦鹘宝石，每遇大雨，冲流山下，从沙中拾取之。隋常骏至林邑极西望见焉。番语谓高山为锡兰，因名。相传释迦从迦蓝屿来登此山，犹存足迹。山下有寺，中贮

---

① 斌椿：《乘槎笔记（外一种）》，湖南人民出版社，1981，第9~10页。

释迦涅盘真身及舍利子。明永乐六年，遣太监郑和等，诏谕其王亚烈若奈儿，
赍供器宝幡，布施于寺。建石碑，赏赐国王头目有差。亚烈若奈儿负固不服，
擒之以归，择其支属贤者亚巴乃那立之。十四年，偕占城、瓜哇、满剌加、
苏门答剌等国贡方物。正统十年、天顺三年，复入贡云云。①

斌椿在记录游埃及王陵墓，观巴黎舞剧，叙述历史时所采用的时间也都是以中国朝代
纪年来比诸泰西往事。而时间标示的方法、断代、各类时间体系的运用在历史叙事中
至关重要，显示了书写主体对于历史的控制与权力，而历史主体对于时间体验和认知
的差异也正反映了他们自身的世界观与文化观。②斌椿等人在旅途开始不久，因为海
上风平浪静，两日之内行了 1690 里。他心中愉悦，在日记中记道："椿奉差初往外洋，
非仰赖圣天子洪福，曷克臻此？"③固然这只是虚言取媚的空洞话语，却显示了他并没
有意识到是现代科技造成的速度加快，从而缩短了时空距离的现代性变局。

在英国伯明翰，斌椿"闻北名罕人民三十五万，此地人民五十万。街市繁盛，
为英国第二埠头。中华及印度、美国棉花皆集于此。所织之布，发于各路售卖"④。
此际，大英帝国已经在全球范围内进行殖民贸易，而老大中国的使臣于此茫然无
动于衷，仿佛与己毫不相干。世界时间已经在全球范围内使用，清朝从上至下还
是固守帝制纪年的传统。甚至从此次出使人员的身份，也可以看出清国内部还存
在着满汉分歧——派遣的人员无一例外是旗人，一个汉员都没有。有意味的是，
这些满人在行旅之中的身份显然是"中国人"，他们的书写中透露出来的观察视
角显然也没有自称满人，而是为"中华人物"代言。斌椿个案所显示出的书写模式，
在彼时颇为常见，稍后的黄遵宪在《日本杂事诗》中也是用"熟悉上手的论述模式，
再现、翻转或新建了自我认同与世界视域，也可以说，正是这套旧诗体式及其背
后庞大的知识体系，仿佛三梭镜般使得所有通过它的事物，产生了意义上的折射
作用……如此可以回应古、今或新、旧的多面向寄托的'异域''他方'"⑤。

① 徐继畲：《瀛寰志略》，上海书店，2001，第 70 ~ 71 页。
② 晚近有关中国明清的"时间"研究，参见〔美〕司徒琳（Lynn A. Struve）主编《世界时间与东亚
时间中的明清变迁》上、下卷，生活·读书·新知三联书店，2009。
③ 斌椿：《乘槎笔记（外一种）》，湖南人民出版社，1981，第 13 页。
④ 斌椿：《乘槎笔记（外一种）》，湖南人民出版社，1981，第 29 页。
⑤ 郑毓瑜：《旧诗语的地理尺度——以黄遵宪〈日本杂事诗〉中的典故运用为例》，载吴盛青、高嘉
谦编《抒情传统与维新时代：辛亥前后的文人、文学、文化》，上海文艺出版社，2012，第 519 页。

将眼光放到东亚这一区域的历史，我们会发现，就在斌椿等出游的稍后，1867 年，27 岁的涩泽荣一作为日本代表团的成员到了法国，参加巴黎万国博览会。次年 1868 年 4 月 15 日，明治天皇颁布了《五条誓文》这个开启变法图强大幕的总纲领，从此进入维新的时代。1871 年，明治政府更是派遣了一支近百人的政府使节团从横滨港出发，前往欧美各国。这个使节团中几乎有当时政府官员总数一半的高官，而经费则是当年财政收入的 2%。在一年零十个月的时间里，使节团考察了欧美 12 个国家，写下了长达百卷的考察实录。[①] 政府投入之大，官员级别之高，出访时间之长，在日本乃至亚洲国家与西方世界交往的历史上，这个使节团的出访都可算是一次前所未有的行动。

而清政府在斌椿之后尽管也屡派使官访问驻扎外邦，但第一次以官方名义正式派遣朝廷要员出洋考察还要等到 1906 年（光绪三十二年），一方面由载泽（1868～1929）、李盛铎（1859～1934）、尚其亨（1859～1920）等人赴英、法、比利时、日本等国家；另一方面，则由戴鸿慈（1853～1910）、端方（1861～1911）年等人前往美、德、意大利、奥地利等国。这从侧面透露出，直到 20 世纪初，清朝才正式承认了欧美和日本等国家在国家政治体制方面的领先地位。这一认识世界角度的转变，如同有论者所总结的"过去我们认为中国即天下，然而一百多年来，我们认定中国是天下的一部分，而天下的中心已'西转'"[②]。

从这个意义上来说，斌椿的出使是帝制中国进入世界时间的第一次，因为没有经历 1895 年甲午战争对于日本的失败，所以文化自信尚在，而此后就狂飙突进式地进入到以西方眼光为本位的进程之中。张隆溪惋惜"像斌椿这样满脑袋纲纪伦常的传统士大夫，很难改变华夷对立的观念，从根本上重新考虑体和用的关系"[③]，其实张隆溪之所以会这样批评，恰因为他本人的思维模式是体用二元的。在斌椿那里，主客、体用尚未分化。斌椿之行后，随着洋务的发展，中国从官方到民间旅行域外的人越来越多，整个文化局面也随之一转，文化权势发生转移，中国本土文化的地位愈加被西学所贬低，"体""用"倒确实发生了根本的转变，结果却是整个

① 参见安冈昭男《日本近代史》第二章第二十二节，林和生、李心纯译，中国社会科学出版社，1997。吴廷璆：《日本史》，南开大学出版社，1994，第 405～407 页。
② 王铭铭：《西方作为他者——论中国"西方学"的谱系与意义》，世界图书出版公司，2007，第 5 页。
③ 张隆溪：《走出文化的封闭圈》，三联书店，2004，第 130 页。

20 世纪中西文化交流逐渐出现了一种所谓的"双单向道"的问题——"表面有来有往，实际上是两个单向：中国人去西方当学生，西方人到中国当老师。"①此种情形迄今未变，"正是在西方渐行渐近中，中国思想渐行渐远了。斌椿跨越海洋去欧洲游历的路途，依旧是我们在走；所不同的是，我们的里程不再以自己的符号来标志，我们自己也以为，中国知识等同于对其自身既有历史之切除"②。中国士人的第一次出访西游，也许能重新反思文化自信与盲目的经验，吸取体用二元割裂的思考方式的得失，寻求建立在彼此互动中融合本土与异域的视角问题。

第二节　大梦谁先觉：顾太清的焦虑与化解

顾太清（1799～1877），姓西林觉罗，名春，字梅仙，有《天游阁集》（诗七卷）、《东海渔歌》（词六卷）、小说《红楼梦影》和戏曲《桃园记》《梅花引》传世③。这些作品中常自署西林太清春、太清春、太清西林春、云槎外史，晚年也曾署太清老人椿、天游老人等名号。在有清一代词人中，"男中成容若，女中太清春"之说已成陈套。④王蕴章《然脂余韵》卷四列徐灿、顾春、吴藻为清代妇女三大家。俞陛云《清代闺秀诗话》称："清代闺秀工填词者，清初推徐湘蘋，嘉道间推顾太清、吴蘋香……卓然为三大家。"总体而言，她以词名世，在文学史上颇有一席之地，得格高意远、清刚淡雅之评。她的一生贯穿嘉庆、道光、咸丰、同治、光绪五朝，正是清中转末的关键时期。在这个经今文学和洋务运动兴起，西方文

---

① 赵毅衡：《对岸的诱惑：中西文化交流记》，上海人民出版社，2007，第341页。
② 王铭铭：《西方作为他者——论中国"西方学"的谱系与意义》，世界图书出版公司，2007，第6页。
③ 《桃园记》存于日本东京大学东洋文化研究所，已收入黄仕忠、〔日〕金文京、〔日〕乔秀岩编《日本所藏稀见中国戏曲文献丛刊》第一辑，广西师范大学出版社，2006。《梅花引》藏于河南省图书馆。《文学遗产》2006年第6期发表的黄仕忠《顾太清的戏曲创作与其早年经历》亦有简短介绍。
④ 况周颐《蕙风词话续编》卷二曰："襄阅某词话云，本朝铁岭人词，男中成容若，女中太清春，直窥北宋堂奥。"郭绍虞、罗根泽《中国古典文学理论批评专著选辑·蕙风词话》，人民文学出版社，1960，第169页。冒广生《小三吾亭词话》卷一曰："论满洲人词者，有男中成容若，女中太清春之语。"王弈清、唐圭璋编《词话丛编》，中华书局，1986，第4676页。

化通过译书局、传教士、留学生、报刊等新兴媒体日益传入，逐渐改变着整个中国的思想与文化的时代，她的作品只流传于范围极小的上层文人圈。将顾太清诗词置入旗人文学的谱系中，用以观察旗人贵族社会文化的一个侧面，《红楼梦影》这部并不出众的《红楼梦》续书在此种视野下，也别有一番耐人寻味的旗人社会心理中"中兴"的意蕴。它们构成了那个时代具有满洲旗人色彩的心象，凸显出近现代转型中特定人群的社会心理，也可以从中看到在彼时整体性的文化焦虑以及通过文学弥补修复内心威胁感的努力。

1. 闺阁文学的尾声

顾太清的一生以 26 岁为界，分为两个阶段。前段史料漫漶，有认为她是江南人，有认为她是汉军旗人，最近研究基本确认为满洲镶蓝旗人，祖父是曾任甘肃巡抚的鄂昌。不过鄂昌在乾隆中期因胡中藻案得罪赐死。[①]太清之父鄂实峰作为罪人之后，不能在京城容身，与香山富察氏之女结婚后，以游幕为业。从顾太清诗词透露的信息看，她幼时可能在北京、江南、粤海都漂泊过。其流散经历众说不一，有认为是寄养在亲戚家，有认为是随父游宦。[②]无论如何，这些信息，就

① 胡中藻，号坚磨生，江西新建人，乾隆元年进士，官至内阁学士。胡中藻是雍正宠臣鄂尔泰的门生。乾隆继位后，对鄂尔泰等前朝遗臣在朝中势力有所顾忌，于是便着意兴起胡中藻案，以打击鄂氏朋党。乾隆二十年（1755），朝廷命人暗中收集胡中藻所出试题及诗文，以其任广西学政时所出试题中有"乾三爻不象龙说"七字，指责诋毁乾隆年号；以其所写《坚磨生诗钞》中有"一把心肠论浊清"，指责故意在清国年号加"浊"字；诗中还有"斯文欲被蛮"等句，因有"夷""蛮"字样，被说成是辱骂"满人"；又有"老佛如今无疾病，朝门闻说不开开"句，被指斥是讥讽乾隆的朝门开不开。乾隆二十年四月十一日，胡中藻被斩首示众，同时鄂尔泰牌位被撤出贤良祠，其侄鄂昌因与胡中藻交往过密，也被赐令自杀（杨凤城等《千古文字狱：清代纪实》，南海出版公司，1992，第 157～158 页）。
② 完颜恽珠《顾太清小传》称其为汉军人。奕绘的外孙敦礼臣《紫藤馆诗草》记西林太清幼育于姑母顾氏家。孙静庵《栖霞阁野乘》说太清是吴门人，徐珂《近词丛话》说是苏州人，孟森《心史笔粹·丁香花》断言其故乡必为吉、黑濒海产鹿之区。奕绘五世孙金启孮论说顾太清为满洲镶蓝旗人，冒用二等护卫顾文星之女呈报给宗人府，是为了便于嫁入荣王府，这一说张菊玲、晋洪泉等学者都赞同（卢兴基：《顾太清词新释辑评》"附录"，中国书店，2005，第 631～663 页；金启孮：《顾太清与海淀》，北京出版社，2000，第 2～3 页；张菊玲：《旷代才女顾太清》，北京出版社，2002，第 1～30 页）。

如同她模糊不清的身份一样，尽管擅诗工词，能画擅琴，如果没有到荣王府（位于今北京宣武门内的太平湖）做家庭教师，可能永远都默默无闻。甚至连她的姓氏从西林改为"顾"的原因也莫衷一是，出身满洲正蓝旗的启功谓其"幼经变故，养于顾氏"[①]，而其家族后裔金启孮则认为西林春之改姓为顾，源于与荣王府贝勒"幻园居士"奕绘（1799～1838）的姻缘。

26岁这一年，西林春嫁给了同岁的奕绘为侧福晋，开始了此后截然不同的漫长人生遭际。出嫁之时，为避"罪人之后"的忌讳，呈报宗人府的姓氏为"顾"姓；又因奕绘字子章，号太素，在夫妻唱和时为与之匹配，遂字子春，号太清，所以便以顾太清名世。婚后二人琴瑟和谐，后因奕绘嫡室弃世后并未再娶，她成了事实上的正室。虽然奕绘40岁时病逝，妇姑勃谿，加上嫡长子载钧不容异母兄弟，顾太清和她的子女被迫搬出府邸，但3年后（1842年）又搬回，两个儿子后来都袭封将军。前段晦暗未明的人生，顾太清的诗词小说中也留下了只鳞片爪的印记，总体而言虽有创伤记忆，并无更多挫折；在人生中途，顾太清遭遇了一些波折，但算不上大起大落，并且最终在晚年安富尊荣，长寿而逝。就此而言，她称得上是人生赢家，其为妻为母为诗为词在清中叶后的满洲贵族妇女中颇具代表性。

因为身份、性别与经历的局限，顾太清的创作空间与交游对象限于女性诗友、旗人姻亲和少数文人士子。李芳已经指出，她的主要文友是同时代的闺秀名媛梁德绳、吴藻、许云林、许云姜、沈善宝、李纫兰等人。1839年，她还与沈善宝、项屏山、许云林、钱伯芳等贵族命妇和官员女眷结成秋红吟社。出入闺阁内外，使得顾太清"最终成为有清一朝'书写女性'中的佼佼者"[②]，被文学史研究者视为晚清闺阁文学的代表人物之一。她的自书稿本名《天游阁集》，而天游阁是顾太清在荣王府邸中的居室名。无论从内容还是从字面意思来说，她的作品都称得上真正是个"闺阁"文学。这个"闺阁"不仅限制了题材，实际上也囿梏了思想，在很大程度上使得闺阁文学成为文人趣味、闲情逸致的产物。当然，有些持有女性主义先入为主观念的研究者会刻意从中寻找某些女性自觉意识的蛛丝马迹。比如有论者认为："不满的情绪贯穿于清代女性文学，从清初的顾贞立、徐灿，清

① 曼殊、启功：《书太清事》，《词学季刊》1934年第1卷第4号。
② 李芳：《闺门内外：顾太清交游圈的形成及其典型意义》，《苏州大学学报》2016年第2期。

中的熊琏、吴藻、沈善宝、顾春到晚清的吕碧城、秋瑾，她们所走的是同一条漫长而艰难的寻求个性解放和独立人格的路径。……清代中后期的知识女性虽然处境比清初稍显宽松，地位也相对提高，但在权力结构和意识形态延续着的封建时代，女性的社会身份和角色定位仍然不会发生根本性质的改变，他们也就不会获得以女性身份参与社会、建立事功的机会。一些具有了丰富知识和卓越见识的女诗人，强烈地意识到自身的才能不劣于男性，甚至比他们更加出色，她们不甘雌伏，渴望获得和男性一样独立的人格以及与男性共享世界的权利，过自己理想中的'人'的生活，她们以更加强烈的声音来讨伐不合理的封建制度。"[①]这段论述因为带有过于主观的立场先行，未免言过其实，事实上顾太清这样的女性自始至终都没有明确的性别自主的意识，她只是在写作中无意流露出原本就属于女性的特质。

满族文化传统中女性地位较高，在满洲执掌神器大宝之后，还保留了这方面的一些要素。比如满族妇女多天足，在家族事务中也比汉人女子多一些自主权和主动性，但这与现代女性自觉意识不可同日而语。顾太清接受儒家文化的道德观念、审美意象和艺术风格的熏陶，作品未能跳脱出传统的规范。职是之故，她的词题材往往比较狭窄，多为记游、咏物、赏花、题画、听琴，在技法和理念上以师法宋人为主。况周颐曾言："太清词得力于周清真，旁参白石之清隽，深稳沉着，不琢不率，极合倚声消息。求其诣此之由，大概明以后词未尝寓目，纯乎来人法乳，故能不烦洗伐，绝无一毫纤艳涉其笔端。曩阅某词话谓：'铁岭词人顾太清，与纳兰容若齐名。'窃疑称美之或过。今以两家词互校，欲求妍秀韶令，自是容若擅长；若以格调论，似乎容若不逮太清。

顾太清画像

---

① 段继红：《清代闺阁文学研究》，南开大学出版社，2007，第 103 页。

太清词，其佳处在气格，不在字句，当于全体大段求之，不能以一二阕为论定，一声一字为工拙。此等词，无人能知，无人能爱。夫以绝代佳人，而能填无人能爱之词，是亦奇矣。夫词之为体，易涉纤佻，闺人以小慧为词，欲求其深隐沉着，殆百无一二焉。"①况周颐可谓说到要害之处，词体本身就倾向于纤细佻达，而深宅广院中的女子为此，更容易以小情小调和聪慧灵机着墨，而想要探求其中深沉厚重、沉郁广远，实在是"百无一二"。不过顾太清词如果仅从词的传统而言，有其清新风致，虽然意象并无太多出新之处，却也节奏明快，合声符律。

道光十五年（1835），正是顾太清主中馈的第四年，已有三子一女，虽然第三子刚刚夭折，但依然称得上琴瑟和谐、家庭美满。她已经编选过宋词选三卷，自己的词作也日益增多，并常与奕绘唱和。《金缕曲·芸台相国以宋本赵氏〈金石录〉嘱题》中写到"易安夫妻皆好古，夏鼎商彝细考。聚绝世，人间奇宝"，可见她彼时比附李清照、赵明诚夫妇的幸福情形。她用健笔写幽情，雅致轻灵，这些词刻画工致，是矜心作意而为之，但是也自然而然，不犯雕琢。今人谓"顾太清的词，取法宋人，既学周邦彦的典雅精工，又师法姜夔的清空醇雅，也借鉴李清照词的语言特点。但她不盲目崇古一味模拟，而是融会贯通，变化创新，形成了自己典雅清丽、深幽蕴藉的风格"②。这是就词艺本身而言，词境则无以论及。晚清词人有意开拓词境，比较注重以词说理，常州词派开创者张惠言就多如此，此后成为众多词人的一种自觉追求。但是，"词在经历清代前期的一度'中兴'之后，其总的趋势是走向衰竭"③。在晚清词一片幽愤心歌与离乱哀唱中，顾太清却是置身雅正传统，未脱闲情偶寄倚声绮情窠臼，即便以议论见长的词作，在看似透彻的觉悟中，也只是闲愁和泛泛而论。如写白云观主持道士张坤鹤的《冉冉云·雨中张坤鹤过访》："秋雨潇潇意难畅。忽敲门、道人来访。玄都客、谈论海天方丈。全不管、世间得丧。惟有真知最高尚。一任他、你争我让。把身心、且自忘忧颐养。阅尽古今花样。"透露出有闲阶层的理趣，质拙近宋人。顾太清学道，也试图将所悟之理灌注入词中，因为囿于生活环境本身的狭隘，往往这种悟道只是一种雅

① 况周颐：《西泠印社本〈东海渔歌〉序》，转引自卢兴基《顾太清词新释辑评》，中国书店，2005，第672页。
② 胥洪泉笺校《顾太清词校笺·前言》，巴蜀书社，2010，第15页。
③ 严迪昌：《清词史》，江苏古籍出版社，1990，第425页。

趣与文化修养。

《水调歌头·湘佩属题〈清惠堂遗印诗〉》："香火岁时祭，湖水似臣心。清流不断，千年姓字列东林。未了生前遗憾，岂是先生力薄，无计破群阴。固有浩然气，天地是知音。二百载，方寸石，竟难沉。人间万事，忧喜得失古犹今。天道好还之理，旧物完璞不损，四字抵千金。永锡子孙福，世守此规箴。"可见太清思想观念的陈旧。当然，如果葆有体恤，可以明白这是数个时代以来绝大部分词作本身的文化角色造成的。《金缕曲·题蒲察夫人〈闺塾千字文〉》这样的词作已经是试图从"诗馀"中走出来，做一些教化之意，但最终落脚也就在闺阁情谊之上。收入《东海渔歌》卷一的《醉蓬莱·和黄山谷》是和黄庭坚的《醉蓬莱·对朝云叆叇》之作，颇有超越之感，但究其实这种超越性却是蹈空之言。无论对于国家大计还是现世人生，顾太清有种来自于上层社会的双重隔膜。试读《古香慢·题竹溪老人墨牡丹画册》："纸光墨彩，神韵如生，当日亲写。慢展遗篇，尚有暗香未化。重见古精神，恍疑是、瑶池摘下。洗铅华扫尽俗态，淡妆别样娴雅。想当日、公余之暇，收拾名花，香绕庭榭。笔墨消闲，岂为世间声价。闭户守图书，性高尚、交游亦寡。有贤郎，继家学、篆书堪亚。"这是一首文人化的作品，充满岁月静好、长享尊荣的雅致，写作的时候恰是鸦片战争期间，可以看到军国大事完全不寄于作者之心。或者公正一点说，这类军国大事甚至根本就无从进入顾太清这样女性作家的听闻范围。她的极少数写世俗生活之词，也有种隔岸观火的疏离之感。总体而言，诗词在整个传统文化结构中的位置本就在经史之下，不必然要承担道义与社会职责，人生经历和生活方式共同决定了顾太清思想境界的平庸成为一件不可避免的事情。

顾太清的日常生活是游离于军国与底层之外的带有封闭性的贵族生活，这也是她的文友沈湘佩、吴藻等命妇的人生常态。顾太清的词作可以看到有清百余年，旗人在高级文化层面的"华化"已经毋庸置疑。这与"新清史"所谓的清政权保留的满洲特质其实是两回事，尽管后者也殊为可疑，颇引人争议①。奕绘正妻妙华夫人所生的长女孟文嫁给外蒙古赛音诺颜部札萨克亲王五世孙车登巴咱尔，此君

---

① 关于"新清史"的讨论，参见刘凤云、刘文鹏编《清朝的国家认同："新清史"研究与争鸣》，中国人民大学出版社，2010；钟焓：《北美"新清史"研究的基石何在——是多语种史料考辨互证的实证学术还是意识形态化的应时之学？（上）》，《中国边疆民族研究》（第七辑），中央民族大学出版社，2014。

自号杏庄，长于京师，兼擅满汉语。①《青山相送迎·藩王杏庄婿以塞上景团扇嘱题》写道："角声悲，雁行归。苜蓿西风战马肥。毡庐傍水支。塞云飞，暮烟炊。野马平沙细柳垂，秋山积翠微。"尽管是描写塞上景象，但这些景象书写来自于对塞外景象描摹图画的观赏，并非如同纳兰性德一样是亲历，而这种书写所采用的笔法和形象也并不尖新，较之纳兰性德在吉林写于康熙二十一年春的《浣溪沙·小乌拉》那种写实的描绘当地民族风情而言，太清题扇的词可以说是一种"影子的影子"。那些日常描摹，可见一些生活细节，却也失去人间烟火气息。像写天伦之乐的《迎春乐·乙未新正四日，看钊儿等采茵蔯》："东风近日来多少。早又见、蜂儿了。纸鸢几朵浮天杪，点染出、晴如扫。暖处有、星星细草。看群儿、缘阶寻绕。采采茵蔯苤苢，提个篮儿小。"如果放到宋词中看，并不会感到一点时代与社会差异所造成的隔阂——词的强大意象与抒情传统笼罩其上，让她的词作带上了无时间性的特质。这种时间上的无痕，正是词人自己游离于历史之外的结果。这固然显示了词作为文类的风格顽固性，但更多是由于太清词本身缺乏外在性，只关注内心和文本自身的美学，并没有开拓新境之学养与自觉。这可能也解释了虽然与纳兰性德并称，顾太清却并没有前者那么闻名的缘故——作品卷集的散佚只是表面原因，真正广布人口的传播，就不可能轻易遗失——它们本身就是上层社会小团体怡情遣兴的产物。

如果将旗人文学按照时间脉络顺捋下来，顾太清出生之时的 18 世纪末，曾担当《八旗通志》总裁的铁保（1752～1824）主持纂辑的《白山诗介》和《熙朝雅颂集》是个标志性的总结。《白山诗介》共 10 卷，收入诗人 140 余家，选诗近 800 首；《熙朝雅颂集》共 134 卷，收入诗人 585 家，选诗近 8000 首，可谓清初至乾隆末年旗人诗歌的整体实绩展示②，这个文学史上的事件无意中暗合了现实中清帝国政治经济军事变革的分水岭。到 18、19 世纪之交，清帝国已经面临来自内部的巨大危机，显示了现代中国兴起的起源，③ 即便没有即将到来的外国侵略，这些问题也已经到了非解决不可的程度，与中央政府式微而地方势力崛起并齐的思想学术上的

① 胥洪泉笺校《顾太清词校笺》，巴蜀书社，2010，第 244 页。
② 关纪新：《满族书面文学流变》，中国社会科学出版社，2015，第 183～184 页。
③ 〔美〕孔飞力：《中国现代国家的起源》，陈兼、陈之宏译，生活·读书·新知三联书店，2013，第 8 页。

表现，则是所谓"权势转移"①，原先的边缘文化因此获得了兴发的内外动力。旗人社会与清帝国的转型，使得传统文人的创作面临日落西山的残景。闺阁文学作为文人传统中的一个支流也处于这个大势之中，顾太清词作的用典与化句，无疑凸显出闺阁文人文本化的生活，像其词中常见的记梦之作所显示的，都是闺门深户中的梦幻，只是谁也无法唤醒做白日梦的人。

2. 梦的升华与压抑

其实，不仅是闺门中人大梦不愿醒。整个清帝国自 19 世纪以来逐渐进入一种持续性的危机之中，对于危机的无法解决和回应，在作为统治阶层主体的旗人群体那里，都或多或少地产生了自我催眠式的梦幻。正如 1820 年龚自珍的著名诗句中所写的："秋气不惊堂内燕，夕阳还恋路旁鸦。"② 在帝国的夕阳晚景之中，龚自珍这样的"山中之士"表征了思考社会走向的趋势。梁启超谓："当嘉、道间，举国醉梦于承平，而定庵忧之"，"数新思想之萌蘖，其因缘固不得不远溯龚、魏（源）"。③ 然而，暮气沉沉积重难返的困境并没有引发朝廷中的庸碌之人尤其是旗人贵族的警觉。此际，满汉关系在晚清制度体系中的轻重关系发生了变化，嘉道咸同年间的普通旗人生计日益艰难④，而最根本的是皇权呈现式微迹象，地方汉人大员对由来已久的不公正已经达至不能容忍的临界点。用孟森的话来说："太平军事以前，清廷遇任何战役，皆不使汉人专阃寄。至烧烟一案，能却敌者皆汉臣，辱国者皆旗籍，然必谴立功之汉臣，以袒旗员。……尊汉卑满，前所未有。是满

---

① 龚自珍在西潮入侵之前的道光年间所写的《尊隐篇》，即已提到中国文化重心由"京师"向"山林"的倾移。参见罗志田《权势转移：近代中国的思想、社会与学术》，湖北人民出版社，1999，第 7 页。

② 龚自珍：《逆旅题壁，次周伯恬原韵》，《龚自珍全集》，上海人民出版社，1975，第 449 页。

③ 梁启超：《论中国学术思想变迁之大势》，《梁启超全集》第三卷，北京出版社，1999，第 615 页。

④ 参见李乔《八旗生计问题述略》，《历史档案》1985 年第 1 期；李尚英：《论"八旗生计"问题产生的原因及其后果》，《中国社会科学院研究生院学报》1986 年第 6 期；韦庆远：《论"八旗生计"》，《社会科学辑刊》1990 年第 5 期；韦庆远：《论"八旗生计"（续）》，《社会科学辑刊》1990 年第 6 期；贾艳丽：《清末旗人军事改革与八旗生计》，《满族研究》2009 年第 3 期；魏影：《清代八旗生计问题探析》，《哈尔滨工业大学学报》2011 年第 2 期。

族气数已尽之明验也。乃事定之后，纵容旗人如故，保持旗习如故，无丝毫悔祸之心，清之亡所由不及旋踵。名为中兴，实已反满为汉，不悟则亡，其机决于此矣。"① 返观此际旗人贵族的常态心理，顾太清《风入松（春灯次夫子韵二首）》是个显例：

> 沿河新草绿堪挑。花柳渐开包。六鳌海上凌风至，献明珠、火树蟠桃。十里朱阑画阁，满天月璧星轺。太平乐事庆清朝。结伴走天桥。钿车游马笙歌队，望青帘、春酒新烧。红烛缘街引路，浮圆到处元宵。
>
> 华堂春暖设春筵。灯彩月华天。上元南极开芳宴，宴群仙、香袅云盘。彩服庭前儿女，貂裘门下衣冠。春王宝篆注延年。松柏岂云残。喜君与我生同岁，祝三多、乐胜从前。好景何如今夕，新诗载入芸编。

此词作于道光十七年（1837）的正月十五，是当时太清的典型词作，志得意满、喜气洋洋，沉浸在家庭的幸福之中。词中的"清朝"在现实中并没有那么多"太平"与"好景"，而是内忧外患已经逼近，东南沿海祸起多端，外商小规模的挑衅引发的战争已经爆发过多次，胥吏阶层贪墨舞弊，无赖游民蠢蠢欲动。顾太清对此全无了解，不过是在词中做一个盛世清秋之梦。有意思的是，在这种幸福的表象下，奕绘倒时时有种纳兰性德式的悲剧感，《书杏歌题太清所作巨幅》诗中写道："秋日凄凄百卉腓，忽忆春风旧游处，万株红杏南山下，最爱一枝临野渡。半载频劳寤寐思，一日图成洛神赋。远胜夭桃韵更浓，比到梅花势尤怒，粗枝肥萼插晴昊，春气洋洋何以故。画师自喜向我云：今日真为不空度。我闻乾隆年中邹小山，曾写盘谷一树春光妍，高宗爱之岁有御题咏，至今松风苔壁雕红颜。世间万事兴废有如此，乃知好花好画好诗，得意不过片时间。"② 在给妻子题画的诗中，结尾忽然冒出这样的不祥之语，颇为令人诧异。乾隆盛世的繁华盛景，已经风光不再，在奕绘这样入世为官之人心中不可能不投射出隐隐约约的不安之感。虽然诗词功能不同，不能勉强顾太清在佳节词作中关心家国，然而即便是言志之诗，她也几

① 孟森：《清史讲义》，中华书局，2006，第453页。
② 奕绘：《书杏歌题太清所作巨幅》，转引自《顾太清词校笺》，巴蜀书社，2010，第222页；又见金启孮、金适笺校《顾太清集校笺》，中华书局，2012，第586页。

乎没有在周身心绪之外的关切。

　　一年半后的道光十八年（1838）七月初七奕绘病逝，十月二十八日顾太清"奉堂上命"搬出太平湖府邸。《自先夫子薨逝后，意不为诗，冬窗检点遗稿，卷中诗多唱和，触目感怀，结习难忘，遂赋数字，非敢有所怨，聊记予生之不幸也，兼示钊、初两儿》对这段经历有所言说，颇有指嫡长子载钧不容同父兄弟之意。《满江红》序，也是谓兄弟不和。但金启孮举《荣府史》与《宗人府档》说明顾太清移出府邸的关键在于，奕绘逝世之日恰是太清长子载钊生辰之日，平日就有的嫡庶矛盾因此激化，被认为庶出"妨人"。原本道光四年顾太清以罪人之裔冒档进府之时，太福晋等人就颇为不悦，她与奕绘伉俪情深又让嫡室一派心生嫉妒。嫡室妙华夫人逝世后，顾太清为人明察严肃，为下人畏惮，不免在太福晋周围滋生不利流言，乃至谗诬其不但"妨"嫡，且有"夺"嫡企图，因此才有太福晋为护持嫡子载钧而令顾太清母子搬出邸外之事，倒不全是载钧一意驱逐。[①]这个事件可能一定程度上影响了顾太清的生活，但从创作上来说并没有发生质的变化。

　　顾太清丧夫后不久写作的词作不见与之前词作有多大的情绪变化，依然今宵酒醒、月白风清。不过此际的心态已经略有变化，如《踏莎行》所言："老境蹉跎，寄怀章句。潜身作个钻研蠹。自怜多病故人疏，消愁剩有中山兔。每到思量，热心如炷。问天毕竟何分付？但求无事是安居，成仙成佛何须慕。"在这种情境之中，她不复风流蕴藉、高标玄言，而将希望寄托在儿子身上，《舞春风·咏花幡，并序》云："窗外葡萄才生嫩蕊，多为鸟雀衔去，思之无计。钊儿用五色帛剪成细缕，以竹枝悬之架上，随风飘扬，颇有意趣，亦可全果之生，亦可观儿之智。喜而谱此小令。剪帛裁成五色幡。枝头高挂舞翩翩。才过谷雨看花日，恰好东风结果天。嫩蕊更须人护惜，柔条为怕鸟衔残。倚阑细玩生生理，可喜矫儿善保全。"后来的命运奇妙地如同词中所写：词中写到的长子载钊年方十五，三年后的道光二十二年（1842）按定制被授二品顶戴，顾太清母因子贵，又搬回府邸。其后，命运更是向他们母子张开笑脸。咸丰七年（1857），载钧病逝，因其无子，载钊之子溥楣过继为嗣，并袭封镇国公。顾太清与孙子溥楣一直居住在大佛寺北

---

① 金启孮：《顾太清与海淀》，北京出版社，2000，第105~107页；金适：《顾太清集校笺·前言》，《顾太清集校笺》，中华书局，2012，第6~7页。

岔府邸，直到光绪三年（1877）去世。大宅门内部的人事纠葛没有留下更多材料，无法揣度早先的家庭龃龉如何化解，顾太清是如何安享此后的 30 年，也许充满了宫锁心计般的勾心斗角也未可知。这里无法做诛心之论，但无疑顾太清后期的诗词小说都充满了理学规范式的正统理念，其形象就如同《红楼梦》中的太夫人。《长相思·咏双獾佩》中写道："大獾欢，小獾欢，白玉裁成两个獾。常随佩带间。肱相连，股相连，肱股相连心自安。君臣父子全。"在小玩意中都能窥见纲常意识，可见顾太清平常的精神风貌——思想上的平庸决定了写作转向于心理和情感上的虚拟性满足。

《金缕曲》几阕咏红拂、红线、红绡等几位古代异女子，很容易被后世人解读为女性意识，这固然不错，却没有说出任何有意义的话。事实上，它们透露出的价值观是迂腐且陈旧的父权观念。顾太清并不关心更广阔的人生，而只瞩目于庭院深深的方寸之地。咸丰十年（1860）庚申，英法联军攻入北京，焚毁圆明园，纵兵在京畿一带烧杀抢掠，咸丰帝避走热河，举国震惊。顾太清诗《咸丰庚申重九有感。湘佩书来，借居避乱，数日未到。又传闻健锐营（今北京香山）被夷匪烧毁，家霞仙不知下落，命人寻访，数日未得消息，是以廿八字记之》："几林枫叶染新霜，山色依然未改常。欲插茱萸人不见，满城兵火过重阳。"这是太清诗作唯一一首间接涉及大历史事件的，但我们无法得知她更多的看法和态度，而那些发生在帝国东南部的战争与条约太遥远了，丝毫没有影响到京师贵族的日常生活。咸丰十一年（1861），世界的其他地方发生了许多重要的事件，包括美国的南北战争和俄罗斯废除农奴制改革，清朝廷也处于一个关键的时间。这年的七月，咸丰帝逝世，随后，慈禧太后联合恭亲王奕䜣发动祺祥政变，开始了此后 47 年的统治，而南方太平天国和第二次鸦片战争也接近尾声。顾太清不惟国际时事，她的作品中也从未出现过对国内重要事件的反映。当然整个朝廷与社会其实对于世界局势的变化也不甚了了，文学作品中也只有敏感的士人在少数诗词作品中对此惴惴不安。

值得注意的是，顾太清常常写到梦，往往借此表达空灵悠远的惆怅或自感身世，她的祖父鄂昌因胡中藻《坚磨生诗钞》文字狱而被乾隆帝赐自尽，太清兄鄂少峰、妹西林仙霞都被文字狱牵连，她自己幼年即漂泊异乡①。《定风波·恶梦》：

---

① 卢兴基：《顾太清词新释辑评》，中国书店，2005，第 94 页；胥洪泉笺校《顾太清词校笺》，巴蜀书社，2010，第 65 页。

"事事思量竟有因，半生尝尽苦酸辛。望断雁行无定处，日暮，鹡鸰原上泪沾巾。欲写愁怀心已醉，憔悴，昏昏不似少年身。恶梦醒来情更怯，愁绝，花飞叶落总惊人。"用《诗经·小雅·棠棣》"鹡鸰在原，兄弟急难"典，这是创伤记忆不时袭来的印记。更多时候，她的词作是向图而梦、因忆成梦，这些梦的书写，很奇特的不具有代入感，并不是某种被压抑心理的升华，而是梦中情绪的延伸。如果用精神分析的方法做一番解析，似乎可以看到这些词作与作者自身安逸生活的反面——也就是说，早先奕绘曾经感受到的危机，在顾太清那里，也日益产生了悲凉之雾遍布华林之感，哪怕是虚拟的美满也掩盖不住。

《红楼梦》无疑是清中叶后这种情绪最佳的反映，其后续书甚多，然而多难以合辙。[①] 顾太清的《红楼梦影》[②] 也是无数续书中的一种，是清人所撰《红楼梦》续书中较晚的一种，成书于咸丰（1851～1861）末年。清代女性写小说的不多，经吴艳玲考证女子写非韵文小说的共有五位，全部为清后期（嘉庆初至清末）人。除了汪端写的是《元明佚史》与《红楼梦》文本内容无关外，其余四位，顾春有《红楼梦影》、铁峰夫人有《红楼觉梦》、彭宝姑有《续红楼梦》、绮云女史有《三妇艳》，所写全部都是《红楼梦》续书。[③] 单从思想上来说，《红楼梦影》在这些续书中并无出奇之处，并且一反《红楼梦》原书的青春旨趣，颇有老妇之陈腐套词。小说写贾宝玉离家出走，贾政四处寻找，后在毗陵驿将其从一僧一道手中领回，从此回归"正道"。花袭人破镜重圆，薛宝钗产下麟儿，史湘云生了千金，贾氏在皇恩下重振家声。平儿在凤姐的体恤下扶正还诞下儿子，宝玉和贾兰中榜入职翰林院，贾芝和贾苓分别定了亲。贾政因为办理边疆事务有功，拜了东阁大学士，官居极品，子孙官带荣身，"福禄寿三字也算全了"。这种刻意扭转《红楼梦》悲剧意味的美好结局，一方面可能显示了顾太清在时代和社会局限性中的历史认识，她无力瞻望未来，于是寄希望于天恩浩荡、皇考庇护；另一方面潜意识里也许感觉到自己这种理想化设计的虚妄，所以小说戛然而止，因为她实在不可能为似乎

---

① 参见一粟编著《红楼梦书录》中对《红楼梦》续书的统计和简明扼要的介绍，上海古籍出版社，1981。

② 本书所引《红楼梦影》，据云槎外史《红楼梦影》，尉仰茹点校，北京大学出版社，1988。同时参照《中国近代珍稀本小说》第2册中所收录的《红楼梦影》，春风文艺出版社，1997。此后凡出此一作品的引文，不再一一标注。

③ 吴艳玲：《清后期女性文学创作题材与〈红楼梦〉的影响》，《红楼梦学刊》2006年第5期。

走上一帆风顺人生途径却时时"郁郁闷闷"的贾宝玉寻到什么出路。

晚清以降，西北、东南边疆连年有事，但《红楼梦影》中所能想象的边疆大事就是第十一回"靖边疆荣公拜相，置别墅赦老隐居"中西北500里处传来的消息，某县马贼拒捕夺犯，围城伤官。贾政奉旨钦差，发现不过是地方官企图小题大做邀恩请赏，就革了县官的职，捕了几个贼，谈笑间就平定了边疆，因此立功，由吏部尚书拜了东阁大学士。这种想象六亲同运、锦上添花的大梦，就像张菊玲论述过的文康《儿女英雄传》一样，"只在编织幻梦的呓语中，打发自己以及别人虚空的灵魂，滋长着自己以至民族思想的麻木和怠惰，最重大苦果必然落在这个民族的下一代人身上"[1]。《红楼梦影》完全改写了原书中的情感结构和叙事基调，当然如果比之于《秦续红楼梦》《海续红楼梦》《红楼复梦》《红楼圆梦》之类，"《红楼梦影》依然属于较纯正的世情小说。作者通过无数日常生活的琐屑小事，诞子、宴饮、起社、过节等，现无限烟波，尽管贾氏家族的复兴带有作者理想化的色彩，比之那些满纸神仙鬼怪的荒诞奇书，还是可信多了"[2]。这种"可信"倒不是指其理想，主要是日常生活细节的描写，另外顾太清"将北京话加以烹炼点化，便成雅韵……语言的精熟，可以说是原书相差无几"[3]，这是《红楼梦影》在文学史上的价值所在。

在思想史上，《红楼梦影》当然不值一提，但是它所折射出来的情感结构却颇有社会心理的代表性，尤以最后一回"指迷途惜春圆光，游幻境宝玉惊梦"具有症候性质。涉世圆满的宝玉一向心里总是郁郁闷闷，所以找惜春谈天。表面上看似乎是为情所困，惜春跟他说了一番情从天性出的"自然真"的道理，是忠孝为本的意思，也是顾太清一贯所持的态度。但这似乎恰恰构成了对于宝玉现状的讽刺，宝玉和读者可能都不禁要问：这样富贵荣华的生活是出自宝玉自然天性所渴望的吗？惜春给宝玉一面铜镜，让他通过圆光再次进入太虚幻境，所经历的一切正好构成了对之前所有父慈子孝、满门复兴的解构，令人不由得想起奕绘题顾太清画时候的诗句："得意不过片时间"。这个圆光铜镜与风月宝鉴倒是异曲同工，

---

[1] 张菊玲：《清代满族作家文学概论》，中央民族学院出版社，1990，第272页。
[2] 董文成主编《清代满族文学史论》，中国文联出版社，2000，第273页。
[3] 张菊玲：《旷代才女顾太清》，北京出版社，2002，第184页。

在全书的结尾，顾太清似乎又找到了原作的感觉，宝玉在铜镜中凌虚蹈空，见到世间百态，最终发现红楼碧户，却无梯得上，这岂非《红楼梦影》仓促结束的现实映照？顾太清在世俗红尘中辗转得法、意态从容，但作为敏感的女词人，分明能够体会到时代大变局的到来，隐然能够曲折悟会曹雪芹当年的悒郁情志，却终究不能层进一步，而将这种情绪压抑下来，最终止步于梦中的惘然，"不知是真是假"。

3. 中兴时代的焦虑

顾太清一生历经的五朝，是有清一代由盛转衰的时期。她的晚年处于咸同中兴时代：太平天国被剿灭，宇内清晏，与英法媾和，海外暂宁，兴科举，开洋务，政治上出现了和谐时期，但这些不过是夕阳无限好的回光返照。而顾太清与她的同辈八旗文人身处这样的现实之中，却无由醒觉时代的变迁，而只能在模糊的认同中皈依于主流意识形态所规范的程朱理学和皇朝礼制。彼时在思想界和学术界，经过戴震的理学批判，"桐城古文学派和常州今文学派两者用不同的方式表达了他们对考证中那种狭隘的文字训诂和词源学的兴趣的不满"[1]。此际，原属"边缘之学"的今文经学兴起，已经开始引介海外西学新知。传说中与顾太清有私的"丁香花案"另一个主人公龚自珍就是今文经学的代表之一，这段公案经过诸多名家考证已经证伪。[2]其实不论史实，两个人也完全不在一个思想层面之上。龚自珍年长太清七岁，以经世之学闻名，和魏源同受刘逢禄（1776~1829）知遇，以今文经学引为同道，借经学议政事、改风俗、思人才、正学术，进而关心边徼舆地，促使西北史地学的兴起。公羊学派的重振，动摇了经学的神圣性，"传统"成为"六经注我"的可利用资源。鸦片战争刺激的"以夷为师"与洋务运动，更使得西学逐渐跃升为主流。

这一切都是顾太清所不熟悉的，她熟悉的只是贵族社会的生活。顾太清的许多诗词便是与各地在京贵妇名媛的歌咏酬唱及信笺往还。无论从"秋红诗社"的

---

① 〔美〕费正清等：《剑桥中国晚清史（1800–1911年）》（上），中国社会科学出版社，2007，第139页。
② 卢兴基：《关于"丁香花案"》，《顾太清词新释辑评》，中国书店，2005，第648~663页。

性质还是所作的内容来看，顾太清的社交圈都是富贵清闲、吟风弄月的雅集团体。这是一群过时的人，遥居在帝国庇护的庭院帘幕后自娱自乐。稍一出闺门之外，比如《红楼梦影》中关于宝玉叔侄的科考，因为作者没有经验和相关知识，所以只能略写。当时海外交通已经很多，而全书只有两处涉及外来事物。第十四回写到荣府众人观看薛蟠从外地带回来的玩意儿："宝玉便将那物接来，放在水中。此刻正是万里无云，正顶上一轮赤日照在水里，只见那物在水里乱转，先不过在盆里虹霓似的一个圈子围着，后来就高出水面有三尺多长，忽然那日光被一片浮云遮住。王夫人说：'收了罢。'宝玉道：'我能放，却不知怎么收。'探春道：'捞起来就得了。'收了宝贝，贾相国说：'实在稀罕！'便对湘云道：'好生收着，别随便给孩子玩。'湘云笑着答应，又对薛姨妈道：'前者大外甥送的那龙舟，里头就有人议论。'薛姨妈道：'外省里新鲜物儿多的很，到了京城里就有这些讲究。'"第十九回写到探春穿了件"五色绚烂的雪衣"，是在海疆购买的外国产品。值得注意的是，"外省"这样的新鲜事物已经很多，而京里众人及叙事者都只是将这些东西当作奇技淫巧，对其机关要诀和工业革命的背景全无好奇之心，更不能想象它们背后的坚船利炮将来甚至已经给帝国带来的深重冲击和长久影响。

沈善宝为《红楼梦影》作序称："虚描实写，傍见侧出，回顾前踪，一丝不漏。至于诸人口吻神情，揣摹酷肖，即荣府由否渐亨，一秉循环之理，接续前书，毫无痕迹，真制七襄手也。且善善恶恶，教忠作孝，不失诗人温柔敦厚本旨，洵有味乎言之。"①这确实抓住了《红楼梦影》的本旨，也显示出她们共同的见识。在《红楼梦影》的叙事者那里，贾府"昨日屋头堪炙手，今朝门外好张罗"的凄凉败落光景，"皆因素日仗着祖上的功业、家里的银钱，骄奢淫佚，毫无忌惮，才闹的一败涂地"。但是"却遇着天子圣明，念他家汗马功劳，赏还了世职家产，政老爷袭了荣国公，渐渐的升腾起来，真是否极泰来，百福骈臻。恰巧在毗陵驿就遇着宝玉，又在旅店里见着贾赦，兄弟、父子团圆，到了家又是宝玉生子，贾珍复职，这宁荣两府又兴旺起来"。而宝玉也"改邪归正"，这一切都要归于"圣天子在位，五谷丰登，万民乐业"。在顾太清描摹的盛世景象中，皇帝"在御花园大宴群臣，全分烟火、又有鳌山、宝座、百戏、花灯，还有各国使臣朝贺新正。真是：九天阊阖开宫殿，万国衣冠拜冕旒"。这诚然是美好的幻想，却与现实相去

---

① 朱一玄编《明清小说资料选编》（下），朱天吉校，南开大学出版社，2006，第 668～669 页。

甚远，而这种幻想之所以形成，除了自身家族经历的投射之外，很大程度上也体现了作者本人的希望和祈愿。

绝大多数这个时代的旗人对于时代与社会的认识都是顾太清这种状况，连有机会最早亲身体验域外经历的斌椿，在先后游历了法国、英国、荷兰、丹麦、瑞典、芬兰、俄国、比利时等 15 个国家后的日记和诗歌中，还不曾觉察世界大势质变的到来，或者说略有体会，却折返回归到传统的思路之中，甚至反映在其叙述和抒情的方式之中。① 作为统治阶层中的一员，旗人们面对时世的变化感到惶惑，但无从化解，只能回过头去寻找那些已经自然化了的伦理教条和体制律令。这并不能带来安慰，弥漫不去的焦虑始终笼罩在他们的心头。他们成了"苦恼的叙述者"：即如果将文化视作与社会生活相关的一切表意行为的集合，意识形态作为文化的释义系统，会对表意活动进行规范化，但当文化危机来临之时，文学的表述就会与意识形态的要求产生割裂，从而使得叙述者苦恼不堪，很难调和情感上的依托与现实中的变迁之间的紧张关系。② 焦虑在顾太清作品里以反向的形式呈现为自我欺骗式的重续家声、欣欣向荣——现实层面她也确实在经历颠沛后再次尊贵荣耀，心理层面则是《红楼梦影》中贾府的重获辉煌。这一点与文康的《儿女英雄传》倒是不谋而合，尽管《儿女英雄传》与《红楼梦》恰是相反，而顾太清则给予了《红楼梦》一个美满结局，两者都是幻梦。这种幻梦未尝是不谙世事已变的蒙昧，而是深一层无处排遣的恐慌与逃避。

旗人文士非全然不晓时务世情，道光年间的文冲就表达了与龚自珍类似的忧患："立马山头读旧碑，活人有术少人知。苍山此日无多病，两字饥寒欲问医"③，此诗借古说今、借题发挥，表达对帝国病灶无方可救的无奈。咸丰年间的庆康则直接描写了鸦片战争的根由："鸦片烟，何来种？误尽苍生谁作俑！一经堕落少回头，丧败死亡不旋踵。或云此物来西洋，罂粟花中产异浆。其性最毒其味苦，促人年寿断人肠。吸食之人戒不得，奈何不吸之人犹争尝。磁瓶湘管长盈尺，火爇兰膏一灯碧。诗人藉彼遣牢骚，好友因之数晨夕。老弱谓可助精神，少壮从兹褫

---

① 刘大先：《论近代中国士人的首次西游书写》，《东方论坛》2012 年第 4 期。
② 赵毅衡：《苦恼的叙述者》，四川文艺出版社，2013，第 3～4 页。
③ 文冲：《过扁鹊墓》，载张菊玲、关纪新、李红雨辑注《清代满族作家诗词选》，时代文艺出版社，1987，第 285 页。文冲，字一飞，辉发纳喇氏，自称长白纳喇公。道光年间历任工部郎中、东河河道总督等职，撰有《一飞诗钞》，集前有林则徐、邓廷桢等人题序。

魂魄。富贵之家转瞬贫,贫贱之人亦效颦。骨立形销如槁木,芙蓉人面不生春。可怜一炬阿房火,烧尽康衢安乐民。微物戈戈能几许,厥害无穷难枚举。病人直使入膏肓,不医之症诚痛楚。……大千世界起腥风,爇火蛮烟处处同。受痛不分男和女,朝朝酣卧毒云中。西洋用此毒中华,中华好奇实堪嗟!"① 在竭力铺陈了鸦片的危害之后,诗末转向了"西洋"与"中华"之间的对抗,忧虑的是整个国家在外患前的危机四伏,这在思想层面已经泯灭了满汉界域——虽然平满汉畛域还需要至少半个世纪才真正被朝廷纳入议事日程。

外部的威胁毕竟尚不构成全局性影响,面对社会内部的撕裂,旗人有识之士才更加惶惶不安。宝廷(1840~1890)上疏曰:"本朝制度,满汉并用。从前八旗人才辈出,凡汉员所不能办者,满员往往每能有功。今则大异于昔矣。夫外省尚可不分满汉,京官满汉并列,不能通融。合十八省汉人而取之犹未必人尽称职,旗人之数不敌一府,亦必勉强备员,岂免滥竽之诮。此时如此,日后可知。"② 宝廷对于八旗人才委顿的描述,隐约透露出一种变化了的身份感觉。笔者这里说的身份感觉,来自于岸本美绪所说的那种不是由"身份制"所联想到的、构成阶梯状的、客观化了的社会全体结构,而是生活在当时社会中的人们在流动性的状况下,如何认知自己周围人们的社会地位,通过服装、称呼、交际的礼仪等形式如何可视性地表现与对方的关系,以及作为此类行为积累结果,社会地位的感觉究竟如何被强化或者如何变化下去的,即包含着含糊和矛盾的、自我生成的、变迁下去的身份秩序问题。③ 身份感觉的变化实为政治、社会、时代变化的映照,然而身在旧有体制之中的人既无力突破也无法作为。宝廷是晚清诗坛上的领军人物④,在政治上与张佩纶、张之洞、陈宝琛等人声气相通,敢谏直言,被世人称为"清流党"。其《无衣叹》《无火叹》《无衾叹》《无糕叹》《冬日叹》等诗篇对悲苦贫困

① 庆康:《鸦片烟行》,载张菊、关纪新、李红雨辑注《清代满族作家诗词选》,时代文艺出版社,1987,第291~292页。庆康(1834~?),字建侯,舒舒觉罗氏,镶红旗满洲人。咸丰间举人,曾做过永平同知、朝阳和丰宁知县、热河道台之类的中下级官吏,有《墨花香馆诗存》八卷传世。
② 宝廷:《请整顿八旗人才疏》,载葛士浚辑《皇朝经世文续编》卷三十四"内政部",光绪十四年(1888)上海图书集成局刊本。
③ 〔日〕岸本美绪:《明清时代的身份感觉》,载〔日〕森正夫等编《明清时代史的基本问题》,周绍泉等译,商务印书馆,2014,第364~366页。
④ 袁行云《清人诗集叙录》言:"晚清八旗诗人,当推(偶斋)第一。"宝廷:《偶斋诗草》"前言",聂世美点校,上海古籍出版社,2005,第2页。

的生活进行了同情性的描摹，《莫养猪》《肩担儿》等则折射了残酷的现实。《糖胡卢》常被认为是一种对于时局的直接隐喻："胡卢穿累累，咀嚼蜜满口。外视尽光华，中心隐枯朽。"①《述志》诗可以视为晚清中兴时代旗人文化精英的普遍尴尬处境和心态："幸免危亡惨，偷安泪莫倾。无能休避祸，不死忍谋生。弹指华年过，回头旧事更。功勋传祖德，诗礼溯家声。宦海难寻岸，文场枉著名。忧深忘觅乐，辱重耻求荣。天地心何在，身家念久轻。壶中有村酒，沉醉卧前楹。"②曾经有过的富贵繁华，眼见消散殆尽，忧愁是如此之深，到宝廷这里，甚至连像顾太清那样在文学作品中进行化解都不太可能，所能做的却只能是借酒消愁，宁愿沉醉不愿醒。

清帝国的结构在晚清尤其是鸦片战争和太平天国起义之后，发生了中央权力对地方鞭长莫及的变化。在平定叛乱的过程中，为弥补政权建设在财政领域的不足，咸丰三年（1853）江北大营为筹措军饷开始采用厘金制度，至同治元年（1862）除了云南和黑龙江之外已经遍行全国③，地方强悍官僚获得经济税收擅专，因此愈加坐大，国家政权内卷化，出现了孔飞力所谓的"地方军事化"的过程，国家权力转移到地方精英之手④。由中央与地方、满与汉权重位移，身份危机已经侵蚀入旗人的心灵之中。在思想与文化层面，伴随今文经学和西学洋务的兴起，道咸以降学术的思想资源和发展流变都呈现出一种多元并进之势。以乾嘉考据为代表的经学渐失统治地位，过去长期处于边缘的史学则可见明显的地位上升，而今文经学实际上已经对有清一代国家意识形态展开了无情的抨击。词为"小道""艳科"的观念受到了猛烈的冲击，受制于旧体诗词固有形式与内容套路的限制，词境的无法扩展也预示了文学变革的势所必然，小说因为其平民特色而逐渐获得其重要性，更广泛意义上的文学也即将在黄遵宪、夏曾佑、梁启超等后来者的引领下发生形形色色的革命。⑤儒家学说作为意识形态尽管摇摇欲坠，却依然维持着表面的高尚地位，而旗人群体基本上尚沉浸在帝国再次复兴的迷梦之中。顾太清以词为主的创作作为个案以及其他旗人的诗词小说也呈现出这个普遍特点。这些旗人的

① 宝廷：《偶斋诗草》，聂世美点校，上海古籍出版社，2005，第 409 页。
② 宝廷：《偶斋诗草》，聂世美点校，上海古籍出版社，2005，第 231 页。
③ 罗玉东：《中国厘金史》，商务印书馆，1936，第 15～24 页。
④ 〔美〕孔飞力：《中华帝国晚期的叛乱及其敌人》，谢亮生等译，中国社会科学出版社，2002，第 217 页。
⑤ 张宏生：《清词探微》，上海古籍出版社，2008，第 353 页。

心象，折射出特定人群希望在文本中修复现实的社会心理，预示了传统诗词抒情方式和情感结构面对新的现实再难有所作为，尽管如此，却也为特定历史情景中特定群体的社会心理留存印迹，可以作为观察时风世相的幽微之镜。

第三节 《红楼梦》的读者：文康的幻想

文康（1794～1865）的《儿女英雄传》与顾太清的《红楼梦影》前后脚出版，这同样是个"梦中人"。如果说顾太清尚对自己的梦存有犹疑，怵然惊醒，文康则有意转移了中兴表象下的隐忧，而用与《红楼梦》相左的构思一意营造出幻梦之境。

法国哲学家布伦士维格（Léon Brunschvicg, 1869～1944）认为现代思想的奠基者笛卡尔和帕斯卡尔的思想建基于蒙田的怀疑论之上，是根据蒙田的情况来确定自己大部分作品和思想观念的，因此可以说笛卡尔和帕斯卡尔是蒙田的读者。[1]《儿女英雄传》对于《红楼梦》的反拨和修正也体现了类似的影响，没有《红楼梦》就没有《儿女英雄传》。所以，也可以借用此说来称呼文康为《红楼梦》的读者，意在突出《红楼梦》之于《儿女英雄传》的影响与焦虑。而《儿女英雄传》在成书之后，对其后来的读者和作者又形成新一轮的影响与焦虑，这是一个文学传承谱系中意味深长的现象，而将这个现象放入旗人文学的谱系之中则更值得细究。

将《儿女英雄传》作为旗人文学，是满族文学研究的一个特定视角，李婷《京旗人家：〈儿女英雄传〉与民俗文化》[2]一书对此有全方位的解读，不过该书将其作为一个孤立的对象来考察其与旗人文化的关系，缺少历史延续性的脉络和横向的各民族比较，因而还不能说有个明确的时空坐标点。《儿女英雄传》[3]就题材看，像侠义小说；从写作方式论，评断为一部评话小说也未尝不可；内容上着眼，则

---

① Léon Brunschvicg, *Descartes et Pascal, lecteurs de Montaigne*（Paris: La Baconnière, 1942）.

② 李婷：《京旗人家：〈儿女英雄传〉与民俗文化》，黑龙江人民出版社，2005。

③ 本章所论《儿女英雄传》，根据的版本是 1981 年上海书店根据亚东图书馆 1932 年版复印的 40 回本，下文的引文不再一一注明。

不妨称之为公案小说①；从细节论，还带有世情小说的风格。不同类型的糅合，聚焦到全书的主旨来论断的话，它则是一部有关旗人的社会小说。盖因一是它的作者为旗人，作者文康，费莫氏，字铁仙，一字悔庵，号燕北闲人，系满洲镶红旗人；二是它的书写对象是旗人日常生活，全书通篇主要人物是旗人：在题材选择方面主要聚焦于北京旗人社会，在人物形象塑造上着意塑造尚武、淳厚、恬淡的京旗族群性格，在语言和习俗上颇多满语表述和满人风俗。在后世一般满族文学史的叙述中，《儿女英雄传》也被视为继《红楼梦》后反映旗人文化最具盛名的一部长篇小说，称得上富有旗人风俗、风情及风格。

当然，关于《红楼梦》是否为"满族文学"一分子，向来笔讼纷纭，董文成主编的《清代满族文学史论》中就专立章节引李广柏《曹雪芹是满族作家吗？》一文中的论断，指出曹雪芹不是满族作家，而《红楼梦》自然就不属于满族文学系谱中的一员②，而王钟翰、关纪新等学者则认为曹雪芹作为内务府正白旗"包衣"③，无疑属于旗人。撇开作者族籍不谈，有一点倒是谁也无法否认的，那就是《红楼梦》是满汉文化交融的产物，考诸曹雪芹生平，他的教育背景、生活环境、交游过往无不浸润着浓郁的旗人文化色彩。所以，笔者不打算在曹雪芹的族别归属上纠缠过多——无须用后设的特定族别观念去框定之前的历史，但采用旗人文化的视角对其进行研究确实能够别开生面④——而直接考察《儿女英雄传》对《红楼梦》的继承与反拨。

《儿女英雄传》成书于咸丰、同治年间，此时历经湘黔川三省苗乱、川楚白

---

① 将《儿女英雄传》归为侠义小说或侠义公案小说类是鲁迅的观点，吴小如的《晚清的侠义小说和谴责小说》（《文艺学习》1955 年第 8 期）也认为《儿女英雄传》属于侠义小说；丁锡根的《中国历代小说序跋集》将《儿女英雄传》等也归属为侠义小说类；陈平原的《千古文人侠客梦》也认为《儿女英雄传》等属于清代的侠义小说。另一些学者则归之为英雄儿女小说，如孙楷第先生的《中国通俗小说书目》在明清小说部乙"烟粉"类下又分了五个子目，"英雄儿女"就是其中一类，将《儿女英雄传》纳入英雄儿女小说部。齐裕焜《中国古代小说演变史》（敦煌文艺出版社，1999）认为《儿女英雄传》是儿女英雄小说的代表作；张俊《清代小说史》（浙江古籍出版社，1997）也持此论。

② 参看董文成主编《清代满族文学史论》，中国文联出版社，2000，第 21~26 页。

③ 包衣，全称"包衣阿哈"，为满语 booi aha 音译，本意为"家里的仆人"，指代清代满洲贵族家庭中的奴仆，或朝廷赐封隶属于满洲贵族宗室管理的属民。曹雪芹家属于后者，属于上三旗。

④ 关纪新：《一梦红楼何处醒——假如启动满学视角读〈红楼梦〉又会怎样》，《中央民族大学学报》（哲学社会科学版）2011 年第 2 期。

莲教起义、闽粤海边盗患及西夷入侵、畿辅之地秘密教派兴起①，日近西山、大厦将倾之感逐渐笼罩在帝国子民中一些具有远见卓识的精英心头。虽然同治朝在鸦片战争和太平天国后得汉人重臣辅佐回光返照，转危为安，却也大势将去。历史学家孟森（1869~1938）尝言："清至咸丰朝，文恬武嬉，满洲纨绔用事，伏莽遍地。清室本以八旗武力自豪，为英吉利所尝试，而旗籍大员之奸佞庸劣无一不备。举国指目穆彰阿、琦善，谓之奸臣。文宗即位，虽斥退穆相，琦善以下偾事之旗员，仍以勋戚柄用。揭竿四起，以太平军为蔓延最广。国际应付尤荒谬，召闹取侮，乘内乱方亟之际，挑激不已，致四国联军逼京师，文宗走避热河，清之不亡如缕。其时讲学问，研政治，集合同志，互相策励，遂收救国之效。同治一朝，逐渐勘定。至光绪初，尚乘胜势尽复新疆，且开设行省，矫正乾隆间旗人专为私利之习。一时名以中兴，诚亦不愧。要其既危而获安，非清之主德有污隆，实满、汉势力之升降也。满既必亡，汉既必昌，清若能顺应之，与全国为一体，惟材是用，竟破满、汉之限，则以二百余年统治之名义，国人习为拥戴，君主尚有威权，重造一进化之国家可也。气数有穷，女戎复作，中兴之象，转瞬即逝。"②此论虽然过于强调满汉博弈和天道气运，却也道出满人权势弱化的实际，在这种大背景下理解《儿女英雄传》的命笔作文，文康自有一番为旗人张目的隐衷。而从文学史的发展来看，此际狭邪小说兴起，"文人士夫苦闷抑郁、衰颓落寞、耽于幻想"③，"肮脏抑郁之气无所发抒，因遁为稗官小说，托于儿女之私"④。文康此作追慕雅正传统，有反世俗潮流的意味。

马从善在《儿女英雄传》序中说："先生少袭家世余荫，门第之盛无有伦比。晚年诸子不肖，家道中落，先时遗物斥卖略尽。先生块处一室，笔墨外无长物，故著此书以自遣。"鲁迅于《中国小说史略》中也说道："荣华已落，怆然有怀，命笔留辞，其情况与曹雪芹颇类。"⑤作者文康的身世确与曹雪芹有类似的地方，他出生

---

① 早在嘉庆十八年（1813）发生的天理教（八卦教）血染紫禁城的癸酉之变，已经说明清廷的外强中干。关于此事的详细论述，参见马西沙、韩秉方《中国民间宗教史》下，中国社会科学出版社，2004，第799~814页。

② 孟森：《清史讲义》，中华书局，2006，第418页。

③ 李长莉：《近代中国社会文化变迁录》第一卷，刘志琴主编，浙江人民出版社，1998，第50页。

④ 谢章铤：《魏子安墓志铭》，《赌棋山庄所著书·文集》卷五，上海辞书出版社图书馆藏清光绪刻本影印，第313页。

⑤ 鲁迅：《中国小说史略》，东方出版社，2003，第197页。

于一个军功世家，代有相国，位极人臣，又与皇帝结过姻亲。[①]蒙古正蓝旗世家子弟崇彝（1884～1951）谓："其族中代有传人，四世凡有大学士数人。计乾隆朝有温福（殁于木果木之战），嘉庆朝有勒保（谥文襄），道光朝有讷尔经额（兼直督、文渊阁），咸丰朝有文庆（武英殿大学士，兼军机大臣，谥文端），光绪朝有文煜（谥文达，武英殿大学士）。故其家有一印，曰'三代四大学士之家。'其实有五人焉。此数公虽分隶于正白、正蓝、正红各旗，实一家也（八旗人只计姓氏，不计旗分）。即以余祖母（正蓝满洲）兄弟行论，颇有政绩者，亦有文学者。"[②]其家族的显赫程度比包衣家族出身的曹雪芹有过之而无不及。[③]从事功官爵上来说，文康在他的堂兄弟中间并不出众，三代五学士的煊赫门庭最终家道败落，按照同时代论者的看法，他的心中于此感慨万千。这个时候《红楼梦》早已风行于世，并广为民众所喜，《红楼梦》表现出浓重的忧患意识和悲情伤感的情绪，激发了《儿女英雄传》反其道而行之的创作动机。

作为一个旗人子弟，文康对清王朝抱有幻想，期望借小说以扶持纲常、劝善惩恶、淳化民风，比及曹雪芹痛定思痛的反思又有一番不同，带有强烈的家国认同与家族复兴的愿望。小说家赵苕狂（1892～1953）认为："他所以写是书，还有一个绝大的目的，那就是欲为一般旗人吐气。这因为《红楼梦》其时正在风行，一般人都以为这书是在指斥旗人，一时颇引为话柄，这在一般旗人很觉得不堪的，所以，他在本书中竭力的为旗人抬高身份，显然和《红楼梦》取着对垒的形势。"[④]小说第三十四回有一大段凭空而来的议论，可以说是作者夫子自道：

> 就拿这《儿女英雄传》里的安龙媒讲，比起那《红楼梦》里的贾宝玉，虽说一样的两个翩翩公子，论阀阅勋华，安龙媒是个七品琴堂的弱息，贾宝玉是个累代国公的文孙，天之所赋，自然该于贾宝玉独厚才是。何以贾宝玉那番乡试那等难堪，后来直弄到死别生离？安龙媒这番乡试这等有兴，从此

---

① 其祖父勒保是名将，"既罢相，帝眷注不衰，命皇四子瑞亲王娶其女，以恩礼终。子九，长英惠，科布多参赞大臣，袭三等威勤侯，卒；孙文厚，嗣爵。第四子英绶，工部侍郎；孙文俊，江西巡抚"。赵尔巽等撰《清史稿》第三十七册，中华书局，1977，第11146页。

② 崇彝：《道咸以来朝野杂记》，北京古籍出版社，1982，第47页。

③ 参见弥松颐《关于〈儿女英雄传〉作者文康的家世、生平及其他》，《文史》第二十四辑，1985。

④ 赵苕狂：《〈儿女英雄传〉考》，见《侠女奇缘》，广西人民出版社，1980，第5页。

就弄得功成名就？天心称物平施，岂此中有他谬巧乎？

不过安公子的父亲合贾公子的父亲看去虽同是一样的道学，一边是实实在在有些穷理尽性的功夫，不肯丢开正经；一边是丢开正经，只知合那班善于骗人的单聘仁，乘势而行的程日兴，每日里在那梦坡斋作些春梦婆的春梦，自己先弄成个"文而不文正而不正"的贾政，还叫他把甚的去教训儿子？

安公子的母亲合贾公子的母亲看去虽同是一样的慈祥，一边是认定孩提之童一片天良，不肯去作闾人；一边是一味的向家庭植党营私，去作那闾人勾当，只知把娘家的甥女儿拢来作媳妇，绝不计夫家甥女儿的性命难堪；只知把娘家的侄女儿拢来当家，绝不问夫兄家的父子姑娘因之离间，自己先弄成个"闾之生也幸而免"的王夫人，又叫他把甚的去抚养儿子？

讲到安公子的眷属何玉凤、张金凤，看去虽合贾公子那个怖中人薛宝钗、意中人林黛玉同一艳丽聪明，却又这边是刻刻知道爱惜他那点精金美玉，同心合意媚兹一人；那边是一个把定自己的金玉姻缘，还暗里弄些阴险，一个是妒着人家的金玉姻缘，一味肆其尖酸，以至到头来弄得潇湘妃子连一座血泪成斑的潇湘馆立脚不牢，惨美人魂归地下，毕竟"玉带林中挂"，蘅芜君连一所荒芜不治的蘅芜院安身不稳，替和尚独守空闺，如同"金钗雪里埋"，还叫他从那里"之子于归，宜其室家"？

便是安家这个长姐儿比起贾府上那个花袭人来，也一样的从幼服侍公子，一样的比公子大得两岁，却不曾听得他照那袭而取之的花袭人一般，同安龙媒初试过什么云雨情；然则他见安公子往外一走，偶然学那双文长亭哭宴的"减了玉肌，松了金钏"，虽说不免一时好乐，有些不得其正，也还算"发乎情，止乎礼"，怎的算不得个天理人情？

何况安公子比起那个贾公子来，本就独得性情之正，再结了这等一家天亲人眷，到头来，安得不作成个儿女英雄？只是世人略常而务怪，厌故而喜新，未免觉得与其看燕北闲人这部腐烂喷饭的《儿女英雄传》小说，何如看曹雪芹那部香艳谈情的《红楼梦》大文？那可就为曹雪芹所欺了！曹雪芹作那部书，不知合假托的那贾府有甚的牢不可解的怨毒，所以才把他家不曾留得一个完人，道着一句好话。燕北闲人作这部书，心里是空洞无物，却教他从那里讲出那些忍心害理的话来？

这里几乎处处要与《红楼梦》做"拨乱反正",因此胡适说:"《儿女英雄传》与《红楼梦》恰是相反的。曹雪芹与文铁仙同是身经富贵的,同是到了晚年穷愁的时候才发愤著书。但曹雪芹直写他和他的家庭的罪恶,而文铁仙却不但不肯写他家所以败落的原因,还要用全力描写一个理想的圆满的家庭。曹雪芹写的是他的家庭的影子;文铁仙写的是他的家庭的反面。"[①]也就是说,在创作伊始,文康就带着曹雪芹《红楼梦》影响的焦虑,而站定在文以载道的大纛下,以英雄本色、儿女家风的故事来敷演忠孝节义的义理,力图构建一个"没落时期满洲贵族的理想模式",并在其中"追慕丧失了的满语旗俗",所以避免不了带有"编织幻梦的悲剧性"。[②]当然这种幻梦是经由后来读者解读出来的,就其写作原初而言,是无意识中形成的,显示的是意识形态和美学定规根深蒂固的影响——在文康的年代,他的思想倾向和美学趣味代表了主流的价值观念和审美风尚,曹雪芹才是另类。

刘慎元运用后殖民主义理论,通过详细的考证和索引,分析《儿女英雄传》中安家是同治时期清帝国的缩影,安骥的原型是同治四年的探花汉军正黄旗人杨霁,而其第二重原型,就是当时的青年皇帝。他认为:"小说创作自然不是一对一点硬配,多半是此搭彼截,一人一事或分成几处来写,许多人事也可能合并表达。双凤兴家、两宫同治,原因都是男主角尚未自立;描写安骥的沉潜苦读,背后是忠心满臣文康希望主子能进德修业,早日重振家声的期待。书末安排安骥担任观风整俗使,致君尧舜上,再使风俗淳,就是希望同治帝能恢复清初的盛世。"[③]刘文不免深文周纳、主观臆断,另外满人入主中原之后,其根据地已由关外移入中原,满汉蒙藏回等不同族群在同一帝国空间作息,与西方殖民是不同的。不过他将《儿女英雄传》看作一部"国族寓言"是准确的,如果说曹雪芹是从青春与爱情入手,反思王朝统治和人生终极追求,那么文康的现世关怀则带有中年世故的明确功利,就是要建构一个理想化的满洲政治与家族文化的典范示例。

如果从小说技法结构、思想价值等角度看《儿女英雄传》,它称得上是想象力匮乏的平庸文人之作。因为小说里大抵只有跳不出陈腐教条的风化窠臼和平板人

---

① 胡适:《〈儿女英雄传〉序》,《胡适全集》第三卷,安徽教育出版社,2003,第532~533页。

② 张菊玲:《清代满族作家文学概论》,中央民族学院出版社,1990,第246~272页。

③ 刘慎元:《鸳鸯绣出"重"教看——〈儿女英雄传〉的新观察》,见黎活仁、龚鹏程等主编《方法论与中国小说研究》,香港大学亚洲研究中心,2000,第253页。

物，甚至情节也缺乏令人耳目一新的地方。作者借着单薄的故事线索的推衍，炫耀其广博的社会和学术知识，倡言其单调的仁义道德说词，堆砌铺排、连篇累赘。胡适就很不屑文康的思想见识，但隔代批评往往以己度人，缺乏从文化持有者的内部眼光理解他们的同理心。在旗人家庭和社会关系中浸润出来的文康自然不可能有胡适等新文化人物那样的现代意识，以其本身所处的社会整体环境和个人修养来说，《儿女英雄传》不失为一部照见心象之作。与明代世情小说类似的地方是，《儿女英雄传》中充满了迂腐僵化的道德说教。安学海是作者塑造的理想化的人物，也是充当晓谕其意旨的代言人。他在规劝十三妹的时候张口闭口便是引经据典的《列女传》，在日常饮食起居中也处处不忘掉书袋、风教化："人生在世，第一桩事便是伦常。伦常之间没两件事，只问性情。这其间，君臣、父子、兄弟、朋友都好处，惟有夫妇一伦最不好处。若止就'君礼臣忠，父慈子孝，兄爱弟敬，夫义妇顺'，以至'朋友先施'的大道理讲起来，凡有血气者，都该晓得的。"作者有时候还以说书人的第三人称直接发议论：

> 讲到"受授"两个字，原是世人一座"贪廉关"，然而此中正是难辨。伯夷饿死首阳，孟子道他"圣之清者也"；陈文子有马十乘，我夫子也道他"可谓清矣。"上古茹毛饮血，可算得个清了，如终不能不茹毛不饮血，还算不曾清到极处。……"不近人情者，鲜不为大奸大慝。"便是老生常谈，也道是："不要钱原非异事，过沽名也是私心。"又道是："圣贤以礼为书，豪杰惟情自适。"（第二十七回）

如此种种，在小说中比比皆是。这样陈词滥调适足以让人感到枯燥和厌烦，但《儿女英雄传》却依然吸引了无数读者，原因在于在作这篇道德文章的时候，作者用的是游戏笔墨。胡适认为这个小说短在"思想的浅陋"，长处在于"语言的漂亮"，特别指出小说的"特别长处在于言语的生动、漂亮、俏皮、诙谐有风趣"，并且把《儿女英雄传》在语言方面取得的成就与《红楼梦》的语言并举，认为两部书"都是绝好的京语教科书"[1]。在游戏式的写法与严肃的道德说教之间所形成的叙述张力中可以看到《儿女英雄传》对于《红楼梦》对抗式的拟仿。文康笔下的安家比不

---

① 胡适：《〈儿女英雄传〉序》，《胡适全集》第三卷，安徽教育出版社，2003，第542页。

得曹雪芹笔下的贾家。虽然安家也是个"世族旧家"，但充其量只是个一般的小官僚家庭。清代旗人中、上层家庭普遍延袭着奴隶（aha）制度的残余，使用奴仆。[①]安家内外奴仆也有十数名。文康写安家使用家奴的情况，如老家人张进宝说："一笔写不出俩主儿来，主子的亲戚也是主子，一岁主，百岁奴。"老家人华忠也说："咱们这个当奴才的，主子就是一层天，除了主子家的事，全得靠后。"主人对女家奴的称呼与《红楼梦》中完全一致，如"晋升家的""梁材家的""戴勤家的"等，在奴仆中也有"家生子儿"等。不过，和《红楼梦》里流露出的孤高出世和杌陧不安情绪不同，文康自始至终是志得意满地维护现实制度的，并对现存伦理体系完全接受且试图说服读者接受。

与西方的叙事传统追溯到荷马吟诵不同，中国古典小说生发于史传、子书与神话，而非口头传统。但文康的叙述依然从口头文学中汲取了形式与腔调，采用了说书人的口吻，这种口吻指陈了一个表演的情境，在这个情境中说故事的人和听众之间心照不宣含有默契，构成了一个和谐的场域。如同王德威所说的："无论就美学或文化层次而言，说话情境在中国古典小说的叙事模式中，均可视为驱动似真感（verisimilitude）的主力。它并非作品中可有可无的点缀，相反的，它的'存在'（presence）即保证了任何一部作品的意义感。"[②]说书人代表的是一种集体的社会意识，他与拟想的听众之间保持了亲和的适中距离，既不高高在上也不卑微低下，而是极力营造并保持一种平等的主客交流的模式，使得小说这种文类具备了与普通民众之间的亲近性。说书人的叙述有时候以主客问难解答的方式辩证向前推进：他首先提出的一个不太令人信服的论点或者令人疑窦丛生的场景，然后借着将历史经验普及合理化（generalization）弥补隙漏，或做道德上的判断，使听者祛除疑惑，最后接受他的论证为一个足可信赖的陈述。这一切都为更好的信息与观念传达效果提供了保证。文康此举可以视为对于《红楼梦》"真事隐去，假语村言"的反动，曹雪芹明白表示故事的虚构性质，而文康则在营构一种假性的真实情境，力图赢得读者的信任。因此，在《红楼梦》里处于隐藏状态甚至无意识的文化认同在《儿女英雄传》里得到了鲜明的凸显。

---

① 祁美琴:《清代内务府》，辽宁民族出版社，2009；杜家骥:《清代八旗官制与行政》，中国社会科学出版社，2015。

② 王德威:《想象中国的方法：历史·小说·叙事》，生活·读书·新知三联书店，2003，第84页。

《儿女英雄传》以北京旗人为写作对象，通过安骥和二凤的弓砚缘，不仅表现了京旗官宦家庭的生活，展示了旗人的思想和意识；而且它以纯正娴熟流畅的北京话，生动地描绘旗人生活。书中所涉旗人的习俗、礼节、服饰、婚丧、祭祀、语言等方面的描写很多。譬如，安公子和十三妹成婚翌日，被带到家庙，拜祖宗的习俗，即满洲话叫作"阿察布密"的古礼；还有诸如旗人的各种见面问安、婚丧礼仪，都不是民人所常见习得的事物。文康无意中打开了一个清后期旗人生活的万花筒，大到皇帝点甲，小到饮食、装扮等琐屑微末之事，为正史所未及。无论是满语骑射、风土人情、家规习俗的描写，还是对经济生活、人生遭际的描摹，都蕴含着文康对于社会的有限理解和经过两个世纪已经逐渐与主流汉文化融合的审美意识。文康与《儿女英雄传》中的人物，流露出的满文化无意识沉淀和刻意表现出的旗人族群意识，倒正是见出遭逢世变时候的本能情绪流露。因为家世缘故和自身经历，文康的视野无疑要比顾太清广阔，而情绪也就比较显豁。烧烟之战已成旧迹，官办洋务和公派留学这样的新事物带来的冲击以反方向的忽略呈现为缺席状态。

《儿女英雄传》运用了大量的议论、对白和描写，表达了旗人对族属的看法。通过对其创作背景、创作目的以及塑造的人物形象分析，可以从中触摸到旗人族群意识的整体性：在长期交融中，满洲八旗、蒙古八旗和汉军八旗到文康时代已经旗内不分，形成了一体。这种族群意识很大程度上与理学为主导的官方意识形态一脉相承，却在满汉权重位移中不自觉地有了情感认同的倾向。作品描写了不同旗分的旗人，通过对他们生活细节与心理感受的描写，表现了旗人内心深处强烈的民族意识。日人太田辰夫（1916～1999）在《满洲族文学考》序言中指出，满族文学之所以叫满洲族文学，是因为反映了满族人的社会、风俗、生活、心理状态等方面："像《儿女英雄传》这样被曲解的小说是不多见的。此部小说应当说是满族文学的代表作，它充满民族精神。"[①] 他认为文康有一种忠于朝廷的使命感，并想把它写进小说中："《红楼梦》所描写的是贵族阶层的腐败及其没落的命运。那么，挽救八旗的方法就没有了吗？"文康创作《儿女英雄传》的意图，可以看作试图探索八旗衰弱的原因，找出解决办法以恢复八旗精神。太田辰夫的潜

---

① 〔日〕太田辰夫：《〈儿女英雄传〉里出现的旗人》，《满洲族文学考》，中国满族文学史编委会，1980 年油印本。

在认识论框架颇受早年京都学派的影响，"满洲"往往被视为与"中国"不同的所在，这种解读事实上是后来北美"新清史"的隐秘先声。不过，文康确实表现出某种可以归结为旗人文化认同的特质。在后来的旗人作家石玉昆、赵焕亭、王度庐等人的公案与武侠小说中，也会发现儒家主流传统摒斥的"侠以武犯禁"在其中并不存在，取而代之的是对现存家国秩序的拥护和弥补。

光绪十四年（1888）上海蜚英馆石印本《绘图评点儿女英雄传》

对比顾太清《红楼梦影》，尤可以感受到文康的族群意识。这两部书是旗人文学史上并出之作，都是在隆福寺路南聚珍堂书坊刊刻。《红楼梦影》刊于光绪三年（1877），次年《儿女英雄传》也出版了[①]。《红楼梦影》表现了一个满洲贵族对

① 据张菊玲先生从金启孮的文章得出的结论，参见张菊玲《旷代才女顾太清》，北京出版社，2002，第167页。

于家国兴旺的渴望，顾太清由贾政在毗陵驿从一僧一道那里将宝玉救回开始，随即贾赦赦罪，贾珍复职，贾家否极泰来。现实中此时的清王朝却是处于风雨飘摇境地，这种大团圆是作者一厢情愿的幻想，也是对曹雪芹幽愤感伤的刻意扭转。文康亦复如是，世界的格局已变，但他依然抱残守缺，以自欺欺人的幻想来对抗开始觉察出的倾颓命运。八旗先祖女真以非常落后的渔猎生产方式起家，进而征战扩张，入关为王，为了维护统治守成，努力接受在当时看来是先进的汉地文明、儒家文化，原生的萨满信仰、"国语骑射"和雄强进取精神随着世易时移而失落委顿。一旦遭遇外来强势文化的侵袭，过熟而烂且被尊崇为意识形态的儒家文化也陷入措手忙乱的境地，这反过来促使其子弟投向对原生族群文化的忆恋与回归。

从这个意义上来说，曹雪芹、纳兰性德能够发出盛世里的哀音，实在是有着敏锐的洞察和判断。文康则要迟钝得多，面对着《红楼梦》强大的存在，《儿女英雄传》虽未像顾太清那样强行给它安排一个光明的尾巴，却变本加厉，走得更远，要以自己想象的文化标本来设立一个社会文化规范。在《影响的焦虑》中，布鲁姆（Harold Bloom，1930～2019）认为传统不是从前辈到年轻人的交接继承，而是后来的诗人努力把自己的后来性（belatedness）转变成先来性（earliness），从而颠倒了按时间顺序构成的传统观念。杰出的诗人与他们的前辈进行殊死搏斗，拙劣的诗人把前辈理想化，而具有想象力的诗人为自己而利用前辈。影响已经被理想化为一种秩序，它包容一切而不是排斥一切，其吸纳和包容的能力没有限制；而传统在一种有限的而且总是排他的空间里运作，因此任何自由都必须通过创造非连续性的斗争从过去获取。布鲁姆突出的是权力、暴力和占用，意义在一个文本和另一个文本之间游弋不定，必须辨识影响和传统之间的特性。他详尽地阐释了其"误读"理论的六种修正式策略，即"修正比"：克里纳门（Clinamen）、苔瑟拉（tessera）、克诺西斯（Kenosis）、魔鬼化（Daemonization）、阿斯克西斯（Askesis）和阿波弗里达斯（A·Pophrades）。所谓"修正比"，就是一种心理自卫机制。在布鲁姆看来，它对诗人之间的关系所起的作用相当于自卫机制对我们心理所起的作用。通过对上述六种修正比的分析，布鲁姆得出对偶式批评的结论："每一首诗都是对亲本诗的误释。一首诗不是对焦虑的克服，而是那焦虑本身。"[①] 尽管这未免有过度阐释的嫌疑，我还是要说这种说法也可以借用在

① 〔美〕哈罗德·布鲁姆：《影响的焦虑》，徐文博译，生活·读书·新知三联书店，1989，第84页。

文康身上，《儿女英雄传》正是他的焦虑本身。

文康的焦虑不仅在故事情节的安排上，更在诙谐幽默的症候中。《儿女英雄传》开篇的神话结构与《红楼梦》遥相呼应，而其典雅纯正中夹杂幽默诙谐的格调则别开生面，另立旗人文学世俗化的传统——用戏谑的笔法进行说教。比如牤牛山、癞象岭、野猪林、雄鸡渡的土匪强盗被何玉凤的忠孝节义感动得"回心向善买犊卖刀"。除了小说所具有的通俗性的文体规定性原因之外，戏谑其实表明作者所要表达的观念已经无法通过雅正的方式传达了，内底是自我信心的瓦解。当然，更多的时候谐趣只是语言本身的风格化美学。如第二十八回安骥处理同何玉凤之间的纠纷时的描写：

> 原来他因被这位新娘磨得没法儿了，心想，这要不作一篇偏锋文章，大约断入不了这位大宗师的眼。便站在当地向姑娘说道："你只把身子赖在这两扇门上，大约今日是不放心这两扇门。果然如此，我倒给你出个主意，你索兴开开门出去。"不想这句话才把新姑娘的话逼出来。他把头一抬，眉一挑，眼一睁，说："啊？你叫我出了这门到那里去？"
>
> 公子道："你出这屋门，便出房门，出了房门，便出院门，出了院门，便出大门。"姑娘益发着恼。说道："你嗯待轰我出大门去？我是公婆娶来的，我妹子请来的，只怕你轰我不动！"公子道："非轰也。你出了大门，便向正东青龙方，奔东南巽地，那里有我家一个大大的场院，场院里有高高的一座土台儿，土台儿上有深深的一眼井……"
>
> 姑娘不觉大怒，说道："哎！安龙媒，我平日何等侍你，亏了你那些儿？今日才得进门，坏了你家那桩事？你叫我去跳井？"公子道："少安无躁，往下再听。那口井边也埋着一个碌碡，那碌碡上也有个关眼儿。你还用你那两个小指头儿扣住那关眼儿，把他提了来，顶上这两扇门，管保你就可以放心睡觉了。"姑娘听了这话，追想前情，回思旧景，眉头儿一逗，腮颊儿一红，不觉变嗔为喜，嫣焉一笑。

其他诸如"至于安公子，空吧嗒了几个月的嘴，今日之下，把只煮熟的鸭子飞了"；"我不管他是生癣生疮，我只合他们生'癞'；我不管他是讲鸡讲鸭子，我只合他们讲'鹅'！"这些生动活泼、大俗大雅的语言倒正是《红楼梦》语言的延续和发展。

　　大众通俗文艺表现出陈腐的道德观念可以视为理学意识形态化的后果，如同赵毅衡所论，是原教旨主义式的礼教下延，把规范全民化，而"俗文学的兴起，加速了礼教规范下延的速度"[1]。在文康这里，毋宁可以看作旗人文学自身传统发展的突破。《红楼梦》中许多段落实际上也体现出大俗大雅的色彩（比如刘姥姥进大观园），但总体上还是偏于雅的。这和整个清代旗人书面文学的发展状况也有关系，成就较大的作家往往是上层贵族，以皇帝、宗室、官吏、将领为主，下层作家较少。主流的强势文体是诗歌，尤其是绝句和律诗，几乎旗人家族中均有沾染，词则次之，也有纳兰性德、承龄、耆龄等人，而小说则比较薄弱，只有学习蒲松龄《聊斋志异》的和邦额的《夜谭随录》、长白浩歌子的《萤窗异草》等略有影响，直到中后期才出现文康自出己意的《儿女英雄传》和顾太清的《红楼梦影》。对比书面文学，口头文学则延续民间说部的传统[2]，一直较为繁荣兴盛，民间故事、子弟书等一直活跃在底层旗人那里。在《红楼梦》之后，满族文学的雅俗出现合流的趋向，《儿女英雄传》庶几是个转折点，从此形成了旗人文学俗雅并呈的风格，两个传统既并行不悖又交融合会。流波所及，到后来清末和民国时代的蔡友梅、王冷佛、儒丐、王度庐、老舍那里体现得更为明显。所以，《儿女英雄传》在旗人文学系谱中具有转折的意义，而这与《红楼梦》的影响是不无关系的，也为后来新文学向普罗文学的前行积累了语言上的摸索性遗产，理清这条脉络对于理解后来满族文学主体风格的形成不无裨益。

第四节　官侠合治与大众趣味

　　如果说《儿女英雄传》在游戏笔墨中从文人自上而下的角度开启了雅俗合流

---

[1]　赵毅衡：《礼教下延之后——中国文化批判诸问题》，上海文艺出版社，2001，第18页。

[2]　满族说部即"讲古"，满语中称ulabun，为"传"或者"传记"的意思，是长篇说唱形式，相关研究有：王卓、邵丽坤：《满族说部概论》，长春出版社，2014；江帆、隋丽：《满族说部研究：叙事类型的文化透视》，中国社会出版社，2016；周惠泉：《满族说部口头传统研究》，朱立春整理，长春出版社，2016；荆文礼、富育光：《满族说部乌勒本概论》，吉林人民出版社，2018。旗人书面小说与民间说部之间的关联，本书第二章第三节有展开论述，兹不赘述。

的白话风格，那么《三侠五义》则是说书人自下而上地将通俗白话与美学带入普通民众的文学生活之中，进而影响到后来的文学创作。作为晚清时期流行甚广的侠义公案小说之一，《三侠五义》（1879）一向颇受论者关注，它及两部续作《小五义》（1890）和《续小五义》（1890）所构成的叙事系列，经过了著名学者的删改修订，显示出这部小说的影响和被文化精英意识到的价值。既有研究多是将其作为通俗文学中的一个部类，探讨其语言技巧与叙事才华，及其在旧文学向新文学转变过程中的作用，如果从旗人小说的系谱中考察，对于旗人的家国观念传承和美学递嬗则会有新一层的认识。

《三侠五义》本自子弟书艺人石玉昆所创作演出的《龙图公案》，同治、光绪年间，有人在石玉昆说唱《龙图公案》时听而录之，去掉唱词，形成题名《龙图耳录》的抄本。后又有署名问竹主人者根据《龙图耳录》改编成《忠烈侠义传》，现存光绪五年北京聚珍堂活字本是其已知最早刊本，同年上海广百宋斋亦将是书取名《三侠五义》印行，割原书的起首 12 行为《三侠五义》的序，题"石玉昆述"。至光绪年间北京评书艺人已将《龙图公案》作为评书讲说，名为《包公案》、《三侠五义》或《大五义》（区别于石玉昆所续《小五义》《续小五义》），流传甚广，其中许多章节还被改编为京剧和其他戏曲剧目。光绪十五年（1889），经学和朴学大师俞樾（1821～1907）在苏州读到《三侠五义》，大加赞赏，亲自加以修订，重写了第一回，改名为《七侠五义》，序而传之，盛行于江浙，旋流至北京，与《三侠五义》并行于世。这个成书经过多人多次从说唱到小说，从内容到形式等各个层次不同程度的整理修改，用鲁迅先生所讲的"草创或出一人，润色则由众手"这句话来描述这一过程很是贴切。①

《三侠五义》被认为是晚清公案侠义小说的代表作，历来学者对其评价较高，俞樾称其"事迹新奇，笔意酣悠，描写既细入芒，点染又曲中筋节"，"如此笔墨，方许作平话小说；如此平话小说，方算得天地间另是一种笔墨"。②鲁迅称赞其"构设事端、颇伤稚弱、而独于写草莽豪杰，辄奕奕有神，间或衬以世态，杂以诙谐，亦每令莽夫分外生色……以粗豪脱略见长，于说部中露头角也"③。胡适

① 于盛庭：《石玉昆及其著述成书》，《明清小说研究》1988 年第 2 期；苗怀明：《〈三侠五义〉成书新考》，《明清小说研究》1998 年第 3 期。
② 俞樾：《重编七侠五义传序》，转引自朱一玄编《明清小说资料选编》，齐鲁书社，1989，第 420 页。
③ 鲁迅：《中国小说史略》，人民文学出版社，1973，第 244 页。

也曾对《三侠五义》进行多方考证，并对其创作多有好评："《三侠五义》本是一部新的《龙图公案》，但是作者做到了小半部之后，便放开手做去，不肯仅仅做一部《新龙图公案》了。所以这书后面的大半部完全是创作的，丢开了包公的故事，专力去写那班侠义。在这创作的部分里，作者的最成功的作品共有四件：一是白玉堂，二是蒋平，三是智化，四是艾虎。"①鲁迅和胡适的判断影响深远，后来的研究基本在他们论说的范围之内。不过，他们的着眼点在于《三侠五义》的语言及其所表现的"平民意识"。鲁迅认为该书是"为市井细民写心"，强调指出，《三侠五义》及其续书，绘声状物，甚有平话习气……是侠义小说之在清，正接宋人话本正脉，固平民文学之历七百余年而再兴者也"②，这和新文化运动提倡白话文、平民文学的主流思潮是一致的。1929年陈炳堃评论俞樾为《三侠五义》作序重印时说："这位'拼命著书'的学者，于治群经诸子诗文之外，还肯破费一点工夫整理一部小说，开这个时期整理旧小说的先河，自是值得我们注意的一件事情。近十年来，在文学革命、整理国故的热闹中，有不少人从事旧小说的整理和研究，而且他们这种工作，已经得到相当的成绩了。"③事实上，俞樾只是爱其笔法，不会认为这是一种平民文学，并未有"整理国故"的自觉，到了鲁迅和胡适那里才多了提升白话文学同文言"高雅"诗文抗衡的意味——这些新文学的先驱和开拓者大力张扬原本被视为"小道"的通俗说部，意图将其升华至建构现代民族国家语言的基础地位。

中国白话小说起源非常复杂，是子书、神话、史书等多个文类结合的产物，民间文学影响相当深厚。④《三侠五义》写富商、将领、盗匪、流浪者，还模仿市井瓦舍说书人的措词，自然容易被认为是真正的大众文学。然而返观流传下来的明清小说，它们是新兴社会中等阶层市民的文学，固然不同于士大夫精英阶层所欣赏的古诗文，但也不全然是底层草根细民的创作。《金瓶梅》或《红楼梦》并不就是"通俗的"反文化（counter-culture）作品，而是明清文人精神主体中的重

① 胡适：《〈三侠五义〉序》，载《胡适学术文集·中国文学史》（下），中华书局，1998，第1060页。
② 鲁迅：《中国小说史略》，人民文学出版社，1973，第249~250页。
③ 陈炳堃：《最近三十年中国文学史》，上海书店（据太平洋书店1937年版影印），1989，第163~164页。
④ 杨义《中国古典小说史论》（人民出版社，1998）将小说产生发展的源头概括为：子书、神话、史学三大母体。石昌渝《中国小说源流论》（生活·读书·新知三联书店，1994）在讲述"小说文体的孕育"一题中也持相同的观点。

要文献，它们的语言也不是普通的口语，而是一种将文言措辞和市井俗语熔为一炉的新文学语言。明清两代小说大家，多半被公认为擅写各种文言体裁的名家，跟上层文化传统中精妙的文学技法和透辟的眼光有密切的关系，只是中间融合化用了部分新兴市民社会的语言、趣味和审美观念。而从旗人曲艺子弟书演化来的《三侠五义》，则是与文人白话完全不同来路的市井民间白话。对于这样一部经过复杂流程产生出来的作品来说，我们需要了解它的产生背景、产生过程和作者情况以便知人论世。就像戈德曼（Lucien Goldmann）所说："研究者只有把一部作品重新置于历史演变的整体中，把作品与整个社会生活联系起来，才能从中得出客观意义。"① 因为一个作者的作品不过是他的行为的一部分，而他总是由根植于某种文化传统和社会环境中的极其复杂的生理和心理结构来决定。

基于这种认识，我们首先要考察一下原创者石玉昆。石玉昆字振之，又名文光楼主，生卒年约为1797年至1871年，籍贯天津，为旗人贵族子弟。据身历清朝道光、咸丰年间的老人们传讲，石玉昆幼年在礼王府内书房当差，伺候礼亲王昭梿（1776~1833）。昭梿雅好诗书，结交文士，本人亦著有历史笔记《啸亭杂录》，石玉昆耳濡目染，颇受影响。中年时，为内书房领班、王府包衣，曾承命为王太福晋讲说《封神榜》《西游记》《鼎峙春秋》等传奇小说。为更新书目，他采撷故书传闻，编成《龙图公案》一书供奉。书中各色人物，据说是受到府内藏画及差役们姓名、性格的触发而编就的。老年时辞职回家，成为当时著名的子弟书和评书艺人。道咸至同治年间常应北京各宅第和汇丰、广泰、长义、天汇等各书茶馆之邀，说唱《三侠五义》，闻者趋之若鹜，并有边听边记者。② 他开创了一个新的艺术流派——石派书，又称石韵书，是位"颇有个性的民间艺人"③。

现存清代蒙古车王府藏子弟书钞本《评昆论》中记载了石玉昆当年在一家杂耍馆中演出的盛况："高抬身价本超群，压倒江湖无业民，惊动公卿夸绝调，流传市井效眉颦。编来宋代《包公案》，成就当时石玉昆。是谁拜赠先生号，直比谈经绛帐人"；"曾到过关闭多年杂耍馆，红牌斜挑破园门，多人出入如蜂拥，我

---

① 〔法〕戈德曼：《隐蔽的上帝》，蔡鸿滨译，百花文艺出版社，2002，第8页。
② 玉五：《评书〈三侠五义〉》，《立言画刊》1942年第187期；金受申：《北平的评书》，《实月》半月刊1946年第2~5期。
③ 苗怀明：《乡关何处觅英魂——清代民间艺人石玉昆生平著述考论》，《南京大学学报》2003年第6期。

暗猜疑，听书何故往来频？进园门，一望院中车卸满，到棚内，遍观茶座过千人。"①唱词中将石玉昆与"谈经绛帐人"（东汉经学大家马融）相类比，可见其在民间的声望。张次溪在《人民首都的天桥》中记述："石玉昆博学善辩，尤擅长西派，自著《三侠五义》等书，谈唱皆雅，声价极高。当时约他说书的茶馆，有接待神仙之势。"②据清末民初单弦牌子曲名宿德寿山（1863？~1928，满洲镶蓝旗人）说，当时石玉昆的声价很高，各王公府第都经常约他去，每唱一腔，三个小时要二十两银子代价。在嘉道时唱一台比较好的大戏，也不过百八十两，其书价之贵可知。但石玉昆还是应接不暇，每月常常要有二三十处约他说唱。

石玉昆唱子弟书技艺高超："则见他款定三弦，如施号令，满堂中，万缘俱寂，鸦雀无闻。但显他指法玲珑，嗓音嘹亮，形容潇洒，字句清新。令诸公一句一夸，一字一赞，众心同悦，众口同音。"③听众如果在他演唱的时候失检点弄出声音便犯了忌，谁打个喷嚏都会惹人白眼。子弟书词《郭栋儿》也说："石玉昆的巧腔儿妙句儿有工夫。"④道光末年之前子弟书在北京几乎已无人演唱，而石玉昆在子弟书的基础上创造发展起来的一种又唱又说、韵散相间的大书（蔓子活）形式，所创新腔，人称"石派书""石韵"，或径称"石玉昆"，用以演唱《包公案》。这种唱腔，以唱为主，间插说白，带说带唱，犹存宋元词话遗风。后来这种"石韵"并入单弦牌子曲，成为单弦的一个曲牌。据德寿山留下的口碑资料称，石韵是石玉昆根据"硬书"所创始的说唱形式，又叫石韵硬书，为当时的士大夫所喜爱。

石玉昆演说《三侠五义》风靡京都，有着深层的社会背景和民众基础。一方面，鲁迅指出这些书大抵出于光绪初年，其先曾经有过几回国内的战争，如平"长毛"（太平天国）、平"捻匪"（捻军）、平"教匪"（白莲教）等，许多市井中人，粗人无赖之流因为从军立功，多得顶戴，人们非常羡慕，愿听"为王前驱"的故事，"故凡侠义小说中之英雄，在民间每极粗豪，大有绿林结习，而终必为一大

---

① 《评昆论》，见刘烈茂、郭精锐主编《清车王府钞藏曲本·子弟书集》（第一卷），江苏古籍出版社，1993，第340页。

② 张次溪：《人民首都的天桥》，修绠堂书店，1951，第65页。

③ 《评昆论》，见刘烈茂、郭精锐主编《清车王府钞藏曲本·子弟书集》（第一卷），江苏古籍出版社，1993，第341页。

④ 《郭栋儿》，见刘烈茂、郭精锐主编《清车王府钞藏曲本·子弟书集》（第一卷），江苏古籍出版社，1993，第338页。

僚隶卒，供使令奔走以为宠荣"①。所以茶馆中发生的小说，自然也受了影响，迎合市井中人的钦慕心理演述国内社会状况。另一方面，除如此的内忧之外，更有着外患。自鸦片战争以来，中英之战、中法之战、中日之战屡战屡败，一个个割地赔款、丧权辱国的不平等条约，使国人精神愤懑积郁，内心不能不有所感发与期待，渴望着力量之士痛惩暴虐者，以扬眉吐气。少数先进官僚与士人试图别求新声，而一般公众智识未开，所能寻求的精神资源有限，只能是在传统文化里寻找侠客拯救的虚幻慰藉。

鲁迅的说法是从普通受众接受层次着眼，而《三侠五义》的接受层面非常之广，除了蕞尔细民，在上层公卿贵族那里同样颇受欢迎。因为《三侠五义》开创性地将侠义与公案融合在了一起，从心理层面来说反映了主流民众观念中治理国家的理想：官侠合作，因而排除了"以武犯禁"的威胁，符合意识形态的规定性。侠士在先秦的历史描述和文本想象中本是与政府对立、自由独立地实现着自身价值的社会异质性存在。但到了晚清的文本中，侠客为了济苍生救众庶，难免要参与到政治集团之中。官绅于是成为皇权与侠士之间沟通、联络和协调的中介。在石玉昆的说书文本中以包公为代表的官员，清正廉洁，勤政爱民，与侠在道义和理想上达成了一致：以包公为中心，围绕着三侠、五义等一批侠义之士——这些人大部分并非无业游民，而可以视作有产业的地方士绅豪强——帮助包公辅佐朝廷、治理国家、安抚百姓，铡贪官庞昱，除恶吏庞吉、郭槐、苗秀等，扫荡朝廷贪腐与社会恶势力如马强、花冲等人。在这种侠士协助清官、清官忠于朝廷的模式中，曲折地映现出一般民众对于维持清王朝稳定的愿望，当然也会得到统治阶层的赞赏。在传统的诗意化侠客表述中，认为侠客被政府收编招安，是一种反动的维护统治阶级的落后意识形态。但如果换个角度来看，观念的陈腐以及对于秩序的尊重是所有通俗文化的共同特点，更需要特别提出的是，八旗制度的历史积淀与现实影响在叙事与想象中所起到的集体无意识作用。

这种集体无意识体现为对于合法性朝廷与官府的尊崇，以及既定纲常伦纪的捍卫。因而《三侠五义》所体现出来的反叛精神的退场、官侠合流模式的出现是整个清代市民社会的主流思潮和一般意识。就说书人个体而言，对于符合主流观念的模式与故事的选择与创造也是自觉的：评书的听众上至大宅门里的王公大

① 鲁迅：《中国小说史略》，《鲁迅全集》第九卷，人民文学出版社，2005，第287~288页。

臣，下至茶馆酒肆的贩夫走卒，为了获得最为广泛的受众，说书人的审美趣味和思想旨趣必然要迎合他们，停留在一般审美和认识层面。"以武犯禁"自然不会被主流意识形态所认同，而潜伏在普通听众心里的对于传奇和英雄的渴望又不可止息，两种审美需求之间的紧张反而形成了妥协，于是就出现了侠士形象与行为模式的变形和转化。同时，从石玉昆的社会身份、教育阅历和思想资源来看，他也不是精英文人士大夫，对于国内外情势、社会走向以及前沿的思想并没有明确的认识——他只是一个娱乐公众的通俗文化明星。这决定了《三侠五义》的艺术水准与思想意识比较前代的《水浒》不可能有所突破，倒是与同时代出现的《施公案》《彭公案》《狄公案》《海公大红袍全传》等通俗小说不谋而合。

《三侠五义》人物绣像

《三侠五义》的语言创造如同《儿女英雄传》一样为人称道，事实上，胡适也发现了白玉堂出场的描写手法与《儿女英雄传》中十三妹出场的相似性，个中原因，除了胡适所言旗人善于语言表达之外，与北京、天津的市民文化及石玉昆个人修养也有关。俗称"京油子、卫嘴子"，北京人和天津人的公众形象一直是以口齿伶俐著称。有的学者已经注意到"晚清武侠小说与运河文化"的关系。① 石

---

① 白永达、白蕾：《〈三侠五义〉断想》，《职大学刊》1994年第2期。

玉昆主要活跃在京杭运河线上的天津和北京，而由他创造出来的人物籍贯可看出运河沿岸风物的影子。如"五鼠"的籍贯，卢芳（松江）、蒋平（金陵）、白玉堂（金华）都是江浙人，韩彰（黄州）、徐庆（山西）虽不是江浙人，但都寄居松江。南侠展昭（武进）和丁氏双侠（松江）的情况也可以看出他对这条南北交通干线上有关的地理人情很熟悉，即使没有一一走到，至少也从同行和沿线的各色人等那里耳濡目染。他口中形容的这些人物（虽最后成书有文人如入迷道人、退思主人等代为润色）生动而准确，就像俞樾所说，"描写既细入毫芒，点染又曲中筋节"。石玉昆对这些人物的原型必定是有所了解或与其有交往，富于第一手资料。对于一些乡野风物和人物活动的场景（如白玉堂路遇颜查散）也勾勒得历历如绘，耐人品味。只有深入市井人物群中长期周旋的江湖说书人，才能刻绘得如此真切。这正是为"细民写心"的平民曲艺家的本色。相反，涉及包公、陈林等上层人物，因多半取材于宋元话本杂剧，固然情节曲折，但人物形象却显得模糊平板，故事也"有伤稚弱"，表现出缺乏感性认识。

制造悬念、结扣子、抖包袱等评书技法，在《三侠五义》整理成文字之后依然保存了下来。故事富于波折而又脉络清楚；书中除前二十七回中有一些梦兆冤魂的情节外，其余情节并不带神怪妖异的成分，这在当时同类小说中颇为难得。这些特点使得它不仅在文化层次较低的读者群中受到广泛的欢迎，而且又为一些学者文人所喜好。如第二十三回至二十六回"黑白驴案"中，就是通过包公当堂审案，白雄、屈良、屈申、白玉莲各人的分别陈述将案情描绘出来，而其中每个人人各有各的说辞，如同《罗生门》中人物语言的相互补充和悖反。这是传统说书体结构方式的推进，而又在情节的缝隙穿插诙谐幽默的议论和对话，处处显示出高超的说话技巧。

将《三侠五义》放在旗人文学系谱中考察，我们更多的是发现旗人文化中那种尊重主流秩序的精神和小说中传达出来的民俗文化意味，以及折射出的受众群体的整体精神取向。它的语言结构在白话小说史上固然产生了一定的影响，但是并非胡适等新文化运动者所强调得那么大，而是循着自己既有的脚步缓慢前行。认识到这一点，我们才能对其价值有个新的估定。陈子展论近代文学曾言："曾国藩在事业上中兴了满清，延长了五六十年的国祚，但他终究不能挽救满清的灭亡，同样，他在文学上中兴了桐城派，延长了五六十年的文统，但他终究不能挽救桐城派的末运。"① 这是大势所趋，因为精英的衰落，低阶层民众位置的提升，一个白话的、通俗的、平民的文学时代即将到来。石玉昆就是在这个时代到来前的人物，也是旗人口头文学与书面文学中间的过渡人物。

有意思的是，尽管《三侠五义》堪称主流意识形态缝合成功的典范，其叙事上依然存在着无意中留下的裂缝，显示出皇权制度对侠客的控制与收服并没有那么直接和深入，如同宋伟杰曾经分析过的，侠客往往会在身体的自作主张中，躲避宰制性规范的约束，显示了大众文化对意识形态的迂回式僭越。"在国门已开、老大帝国开始向现代意义上的民族国家转型的时刻，《三侠五义》仍旧寓于京都自闭的一角，封锁在华夏文化内部，借前朝故事构造、延续着民间传统某一支脉的身体想象。但侠客身体与皇权控制之间表面的共谋与压抑不住的紧张，换言之，《三侠五义》中侠客身体的臣服、顺从、不满、犯规与僭越，仍旧提示出（故事所讲述的）前朝与（讲述故事的）当下及其社会文化秩序貌似稳定中的几丝松动。"② 秩序的松动在石玉昆的时代，体现在从制度到思想上的全新观念传入，以及个人主义与自由等价值观自精英阶层的向下推延，反映在学术层面是边缘之学的兴起，在文学表现上是平民意识的抬头。在他之后不久，北京就出现了一批旗籍报人作家，尤其是蔡友梅、王冷佛等人，尽管他们没有太多涉及侠义公案小说的题材，但是在小说创作中从结构布局、语言技巧、艺术风格和价值观念上都延续了石玉昆的路数。到再后一点的北派武侠大家赵焕亭、王度庐，更可以说是衣钵相传，在对于现有秩序和体制的尊重与维护、对传统道德伦理的恪守与皈依上，都体现出一脉相承的迹象。

① 陈子展：《中国近代文学之变迁·最近三十年中国文学史》，上海古籍出版社，2000，第 61 页。
② 宋伟杰：《晚清侠义公案小说的身体想像：解读〈三侠五义〉》，http://news.guoxue.com/article. php?articleid=8125。

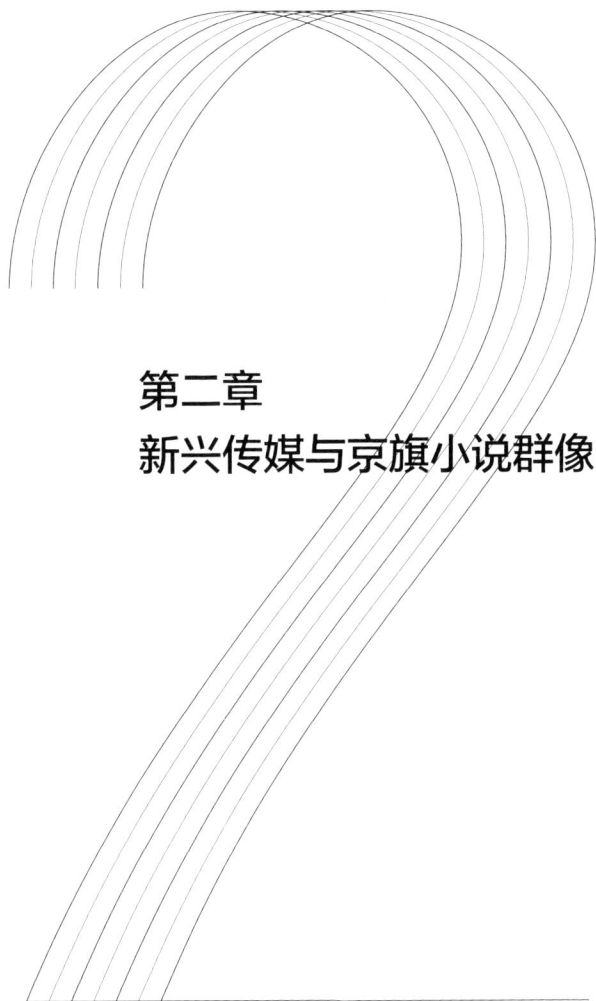

第二章
新兴传媒与京旗小说群像

　　戊戌变法到辛亥革命期间，由于从日本和西方输入了现代"民族"与国家观念，"旗人"才开始向"满族"转型，获得其现代民族的政治与文化内涵。从高层来说，奉命出国考察宪政的大臣载泽、端方等，上折要求平满汉畛域（1906）；而一些留学日本的旗人则通过刷新民族的观念，进入到立宪思想的脉络之中。1907年，旗人留学生恒钧、乌泽声、儒丐、裕端等在东京创办了《大同报》，认为"今之中国，为满汉蒙回藏人合成之中国，而非一族一方之中国"[①]。不久，他们的同人还在北京创办了类似性质的《大同日报》。他们的宗旨基本上是接受了梁启超的"大民族主义"观点，这是一种文化民族主义，接续的是雍正《大义觉迷录》中的阐述。如乌泽声所谓："民族以文明同一而团结，而种族则以统一之血系为根据，此民族与种族又不可不分也"[②]，"满汉处于中国，久为精神上之混合，文化上之陶铸，风俗上之浸染，政治上之团结，已成一民族，而不可分为两民族。且随社会之演进，已由民族进为国民，只有兄弟同胞之亲爱，绝无民族离贰之恶情。所谓排满排汉，不过无意识者浮言邪说，不足以为我满汉同胞之代表"[③]。这显示了旗人知识分子与当时兴起的革命派排满之论的辩论关系，然而时势逼人，这种立宪观念和文化民族主义在激进的革命氛围中无法获得改良式的成功。"现代民族国家的

---

① 恒钧：《中国之前途》，《大同报》1907年第1号。
② 乌泽声：《满汉问题》，《大同报》1907年第1号。
③ 乌泽声：《论开国会之利》，《大同报》1907年第4号。

基础并非真正的原始民族或者说'文化民族'，而是在资本主义发展过程中形成的现代民族，把他们凝聚起来的真正力量或者说更重要的力量是统一经济体和市场以及现代民主制、共同的政治信仰。只有如此，他们的共同利益才能得到最大的体现，也才能发现这一共同体的共同要求所在。"① 但也正是在这样的论辩之中，旗人群体接受了现代民族意识，逐渐转向"满族"演进。这个天崩地坼的换代过程，社会中充满了无数的缝隙，旗人的固有身份和社会位置被破坏，在无序的环境中寻找存身之处，新兴的大众媒体为他们提供了难得的飞地，此际的旗人文学也得以呈现出不同于前辈的特点。

第一节　被遗忘的文学群体

在文学史的书写中，必然有一些作家和作品会被各种各样的标准淘汰掉或者被有意无意地遗忘。其中的情形无外乎以下三种：第一，有些作品在当时就乏人问津，没有产生影响，后世自然就没有流传。第二，有些作品在当时有一定的读者受众，但其观念和手法与后来文学史家的史观相互扞格，所以被排摒在外。第三，有些作品在当时有影响，嗣后的许多文学史家也认为其颇有价值，但是因为政治正确、审美标准、体例规范的取舍标准不一，所以被割舍或者遮蔽。经过后结构主义理论和文化研究思潮的刷新，我们现在似乎不太容易断言某种作品文本没有丝毫价值，因为这很可能只是一种精英主义的偏见或者某种狭隘文学观的执拗的投影。因为价值的标准、尺度、角度、立场各个不同，如果将作品对象作为一个文本来考察，总可以发现它的意义，这个意义可能不仅仅是审美的，还包含着更为多层面的内容，因而简单的评判除了表明一种态度之外，并无可靠的学理依托。悬置特定的已有定论，历史化是起点。

像许多其他北方族群一样，旗人有着深广的叙事文学传统。不仅其风采独具的神话、传说、叙事诗和"说部"等口承文化的内涵十分厚重，而且自清中叶以来的小说以及子弟书等叙事艺术也颇具特色。旗人以军功兴起，并不重文学，"满

---

① 王春霞：《"排满"与民族主义》，社会科学文献出版社，2005，第51页。

洲旧俗，读书人不肯涉标榜之习，皆以致用为本。故立德、立功者极众，而文章一道，致力者鲜。间有所作，亦不肯出以示人，人亦无称之者，以其为末务也，然佳作因此而不传者多矣"[1]。但依然留下了值得探究的遗产，旗人小说家们的艺术创作，形成了既与中原文学相联系，又具备民族文化个性色彩的发展脉线，其贴近大众日常生活场景、以生动传神的民间语体写作、表达雅俗共赏的审美情趣，以及反映地方世相风俗等特点，对现代"京味儿"文学的产生起到决定的作用，也给予中国新文学的成长以多方面的滋养。

　　研究界对清代旗人文学以及现当代满族文学的研究已有诸多收获，然而截至目前却对清末民初亦即"辛亥革命"前后满族文学的展现情况不甚了了。对此可以从很多方面进行解释，就文学生态本身而言，清末民初这段时间里，中国世相纷纭、内忧外患、众声喧哗、话语杂糅，面对怀疑、困惑、挫败、彷徨、迎战、退守的种种心态，旗人文学所处的生存语境、表达的艺术方式、言说的话语空间、展现的思想状态、呈示的精神内涵都处于弱势地位。他们依赖报纸发表刊登，从创作动机和原初意义上来说并没有明确的文学追求和目标，在技法与形式上于西化的整体形势中基本上没有"创新"，尤其是思想上还恪守着在新潮士人看来颇显落伍的观念。在后来绝大多数以精英文学标准评价与书写的文学史中，他们除了在白话口语的运用上切合了新文学的改革主张之外，几无可称道之处。即使通俗文学史的书写，也往往在精英标准的统摄下规行矩步，以吸取新的观念技巧相标举。如此一来，他们的被遗忘就成为不可避免的了。在有关近代的小说史（按照一般的文学史分期即晚清至五四/清末民初）中，几乎没有出现任何有关旗人的身影。

　　作家与作品进入文学史是一种被遴选的经典化过程，因为只有进入文学史才可能成为被传授的知识，才在历史中具有确切的地位，一旦进入文学史也就意味着某种身份和价值。因此，文学史的书写就是一种权力。[2]中国文学史的诞生起于现代大学文科学科的建立，经过窦警凡（1844~1909）《历朝文学史》、林传甲（1877~1922）《中国文学史》、黄人（1866~1913）《中国文学史》等的早期尝试，

---

[1]　唐晏（瓜尔佳·震钧）：《天咫偶闻》，顾平旦校点，北京古籍出版社，1982，第209页。
[2]　有关文学史的权力问题，福柯关于知识与权力的论述起到了关键性的启发意义。中国文学史的书写与权力之间的张力与博弈具体考察，可参看戴燕《文学史的权力》，北京大学出版社，2002。

到胡适《白话文学史》的"截断众流",再到后来文学史蔚为大观,也可以说是各类话语权力争夺的场所。有关文学史的书写并非笔者要考察的重点,不过需要概括指出的是,在胡适写文学史的年代,统治文学史书写的是进化论史观,20 世纪 30 年代以后的中国文学史观念逐渐左翼化,纳入唯物史观的框架,20 世纪 50 至 70 年代则是阶级论革命史观为主,文学史研究成了特殊的社会政治史研究,文学发展的规律和社会发展的规律等同起来,20 世纪 80 年代以后又为现代化史观所主导,文学性或者说"人性"等带有普遍主义色彩的西化观念成为新的指针。[①] 就一个时代占据主流的言说理路而言,文学史范式的变革显示的是"历史"本身的变革:进化的原则、因果联系、总体性、分期对于政治史的依托、文体分类等都与大历史进程形成比附与影响的关系。总体来说,此类史观均是启蒙现代性的结果。从直观上来看,现代文学作为启蒙的阵地自然不太可能容有这些不具备新文学特征的作家作品,而近代文学史的书写也是由掌握话语权的启蒙者或者革命者书写的,他们形成了一个巨大的文学史书写传统,以至于影响到当下的文学批评与文学史书写。无论在现实的"政治场域"、"经济场域"还是"学术场域"[②],旗人文学得不到注意或者被有意无意地忽略都是自然的结果。

现在需要追问的是,当我们试图靠近历史上文学的现实生态的时候,启蒙话语是否是唯一的话语。换句话说,旗人文学是否也是一种"被压抑的现代性"[③]?要认识与理解中国文学的多样性生态,历史化的态度是一条基本途径。但清末民初北京的旗籍报人小说(简称京旗小说)长久以来几乎没有被文学研究者关注过,不惟主流的精英文学批评者和文学史家不屑一顾,即使通俗小说研究者也较少涉

---

① 关于文学的族群视角,笔者与李晓峰曾经做过较为详细的论述,参见李晓峰、刘大先《中华多民族文学史观及相关问题研究》,中国社会科学出版社,2012;李晓峰、刘大先:《多民族文学史观与中国文学研究范式的转型》,中国社会科学出版社,2016。

② 此处借用布迪厄(Pierre Bourdieu)的"场域"(field)概念,此概念是他在批判接受阿尔弗雷德·舒茨的多重实在理论的基础上形成,将现实世界分为不同场域。场域,即一些相对独立的社会领域,它们各自有一套游戏规则,比如艺术领域的评价和认同规则不同于工厂,后者生产的产品可以用 ISO 或者其他标准来衡量,但艺术家的作品则没有这样划一的评价尺度,更多的是依靠作者的地位、同行的评价等来断定。按照布迪厄的定义,大抵有政治场域、经济场域、文化场域这样的分类;文化场域又可以分为学术场域、艺术场域等。参见〔法〕皮埃尔·布迪厄《艺术的法则:文学场的生成和结构》,刘晖译,中央编译出版社,2001;〔法〕皮埃尔·布迪厄、〔美〕华康德:《实践与反思——反思社会学导引》,李猛、李康译,中央编译出版社,1998。

③ 王德威:《被压抑的现代性——晚清小说新论》,宋伟杰译,北京大学出版社,2005。

足。① 对于一个试图切入前人基本没有关注的领域的研究者来说，他将面对一个很尴尬也很危险的局面，首先，因为从来没有人关注的问题很可能是个伪问题，或者至少在特定学术话语框架中是不值得深入探讨的问题，或者是已经解决了的问题；其次，即使它有探讨的余地和空间，也是一空依傍、白手起家，那极有可能最后呈现出来的成果或者成为一种成功的范例，或者成为一个失败的典型；最后，在没有成熟的参照系和可靠的方法论的情况下，很有可能在研究的过程中陷入左右失源、前后失据的局面，造成方法的机械挪用和错位，得出一个南辕北辙的结论。鉴于史料的散佚与搜罗的困难、方法的确立与运用尚在探索阶段、标准的转变与把握的尺度也需要在实践中进行，我自然不敢托大可以言说清末民初京旗小说的全貌，而只能说试图勾勒出一个概观性的轮廓，并就一些主要的代表性作家作较为详细的个案剖析，俾使其给人一个直观的印象。

在京旗小说这个松散的群体中，以社会小说、警示小说、侦探小说、武侠小说、家庭伦理小说等不同名目出现的类型，开启了近现代小说转型中的多种可能性，这种混乱的分类现象一方面显示了新的文学崛起时代多元的活力，另一方面更多却是社会失序的表征。更为细致和深层次的原因可以追溯到辛亥革命前后舆论所形成的对于旗人压抑性的社会氛围。早在18世纪后半期，旗人生业已日趋困顿，此后一直与清代的国计和户政问题相牵结，衍为积久积重的累世时病和一朝连牍的奏论与策论。八旗中有蒙古和汉军，但八旗的主体则是被统括于这个制度里的满人。这种积重难返的时病正说明了260多年满人的君权背后，是满族在整体上的贫弱和衰弊。这种贫困不光是底层旗兵的，上层宗室也难幸免；不光是普通旗人经济上的贫难立足，在19世纪中叶以后，高层政治上也出现了满汉分庭抗礼的势头。何刚德（1855～1934）笔记中记载："大概有清以骑射得天下，本

---

① 陈平原《中国现代小说的起点——清末民初小说研究》一书所附小说年表中涉及一二旗人小说，但并不着意于族群的视角。范伯群主编《中国近现代通俗文学史》上编第四章第二节专论"清末民初五花八门的北京官场"时将蔡友梅《小额》作为反映北京平民生活的代表，而《小额》之所以被纳入视野，主要还是得益于一个偶然事件。20世纪80年代，日本横滨市立大学波多野太郎将《小额》赠与中山大学教授王起，1983年11月出版的《中国近代文学研究》第一辑（中山大学中文系编）中就将此书作为附录，见葛永海《古代小说与城市文化研究》，复旦大学出版社，2004，第246页。其他有关近代文学研究影响较大的著作如陈平原《中国小说叙事模式的转变》、袁进《中国小说的近代变革》《中国文学观念的近代变革》《近代文学的变革》、王德威《被压抑的现代性——晚清小说新论》均没有涉及。直到晚近才陆续出现一些相关的论文。

重武轻文，即如满洲大家教育子弟，每日雇一教读，其雇价不过数金，少则只二金而已。无他，满人出身容易，不必学优而始可仕也。是满族人才缺乏，亦误于'何必读书'四字耳。……满人在京，可分三等：一则一二品大员，年高位尊，各有持重，礼节周旋，一味和蔼，虽有闹意见者，间或以冷语侵人，而绝无乖戾之态，平心而论，较汉人尚多平易近情；一则卿寺堂官及出色司员，稍有才干，便不免意气自矜，然一涉文墨，未有不甘心退让者，至寻常交际，酒肉征逐，若遇有汉人在座，转不免稍涉拘谨；一则平常司官、笔帖式，个个乡愿，无争无忤而已。窃揣满人心意，亦知平常占尽便宜，人才又不能与汉人较，故见汉人颇讲礼让。而汉人之在京者，大半客居，但见其可交可亲，转有视若地主之意。"[1]何刚德是亲历之人，又是汉人，所议应该比较公允。从其中也可以窥见满汉力量此消彼长的信息。而满人多礼的习气，有受儒家文化影响以及军事制度规训造成的循规蹈矩等原因，"八旗旧家，礼法最重。余少时见长上之所以待子弟，与子弟之所以事长上，无不各尽其诚。朝夕问安诸长上之室，皆侍立。命之坐，不敢坐。所命从听，不敢殆。不命之退，不敢退。路遇长上，拱立于旁，俟过而后行。宾至，执役者，皆子弟也。其敬师也亦然。子弟未冠以前，不令出门。不得已而出，命老仆随之，故子弟为非者甚鲜"[2]但是也有贫窭现实造成的无奈："凡东西关之贾者，皆汉人。满洲官兵贫，衣食者皆向熟贾赊取，俟月饷到乃偿直，是以平居礼貌必极恭敬，否则恐贾者之莫与也。"[3]毫无疑问，"旗人"这种融合了多民族的职业群体或身份群体，当此衰颓之时，面临着新的改组。

经过清初中的吸收汉文化，除了部分习俗，晚清旗人文化总体上已经归属于儒家传统，满汉之别即使曾经是现在也不再是主要矛盾，而旗人的贫弱也不太可能催激满汉之间蛰伏很久的种族之辨。然而，一方面在甲午之后对清朝廷失去信心的先进士人走上了革命之路，族群民族主义成为一种有效的宣传与动员手段。另一方面清政府通过"新政"集权化的同时，"平满汉畛域"这一持续的政治社会矛盾因被忽略而再度激化，又进一步激起了已然炽烈的"族群革命"话语的强烈反抗。因而，在清末，与"八旗生计"的憔悴可哀同时存在而互相对应的，正是

---

① 何刚德：《春明梦录》，见《话梦集 春明梦录 东华琐录》，北京古籍出版社，1995，第100～101页。
② 唐晏：《天咫偶闻》，顾平旦校点，北京古籍出版社，1982，第209页。
③ 杨宾：《柳边纪略》卷三，见来新夏编《清人笔记随录》，中华书局，2005，第627页。

知识人中蓬蓬然而起的反满排满意识。戊戌变法前后 10 年之间，这种反满意识引"黄帝魂"入"自由血"，用"大汉天声"拽出了一场共和革命。就如同有论者所认识到的，19 世纪中叶以来的 60 多年里，中西交冲催发出民族意识，民族意识演化为民族主义，"历史文化里的族类之辨和东西洋学理中的民族主义汇通于 20 世纪初年的中国，使戊戌变法失败之后节节内卷的社会矛盾得以附着聚合，在知识人的论说里激烈地归向排满一途"①。然而，以满人在整体上的贫弱和衰弱为比照，一时暴起的反满意识显然并不相称甚至有些对象错位：历史文化中的种姓意识以古人为源头，引入的民族主义以西人为源头，对于满人在整体上的贫困化和衰弱化现实来说，这两者都不是当日中国内在的和真实的东西，却在现实中成为一种革命实践的必要手段。由此反满意识在本质上是一种由观念派生观念、由观念支撑观念的思想跳踉，于现实社会中不惟感染一时，甚至影响久远。

舆论风气流波所及，在清末民初出现的大量小说中对于满人的刻画都是负面的，这自不必言，现实与虚构之间往往还会产生某种互文效应，连带着辐射到西方人关于中华帝国的想象之中——满人成为清朝乃至狡黠刁猾的中国人的象征。一个典型的例子就是英国通俗小说家萨克斯·洛莫尔（Sax Rohmer）1913 年开始创作的有关"傅满洲博士"（Dr. Fu Manchu）的系列小说，包括长篇 13 部、中篇 1 部和短篇 3 部。② 傅满洲被塑造成留着辫子、身着清朝官服的形象，在唐人街建立了一个随时准备颠覆西方世界的黑暗帝国，代表着西方人心目中中国人的形象，是 20 世纪西方"黄祸"③的化身。从 1913 年到 1959 年，洛莫尔一共写过以傅满洲为主要反面人物的 10 多部长篇小说，1929 年好莱坞也开始拍摄有关傅满洲博士的恐怖电影，相继有 14 部。④ 这些恐怖小说或电影经常以中国或亚洲的政治宗教和文化状况为背景。到了冷战时代，作为明显的政治意识形态工具的"傅满洲博士"，又与共产主义联系起来，成为红色阵营的"阴谋家"。无论是对历史

---

① 杨国强：《论清末知识人的反满意识》，《史林》2004 年第 3 期，第 17 页。
② Rohmer, Sax. *The Insidious Doctor Fu Manchu*（New York: McBride, 1913. Dover Publications, 1997）.
③ 周宁《"义和团"与"傅满洲博士"：二十世纪初西方的"黄祸"恐慌》一文对此有详细考察，第 4～12 页。
④ 这 14 部即《黄爪》(1921)、《傅满洲博士的秘密》(1923)、《傅满洲博士的秘密续集》(1924)、《神秘的傅满洲博士》(1929)、《傅满洲博士归来》(1930)、《龙女》(1931)、《傅满洲的面具》(1932)、《傅满洲的鼓声》(1940)、《傅满洲历险记》(1955)、《傅满洲的脸》(1965)、《傅满洲的新娘》(1966)、《傅满洲复仇》(1967)、《傅满洲的血腥》(1968)、《傅满洲的奸计》(1980)。

的想象还是对虚构的文学人物的想象，都表现着现实世界西方对中国体验的种种欲望、觊觎与忌惮。傅满洲最初起源于"黄祸"论，其后又包含冷战思维下对共产主义的犹疑与敌视。值得注意的是，这种对于中国的敌对性想象是通过塑造出一个具有典型满人特征的形象来完成的。关于傅满洲阴险狡诈、淫猥丑陋的描写，有着浓厚东方主义气息和意识形态背景的变相虚构，延伸为关于"丑陋的中国人"的想象，就西方接触清朝政权的时间与进度来看，"傅满洲"几乎可以说就是脱胎于清末民初的旗人形象，那个形象本身在具有一定海外影响力的革命者的书写中就已经是扭曲变形了的。

由此可见，从国内的汉民族主义者到国外的殖民主义话语几乎无一对旗人表示好感，并且至少在某种程度上对之进行了妖魔化处理。歧视旗人，在革命党人的政治表述、国外媒体与文学话语、平民社会舆论那里达到了一致的口径，因为平民社会的大众舆论，更多的是受精英阶层的引导和影响，以致旗人自己也从经济上到文化上形成了污名化的自卑。这种话语反向激发了旗人的模仿学习，转而将自身建构为现代政治民族。"满人从一个职业身份向一个民族的转变，始于19世纪90年代后期和20世纪初这具有转折意义的十年。在这一时期，越来越多的士人和官员在西方列强的侵略和压迫下，开始不再把'国'视为一个文化概念，而是作为'民族－国家'这样一个政治和地域范畴的概念。"① 只是在这个向政治民族转化的过程中，原先八旗制度性遗留的生计问题，民国开始丧失的政治地位，加上弥漫于社会上的或隐或显的歧视情绪，平民旗人的境遇可想而知地陷入危机。普遍的生活与生存危机中，大部分平民旗人因为缺乏必要的生产技能和生产资料，沦为人力车夫、妓女、工匠、戏子，少数文化人跻身报界，在清末民初的政府、党派、商业、民间同人办报的热潮中谋得一席糊口之地。在辛亥革命之后的市民语境中能够对自己族群直言无忌，不虚美、不隐恶，较为真实地体现了旗人这一群体生活现状和思想状况的，在小说创作中也许就算是京旗小说了。在这些小说里，旗人重新修补破碎了的身份，并试图寻找一种新的认同，这也是它们在近现代报刊媒体文学共通性之外，作为旗人文学的特殊性。

孙中山等人在革命成功后顺应形势将"驱逐鞑虏，恢复中华"的口号改成了

---

① 〔美〕路康乐（Edward J. M. Rhoads）：《满与汉：清末民初的族群关系与政治权力（1861~1928）》，王琴、刘润堂译，中国人民大学出版社，2010，第360页。

"五族共和"，接受多民族统一以及保持领土完整的主张，并在1912年元旦的《临时大总统就职宣言书》中特别加以强调："国家之本，在于人民。合汉、满、蒙、回、藏诸地为一国，即合汉、满、蒙、回、藏诸族为一人。是曰民族之统一。"①但是因为此前民族主义宣传的后续影响以及辛亥革命本身迅速蜕化溃败，导致人民共和的理想局面并未出现，而充满狭隘民族主义情绪的"排满"思想与行动却保留了下来，在舆论上旗人由统治民族沦为民国旗帜下的异类。在二次革命、袁氏当国、张勋复辟、军阀争战等一系列混乱中，普通旗人的心理创伤、时代烙印、现实困境难以尽述。尤为严重的是，民国建立之后，殖民主义的外患呈现咄咄逼人的态势，内乱也是积重难返，在这种情形下张扬民族主义以凝聚民众和发动民众是势所必行，因为"民族主义的构成来自一个聚落社会的历史传统和文化遗存，然而只有成为一个政治共同体并与其他民族国家相比较之后，才具有积极的实际意义。所以，民族主义的深层涵义是一个族群感到生存受到威胁并产生文化危机感时出现的强烈反映"②。也就是说，即使辛亥革命没有迅速失败，在进行民族主义动员的时候，作为前朝统治阶层又是"非我族类"的旗人依然还是会遭遇被排斥的命运。也正是基于此种背景，旗人的身份认同意识反倒被激发，跃上历史舞台——在"大一统"的帝国王朝中，族群身份固然存在，但都笼罩在主导意识形态之内，而此际随着民族主义意识的塑造，旗人族群也将自己从帝国统治代表者转化为共和国家里的"五族"（少数民族）之一员。

在这种背景中，我们可以将旗籍报人及其作品理解为旗人族群向满族少数民族转化过程的文学反映。它们既没有前卫先锋的革命姿态，也并非全然以保守遗民自居，而是体现了底层普通民众的一般知识、思想和生存状况。北京其时作为中华王朝帝国文明的象征与最后的帝都，也映照了整个中国传统文化的缩影。从这个意义上来说，北京旗人的小说基本上表征了彼时中国社会普通民众对于现实处境的一般看法，其中体现出来的知识、情感倾向、伦理关注和含混的价值观念，代表了清末民初这个大转型时期中国广泛民众的普遍心理。

现在已知清末民初的京旗小说作家有10多位，多是一些报人（编辑或记者），其中包括蔡友梅（代表作《小额》《曹二更》《库缎眼》等）、王冷佛（代表作《春

---

① 孙中山：《临时大总统宣言书》，《孙中山全集》第二卷，中华书局，1982，第2页。
② 郭洪纪：《文化民族主义》，扬智文化，1997，第3页。

阿氏谋夫案》)、儒丐（代表作《北京》《梅兰芳》《福昭创业记》），以及文实权、李仲梯、勋苾臣、白云牂、文子龙、杨曼青、剑胆、丁竹园等人。他们的作品，均以京语白话写成，题材涉及旗族社会变迁、京城文化百态、都市各阶层生活等，显示了上承清代旗人文学之余泽，下启满族现代文学之趋向的时代特征。作为通俗类型的文类，京旗小说详细的叙事特色，提供了许多感性知识，除了故事性之外，也携带着浓郁的地域与民俗文化；它们可能尚未形成关于典型塑造之类自觉追求，但在侧重趣味的伸张中透露出本土风格和腔调；它们也许无法在现代审美格局中自辟一径，却透露出中西古今、民族文化之间碰撞交流的信息。名京旗小说为"小说"，实是用现代西方文论的标准来衡量认定的[①]，在中国古典的说部文体中，西方的小说 novel 或者 fiction 强调的新奇虚构特质固然是其一方面，另一方面还是接续了稗官野史的传统。在现代小说规范形成的过程中，京旗小说这种具有民族文化特质的文类处于不自觉的探索阶段，如果强用精英文学或者西方文学的标准与方法对之进行研究，难免胶柱鼓瑟。如何加以界定、剖析、阐释，建立具有本土特色的理论诠释话语，如何解析它们与旗人自身原初文化传统、与汉文化传统以及与 19 世纪末叶思想文化界关于以小说"开启民智"思潮的多向关系，都是应该重新思考的问题。

　　尽管此章重心在于"清末民初"，主要是晚清到五四这一时段北京旗族报人作家及他们的作品，但是他们并非孤立存在的，而是具有现代小说兴起时代生机勃勃却又泥沙俱下的特征。侠义公案、英雄儿女、狭邪烟粉、讲史演义、侦探、言情、社会、滑稽等并非按照统一标准划分的形形色色小说类型几乎都在其中有所尝试。我将进入到几个重要作家如蔡友梅、剑胆、王冷佛的个案剖析中，讨论它们与新的秩序建构、公共空间、社会生活之间的关联。接下来的章节，还会引入稍晚一点的重要旗人作家儒丐与王度庐，他们的创作可以视为清末民初京旗小说在后来的延续和集大成，言情写志、市井人情、武侠奇技、历史演义在那里都有所展露。如此一来，我们就可以形成一个首尾贯穿的线索，将京旗小说的面目推出水面，展示它那也许并不夺目耀眼，但是一定有着独特色彩的光芒。

---

① 有关"小说"与"Novel"的异同问题，可以参看周发祥《关于"小说"文体的辨析——欧美汉学研究述评》一文，《汉学研究》第六集（阎纯德主编，中华书局，2002），第 262～279 页。

第二节　传媒空间开拓与京旗小说的格局

　　一个时代的标志与其说是那些可能招致非议的思想，倒不如说是那些大家认为理所当然的言说，那些不需要为之辩护的思想。一般历史叙述、文学史记载总是侧重于那些走在时代前列的人物和他们的思想，但是在这些历史高光者的背后是无数被遮蔽的民众。京旗文学就是关于清末民初历史书写中的无名群体，通过它们的个案接近此际北京普通民众的阅读现状、文学趣味、情绪认知，可能更接近历史的原貌：首先，它们不仅是满族文化在整个中华文化中融合变迁的案例，也体现了当时具有代表性的国民精神与心理状况。其次，京旗小说处于古典与现代、中国与西方、日益坐大的地方与意识形态中央碰撞的风口浪尖，它们在语言上所作的探索，将北京地方性的民俗文化与特色语言融入现代白话文学当中，逐渐形成了影响直至当下的"京味"风格。最后，由于所处特殊的时间段落，其创作群体又是作为清朝统治民族后裔的特殊人群，他们的作品中透露出来的微妙的身份意识和文化认同似乎同历代改元后的"遗民文学"有着似有若无的精神联系，这更是个意味深长且对于中国多民族文学史的书写也不无现实意义的问题。

　　与 19 世纪末中国所面临的普遍性危机相应，发生在思想与文化领域最显著的现象是传媒公共空间的开拓。晚清以来的洋务运动、时务维新、革命立宪促使大量的民办报刊产生。这类报刊少数以追求商业利润为旨归，如《申报》《新闻报》，为了迎合时人的阅读风气，也会刊登、传播一些时尚的西方理论和革命信息；而多数是由同仁组成的为宣传维新与革命服务的政治化报刊，如康有为、梁启超等人办的《强学报》《时务报》《清议报》《新民丛刊》，同盟会主办的《民报》《民立报》，国民党办的《民国日报》等。清末民初的文化中心实际上在北京与上海之间一直处于移动不定的状态①，从口岸城市和租界地区兴起的办报热潮波及首善之区，北京涌现出鼓吹改良变革的思潮，清政府也在各方压力之下感到需要适当地进行改革，对报纸的禁锢亦稍放松。北京的第一家民办报纸《京话日报》于 1904 年问世，后来成为旗人作家重要的发表平台。从北京的教育水平和识字率来说，由于市民的贫困化，无力供养，普通市民的文盲与半文盲比例比较大。1912 年至

---

① 参看袁进《文化中心的北移与南下》，载《近代文学的突围》，上海人民出版社，2001，第 427～438 页。

1928 年国民政府迁都南京之前，全北京小学毕业生累计才 49708 人，占全部人口的 5.5%，中学毕业生更少。[1]但是客观而言，北京已经有着近 800 年的建都历史，是政治与文化名城，市民的文化素质与水平在全国城市中算是较高的，民国成立以后，"当时统计全国（报纸）达五百家，北京为政治中心，故独占五分之一，可谓盛矣"[2]。这是北京公共传媒空间扩大的基础。

在这样的社会背景之下，一些旗籍文人创办了一批白话报，关注现实，主要面向普通民众宣传新思想新观念，同时也为自己找到一条谋生的道路。他们办报和写作的时候正值各种各样西来的政治、文化、文学思潮在中国开始兴起的时候，诸如易卜生、托尔斯泰、莫泊桑、克鲁泡特金和萧伯纳等的作品在一些活跃的学生中间已经产生影响。但是，如同一位史家所言，"在'五四事件'以前，大多数出版物依然是旧式的，内容陈腐。就在 1919 年 4 月以前，中国的期刊（除了少数例外，多数是文言文的）可分为 4 类：最公式化的刊物是政府每月或每周出版一次的五花八门的官方公报。第二类是那个时期大量出现的中学和大学当局或学生发行的期刊，内容通常是课堂作业和陈腐的学究式题目，例如《汉高祖鲜项伯斩丁公论》这样的论文及神鬼故事等。第三类包括以一般读者为对象的杂志，这些杂志通常无所不谈而又不持任何定见，很少有什么文学价值。第四类是评论性杂志。它们常常发表支持旧传统提倡'国粹'的评论文章，诸如宣扬以古代伦理原则'三纲'即'君为臣纲、父为子纲、夫为妻纲'为代表的旧传统。只有很少的杂志关心当时的社会和科学问题，这类杂志中最有代表性的是由具有现代眼光的编者编辑的《太平详》、《新青年》、《每周评论》、《科学》等杂志。"[3]京旗作家们显然不属于最新潮的那些人，尽管新思潮或多或少地波及他们身上，但是就总体而言，他们活动的阵地还是在辛亥革命后兴起的办报热潮中开创的一般性报纸，其宗旨多受维新思想影响，主要观念倾向于两点：一是维持原有社会的道德理想不变，以纲常名教维持人心世道。二是以循序渐进的方法，自下而上地改变现状，基本任务就是开民智，改变民众愚昧无知的现状。最早的旗人报纸之一《进化报》主办者言："势日蹙而风俗日偷，国愈危而人心愈坏，将何以与列强相

---

[1] 参考林颂河《统计数字下的北京》，《社会科学杂志》第二卷第三期，见吴建雍、王岗、姜纬堂、袁熹、于光度、李宝臣《北京城市生活史》，开明出版社，1997，第 310 页。

[2] 戈公振：《中国报学史》，生活·读书·新知三联书店，1955，第 118 页。

[3] 〔美〕周策纵：《五四运动：现代中国的思想革命》，周子平等译，江苏人民出版社，2005，第 181 页。

颟顸？报社以辅助政府为天职，开通民智为宗旨……欲引人心之趋向，启教育之萌芽，破迷信之根株，跻进化之方域。"[①]《燕都报》宣称要"与污浊社会为敌，与困苦人民为友"，"一维持道德；二改良社会；三提倡实业"[②]。他们不认可激进的暴力革命是解决中国问题的佳径，但并不反对温和改良。过去人们多认为这些旗族报人服务于赞同君主立宪的报纸，对他们的观点未免有所误会，其实他们对于袁世凯的复辟君主制也持反对态度。这自然是对于袁氏当国时期的舆论压制的反弹[③]，而更主要的原因还是在普遍的社会共识中，帝制已经变得不合时宜。总体上，对于大部分旗人作家而言，迫在眉睫的民生问题，高于抽象高蹈的革命论调，尽管他们的宣言不无夸大其词，客观上也可能起到了一定的启蒙作用，但那终究还是额外的衍生效果——他们的面目多呈现为道德与文化上的保守态度，强于其政治与制度上的明确立场。

彼时京城旗人文学几乎全赖报刊为阵地，因而鸟瞰一下清末民初北京报刊的布局，我们可以进一步了解京旗文学尤其是京旗小说在其中所处的位置。

清末民初（1900～1920）的北京报纸不完全统计

名称	时间	地点	主要从业人物	特色备注
《北京公报》	光绪二十六年（1900）创办	东城甘雨胡同		日本人办的报馆
《大同报》		琉璃厂土地祠	社长恒诗峰	体裁文言，日出一大张，以变通旗制、促进宪政为宗旨，与杨度在日本东京所刊之《大同杂志》相呼应

---

① 德洵：《小额·序》，见松龄《小额》，〔日〕太田辰夫、〔日〕竹内诚编，汲古书院，1992。所引之言即蔡友梅和杨曼青的对话。杨曼青最后的结论和梁启超提倡的如出一辙：小说是启蒙的最好工具。

② 懒侬：《〈燕都报〉出现了》，《燕都报》1920年5月1日，第1版。

③ 1914年以后，袁世凯政府开始实行一系列严格的新闻和出版法，实行新闻管制和舆论控制。中国的新闻事业1915年后大为倒退。1911年辛亥革命后不久，中国的新闻事业一度迅速成长，新创办的报纸达100种左右。其中北京50种，上海15种，汉口6种；但在袁世凯复辟帝制期间，北京的报纸减少到20种左右，上海减少到5种，汉口减少到2种。1913年后的两年，全国报纸的发行量也从4200万份减少到3900万份。见〔美〕周策纵《五四运动：现代中国的思想革命》，周子平等译，江苏人民出版社，2005，第44页。

名称	时间	地点	主要从业人物	特色备注
《万国公报》		前门外后公孙园		强学会机关报，后易名《中外纪闻》。强学会由文廷式、康有为于光绪二十一年（1895）创办
《京话报》	光绪二十七年（1901）8月15日创办，11月上旬停刊		黄秀伯（中慧，黄思永之子，曾留学美国）主编	旬刊，国家图书馆收藏
《白话学报》	光绪二十七年（1901）创办	崇文门内方巾巷崇实中学	社长文实权	
《顺天时报》	光绪二十七年（1901）创办	正阳门内化石桥	日本人中岛真雄（一说龟井陆良）主持	日本人办的报馆
《启蒙画报》	光绪二十八年（1902）创办	前门外五道庙路西	彭翼仲编辑	
《京话日报》	光绪三十年（1904）8月16日创办，1906年9月29日停刊，1913年恢复出版，不久遭袁世凯封杀，后再次复刊，1923年4月5日停刊	前门外五道庙路西	社长彭翼仲，编辑吴子箴、文齿疵、春治先，经常撰稿的有王子贞、梁巨川。彭因此报得罪政府，充军新疆，民国才得返回。1918年彭翼仲、吴子箴去世，梁漱溟接办	彭翼仲接黄中慧《京话报》而变其体例。国家图书馆、上海图书馆、北京大学图书馆有收藏
《中华报》（《中华日报》）（文言）	光绪三十年（1904）12月7日创办，1906年9月29日停刊	五道庙后院	杭辛斋（慎修，又名凤元，别字一苇）创办，彭翼仲编辑	
《公益报》	光绪三十一年（1905）创办	崇文门内方巾巷	社长文实权，编辑蔡友梅（损公）、白云社（睡公）、文子龙（懒儒）、王咏湘（冷佛）	体裁白话，以普及教育为宗旨，每日一张
《京师公报》	光绪三十一年（1905）创办	宣武门外后铁厂	社长文实权，编辑文子龙、杨曼青、黄佛舞、赵静宜	体裁白话，日出一张，与《国民公报》有紧密联系，主张君主立宪，报虽小，实为旗族人士之言论机关
《官话政报》		宣外北柳巷	社长李仲梯（啸天），编辑斌小村、刘省三、戴正一	体裁白话，日出一小张，其主张实行君宪，与《京师公报》有密切联系

名称	时间	地点	主要从业人物	特色备注
《北京女报》	光绪三十一年（1905）创办	该报始由京师前门外铁老鹤庙聚兴报房代理发行。馆址设在前门外西河沿延寿寺街羊肉胡同路北。4年后迁至琉璃厂西门内路南	张笃卿（女）任总编辑	
《京话官报》	光绪三十一年（1905）创办	馆址设在宣武门外北柳巷	社长李仲梯	
《白话国民报》	光绪三十二年（1906）创办	宣武门外北柳巷北首路西	发起人春麟洲、文龀龥等	
《正宗爱国报》	光绪三十三年（1907）创办，1913年7月27日停刊	正阳门外马神庙	徐琴心《三十年来北京小报》记载：社长丁国珍（宝臣），编辑文益堂（龀龥）、王子贞、春觉生；管翼贤《北京报纸小史》记载：社长丁宝臣，编辑权益斋，原报没有标明创办者和编辑者，微缩胶片说明里写：李春亭、李树年	日刊。综合资料推断，本报继《京话日报》而办，主创人员多是《京话日报》的旧有人员。国家图书馆、上海图书馆有收藏
《进化报》	光绪三十三年（1907）创办	东单北大街	社长蔡友梅（又署名松友梅），编辑杨曼青、乐缓卿、李问山	日刊。体裁白话，蔡氏等皆为旗族，故其言论新闻，注意在八旗生计问题
《京报》	光绪三十三年（1907）创办	五道庙	社长汪康年	
《京都日报》	约创办于光绪三十四年（1908）	前门外琉璃厂土地祠庙内西院	社长兼总编辑萧德霖（萧益三），编辑白法章	日刊。辛亥后更名为《中华日报》
《刍言报》（文言）	宣统二年（1910）11月2日至1911年10月12日		汪康年（穰卿）	五日刊，国家图书馆、上海图书馆有收藏
《国华报》		琉璃厂万源夹道	社长乌泽声，编辑穆都哩（辰公、儒丐）、完绳世（公禹）、王藻轩	日出两小张，为安福系言论机关
《国强报》	民国初年创办	宣武门外东椿树胡同南头路东，后迁至宣武门外北海寺街西头路北	经理一度为李茂亭，总理蔡友梅（损公）	

名称	时间	地点	主要从业人物	特色备注
《女子白话句报》	民国元年（1912）创办	前青厂武阳馆夹道	总理唐群英	后易名为《女子白话报》
《群强报》	1912年5月29日创刊至1937年7月	樱桃斜街	初为端方子继康侯（纪昆侯、侯德辉）所办，后归陆哀（慎滇斋，别字瘦郎）。经理戴正一，编辑王丹忱、杨曼青、勋荩臣	白话小报，以提倡戏剧，登载戏报作营业之基本。国家图书馆、上海图书馆收藏
《大自由报》	1912年6月11日创刊至1915年6月			国家图书馆收藏
《爱国白话报》	1913年7月30日至1922年2月26日	西草厂	社长马太朴，编辑王冷佛、权益斋	日刊，白话小报。上海图书馆收藏
《白话捷报》	1913年8月3日创刊，1914年8月22日停刊		文治贤	日刊，国家图书馆、上海图书馆收藏
《日知小报》	1915年创刊至1926年10月4日			日刊，国家图书馆、上海图书馆收藏
《北京商业日报》	1916年创刊至1921年5月			日刊，国家图书馆、上海图书馆收藏
《公言报》	1916年9月1日创刊，1920年7月22日停刊			日刊，国家图书馆、上海图书馆收藏
《白话国强报》	1918年1月创刊，1925年4月18日停刊			日刊，上海图书馆收藏
《京报》	民国七年（1918）创办	宣武门外魏染胡同	社长邵飘萍	
《小公报》	1919年4月创刊至1932年	宣武门外香炉营五条中间路南	管翼贤《北京报纸小史》记载社长季绍权，编辑程道一。李楠查原报没有注明创办人与编辑者，微缩胶片前面说明写着创办人籍少荃	日刊，国家图书馆、上海图书馆收藏
《平报》			社长李亚先，编辑陆秋岩、刘国华、黄冷樵。后陆秋岩任社长，编辑陈重光、吴剑秋	日刊

续表

名称	时间	地点	主要从业人物	特色备注
《北京白话报》	1919 年 7 月创刊，1938 年 9 月 5 日停刊		社长任朴生，编辑吴菊痴	日刊，国家图书馆、上海图书馆收藏
《北京报》			社长任昆山	日刊
《实事白话报》	1920 年 2 月 8 日创刊，1932 年 8 月 30 日停刊		管翼贤《北京报纸小史》记载：社长戴兰生，编辑庄荫棠、乌仲华。李楠查原报没有注明创办者或编辑人，微缩胶片前写着创办人戴征	日刊，国家图书馆、上海图书馆收藏
《燕都报》	1920 年 5 月 1 日创刊，1925 年 9 月 20 日停刊	宣武门外裘家街	社长文实权，编辑文子龙（懒儒）、王冷佛、白云衻（燕生）、陈重光，发行唐冷生、曹裕民	白话小报，以小说著称，如西太后小说、《梅福结婚记》，皆为市隐所编，以提倡改善旗族生计为目的。日刊，国家图书馆、上海图书馆收藏

　　本表参考资料包括蔡乐苏《清末民初的一百七十余种白话报刊》，载丁守和主编《辛亥革命时期期刊介绍》，人民出版社，1982～1986，4 册；管翼贤《北京报纸小史》，收入《新闻学集成》第六册，中华新闻学院，1943，第 279～335 页；徐琴心《三十年来北京小报》，载《实报半月刊》第 5 期，1935 年 11 月至 12 月；于润琦《清末民初北京的报馆与早期京味小说的版本》，《中国现代文学研究丛刊》2000 年第 4 期；李楠《迥然相异的面目：京海格局中的北京（平）小报》，《中国现代文学研究丛刊》2005 年第 6 期，第 119～128 页；以及笔者本人在中国社会科学研究院文学研究所图书馆所查资料。

　　上面的表格主要集中在小报，也即以娱乐为主，具有休闲消遣功能的四开或四开以下的小型报纸[1]，包括部分影响较广的大报，如《京报》。首先，从表中可以看出，旗人主持的报纸并不占多数，但是从业的旗人作家编辑却不少，他们的创作大多以白话为主，可以说是早期"京味"小说的开创者。据于润琦所言，首都图书馆藏有剪报本京味小说近百种，前紫禁城出版社社长刘北祀介绍故宫文华殿藏有这类小说七八十种之多，于润琦本人也收藏有若干种。[2]

　　其次，从上述资料也可以看出，清末民初的报馆主要设置在前门、崇文门、宣武门一带，一方面这同"宣南士乡"的遗风不无关系。顺治五年（1648），清朝

———————

[1]　本文认同李楠对于"小报"的定义，参见其《晚清、民国时期上海小报研究——一种综合的文化、文学考察》，人民文学出版社，2005。

[2]　于润琦：《清末民初北京的报馆与早期京味小说的版本》，《中国现代文学研究丛刊》2000 年第 4 期。

廷颁布谕旨，京师实行旗民、满汉分城居住。① 历经了一个多世纪，宣武门外逐渐形成了一个以汉人朝官、京官以及士子为主要人口的社区，即宣南士乡。士民聚居区主要在宣武门外大街两侧以及菜市口南部地区。按清代的行政区划，这一社区包括北城的西部和西城的东部，即宣南坊和日南坊的大部。因为政治精英和知识精英麋集，这一带的士人往往领思潮之先。1895 年，康有为、梁启超等人在这里创办了中国第一份民办报纸《万国公报》（后改为《中外纪闻》）；成立了第一个学会组织"强学会"。"自此以往，风气渐开，已有不可抑压之势"，全国各地纷纷仿效京师，组学会，建学堂，办报馆……至 1898 年全国共有学会 78 个，仅北京就有 14 个。② 在戊戌变法时期，宣武门外各省会馆成为维新变法运动的舆论中心和活动基地。变法运动可以说是由此推向全国，因此维新变革的思想在这一区域有着较为深广的受众和底蕴。另一方面，一般老北京有所谓"东富西贵南贫北贱"之说，这种城市地理区隔的民间说法并不一定那么准确，但至少透露出政治、经济、文化身份在平民百姓眼中的印象性区分。由于南城一带一般为下层民众所居之处，由此办报的风格多少会受到一定的影响。记者编辑对于底层的疾苦、社会的弊病往往能得到第一手的资料，有切身的体会。有的记者编辑本人就是出身下层，因而更容易倾向于站在普通民众的立场写作发言。

最后，在表中罗列的主要京旗小说作家及其代表性作品大致可以归纳如下：

蔡友梅，又名松友梅，笔名损公，《进化报》社长、《公益报》编辑。著小说《小额》，载于《进化日报》。另有《新鲜滋味》数十种，分刊于《顺天时报》《京话

---

① "南郊配享"诏："北城及中东西三城，居住官民商贾，迁移南城，虽原房听其折价，按房给银，然舍其故居别寻栖止，情属可念，有土地者，准免赋税一半，无土地者，准免丁银一半。"（《清实录》第 3 册《清世祖实录》第 40 卷，顺治五年十一月，中华书局，1985～1987，第 327 页）
"内外分城"诏："顺治五年八月辛亥……然满汉各安，不相扰害，实为永便，除八旗投充汉人不令迁移外，凡汉官及商民人等尽徙南城居住，其原房或拆去另盖或贸卖取价，各从其便。朕重念迁徙累民，著户工二部详察房屋间数，每间给银四两。此银不可发与该管官员人等给散，令各亲身赴户部衙门当堂领取。务使迁徙之人，得蒙实惠。六部、都察院、翰林院、顺天府及大小各衙门、书办吏役人等，若系看守仓库原住衙门内者，勿动，另住者尽行搬移。寺院庙宇中居住僧道，勿动，寺庙外居住者尽行搬移。若俗人焚香往来，日间不禁，不许留宿过夜。如有违犯，其该寺庙僧道，量事轻重治罪，著礼部详细稽察。凡应迁移之人，先给赏银，听其择便。"（《清实录》第 3 册《清世祖实录》第 40 卷，顺治五年八月，中华书局，1985～1987，第 319 页）
② 李文海：《戊戌维新运动时期的学会组织》，见胡绳武主编《戊戌维新运动史论集》，湖南人民出版社，1983，第 48～78 页。

日报》，主要包括《瞎松子》《赛刘海》《曹二更》《双料义务》《人人乐》《二家败》《麻花刘》《董新心》《理学周》《非慈论》《方圆头》《忠孝全》《连环套》《鬼吹灯》《赵三黑》等。蔡友梅当时在北京小报界颇有声名，于润琦曾引当时另外一位小说家铁庵在"奇情小说"《意外缘》结尾的一段话："现在因本报销路飞涨，惟恐不足以飨阅报诸君，特约请报界著名巨子小说大家蔡友梅先生，别号损公，担任本栏小说，自明天起改登「社会小说」《烂肉面》。其中滋味深奥，足为阅者一快"①，认为以此可以见出蔡友梅在当时小说界中的地位。"著名巨子小说大家"的头衔虽有溢美之嫌，但还是能说明一些问题的。②

儒丐，名穆都哩，字辰公、六田，正蓝旗人，曾留学日本，《国华报》编辑，著小说《梅兰芳》，连载于《国华报》《群强报》《盛京时报》。民国十二年（1923）作《北京》，连载于《盛京时报》。从1918年1月12日至1944年4月1日，儒丐一直主持《盛京时报》副刊，发表了大量的小说、散文、评论、杂谈、翻译作品。③小说分为社会小说《女优》《笑里啼痕录》、战争小说《情魔地狱》、警世小说《落溷记》、哀情小说《同命鸳鸯》《鸾凤离魂录》等。此君辗转北京、沈阳，一生著述译颇丰，极为鲜明地体现了转型期旗人的心态与关切，就数量而言在近现代旗人（满族）作家中除了老舍，无出其右者。

王冷佛，本名王绮，又名王咏湘，京师内务府旗籍。清末任《公益报》编辑，民初转任《爱国白话报》编辑，其著名小说《春阿氏谋夫案》即在该报连载，反响巨大。1911年，京师公报馆铅印过其十回小说《未了缘》。另著有长篇小说《半生缘》、十六回《井里尸》，《爱国白话报》出过单行本。20世纪30年代后，赴盛京，任《大北新报》编辑，有小说《珍珠楼》行世。此外，还有十章"哀情小说"《小红楼》（《隔梦园》）、文言小说《蓬窗志异》《续水浒传》等作品。④

徐剑胆，原名徐仰宸，长期担任《正宗爱国报》《爱国白话报》《天津白话报》《京话日报》等京津白话日报小说栏目主笔，小说创作起步于20世纪初北京创办

---

① 铁庵：《意外缘》，连载于《白话国强报》1918年7月10日至8月16日。
② 于润琦：《民初京味小说家二三事》，《南京理工大学学报（社会科学版）》2006年第5期。
③ 据北海道大学言语文化部长井裕子的研究成果报告书第18~61页的统计数字显示，多达千计。村田裕子：《满州文人の軌跡——穆儒丐と『盛京時報』文藝欄》，《东方学报》（京都大学人文科学研究所）第61册，1989年3月。
④ 资料来源于于润琦的导读，参见周建设主编《冷佛作品》（全三册），首都师范大学出版社，2014。

白话报高潮期，一直延续到 20 世纪 30 年代，发表小说 30 多种。①作品包括连载于《京话日报》的《妓中侠》《文字狱》《王来保》《黑籍魂》《贾孝廉》《川路风潮记》，连载于《北京小公报》的《白狼》《七妻之议员》《文艳王》《刘二爷》《玉碎珠沉记》《石宝龟》《自由潮》《血金刀》《如是观》《李五奶奶》《花鞋成老》《姐妹易嫁》《金三多》《宦海大冤狱》《冒官始末记》《皇帝祸》《恶魔记》《卖国奴》《钟德祥》《淫毒奇案》《杨翠喜》《错中错》等。其类型有"警世小说"（如《杨结实》《张古董》）、"因果小说"（如《新黄粱梦》）、"政治小说"（如《衢州案》）、"社会小说"（如《义烈鸳鸯》）。1914 年，在《爱国白话报》连载小说《赛金花》，1935 年曾于《实报》连载"侦探小说"《阔太监》、"教育小说"《迷途》，此外尚有小说《义合拳》等。

文实权，名耀，笔名市隐，又名燕市酒徒，曾为崇文门内方巾巷崇实中学校长。辛亥后在北京创办《燕都报》，报纸注重探讨满人生计问题，又以登载通俗小说名于一时。任《公益报》《京师公报》《燕都报》社长，还办过《白话学报》《国民公报》等。在《公益报》连载小说《米虎》，还在《爱国白话报》《燕都报》载有《西太后外传》《梅福结婚记》《武圣传》《闺中宝》《毒饼案》等，颇受读者青睐。

皆窳，本名爱新觉罗·文谦，正红旗闲散宗室，顺承郡王府分支，《京话日报》编辑，在演说和讲书栏目发表文稿数十篇，其中《旗人劝旗人》较为著名，语言具有"北京味"②。

李仲梯，本名志恺，笔名啸天，《官话政报》社长，《平报》《实事白话报》小说编辑，以《京尘影》最著称。

勋荩臣，《群强报》编辑，著《白话聊斋》刊于《群强报》。

这其中尤以蔡友梅、剑胆、儒丐、王冷佛为代表，他们不仅作品数量较多，流传较广，而且还形成了自己的特色。蔡友梅可谓京味文学在由古典向现代转变中的中间人物，他的作品形成了以北京方言为特色的流畅轻快、诙谐风趣的风格，对于北京地域文化、民俗文化多有涉及。王冷佛则采实事入小说，积极推动报刊传媒文本与社会实践之间的互动，显示了那个时代旗族报人作家改造社会、

---

① 资料来源于崔国鑫等人的导读，参见周建设主编《徐剑胆作品》（全二册），首都师范大学出版社，2014。

② 王鸿莉：《皆窳：用京话写寓言》，《北京社会科学》2012 年第 6 期；王鸿莉：《旗人劝旗人：〈京话日报〉的旗人言论》，载赵志强主编《满学论丛》（第二辑），辽宁民族出版社，2012。

监督舆论、改良群治的思想。儒丐的作品内容广博，对于清末民初的时代转折、民情百态、人心嬗变、文化的碰撞和民族意识的回归都有所反映，加之他有留学日本的经历，大半生在伪满洲国的首都盛京（今沈阳）着力于办报写作和扶植新文学，所以更值得注意。他们留存的史料中包含着许多正史所匮乏的历史细节与微妙心态，值得重新发掘。

第三节　清末民初京旗小说的风貌与特点

按照艾布拉姆斯（M. H. Abrams）的分析模式，从文学作品的起源与结构来说，必然包括作品、艺术家、世界、欣赏者这几个关键要素。[①] 文化传统、社会现实背景、作家本人的个性无疑会影响到作品的产生及其内容与思想内涵，而读者则是其意义实现的必要条件。清末民初的京旗小说同样也包含了这样几个要素，笔者将从制度背景、口头传统、现实语境、题材主题、情感倾向、写作笔法、美学风格各方面作一全景考察，但是在具体的问题设计上以所要论述的对象本身为出发点，侧重宏观的把握，为后面的个案研究作一个导论性质的概括。

1. 闲适与守序

北京旗人即在八旗制度下戍守北京的旗人。八旗制度作为社会组织形式滥觞于牛录（niru）制度。[②] 满族先世女真人以渔猎为业，每年在季节性的采捕活动中，以氏族或村寨为单位，由有名望的人当首领，10 人或 30 余人不等结伴入山，形成以血缘和地缘为单位进行集体狩猎的临时组织形式。其制是："凡遇行师出猎，不论人之多寡，照依族、寨而行。满洲人出猎开围之际，各出箭一枝，十人中立

---

① 〔美〕M. H. 艾布拉姆斯：《镜与灯：浪漫主义文论及批评传统》，北京大学出版社，1992，第 5～6 页。
② 牛录，或写作牛禄、柳累，系满语音译，意译当为"大箭"，早期汉译为"备御"，顺治十七年定译名为"佐领"。木川：《满洲"牛录"考释》，《社会科学辑刊》1981 年第 4 期；王彬：《八旗的基层组织——牛录》，《中央民族学院学报》1991 年第 3 期。

一总领，属九人而行，各照方向，不许错乱，此总领呼为牛录（华言大箭）额真（额真/厄真，华言主也）。"[1] 牛录制起初是为了提高劳作效率而形成的一种互助方式，努尔哈赤时为统一女真各部及更长远政治目标，将其整编为纪律严明、常设的社会军事组织。当自发的习俗变为制度后，就在团结部众、培养族群意识上逐渐发挥出它的形塑作用。

八旗制度的建立始于清太祖努尔哈赤[2]，初建时兵民合一，全民皆兵，凡满洲成员皆隶于满洲八旗之下。入关前，八旗兵丁平时从事生产劳动，战时荷戈从征，军械粮草自备。入关以后，为了巩固满洲贵族的统治，加强对全国各族人民的控制，同时为了解除八旗官兵的后顾之忧，更好地为清王朝效命，建立了八旗常备兵制和兵饷制度，与绿营共同构成清朝统治全国的军事工具，八旗兵从而成了职业兵。八旗兵无论满洲、蒙古或汉军，均以营为单位，由都统及副都统率领，称作骁骑营，用于驻防或征战，并有炮营、枪营、护炮藤牌营，附属于汉军骁骑营。清朝定都北京以后，绝大部分八旗兵丁屯驻在北京附近，戍卫京师的八旗则按其方位驻守，称驻京八旗。另抽出一部分旗兵派驻全国各重要城市和军事要地，称驻防八旗。驻京八旗，也叫禁旅八旗或简称京旗，是满人定鼎北京后拱卫京师的那部分八旗。[3]《清史稿》将这个历史演变过程以精简文字记录为："归附日众，设四旗，曰正黄、

---

[1] 《太祖武皇帝实录》，载《清入关前史料选辑》，中国人民大学出版社，1984，第321页。

[2] 努尔哈赤于明万历十一年（1583）以祖、父"遗甲十三副"，起兵攻打尼堪外兰，开始统一女真各部的事业。彼时满洲各部首领称王争长，互相战杀。努尔哈赤在统一女真各部的战争中，取得节节胜利。随着势力扩大，人口增多，明万历二十九年（1601），努尔哈赤将招来的人口编入自己的队伍，建立黄、白、红、蓝四旗，称为正黄、正白、正红、正蓝，四旗都是纯色。明万历四十三年（1615），努尔哈赤为适应满族社会发展的需要，在原有牛录制的基础上，创建了八旗制度，即在原有的四旗之外，增编镶黄、镶白、镶红、镶蓝四旗（镶，俗写亦作"厢"）。旗帜除四正色旗外，黄、白、蓝均镶以红，红镶以白，把后金管辖下的所有人都编在旗内。其制规定：每300人为一牛录，设牛录额真一人，5牛录为一甲喇，设甲喇额真一人，5甲喇为一固山，设固山额真一人，固山额真左右置副职称梅勒额真（美凌额真）。当时编有满洲牛录308个，蒙古牛录76个，汉军牛录16个，共400个（一说231个）。此时所编设的八旗，即后来的满洲八旗。旗的组织具有军事、行政和生产等多方面职能。八旗制度建立后，每旗所辖的牛录数和牛录下的丁数时有变化，但旗制终有清一代未改。

[3] 驻京八旗的职责是拱卫京城，负责帝都的安全，故而又分别组建了各种军事组织。侍卫处骁骑营、前锋营、护军营、步军营、火器营、键锐营、神机营之外，还有圆明园护军营、内务府三旗、虎枪营等。有关八旗制度的起源时间等问题，学术界尚存争议，本章仅概其大观，详细的综合研究请参见瀛云萍《八旗源流》（大连出版社，1991），王钟翰《王钟翰学术论著自选集》（中央民族大学出版社，1999），赵东升《满族历史研究》（吉林文史出版社，2005）等书。

正白、正红、正蓝，复增四旗，曰镶黄、镶白、镶红、镶蓝，统满洲、蒙古、汉军之众，八旗之制自此始。每旗三百人为一牛录，以牛录额真领之。五牛录，领以札兰额真。五札兰，领以固山额真。每固山设左右梅勒额真。天命五年，改牛录额真俱为备御官。天聪八年，定八旗官名，总兵为昂邦章京，副将为梅勒章京，参将为甲喇章京，各分三等。备御为牛录章京。什长为专达。又定固山额真行营马兵为阿礼哈超哈，其后曰骁骑营。巴雅喇营前哨兵为噶布什贤超哈，其后曰护军及前锋营。驻防盛京兵为守兵，预备兵为援兵。各城寨兵为守边兵。旧蒙古左右营为左右翼兵。旧汉兵为乌真超哈。孔有德之天佑兵，尚可喜之天助兵，并入汉军。九年，以所获察哈尔部众及喀喇沁壮丁分为蒙古八旗，制与满洲八旗同。崇德二年，分汉军为二旗，置左右翼。四年，分为四旗，曰纯皂、曰皂镶黄、曰皂镶白、曰皂镶红。七年，设汉军八旗，制与满洲同。世祖定鼎燕京，分置满、蒙、汉八旗于京城。以次厘定兵制。"[1] 八旗制度与成吉思汗的兵民合一的蒙古万户制度相似。[2] 就早期军事组织的效率来说，它解决了战养之间的矛盾，既在战时能得到数量充足的优质兵源，又无和平时期豢养一支常备军给赋税带来的持久压力。从正式建立到1911年辛亥革命后清朝覆灭，八旗制度共存在了296年，是清王朝统治全国的重要军事支柱，在保卫边疆、防止侵略以及清帝国发展与版图扩大等方面，曾发挥过积极的作用，为开拓和巩固多民族统一的国家更有积极的历史意义。但是随着历史的嬗变，八旗制度中体制僵化、人身依附、松弛懈怠等消极的方面也日益明显，严重地束缚了旗人的发展，在军事与社会中的作用也愈来愈小。

---

[1] 赵尔巽等撰《清史稿》卷一百三十（第 14 册），中华书局，1976，第 3860 页。

[2] 《元史》卷九十八 "志第四十六兵（一）"曰："考之国初，典兵之官，视兵数多寡，为爵秩崇卑。长万夫者为万户，千夫者为千户，百夫者为百户。……若夫军士，则初有蒙古军、探马赤军。蒙古军皆国人，探马赤军则诸部族也。其法，家有男子，十五以上、七十以下，无众寡尽签为兵。十人为一牌，设牌头，上马则备战斗，下马则屯聚牧养。孩幼稍长，又籍之，曰渐丁军。既平中原，发民为卒，是为汉军。或以贫富为甲乙，户出一人，曰独户军，合二三而出一人，则为正军户，余为贴军户。或以男丁论，尝以二十丁出一卒，至元七年十丁出一卒。或以户论，二十户出一卒，而限年二十以上者充。士卒之家，为富商大贾，则又取一人，曰余丁军，至十五年免。或取匠为军，曰匠军。或取诸侯将校之子弟充军，曰质子军，又曰秃鲁华军。"李修生主编《二十四史全译·元史》第四册，汉语大词典出版社，2004，第 1969～1970 页。

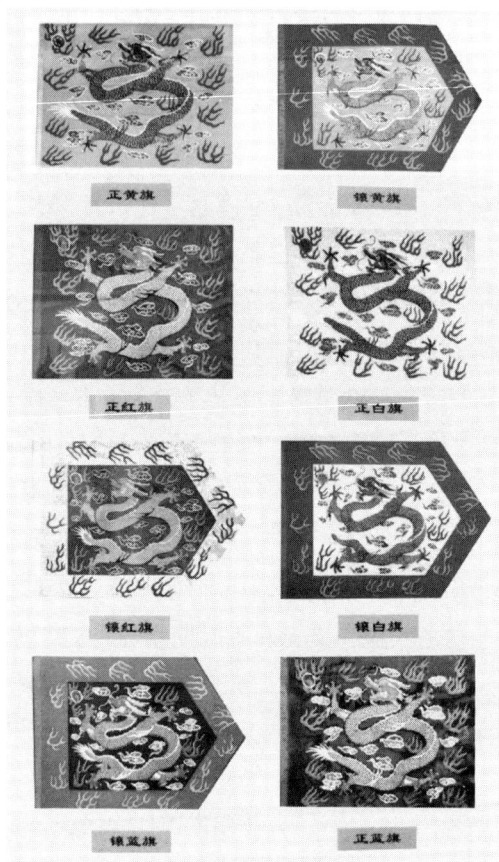

八旗图谱

　　详细地叙述八旗制度显然超出了本书的范围，上文简述只是表明八旗制度由盛而衰、由衰而亡的整个历史过程，与清王朝的命运紧密地联系在一起。旗人文学不可避免地会受到八旗文化的影响，最直接的莫过于八旗制度所造成的大量闲暇。八旗民众除了当兵吃钱粮，不得从事他种生计，出兵操练毕竟只占生活的一小部分时间，剩下的多余精力总需要找到一个宣泄的地方，尤其到清朝中后期，大量闲散旗人的出现加速了整个阶层的闲暇化。八旗贵族需要休闲娱乐，下层民众同样需要排遣苦闷，国家法制的规定和对于政治制度的民族认同，使得他们不可能心存抗议与叛逆，文学艺术相较而言是最好的宣泄渠道。闲暇正是产生精致性艺术的必要条件。德国哲学家皮珀（Josef Pieper）甚至认为闲暇就是文化的基础，当然他是从哲学思辨意义上来说的，就社会文化本身而言，也可以说闲暇是文学的基础。皮珀将艺术分为"自由的艺术"和"卑从的艺术"，"卑从的艺术"主要特征就是像托马斯·阿奎那（Thomas Aquinas）说的那样是"透过行动去达到效益的导向"①，如此而言旗人的艺术追求就带有"自由的艺术"的特征，因为他们并不是拿艺术或文学当作生计或有实际利益的考虑。清末民初的京旗小说固然带有商业性质，但是从精神向度上还是保留了一定程度的闲暇文学特征：以休闲娱乐为主，固然不乏关注现实的笔触，但是后者始终没有构成前者的辖制性因素，并且从风格上来说也以闲适滑稽居多。

军队建制的日常化使得八旗民众从小就生活在军事化组织之中，种种严格的规章制度年深日久地濡染个体的行为规范和思维模式：认同朝廷的素朴爱国主义、循规蹈矩乃至因循守旧、对于秩序的尊重等。这些外在的限制经过长久积淀，最终转化为旗人的内在心理无意识，不自觉地反映在他们的作品之中。无论从哪个方面看，京旗小说在思想观念上都处于保守一派。个中原因颇为复杂，作为统治族群的既得利益者——尽管这种利益已经日趋稀薄——对于已经逝去统治王朝权力的怀旧是一方面；另一方面，即使带有变革维新思想的旗人作家也持稳健平和的态度，主要从伦理和教育角度考虑问题，而非激进的暴力革命。就题材本身而言，八旗制度中后期所造成的群体性贫困，作为旗人作家们更有感同身受的现实体验，于是旗人生计与针砭时弊成为大量文学书写的主题。此外，北京旗人因为驻防在北京九个城区之内，疏离于儒家正统的耕读文化（虽然在文化精英那里会将之作为一种修养的证明，但只是停留在言辞层面，并无实际操作的机会和经验），北京又是历经近 800 年的数朝都城，有着悠久的历史文化积淀，旗人小说其实是非乡土中国的"城市文学"，同北京这座城市有着不可分割的互文性联系，这使它们充满了北京市民文化和地域文化的特点。归总而言，京旗小说处于帝国王朝向现代民族国家转型的时期，近现代的工业、商业、帝国主义殖民因素不同程度地作用于它，使之不同于传统的山林文学、江湖文学、乡土文学，而是包容了庙堂文学、市民文学、消费文学的产物，它的起源、特点、主题、风格、发展方向都取决于此。

---

① 〔德〕皮珀：《闲暇：文化的基础》，刘森尧译，新星出版社，2005，第 56 页。

2. 与民间叙事传统互动

有学者指出:"自清初王士禛在《居易录》中首次提出'满洲文学'的概念,推举鄂貌图为满族文学的开山人物,直至清末王鹏运'满洲词人男有成容若,女有太清春'之论,清代所论满洲文学几乎全部都是满族的文人文学。连满族人自己编撰的《熙朝雅颂集》《八旗文经》等收录的也都是文人作家及其作品。"① 但是,这是一种精英视角,受到主流文人的审美观点所左右,而忽略了作为旗人文学重要组成部分的民间口头文学。旗人文学从其开始就如同任何文学一样存在着两个组成部分:一种是由鄂貌图、高塞、岳端、玄烨、纳兰性德、鄂尔泰、文昭、弘历、永恩、敦敏、敦诚、庆兰、永忠、和邦额、明义、高鹗、铁保、英和、奕绘、顾春、文康、庆康、宝廷、汪笑侬等众多作家创作的汉文书面文学,另一种是传播、传承于旗人民众口耳间的萨满教神话、英雄传说、民间故事、民谣等民间形式的或汉语或满语的口头文学。在二者之间,出现了诸如子弟书(其代表人物如韩小窗、鹤侣)、八角鼓等由旗籍下层文人参与创作,与传统的旗人民间文学和文人作品既有一定关联又有很大不同的新文学样式。旗人汉文书面文学的创作与口头文学表达二者之间,并非存在一道二元对立的鸿沟,只是在原先的学科壁垒中,研究者可能把它们作为两种不同范畴的文学类型进行孤立考察,而忽视了两者之间也许存在一脉贯通的血缘关系——或者至少有着藕断丝连的联系。

追根溯源,旗人的东北发源之地有着悠久的民间说部传统——"讲古"。讲古,满语叫"乌勒本"(ᡠᠯᠠᠪᡠᠨ,转写为 ulabun,也有译称"乌尔奔"、说部),是传记、传说或故事的意思,即讲述本民族特别是本宗族历史上曾经发生的故事。满语创制比较迟,在入主中原以前,满人几乎没有以文本形式记录本族历史的习惯,讲述历史的方式就是通过部落酋长或萨满来说唱口传。民间有谚语说:"老的不讲古,小的失了谱。"讲古就是利用为普通民众喜闻乐见的说书形式,追念祖先的传奇经历、丰功伟绩、趣闻逸事,以娱乐听众、传播知识、叙述历史、教育后辈,某种程度上起到了增强共同体凝聚力的作用。在传统旗人社会中,人们经常举行讲古比赛,清中叶八角鼓、清音子弟书异军突起,便是这一传统在特定历史条件下的裂

---

① 王卓:《论清代满族文人文学与民间文学的分野》,《社会科学战线》2005 年第 3 期。

变。历史上满人社会在部落酋长、族长、萨满的选定过程中，都要求当选人必须要有一张"金子一样的嘴"——即必须要有讲古才能[①]。讲古习俗的盛行，为满族民间故事家及具有杰出讲述才能的民间说书艺人的产生创造了条件，也形成了一种讲说民间口头文学的传统。[②]这种传统包含着娱乐、审美、认知、教育、团结、传承文化、形成民族精神的功能，很多时候成为书面文学在母题、主题、形式、技巧、风格等方面的营养与来源的渊薮。

讲古（乌勒本）主要分为三大类：一是窝车库乌勒本。窝车库是"神位""神板""神龛"之意，就是通常人们所说的"神龛上的故事"，属于萨满教原始神话，如《天宫大战》《乌布西奔妈妈》《尼山萨满》等。二是包衣乌勒本，即家传、家史。由于社会文明的发展，神话渐渐演进，由构拟的虚幻神演化成现实中具有人性的英雄神、祖先神的事迹，这就成了所谓的传说。家传、家史，就是传说，属于祖先崇拜的讴歌范畴，如《两世罕王传》《萨大人传》《顺康秘录》等。三是巴图鲁乌勒本，即英雄传。是氏族对本族英雄人物在部族兴亡发韧、部落迁徙、氏族征战中英雄事迹的虔诚赞颂，属于萨满教英雄崇拜范畴，如《漠北英雄传》《飞啸三巧传奇》《比剑联姻》《红罗女》等。[③]这些满族民间口头文学从艺术结构上来说，大部分由一个主要故事情节主线为轴，辅以数个或数十个枝节故事链为烘托，环环紧扣成错综复杂的矛盾纠葛整体，形成宏阔的泱泱长篇巨部。讲古以说为主，或说唱结合，夹叙夹议，并偶尔伴有讲述者模拟动作的表演，表现形式颇为活泼生动。说唱者还多喜用满洲传统的蛇、鸟、鱼、豹等兽禽毛皮箍的小花抓鼓和小扎板伴奏，情绪高扬时听众也跟着呼应，击双膝伴唱，构成热烈的互动氛围。作为一种族群文化传统，入关之后北京旗人说乌勒本的少了，但它所形成的叙事传统却保留了下来，散落沁润于北京旗人形形色色的口头艺术中。京旗小说不可避

① 富育光主编《金子一样的嘴——满族传统说部文集》，学苑出版社，2009。
② 有关满族说部的研究，乌丙安《神秘的萨满世界》（上海三联书店，1989），富育光《萨满教与神话》（辽宁大学出版社，1990），宋和平《〈尼山萨满〉研究》（社会科学文献出版社，1998），孟慧英《萨满英雄之歌：伊玛堪研究》（社会科学文献出版社，1998），周福岩《民间故事的伦理思想研究：以耿村故事文本为对象》（中国社会科学出版社，2006）等著作多有涉及，但没有专门论述。单篇论文有王宏刚、苑利《满族说部：一宗亟待抢救的民族文学遗产》（《民族文学研究》2000年第2期）等。
③ 荆文礼：《萨满文化与满族传统说部》，《民间文化论坛》2004年第5期，第75～76页。此说源自富育光《满族传统说部艺术——"乌勒本"研考》，《民族文学研究》1993年第3期。

免地会遭遇到宋明以来话本、拟话本、说书艺术的强大影响，但是本民族民间口头文学的素养积淀在旗人集体记忆的深处。旗人书面文学注重口语入文的写作方式和通俗晓畅的美学风格之所以会成为一种特色性的表征，同这种文化惯习密切相关。

如同俄罗斯漫长冬夜壁炉边的故事成为后来小说的缘起一样，旗人先民居住于白山黑水之间，冬季苦寒又无法劳作，给说话艺术的产生提供了社会性条件。现代小说的历时形态大约经历有神话与传说、史诗与歌谣、新闻与历史等[①]，有的研究者将之称为小说的"多祖现象"，认为小说是包括子书、神话、史书共同合力产生的，更强调"野性活力源于民间，如果要强调中国小说多祖性，那么这种民间活力和根源于这种活力的说故事行为，乃是始终伴随着小说行程的一个最重要的'潜在之祖'"[②]。需要注意的是，不同族群、地域、文化环境中产生的小说，这些"远祖"的影响比重并不相同。就旗人小说接受的传统而言，满族说部、汉文翻译小说的影响、地方性民间曲艺中的评书等最为重要。清朝中后期出现的《红楼梦影》《儿女英雄传》最为人称道的地方就在于语言的运用，文言小说《萤窗异草》《夜谭随录》里常常出现旗人特有的礼仪习俗、意识观念、鲜活生动的京城口语，与北京地方文化及民间口头传统的涵化浸润也是分不开的。

清末民初的京旗小说大多还包含了说书的一些表达方式，明显具有化用民间叙事方式的痕迹。小说中往往有许多说书人的套语，如"闲话少叙，咱们是书归正传（又来了评书的套子了）"，"书要简决为妙"，"常言说得好，'说书的嘴，唱戏的腿'"，说话人的口吻非常明确。另外，就接受群体来说，在一般平民百姓那里的情况往往如此："八旗或满洲著名作家的文学名著，如《红楼梦》、《儿女英雄传》等书，在京旗下层特别是旗兵中没有市场，他们喜欢听的是《康熙私访》、《乾隆下江南》（当时叫做"打江南围"）、《永庆升平》和各种'侠义'、'公案'小说……"[③]口头文学在普通大众那里有着更为宽广的受众群体，这些作品体现了满汉交融的文化趋势，更主要的是表明代表大众趣味的民间文学与口头文学不可避免地对文人创作产生了潜移默化的熏陶。就清末民初那些主要依赖平民化报纸生

---

① 徐岱：《小说形态学》，杭州大学出版社，1992，第16~45页。
② 杨义：《中国古典小说史论》，人民出版社，1998，第128页。
③ 金启孮：《梅园集》，哈尔滨出版社，2003，第92页。

存的旗人小说来说，尤其如此。

3. 现实政治与传媒的影响

蔡友梅、文实权、儒丐、王冷佛、李仲梯、勋荩臣等人，除了少数人有日本留学的经历，绝大多数是在北京地方文化的氛围中成长，尽管本土传统自 19 世纪下半叶以来已经不同程度地受到了西方文明的冲击，他们也因身处意识形态与文化中心的北京，在其中感受到了风雨如晦的现实，但就其总体而言，仍然属于帝国文化最后的孑遗。在既有的惯性文学系统中，他们创作的精神资源、效仿楷模、学习对象、写作笔法、描写主题依然更多来自"大传统"中——儒道互补的文化传统、"超稳定结构"社会的道德伦理规范①。但就其作为旗人后裔而言，他们所秉承的文化"小传统"在淆乱杂呈的现实语境中体现为日常状态的生活诉求而不可忽视。

除了社会政治制度与历史文化渊源之外，对作家本人直接产生作用的主要是他们所处的现实生活语境。中西古今的冲突中，外来文化与固有传统的碰撞在个体那里也会得到反映，尽管程度不一。作为统治者认定的"国家根本"，八旗人等在权利义务、政治地位、经济资源等方面均有别于民人，成为有清一代较为特殊的人口群体。八旗制度的特点是凡隶于八旗者皆可以为兵，以旗统人即以旗统兵。实际操作中，兵有常数，饷有定额，而随着人口的不断增加，并非所有旗人都能披甲执坚，以至于到后来从军的人数占旗人人口的比例愈来愈小。自康乾盛世以来的旗人生计问题，是清中叶后一个难解的政治与民生困境。到晚清以降，受政局不稳、财政赤字、西力冲击以及所在环境等因素的影响，旗人与民人出现"齐民化"现象，"满洲统治者逐步卸除旗人在身份上的特殊性，渐次取消八旗在政治、经济、法律、教育等方面的特殊权利，导致旗人身份地位下沉，与民人之间的差距逐渐缩小，渐渐与民人齐一……这种发展过程可以说是朝着反特殊化的

---

① 金观涛、刘青峰关于"中国社会超稳定结构"的论述于今日看来，囿于控制论和系统论的机械，而缺乏历史化的细察，但他们归纳的"宗法一体化结构及其维系的内部子系统""大一统的官僚政治""儒家正统学说的意识形态结构"几个方面描述了一部分可见的直观现实。金观涛、刘青峰：《兴盛与危机：论中国社会超稳定结构》，中文大学出版社，1992，第 196 页。

方向进行"①。同治年间，为了解决日益增多的旗人贫民，清政府就开始采取增设粥厂、加赏米石的措施，但只是杯水车薪。庚子战乱后，北京内城 40 万居民中仍然有 20 余万依靠"铁杆庄稼"维持生计的旗人。在清末民初政治形势的裂变下，清末旗民生计更加贫困。1907 年诏裁旗饷，米钱各再减半。贫民衣食无着，或"全家待饷以活"，或卖儿质女以救一时，更有"穷到尽头，相对自缢"者。中华民国成立之初，隆裕太后代表宣统皇帝宣布"逊位"，优待王室和平退位的条件中有先筹八旗生计之说，于未筹定之前八旗兵弁俸饷仍旧支放。但根据当时老人的记忆，粮食只发放了两年就没有了。"1916 年袁世凯死后，饷银开始有拖欠，到 1919 年时一般旗兵只能在三大节日（春节、端午节、中秋节）领到一些钱，一个月饷三两的马甲，只能在节日中领 50 个铜元。旗兵的饷银自 1924 年就全部没有了，八旗兵彻底解散，走出营房各自谋生。"②普遍贫困化是民国初年民众的常态，旗人尤甚，因为钱粮的经济来源断绝之后，他们既无一技之长，又不善经营，只好从事拉洋车、摆小摊、做小手艺等工作，吃了上顿没下顿。政治上的失势伴随着社会上较为普遍的排满情绪，普通旗民成了上层统治者的替罪羊，常常遭到警察和地痞流氓的勒索欺侮，生活极其悲惨。贫困和歧视使八旗人口迅速因迁出或改籍而减少。1910 年北京城内八旗尚有近 50 万人，到 1919 年甘博（Sidney David Gamble，1890～1968）调查北京的民族构成时，只有 30 多万，减少幅度之大，速度之快，十分惊人。③

　　不过，这种旗人极端贫困与流散的情形，除了本身出身正红旗的老舍有所描述之外，在维新派、革命派的文学家以及新文学作者那里，基本付诸阙如。这一方面因为贫困化是彼时城市平民的普遍状况，知识分子与文人不会特别关注某个族群；另一方面排满情绪自晚清一直延续到民国，改革者与革命者原本就要推翻旗人政治，旗人的落魄实属"罪有应得"、题中应有之义，自然不可能对其抱有同情，反倒会将之视为游手好闲的自食其果。新文学在家国想象中有着更广大的美学追求，要关注的是更多、更广泛的社会阶层中带有普遍意义的苦难，旗人贫民则是被纳入底层平民的总体范畴之中的。作为一个被遗忘的群体，旗人的生存

① 刘世珣：《清末旗人的齐民化》，《台湾师大历史学报》第 49 期，2013。
② 北京市政协文史资料委员会编《辛亥革命后的北京满族》，北京出版社，2002，第 2 页。
③ 吴建雍、王岗、姜纬堂、袁熹、于光度、李宝臣：《北京城市生活史》，开明出版社，1997，第 322～324 页。

与痛苦在当时同样处于平民阶层的那些京旗报人作家那里才得到有限的书写。这一群体的创作思想资源主要是旧有伦理观念和来自新型传播媒介所散布的启蒙与人道主义理念。

甲午战争前就已经传入中国的新型传播技术和形式经过政治化，逐渐在专制统治的缝隙间流通扩散，从海外流传入国内、从租界流传到省区，迅速扩散于全国各地，如同李仁渊所说："他们一方面借由传统的人际网络，甚至是官方的官僚体系，一方面借由外国的保护，运用以维新目的引进的各种新管道（如邮递系统），突破空间、地域的限制，创造出一种新的联系网络，新的言论表达形式。前者改变了群我关系，后者影响了思考方式。人群可以突破专制秩序横向连结沟通、思想得以在开放自由的空间自由传递，两者皆侵蚀了专制统治的基础，让已经削弱的中央权威更无法控制各地蠢动的士人。借由新人群关系的重新陶铸出新国族……借由思想的自由交换开启了民主宪政……传播媒体虽无力引发民族与民主革命，然而它却是引导出这种结果不可或缺的机制。"[1]对于旗人群体而言，大众传媒发展的直接影响是提供了部分的生存机会和言说空间。因为其身份与认同的关系，旗人作家更多接受君主立宪的观念，并在持续性的"诗界革命""小说界革命""文界革命"的风潮中形成自觉不自觉的叙述模式和文化理念更新。梁启超创办《新小说》杂志时，仿照日本的小说类型介绍方式宣传"科学小说、军事小说、冒险小说、探侦小说、写情小说、语怪小说"[2]各类，不仅勾画了小说的多元类型，提供了不同的表述经验，还强调感染濡化的效果和启蒙教化的目的。此类文学主张实为高台教化、文以载道传统的现代变体，但是因为融入了现实政治上由殖民入侵给帝国带来的创伤经验和苦痛回忆，倒正切合这些思想上与道德上都很保守的京旗作家们的心理。

这些旗人作家本身出身底层社会，了解普通旗民的苦楚。典型的如蔡友梅，据白维国考察，蔡友梅早年随父在山东任所，坐过馆。1907年回北京办《进化报》，任该报社总务之职，未几报社倒闭。他到归绥（今呼和浩

---

① 李仁渊：《晚清的新式传播媒体与知识分子：以报刊出版为中心的讨论》，稻乡出版社，2005，第336～337页。

② 梁启超：《中国唯一之文学报〈新小说〉》，原载《新民丛报》（第14号，1902年11月14日），见陈平原、夏晓虹编《二十世纪中国小说理论资料（第一卷）1897～1916》，北京大学出版社，1997，第58～63页。

特）作幕僚两三年，辛亥政变后又辗转豫、鄂、赣等省办公债，1916年前后回北京在《小公报》作记者，1919年到1922年（或1922年至1923年）在《益世报》作记者。[①] 他的遭际经历在旗人作家中具有代表性：生于败落的旗人家庭，漂泊谋生，大部分时间都生活在北京。他的小说题材基本也没有超出他的经历范围，尤长于描写市井人物的人间百态。剑胆的作品中曾经显示出有留学日本的经历，儒丐的经历要复杂一些，文实权、王冷佛、李仲棣、勋蓂臣等人都是小报记者或编辑，事迹多不可考——他们只不过是时代中的小人物。这些底层报人在文化记忆、生活体验、社会阅历上有共通之处，因而也造成了他们在题材和风格上的相似性。在所有这些旗人作家的作品中都可以发现有关生计的主题，这成为他们最熟悉、描写最多、表现最出色的题材。这些京旗作家没有统一的组织团体，也无共同的文学宣言，只是一些由旧式文人转化而来的、携带各种动机与心态的记者和编辑，但是相似的文学书写使他们可以被视为一个松散而独特的文学群体。

4. 道德守旧与维新心态

德洵在《〈小额〉序》序中解释蔡友梅的创作动机："缀人事之曲直，叙世态之炎凉，先生非徒事酸刻也，殆有深意存焉。昔哲有言，撰史之职，在叙述国民之生活，与社会自然之事实，为比较进化之资料，以便确定其究竟法则。斯数语可咏先生社会小说之真相矣。"[②] 留史存真，所求者大，虽未必能至，终究有理想在，这可谓感同身受的知人之言。这些旗籍报人作家本身处于社会的中下层，对于底层的遭遇天然有着体认和同情。另外，旗人原本无论从政治阶层、社会角色上都处于较高地位，虽然由于制度性原因而在经济上普遍贫困，但是他们所拥有的象征资本还是不容忽视。这种象征资本就表现为良好的礼仪、源自儒家的德化教养、平均较高的文化教育水平、从容平和而没有功利价值的艺术素养。这种符号化的标志，赋予了他们道德优势的心理感觉，是一个失去政治、社会优势地位

---

① 白维国：《〈小额〉探索》，见松龄《小额》，〔日〕太田辰夫、〔日〕竹内诚编，汲古书院，1992，第66~68页。

② 德洵：《〈小额〉序》，见松龄《小额》，〔日〕太田辰夫、〔日〕竹内诚编，汲古书院，1992，第2页。

的群体刻意需要保持的特色——他们在失去其他领域的领导权之后，只能牢牢把住文化上和道德上仅有的尊严，因而常常显出道德严厉化的倾向。

就风格而言，清末民初的京旗小说普遍有一种道德泛化的痕迹，他们在暴露社会丑恶、揭批官场弊端之时，往往带着强烈而直白的道德评判。这是晚清以来士人对于礼崩乐坏、人欲横流、传统文化价值系统崩溃的普遍忧虑在小说上的折射：谴责小说表现的核心内容是官场无道德，改良小说表现的是民间无道德——妓寮、赌场、烟馆、欺诈、迷信遍布社会，而其中批评官场、鼓吹改革的维新党人尤为伪善。① 后一点触及旗人切身利益，故而语调尤为峻急。

1906 年清政府的"预备立宪"明确声称："大权统于朝廷，庶政公诸舆论。"② 这实际是一次没有成功的中央集权运动，但是言路却因此大开，其最直接的后果是集权的努力失效后，各类试图颠覆政府和旧有文化、改变社会制度的理念与言说进一步得到伸张。一般已经成为共识的是，五四新文化运动的一大贡献是反对文言文提倡白话文，此后白话文在社会上被普遍应用。"但是，白话文运动并非始于五四运动时期，也不是像胡适自己夸耀的那样是他的新发明和首创，在辛亥革命时期已经存在着白话文运动。清末完全用白话文的报纸，在戊戌维新时期已经被注意。从 1879 年至 1900 年间大约办了六七种。到了 20 世纪初，白话文报刊大量增加。从 1901 年至 1911 年，白话文报刊不下一百二三十种。其中多的年份，一年就创办二十多种。几乎遍及全国各省，都创办白话报刊，甚至在边疆地区如西藏、新疆、蒙古等地都办有白话报（《西藏白话报》《伊犁白话报》《蒙古白话报》），可以说很是兴盛。"③ 形式反作用于内容，白话的运用同步带来了观念的革新，但两者未必同步。白话报刊创办的目的一部分为宣传革命思想，同时也为开通民智，作为京旗小说阵地的各类北京白话报纸更侧重的是后者，具体到不同的旗人作家个体那里，对革命未必皆认同，但对开通民智则几乎没有异词。这同晚清以来的维新变革思潮的影响联系甚为紧密。不过，在他们之中却又很容易发现维新变革的心态与刻板守旧的伦理观念之间一直如影随形的矛盾。

"报刊总数在清末的急剧增加，意味着报刊市场的急剧扩大，报刊读者的迅速

---

① 单正平：《晚清民族主义与文学转型》，人民出版社，2006，第 101~102 页。
② 《上谕》，《申报》1906 年 7 月 15 日，第 1 版。
③ 龚书铎：《社会变革与文化趋向：中国近代文化研究》，北京师范大学出版社，2005，第 258 页。

增加。然而报刊读者的迅速增加，主要不是由于市民阶层的急剧膨胀，而是士大夫读者的急剧增长。大批士大夫由过去的排斥报刊，到接受报刊，成为报刊的作者和读者。所以报刊才会在短短的二三年内，在全国各大城市的市民阶层没有急剧膨胀的情况下，如雨后春笋般地问世。而士大夫的广泛接受报刊，并不是说他们已经完全具备了近代的报刊观念、文学观念，而是由于他们发现报刊与自己头脑中原有的传统文学观念并不矛盾，报刊完全可以成为'治国平天下'的利器，而且由于报刊具有高效率、传播快的特点，因而使得传统文章'治国平天下'的愿望在报刊上得到更明确更生动的体现。"[1] 这种"新""旧"杂呈、新瓶装旧酒的特色实为大众传媒的常态。京旗小说在其中扮演的无疑是"旧"的角色。在后来的文学史叙事中，京旗小说之所以一直没有踪影，跟这种认识有关——他们被当作新潮流中的守旧派，而在那样一个求新求变的时代这显然是不合时宜的。同时，之后的中国文学史几乎一直按照五四之后形成的各类"新文学"（包括其变体和升级版的革命文学、民族主义文学、社会主义文学）的理念、美学规范和历史模式进行叙述。无论在后来的何种主流文学和历史观念之中，这批京旗小说都没有多少"进步"可言——它的长处往往被聚焦于方言土语的运用上，给白话文起到了张目的作用，其价值也不过是"五四"文学革命的准备阶段。这些旗人作家为什么会在自己的小说中做这种不合时宜的举动，是因为他们暗昧于时代的风潮？还是无意识地体现了普通市民的价值观？它们有着怎样的社会史与文学史意义？

　　作为政治与文化上权力递嬗过程中的支流，此处可以引入"文化领导权"（cultural hegemony）的概念对京旗文人及其作品进行考察。"文化领导权"是葛兰西（Gramsci Antonio，1891～1937）在把整个上层建筑划分为"政治社会"和"市民社会"的基础上、相对于"政治社会"的"政治领导权"（Political hegemony）而首次提出的。"文化领导权"的作用就是要为某个统治阶级提供广泛的社会和群众基础及合法性因素，中心环节是要争取被统治者的自发同意和拥护，主要手段是对全社会实行文化、精神、政治的领导，其方式是采取弥散式的长期渗透和潜移默化，使统治阶级的意识形态广泛播撒到日常生活的各个层面和各个角落，从而由文化、伦理和意识形态构筑成并不那么生硬却有绵延力量的认同。[2] 一个社

---

① 　袁进：《近代文学的突围》，上海人民出版社，2001，第53页。

② 　参见〔意〕安东尼奥·葛兰西《葛兰西文选（1916～1935）》，人民出版社，1992，第395～422页。

会集团的统治效力表现于两个方面，即直接的暴力统治（政治霸权）和精神与道德上的领导权（文化领导权），两者可能并非同步，这在经典的马克思主义理论中就有表述：文学艺术和道德伦理的发展往往与时代的政治经济情况并不齐步划一。在一个阶级控制着政治霸权时，文化领导权可能并不在它的手里，同样，当它在政治方面已经失势之后，可能还要竭力得挽留曾经的文化地位，文学史从来都不缺乏这样的先例。

葛兰西虽然是论述如何夺取全面资产阶级统治权的状况，但是就文化权力的转移与获得来说，对不同时代的统治集团而言都有相同的意义。回顾清朝建国到其覆灭，确实发生了这样一个过程。起初，初入关的旗人在文化上面对已经有着2000多年历史沉淀的以儒家思想为主导的正统文化时是自卑而边缘的，渔猎民族在文化的发展上无法和已然精深高雅的儒文化相比，更主要的是满洲政权要获得长治久安的合法性，也必须选择赓续正统。清初数代君主竭力强调学习主流文化并将儒家文化作为治国的纲要，本族群的"国语骑射"在已经变化了的现实情境中逐渐走入羸弱，从而将自身建立为正统性合法继承者而渐渐取得了文化上的统治权。[①] 这也可以说是一种"文化民族主义"式的结果。有学者将其通俗地表述成："在外来汉文化、西方文化的强烈冲击下，在一种具体情境下满族人也会有民族自卑感，这种自卑意识常常与民族自尊自信纠合在一起，形成复杂的民族心态。从清代文献中可以看出，满族人喜欢将自己的文化与汉族文化相比附，如昭梿、福格等认为满族的祭祀、跳神、祭天、比丁等各种礼仪都合乎汉礼。似乎如此满族文化礼仪、制度就是高雅的了。他们虔诚地学习儒家典籍，在举行满族固有的礼仪活动中，不知不觉地将汉族的一些观念糅入其中。满族在潜意识里对汉族思想采取认同态度，接纳其部分价值观及其民族偏见，常常以汉族的价值观来评价本民族和其他民族。"[②] 但这个表述存在观念上的错位，并不是"满族"接受了"汉族"的价值观，而是接受了以汉文化为主体、包容了各种不同亚文化的中国文化正统的价值观。及至清帝逊位，王朝的政治统治权已经不复存在，文化上的绵长累积依然有着顽固的根基。在新兴西方现代文化的强烈冲击下，一些先进分子开

---

① 从政权递嬗到文化归附与文化融合，在雍正朝的曾静一案的审理与结果中体现得最为明显。参见刘大先《现代中国与少数民族文学》，中国社会科学出版社，2013，第106~107页。
② 鲍明：《满族文化模式：满族社会组织和观念体系研究》，辽宁民族出版社，2005，第307页。

始对帝国时代道、学、政一体化的正统文化理念与方式产生怀疑和反叛，但是绝大多数人还是循着惯性在既有的道路上行进。强调道德批判，正是守卫旧有文化领导权的一种努力。

在这种背景下，大多数京旗小说都显示出了意识形态上的暧昧性。晚清数十年的洋务、维新与革命的种种浪潮中，这批作家或多或少接触到一些变革的思想，但即使是受过较高教育、曾经留学日本、广泛接触过西方文化文学理念的儒丐也不是一个彻底的变革派。甚至可以说绝大部分的京旗作家对于民国共和政治都是排斥的，主要表现为对于现时黑暗时局的悲观、对于道德滑坡的愤懑，文字的缝隙间透露出隐约的对于前清的怀旧情绪。此种怀旧显然不是对于王朝帝制的怀念，毋宁可以视为将前朝作为"传统文化"的象征，是现实中消沉气馁的补偿式忆念——过去的岁月经过美学化处理之后，变成了批驳今日人心不古、世风日下的对比物。这类似于博伊姆所谓的"修复型怀旧"，"强调返乡，尝试超历史地重建失去的家园……（它）自视并非怀旧，而是真实与传统……维护绝对的真实"①。一方面，这种怀旧并非反思性的，对未来缺乏乌托邦建构的维度，所以这些小说对于健康社会的希冀总是寄托在教育上，而将阴暗丑陋现象归结于天理良心的损毁，前者可以视为接受维新思想的产物，后者则是他们无法超越的认识限度。另一方面，在启蒙的高调中张扬娱乐主义，在娱乐大众的时候夹杂着平庸的道德教化，原本就是晚明以来通俗文学的套路，京旗小说属于清末出现至民国蔚为大观的烟灵粉怪、侦探侠情、才子佳人等鸳鸯蝴蝶小说的一个北方分支，难以遽然摆脱此类文本共同的程式。

5. 白话技巧与通俗风格

以后见之眼看，京旗小说在读者消费、接受、评鉴过程中对于白话文的兴盛、对于北京文化风味的构建和重塑，及至一种独特的文学风格"京味"的形成都具有无可替代的意义。一般而言，"京味"大致包含了三个层面的含义：一是语言行文风格上的雍容淡雅、迂徐从容，具有京话的爽脆舒缓的特征；二是内容资料

---

① 〔美〕斯维特兰娜·博伊姆：《怀旧的未来》，杨德友译，译林出版社，2010，第7页。

的博采庞杂、细致充实，具有北京特有的民俗意味；三是文化趣味上的平民意识，显示出北京层次丰富的文化内部特有的市井观念。其中最突出的无疑是白话语言和通俗风格。"旗人会说话"在现代学者那里是一种共识，从晚清的俞樾到后来五四的中坚人物胡适、鲁迅，再到后来成为中华人民共和国学术机构领导人物的郑振铎等人都有过类似言论。北京旗人将融合了汉、满、蒙语，带点咬舌音的、嘎嘣利落脆的方言带入现代白话文学语言当中，形成俚俗俏皮、明白晓畅的叙事与幽默滑稽、清丽爽朗的语感，构成了"京味文学"的主要特征。

在这个意义上，清末民初京旗小说可谓"京味文学"的早期形态。以松友梅《小额》为例，不少内容就是以评话的形式完成的。小额是小说中主人公的名字，但与其说他是主人公，毋宁说是线索人物更合适，因为叙事并不是像近代西方小说那样以人物性格与行动为主线，而主要是通过线索人物贯穿起社会各方面的人情世态，从形式和内容两个方面承接的是晚明世情小说的路数。形式上，仿佛拟话本的叙述模式，处处体现了说书人的主观视角。一个特点是关于它的插语，有时是补充说明，比如"不用混上药的，我家中有膏药，打发人取去得了。这个单子（南边人管药方子叫药单子），可以连服两付"，这里的语气透露出作者的地域意识——是对着北方人介绍南方的；有时如同插科打诨，表现为自我调侃、自我解嘲，如"闲言少叙（叙了三天啦，还少叙哪）"；荡开一笔，作者出来大发议论的也颇为常见，这是古典说部的传统，同近代西方以来的小说注重结构情节的紧凑不同，显示了转型时代叙述者探索时候的艰难。叙述者的这些干预性议论，或者抨击时势，或者讥讽世态人情。内容上，则尽力铺陈市井百态，如同小说中叙述者说的："既叫做社会小说，就得竟说社会上的事，既说社会上的事，就得把一切的腐败恶习、野蛮现象都形容出来。哪一点说的不到家，就不够社会小说的程度。……论道我们这档子社会小说，虽然以小额为主，可是借着小额，要发挥好些个事情呢。所以不能不磨烦点儿。小额这个官司，倒是个引子，热闹扣子，都在小额瞧病上呢。"① "扣子"分明是个说书人的口吻，对于悬念的强调也恰是说书人常用的手段。模仿说书、指点干预或评论介入，显示了叙述者缺乏定见的无所适从状态："当整个社会文化体系危象丛生，当叙述世界也充满骚乱不安，而

---

① 松龄：《小额》，〔日〕太田辰夫、〔日〕竹内诚编，汲古书院，1992，第76～77页。下面相关引文如果没有特别标明，均出自此书。

叙述者却除了个别的局部的修正外，没有一套新的叙述方式来处理这些新因素。此时，作者可能自以为是在领导新潮流，自诩革新派，小说中人物可能热衷于在全新的情节环境中冒险，而叙述者却只能勉强用旧的叙述秩序维持叙述世界的稳定。这样的小说中，新旧冲突在内容与形式两个层次同时展开。"① 一切都处于未定之局，虽然混乱，却在泥沙俱下中充满生机。

北京话极端依赖腔调，行之于文字之中，流动在字里行间的声音能调动人的感官，给人逼真亲切的现场感。如《小额》中伊老者挨打后一群人上门说和，其中一个小脑袋儿春子对伊老者的长子善大爷说了一番话，明是讲和实是挑衅，正是由说话的声调口吻所显示出"大握大盖，连拍带咬"的效应。最能显示特色的，应该是拟音描写表现出来的模仿艺术，比如医生徐吉春对着小额说道："少峰呀，你这个症（镇）候，可（阔）是（似）不轻哪。非吃点补药，是不行（心）呀。"模仿南方人说话，平翘舌不分，前后鼻音不分。《儿女英雄传》第37回也有类似的片段，这种惟妙惟肖、生动传神的模拟，可以见出旗人作家对于声音的特殊敏感，京腔具有光滑和脆亮的语言质感，强调声音形象、可听性和音乐性，显示出他们对于语言的自觉。而这种自觉正是传统王朝帝国向现代民族/国家转型中，语言与文字变革的民族化标志之一，所以胡适等新文化运动的先驱们在进行白话文运动中，往往很强调《儿女英雄传》以来的通俗白话传统。京旗小说在当时白话文的先锋潮流下，以沉默的实践扮演了推涛作浪的角色，精英的倡导与大众的互动共同构建了新的语言文学空间。

需要指出的是，旗人白话内部的差异需要做出区分，不可一概而论，满洲贵族和底层旗兵固然都分享着强大的语言才能，但有着高雅和俚俗的分别。当代满族女作家叶广芩就曾谈到过这种区别："在康熙年间皇上就要求所有官员必须说官话，宗室子弟也都是要讲官话的，当年金家的老祖母领着孩子们进宫给皇太后请安，也得讲官话，绝不能带进市井的京片子味儿，在宫里，皇后太妃们讲话用的也是近乎官话的京腔，只有太监采用纯北京话说话。看一个人家儿有没有身份，从说话就能听出来。……我们家是老北京人，却至今无人能将北京那一口近乎京油子的话学到嘴，我们的话一听就能听出是北京话，而又绝非一般的'贫北京'、

---

① 赵毅衡：《苦恼的叙述者——中国小说的叙述形式与中国文化》，北京十月文艺出版社，1994，第2页。

'油北京'，更非今日的'痞北京'，这与家庭的渊源或许有关。"① 也就是说，旗人语言因为是统治阶级的语言，属于官话，带有典雅的性质，不同于一般市井俗话，它的"痞化"或"油化"与底层社会在19世纪中叶后逐渐在公共领域发出声音有关。

京旗小说的语言正处在高雅官话同市井俗语之间，更多倾向于下层百姓的语言，这同这批作家的自身身份与生活环境有关。他们谙熟旗人生活，刻画京城底层市井细民的行状容貌，声口毕肖，謦咳相闻。作品的阅读受众也起到了促进作用——它们的读者肯定不是大学或中学里接受新思潮的学生，也不是完全没有多少文化的引车卖浆之贩夫走卒，而是那些普通的北京小市民，他们粗通文墨，理解上没有障碍，却又不具有深刻而高远的政治见解与社会洞察，阅读小说是为了娱乐和消遣。此外，报纸计日出版、作家无法做精细的处理。这些多方面因素共同影响了京旗小说语言风格化的成型。

出身家庭、教育背景、职业经历等因素决定了京旗小说大部分表现的是北京文化尤其是底层民众文化的面相，充满了通行于北京下层的土话方言和民俗文化，诸如"要骨头""鸡屎派""软白子""颠儿核桃""架铜仙鹤"（卖水烟）之类，俯拾皆是。其闲话议论之刁巧尖酸也令人印象深刻，兹录几段：

　　这兄弟的话呀，是才出萌儿，浑天地黑，茶馆儿短喝两回大茶，简直他全不懂的。

　　大凡这类的小人，都讲究捧臭脚、抱粗腿、敬光棍、怕财主、贴靴并粘子、拜把兄弟、狐假虎威、狗仗人势，无非是跟嫖看赌白吃猴，从中的取事，赶到楼子一出来，您瞧吧，属狗的打胜不打败，一个个儿躲躲闪闪，全不露面儿啦。在这几个碎催，转句文说吧，无非是其小焉者，您瞧那一班拜门墙、认假父、昏夜乞怜、钻营谄媚的大运动家，一瞧见大伞要落，立到就择干净儿，真跟这把子碎催，可以画一个等号儿。

　　满嘴胡说白道，七个八个混数，气死抬柜的，不让车豁子，同衙门的伙计，稍正派一点儿的，都不爱理他。

　　您要说当大夫的恶习，千奇百怪，且今天说到我们停版（一来就说停版，

---

① 叶广芩：《谁翻乐府凄凉曲》，《采桑子》，北京十月文艺出版社，1999，第25~26页。

真不怕丧气）也说不完，无非既是社会小说，沾乎社会上的坏习气，不能不说说，这也是警省人的意思。论到在下，从先也造过几年的孽，这种习气不敢说没有，少就是啦。要说配药这档子德行，我也给人家配过，说不赚人钱，那是瞎说，可绝不敢拿三吊钱的知柏地黄丸卖人家二十五两。

北京曾是蒙古人和满人分别建立的元和清两个影响深广的大一统帝国首都，其地方方言从外来语尤其是蒙语和满语中借词①，而形成通俗白话文的雏形，经过京旗小说的过渡，到满族文学大家老舍那里基本成熟。这些语言不仅在形式上活灵活现地将日常用语搬上纸面，其所体现的内容也贴合普通百姓的所知所解。所谓通俗，正是内容与语言双方面的结合。他们的题材除了旗人生计这一牵涉广泛下层民众的问题之外，多是日常所闻、街谈巷议、家庭内部纷争、社会场景白描。像儒丐的《北京》就几乎全景式地勾勒了民国北京南城一带底层百姓的生活。蔡友梅的《库缎眼》《搜救孤》《曹二更》，王冷佛的《春阿氏谋夫案》，或者是小市民的趋炎附势，或者是旗人的家政纷争，或者是街面人物的发迹与败落，或是奇情案件的争议与喧嚣，都是与一般平民联系紧密的人与事。勋莟臣的《白话聊斋》系列，文实权的《西太后外传》《武圣传》《毒饼案》等则走得是另外一条通俗的道路——上承文康《儿女英雄传》、石玉昆《三侠五义》，下启王度庐武侠小说的历史传奇、侠义公案的通俗文学道路。

概而言之，清末民初的京旗小说在文言转白话的过程中承上启下的功能无须多言，其叙事题材和叙事模式的转换也可堪称道。在它们之前固然有很多白话作品的出现，比如明代就有的"三言""二拍""拍案惊奇"之类，自然也写到市民底层，但还是侧重于传奇故事的铺叙。清末民初的京旗小说却全然写日常，他们的小说故事本身没有多少跌宕起伏、引人入胜的情节，主要靠叙述的技巧设置关节，方言土语的魅力引起读者的兴趣。可以说，中国小说从宏大叙事转向日常叙事、从情节重心转向结构重心、从偏好故事到偏向语言，京旗小说起到了一个开风气之先的作用。

---

① 方龄贵：《元明戏曲中的蒙古语》，汉语大词典出版社，1991；张清常：《漫谈汉语中的蒙语借词》，《张清常文集·第二卷》，北京语言大学出版社，2006，第180~184页；爱新觉罗·瀛生：《北京土话中的满语》，燕山出版社，1993；赵志忠：《清代满语文学史略》，辽宁民族出版社，2002；张菊玲：《满族和北京话——论三百年来满汉文化交融》，《文艺争鸣》1993年第1期。

3

第三章
乱世与情感结构变迁

　　晚清以来清政府在内政外交上的屡次受挫，使精英士人的失望情绪一次一次加深，如果说鸦片战争之后的洋务运动还有辅佐中兴之意，那么甲午战争的失败尤其是义和团运动，则导致失望转化为怨恨。西方来的入侵者在战争、不平等条约与经济掠夺之外，还示范性地引发了民族主义的观念和斗争。在被霸权主导的世界语法当中，中国成为文明等级中底端、野蛮和落后的存在，而向西方学习的中国民族主义者则复制了这套思维模式，追慕欧美、仿效列强，希望某一日能够成为与之并驾齐驱的"新帝国"。

　　1901 年，梁启超在《国家思想变迁异同论》中提出，"民族主义者，世界最光明正大之主义也。不使他族侵我之自由，我亦毋侵他族之自由"[1]；"凡国而未经过民族主义之阶段者，不得谓之为国；譬诸人然，民族主义者，自胚胎以至成童所比不可缺之材料也，由民族主义而变为民族帝国主义，则成人以后谋生建业所当有之事也"[2]。1902 年，他在《新民说》中重申民族主义是 16 世纪以来促进世界进步、欧洲发达的巨大力量。1903 年，在《新民丛报》发表的《政治学大家伯伦知理之学说》一文中，他对民族主义又有了更深的理解，强调在中华共同体内各族为统一之民族，并称国家要能实现自强，不能走向"狭隘的民族复仇主义"，

---

① 梁启超：《国家思想变迁异同论》，《梁启超全集》，北京出版社，1999，第 459 页。
② 梁启超：《国家思想变迁异同论》，《梁启超全集》，北京出版社，1999，第 460 页。

而须"合国内本部属部之诸族以对于国外之诸族"的"大民族主义"①,"合汉,合满,合蒙,合回,合苗,合藏,组成一大民族,提全球三分有一之人类,以高掌远跖于五大陆之上"②。但梁启超的这种后来看更为切合中国国情的民族主义,与古典"大一统"观念比较靠近,遭到了来自革命派的抨击,因为在彼时对于西方文明的怨恨与羡慕交织的情绪中,清廷已经是众矢之的,更因其在族群问题上长期以来的实际不平等而遭到攻击。如同邹容的激愤之言:"英法等国之能亡吾国也,实其文明程度高于吾也。吾不解吾同胞,不为文明人之奴隶,而偏爱为此野蛮人之奴隶。"③这种偏激之语的类比并不恰当,但极具煽动性,其内在逻辑显然是"文明"与"野蛮"的二元对立,这是"民族帝国主义"的必行之径。于是,"由帝国主义侵略扩张导致的国家之间的冲突斗争,……转化成了国内民族间的斗争,由帝国主义侵略中国引发的仇外民族主义情绪(义和团运动显然最典型),转化成了仇满的种族主义情绪"④。革命运动与排满宣传促成了现代民族的诞生,可以说"汉人"转为"汉族"、"旗人"与"满人"转为短暂的概念"旗族"和最终的"满族",都是这个阶段的产物。

大一统与夷夏之辨是华夏文明古老的传统之一⑤,而排满的情绪、思潮与行动在 17 世纪中叶满洲南下征服中原之时就诞生了。明末清初的抗清义士们书写的《扬州十日记》《嘉定屠城纪略》等作品,在清末被重新发掘出来,成为抗议清廷的正当性资源。但是,清末的革命排满因为有着现代民族主义作为理念支持和人类学等学科的"科学知识"支撑,而与早期的夷夏之辨及清初的反满思潮有了质的不同。"清末的排满主义,导致了明确的汉族概念——亦可以说是作为汉族的民族认同——的兴起和以汉族为核心的民族国家(nation state)之构想圆融无碍,浑然一体。"⑥革命后建立的中华民国虽然将自身界定为包含满族在内的多民族国家,官方强调"五族共和",但长期以来在民间层面形成的隔阂和怨怼一直无法消除,并且因为革命动员和实践过程中的过度宣传而造

① 梁启超:《政治学大家伯伦知理之学说》,《梁启超全集》,北京出版社,1999,第 1069 页。
② 梁启超:《政治学大家伯伦知理之学说》,《梁启超全集》,北京出版社,1999,第 1070 页。
③ 邹容:《革命军》,《猛回头——陈天华邹容集》,郅志选注,辽宁人民出版社,1994,第 186 页。
④ 单正平:《晚清民族主义与文学转型》,人民出版社,2006,第 151 页。
⑤ 胡鸿:《能夏则大与渐慕华风:政治体视角下的华夏与华夏化》,北京师范大学出版社,2017。
⑥ 〔日〕石川祯浩:《中国近代历史的表与里》,袁广泉译,北京大学出版社,2015,第 27 页。

成了这一时期普通旗人的巨大恐慌。需要指出的是，由"革命排满"动员起来的辛亥革命当中满汉冲突确实在所难免，但某些当时和后来出于各种不同目的的流言，夸张地宣称地方满城被屠戮殆尽则并非属实。在一些广为流布的谣传中，民军只是通过简单的辨别，如让满城中的人们说"999""666"，数数一到六（因为据说旗人往往将"九"读作"钩"，而将"六"读作"拗"或上声）；或摸摸他们的后脑勺是否扁平（据说旗人小时候睡摇车，将后脑勺压得很平），只要其露马脚，便格杀勿论……这些都是鼓动满汉相仇的无稽之谈，鲁迅 1933 年就驳斥过。[①]常书红通过详细的史料考察认为："综观辛亥革命各地独立的过程，在倾向和平解决之各种因素和各支力量的共同作用下，大部分旗营并非经历长时间激烈的战斗，死伤的满族人数也远远低于某些传闻透露的数字。而且，在革命军控制后的绝大多数地方，都及时采取了一些安抚旗人的措施。另一方面，虽然在某些满城一度出现'排汉'的言论和举动，但相当一部分满人还是采取了与民军合作的态度。"[②]尽管如此，谣言能够流传，也确实折射出特定时间里满汉社会心理的疏离。

　　清末民初交接之际，是 19 世纪、20 世纪中国最为混乱、蠢动、迷惘又焕发着多种可能性的时段。辛亥革命后南北政府与清室《清帝逊位诏书》各方的"大妥协"造成的亚洲第一个共和国，并没有带来想象中的理想宪政。因为清民的和平交接能够达成的最重要条件是北洋集团强大的军事力量，当时南北两个政府的融合只是形式上的，而没有坚实的精英共识基础，这就使得替代性的正统无法树立。"当时总体的历史结构性条件——'皇统解钮'后的秩序解体、晚清以来的军权与财权下移、帝国主义列强四面环峙、政治精英高度分化——对于建立一个宪政国家本来就是很不利的。这样的环境很难生产出作为宪政国家基础的精英共识，同时它又是革命思潮生产的最佳温床。"[③]这带来政治、社会、思想上的涌乱，而现实中军阀之间的彼此倾轧与战争，革命党人的继续革命，合力让这个时代成为一个切切实实的乱世。乱世之中，普通民众迫切向往的是现世的平安，对于那些已经丧失了统治族群特权的普通旗人而言尤其如此。少数旗人精英去国离乡或

---

① 鲁迅：《谣言世家》（1933 年 11 月 15 日《申报月刊》第二卷第十一号，署名洛文），《鲁迅全集》第五卷，人民文学出版社，1973，第 191～193 页。

② 常书红：《辛亥革命前后的满族研究——以满汉关系为中心》，社会科学文献出版社，2011，第 130～131 页。

③ 章永乐：《旧邦新造：1911～1917》，北京大学出版社，2011，第 13 页。

者得到权益保障，而绝大多数却是陷入无边的恐惧、穷困、饥馑、苦难之中。因此这一时期的旗人文学多体现在外在于"新文化"之外的通俗文学之中，谋求一种普通人诉求的表达。本章以蔡友梅、剑胆、王冷佛为个案，考察这种心态与欲望在当时的处境，他们带有地方史、风俗志意味的作品集中于民生、教育、情与法的主题，代表了最广泛的中国民众普遍性情感结构的变迁，而在现世安稳般的吁求中，日常美学则成为他们直观的文学风貌。

第一节 蔡友梅的浮世绘

蔡友梅又名松友梅、松龄，曾用过梅蒐、亦我等笔名。蔡友梅于光绪三十三年（1907）创办了《进化报》^①，并任社长，还曾任《公益报》^②的编辑，两种报纸均为白话报，以面向市民为宗旨。蔡友梅就是在《进化报》上连载了代表作《小额》，他的朋友德少泉将其创作宗旨概括为："引人心之趋向，启教育之萌芽，破迷信之根株，跻进化之方域。"民国后，蔡友梅继续在北京多家报纸上发表小说，称为"新鲜滋味"小说，共数 10 种，刊载于《顺天时报》《京话日报》《白话国强报》等，直至 1920 年去世前，仍不断有作品问世。

蔡友梅与友人文市隐、杨曼青等人皆为旗籍，故其所办报纸言论新闻，尤为关切八旗生计。不过蔡友梅本人的思想和创作目的倒不见得那么狭窄，光绪三十四年（1908）杨曼青在为《小额》写序时就着重提醒读者，对于此书倘以旗人家政而目之，则有负作者的苦心。因为蔡友梅虽然描写的多为旗人故事，但要表达的是对晚清整个社会现实的看法，希望引起全体读者的注意——他具备一个小说家应有的超越族群的胸襟和眼光。

---

① "《进化报》，设于东单北大街，社长蔡友梅，编辑杨曼青、乐缓卿、李问山，体裁白话。蔡氏等皆为旗族，故其言论新闻，注意在八旗生计问题。"管翼贤纂辑《新闻学集成》第六册，中华新闻学院，1943，第 284 页。

② "《公益报》，设于崇文门内方巾巷，社长文实权，编辑蔡友梅（损公）、白云社（睡公）、文子龙（懒儒）、王咏湘（冷佛），体裁白话，以普及教育为宗旨，每日一张，以代人民鸣不平，最受社会欢迎。"管翼贤纂辑《新闻学集成》第六册，中华新闻学院，1943，第 283 页。

由于去世的时间较早，蔡友梅的身世背景、学业经历等已经难以找到实证的材料。不过，据雷晓彤考察，他在作品中曾忆及幼时家里专门聘请坐馆先生教自己读书，大约其时家境尚可，但他后来却并未应举，也没能为官作宦。少年时家道就中落，16 岁的他必须学一技之长以谋生计，故转而学医。和很多有类似经历的作家一样，家境由盛转衰的经历反而成全了蔡友梅的文学事业。[①]蔡友梅在同代旗人作家中，属于作品数量虽不是最多，但流传最广的人之一。原因一在于他发表的阵地诸如《京话日报》影响较大，另一则在于他的小说形成了自己的特色，尤其是带有浓郁北京地方特色的“新鲜滋味”小说。

1. 市井百态实录

个人经历在蔡友梅这样的本色作家作品中必然留下印记，其作品长于展现世态人情、家族是非，特别是北京大都会的人情世故。行医的生涯使蔡友梅得以有机会接触社会上上下下各色人等，为后来的创作打下深厚的经验基础。他的作品多以主要人物及其家庭邻里关系为中心展开情节，或单线或双线徐徐推进，将世相百态娓娓道来。作者出身市民阶层，对俗世中人情冷暖颇为熟稔，故写来绘声绘色，分外生动，对市井小人物描写得活灵活现，尤其长于刻画放高利贷者、江湖医生、贪官庸吏、街头流氓等底层人物。从题材内容来看，蔡友梅的小说举凡旗人家政、为官诉讼、行医经商、谋生伎俩、风物民俗都有所涉及，显然代表了彼时大多数文人尤其是地方报人的情感与价值行状。这个时候梁启超的“小说革命”早已提出，“革命小说”“科学小说”等各种新潮类型也层出不穷，译印域外小说给中国小说所带来的，包括主题意识、情节类型、小说题材、叙事方式方面，也渐次展开，但在蔡友梅那里却并不明显。相较于颇有政治抱负和革新要求的“新小说”鼓吹者们，蔡友梅并没有文学上的自觉意识。他只是秉笔直书，更多带有传统说部勾勒事态人情、敦促教化的倾向。也正因如此，他的选材与笔法是“落后”于时代文学发展潮流的，这反而使得蔡友梅的一系列小说成了清末民初急剧转型阶段市井百态的见证实录。

---

① 雷晓彤：《近代北京的满族小说家蔡友梅》，《满族研究》2005 年第 4 期。

《库缎眼》用漫画的笔法画出"库缎眼"之流见风使舵、前倨后恭的丑态，令人不由想起契诃夫在短篇小说《变色龙》中刻画的警官奥楚蔑洛夫，足见当时社会人心浇漓之状。小说特意树立库缎眼的内弟古道热肠、不骄不媚的剃头铺子老板苗大与之作对比。这种道德观念剧烈变化的情形和同样为转型时代的战国乱世相似，比如《战国策·秦策一·苏秦始将连横说秦惠王章》中的记载。① 而清末民初，波谲云诡的外交与政治，内忧外患的战争，中西古今的文化碰撞，商业和大城市的发展，使得质朴淳厚的公序良俗受到极大冲击，与战国时候相比有过之而无不及。一管窥豹，从中可见当时的市民社会风气已经堕落至为求富图贵而不择手段。在这种小市民题材的作品中，蔡友梅对当时一些北京市政变化作了顺手牵羊的抨击："在未设立邮政党时候儿，往来通信，实在是十分困难。就以北京说，往河南山东通信，这总算是近省啦，寄一封信，先得花两吊。这封信到了，快着总得半个月二十天，高兴就闹一个月。那里接着信，赶紧答回信，往返就得俩月。回信给你送来，还得给两吊钱的酒钱。道路远的还得多讹。有点要紧的事情，真能把你急死。自打邮政发达，我们真短着好些个急。可是近来也有不妥的时候儿。比如兄弟住家在东颂年胡同，地点离着东直门近，邮界可归齐化门。东直界应归第十支局（北新桥），齐化界应归第十一支局（六条口外）。往往南城给记者寄来的信，上头常粘一个签子，写着退十一局。大概是由总局分在十局，由十局又退到十一局。信上要写着东直门颂年胡同可以呦，因为人家寄信的主儿，不明邮界。明明写着齐化门颂年胡同，他分在东直门十局，也不是作什么？这宗地方，就是模模糊糊不求甚解的意思。因为这个，记者往往丢信。记者担任三四个报馆的玩艺儿，丢一封信，就耽误好些个事情"②。社会的变局不光表现在上述这种不完善的公共服务，社会的方方面面都像那存在着种种缺漏和敷衍塞责的邮政一样，处于破旧立新的夹缝中间。

整个社会的窳败混乱给人不安全的感觉，人们以利相交，不讲情义，所以会有恶棍横行的情形。《小蝎子》③写讼棍刑房经承田万能（小蝎子）欲霸占民妇董

---

① 《战国策全译》，王守谦、喻芳葵、王凤春、李烨译注，贵州人民出版社，1992，第 63～64 页。

② 损公：《库缎眼》，载于润琦主编《清末民初小说书系·警世卷》，赵淑清点校，中国文联出版公司，1997，第 512、538 页。

③ 损公：《小蝎子》，原为"新鲜滋味"之十七种，载于润琦主编《清末民初小说书系·警世卷》，赵淑清点校，中国文联出版公司，1997。

兰姐儿，勾结土匪设计陷害其夫郑采芹下狱，气病其公公郑二圣人，幸得义士毛豹打抱不平，而小蝎子也因作恶多端被仇家杀死，郑氏一家终于幸免于难。底层衙门的黑暗，官员无能与奸徒的横行，知县醉郭像从《官场现形记》《二十年目睹之怪现状》中走出来的颟顸官吏，完全没有能力控制局面，而需要毛豹这样带有侠士色彩的人物来充当拯救者的角色，是时代的无奈现实，而故事结局的偶然性，则表明了作者认识上的局限。《搜救孤》是典型的反映京旗家庭内部生活的小说，有《红楼梦》的影子，比如伊罕就仿佛贾府的焦大。不过内容集中在继承权上——金钱的因素——而并没有探讨这种家族制度本身的问题，设定的人物也多是正面的，唯有二奶奶成氏恶毒凶狠，要谋夺家产。麻穆子就是从古典小说中忠诚的义仆化出来的人物，不过加入了旗人特有的语言与习俗。小说对于大家庭内部财务管理的描写十分详尽："在管氏当家的时候儿，公中的款项进来，类如房租、地租、铺子的红利等等，共分五股：三个屋内各分一股，其余两股，一股作为存款，以备冠婚丧祭的事情；那一股支配公共的事情，类如人情应酬修理房屋，以及周济亲族之用。此外个人的进项，是个人拿着。"① 类似这样的知识性内容在蔡友梅的小说中比比皆是。这些正史不载的边角料，融入实录型的小说中，增加了阅读的兴味，颇可佐史家之遗漏。这种写法同中国源远流长的野史笔记有着血脉相连的关系，显示出蔡友梅与同一时期的"新小说"家们在艺术技法和审美趣味上的探索背道而驰，或者至少是"落后"了半拍。

当然，不能以进化论的史观来对这种"落后"作价值推断，因为蔡友梅的小说在一定程度上起到了认知的作用，要寻找它们的意义不能以"新文学"确立下来的规范和标准进行评判。除了平民社会、家庭内部之外，对于官场内幕的艰辛荒诞，蔡友梅也有很深的了解。《忠孝全》中对福八聊到山东打抽丰所发的议论，晚清乃至更久远的王朝时代官场告帮的风情在嬉笑嘲讽的语调中一目了然：

中国的习惯，只要你实缺够上县知事，局差够上总办局长，陈亲破友穷本家，嚼臭肉的，能把你踪上，你不必下帖请他，他自己就来，不是告帮，就是求事，够资格不够资格，有学问没有学问，先不必提，要是一一的满其

① 损公：《搜救孤》，原载《京话日报》，载于润琦主编《清末民初小说书系·社会卷下》，程敏、杨之锋点校，中国文联出版公司，1997，第730页。

欲望，简直的就办不到。如今挤兑的一得阔差缺，先登告白拒绝亲友，登告白也叫瞎掰，该去的还是去；不信你考查，无论哪一省，上至督军省长，下至县知事衙门，大半都有官亲本家，在那里住闲。此外浮来暂去告帮的，那还不算。无论如何，也得点染点染，所以古人有两句诗是："亲友欢愉僮仆乐，做官到底为他人。"这话是一点不错的，一来就说做官的滑头，真能连裤子都没有啦。①

又如提到晚清地方士绅同官僚之间的权力交错与消长，以及民国以降议员横行的情况，也给人直观的感受：

但说外州县普通的风俗，是绅士很占势力，乏点儿的州县，就能让绅士给抬了，可是厉害有势力的州县，也能收拾绅士。自打一入民国，绅士的习风所起来呀。……再一说，如今当议员的老爷们，也真糟心。（文明高超议员，能给同胞谋幸福的，那全是我大叔，我是馨香祝祷，盼着他们下次还当选，我说的是那宗不够资格的议员，好朋友不挑眼，光棍不多心。）受父老的委托。这话说着好听，父老多咱委托他来着，不是他拿钱买的吗？可是他也没钱哪，不是班主拿的钱吗？应当多少谋点国利民福，好像才对，谁知大谬不然。然不然的先不提，本县要出了二位议员，如同出了两位宗室，可是专制时代的黄带子，如今的黄带子，拉胶皮的很多，入了辕儿龙性可也就差了，倚势仗势带虎事，横完了三年，下届选不上，算是完事，可是他正应时当令的时候儿，也闹的很凶。本处地方官，真得特别的优待，格外的欢迎，议员要是回家，本县必然要请他吃饭，还不定赏脸不赏脸，遇见地方上的事情，一句话真气死圣旨，亚赛命令，老县就得遵行。这宗议员，可是比旧日的绅士，又闹得厉害啦。②

作者还对兵营里的一些陈规陋俗做了介绍："旧日绿营，俗说父子衙门。什么叫

① 损公：《忠孝全》，民国间剪报本，载于润琦主编《清末民初小说书系·警世卷》，赵淑清点校，中国文联出版公司，1997，第468页。
② 损公：《忠孝全》，民国间剪报本，载于润琦主编《清末民初小说书系·警世卷》，赵淑清点校，中国文联出版公司，1997，第480~482页。

父子衙门呢？兵丁对于官长，如同家人父子一样。衙门当差的兵丁，简直就是官家人。（如今也是如此呀！汽车上司机的两旁站着的，都是丘八太爷。）执贴的叫作传号，打顶马的叫作旗牌，跟班的叫作伴当，打执事的叫作外班。当伴当的，是穿房入屋。您别瞧近顶子白顶子亮白顶子，三节两寿，跪下就磕头。"这段描写在风俗通意味的白描中插科打诨，以轻松的语调表达当时民众的通俗认知。以上引文都来自《忠孝全》，作者自己声称这个小说分四段，由闹义和团起到岳魁丁内艰，算是头一段。由这里说起，直到福八聊去世，岳魁在孟村巡检任，二次丁忧回京，是第二段。由岳魁充当放米委员运动昌平县知事，携眷上任，是第三段。岳魁贪赃虐民，被控私逃，入狱监毙，是第四段。不过，作者只是详写了前两部分，岳魁运动昌平县知事之后就草草收场了。小说中自称是岳魁嗣子登门叩恳笔下留情，而作者作"警世小说"原意是维持人心，不愿意破坏人事，所以匆匆住笔。但是，小说家言姑妄听之，小说一再强调是真人真事，不过是为了加强"警世"的效果。可能原本作者构思规划甚远，但在现实写作中笔力不济或报纸栏目变更，只得草草了事。

　　报纸连载小说往往人为添加一些描写以拉长篇幅，填充版面，风俗民情在这种还比较粗糙的小说里反而得到了充分的展示。作为一个旗人，对于八旗生活的稔熟自然会流露在蔡友梅笔端，比如张菊玲曾提到茶馆的例子。茶馆是八旗社会经事历练的所在，《小额》中的碎催摆斜荣说过这番话："您都瞧啦，这个兄弟的话呀，是才出萌儿，浑天地黑，茶馆儿短喝两回大茶，简直他全不懂。"在这种茶馆里喝过茶，方才会世事洞明、人情练达，旗人社会与茶馆空间关联细密。此外，还有一种专供听玩艺的书茶馆，以演述评书为主，像小额这样的人，"见天也上什么通河轩啦，福禄轩啦，听听书去"。关于去什刹海通河轩的情景，《小额》中描绘得也十分详细。作者把旗人听书前的一整套讲礼讲面的礼节，如见证实录一般，丝毫不嫌烦琐地记了下来：书坐儿上，多数是见天来的书腻子，他们相互寒暄对话、一大堆客套；跑堂的伙计能说会道；在这种书茶馆听书喝茶，客人自带茶叶。贴在台前的海报，有当天的节目内容和茶票价目。[①]《小额》这部小说，将北京茶馆的文化特色，表现得淋漓尽致，已经隐约可见后世所谓"京味"的主题与特征。

① 张菊玲：《清末民初旗人的京话小说》，《中国文化研究》1999 年春之卷，第 103～104 页。

2. 京味与民俗

相声表演艺术家张寿臣（1899～1970）
回忆自己童年时代说："那时，我家住在宣
武门外南下洼大川路，路南有一祠堂，名
叫'越中先贤祠'，里边正开设着一个宣讲
所。我每天回家路过那里，必进去听听。一
来可以听关多福先生讲古文《豫让论》、蔡
友梅先生讲小说《京华故事》等。二来也可
以借机喝点开水。日久天长，我的知识增多
了。以后又借到《水浒传》《三国演义》等
书籍自己看，兴趣就更大了。后来又订一份
《白话时事报》，这使我知道了一些国家大

张寿臣像

事。我和关、蔡两先生虽没有接谈过，但他们是我真正启蒙的老师。我在说相声时，
常常把他们所讲的东西掺进去，观众很欢迎。"[①] 关多福、蔡友梅是如何影响了一个
相声表演艺术家，以至于使后者在耄耋之年还念念不忘呢？这段回忆说明了两个
问题：一是关、蔡在一般民众中影响较大；二是他们的宣讲通俗易懂、平易近人，
否则不可能吸引孩童、被相声曲艺所吸收。这就涉及蔡友梅小说的语言形式问题。

先看一段《忠孝全》中的议论：

在世俗的议论，都说吃喝嫖赌不好，我说这几样儿，比什么都高，不信我
说给您听听，平常拉不下脸来说的话，借着四五子，就能大说特说，俩人喝
对了分量，就能倾心吐胆，无话不过。俗语有云：喝酒喝厚啦。一点儿也不
错。平常又酸又狂，翻着白眼儿，不理亲爹，也得有准的呀。只要你跟他联络
上，能够同游花界，你瞧吧，他是喜笑颜开，原形毕露，什么变的都能瞧得出
来。酸狂臭美一概取消，你同他逛过两回，就能套上玩笑，一套上玩笑，就好

---

① 张寿臣：《五十年曲艺生活的回忆》（1965年），《文化史料丛刊》第六辑，文史资料出版社，
1983，第176页。

办啦；不怕运动人情，借着玩笑就说了。甚至于求妓者帮个腔，事情就许成功。再说打麻雀这节，是高矮不等，男女合演，坐的一块儿就是赌友，借着红中白板，小则联络感情，大则运动个事，借着打牌得事的，很多很多。（可是看什么事啦，难说的事情也有。）抽大烟这节更不必说，第一先得躺下，借着烧烟的功夫儿，两个人一聊天儿，能够越说越对劲，就能成为知己。不信您考查，酒铺儿，要钱场儿，花界里头，打架斗殴的都有，烟馆打架的很少，至近的朋友，在家里喝酒，搬大发了，还有起打的时候儿；朋友在里躺着抽烟，您见有抽着抽着拿上帽的吗？所以我说吃喝嫖赌抽这五门，到了如今，直可以说是国民道德，不可须臾离也。可离非道也（别转了）。不过记者家门无德，坟地里没风水，父母缺教育，自己欠造化，我对于这几门，实在没缘，因为这个不能联络，社会上自然是差了，所以我如今受穷，受穷我认了命啦，瞧好不好。[①]

这段话仿佛一个单口相声，自捧自逗，极富曲艺特色。有论者认为，"无论从哪一方面看，清末民初的蔡友梅都已经是当之无愧的京味作家。他的作品表现了北京作为一座城市的整体的文化精神，而不是零散地描写北京的人物、风习……把作品内容与形式上的地域特点结合在一起"。"从内容上看，蔡友梅的小说把焦点集中于北京中下层市民的生活，尤其是专门将市民本身作为一个独立的对象来写，并且把北京这座城市和它的居民的文化特征联系在一起，并表现得十分充分，这在文学史上还是第一次。"[②] 这种评价有拔高之嫌，因为北京"整体的文化精神"不是中下层市民所能涵盖，但蔡友梅确实在现代京味小说兴起过程起了很大的作用。他在清末民初那一代北京市民文学人物尤其是京旗作家中年龄比较大、起步比较早，为后来"京味"文学的开拓夯实了基础。

　　所谓"京味"文学至少应满足两个条件，一专门描写北京本地生活和各种人物，二体现出北京特有的文化精神，而最重要的是二者结合所形成的一种美学风格。如赵园所言，"'京味'是由人与城间特有的精神联系中发生的，是人所感受到的城的文化意味。'京味'尤其是人对于文化的体验和感受方式"，京味之所以以"味"

---

① 损公：《忠孝全》，民国间剪报本，载于润琦主编《清末民初小说书系·警世卷》，赵淑清点校，中国文联出版公司，1997，第464～465页。
② 损公：《忠孝全》，民国间剪报本，载于润琦主编《清末民初小说书系·警世卷》，赵淑清点校，中国文联出版公司，1997，第464～465页。

命名，它强调的就不单是题材性质，"即它不是指'写北京的'这样一种题材范围。写北京的小说已多到不胜计数，其中北京仅被作为情节背景、衬景的自可不论，即使那些有意于'北京呈现'的，也并不就是京味小说"，它主要是指一种"风格现象"[①]，此种风格最典型地体现在语言技法上。蔡友梅对于自己的写作语言有自觉意识，在《库缎眼》中做过一番说明："本报既开设在北京，又是一宗白话小说，就短不了用北京土语。可是看报的人不能都是北京人哪，外省朋友们看着，就有不了然的。一个不了然，就许误会，很耽误事情。所以记者近来动笔，但能不用土语，我是决不用。可是白话小说上，往往有用句俗语，比文话透俏皮。小说这宗玩艺儿，虽然说以惩恶劝善为宗旨，也不在乎用土话上（八面儿理全都让我站了）。往往挤的那个地方儿，非用土话不成。不但记者这宗小说，就是上海白话小说，也短不了用上海的土语。这层难处，作过小说的都知道。如今我想了一个法子，实在必得用土语的时候儿，费解的不用，太卑鄙的不用，有该注释的，咱们加括弧，您瞧好不好？"[②] 这段话表明向着通用语改进方言以迎合读者的需求，是跟整个传媒文化和地域文化相关连的：特定的地域文化造就了特定的语体，而将这种特定的语言书写为文字，又需要适应传播载体和市民大众接受。这与胡适、陈独秀等人提倡的白话文学理念不谋而合，只是后者是有意识培养一种民族文学和国族意识，前者则是不自觉中承传明代以来白话小说"三言""二拍"的影响，同时融入北京旗人语言俗白流畅的特点。

蔡友梅通过自己的小说实践无形中成为"京味"承上启下、继往开来的中间人物。一方面，通过化俗为用、俚语入文的语言改造，以及诙谐幽默、爽快畅朗的风格营造，对"京味"的最终形成起到了关键作用。这是从语言风格来说的。另一方面，他对于京城人文景观的描写也为形成"京味"氛围勾画了最初的样式。通观蔡友梅的小说，大部分都是写北京及其周边如河北、山东等地，其他地方几乎没有涉及。生动地刻画北方社会特别是北京平民阶层中的各种人物及其生活风情是其基本内容，这种刻画里有深切的情感灌注。他注意到北京人在生活中的风习缘于一种共同的美学观，在一篇叫《鬼吹灯》的小说中赞叹："您别小瞧这个

① 赵园：《北京：城与人》，北京大学出版社，2002，第14、15页。

② 损公：《库缎眼》，载于润琦主编《清末民初小说书系·警世卷》，赵淑清点校，中国文联出版公司，1997，第515页。

上下车，这是北京人的专门学，上车讲究飘洒，下车讲究利落。"老北京人衣食住行各方面，都有自己的讲究，因为有亲切体贴之情，蔡友梅才会对其风俗尤其旗人的生活习惯进行了堪称巨细无遗的描绘。比如日常生活中的多礼，在各种场合下不厌其烦地寒暄，酒桌上茶馆里无尽无休地礼让；红白喜事的办法，丧事与"接三"要吃炒菜面，旗妇穿公婆孝需要围包头撂辫子；节日逛隆福寺，听戏上阜成园等。这些民俗学式的展示，体现了他对北京文化的熟稔，此后的作家中只有老舍能与之匹敌。

老北京文化的构成中，旗人文化占了很大的比例，加上蔡友梅本身是旗人，故对旗人文化有很多审视。《搜救孤》就是旗人家庭的故事，《小额》的主人公和题材都涉及旗人日常和八旗生计，至于出现在他小说中的各色旗籍人等、旗人习俗、旗家仪礼更是比比皆是。除了一般的描写和对于旗族的认同之外，他对于八旗文化也有清醒的反思，《曹二更》中借博二太太的口说："我可是满洲旗人，酸满洲的习气，我就不赞成，把高等满洲旗人打个板儿高供，我说这话人家也决不挑眼，像你这宗满洲旗人，你有甚么能为？有甚么本事？有甚么学问？除去提笼架鸟下茶馆儿，造旱谣言，抽大烟喝烧酒，会赊猪头肉，玩笑耍骨头，排个八角鼓儿；就说在衙门当差，旗下有甚么高超的公事，来行文无事片打到书稿，验缺下仓放钱粮，压个兵缺，吃两包儿空头饷，完了，有甚么警人的玩艺儿，你说我听听。"[1]这样的反思在后来的老舍《四世同堂》《正红旗下》等作品中也一再出现，蔡友梅可谓开启先声者。

"京味"语言和风格的锻造，至少可以使蔡友梅确立起在北京地域文学史上的地位。但是，"京味"的华彩也同时是他的局限，一方面，如同其他京旗作家一样，囿于地域和学养的闻见，蔡友梅大多写的都是北京及其郊区，最多到山东、山西与河北，而写其他地方的表现也不如北京生动传神。另一方面，蔡友梅的语言始终没有超脱出"贫北京""油北京"的范畴。他的小说存在着当时大多数小说家混淆"写实"与"实录"的通病[2]，新小说倡导者引入的现代笔法在他那里丝毫寻找不到一点踪迹，这实际上妨碍了格局和境界的进一步拓宽。蔡友梅流传下来的

① 损公：《曹二更》，原属"新鲜滋味"之十八种，见于润琦主编《清末民初小说书系·警世卷》，赵淑清点校，中国文联出版公司，1997，第634页。
② 陈平原：《中国现代小说的起点——清末民初小说研究》，北京大学出版社，2005，第259~267页。

小说，唯有《曹二更》从结构布局、情节推展来看颇成规模，有些新颖迹象，但是也只是凤毛麟角的存在。

3. 礼教下延：历史与价值

《小额》连载于《进化报》小说栏，德少泉谈到此书写作缘由时说："丁未春北京《进化报》社创立。友梅先生以博学鸿才，任该馆总务。尝与二三良友曰：'比年社会之怪现象，于斯极矣。魑魅魍魉，无奇不有。势日蹙而风俗日偷，国愈危而人心愈坏，将何以与列强相颉颃哉？报社以辅助政府为天职，开通民智为宗旨。质诸兄，有何旋转之能力、定世逆之方针？捷径奚由？利器何具？'是时曼青诸先生俱在坐，因慨然曰：'欲引人心之趋向，启教育之萌芽，破迷信之根株，跻进化之方域，莫小说若，莫小说若。'于是友梅先生，以报余副员，逐日笔述小说数语，穷年累日，集成一轴。"① 实现"辅助政府""开通民智"的手段是写作小说以引领人心，启发蒙昧，破除迷信，提升民众素质。与其他同侪一样，蔡友梅的观念是维新启蒙，写小说意在普及教育。他描绘的现实虽然林林总总，焦点却在道德的沦丧，第一关注的问题是人伦关系在近代的变化。由于传统权威的丧失，而新的伦理标准尚未建立，清末民初国人的精神世界出现道德失范，进而反向激起士人的道德热情。由于整个儒学的基础备受挞伐，新潮时人对汹涌而入的西学不暇甄别，如同严复所说，"西学乍兴，今之少年，觉古人之智，尚有所未知，又以号为守先者，往往有末流之弊，乃群然怀鄙薄先祖之思，变本加厉，遂并其必不可畔者，亦取而废之。然而废其旧矣，新者又未立也。急不暇择，则取剿袭皮毛快意一时之议论，而奉之为无以易。此今日后生，其歧趋往往如是"②，有破无立，社会一时出现行为毫无规范的黑洞状态。《小额》一开头就说："庚子以前，北京城的现象，除了黑暗，就是顽固；除了腐败，就是野蛮。老实角儿，是甘受其苦。能抓钱的道儿，反正没有光明正大的事情。"《赛刘海》开篇就说："立

① 松龄：《小额》，〔日〕太田辰夫、〔日〕竹内诚编，汲古书院，1992，第 1 页。
② 严复：《论教育与国家之关系——在环球中国学生会演说》，转引自王栻主编《严复集》，中华书局，1986，第 168 页。

意劝善与诛奸，偏激苛刻难免。现在道德沦丧，效尤鲜耻寡廉。"所以作者宣称要"惩恶劝善，感化人心"。

19 世纪末 20 世纪初，中国正值多事之秋，最保守与迟钝的人也能感受到国将不国的危机。蔡友梅们很清楚传统文化已难转圜，但情感上又无法全盘接受西方文化。如同 1907 年王国维在一篇文章中屡次三番说到的："知其可信而不能爱，觉其可爱而不能信。"①这便是列文森（Joseph R. Levenson，1920～1969）所谓的历史与价值之间的矛盾："不只是历史影响价值的哲学基础，而且历史的意识也在心理上妨碍对价值的理解。"②旧式文人的历史意识不足以明确到支撑他们坚定地拥抱新价值体系，转而怀旧般地投向想象中美好往昔的温情一瞥，进而更激发出对现实的不满。中西方相遇的历史，是中国在炮舰政策之下被迫向西方敞开大门，这极大地刺激了人们的民族感情。从晚清到民国成立以后很长一段时间内，中国文化出了什么问题？未来该何去何从？这些问题是绝大多数知识分子最为关心的，在蔡友梅小说中所体现出来的首先是道德上的敏锐观察。"辛亥革命的洪流冲垮了清皇朝，也冲击了旧的道德规范和价值体系。从正面而言，这对于思想解放不无作用，然而，道德失范也带来新的社会问题。这主要表现在新政府的迅速腐化。"③上行下效，整个社会风气都陷入崩坏。1912 年 2 月 23 日，蔡元培、唐绍仪、宋教仁等发起社会改良会，试图以人道主义及科学知识为标准，改良社会恶习。李石曾、吴稚晖、张继、汪精卫等还发起进德会，都是类似的努力。④蔡友梅的写作内在于这股改良道德的社会思潮之中。

蔡友梅着眼于愚昧与野蛮并行，从上到下都风气败坏、病入膏肓的整个社会，着力描写了一类栩栩如生的人物，这类人是大都市中特有的社会渣滓：或是街坊上的恶霸流氓，或是市井间的无赖地痞，或是道貌岸然的官员皂吏。他们在戾气横行、纲纪失常的现实中反倒如鱼得水。《小额》的主人公额少峰"所放的账目，都是加一八分。要是一分马甲钱粮，在他手里借十五两银子，里折外扣，就能这

① 王国维：《静安文集续编·自序二》，转引自谢维扬、房鑫亮主编，胡逢祥分卷主编《王国维全集·第十四卷》，浙江教育出版社，2009，第 121 页。
② 〔美〕列文森：《儒教中国及其现代命运》，郑大华等译，中国社会科学出版社，2000，第 347 页。
③ 罗检秋：《近代中国社会文化变迁录》第三卷，刘玉琴主编，浙江人民出版社，1998，第 17 页。
④ 罗检秋：《近代中国社会文化变迁录》第三卷，刘玉琴主编，浙江人民出版社，1998，第 18～20 页。

辈子逃不出来"。每月领钱粮时，有账局跑账的来旗下衙门领取钱粮包儿，在额少峰父亲手上，"每月的钱粮包儿，真进个一千包、两千包儿的"。"反正没有杀孩子的心，不用干这个"。额少峰扬言："别管他是谁，概尔不论，姓额的放得就是阎王账，不服自管告我去，营房司坊，南北衙门，我全接着！"这类敲骨吸髓、巧取豪夺的高利贷，也只有在礼法废弛的社会中才会成为常态。礼法败坏，曾经的价值标准失效，用《花甲姻缘》中孙四的话来说："这年头儿，跟古时年间不同。从先讲的是家世门第，祖上根基，又什么诗书门庭啦，世代书香啦，又什么读书种子啦。那都是过去的话了，现在满使不着啦。你就是四世三公老袁本初师傅的，如今要是落了品，也算不了东西。祖祖辈辈出科甲，到了你这辈没中秀才，也叫作不成。就得说当时的。从先上辈挑水背死孩子，如今太爷抖啦，居然一等宝光嘉禾章戴上啦，这就是英雄豪杰，有人捧，有人敬。简断捷说，现在应时当令，有财产，有势力，就得活，管他从先作什么呢！现在是个没根基时代，你要讲根基，那还成了！跟官出身，可是差点儿，现在人家有钱是真的。"① 这表明身份社会的瓦解，金钱在现实运转中的作用越来越大，"没根基时代"是某种对于时间的当下性、短暂性、即时性的感受，也显示出情感结构与价值观念"从身份到契约"的现代性意味。梅因（Henry James Sumner Maine，1822～1888）曾阐述了西方法治文明从以父权制、身份制为核心的习惯法向以契约法为标志的法典化时期发展的曲折过程，在他看来，这是现代文明与个人自由的进步。② 但当现代契约制度未臻健全之时，正给奸猾狡诈之徒留下了可乘之机。

姻缘错合、好事多磨、终成眷属的故事原本是通俗文艺的套路，但从蔡友梅的作品中可见他对社会急速转型所产生的道德蜕化、价值观变化的不适应。换个角度看，他保守退缩的思想，其实也代表了一般市民的看法。在功利与物质的现实中，民俗也在变化："按旧日的习惯，讲究两日酒下地，新人娶到了，总得闷（平声）这们一天，这份罪孽，就不用提啦。如今都是当日酒，拜完了天地就下地，倒是简单扼要，没有麻烦。谅之有两家陈亲戚，还主持两日酒下地，谅之倒脱了俗啦，本来都这个岁数儿，还弄这宗瞎事作什么？新人下地，亲友一上眼，说是

---

① 损公：《花甲姻缘》，民国间剪报本，载于润琦主编《清末民初小说书系·警世卷》，赵淑清点校，中国文联出版公司，1997，第491页。
② 〔英〕梅因：《古代法》，沈景一译，商务印书馆，1996，第97页。

六十多岁的人，简直的不像，也就是四十多岁的样子。这要搁在下等小说上（我这也不是上等），必要苦这们一贴靴，说是六十多岁的人，好像二十多岁的人（那成狐仙啦），将来还要双生贵子，一个中文状元一个中武状元，金殿封官，谅之夫妇都活九十多岁，无疾而终，临死的时候儿，仙乐来迎，异香满堂，连《聊斋》都是这个套子。叫真儿说，没那们八宗事。旧日的理想，就是这些个玩艺儿，千人一面，牢不可破。"[1] 礼仪的松弛表明"重礼"的旗人社会的消散，但其另一面是"礼失求诸野"——在价值观、道德观混乱的时候，能够支撑一个社会最普通的伦理秩序的往往反而是那些积淀在集体记忆中的民俗信仰。蔡友梅对这一点有着清醒的认识："乡野人无知，高超学理不懂得，能够认命运，还是好人。小则明火路劫欺诈取财，大而争权夺利卖国求荣，那都是不认命运的。所以十六年前，记者乍一登台宣讲，最爱破除迷信，如今倒不敢破了。道德也完了，风俗也坏了，就仗着这点儿穷迷信维持着。要是普通的人民，把这层窗户纸捅破啦，那就不可思议啦，不定出什么德行哪。"[2]《忠孝全》中说：

　　既是警世小说，所为惩恶劝善，让人有所警戒。从先传说，既有这段因果，也可以说一说，反正以劝人为宗旨，有益无损。诸位要说我提倡迷信，那就把宗旨看错了，自打维新以来，人民进化，讲究破除迷信，记者从先，也主持破除迷信，可是破除迷信是句广义的话，没有范围，没界限，究竟何为迷信，哪又不是迷信呢？一律都看成是迷信，也未免的不对，细说三天三夜也说不完。如今简单着解释解释，媚神求福烧香许愿，那不能说不是迷信，合婚择日阴阳风水等等，那更得说是迷信，至于原因结果循环报应，那是宗真理，不能说是迷信。俗语云："善恶到头终日报，只争来早与来迟。"这两句话听着极俗极厌，其实是天经地义、万古不废的格言。地球不化一日，这话都有价值，都有效力。鬼神谁也没有见过，阴间谁也没有去过，渺渺冥冥的事情，咱们不提，说实话讲真理，害人的人没有不被人害的，所谓天道好还，如影随形者是也。别的迷信可破，要说原因结果都是老谣，循环报应都是汤儿事，害两条人命，只要手

①　损公：《花甲姻缘》，民国间剪报本，载于润琦主编《清末民初小说书系·警世卷》，赵淑清点校，中国文联出版公司，1997，第508页。
②　损公：《库缎眼》，载于润琦主编《清末民初小说书系·警世卷》，赵淑清点校，中国文联出版公司，1997，第518页。

续办的严密，就能没事一大堆，不但没有这宗理，也没有这宗事。创这宗议论的人，就是人群妖孽，世界蟊贼，这宗藩篱要是一破，非人与禽兽之域不可。现在人道还没有灭绝，就仗着有这点迷信维持着，下流社会，有些个不敢为非作歹者，他脑子里还有个因果报应，高一路儿的人，脑筋敏捷，这些个事情，他说是腐败，真正高尚的理由。别说他不懂，懂得他也不能行；又加着利欲熏心，神志昏聩，所以什么事都干，什么屎都拉（就是不拉人屎）。古谚有云："只图眼前快乐，那管下狱升天。"地狱之设，正为此辈。[①]

维持社会要靠陈旧的因果报应信仰，实在是因为许多腐败无耻之事假借"进化"之名，而现实的法律秩序荒废懈怠。小说名为"忠孝全"，就其内容来看，其实主角岳魁父子于国于家忠孝全无。这种正话反说，倒是幽默诙谐的京味特色，是一种愤激无奈转而嬉笑反讽的方式。

蔡友梅的思想无足观，比《警世恒言》也未见得高明，但许多就坡下马穿插在情节中的有关时事的议论，为民国初年的普通市民心声留下了历史的影迹。与《忠孝全》的反讽形成辉映的《非慈论》《曹二更》等篇中都一再说到"良心"问题。《非慈论》针对辛亥革命过激地反对一切传统所产生的弊病，尤针对孝道而言，其中关于"天理大不过人情"的陈腐言说，隐约可见清代统治意识形态奉行儒家孝道伦理的历史记忆沉潜下延到民国底层遗民意识的深处。[②]牛兰谷、牛少谷父子一个独善其身而不得，一个飞扬浮躁而过火，最终激进的少谷失败而回归到修身功课上，并且"每逢上堂，遇着机会，必要给学生发明孝道"，成了牛孝子。这是作者不无犬儒色彩的选择。对比平江不肖生（向恺然）《留东外史》第四十七回"上门卖盐专心打杠子 乱伦蔑理奇论破天荒"写胡女士与苏仲武讨论"忠孝大节"的问题，可以略窥彼时之信仰危机：

---

① 损公：《忠孝全》，民国间剪报本，载于润琦主编《清末民初小说书系·警世卷》，赵淑清点校，中国文联出版公司，1997，第453～454页。

② 中国历代王朝中，可能除了汉朝，清朝的治国理念是最重孝道。顺治十三年（1656），顺治帝召集文臣蒋赫德等用唐石台《孝经》定本为《孝经》作注，并亲自撰序，"朕惟孝者首百行而为五伦之本，天地所以成化，圣人所以立教，通之乎万世而无敝，放诸四海而皆准，至矣哉，诚无以加矣"（《御制孝经序》，载骆承烈编《历代〈孝经〉序跋题识》，光明日报出版社，2013，第196页）。康熙、乾隆也多有此类言论。

胡女士道："你出洋这多年，怎的脑筋还这般腐败？忠孝的话，是老学究当口头禅，说得好听的。二十世纪的新人物，说出来还怕人笑话，莫说存这个心。你可知道，中国弄到这们样弱，国民这们没生计，就是几千〔年〕来家庭关系太重的原故。父母有能为的，儿子便靠着父母，一些儿也不肯立志向上；儿子有能为的，父母便靠着儿子，一点事也不做，只在家中吃喝，谓之养老。这样的家庭，人家偏恭维他，说是父慈子孝。甚至老兄做了官，或是干了好差事，弄得钱家来，老弟便不自谋生活，当弟大人；若老弟做了官，老兄也是一样。人家偏又恭维他，说是兄友弟恭。社会之中，因有这种积习，硬多添出一大半吃闲饭、穿闲衣的人。几千年如此，中国安得不弱？国民安得不没有生计？西洋各国，哪里有这种笑话？……就是你，大约也不能说西洋人的文明不及中国人，西洋人的道德不如中国。"①

这段话的确揭示了儒家伦理道德的一些问题，但由此而得出的结论是应该不孝，却是荒谬的。辛亥革命前后的一些新党人物提倡"非忠非孝"的主张，正是如此过犹不及和夹缠不清。这反映了旧的伦理观念渐次解体，新的道德观念尚未确立时的共识破裂和观念混乱。蔡友梅这样的文人不可能有超越性的见解，他的观念还是回到故旧、皈依传统。这样的识见谈不上进步，却表明了一般普通民众的情感倾向。正因为情感上的亲近民心，蔡友梅才更能体贴社会实情，对于世纪交替时代种种"文明"新说，能透过表面看到其根底：

北京有宗老妈妈论，说姑不娶（姑母不给娶亲），姨不送（姨母不送亲），姊妹送了一身病……大半妇人的开通，全是假开通。本来是迷信根子，顽固脑子，近来看点报纸，爷们又在新界混饭，表面不能不说文明话，外人看着好像文明女士，开通的邪乎，其实全是假事。背着家里的先生（如今称当头人为先生），她跑到东岳庙烧香去，一切都迷信讲究，很也都有。可是经人一说，登时又能不迷信。万总归一是学无根底、性情无定的缘故。②

---

① 不肖生：《留东外史》（上），岳麓书社，1988，第334~335页。
② 损公：《花甲姻缘》，民国间剪报本，载于润琦主编《清末民初小说书系·警世卷》，赵淑清点校，中国文联出版公司，1997，第507页。

《曹二更》情节曲折、人物性格有个发展变化的细腻过程，各个栩栩如生，堪称蔡友梅小说中的精品。山西小木匠曹立泉跟从富二先生学医时是个初进京城、朴实聪明的小伙子，随着自立门户，渐渐在现代城市文化的腐蚀下变得唯利是图。他排挤师傅，气死了富二先生，并且竭力摆脱赡养师母（还是其婚姻介绍人）富二太太的义务，终于某次在街头引起公愤，后生病而死。据作者申明，这个小说也是据实事改编。其实曹二更所作所为，除了有着商业不正当竞争的卑鄙外，对富二太太最初还是不错的。他在每日二更以后即使遇到急症也不出门的见死不救，在现代商业社会虽不违法，却不合情理，在叙述者看来更是不可饶恕的罪过。在旧礼仪与新法律的僵持中，叙述者主观上一再想强调的是长久以来一直维持宗法社会秩序的、具有习惯法性质的"良心"，也就是自我的私德，因而自己在行文中间充当了道德法官的角色。面对现实中商业伦理对传统道德的冲击，现代性的阻力及其获得认同之间紧张的关系，叙述者最终折返大众文化中源远流长的道德传统，可以视为蔡友梅这样的小文人无力在道德困境中寻得出路的回归，是穷则独善其身的无奈回响。《董新心》[1]的主人公是个"好谈时务，见谁就劝谁爱国"的"董疯子"，适逢清末新政读了师范，回来做劝学所长，不堪陈腐风气，出走上海，遇到一帮投机革命的"新人"，武昌起义爆发后发现世界并没有改变多少，回到北京又亲眼看见了"民主"选举暗箱操作的丑闻，再逢袁世凯复辟，先前的"革命家"又开始返回头拥护帝制。频遭打击的董新心万念俱灰，杜门不出。《董新心》通过一个观察者游历的眼光扫描了辛亥革命到二次革命前后群魔乱舞的社会万状，主人公相信新"心"——教育与启蒙——才是最重要的，尽管他自身因为灰心丧气只能归隐。

对于辛亥革命的态度，蔡友梅在许多小说的字里行间都直呈其褒贬：

人是官的，肚子是私的。饿着肚子上堂，谁也没有精神。就是孔二先生，那们诲人不倦，饿于陈蔡的时候儿，也是难过。旁人就不用提了。去年因为积欠教薪，学界代表面谒某次长，要求发薪。某次长还拿大题目责备人，说念书的当以热心教育为前提，不能竟注重金钱。这话叫作饱汉不知饿汉饥。

---

① 损公：《董新心》，原载《京话日报》，载于润琦主编《清末民初小说书系·社会卷下》，程敏、杨之锋点校，中国文联出版公司，1997。

问问他一个月挣多少钱，人家答应不答应。都说专制时代不好，可是专制时代，当教习的，到了日子拿钱。如今倒是共和了，教薪倒没有准日子啦。究竟怎么个原理，可也不得而知。

无闷微然一笑，说："民党中也有高超的，不过少就是啦。将来高一路儿的，也决不能上台；是上台的，都不是真正民党。你瞧这些个新人物，一嘴的流血革命，那是生一口江湖话，一心的财迷官迷，权力心比你我都重。你记着我的话，将来是一般专横军阀，跟无耻政客，还有改造官僚，这三种人操纵政局。真正民党韬光纳晦，全都隐遁。另有一般捣乱派，争权攘利，闹的生灵涂炭，大局不宁。……"

他还是个旗人，这又难得了。都说旗人中没有人才，没有学识高超的，谁想旗人中竟有如此高人？足见人云亦云道话，是靠不住的啦。但是旗人中有这样的高人，会让他隐居沪上卖文自活，一般贪庸小人，居然掌大权据要津，此满清所以糟心也（实话）。[①]

作为一名旗人后裔，蔡友梅的认识无法不受到其出身和经历的影响，因而对革命的看法往往独出一格。《非慈论》中说："彼时正是光绪末叶，革命的学说正盛。外国人要收拾中国，正利用这把子青年，不但不禁止，反倒鼓吹提倡。"[②]这个看法颇可注意，作者未必是对革命一概否定，却在无意中揭示了一个敏感的现实，即海外势力支持革命的动机、目的与公正性问题——日本、美国等都是带着自己的国家利益支持革命的，而革命者也未必没有褊狭的私欲。《铁王三》更富家国寓言色彩，开篇就说道："世界上单有一宗缺德的人，利令智昏背亲向疏，拿着外人当亲人，借着外人的势力压制同胞，能够牺牲祖坟，拿同胞的血换面包吃，及至国破家亡，他也是奴隶一分子，朝鲜的李完用就是前车之鉴，将大比小，是一个样的事情。"[③]小说开宗明义，叙述者借着铁王三的家产纠纷喻说中国时事：富户铁王三

① 损公：《董新心》，原载《京话日报》，载于润琦主编《清末民初小说书系·社会卷下》，程敏、杨之锋点校，中国文联出版公司，1997，第855、867~868页。
② 损公：《非慈论》，原载《京话日报》，见于润琦主编《清末民初小说书系·社会卷下》，程敏、杨之锋点校，中国文联出版公司，1997，第827页。
③ 损公：《铁王三》，原属"新鲜滋味"之十种，载于润琦主编《清末民初小说书系·警世卷》，赵淑清点校，中国文联出版公司，1997，第573页。

无子，过继义子，导致大权旁落，出走山西。族人王九赖、假秀才，外戚王英，流氓无赖仇红和义子二秃子三派势力趁机争夺家产，直到王三在山西娶妾生子回来才收回大权。作者表面看来宣扬续弦娶妾合理性，其实一再强调的是内在的团结一心，只不过结尾总要弄些因果的俗套。这可以被视为一个隐喻，联系当时海外势力对中国的殖民渗透，这种隐喻尤其具有警醒主权的意思。蔡友梅小说中，说着时髦语言的多是被批判的丑类，比如王九赖就借着梁启超式的新潮言语来粉饰自己，从侧面可以看出"改良、革命"在一般旗人乃至大众那里的表现形象。小说里看上去略显平庸的见解代表了彼时日常中最广泛的舆论话语。

《赵三黑》[①]写游戏赵得海由一个纨绔子弟沦落为老砸儿（盗匪），幸遇县官李大令，改邪归正一直到做军官的故事。情节本无出新之处，只是作者对于腐儒陈杏筵的描写带有反智主义的倾向。陈落入贼手被赵得海搭救，不思报答反在赵入狱时向李大令进言要铲除他，而其在贼窝里磕头求饶的辱人贱行活露出小人之相。李大令是个道德严厉化的形象，认为陈杏筵为人凉薄，辞了他的馆，陈居然更写匿名信告发。不可否认，叙述者的主观倾向是对于知识分子的极端不信任，认为读书坏人心术，反不如朴实民众。蔡友梅在这里不经意中勾勒出了一个关键性的问题，那就是作为一个社会中知识和意义上层的团体的堕落，以及作为知识和意义下层的民众的坚守。但是，蔡友梅本身却无力进一步分析，也无法摆脱道德上过分严厉的苛刻，这让他有时候显现出民粹主义般的面相。

文化历来是分层的，相应的道德也是分层的。士在政治和文化意义上高于民，所谓"刑不上大夫，礼不下庶人"。所以，社会期待与文化观念对士的道德要求也就要严厉一些：士恪守道德，为礼教牺牲，是其身份地位所决定的应尽之义，维持名教和道德是他们的自然责任；普通民众因为没有相关的权利，所以也没有理由尽这样的义务。但是，宋明理学将原教旨主义的礼教下延，把原本只属于上层的道德规范全民化。这很容易形成反讽的结果，上层阶级自己并没有恪守礼教的规约，因而到下层那里就成了欺骗和利用。也就是说，当文化和权力上层已经改弦更张之后，普通民众却承担起道德的重负。[②]清以程朱理学为意识形态基础，对

---

① 损公：《赵三黑》，原载《京话日报》1919 年 4 月，见于润琦主编《清末民初小说书系·社会卷下》，程敏、杨之锋点校，中国文联出版公司，1997。

② 关于礼教下延及其后果，赵毅衡《礼教下延之后：中国文化批判诸问题》（上海文艺出版社，2001）有细致论述，参看该书"前言"第一章。

于民众尤其是旗族普通民众影响巨大，其结果就是形成了旗人重礼的现象，这也是一种礼教下延。到蔡友梅的时代，作为意识形态和权力上层的统治阶级已经垮台，新的道德规范还有待建立。蔡友梅作为普通民众的一员却以传统的道德来要求在新的时代情势下和他一样，甚至比他在文化和道德意义上更没有那么多义务的普通民众，实为社会角色及评价的错位。这种情形并非个案，和蔡友梅同时代的大多数旗人作家都与之类似，他们对时代与社会的道德滑坡持批判态度本来无可厚非，但是苛刻地用道德来评判一切却是有欠公允的。这是一代人的悲剧，也是他们的缺陷所在——因为无力勾画未来的蓝图，只能用粗暴的道德主义抵抗轰然而至的变革。

第二节　重写义妓传奇：异邦的教育

蔡友梅注目于北京故事，剑胆的题材则要广阔一点，但也不出流言世情的范畴。他的身世事迹今已不可考，惟从断简残篇中得知其原名徐济，曾有留日经历，后在《京话日报》任职，并在《京话日报》《北京小公报》等报纸上发表小说 30 多种，如连载于《京话日报》的《文字狱》《王来保》《黑籍魂》《新黄粱梦》《贾孝廉》《杨结实》，连载于《北京小公报》的《白狼》《七妻之议员》《文艳王》《刘二爷》《玉碎珠沉记》《石宝龟》《自由潮》《血金刀》《如是观》《李五奶奶》《花鞋成老》《姐妹易嫁》《卖国奴》《金三多》《宦海大冤狱》《冒官始末记》《皇帝祸》《恶魔记》《张古董》《钟德祥》《淫毒奇案》《杨翠喜》《错中错》《衢州案》等。1914 年，他还在《爱国白话报》[①] 连载小说《赛金花》，20 世纪 30 年代曾于《实报》[②] 连载小说《阔太监》，此外尚有小说《义和拳》等。此类作品因为不符合精英主导的文学评判标准，大

---

① "《爱国白话报》，社址西草厂，社长马太朴，编辑王冷佛、权益斋，白话小报。"管翼贤纂辑《新闻学集成》第六册，中华新闻学院，1943，第 291 页。

② "《实报》，社址宣外大街，社长管翼贤，编辑苏雨田、罗保吾、宣永光、王杜宁、徐剑胆、张醉丐、率斋诸氏，附设《实报半月刊》，虽系白话小报。报人皆属知名人士，尤以‘老宣疯话’最为人所爱读，排版用六号小字，不加条自该报始，以故销数达十余万，在小报中可称权威者。"管翼贤纂辑《新闻学集成》第六册，中华新闻学院，1943，第 294 页。

多流落于街头里巷、坊间市面，无疾而终，零星作品被后来的通俗文学研究者散乱收集，近年来始有集中的文集整理出版。①

从已经散佚不全的背景资料来看，我们基本可以视剑胆为一"无名"之人，他的作品多为"无名"之作，他的读者同样也是一群"无名"的大众。正是这种命名缺席的状态，作者、作品、读者都处于弱势境地，倒保证了他的作品没有被后来的历史叙述所改造，在其话语缝隙中，才能体现出那个时代最普通的世道人心。在剑胆许多无名之作中，有一篇讲述异域传奇的《妓中侠》颇值得探讨，它的字里行间中，流露出比那些煊赫有名的作品更真切的时代文化信息。

《妓中侠》于 1919 年 3 月 14 日至 3 月 27 日连载于北京《爱国白话报》第 1969 至 1982 号，1997 年收入于润琦主编、吴洁点校的《清末民初小说书系·武侠卷》。收入"武侠卷"可能只是因为篇名有"侠"字，并不算特别适合，因为通篇也无所谓侠义之举，不过是一个妓女机智从良的故事。书写文人妓女之间的恩怨情纠是传奇说部的一个传统母题，剑胆在小说一开始就表明了该故事与杜十娘和李甲、花魁女和秦重等明代传奇的呼应关系，但又不局限于原母题中的言情抒怀：

> 杜十娘花魁女二人，一为遇人不淑，投河而死，一为厌弃花丛，得人而全，并无何等出奇之事，然作书者，亦不过写情而已。此段所叙刘丽娘，能以智术绝郎之情，能以侠肠成郎之志，种种事迹，无丝毫污秽，光明磊落，大义可钦，非如目下之小凤仙，闻蔡字而坠泪者可比，矫揉造作，令人作三日呕，故即表而出之，当知红尘花城中，尚有一刘丽娘在也。阅者诸君，且莫当作言情小说一例观，则幸甚矣。②

① 周建设主编《徐剑胆作品》，首都师范大学出版社，2014。
② 剑胆：《妓中侠》，载于润琦主编《清末民初小说书系·武侠卷》，吴洁点校，第 470 页。

刘丽娘是广州花船上的一个普通妓女，也即小说的女主角"妓中侠"，男主角则是浙江慈溪一个盐商之子沈羽文（沈翔）。沈父经商有道，家中殷实，但是彼时（光绪末年）的社会阶层排序依然是士农工商，沈家出身盐商，胸无点墨，空有若干家私，不为官场士林所重，于是沈父就希望自己的儿子能够读书进业、光耀门楣。不巧科举废弃，时风忽转，需要游学外洋才能获得荣耀身家的晋升之阶。沈羽文南下广州，欲渡海去日本留学，这才引出一段风流韵事。沈羽文误交损友张三聊，被其带到花船上吃酒，遇到刘丽娘，像一切才子佳人小说的俗套一样，两个人一见钟情，立刻如胶似漆。虽然刘丽娘不断劝沈羽文不要耽误学业，但沈显然沉溺情欲不可自拔，迟迟不肯登船渡海，甚至在银钱花光之后写信回家骗钱。终于有一天山穷水尽，刘丽娘给沈羽文一个盒子，让他到佛山自己早年的一个姐妹那里借钱。沈羽文到了那里方知被骗，却发现盒子中是刘丽娘送给他的私房积蓄，并附信说自己为免耽误他的前程，已经自杀。沈急返广州，只见到青冢新坟。受此刺激，沈羽文到日本发奋图强，在同学们邀请他出去嫖妓的时候，虽然也对日本歌姬颇有蠢动之心，但终究被那歌伎的爱国歌声所感召，放弃邪念，回心向学。待到沈羽文终于学成归来，却赫然发现刘丽娘已经在自己家中。原来一切都是刘丽娘一手安排——她早已将自己赎身，只是依身花船寻觅可以依附的可靠郎君，选中了沈羽文，就一心要鼓励他求学进取。待沈羽文走后，她就到沈家自报家门，很得沈氏夫妻喜爱。最后，沈羽文赴京入考，官升农商部参事，刘丽娘连生二子一女，可谓皆大欢喜。

　　从情节上来看，这个故事同"杜十娘怒沉百宝箱"[①]或者"卖油郎独占花魁"[②]并无特别相似之处，倒更像延续了一个从中唐时代白行简《李娃传》[③]开启的传奇故事模式。白行简《李娃传》的影响是如此深远，以至于后世一直在不断重写、改写这个故事。宋话本就有《李亚仙》，与唐传奇情节基本一致。南宋皇都风月

---

① 冯梦龙：《杜十娘怒沉百宝箱》，原载《警世通言》，见《古代白话小说选》上册，上海古籍出版社，1979。

② 冯梦龙：《卖油郎独占花魁》，原载《醒世恒言》，见《古代白话小说选》下册，上海古籍出版社，1979。

③ 白行简：《李娃传》，见鲁迅校录《唐宋传奇集》卷三，齐鲁书社，1997。一般学者认为《李娃传》作者为白行简，一说其为白敏中怨恨李德裕、郑亚泄愤而作（刘克庄《后村诗话》，《后村先生大全集》卷一百七十三），此说牵强附会，索隐过深，有违文本体现出来的感情倾向。

主人《绿窗新话》所收《李娃使郑子登科》① 也是据《李娃传》节录而成。罗烨《醉翁谈录》"不负心类"中有《李亚仙不负郑元和》话本。② 元代有高文秀的《郑元和风雪打瓦罐》杂剧（已佚），石君宝的《李亚仙花酒曲江池》杂剧，武汉臣的《李素兰风月玉壶春》杂剧。明初有朱有燉的《李亚仙花酒曲江池》杂剧，后来徐霖（一说薛近衮）的《绣襦记》传奇 ③，冯梦龙的《玉堂春落难逢夫》④，甚至 17 世纪的朝鲜小说《王庆龙传》，都或者直接改编，或者吸收了故事的情节要素。《妓中侠》某种意义上也是一种重写义妓传奇，正如每次改写总是会羼入改写者本人的思想和视角，也会打上社会时代文化递变的蛛丝马迹，《妓中侠》的意义恰也在此。

在剑胆之前的改写史中，从唐到元，门第观念逐步得到加强，唐传奇中的李娃是个成熟、老练、善良而大胆的风尘女子，元曲中的李亚仙已经被改造成一个单纯、忠贞、善良、果敢、追求个性与幸福的市民女性。明代由于政府文艺政策的倡导，加重了伦理教化色彩，《五伦全备记》、《五伦香囊记》、《闵子骞单衣记》、高明《琵琶记》⑤ 等一大批宣扬礼治教化的戏曲作品应运而生。在这种整体文化氛围中，《绣襦记》中人物形象身上充满浓郁的伦理道德的色彩。《绣襦记》第二出便道明创作主旨："风化重纲常。"因此，李亚仙、郑元和这两个唐传奇中带有部分叛逆性质的人物到了明曲中，其言行也都符合理学道德规范。作家把李亚仙对爱情的忠贞说成是"娼妓守志，古今难得"；"虽古先烈女，不能逾也"。（《绣襦记》第二十九、四十一出）如同有论者指出的："明代戏曲的改编，呈现出才子佳人小说（戏曲）创作的倾向。郑、李二人是男才女貌式的遇合。二人对爱情忠贞执著，中间'小人拨乱'，历经挫折。郑元和科举成名，父子和好，夫妇团圆，皇帝赐封。"⑥ 至此，文人与妓女的爱情故事便形成了一种模式，即文人出场时往往是一个翩翩少年，聪明有才，多情幼稚，对读书科举不放在心上，中间经历了一番磨

---

① 皇都风月主人编《绿窗新话》，周楞伽笺注，上海古籍出版社，1991，第 136 页。

② 罗烨：《醉翁谈录》，古典文学出版社，1957，第 113～115 页。

③ 徐霖：《绣襦记》，见毛晋编《六十种曲》（七），中华书局（开明书店原版重印），1958，第 1～112 页。

④ 冯梦龙：《玉堂春落难逢夫》，原载《警世通言》，见《古代白话小说选》上册，上海古籍出版社，1979。

⑤ 高明：《琵琶记》，见钱南扬《元本琵琶记校注》，上海古籍出版社，1980。

⑥ 程国赋：《〈李娃传〉嬗变研究》，《南京大学学报》1994 年第 3 期。

难之后才成熟起来，接受了社会常态的伦理规范，收场时大多中举得官；妓女则美貌机智，多情多义，对爱情坚贞不屈，当情人与鸨母发生矛盾时，她坚定地站在情人一边；鸨母必然是无情无义只爱钱银的小人；文人的父亲俨然是一个严酷的卫道士。结局有悲剧与喜剧两种，作为通俗读物，满足一般社会的心理欲求，往往以喜剧为主流。所以与白行简《李娃传》同时并且同样著名的蒋防《霍小玉传》①因为带有较为悲怆的意味，后来就没有成为前者那样的持续流行范式。一旦某种模式成为不断改写的母题，实际它已经成为一个原型。如同弗莱（Northrop Frye）在论述喜剧的虚构模式时所说："喜剧的主题是如何维护社会的一体化，通常采取的形式为是否接纳某个中心人物为其一员。"②在文人与妓女的喜剧故事中，也往往是以妓女对于主流秩序的皈依，主流社会对于妓女这一异类人物的接纳为情节核心。在这种情节里，"男主角本人很少是个令人感兴趣的人物，这一点符合低模仿的要求，因而是得体的；他论品德显得平庸，在社交中却引人注目"③。沈羽文的形象恰是如此，而刘丽娘正仿佛凭借美德获得酬报的"灰姑娘"一样，成功地被沈家代表的主流社会接纳。

然而，如果只是重复了前人营造了几百年，已经成为陈词滥调的庸俗幻想，剑胆的改写有何意义呢？当然，如果忽略刘丽娘留守妓院寮窟以待君子的情节不合理性，她的性格形象似乎透露出一些作者本人出身的文化传统的影子。作为一个北京旗人，在旗人家庭重女子的习俗中熏陶出来，旗人女子的爽朗干练性格一定在剑胆的认知中留下了一些印记，所以在塑造刘丽娘的形象中或多或少是照着旗人女子的特征来写的。不过如此深文周纳，不免过度解读。需要注意的是，在这个陈旧故事中时不时进出来的时代信息，以及男主角在欲望和想象之间所做的挣扎。杰姆逊（Fredric R. Jameson）有一段经常被引用的话："所有第三世界的本文均带有寓言性和特殊性：我们应该把这些本文当作民族寓言来阅读，特别当它们的形式是占主导地位的西方表达形式的机制——例如小说——上发展起来的……第三世界的本文，甚至那些看起来好像是关于个人和力比多趋力的本文，

---

① 蒋防：《霍小玉传》，鲁迅校录《唐宋传奇集》卷二，齐鲁书社，1997。

② 〔加〕诺思罗普·弗莱：《批评的解剖》，陈慧、袁宪军、吴伟仁译，百花文艺出版社，2006，第62页。

③ 〔加〕诺思罗普·弗莱：《批评的解剖》，陈慧、袁宪军、吴伟仁译，百花文艺出版社，2006，第64页。

总是以民族寓言的形式来投射一种政治：关于个人命运的故事包含着第三世界的大众文化和社会受到冲击的寓言。"① 这种说法虽然已遭非议，不过对于本章分析对象来说仍然具有启发意义。我们可以将这个貌似延续了文人妓女相恋的程式故事看作一种寓言，投射出在社会转型、伦德剧变的时期，普通文人（百姓）所感受到的来自价值和道德上的撕裂与畸变，以及通过叙事来宣泄与适应的努力。

沈羽文预备留学期间正是晚清光绪末年，读书晋身，提高自己和家族的社会地位还是一项可行的事业。在故事时间里，这种社会流动形式（科举出身）显然是井然有序、合理合法的，对比之下，作者所处当下的情况却非但不容乐观，简直令人不齿："只要能够会当反叛，就能作大官，吃大菜，发大财，招大怨，一百两十行，视为平等，虽龟奴兔役，只要挣钱，照样到处有人作情，吃吃喝喝，玩玩乐乐。若是死乞白赖，往孔氏门中巴结，那就离着挨饿不远了。"② 考察其写作时间，恰是五四运动前一两个月。新文化运动山雨欲来，剑胆作为一个身处北京城内的报刊媒体的记者编辑，不可能对身边发生的事情了无所闻。但是，通过文本我们丝毫感觉不到这是"五四"时代的作品，难道正是因为在"暴风眼"里，所以反而显得异常平静？又或者仅仅是因为大众通俗读物，丝毫不关心政治？前者不合常理，后者可能只触及了问题的一个方面。对于青年学生与政治相似的看法与评价，在老舍的《赵子曰》《猫城记》中也出现了，难道仅仅是偶然？

根据小说情节推测，沈羽文预备留学的时间正逢 1895 年中日海战结束后，是留学日本的高峰时期。1898 年，张之洞撰写《劝学篇》称："出洋一年，胜于读西书五年……入外国学堂一年，胜于中国学堂三年……日本，小国耳，何兴之暴也？伊藤、山县、榎本、陆奥诸人，皆二十年前出洋之学生也，愤其国为西方所胁，率其徒百余人分诣德、法、英诸国，或学政治工商，或学水陆兵法，学成而归，用为将相。政事一变，雄视东方。"③ 日本、俄国、暹罗（泰国）都是学习西方成功的先例，因而中国人应当效仿，使自己强盛起来。而留日的好处甚多："一、路近省费，可多遣；一、去华近，易考察；一、东文近于中文，易通晓；一、西学甚繁，凡西学不切要者，东人已删节而酌改之。中东情势风俗相近，

① 〔美〕弗雷德里克·杰姆逊：《处于跨国资本主义时代中的第三世界文学》，张京媛主编《新历史主义与文学批评》，北京大学出版社，1993，第 234~235 页。
② 剑胆：《妓中侠》，于润琦主编《清末民初小说书系·武侠卷》，吴洁点校，第 471 页。
③ 张之洞：《劝学篇》，李忠兴评注，中州古籍出版社，1998，第 116 页。

易仿行，事半功倍，无过于此。"① 光绪帝批阅称赞，并谕令军机处印发各省总督、巡抚、学政各一部，广为刊布。其实，《马关条约》签订的次年即有中国人一行 13 人赴日留学，此后数年留日人数增加并不多，1899 年有 207 人，1901 年有 280 人，但 1902 年一下猛增到 500 人。② 这与清政府"预备立宪"的新政直接相关，当然也与日本人在东亚崛起的对抗西方列强的野心有关，尤其以东亚同文会为核心，试图推动"亚洲的门罗主义"和"日清同盟"等理念，因而积极为中国留学生赴日提供便利舞台。③

光绪三十一年（1905），留日中国人有 8600 多名，达到了近代留日学生人数的顶峰，次年，大约也有 8000 人。④ 如此众多的留学生，其动机与目的不尽相同，必然良莠不齐。平江不肖生（向恺然）写日本中国留学生生活的小说《留东外史》第一章就有个议论："原来我国的人，现在日本的虽有一万多，然除了公使馆各职员及各省经理员外，大约可分为四种：第一种是公费或自费在这里实心求学的；第二种是将着资本在这里经商的；第三种是使着国家公费，在这里也不经商，也不求学，专一讲嫖经，读食谱的；第四种是二次革命失败，亡命来的。第一种与第二种，每日有一定的功课职业，不能自由行动。第三种既安心虚费着国家公款，饱食终日，无所用心，就不因不由的有种种风流趣话演了出来。第四种亡命客，就更有趣了。诸君须知，此次的亡命客与前清的亡命客大有分别。前清的亡命客，多是穷苦万状，仗着热心毅力，拼的颈血头颅，以纠合同志，唤起国民；今日的亡命客，则反其事了。凡来这里的，多半有卷来的款项，人数较前清时又多了几倍。人数既多，就贤愚杂出，每日里丰衣足食。而初次来日本的，不解日语，又强欲出头领略各种新鲜滋味，或分赃起诉，或吃醋挥拳。丑事层见报端，恶声时

① 张之洞：《劝学篇》，李忠兴评注，中州古籍出版社，1998，第 117 页。
② 〔日〕实藤惠秀：《中国人留学日本史》，谭汝谦、林启彦译，生活·读书·新知三联书店，1983，第 451 页。另据《日本留学中国学生题名录》，1899 年为 143 人，1900 年为 159 人，1901 年为 266 人，1902 年为 727 人。见房兆楹辑《清末民初洋学学生题名录初辑》，第 1～53 页。按李喜所统计，1898 年为 61 人，1901 年为 274 人，1902 年为 608 人。见《近代留学生与中外文化》，天津人民出版社，1992，第 185 页。各书统计数字不尽一致，但所显示的留学生人数增加趋势是相同的。
③ 严安生：《灵台无计逃神矢：近代中国人留日精神史》，陈言译，生活·读书·新知三联书店，2018，第 4 页。
④ 〔日〕实藤惠秀：《中国人留学日本史》，谭汝谦、林启彦译，生活·读书·新知三联书店，1983，第 39 页。

来耳里。"①虽系小说中言，却可以同史实相映照发明。

沈羽文和他的家庭对于留学的期冀不外乎希望借此一途，以达到求官进阶的目的。留洋镀金在他们看来与科考中举并没有本质上的不同，只不过是捞取文化资本和政治资本的途径。留洋的时兴对应的是本土科举的衰落，异邦教育的重要性显示出时代价值风气的转向。留学日本的选择也符合沈家生意人的习性和时髦，沈羽文既然没有报国的理想，从情形上看也属于自费留学生，出于经济乃至便利的考虑都会选择日本。从沈羽文在广州的行径来看，他如果不是遇到了刘丽娘给予的刺激与鼓励，很可能即使东渡之后，也会迅速蜕化成《留东外史》中写到的那种流氓无行的留学生。

小说中沈羽文的同学们把游冶猎艳看作日常生活中的平常事。可见对于沈羽文而言，日常诱惑很多，只是因为有了刘丽娘的前定之约，尚能保持定力。然而，混迹同学之中，却难保不会时而心猿意马。这个时候，另外一位妓女出现了。这个日本妓女如同刘丽娘一样虽然身处庸脂俗粉之中，却鹤立鸡群、与众不同。她仿佛是刘丽娘在日本的镜像，在关键时刻纠正沈羽文可能沉沦腐化的内心。这种"纠正"是通过一个仪式化的场面——唱歌——来完成的：

> 原来她唱的词儿，并不像中国娼院妓女所唱之淫词，乃是一段爱国歌，其一云："吾爱吾少年，爱吾国，吾爱吾少年，战场杀敌效国。"其二云："吾爱吾少年，佩剑辉煌，能向敢死队里挪。吾爱吾少年，不惜一死报吾国。"沈羽文听在耳内，暗暗点头，叹息不已。②

刘丽娘当初也是采取了一个仪式性的行动——假装死亡——来洗脱自己早年烟粉生涯带来的脏垢声名。沈羽文则通过一个仪式性的过程——祭奠刘丽娘的坟——来洗心革面，重回到追求学业仕途的正轨上来。从结构上来说，这个情节几乎复制了人类学家热内普（Arnold van Gennep）所说的"过渡仪式"，"无论对个体或群体，生命本身意味着分隔与重合、改变形式与条件、死亡以及再生。其过程是

---

① 不肖生：《留东外史》（上），岳麓书社，1988，第1页。留日学生生活诸样态亦可参考严安生《灵台无计逃神矢：近代中国人留日精神史》，陈言译，生活·读书·新知三联书店，2018，第280~364页。
② 剑胆：《妓中侠》，于润琦主编《清末民初小说书系·武侠卷》，吴洁点校，第482页。

发出动作、停止动作、等待、歇息、再重新以不同方式发出行动"①，通过仪式在不改变社会结构的情况下，将个体纳入其中，并赋予其新的身份。因此可以将这个故事视为一个"成长模式"的小说，男女主人公通过经历挫折或者磨难，达到人格或者道德上的改造和提升，最后得到了圆满的结局。所谓的"妓中侠"，不光是指刘丽娘，更是指那位不知名的日本歌妓。如果仅仅是刘丽娘和沈羽文二人的故事，除了人物与背景不同之外，它还是和《李娃传》并没有什么两样，至少没有摆脱它设立的原型。正是那个不知名的日本歌妓的存在和表演，使这个小说具有了现代性意味，包含了寓言式的想象。

异邦的无名妓女完成了刘丽娘所不能给予沈羽文的东西——爱国的观念，从而将欲望加以转化，这是一种由外来挑战引发的民族主义觉醒。中国在甲午战争中的惨重失败，巨额的赔款，丧权辱国的割地，造成了国运的空前低落以及民众集体性的惊骇。中国精英震惊于自己的落后，痛恨自己在政治、经济、军事、文化上的不如人，决心振奋精神，重塑"国魂"。先有孙中山于1894年11月在檀香山发起组织兴中会，号召"振兴中华"，接着康有为1895年5月在北京发动"公车上书"，要求变法维新。派遣学生赴日留学也自此形成高潮——之前多是去欧美留学，且人数微不足道。如前所说，在鱼龙混杂的留学生中，混迹烟花柳巷的不乏其人，直接将这些异邦的妓女书之于笔端的也不在少数，只是在文本中呈现出不同的叙事视角和情感态度。

最典型的代表则有二种。第一种是意淫式的精神胜利法，自以为嫖了日本的女人也便雪了国耻。这种由女体而到国家的沾沾自喜的比附与联想便体现于《留东外史》。此书1916年至1922年陆续由民权出版社出版，向恺然本人1907年东渡日本，就读于东京弘文书院，其时日本盛行无政府主义思想，向可能颇受影响。《留东外史》引发了新文学界的猛烈抨击，钱玄同在给胡适的信中称"其书描摹留东学界腐败情形，亦与《官场现形记》相类，鄙意亦可当第二流之选"②，即便是"二流"，鲁迅也认为评价过高③。周作人（1885~1967）在就郁达夫

---

① 〔法〕阿诺尔德·范热内普：《过渡礼仪》，张举文译，商务印书馆，2012，第188页。
② 《书信》，《新青年》第三卷第六号，群益书社，1917，第19页。
③ 钱玄同在1917年10月8日的日记中记载："豫才见《新青年》三卷六号我致适之信内称《留东外史》为时人所撰小说中之第二流，颇不谓然。吾亦知此等称誉为过情。"鲁迅博物馆编《钱玄同日记》卷三，福建教育出版社，2002年影印本，第1618页。

（1896～1945）《沉沦》引发的关于"不道德文学"的议论中，说到《留东外史》的猥亵描写"是附属的，没有重要的意义，而且态度也是不诚实的"[1]。然而，这一切并不妨碍《留东外史》在世俗社会中引起巨大的轰动。小说一百六十章，分六集，附批语，历时数年。这个事实本身也说明了问题：一部现炒现卖的小说能够如此长久地畅销，显示着大众期待的饥渴程度，民众意淫的爱国情感、隐秘的窥探欲望与市场机制相结合，中国民众对"小日本"的奇异想象和激愤之情，通过小说得到了表达和宣泄。"《留东外史》问世后，不仅在世俗社会，同样在文学界产生影响，甚至连刚出炉的新文学家、'创造社'的张资平，对不肖生的'写实'手腕佩服得五体投地，将此书当作筐中宝，时时观摩。此后的滕固、崔万秋、刘呐鸥、叶灵凤等人的作品，都有与《留东外史》一脉相承的地方。最有意思的是，留法学子陈登恪竟然模仿《留东外史》，写了一部《留西外史》。"[2] 由此也可见出，如果没有强有力的社会观念投射——由身体到民族国家的转喻——普通的流行读物是不可能产生如此广泛又深远的影响的。

第二种则是将妓女美化，她们往往是弱国子民高不可攀的向往。其中最广为人知的就是陶晶孙（1897～1952）和郁达夫。郁达夫更知名，《沉沦》的结尾主人公"蹈海殉国"，临终还对祖国发出埋怨："一听到了弱国的支那两字，哪里还能够维持她们的常态，保留她们的人对人的好感呢？支那或支那人的这一个名词，在东邻的日本民族，尤其是妙年少女的口里被说出的时候，听取者的脑里心里，会起怎么样的一种被侮辱，绝望，悲愤，隐痛的混合作用，是没有到过日本的中国同胞，绝对地想象不出来的。"[3] 在归国的途中，带着怀旧和隐痛交织的情绪，主人公说："啊啊，日本呀！世界一等强国的日本呀！国民比我们矮小，野心比我们强烈的日本呀！我去之后，你的海岸大约依旧是风光明媚，你的儿女大约依旧是荒淫无忌地过去的。天色的苍茫，海洋的浩荡，大约总不至因我之去而稍生变更的。我的同胞的青年，大约仍旧要上你这里来，继续了我的运命，受你的欺辱的。"尽管如此，他还是冒着毒辣辣的三伏太阳，在门司登岸，来到艺妓一条街，对"日本最美的春景"作最后一次"饱看"。作者以悲怆的笔调写道："幸

[1] 仲密：《沉沦》，《晨报副镌》1922年3月26日。
[2] 李兆忠：《不可救药的误读——读〈留东外史〉》，《书屋》2005年第3期。
[3] 郁达夫：《雪夜——自传之一章》，《郁达夫文集第四卷：散文》，花城出版社，1982，第95页。

町是三弦酒肉的巢窟，是红粉胭脂的堆栈，今天正好像是大扫除的日子，那些调和性欲、忠诚于她们天职的妓女，都裸了雪样的洁白、风样的柔嫩的身体，在那里打扫，啊啊，这日本最美的春景，我今天看后，怕也不能多看了！"①自卑、自恋、自哀的猥琐情绪，也是一个弱势国家在遭遇强敌入侵时候的无奈、凄惶与愤恨——性、性幻想始终与政治、国家联系在一起。

　　以上两种有关性与政治的联想与想象方式构成颇为明显的对立两极：一极盲目自大、自我膨胀；另一极妄自菲薄、自我感伤。处于二者之间的，就是《妓中侠》中体现的态度。这还是一种崇尚西学、以夷为师的态度——即使是日本的妓女也颇有超越儿女情长的见识，通过她的爱国之歌，鼓动起浪荡儿的雄心。只是这种雄心主要还是靠男主人公反求诸己的内省来完成的，主体依然保持了一种自足自信的心理力量。异邦的妓女虽然是主人公欲望的对象，不过他以理制欲，从理性的角度将之视为可钦佩的对象，欲望转化为对于自身事业的想象。本土的妓女刘丽娘其实从来都是沈羽文纯粹欲望的投射物，两个人一开始并没有太多的情感交流就草草苟合一起，及至日久情深，沈羽文也依然是从本我（id）情欲的角度来看待刘丽娘。对于异邦的无名歌妓却并非如此，而是超我（superego）理性的显现。歌妓只是如惊鸿一瞥，留给沈羽文的却是反躬自省和发奋图强——尽管动力来自刘丽娘的爱情，不过沈自身由于异邦妓女的歌声激发的对于功名前程的想象更占主导地位。

　　过于强调青楼情史与国家命运的交织，显然高估了剑胆的思想能力。事实上《妓中侠》虽然有跨文化经验带来的冲击，但并没有牵涉国家命运等宏大命题——像孔尚任的《桃花扇》或者曾朴的《孽海花》那样——它没有讲述一个"神女"如何变成一个"女神"②，妓女如何拯救国家；只是讲述一个世间传奇，满足一种符合有些落伍的道德观念的故事，这个故事的结局是一种庸俗剧的刻板模型。像他的大部分旗人同侪一样，剑胆的思想观念仍然停留在教育新民的层面。不过，作为一个大转折时代的夹缝中人，他的作品不自觉地显现了一些时代的嬗变气息，他在文本中虚构了一个完满的结局，除了众所周知的通俗读物的阅读期待之

---

① 郁达夫：《归航》，《郁达夫文集第三卷：散文》，花城出版社，1982，第16、18页。
② 王德威曾对曾朴《孽海花》做过精彩分析，见氏著《被压抑的现代性——晚清小说新论》，北京大学出版社，2005，第113~128页。值得一提的是，剑胆也写过《孽海花》，却主要还是讲述一个传奇人生，而并无太多政治隐喻。

外，还包含了作为一个旗人后裔振奋家国的愿望——就像他的前辈文康在《儿女英雄传》结尾的美好幻想一样。

第三节　苦情案件：舆论、法律与公共情感

光绪三十二年（1906）五月的一个夜晚，北京东城的小菊儿胡同发生了一桩凶杀案。死者名叫春英，是个旗人，系被人用菜刀砍死。原告是春英之父文光；被告即死者之妻阿氏。此案疑点甚多，刑部未经认真调查，就对阿氏及其母严刑逼供。案件审理旷日持久，到光绪三十四年（1908）三月草草结案，前后长达两年。

此际正是摇摇欲坠的清王朝"预备立宪"提出废除刑讯的时候。朝廷标榜要改革君主政体，实行还政于民，并且接连派遣大员出国考察国外宪政实行状况。全国范围内，改良政体的呼声很高，民主风气明显增强。人们对新政将信将疑，对此案的公正审理拭目以待。北京的大小报纸都发表了大量文章，披露民众对审理此案的议论和批评。这个案件的审理不仅民众反响很大，处于变革时期的执法部门也久议不决，在民众（社会情绪）与审判官员（国家代表）之间的博弈之中，舆论在此时发挥了"去塞求通"①、"监督政府、向导国民"②的传达、沟通、监督与教育的功能，并且凝聚起集体的情感以进行道德化的审判，情、理与法之间既有冲突又有媾和，突出显示在新闻事件的制造、宣扬及文学化过程之中，一种可以称之为协商正义的结果最终实现在现实与虚构两个层面。

最为积极介入此案的是《京话日报》。作为无数北京小报中的一种，《京话日报》专门报道北京消息、坊间新闻，在京城周边颇有名气。春阿氏一案案发和审理期间，从1906年6月至8月，《京话日报》连篇累牍地刊登有关案情的消息报道、读者来函及质疑文章，扮演了一个推波助澜的厉害角色。③春阿氏受审以后，《京

---

① 梁启超：《论报馆有益于国事》（1896），《梁启超全集》，北京出版社，1999，第66页。
② 梁启超：《敬告我同业诸君》（1902），《梁启超全集》，北京出版社，1999，第969～971页。
③ 彭望苏：《北京报界先声：20世纪之初的彭翼仲与〈京话日报〉》，商务印书馆，2013，第103～106页。

话日报》馆立即发表"编者按"："春阿氏的冤枉，京城已经传遍，事关人命，本馆可不敢硬下断语。究竟有什么凭据，有什么见证，知道底细的人，请多多来信，以便查考。"① 随后，《京话日报》逐日收到许多读者来函，议论纷纷，见仁见智，表现了民众对此案的极大关心。此外，《京话日报》又在政府执法机关之外，派出专人对案情详加调查，表明宗旨是引导舆论、辨明是非、监督司法公正："现在中国改定法律，为自强的转机。外人的眼光都注重在我们的刑法上，故此不嫌麻烦，极力调查这回事，并不是为一人一家的曲直。如果春阿氏实在冤枉，提督衙门的黑暗，也未免太无天理了！还求知道底细的人，再与本馆来信。如有真凭实据，本馆敢担争论的责任。"② 从实际效果来看，这种做法还是起到了一定的作用，如同后来冷佛在根据此案改编的小说中写道的：

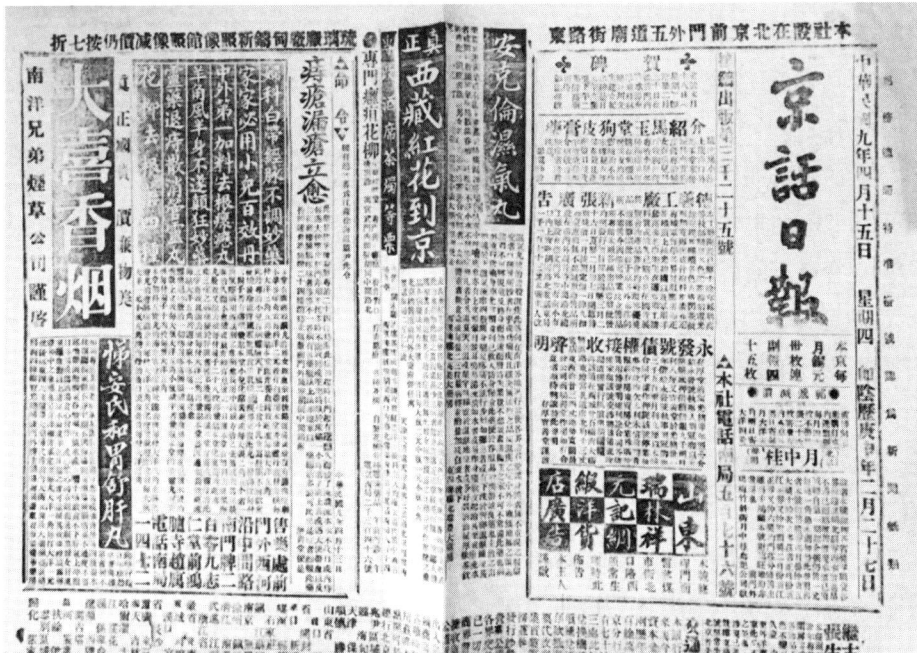

《京话日报》报影

① 《疑案来函大意》，《京话日报》第六九二号（六月初十），见冷佛《春阿氏·附录》，吉林文史出版社，1987，第304页。
② 《调查春阿氏案情》，《京话日报》第六九五号（六月十三日），见冷佛《春阿氏·附录》，吉林文史出版社，1987，第306页。

走堂的去了半日，举着报纸过来，口里嘟嘟念念，向连升道："喝，这张报可了不得，自要是登出来，这家儿就了不了。打头人这样儿好哇，洋报上什么都敢说，哪怕是王爷中堂呢，自要是有不好儿，他真敢往实里说。喝，好家伙，比都察院的御史还透着霸道呢！"说罢。又赞道："嘿，好吗！"[1]

春阿氏一案的沸沸扬扬、耸动众听，反映了清朝末年西学东来、民智渐开，媒体热衷参与社会事件，并开拓出一个隐形公共空间的社会现实。新闻报道和小说的改编为身处躁动转型的政治社会环境中的公众，提供了参与到一些原先没有机会公开讨论的话题中去的机会。媒体固然有着消费此一事件的大众文化特性，但同时也因为介入塑造情感与各种观念的展示，而具有了政治性。

事实证明，日后春阿氏一案也确实没有像许多轰动一时的事情那样很快成为过去，被人们遗忘。宣统年间，北方的里巷坊间就开始有春阿氏故事的抄本流传，现存最早的版本，是高阳齐氏（齐如山）百舍斋

王冷佛照片

收藏的题为《实事小说春阿氏》抄本，书中署明录于"宣统三年小阳月"（1911年农历十月）。结案后不久，供职于《爱国白话报》的冷佛就根据春阿氏案的实情，在抄本小说的基础上，写出了六卷十五回的小说《春阿氏》，连载于自己的报纸。因为在公众认知中葫芦官判断葫芦案，真相不明所以，结果不了了之，难免引发众多猜测和谣言，《春阿氏》抓住这一令京城广大民众注目的事件作为素材渲染点化，在满足公众窥视欲和对于正义的想象的同时，也取得了商业上的成功。该书自序落款为"中华民国二年十二月十六日冷佛序于爱国白话报社"，民国三年五月正式印行初版，民国五年二版，民国十二年三版，直到20世纪30年代，仍不断印行，还有标点本出现。[2]

---

① 冷佛：《春阿氏》，松颐校释，吉林文史出版社，1987，第68～69页。
② 1987年，吉林文史出版社重新校订出版。1996年中国文联出版公司也以《春阿氏谋夫案》为名，将其与刘半农等人的《赛金花本事》合为一书出版。

在冷佛的叙述中，春阿氏是旗人的女儿，母家姓阿，乳名三蝶儿。三蝶儿父亲早逝，自幼随母投靠姨母，和表弟聂玉吉青梅竹马，两情相悦，双方家长本也有联姻之意。但后来聂父病死，家道中落，三蝶儿之母悔婚，逼着女儿嫁给家境富裕的春英。三蝶儿与玉吉旧情难断，出嫁后又备受丈夫与婆婆折磨，痛不欲生。一向对三蝶儿情深义重的玉吉，见她备受虐待，气愤不过，杀死了春英。三蝶儿不忍供出玉吉，甘愿领罪。玉吉见连累了三蝶儿，悔恨不已，又怕玷污了她的名声，不敢自首。刑部颟顸无能，难以定案。关心此事的社会人士市隐等人请出大侦探张瑞珊调查，张查访出了玉吉杀人的原委，但出于对他的同情，没有把他缉拿归案。最后，三蝶儿病死于狱中，玉吉也自缢在三蝶儿坟前。

奇情冤案、怪狱诡讼，在现实世界与虚构文本中从来都不是新鲜话题，晚清以来，更是不绝如缕。周楞伽《清末四大奇案》记载的同治、光绪前后发生的奇案——杨乃武与小白菜（1873～1877）、名伶杨月楼诱拐（1873）、张汶祥刺马新贻（1869）和太原恋人私奔（1840）[1]，俱是轰动一时的新闻，之所以在审判过程中屡有波折、引人关注，多为吏治不修、政官贪渎造成。因为曲折离奇，这些现实中的案件多被改编成小说戏曲，不过春阿氏案别有不同之处在于，上述四大奇案最后案情真相都大白于天下，或者沉冤得雪，或者善恶有报，甚至惊动圣听，得到最高统治者慈禧太后的亲自过问。春阿氏案却是民间人士出于自发的正义寻求真相，而当事实浮出水面，又因为传统的道德和仁义观念，没有揪出真凶，从而使得整个故事带有一种异样的体恤。此案发生时报纸这种大众传媒已经非常发达，传媒的介入某种程度上确实左右了大众对于春阿氏案件的判断和情感态度，伴随审判始终的是新兴报刊传媒的发展与清政府意识形态控制之间的角力。30多年前历时3年的杨乃武案，就有《申报》全程跟踪，连续刊发44条消息、18篇论说、8则评论或案语、14篇谕折、1份状子和1则广告，舆论极大助推了案情的进展[2]，这无疑为此后的报刊树立了典范。就在本案发生后不久的1906年7月，清政府颁布由商部、巡警部、学部共同制定的《大清印刷物专律》，10月京师巡警厅订立了《报章应守规则》9条，要求京津各报一体遵行，加强对报纸的管控。

---

① 周楞伽：《清末四大奇案》，群众出版社，1985。原为报案，因为内容秽亵残忍，周认为不宜过分渲染，以太原恋人私奔案替换了。

② 谷辛：《中国新闻史上连续时间最长的冤案报道》，《新闻与写作》2010年第6期。

但此际官方文化领导权已经趋于失效[①]，3 年前因为"苏报案"入狱的主犯章太炎在 1906 年正好刑满释放，而革命宣传的报刊也并没有被遏止住[②]。无论如何，这个案子折射出清末民初转型时代法制、行政、情感结构、民间伦理、社会舆论之间盘根错节、相互制衡的复杂情形。

在舆论的大肆张扬之下，公众一方面出于对弱势女子的同情，而感同身受地关心；另一方面也是出于对刑讯黑暗、官员腐败、司法公正等社会制度问题的兴趣。现代的同情共感是 18 世纪以来道德哲学家们最热衷的话题。比如提倡人性本善的英国启蒙运动代表人物之一沙夫茨伯里（Anthony Ashley Cooper, 3rd Earl of Shaftesbury, 1671 ~ 1713）就认为人与人之间惺惺相惜的情感是道德和公共管理的根基[③]，关于同情的论争也在法国卢梭和百科全书派之间全面兴起。如同托克维尔所言，同情的泛化是由于现代平等意识兴起而形成的。同情是对认同的人的感情，民众同情春阿氏是因为他们将自己的可能遭际和命运投射到她的身上。就公众关切而言，司法变革也同样涉及每个现代个体都要面对的公权力问题，因而会形成热点新闻，持久不衰。两者结合为一种"共通感"，即一种新的公共道德伦理观念的形成。人的认知和判断来自情感的可传达性，所以康德认为，因为有共通的感觉，才会有普遍的感受，从事评判。[④] 伽达默尔将其进一步发展："判断力与其说是一种能力，毋宁说是一种对一切人提出的要求。所有人都有足够的'共同感觉'，即判断能力，以致我们能指望他们表现'共同的意向'，即真正的公民道德的团结一致，但这意味着对于正当和不正当的判断，以及对于'共同利益'的关心。""共通感就是公民道德存在的一个要素。"[⑤] 民众觉醒了的公共道德让春阿氏

[①] 参见白文刚《应变与困境：清末新政时期的意识形态控制》，中国传媒大学出版社，2008。

[②] 详细研究参见周佳荣《苏报及苏报案：1903 年上海新闻事件》，上海社会科学院出版社，2005；王敏：《苏报案研究》，上海人民出版社，2010。

[③] 在沙夫茨伯里看来，善恶是道德领域的价值评价，只有人类才有德性，因为人是有情感的，"只有当他与之存在某种关系的那个体系的善或恶，是推动他的某种激情或情感的直接对象时，这种生物才被认为是善的"。〔英〕沙夫茨伯里：《人、风俗、意见与时代之特征：沙夫茨伯里选集》，李斯译，武汉大学出版社，2010，第 216 页。

[④] 康德：《判断力批判》，宗白华译，见《宗白华全集》第四卷，安徽教育出版社，1996，第 339 ~ 342 页。卢春红《情感与时间——康德共同感问题研究》（上海三联书店，2007）从纵向的维度梳理了"共通感"在西方思想史上的不同境遇。

[⑤] 〔德〕汉斯-格奥尔格·加达默尔：《真理与方法——哲学诠释学的基本特征》，上海译文出版社，1999，第 41 页。

的小案子持续发酵，成为一桩被大肆张扬的苦情案件。

对春阿氏案感兴趣的不仅在报界和文学界，其故事还被搬上了戏剧舞台。京剧《春阿氏》（《冤怨缘》）久演不衰，颇受北京市民的欢迎，可谓家喻户晓，甚至有人说《春阿氏》一剧，可以名列京剧的"四大悲剧"之一。直到20世纪50年代中期，在北京天桥的剧场戏园里，还时常上演评剧《春阿氏》。1989年，以导演《西游记》知名的杨洁拍摄过电视剧《春阿氏》，1998年，这个故事又被改编为以侦探张瑞珊为主角的电视剧《京都神探》中的一个案子。这中间有着人们对那个香消玉殒、沉冤不白的柔弱女子寄予的同情，也有对混乱时代的想象性描摹。由这个案件牵扯到的清末民初旗人家庭、纳妾习俗、司法公正、新闻媒体、侦探破案、文人落魄等诸多问题，关乎社会生活、世情民生的各个方面。在整个案件由现实故事向小说文本转换的过程中，大众报刊和社会舆论在积极参与中所起到的影响直接作用于司法实践。此案件发生在首善之区的核心地带北京东城，承审与过问过此案的或是清廷重臣或是法律名家，有些甚至是晚清司法改革中的关键人物，如刑部尚书葛宝华（1844～1910）、刑部左侍郎绍昌（1857~？）、刑部右侍郎张仁黼（？~1908）、法部尚书戴鸿慈（1853～1910）、大理寺正卿沈家本（1840～1913）、大理寺少卿刘若曾（1860～1929），甚至因为超过审理时限，而引起最高统治阶层的注意和训饬。① 这一个小案久讯难断，如果不是因为大众媒体的介入牵动社会舆论的反应，可能很难惊动天听；而如果没有媒体从业者和作家的社会关怀和不断进行讨论与书写，这个案件注定如同无数同类事情一样在历史中隐伏无闻。事隔10年之后的1918年，河北滦县也出了一桩平民杨三姐告状的传奇，这个故事的喜剧性结局也更多带有偶然和奇遇色彩。就此而言，小说《春阿氏》具有了观察晚清新闻媒体介入社会事件的程度和限度的特质。

《春阿氏》从形式上一般会直观地被认为是公案小说的一个变种，它确实同《冤狱缘》（知非子，1885）、《钱塘狱》（佚名，1906）等小说差不多，有着相关类型的特点。曲折乖谬、悲欢离合的案件故事总是大众阅读的一个兴奋点，从"三言二拍"里的"十五贯"小隙引发的大祸，到清人笔记中记载的大量离奇案件，都

---

① 光绪三十四年（1908）二月初十"清理积案"上谕："大理寺承讯春阿氏一案，现已延至年余，尚未断结……务令按限清结，严定考核劝惩之法。"《大清法规大全·法律部》，考正出版社，1972年政学社石印本，第1660页。

显示了通俗趣味与朴素的正义观念。暨自晚清公案小说蔚为大观，包公案、施公案、刘公案、海公案，层出不穷，多不脱"清官断案"的模式，或又羼入侠客义士协助侦查的花絮。1904 年 12 月，吴趼人署名"岭南将叟重编"开始在《新小说》连载根据雍正年间广东的谋杀奇案改编的《九命奇冤》，在春阿氏案发生时的 1906 年由上海广智书局出版——这个小说从叙事笔法和对于社会世态的摹画来说，都可以算是一种继往开来的变革。到《春阿氏》，已经是一部集侦探、公案、言情小说为一身的作品。① 小说的开头说："人世间事，最屈枉不过的，就是冤狱；最痛苦不过的，就是恶婚姻。这两件事若是凑到一起，不必你亲临其境，自己当局；每听见旁人述说，就能够毛骨悚然，伤心坠泪。"② 显然，作品的主旨，既写一个悲惨的冤狱，又写一个凄婉的爱情。正因为此，这部作品的主角不是清官，也不是侦探，而是作为一桩冤案的受害者、一个爱情故事女主角的春阿氏三蝶儿。如此构筑叙事，一方面出于市民趣味的商业卖点，另一方面也表达了作者对于案件的基本态度。这是类似法国大革命后出现的情感通俗小说的"情节剧"和"感伤主义"模式，在描述个人情感悲剧中唤起集体美德，从而试图建立一个与时俱进的道德体系来应对中国大众伦理所面临的挑战。③

出于同情，作者将三蝶儿的形象塑造成了一个林黛玉式的女孩儿，温柔美丽、多愁善感而又体弱多病。她与表弟玉吉自幼相爱，但双方家长都是拘谨朴厚、顽固老成的一派人，所以两人不敢有丝毫表露。母亲悔婚后，三蝶儿大受刺激，一度精神失常，但为了不使母亲伤心，委曲求全地嫁给春英。文静娴淑的三蝶儿到"二半破子"的夫家后，很难适应。春英鄙俗粗鲁，不仅不懂得惜玉怜香，还动辄家暴。三蝶儿体质纤弱，粗活重活干得缓慢，婆婆不仅不怜恤，反加斥责。更令她难以忍受的，还是公公的小妾范氏对她的折辱。范氏原是北京有名的妓女，从良后还是举止轻佻，且与地痞无赖普二有私。范氏怕被三蝶儿识破告发，先发制人，整天指桑骂槐，寻衅吵闹。生性柔顺的三蝶儿只能忍气吞声，终日以泪洗面。三蝶儿的痛苦，还因为她对玉吉的感情难以忘怀，因而也就愈益招来春英的打骂。玉吉要杀死春

① 武润婷：《中国近代小说演变史》，山东人民出版社，2000，第 85 页。
② 冷佛：《春阿氏》，松颐校释，吉林文史出版社，1987，第 1 页。
③ 参见李海燕、林郁沁对此的论述。Haiyan Lee, *Revolution of the heart: a genealogy of love in China, 1900–1950* (Stanford: Stanford University Press, 2007), pp. 89–91. 林郁沁：《施剑翘复仇案：民国时期公众同情的兴起与影响》，江苏人民出版社，2011，第 59～60 页。

英，她是竭力反对的；但一旦已成定局，无论衙门对她施用何种酷刑，她都抵死不肯出供。最后她病瘦狱中，临死时玉颜销损、惨不忍睹。这样悲惨的结局，更增加了读者的悲悯之情。小说将这个美丽、痴情、温顺、善良而又备受磨难的少妇形象塑造得真切感人，固然有迎合大众娱乐的悲情效果，也暗含着跃然欲出的道德同情。当现实中的案件审理之时，除了发挥重要影响的《京话日报》，北京的大小报纸也多积极参与。这部纪实色彩浓郁的小说中，线索推动人物市隐就是文实权，又名耀，笔名燕市酒徒，曾为崇文门内方巾巷私立崇实中学校长，在庚子年后较早在底层开始振兴教育、启发民智的事业①，辛亥革命后在北京创办《燕都报》，还担任《公益报》《京师公报》社长，办过《国民公报》。报纸与报人踊跃参与司法审判的讨论，虽是追逐商业热点的需要，但客观上也标志着社会公议缺口的打开。

大众媒体体现的民情舆论显然倾向于同情弱女三蝶儿，因此在描写范氏时则不可避免地流露出道德上的贬低。写她"言容举动有些轻佻，外场其实是精明强干——按着新话儿说，是位极开通、极时派的一流人。说话是干干脆脆，极其响亮；行事儿是样样儿不落场，事事要露露头角。简断截说，就是有点儿抓尖卖快"②。她本来就看不上三蝶儿的古板、软弱；再加上自己出身低贱，行为不端，又想维护自己在家庭中的地位，所以总是格外恶毒地欺负三蝶儿以树立自己的威风。这种对照式的人物描写透露出的道德意识是传统儒家式的，代表着古都市民情感倾向中对于时派人物的本能反感——在观念上作者相对于清末民初形形色色的"新文化"潮流是保守的。这里凸显出吊诡的现象：在报纸、通俗小说这样一个追求公共空间的"时髦"舆论场域中，一般民众思想观念依然是处于"落后"潮流的状态，这是大多数人的共同心理无意识。小说的最后一回，写阿氏死前，"梦见个金身女子唤她近前，道：'孽缘已满，今当归去。'……只见聂玉吉穿着圆领僧服，立在自己面前，合掌微笑"③。她的母亲此时也梦见"阿氏披着头发，貌似女头陀的打扮，笑容可掬，手执拂尘……从着个金身女子一同去了"④。给原本

---

① "集合诸教员，发行《白话学报》，篇首冠以浅简白话论说，其次以京话讲解各门科学，如地理、历史、理化算学等科，每星期出一册，每册仅售铜钱五百文。"管翼贤纂辑《新闻学集成》第六册，中华新闻学院，1943，第282页。

② 冷佛：《春阿氏》，松颐校释，吉林文史出版社，1987，第228页。

③ 冷佛：《春阿氏》，松颐校释，吉林文史出版社，1987，第289页。

④ 冷佛：《春阿氏》，松颐校释，吉林文史出版社，1987，第294页。

没有想象空间的案件画蛇添足地增补一个荒诞不经的结局，与正宗侦探小说侧重的科学理性精神是背道而驰的。不过，也正是这个看似庸俗的"光明尾巴"表达了公众的阅读期待和想象中的终极正义。

有论者认为："《春阿氏》以清末冤狱为笔下主要批判对象，与《杨乃武与小白菜》《杨三姐告状》等构成了清末小说的一种特殊样式'冤狱小说'，它和揭露政治腐败、抨击时政弊端、讽刺官僚昏聩的'谴责小说'一道，提供了让人们认识这一黑暗社会，而且是这一社会最黑暗的一个方面的生动教材，具有着无庸置疑的社会意义。"[①] 有其道理，但在经过冷佛的改造之后，《春阿氏》俨然具有融合才子佳人戏、侦探小说、公案小说和黑幕小说为一体的特点，而前两者更加重要，它反映出大众报刊文体的读者适应与接受问题。小说中最早登场的是后来参与侦破案件的市隐和原淡然，表明作品的主旨是写破案。写犯罪经过时，设置了一真一假两条线索：三蝶儿与春英之间的矛盾；春英的庶母范氏与三蝶儿之间的矛盾。围绕这两条线索，小说布置了许多疑点。案发前，小说极写春英对三蝶儿的打骂凌辱。令人觉得，春英之死有可能是三蝶儿对他的报复。着墨更多的是范氏和三蝶儿之间的矛盾，范氏行为不端，自己心虚，总疑心三蝶儿"查寻"她，口口声声说三蝶儿要"出事"。案发的当晚，三蝶儿本来与婆婆、小姑去舅舅家吊丧，范氏却三番两次催文光将她接回。因此，此案更可能是范氏对三蝶儿的陷害。公案小说中，从来没有写过如此细致入微、扑朔迷离的案件。审理此案的是提督衙门、刑部，后转大理寺，但最后侦破此案的是天津"熟悉侦探学的名侦探、足与福尔摩斯姓名同传"的张瑞珊，还有大律学家谢真卿，教育家苏市隐、原淡然、闻秋水。他们经过反复分析论证后，先是审讯范氏及其情夫普二，排除了他们作案的可能；张瑞珊又顺藤摸瓜，进行察访，终于找到了真正的凶手玉吉。

然而，如同武润婷分析的，和真正的侦探小说相比，《春阿氏》则又存在着明显的不同：在侦探小说中，凶手必定是恶人，然而玉吉却是作者同情的对象。最根本的差异是侦探小说重在描写侦破过程，靠严密的逻辑推理取胜；而《春阿氏》重在描写人物命运，所设置的情节错综复杂，却经不起严密推敲。比如故事的结尾说此案与范氏没有关系，但为什么她白天说阿氏要"出事"，夜间便真的出了命案？据文光说，案发后，他先从厨房的水缸里救出投水的三蝶儿，后来众人到

---

① 阎红生：《"春阿氏案"与清末民初社会》，《民国春秋》1995年第2期。

春英房内，才知他被杀；可早在文光救阿氏前，范氏竟说"留个活口要紧"。如果此事与范氏毫无关系，她又何以预知春英的被杀？由于这些疑点得不到解释，交代作案的真相时，人们不仅没有恍然大悟的感觉，反而觉得这个结论令人难以置信，还是认为凶手更有可能是范氏。种种暧昧之处，一再显示了在情感向度同理性事实、法律精神之间的纠缠不清。在春阿氏案件的现实与文本内外，是"情-理-法"在现代变迁：在传统的礼法社会之中，"情"（人类情感）是"理"（宇宙一般法则）的道德核心，而"理"本身又是"法"（政治体中的法律规定）的基础。在中国法制历史中，情与法通常并不冲突，当它们发生冲突时，情也是为了抑制对严峻法规的滥用。这个原则直到清末宪政改革时依然没有受到根本质疑，而"'情生理，理生法'的理论框架在非改革派的话语中一直持续到三十年代"①。春阿氏案的叙述中情与理、法之间发生的冲突，呼应着清政府法部正在进行的改革辩论，显示了因袭已久的法律大不过人情的文化传统在清末民初现代性文化转型中根深蒂固的影响，也未尝不可以视为一种本土法律的特色。

1935 年 3 月，在北平志成女子中学也发生了一件因为感情造成的谋杀案。24 岁的女学生刘景桂闯入学校宿舍杀死了情敌滕爽。这起凶杀事件也激起大众媒体的广泛争议，当年 4 月地方法院基于"有情可悯"仅判处刘 12 年有期徒刑，只有最高量刑的一半。但是，上诉后河北高等法院在一个月后推翻原判，判刘终身监禁。1937 年，南京最高法院维持河北高院的判决。在社会各界的议论中，也凸显出情与理之间的缪辖，大众媒体对于刘景桂的同情也如同 20 年前对春阿氏一样，不过此际公众的态度却发生了一些变化：除了压倒性的同情之外，另一些人则对于显著的大众同情深感忧虑与怀疑，更深层地看就是对于大众传媒的疑虑。②这与世纪之初春阿氏案的公众反应的一边倒形成了鲜明的对比。日益强大的大众媒体在猎奇和蛊惑中动机复杂，而渐趋稳定和发展的法律制度也体现了法制现代性进程的发展。

另外值得一提的是，侦探小说中对地理空间的描写常识是其不可缺少的部分，所以文化地理学家迈克·克朗（Mike Crang）说"福尔摩斯体现了'认识论的乐

① 林郁沁：《施剑翘复仇案：民国时期公众同情的兴起与影响》，江苏人民出版社，2011，第 103 页。
② 有关此案的评论可以参见林郁沁《30 年代北平的大众文化与媒体炒作——关于刘景桂情杀案》一文，见陈平原、王德威编《北京：都市想象与文化记忆》，北京大学出版社，2005。

观主义'，体现了通过推理来理解城市的希望和可能性"①。换言之，即通过侦探的眼光去挖掘隐蔽的案情的过程，也是一个对于城市人文地理重新认识的过程。从这个意义上来说，《春阿氏》通过侦探张瑞珊在北京和天津的探访行踪，展现了京津市民阶层生活状况，是近代城市文化的一个个案。春英被杀后，审理此案的是提督衙门和刑部。小说对晚清吏治的腐败、审案用刑的残酷做了写实的展现。也就是在本案发生的前一年，光绪三十一年（1905）的三月二十日，上谕已经废止拷打犯人、刑讯逼供这种粗蛮做法，司法官只能依证据进行审判②。但是，由于收集证据的警察机关不完备，实际审讯中并无法落实这样的规定。三蝶儿关押在刑部，"每逢提审的日子，不是受非刑，就是跪铁锁。……有时因受刑太过，时常仆倒堂前，昏迷不醒；有时因跪锁的次数多了，两膝的骨肉碎烂，每遇提讯日子，必须以筐箩搭上"③。作品中还写到当时监狱里的情况：阿氏从大理院奏结后，移交法部监狱，永远监禁。"此时正值瘟疫流行，狱内的犯人，不是生疮生疥的，便是疔疮腐烂、臭味难闻的；又遇天旱物燥，冷暖无常；一间房内，多至二十口人犯，对面是两张大床，床上铺着草帘子，每人有一件官被，大家乱挤着睡觉。那一分肮脏气味，不必说久日常住，就是偶然间闻一鼻子，也得受病。你往床上一看，黑洞洞乱摇乱动，如同蚂蚁打仗的一般；近看，乃是虱子臭虫，成团树垒，摆阵操练。嗳呀呀！什么叫地狱？这就是人世间的活地狱！所有狱中人犯，生疮生疥的也有，上吐下泻的也有，疟疾痢疾的也有。"④这段描写几乎与时人中对清末北京监狱的记载如出一辙："冬之煤气，春之温气，夏秋之交，疫气汗气。朝夕之厕气，泡涸气，湿热气，皆足致疾以死。……蜇虫噬人至酷，蚤虱继之，不终夕已疮痍其体，血痕纵横，四壁如绘，狱中第一苦恼境也。虫有自壁出者，有从床上缘者，有自梁柱下坠者，隔以承尘而涂茨其旁隙，则稍得眠。"⑤类似的笔法既满足了大众的窥视癖，也保留了历史幽暗处的琐碎细节。

春阿氏案的真相可能永远沉埋于历史的烟尘之中，然而经由大众媒介的热

① 〔英〕迈克·克朗：《文化地理学》，杨淑华、宋慧敏译，南京大学出版社，2003，第52页。
② 服部宇之吉主编《清末北京志资料》，张宗平、吕永和译北京燕山出版社，1994，第134、142页。
③ 冷佛：《春阿氏》，松颐校释，吉林文史出版社，1987，第243页。
④ 冷佛：《春阿氏》，松颐校释，吉林文史出版社，1987，第289页。
⑤ 唐晏：《天咫偶闻》，顾平旦校点，北京古籍出版社，1982，第31页。

烈介入与文人敷衍铺排的书写，反而具有了一种"永恒正义"的结局，这大约也是时间的力量。这个在当时和后世被大肆张扬的苦情案件中，北京形形色色大小报纸的编辑、记者试图通过大众传媒的密切参与来干预司法公正。正巧 1906 年清政府法律馆奏准将戏杀、误杀、擅杀虚拟死罪各案，分别减为徒、流，死刑也多轻减。① 也就是说，《大清律》在春阿氏案时对"误杀"的处理办法已经发生了一些变化。但这些刑律改良措施在具体的审案断狱过程中很难得到贯彻，媒体最终也没有让判决结果完全被同情心一方所左右。最终春阿氏案被刻意定成了"疑案"："春阿氏案被承审官办成'存疑待质'而贴上了封条，终于结束了久悬不决的尴尬，回应了皇帝的训斥和社会的舆论，也保全了承审官的面子和荣誉，而且其中也不乏'慎刑'的意图。……涉及的法律问题还有其他一些，譬如程序问题。由于本案属于满族旗人案件，又在京师，所以在司法管辖上有其特点；此外，由于时值司法改革之际，刑部、法部、大理寺、大理院不仅名称上有所调整，而且权力配置也有很大差异，乃至司法审判的性质也发生了变化。"② 原本舆论和司法分属不同的领域，然而在一个立法、司法、执法都不可靠的社会中，舆论试图改变司法也是不可为而为之的无奈之举，程序未必合乎法的精神，却体现了普通知识分子的社会关怀。最终结案时，因为难于定谳，大理寺承审官判决春阿氏"永远监禁"，这是一个权衡各种利害之后的折中结果。对于春阿氏而言，算是在情与理的碰撞中最好的结局了，只是她很快于 1909 年闰二月，病逝于条件恶劣的监中，这就是法律之外的社会悲剧了。

清民鼎革之际，冷佛以及和他类似的新闻从业者借助报纸传媒，及时反映社会现状，体察普通民众的要求，抒发他们的心声，具有积极意义。当然转型时期的报纸良莠杂陈，也存在过堕落新闻的情况。邓友梅在《那五》中有所反映：内务府八旗子弟那五在辛亥革命后，"铁杆庄稼"倒了无所事事，偶尔找到一个给《紫罗兰画报》做记者的差事，但既不拿薪金也没有车马费，稿费也有限。不过发他一个记者证章，他可以凭这证章四处活动，自己去找饭辙。"他干了两个月，结

---

① 赵尔巽等：《清史稿》第十五册（卷一四三志一一九刑法三），中华书局，1976，第 4201 页。
② 徐忠明：《办成"疑案"：对春阿氏杀夫案的分析——档案与文学以及法律与事实之间》，《中外法学》2005 年第 3 期。

识了几个同行，才知道这里大有门道。写捧角儿的文章不仅角儿要给钱，捧家儿也给钱。平常多遛遛腿儿，发现牛角坑有空房，丰泽园卖时新菜，就可以编一篇'牛角坑空房闹鬼'的新闻，'丰泽园菜中有蛆'的来信，拿去请牛角坑的房东和丰泽园掌柜过目。说是这稿子投来几天了，我们压下没有登。都是朋友，不能不先送个信儿，看看官了好还是私了好！买卖人怕惹事，房东怕房子没人敢租。都会花钱把稿子买下来。"[①] 这是晚清政论型报纸向民国新闻型报纸转型过程中的混乱现象，"新政"时代的报刊主流尚集中在参与政事。冷佛、文实权们参与到春阿氏案中也并非全然凭恃情感上的怜悯，而是竭力追求真相的事实理性。这种情形可以看作鸦片战争后城市市民阶层文化心理反应的一个侧面。中国经济受到西方资本主义的侵入，农村经济崩溃凋敝，但由于商业城市的兴起，在资本主义的发展过程之中，市民阶级也随之扩大，形成了市民生活的意识形态，与之相应的便是产生市民阶级的文化，而晚清的读书人便由市民休闲生活中宣扬新思想，由此造成市民运动。到民初，已经隐隐形成一种虽然微弱但是绝不能小觑的市民群体以及表达其意见和欲望的公共空间。在各地军阀之间及地方势力与北京政府之间互相争斗之际，中央政府缺乏控制力度，同时又有来自国外各种势力潜移默化的影响，民间维新革命力量的推动，遂使大众传媒成为一块"飞地"。在这块飞地上，记者、编辑、文人借助手中的笔抒情泄愤、针砭时弊、表达观点，隐然有公共空间转型之气象。有的报纸后来终不免为军阀政党势力所控制，但还是在舆论监督的话语缝隙中部分表达了普通市民的心声与认知观念，并且一定程度上影响了历史进程本身。

---

① 邓友梅：《那五》，中国作家协会编《1981–1982 全国获奖中短篇小说集》，上海文艺出版社，1983，第 919～920 页。

第四章
怀旧意识与通俗文化改造

作为接受过中西学教育的旗人子弟，儒丐在早年留学的时候曾经与同人合办报刊，宣扬满汉平等的"新民"之说："中国之人民，皆同民族异种族之国民也"，"准之历史之实例，则为同一之民族，准之列强之大势，则受同一之迫害，以此二端，则已足系定其国民的关系矣"[1]。那时候正是 23 岁的风华正茂，他的观念基本是以"国民""国家"等同于"民族"，属于近代民族主义的普遍观念，多元族群在"民族/国家"的框架内被视作族属不同，但政治地位、社会结构位置相同的分子。只是他的君主立宪理想并没有得以实现，因为现实的政治和情势不容丝毫悠游回旋的改良空间，"1900 年代中国的绅士集团分化了，有的与工商阶级结合，要求民主立宪的现代化；有的加入了军队，与军人群众结合，要求共和；有的与秘密结社联络来推翻清室；大部分都继续拥护清室，保存了绅士的政权，企图安定社会局面。在有组织的群众之中，军人反满，要求建立共和国体和政体，秘密结社反满，但没有显明的建设性的政纲。中国社会各阶级都呈现出离心的倾向，在这个倾向之中，清朝两百多年的统治就结束了"[2]。其后果是军绅政治的混乱局面，旗人的地位和权利一落千丈，乃至绝大多数中下层不免陷于饥馑。这让儒丐的"国民"愿望落空，进而反向刺激了其族群身份与意识的刻意标榜。

---

[1]　穆都哩（儒丐）:《蒙回藏与国会问题》,《大同报》第 5 号。
[2]　陈志让:《军绅政权——近代中国的军阀时期》, 生活·读书·新知三联书店, 1980, 第 15 页。

儒丐的经历在当时一大批旗人作家后裔中具有代表性。他们投入文学写作有其不得已的一面，他们亲历流离、体察社会现实，走出了古典文人式的狭窄趣味，在作品中显示出文化与身份论辩的意味，因为历史洞察力有限，而又怀抱怀旧的同情，反对旧清帝制的同时也不满民国现状，在风格表现上则吸收通俗文学的套路并加以改造，此等心象表述，可见日常之外别有幽肠。无论从作家主体还是他们所创造的文学形象来说，都有种"零余者"的意味，可以与世界文学史中俄国的"当代英雄""多余的人"、英国的"漂泊者"、日本的"逃遁者"、法国的"局外人"、美国的"遁世少年"并置而论。但不一样的地方在于，旗人作家更接近底层经历，并在辗转谋生中将自身的写作融入大众与通俗文化之中。这一点上，他们与中国现代文学主流中"零余者"的形象形成了汇流。

如果说上一章论述的旗人文学更多体现为中国人在特定时期带有普遍性的情绪和感受，本章则着力于发掘旗人文学差异性的一面，即他们作为特殊人群因为族群因素、政治文化遗产和长期积淀而形成的文化心理结构。它体现为在日常生活共通性要求之外，与其族群身份密切相关的因素，投射在儒丐、王度庐和一大批武侠小说作者之中，表现了对于既有秩序的怀旧式想象、对于君主立宪知其不可为而依然充满向往的执著、对于伦理观念的保守主义倾向。某种意义上来说，他们的作品带有"遗民文学"的色彩，他们是时代的"失败者"①，充满了对现实的失望与牢骚，在用文字重塑历史与现实的过程中，隐微地透露出有别于主流和更先进理念的情感，客观上呈现了现代性进程所带来的社会整体性的变化，让我们看到一种必然性在偶然性中的显影。历史的丰富褶皱、心灵的幽微闪现与亲和的文学书写形式，共同营构出一种在情感与价值之间温情体恤的普泛认知，失败的零余者最终在更广大的民间民众那里找到了精神寄托。

---

① 王德威发明过"后遗民"这一概念，认为"'遗'是遗'失'——失去或弃绝；遗也是'残'遗——缺憾和匮乏；遗同时又是遗'传'——传衍留驻"，颇有见地。王德威：《后遗民写作》，麦田出版社，2007。林志宏《民国乃敌国也：政治文化转型下的清遗民》（中华书局，2013）一书探讨了辛亥革命的失败者们的政治与文化活动。不过他们讨论的范围和对象更为广泛，本章则集中于旗人写作。

第一节　儒丐的遗民书写

儒丐的一生，从晚清、民国、伪满洲国，到中华人民共和国，正是中国现代转型最为激烈的时代。他于光绪六年（1880）生于香山健锐营，属正蓝旗。光绪二十九年（1903）入八旗学堂读书。这一年是官方大幅度仿效日本，实行新政改良的时候，《奏定大学堂章程》的"各分科大学科目章"中的科目参照日本学制设定，在章程中都备注有日本名作对照，如辨学（论理学）、公益学（社会学）、政治总义（政治学）、全国人民财用学（财政学）、全国理财史（经济史）、全国土地民物统计学（统计学）、各国行政机关学（行政法学）等；像警察监狱学、各国近世外交史、各国海陆军政学等，甚至直接用日本原书或者用日译本。① 赴日留学虽然审查条件比较严苛，但奖励政策也非常优厚："在大学堂专学某一科或数科，毕业后得有选科及变通选科毕业文凭者，给以进士出身，分别录用。……在日本国家大学堂暨程度相当之官设学堂，三年毕业，得有学士文凭者，给以翰林出身……在日本国家大学院五年毕业，得博士文凭者除给以翰林出身外，并予以翰林升阶。"② 1905 年，儒丐作为公费留学生赴日本早稻田大学师范科历史地理专业学习三年，后转学政治和财政三年，直到 1911 年毕业返回北京。按照奖励章程，他至少可以得到进士出身，从而进入仕途，但因为帝国骤然瓦解，进入既有体制的途径断绝了。他曾短期内从事过军官的秘书、教师等工作，后在东京时候一起创办过《大同报》的旗籍朋友乌泽声任社长的《国华报》做编辑③，这个报纸是皖系军阀安福系的言论机关报。在编辑报纸的同时，儒丐也创作小说，但 1915 年因为写作时事小说《梅兰芳》得罪

---

① 《奏定大学堂章程》，舒新城编《中国近代教育史资料》（中），人民教育出版社，1985，第 574 ~ 581 页。

② 《奖励游学毕业生章程》，舒新城编《中国近代教育史资料》（上），人民教育出版社，1985，第 183 ~ 184 页。

③ "社址琉璃厂万源夹道，社长乌泽声，编辑穆都哩（辰公，别字儒丐）、完绳世（公禹）、王藻轩，日出两小张，为安福系言论机关。"管翼贤纂辑《新闻学集成》第六册，中华新闻学院，1943，第 290 页。

直系军阀的权贵冯耿光^①，连累报馆被封，本人也被迫离开，赴沈阳（当时称盛京）任《盛京时报》主笔，一直待了 30 年。^②1944 年，儒丐发表了他的最后一部小说《玄奘法师》。1945 年，随着抗日战争的胜利，"满洲国"覆灭，台湾光复，轴心国集团覆灭，儒丐回到北京，此后见人只称自己的汉名宁裕之。1953 年，在张伯驹的介绍下，宁裕之被聘为北京文史馆馆员，在 1961 年 2 月 15 日 76 岁时与世长辞。有文史专家从他晚年自嘲自娱的作品中，"发现了这位饱经沧桑的老人，终于在新中国的现实生活感召下，消弭了偏激的民族主义情绪，表达了以歌颂毛主席为标志的感恩情怀"^③，其岔曲写道：

> 敬爱的毛主席，家家都把您的姓名提，高悬画像，瞻仰唯一，慈祥和善，笑容可掬。（过板）您乃是及时的霖雨，救寒救饥。和平政策纲（卧牛）纲为利，举世人民皆仰起，好似大旱望云霓。祝愿您，年年寿同山岳永，岁岁福共海天齐。^④

这种对新中国及其领袖的歌颂和溢于言表的感激之情，与新中国较好地解决了民族平等问题，进而使满族的民族认同与新的国家认同之间获得了"重叠共识"相关，见证了特定族群与国家之间在结构性转型中产生的张力，显示了实现民族平等和民族团结的历史道路的必然性与有效性。

---

① 冯耿光（1882~1966），字幼伟，生于广东番禺。日本陆军士官学校步兵科第二期毕业生，1905 年回国。历任北洋陆军第二镇管带、协台，广东武备学堂教习，陆军混成协标统，澧州镇守使，武昌起义后，被清政府派为参加南北议和的北方分代表。1918 年 3 月被当时的代理总统冯国璋任命为中国银行总裁。1928 年起任新华银行董事长、联华影业公司董事。1945 年改任中国银行高等顾问，1947 年至 1948 年 10 月任中国农工银行董事长。中华人民共和国成立后，任中国银行与公私合营银行董事，第一届全国政协委员。冯是最坚实的梅党。梅兰芳对他终生感激不尽，曾在《舞台生活四十年》里写道："在我十四岁那年，就遇见了他。他是一个热诚爽朗的人，尤其对我的帮助，是尽了他最大的努力。他不断地教育我、督促我、鼓励我、支持我，直到今天还是这样，可以说是四十余年如一日的。所以我在一生的事业中受他的影响很大，得他的帮助也最多……"

② 这个中间可能短暂回过北京，即 1931 年"九·一八"事变前到 1933 年，应北京市长周大文之请出任北京市政府秘书（李丽《论穆儒丐早期的现代民族国家想象》，《民族文学研究》2018 年第 4 期）。

③ 伊增埙：《余音袅袅：曲艺评论杂文集》，知识产权出版社，2011，第 168 页。

④ 伊增埙：《余音袅袅：曲艺评论杂文集》，知识产权出版社，2011，第 169 页。

　　虽然儒丐在近年来逐渐受到研究东北沦陷区文学研究者的注意，但对于绝大多数学者而言还是比较陌生的名字。尽管他一生笔耕极勤，各种文类体裁和翻译都有很多著述，留下了大量其所处时代的社会史、文化史资料，但文学成就毕竟有限。另外，由于长期供职于具有日资背景的《盛京时报》，且其长篇历史小说《福昭创业记》被日本扶植下的伪满洲国授予"民生部大臣赏"，成为他战后的历史污行，这些综合因素导致儒丐在后世的声名不彰。终其一生，尽管不乏政治抱负，但他始终都是一个在各种势力之间苟延残喘的落魄文人，没有能力产生全国性的影响，但也没有意愿做出投靠日伪之事，并在一定程度上对东北地区的现代文学发展起到了推动作用。今日回头去看，儒丐的意义可能更多显现在作为满洲旗人遗民知识分子的稗官式书写之中。他的作品构成了清末民初一种特定的文化现象，反映了清朝灭亡之后遗留的大量社会问题和旗人心态，可以作为中国文化与文学现代性进程中的一种特定的路径加以考察。尽管这种路径后来并没有得到张扬，却展现了历史丰富的面相。

1. 遗民哀思——失败者的自叙传

　　1922 年，儒丐写了一篇小说《同命鸳鸯》①，主要通过健锐营旗兵景福、荫德和孤女琴姑娘的爱情婚姻悲剧展示了清末民初京郊旗营的衰败。这个作品初步显现儒丐作为一个清朝遗民作家特有的对于作为王朝象征的北京爱恨交织的矛盾心理，而他最有代表性的作品当属次年 2 月 28 日至 9 月 20 日连载于《盛京时报》、后又出单行本的《北京》。

　　《北京》叙述的是编辑宁伯雍自辛亥革命后至袁世凯复辟五年间的经历。许多人物都是现实中人，情节也与现实中相一致，比如白牡丹即苟慧生（1900～1968）早年的艺名，而办学校的万松野人正是实业与教育家英敛之的号。叙述腔调充满同情与愤慨的情绪，带有强烈的自叙传和见证实录色彩，可以说是民初北京底层生活偏自然主义式的白描。小说结构类似于陈平原归纳的

---

① 《同命鸳鸯》以"哀情小说"为名连载于 1922 年 2 月 21 日至 4 月 30 日《盛京时报》文艺副刊《神皋杂俎》栏目。

"珠花式结构"①，以伯雍从香山健锐营出来
入世、参加北京报社的活动为中心，勾连起
报社社长兼议员的白歆仁、八大胡同的妓女
秀卿、梨园戏子白牡丹等人的故事。这些人
的故事，直接牵涉到前门附近的报馆、城南
的高级与下等妓院、教育公所、禄米仓女工
被服厂、香山的福利院，间接关联了国民议
会、梨园班子、新潮妇女与旧派贫民、落魄
旗人与得势的投机分子，几乎囊括 20 世纪
初北京除了最高层之外的所有社会阶层和社
会群落。连线人物宁伯雍起到了将这些场所、
事件、人物及其命运黏合起来的作用，小说

儒丐小影

的真正主人公正是北京这个城市。通过宁伯雍的脚步，作者对北京人文地理做
了一个通盘的扫描。

　　北京在小说中处于地狱般的阴森恐怖境地。报馆专以被政府收买为鹄的；议
员没有原则，只顾捞取名利，连妓女都瞧不起他们；孤儿院被警察专制统治，疾
病横行；女工厂里条件恶劣，报酬寒微；低等娼寮里，穷妓忍气吞声、强颜欢
笑，小孩就在卖淫的床边哭泣；戏班子里尔虞我诈，毫无情意可言；贪财淫荡的
新潮少妇，骗色无耻的和尚……种种穷形恶相、末途惨状，呈现出汹汹乱世妖孽
并生之情貌。小说开头，伯雍为生计所迫出山干世时，叙述者议论道："这北京
城自从明末甲申那年遭了流贼李自成一个特别的蹂躏。三百年来，还没见有照李
自成那样的悍匪把北京打破了，坐几天老子皇帝。便是洪杨那样厉害，也没打入
北京。不过狡猾的外洋鬼子，趁着中国有内乱，把北京打破了两次，未久也就复
原了。北京究竟还是北京。如今却不然了，烧北京打北京的，也不是流贼，也不
是外寇，他们却比流贼外寇还厉害，那就是中国的陆军。当过北洋大臣、军机大
臣，如今推倒清室、忝为民国元首，项城袁世凯的亲兵……为饥所驱，遂把伯雍

① 所谓"珠花式结构类型"，就是整部小说有个结构上的中心，有相对完成的故事或贯穿始终的人物。或
　者说，追求长篇小说情节上的统一性。参见陈平原《中国现代小说的起点——清末民初小说研究》（北
　京大学出版社，2005），第130页。

一个志行高洁、有意山林的青年，彷佛用鞭子赶到猪圈里去。他明知道一入北京，人也得坏，身子也得坏。耳目所接，一定不如涧边清风与山间明月。但是无论怎样兴志高远，终是不能不到北京城里去。"① 这段话不可简单视为一个隐士的矫情之言，事实证明后来伯雍的经历恰恰被这段耸人危言不幸言中。他进城无所作为，不过充任一个小报记者聊以糊口。

《纽约时报》记载的《清国报业见闻》基本上勾勒了清末民初报纸的每日工作流程：

> 当一个中国报纸的执行编辑在下午 1 时到达他的办公室……他可以有足够的时间平心静气地品尝一杯早已沏好的香茶……由于他一直顶班到次日凌晨 6 点，他知道夜间发生的哪怕一丁点事儿，所以他可排除很多出错的机会，如打错字啦，或内容太繁琐啦，或遗漏任何细节。但他也有闷闷不乐的时候，因为他会在心里暗算，一天 1 金币的工资根本无法与其外国同行相比。
>
> 他对总编辑和业主负有两重责任，一是如果一个总编辑欲将其突如其来的想法插入头条新闻，他只能从命；对步入社会高层的业主，他会将政治、商业和社会等利益集团分门别类，并要求报纸对其各自利益在字里行间体现，否则他会表示不满，除非他拥有其他报纸所有的新闻，不包括独家新闻。如果报纸达不到总编辑或业主的预期要求，这位老兄就会被罚一天甚至一周的薪水，记者们也跟着遭殃，会计室将从罚金中剥出一部分收入，这样层层盘剥，以致记者编辑们债台高筑。
>
> 办公室里每天有许多事要做，看看别的报纸登些什么啦，有什么影响啦。每一办公室里雇有两个伙夫，四个仆人，他们忙于做饭、上茶，饮料用于消除紧张疲劳……晚上 9 时，该下班了，一天的辛劳结束了，报纸也已分发出去，下一期的准备工作即将开始。半小时后，茶上到每人的桌上，这使手持小楷毛笔的人更加充满激情地记录着每天所发生的事情和对这些事情的印象。②

---

① 儒丐：《北京》，《盛京时报》1923 年 3 月 3 日。本文所引《北京》中的话皆出自《盛京时报》原报的复印件，后文引文不再一一注释，仅在引文后标注连载时的日期。

② 郑曦原编《帝国的回忆——〈纽约时报〉晚清观察记（1854～1911）》，李方惠、郑曦原、胡书源译，当代中国出版社，2007，第 111～112 页。

这样没有前途的生活与工作却是伯雍无法脱身而出的，显示出一个底层文人在大时代的无力与失败。他并不能挽救曾经的同学、时下的政治投机家歆仁的腐败，也阻止不了红颜知己秀卿在妓院里的沦落和最终的死亡；对于秀卿的爱恋，更显现出他心理活跃而行动畏缩的可悲和无奈；在扶持穷困的戏子白牡丹成名后，反遭其轻视和背弃；甚至连替无告的孤儿寡母寻找安身立命的地方都要费尽千回百折。这个人物形象无疑可以与19世纪俄罗斯文学中的"多余人"（如普希金的叶甫盖尼·奥涅金、屠格涅夫的罗亭、赫尔岑《谁的罪过》中的别尔托夫、莱蒙托夫《当代英雄》中的毕巧林、冈察洛夫的奥博洛莫夫）相比较，他们都是出身于没落望族，文化教养较高，不为官职钱财利诱，能洞察现实弊病，深感苦闷，虽有变革现实的抱负，却性格软弱，行动力匮乏，没有抗争的勇气与能力，只能沉入忧郁彷徨的境地。伯雍也是一个歧路彷徨的多余人，与大约同时期出现的鲁迅笔下的涓生、郁达夫笔下的失路青年、巴金笔下的觉新、柔石笔下的肖涧秋、叶圣陶笔下的倪焕之、曹禺笔下的周萍有相似之处。但中、俄文学中的多余人从情感结构上来说有其不同之处，正如论者所言，"多余人是内省的，发现了生之多余，零余者是外铄的，由零余倾泻着对于黑暗、不公的社会的无穷怨恨"[1]。这种"外铄"指向于改造社会的欲望，更多有着现代西方文学的影响。儒丐译介过波兰的显克微支（Henryk Sienkiewicz，1846～1916）、法国的维克多·雨果（Victor Hugo，1802～1885）和大仲马（Alexandre Dumas，1802～1870）以及日本的谷崎润一郎（1886～1965）等人作品，现实主义、浪漫主义、唯美主义都有涉猎，这些构成了伯雍形象的人道主义渊源。

《北京》结尾的时候写道：

> 北京的社会一天比一天腐败；北京的民生，一天比一天困难。可是北京的上中下三等人民，每天照旧是醉生梦死，一点觉悟没有。梅兰芳的戏价，一天比一天贵，听戏的主儿照旧那样多。茶楼酒肆，娼寮淫窟，每天晚上，依然是拥挤不动。禄米仓的被服厂女工更加多了，工钱连六枚铜元都挣不到了。贫儿教养所一天总要有多少贫儿送进来，但是传染病益发利害了，可是监狱似的办法依然未改。街上人力车的号数，一天多似一天，可是汽车的号

---

① 翟业军：《中俄文学"多余人"形象比较论》，《南京社会科学》2010年第4期。

数也很增加的。教育公所依旧是那样烟不出火不进的，朱科长的权利，一点也没有动摇。他每日仍是坐着他那辆驴车，很高兴的去上衙门。他的脑子，什么事也不想，他的眼睛什么事也不看。他就知道他是个科长，在社会上很尊贵的。（9月20日）

情形每况愈下，普通民众生计艰难，统治阶层却依然醉生梦死，连伯雍世外桃源似的旧家也遭到了破坏，那里的人民本来都没有恒产，全赖旗营生活。革命以后，旗营先不济了，附近的村民也大受影响。砍树拆屋，生态破坏只是一方面，人心的浇漓更加使人不堪。"自1912年至1928年直奉皖军阀就像走马灯一样在北京轮番当政，连年不断的军阀混战，给北京市民带来莫大灾难。1923年5月13日北京《益世报》报道：京西蓝靛厂、香山、圆明园一带是满族人集聚区之一。原先满族人多为皇室服务，以月饷为生，近年来断绝了他们月饷生活来源，有劳动能力的人纷纷赴他乡谋生，无路投奔的靠卖衣物家当度日，无家当典卖的便到粥厂讨领稀粥充饥。军阀战争使粥厂也难以维持，粥厂停止放粥后，使以此为生的满族人陷入绝境，投河自缢者不断发生，卖妻卖子时时可见，更多的人四处乞讨，贫寒饥饿使京郊满族人处于绝望之中。"① 这段惨况的创痛记忆证之以小说，正是儒丐写下上述一段话的时候。种种惊心动魄之黑暗，不可逆转的弊窦残缺，是现代社会发展的必然后果。如同恩格斯分析指出的："在黑格尔那里，恶是历史发展的动力的表现形式。这里有双重意思，一方面，每一种新的进步都必然表现为对某一神圣事物的亵渎，表现为对陈旧的、日渐衰亡的、但为习惯所崇奉的秩序的叛逆，另一方面，自从阶级对立产生以来，正是人的恶劣的情欲——贪欲和权势欲成了历史发展的杠杆。"② 作者本着人道主义的观念，借伯雍的议论和心理活动表达对于激进革命后果的极端反感和自己稳健改良的意见。

那些外省入京的作家，比如几乎与儒丐同时书写北京的林语堂、梁实秋、周作人等，笔下的北京文化积淀丰厚，人文精神深沉，炫美异常而又雍容平朴，充溢着外来者的观赏目光对于异地风光人情的审美欣赏——北京的悠久历史和历朝

---

① 北京市政协文史资料委员会编《辛亥革命后的北京满族》，北京出版社，2002，第4页。
② 恩格斯：《路德维希·费尔巴哈和德国古典哲学的终结》，《马克思恩格斯选集》第4卷，人民出版社，1995，第237页。

都城所遗留下来的人文景观让他们倾心。土著儒丐笔下的北京却充满了哀怨萧索与阴沉郁闷，这是一个明显的差异。就现实个体的原因来说，林语堂、梁实秋、周作人等大学教授的身份，也不容易与处于底层的本地小报记者产生同等的感受。而最主要的是，清朝的灭亡给完全依靠朝廷供养俸禄的旗人带来的国破家亡之疼，儒丐身经亲历，文化与身份认同在他的书写中也起到了潜在的作用。因为带有浓厚的遗民情结，儒丐才会在对北京这一既是家之所在又是国之所系的地方爱之深而哀之切，甚至完全无视当时已经在北京风起云涌的五四新文化运动潮流，而走上一厢情愿的生不逢时、萧骚侘傺的凭吊"故园－旧京－故国"之路。

刚刚经历了革命鼎革的北京，各类势力此起彼伏，你方唱罢我登场，传统价值体系崩溃后是乌烟瘴气的未定之局。总统乱政、议员敷衍、记者落魄、草根民众尤其是失去经济来源的旗人身处水火。鲁迅分析辛亥革命失败的原因认为缺乏国民性改造，因而将"立人"的精神重建提升为启蒙民众之道。儒丐凭着底层旗人亲身体验，看到民国现场的种种弊病，还停留于改良维新的制度改革层面，在现实中这条路已经被证明无效，因而他只能在挽歌式的惆怅中抒发对于现实的不满。1928 年，后来成为日本新感觉派代表人物的横光利一（1898～1947）在游览北京之后，将它与上海对比，在他的脑际，"与北京一起不住浮现出来的都市，便是巴黎和佛罗伦萨"，"北京这座都市就跟尸体似的，根本无从分析，即便作出分析，那也毫无意义，无异于让它死去。北京的美便是这样一种如同死亡一般展现在我们面前的美。这与巴黎那种上了年岁的静谧是绝然不同的"[①]。抛开日本文学中"物哀"与"幽玄"的传统不说，横光利一作为同样是东方民族且注重感官体验的作家，倒是抓住了当时北京的文化实质：一种过于成熟、完美的古典文化，很难被现代意识所渗透和改造。当时的社会实情也被这个异国过客敏锐的眼光所抓住："只要一个人不想与恶鬼抗争，那么一进到北京，他身上那些现实世界中的健康之物便会全部丧失殆尽。在这里，比起有精神质地的美来，虚诈的美更具有美的精神。一个人，如果因为疲劳和孤独，或很容易受到诸如此类情绪的侵袭，那么他也许会觉得北京是世界上最美最舒适的都会。这就像一具被敷彩后置放在客厅里、嫣然而笑的尸体般的都会，它那女性气质的壮丽，委实是世界

---

① 〔日〕横光利一：《北京与巴黎》，载《感想与风景》，李振声译，广西师范大学出版社，2005，第 87 页。

上独一无二的。"① 如果说横光利一的观察携带帝国崛起时代的殖民眼光而不自知，那么儒丐的《北京》倒是一面如实折射出新旧交锋时代社会情形的镜子。

北京在《北京》中呈现出可怖的末日色彩，凸显出儒丐所代表的彼时一般旗人的感觉结构。清朝入关之后对旗人实施特权治理，也即由国家把入关的旗人全部豢养起来的政策。但是一个国家的财政是无法供养整个寄生民族的，而长期由国家财政供养的结果只能造成这个族群的怠惰和衰落，在遭遇西方殖民入侵的语境中，这种情形更是雪上加霜。尽管社会地位很高，旗人在生活上却越来越贫困，到晚清已经沦为中国社会最贫困的阶层之一。辛亥革命后北京城里工厂尚少，待遇极低，无法一下子承载那么多的失业人口。底层旗人大部分的出路除了凭着早先无所事事时练就的吹拉弹唱进入梨园曲艺行，还有两条不堪的出路：男人拉车，女人卖淫。② 纵观旗人作家的作品，可以直观地发现他们大多数都写过此类题材。

《北京》中由善扑营的摔跤手沦为人力车夫的德三，由军人家庭的良家妇女被迫为娼的秀卿都是旗人出身。伯雍从贫儿教养院出来，想到马尔萨斯的人口理论，对北京未来人口的贫困化也忧心忡忡。因为北京城全体，如同秀卿所说，"如今差不多成了一大贫民窟了。国家的首都，就成了一个大贫民窟（5月17日）"。造成这一切的原因，在作者看来就是辛亥革命后的军阀混战："中国以前讲究贤人政治，现在虽然共和，应该讲究庶民政治，却不想变成了滑头政治、无赖子政治。而平日又添了一种有枪阶级，滑头无赖子、有枪阶级，都是以发财为能事的。（8月24日）"这些唯利是图、枉顾国是民瘼的军阀、政客、投机分子丝毫不以普通民众生活、社会公共事业与道德为念，北京在这群人的统治下便只能是死气沉沉、毫无希望。儒丐的观察不无犀利之处，却没有超出晚清谴责小说的窠臼。事实上，清帝国政治的制度并不是孤立存在的，与之配套的有着交互运作的相关国

---

① 〔日〕横光利一：《北京与巴黎》，载《感想与风景》，李振声译，广西师范大学出版社，2005，第86页。

② "由于社会贫困化，很多妇女被迫或自动为娼，1912年北京只有妓院353所，妓女3096人（只包括登记在册者），以后每年都有增加，1917年有妓院406所，妓女3889人。此外还有人数不可考的私娼，据甘博估计，1917年北京的私娼在7000人以上。总之，全市妓女人数最低限度也在1万人以上。"而1912年北京内外城人口总数为725035，1917年内外城人口总数为811556。大致估量起来，不论男女，大约1000个人中就有1个是娼妓，这是个非常惊人的数字。吴建雍、王岗、姜纬堂、袁熹、于光度、李宝臣：《北京城市生活史》，开明出版社，1997，第308页。

家机器、文化体系、社会生活方式及价值系统，它们相辅相成。辛亥革命仅仅取缔了君主统治局面，但即便不考虑革命党人与北洋军阀的南北战争，各项基础设施和文化观念离民主代议制度的转型也很远，"庶民政治"并非一蹴而就之事。

因为思想本身的局限，尽管写作这部小说时新文学运动已经如火如荼，儒丐无论在文学观念还是在实录的笔法上都还是朴素的人道关怀，所秉持的理念依然是梁启超等人所强调的小说立场——作为启发民智、改良社会的先声——而没有更激烈比如无政府主义的态度，或者更高远比如社会主义的愿景。小说对主人公文学趣味的描写就是作者本人的夫子自道。宁伯雍对于外国的小说家，推崇的是雨果、狄更斯（Charles J. H. Dickens，1812~1870）、托尔斯泰（Лев Николаевич Толстой，1828~1910）、司各特（Walter Scott，1771~1832），尤其是司各特历史小说的种族思想使他非常景仰。① 读者很容易在《北京》这样的文本中觉察到雨果《悲惨世界》、狄更斯《雾都孤儿》中类似的晦暗苦难的氛围，叙述者对于社会现状的议论也时时浮现着托尔斯泰式的对于宗法制穷途末路的戚戚哀叹。儒丐对于司各特的热爱（尤其是《艾凡赫》②）也显示在他后来写作包含强烈种族（民族）与历史观念的小说《福昭创业记》之中，他还翻译过谷崎润一郎的《麒麟》和《春琴抄》，以及大仲马的《基督山伯爵》等作品。因为《北京》的叙述者与作者的同一性，这些都可以印证儒丐的文学思想与追求。

考察儒丐思想形成，日本明治与大正文化的影响尤其巨大。他留学日本期间是明治后期，此时经过30多年的改革自强，日本基本上完成了现代转型，并走上"和魂洋才"的独特道路。日本的明治维新同晚清的洋务运动和戊戌变法不无相似之处，都是帝制王朝统治末期不得已的求变之举。鼓吹维新与小说革命的梁启超在19世纪末开始发表的一系列有关新小说、政治小说改良群治的概念，就是模仿日本的德富苏峰（1863~1957）。日本文化向西方学习君主立宪的成功给正处于思想成长期的儒丐以极大的吸引力，并且对他的文学创作之路产生了实质性作

---

① "外国的小说家，他第一赞成法国的嚣俄，第二是英国的迭更斯，第三是俄国的托尔斯泰，第四是苏格兰的斯格得，斯格得的思想，因他所处的时代关系，虽然旧一点，但是文章是极好的。可以与水浒并驾齐驱，写武士没有再比他更好的了，而且他的种族思想，非常热烈，所以伯雍很景仰他。至于伯雍的思想和要作小说的动机，完全是受到嚣俄、迭更施和托尔斯泰的著作的感动。"《盛京时报》1923年9月18日。

② Ivanhoe，1905年曾出版林纾和魏易合译的文言文译本《撒克逊劫后英雄略》。

用。尤其是 1904、1905 年两次日俄战争日本的胜利，这个亚洲"优等生"隐然有带领黄种战胜白种之象，对整个亚洲地区深受殖民荼毒的国家都是一种启发与鼓舞。① 亚洲各地民族主义于此际蓬勃兴起，儒丐的满洲族裔性民族主义观念也正源于此。在 1906 年 12 月，也就是儒丐刚到日本一年多，曾孝谷（1873~1937）、李叔同（1880~1942）等在东京就成立了春柳社这个现代中国话剧早期的重要团体，各类西方文学和文化的新思潮在日本都可以迅速接触到。儒丐显然没有跟上那些最前沿的浪潮，基于民族心理，政治上他更倾向于保守的立宪主张，这种倾向在他后来的文学作品中一再浮现出来。他回国开始写作的时候正是日本大正时期（1912~1926）的平稳阶段，这个阶段往往被视为帝国日本的乌托邦时代，即近代日本消费社会萌芽的形成、大众文化登场、民主主义与军国主义相互交织的时代。"大众文化形成并拓宽了大正文化的基础，其特征是美国大众文化和以遵从家国为基调的传统社会道德的嫁接。"② 1910 年 4 月，武者小路实笃（1885~1976）等创办文艺杂志《白桦》，与有岛武郎（1878~1923）、志贺直哉（1883~1971）、长与善郎（1888~1961）等作家形成文学的新理想派——"白桦"派。"白桦派、新思潮接受欧洲文化的特征是，并非直接照搬……1920 年代的欧洲文化——否定原有文化的虚无主义、存在主义。他们主要接受的是西欧文化，是由福楼拜、莫泊桑、易卜生、托尔斯泰、印象派艺术所代表的十九世纪浪漫主义、自由主义、人文主义文化。"③ 同一时期展开活动的还有横光利一、小林秀雄、谷崎润一郎、川端康成、堀辰雄、梶井基次郎等的现代主义文学。这些后来被称为"新感觉派"的作家，批判想把文学力量作为社会革命的一种手段的无产阶级文学，同时主张艺术与文学的自律性。在写作方面，则以川端康成和创立了《文艺时代》的横光利一为中心，其中包含了文体革新、都市文化表象、都市生活者的不安等各个方面内容。

儒丐对这些同时代的日本作家颇多了解，他的文学观念与美学趣味很大程度与白桦派同辙，主要精神资源是来自 19 世纪的浪漫主义，虽然他本人的写作风格更倾向于带有"非虚构"性质的自然写实。平民人道主义与自然主义的文学表现、明治大正文化改革的启迪、未酬壮志的旗人遗民身份、混乱黑暗的转型时代，所

---

① 潘卡吉·米什拉（Pankaj Mishra）：《从帝国废墟中崛起：从梁启超到泰戈尔，唤醒亚洲与改变世界》，黄中宪译，联经出版事业股份有限公司，2013。
② 〔日〕竹村民郎：《大正文化：帝国日本的乌托邦时代》，欧阳晓译，上海三联书店，2015，第 109 页。
③ 〔日〕竹村民郎：《大正文化：帝国日本的乌托邦时代》，欧阳晓译，上海三联书店，2015，第 109 页。

有这些因素共同造成了儒丐文学创作中关注点所在——北京底层民众尤其是旗人的生存困境，以及由此生发的对于前清时代的回忆与复兴民族文化的渴望，灌注于这种题材与想象的情感表达则是浓郁的追悼、哀愁、无奈与愤激。

比儒丐略早或同时代的旗人作家如蔡友梅、冷佛都在北京报界卖文为生，他们或者以京味十足的描绘著称，或者以关注旗人生计为要务，都对北京的现实与过去有所观察与思考。不过儒丐的《北京》却是最全面与深入的，他的议论与主张可以说是民族意识的一种朦胧体现。《北京》里写伯雍回乡信步游览，看到教场里的圆城、演武厅、马城、梯子楼依稀还在，令他感慨的是碑亭以内的纪功碑，其上刻着满汉蒙藏四种文字，记载了乾隆年间征服金川的历史，联想到不知有多少其他地方也建设有这样的纪功碑。满洲先人建功立业的豪迈往事与今日家园荒芜、破败凋零的对照，让小文人宁伯雍睹物伤情，无计可施。儒丐只能借慈善家万松野人在静宜园办慈善事业和工厂的情节，表达实业救国、重建家园的愿望。但愿望终归是幻想，他本人的最后选择也是黯然离京，后来的北京也并没有照着他理想的实业救国道路走下去——风雨如磐的时代根本就没有给民族资本悠游喘息的余地，就由军阀的混乱进入到外敌入侵的忧患中。在峻急的国内外形势中，北京作为政治文化中心处于风口浪尖，家国同构的观念体系促使后来的作家自然而然地将北京作为全中国的一个微缩模型进行解剖，试图找到它的渊源与出路，体现在后来如老舍的《四世同堂》之中。

北京是古都，历来官多，其风情民俗与官场习气自备一格，因此从官场黑幕、官民对立以及平民生活角度入手描摹的通俗小说历来很多。与儒丐《北京》相似题材的作品，还有 1911 年夏侣兰著、改良小说社刊的《北京繁华录》，又名《梦游燕京花月记》。[①] 叶小凤[②]1915 年发表于《小说大观》第 3、4 集、1922 年出单行

---

① 阿英编《晚清戏曲小说目》，上海文艺联合出版社，1954，第 75 页。
② 叶小凤即叶楚伧（1887～1946），原名宗源、单叶，又名龙公。江苏吴县人。早年参加同盟会。1912 年中华民国成立后，先后在上海创办《太平洋报》《生活日报》。1916 年，与邵力子合办《民国日报》，任总编辑，抨击袁世凯称帝。1935 年任国民政府立法院副院长。公余兼职文教，创办《文艺月刊》，编印《文艺丛书》《读书杂志》等。抗战胜利后，奉派为江苏宣抚使。著有《世徽堂诗稿》《楚伧文存》以及小说《新儿女英雄》（1909 年 6 月，12 回 2 册，改良小说社刊行说部丛书）、《古戍寒笳记》（1914～1915 年连载于《七襄》旬刊第 1～8 期，1917 年出单行本，全书 46 回）、《蒙边鸣筑记》（1915 年 10 月，载《小说大观》第 2 集）、《如此京华》《金闺之三月记》等。1946 年在上海病逝。

本的《如此京华》，该书描绘的是北京作为"官吏贩卖场"的一面。1924 年 4 月，张恨水（1895～1967）开始在《世界晚报·夜光》副刊上连载的《春明外史》，从普通人的悲欢映照北京更广泛真实的平民生活，注意把民俗风情纳入小说。陈慎言①的《故都秘录》从民初北京的三种"土特产"满贵族、清遗老、阔伶官谈起，来揭官场的黑幕。何海鸣②《十丈京尘》则写民初迁都北京后，一批善于逢迎的南方出身或久居南方的官吏如何在北京施展他们的狡智混进官场，以达到飞黄腾达的目的。这些小说中的北京风貌与想象性建构无疑都受其地域品格的影响：除了旗人文化的无处不在，作为有悠久历史传承的政治中心，北京同时又是高雅文化中心，文人云集，自明清以来众多文人介入通俗小说创作，又把文人的习好带入大众体裁，因此这类通俗小说又流露出一些士大夫情调，如捧戏子、追求风雅、清高应世等。③题材固然相似，视角与立场却各个不一，如果说这些作家大多集中于官场描写，旗人作家则侧重下层社会的生活记录。儒丐的《北京》在这样一

① 陈慎言（1887~1958），福建闽侯人。1910 年毕业于福建马江海军制造学校。历任北京京汉铁路管理局工务处工务员，北京《公言报》《社会报》《星报》《华光》（1939 年 7 月创办）编辑，《新中华报》副刊主编，《北京日报》副刊主编。1910 年开始发表作品。徐铸成回忆当年北京善写长篇连载小说的作家，就认为"以《晨报》的陈慎言和《世界日报》的张恨水为最有名"。1926 年 4 月，《京报》被奉系军阀张作霖以"宣传赤化"罪名查封，社长邵飘萍被杀害时，陈慎言写了 30 万字的《断送京华记》，在自己办的《中华新报》上连载，抨击军阀暴行，被囚禁三个月，侥幸获救。1957 年加入中国作家协会，1958 年去世。著有长篇小说《如此家庭》《恨海难填》《说不得》《云烟缥缈录》《猪仔小史》《故都秘录》较著名，尚有《浑不似》《海上情葩》《赛金花》《翠帷花影》《流水落花》《满山江》《人海狂澜》《故乡秘录》《戚继光》《叶含妈》，剧本《小杂院》等。
② 何海鸣（1886～1936，一说逝于 1945 年），原名时俊，笔名海、海鸣、一雁、求幸福斋主人等。湖南衡阳人，出生于广东九龙。青年时期投入湖北新军当兵，同时参加群治学社、振武学社和文学社活动。清宣统元年（1909）冬任群治学社机关报《商务日报》编辑，宣统三年（1911）又任文学社机关报《大江报》副主笔，同年夏因撰写与发表短评《亡中国者和平也》，宣传革命，被判处徒刑 18 个月。武昌起义后获释，在汉口军政分府工作。中华民国成立，《大江报》复刊，任主编。后因言论忤黎元洪，遭通缉，潜逃上海，担任上海《民权报》主笔和北京《又新日报》主编。民国二年（1913）与韩恢等赴江北发动起义，夏任江苏讨袁军总司令，率部与北洋军作战，后一度投靠袁世凯。民国七年（1918）任安福国会议员。民国十五年（1926）被奉系军阀张宗昌委任为直鲁联军宣讲部第一部长。后寓居上海，为上海各报撰写大量连载小说，成为民国中期鸳鸯蝴蝶派一员健将。著有长篇小说《十丈京尘》《藏春记》《倡门红泪》等。
③ 有关陈慎言、叶小凤、何海鸣、张恨水等写北京的通俗小说，可以参看范伯群主编《中国近现代通俗文学史》上编第四章第二节"清末民初五花八门的北京官场"，江苏人民出版社，1999，第 358～385 页。

个坐标点中，其独特性尤其醒目。遗民的情怀、早期受到的维新思想熏陶与日本文化的影响几方面合力，对儒丐的影响是如此之深，以至于直到 20 世纪 40 年代，当中国社会的现实已经发展到外敌入侵、国家危亡、社会主义成为时代先锋的时候，儒丐持有的依然是对满洲民族认同和君主立宪思想。潜意识里，儒丐是以清朝遗民自居的，这在他 20 世纪 30 年代后期创作的、影响较大的长篇历史演义小说《福昭创业记》^① 中表现得很充分。他将清朝开国皇帝努尔哈赤和皇太极描写成为俄国彼得大帝、日本明治天皇一样的人物，试图以此来重新树立一个清朝遗民的君主改良迷思，这是其出身背景和教育经历所必然产生的结果。尽管他的思想意识落伍于主流的风潮，但其作品客观上呈现了清末民国那段历史中几近埋没的平民生活细节，同时他的个案也反映出一个时代文学创作中的多样性与民族观念嬗变之崎岖。

2. 大小舞台之间——梨园世相与性别书写

明清鼎革之后，官方在大众文化上的一个重要举措是严厉查禁所谓的"淫戏"，加强公共文化领域中的道德宣教，鼓励以天下兴亡的宏大叙述为中心的雅俗戏曲演出。因为在新兴的统治者看来，晚明到清初最为流行的戏剧传奇，深受"情文化"的影响，这种沉迷于个人情感的颓废与泛滥可能是导致明朝倾覆的重要原因。这种观念得到了重新推崇礼治以纠正奢靡时风的文化精英与地方士绅的支持，因而逐渐形成了清代戏剧鲜明的父权制礼教文化的特征。^② 乾隆五十五年（1790）起，原在南方演出的四大徽班（三庆、四喜、春台、和春）陆续进入北京，他们与来自湖北的汉调艺人合作，同时又接受了昆曲、秦腔的部分剧目、曲调和表演方法，通过不断的交流融合，最终形成京剧。京剧形成后先在清朝宫廷内开始快速发展，后来上至皇室大臣，下迄贩夫走卒都对其抱有浓厚兴趣，但是直到民国京剧空前繁荣的时代，伶人的地位还是沿袭着几千年来的传统，与娼妓并称，并无

---

① 《福昭创业记》中透露出来的游离于民国政府与日本殖民政府之间的满洲意识颇有民族主义色彩，只是源自东洋的君主立宪思想和地方民族主义脱离现实语境，客观上是对"中华民族"的背离。后文还将详细论述。

② 姜进：《诗与政治：20 世纪上海公共文化中的女子越剧》，社会科学文献出版社，2015，第 38 页。

太大的改变。只是，在清民递嬗的过程中，京剧逐渐体现出更贴近于女性受众的特征，显示了近代性别观念乃至整个思想观念的变革。

儒丐在《梅兰芳》[①] 中，以白描笔法点染了当时梨园风俗与旧闻，其情节细部或有龃龉龃龉、夸大歪曲之处，总体上则一方面可以见出风气渐转伶人地位提升的气象，可为正史起补阙拾遗之用；另一方面，作者体现出来的主体态度也颇显暧昧，既有不少前清遗少对于新近跃升阶层的憎恶与迂腐之见——《北京》里对白牡丹形象的塑造就颇多丑诋之词——也表现出新闻从业者对于时政的敏锐观察。尽管就文学审美角度来看，其技巧创新、思想深度无足可取，但就反映类似人类学所谓"地方知识"（local knowledge）方面以及普通大众的角色与态度上面却有着当时主流文学所无法传达出来的信息。作为平民大众的通俗读物，它所承载的内容、传播的理念、表达的趣味，都显示了区别于高雅精英读物的地方，特别表现在对当时梨园风俗实景的展示上。

按照清末民初的一般小说题材划分，《梅兰芳》属于实事小说和社会小说。儒丐 1915 年开始在北京《国华报》连载这个小说，不久因为涉及当局政要冯耿光被迫停笔[②]，而作者本人 1916 年也离开了北京去往沈阳，直到四年之后这个小说才完成并出版。行文中大量亦真亦幻的史实碎片，使得《梅兰芳》难免有黑幕小说的意味，但也并非全然揭私之作。瘦吟馆主序中说："若夫事出旖旎，风光缠绵，悱恻文成，斑斓五色，歌哭离奇，皮里阳秋。读来似褒似贬，神工鬼斧，共知有典有谟，以拨云撩雨之言，写伤时怆怀之恨者，则穆子六田之《梅兰芳》说部是也。六田京华望族，旷世清才，幼读诗书，壮游瀛岛。秉啸傲不群之资，负笈航海；揽江山名流之胜，尽入奚囊。触目伤情，睹苍生而雪涕；忧心如醉，欲报国其谁知？不得已而投身报界，借舆论以挽狂澜；挥笔灯前，托闲情以伸幽愤，亦云苦矣，殊可怜哉！戊午春，侧身时报，橐笔辽东。乃赋咏三都，洛阳纸贵；伶佃一

---

① 《梅兰芳》1915 年开始在北京《国华报》连载，被迫停笔后，作者本人 1916 年离开了北京去往沈阳，直到 1919 年 1 月 1 日到 4 月 6 日才在《盛京时报》以"社会小说"为名连载完成，同年 8 月盛京时报社出版单行本。
② 《国华报》也因此被封，可能不仅仅是小说揭私伤及当事人颜面的问题，还有倾向于直系军阀的冯耿光与《国华报》所属的皖系军阀之间的斗争的原因。

传，塞上人惊。"① 这未尝没有朋友间的拔高，但也道出"托闲情以伸幽愤"的实情。辛亥革命摧毁了儒丐意欲报效的朝廷，而新建的共和民国也没有给普通大众带来福音，实际的情形是在社会大转型中世态冷酷、生计与道德每况愈下。许烈公为《梅兰芳》作的序说："辰公之为兰芳作外史，亦有愤于社会之不良、金钱之万恶，构成一种龌龊不堪之风，而使优洁清白者受毕世难洗之羞耻，且小则有背人道，大则有丧礼教，故借稗官野史之直笔，写社会之真状，盖欲警戒群愚，扫灭万恶，其心苦，其志正，诚幽室之禅灯，迷途之宝筏也。而蚩蚩者流以为不利于兰芳之名誉，一再阻挠，直欲举个人言论自由钳制之，不使发其心，抑何愚乎？……辰公之为兰芳作外史，非欲矜其能刺人隐私也，即不忍目睹龌龊之风气蔓延于社会，祸吾群生，故不惮笔墨之劳，曲曲传出。"② 儒丐创作此作品，有其个人热爱京剧的因素，也夹杂了满足一般读者窥视名人欲望的媒体偏好，更主要的还是要表达讽刺批判和教化意图。他能够不惮于暴露政客和名流的隐私，一方面是因为军阀党系之间的争斗留出的空间，另一方面则是借梨园之事书写社会景况。如同开篇《蝶恋花》一词所说："世界由来棋一局，孤注输赢，不惜乾坤覆，试看中原犹逐鹿。干戈满地人民哭，舞榭歌台烧玉烛，偎绿依红。闲听梅花曲，泪滴成珠三百斛，伤心写出伶官录。"③ 由伶人绯闻的记录，上升到家国关怀的感触，主旨则在现实批判与镜鉴之企图。

《梅兰芳》始作于五四运动前夕，这个时候全国的新文化思潮——尤其在北京——已经风起云涌，但儒丐显然没有受到多少影响。因此，小说的意义主要并不体现在其思想形态方面，而是体现在其对于清末民初北京戏剧界风情民俗的展示上面：这些风俗旧制因为种种权力机制的原因，为正史所不载；而在戏剧与民俗研究者那里，又由于各种原因一直没有得到敞亮的显现。《梅兰芳》作为时人的作品，在军阀党派斗争的权力缝隙中，保存了未经后来意识形态话语删减遮蔽的历史芜杂现场。这里显示出儒丐自然主义的倾向：左拉曾经论述过以观察与分析而不是想象为主导的小说，比如巴尔扎克与司汤达，"他们伟大，因为他们描

---

① 瘦吟馆主序，见穆辰公《梅兰芳》，盛京时报社，民国八年（1919）8月，第3页。本文所依据《梅兰芳》单行本系日本学者长井裕子复印转赠。2012年，陈均由张菊玲处将此复印本整理由台湾酿出版社影印出版。
② 许烈公序，见穆辰公《梅兰芳》，盛京时报社，民国八年（1919）8月，第4页。
③ 穆辰公：《梅兰芳》，盛京时报社，民国八年（1919）8月，第1页。

绘了他们的时代，而不是因为他们杜撰了一些故事"。"小说的妙趣不在于新鲜奇怪的故事；相反，故事愈是普通一般，便愈有典型性。使真实的人物在真实的环境里活动，给读者提供人类生活的一个片断，这便是自然主义小说的一切"。①

《梅兰芳》首回的楔子里用大量篇幅描绘了民国前后北京的像姑风气及其原因由来，为整个小说的性别书写树立了一个背景。像姑指相貌清秀、酷似姑娘的男子，又称相姑、相公。狎像姑之风源于明代，清代沿之，但更为兴盛，这与清代法律有关。清初尚有官妓，至康熙时基本废除。②《大清律例·刑律犯奸》条规定："凡（文武）官吏宿娼者，杖六十。（挟妓饮酒，亦坐此罪。）媒合人，减一等。若官员子孙（应袭荫）宿娼者，罪亦如之。"③又《大清律例·名例律上》："凡内外大小文武官，犯私罪……该杖者，六十降一级。"④虽然历代弛禁不一，禁妓制度始终如一。吴趼人《二十年目睹之怪现状》中的描写可作佐证："这京城里面，逛相公是冠冕堂皇的，什么王公、贝子、贝勒，都是明目张胆的，不算犯法，惟有妓禁极严，也极易闹事，都老爷查的也最紧。逛窑姐儿的人，倘给都老爷查着了，他不问三七二十一，当街就打；若是个官，就可以免打，但是犯了这件事，做官的照例革职。"⑤不许狎妓，狎优则可以通融，官吏往往变通行事，招伶人侑酒唱曲。一个厉禁，一个可通融，娼妓在地方上或可暗度陈仓，狎像姑之风则在京师官吏的"下有对策"中兴盛起来。蒋士铨（1725～1784）《京师乐府词·戏旦》描述了官吏狎像姑的状态，并对其讥讽："朝为俳优暮狎客，行酒灯筵逞颜色。士夫嗜好诚未知，风气妖邪此为极。古之嬖幸今主宾，风流相尚如情亲。人前狎昵千万状，一客自持众客嗔。酒阑客散壶签促，笑伴官人花底宿。谁家称贷买珠衫，几处迷留僦金屋。蜿蜒转丸含异香，燕莺蜂蝶争轻狂。金夫作俑愧形秽，儒雅效尤惭色庄。腼然相对生欢喜，江河日下将奚止？不道衣冠乐贵游，官妓居然是男子。"⑥不过，狎像姑在官员文士那里有风雅之谓，与狎妓有着高雅与低俗

① 左拉：《论小说》，见朱雯等编选《文学中的自然主义》，上海文艺出版社，1992，第239、240页。
② "国初官妓，谓之乐户。至康熙间，裁乐户，遂无官妓。"李斗：《扬州画舫录》，中华书局，1997，第197～198页。
③ 马建石、杨育棠主编《大清律例通考校注》，中国政法大学出版社，1992，第961页。
④ 马建石、杨育棠主编《大清律例通考校注》，中国政法大学出版社，1992，第216页。
⑤ 吴趼人：《二十年目睹之怪现状》，花城出版社，1988，第638页。
⑥ 蒋士铨著、邵海清校、李梦生笺《忠雅堂集校笺·二》，上海古籍出版社，1993，第707页。

之分，久在京中做部曹的何刚德的一段笔记解释了原因：

> 京官挟优挟妓，例所不许，然挟优尚可通融，而挟妓则人不齿之。妓寮在前门外八大胡同，麇集一隅，地极湫秽，稍自爱者绝不敢往。而挟优则不然，优以唱戏为生，唱青衣花旦者，貌美如好女，人以像姑名之，谐音遂呼为相公。其出色时，多在二十岁以下。其应召也，便衣穿小靴，唱曲侑酒，其家名为下处。下处者，京中指下朝憩息之所为下处，故借以名之也。若就饮其家，则备十二碟以下酒，酒后啜粥而散，名曰排酒。酒钱给京票四十千，又下走十千，按银价不及四金也。或在其家请客，名曰吃饭。吃饭则视排酒郑重，一席之费，多者廿四金，少者亦必在十金以外。下走之犒，则随席之丰啬而定，其馔较寻常酒馆为特别。余曾为龚蔼人方伯所约，在梅兰芳之祖梅巧玲家，食真珠笋一味最美。盖取蜀黍初吐颖时，摘而烹之，鲜脆极可口。余在苏赣宴客，因署后有蔬园，每仿制之。然一盂所需，已踏破半畦蜀黍矣。京官清苦，大概只能以排酒为消遣。因下处清雅，夏则清簟疏帘，可以观弈，冰碗冰盆，尤可供雪藕浮瓜之便。冬则围炉赏雪，一室烘烘，绕座唐花，清香扑鼻，入其中，皆有乐而忘返之意。像姑或为赏音也。然此皆闲曹年少时为之，若官跻卿贰，年逾者艾，则仍屏绝征逐，以避物议。尝闻潘文勤平时最喜一善唱昆曲、兼工绘事之朱莲芬，及任侍郎，便不与之相近。而莲芬年节前往叩贺，文勤必袖廿金银券，而出亲授之。一见而别，至老不衰，都下传为韵事。盖优之风雅，远胜妓之妖冶，故禁令虽同，而从违不必一致也。[①]

这段记载当属实情，"挟优"乃是士大夫阶层清贵风雅的行为，并不会被目为下流。陈森（约1797~约1870）的《品花宝鉴》中就有许多官场狎像姑的描写。李宝嘉（1867~1906）《官场现形记》里写到"一天到晚长在相公堂子里"的老斗卢朝宾，官任给事中。他所狎的像姑叫奎官，始而狎，继而替奎官赎身，娶媳妇，买房子。曾朴（1872~1935）《孽海花》中也记载京师士大夫"懔于狎妓饮酒的官箴，帽影鞭丝，常出没于韩家潭畔"[②]。这些记载隐微构成了一条清代像姑叙事史，其

① 何刚德：《春明梦录》，见《话梦集 春明梦录 东华琐录》，北京古籍出版社，1995，第139~140页。
② 曾朴：《孽海花》，上海古籍出版社，1980，第357页。

中固然不乏对于八卦秘闻的想象，客观上也说明在当时狎优确为普遍现象，是一种扭曲了的士大夫文化。

像姑的产生，很适合用女权主义的理论分析，是在阶层权力和金钱势力的压迫下男人变成"女人"的社会过程，并非全然是性倒错的生理原因。埃瑞克·周（Eric Chou）《龙凤》一书中，有两节专门讲清朝同性恋的盛行，一节题为"满人嗜好同性恋"，写到咸丰皇帝、同治皇帝以及一些达官显贵的同性恋；另一节题为"兔子做了宰相"，描写到乾隆皇帝所宠爱的同性恋对象和珅（1750~1799）做宰相的经过，"兔子"是对男性同性恋对象的俗称之一。[1] 这种描写和观点迎合冷战时代中西隔膜中的歪曲想象，无疑值得商榷。在像姑与恩客之间的关系中，肉体关系甚少，更多地涉及体制与权力，如果有基于个体性取向的差异，那也更多由于前者的压迫造成的。埃瑞克·周的提法具有明显的东方主义色彩，将异邦的他者作为充满异域风情的想象所在，正是萨义德（Edward W. Said）所竭力批评的殖民思维。[2] 像姑与优伶之间的关系错综复杂，二者本是两途，但像姑为了抬高身价，没有不入科班习戏登台的，遂带得梨园行风气大变，也就格外看重色艺双全。因此，像姑多是优伶兼营，狎像姑的官吏文人与像姑的关系不同于古时的君王宠幸嬖臣，而是商业性的主客关系。这个转化过程显示了政治精英、文人精英的士大夫文化在近现代转型中的式微，体现为社会史与文化史中现代商业性抬头的趋势。无论如何，像姑文化都具有一种由权力所导致的性别操演性（performativity）。

《梅兰芳》从梅兰芳祖父、曾是"同光十三绝"的梅巧玲（1842~1882，字慧仙，苏州人，四喜班著名的旦角演员）死后家事萧条开始写起，到梅兰芳慢慢受马六爷等人提携帮助而成名，《顺天时报》开菊榜当选为大王，赴沪唱戏，至应邀赴日本结束。基本线索与正史中一般无二，而掺杂于其中的时事议论和风俗白描，则带有民俗史通价值。清末，曲在北京的地位已经发生了一些变化，李希圣在《钧天俪响》（1901年）序中记述当时谭鑫培（1847~1917）、孙菊仙（1841~1931）、侯俊山（1854~1935）、田际云（1864~1925）等伶人"皆食五品俸，供奉内廷，

---

[1] Eric Chou, *The dragon and the phoenix: Love, sex and the Chinese* (London, Joseph, 1971), pp.90–93.

[2] 参见《赛义德自选集》（谢少波、韩刚等译，中国社会科学出版社，1999）、《东方学》（王宇根译，生活·读书·新知三联书店，1999）等著作。

颇蒙眷睐",而"外省督抚两司入觐,其同乡及所部公宴于会馆必演戏,一日夜之费,几至千金。而内廷所费则十倍之……","戊戌以后,国家多故,内宴渐稀",到了闹义和团的时候,"正阳门外四千余家,一炬皆成焦土。所谓四喜、三庆、玉成、福寿、宝胜和诸部,一散如烟,光沉响绝",正是"乐尽悲来,宫院乌啼,秋槐自落,山河尚在,弦管无声"。① 民国时代京戏却出现了一段时间畸形的繁荣,戏剧文学史的书写对思想、机制、形式的转型多有观照②,但一些难以尽述的细节真相,实有赖儒丐此类小说得以保存。

《北京》中记载梨园师徒的实情是:

> 因为梨园行,俗谓之无义行。别的行当多少都有点师生义气,惟独梨园行,师生之间大半都是仇人。譬如一个伶人,收了一个徒弟,合同上写的年限很多,不用说了。甚至还有打死无论的话。年限之内,无论徒弟挣多少钱,徒弟家属,都没有分润的权利。徒弟出师时,年限内师傅代置之物,概行扣留还不算,便是旁人所赠之物,也不能携去一件。徒弟若是嗓音不倒,有人帮忙,还能自树,不然出师之后,依然不能生活。所以徒弟对于师傅的恶感,非常深厚。出师便算断绝关系,没有一个彼此相顾的。所以管他们叫无义行。难道他们跟常人不一样吗? 就皆因他们内容习惯不好,把人都教的一点义气没有了,完全唯利是图。这也是社会上一个问题,应当研究的。③

其时,不光私人收徒如此,正规科班订立的契约也近似,入科学生家长与戏社之间需要订立契约,如1904年叶春善(1875~1935)成立的"喜(富)连成"科班的入班契约:

> 契约系用红纸摺,外面书写"关书大发"四字,折内文曰:"立关书人×××,今将×××,年××岁,志愿投入×××名下为徒,习学梨园生

---

① 见谭艺林(韶山野史)缉,戴云、戴霞点校整理《钧天俪响》,傅谨主编《京剧历史文献汇编·清代卷》(第二卷),凤凰出版社,2011,第259页。

② 关于晚清民国戏曲的变革和相关情况,可以参见幺书仪《晚清戏曲的变革》,人民文学出版社,2008;左鹏军:《晚清民国传奇杂剧考索》,人民文学出版社,2005。

③ 儒丐:《北京》,连载于《盛京时报》1923年5月12日,第5版,文中标点为笔者所加。

计，言明七年为满，凡于限期内所得银钱，俱归社中收入，在科期间，一切
食宿衣履均由科班负担，无故禁止回家，亦不准中途退学，否则由中保人承
管。倘有天灾病疾，各由天命。如遇私逃等情，须两家寻找。年满谢师，但
凭天良。空口无凭，立字为证。立关书人×××画押。中保人×××画押。
年月日吉立。[①]

此种契约颇为残酷，背后产生的恩怨情仇、纷争纠葛已渐荫蔽不闻。《北京》中
名伶白牡丹的成长经历，实影射后来成为"四大名旦"之一的荀慧生。白牡丹从
师傅老庞那里赎身就经历了许多曲折，由记者和热心的戏迷帮忙才得以成功。这
种遭际在平常伶人那里不是个别现象。

民国初年北京社会风气之败坏体现在伶人的遭际上最为鲜明，不惟《梅兰芳》
开篇的长段展演，在《北京》中也有描绘：

> 北京近来出了两种人，专门把持戏子的。第一种是文士派，第二种是纨
> 绔派。文士派……对于唱小旦的后起角色，但凡有点资质，他们便据为己有。
> 但是他们那里有工夫去物色人，他们也不懂戏。小孩没有成名以先，他们绝
> 对没有赏鉴的能力，不知道谁能成名。可是他们有个老法子，每天看报，他
> 们见那个孩子捧的人多，他们便按图索骥，到园子里一看，果然不错。他们
> 便请人去说，愿录为弟子，或是认为干儿。他们都是老名下，又有钱，谁不
> 喜欢拜他作老师呢。戏子一到他们家去，别人打算再瞻颜色，那就很难了。
> 戏子从此也就知道有他们，再也不想想替他冒汗作文章的人是由一个小泥孩
> 子的时候捧到这步田地的。……第二种纨绔派的人……他们的指南针，也是
> 报纸上捧角的文字。他们纯粹是耳食。听见人说好，他们以为必是好的，便
> 千方百计的想法子侵占。[②]

这种情形在那个时代颇为常见，只是一般这类事情往往隐匿在正史的边角处。老
舍有一个短篇小说《兔》写的也是票友小陈下海为伶，而终被黑势力控制、英年

---

① 赵蕙蓉：《燕都梨园》，北京出版社，2000，第55页。
② 儒丐：《北京》，连载于《盛京时报》1923年7月1日，第5版，文中标点为笔者所加。

早逝的悲剧故事①，不过这个边缘题材的作品一直不太为人注意。

1912 年 4 月，北京政府严禁之下，取消了私寓，也就是"私坊"，"却喜这时梨园生意极其投时，再说自取消像姑堂子之后，唱旦角的多半有阔人捧场，声势极为煊赫，早年视作下贱营生，今日却是人人羡慕的。所以好人家儿女，有点资质的，纷纷都入了伶籍"②。戏剧伶人尽管不乏拥趸和戏迷的吹捧及金钱的利益，终究没有摆脱受人轻视的社会形象和实际地位。即便梅兰芳这样的名伶受到众人羡慕，但因出身的缘故也无法摆脱需要阔人捧场的窘境。儒丐不能摆脱传统士大夫对于戏子娼妓的歧视态度，不免对梅兰芳的成名过程充满扭曲的想象，而屡有讥讽之词。梅兰芳祖父梅巧玲扮相雍容华贵，穿戴旗妇官服，出场时四座无不鼓掌欢迎。梅巧玲擅长念白戏，以《雁门关》《四郎探母》的萧太后最有特色，为人正直，重情谊，后任四喜班掌班，培养弟子很多。而梅兰芳的伯父梅雨田（1869~1914）长期为谭鑫培操琴，与鼓师李奎林被称为谭的左辅右弼。梅雨田运弓有力，指法纯熟，音色纯净，随腔垫字，技巧高超过人，能吹昆曲不下 300 余出，创京剧琴师二大流派之一，也是琴师四大名家之一。这些家传文化和艺术上的造诣并没有为儒丐所关注，他侧重的是对于其背后操持的恶势力的揭露，终成鲁迅所谓"谴责小说"一脉之余波。

1925 年，郑振铎发表《谴责小说》认为，它们以真实人物为书中人物形象，"本也无妨，但决不可以揭发人间的黑幕、披露人们的隐私为目的，否则就玷污小说的尊严，堕落为黑幕小说"③。"谴责小说"按鲁迅的考察，为嘉庆之后内忧外患，戊戌政变不成，加之庚子之变外交失利，"群乃知政府不足与图治，顿有掊击之意矣。其在小说，则揭发伏藏，显其弊恶，而于时政，严加纠弹，或更扩充，并及风俗。虽命意在于匡世，似与讽刺小说同伦，而辞气浮露，笔无藏锋，甚且过甚其辞，以合时人嗜好。则其度量技术之相去亦远矣"④。至谴责小说末流，模仿李宝嘉《官场现形记》、吴沃尧《二十年目睹之怪现状》、曾朴《孽海

---

① 老舍：《兔》，见《老舍全集》第七卷，人民文学出版社，1999，第 459~475 页。原载《火车集》，上海杂志公司，1939。

② 穆辰公：《梅兰芳》，盛京时报社，民国八年（1919）8 月，第 98 页。

③ 郑振铎：《谴责小说》，《文学》第 176 期，1925 年 6 月 7 日。

④ 鲁迅：《中国小说史略》，人民文学出版社，1973，第 252 页。

花》的谴责小说，就流入类同谤书或者"黑幕小说"的下乘了。"如《中国黑幕大观》《北京黑幕大观》《上海黑幕新编》之类，就径直用'黑幕'做书名了。其他用'现形'或'怪现状'做书名的以及同性质的书还很多。这类黑幕式的小说，发端于光宣之交，盛行于袁皇帝时代。民国四年，《时事新报》至登广告，征求'中国黑幕'。由讽刺小说变为谴责小说，出于时势要求；由谴责小说堕落而为黑幕小说，也是时势使然。原来辛亥革命本不彻底，所谓'革命军起，革命党消'……因为这种东西可以说是旧思想的结晶，在旧社会中才有此产物；同时又是造谤泄愤，或是暗地里指摘时政的一个妙法；又可把它作为消闲或卖钱的生活；所以某黑幕大观，某某趣史，某某外史，某某之秘密，以及各种同性质的作品都出来了。"[1] 儒丐难免沾染这样的风习，疵者固不必深究，但《梅兰芳》现场描摹难得保留了一手材料，真假难辨，倒是颇见社会心态。第十三回"缔丝萝好事成虚愿，开菊榜大王冠头衔"中写《顺天时报》借着开菊榜评比戏剧界的大王，就详叙了主办方预先敲竹杠的期望。暗箱操作的商业运作，现代商业运营与旧式捧角的狼狈为奸，构成了一幅恶心的丑剧，没有公正性不言，所有参与的人都不以作弊为耻，反倒视买选票为理所当然，整个操办活动本身就是一出绝妙的戏，实是当时梨园景况的写照绘影，时至当下的明星选秀中也还是隐约可见此类恶劣风气。但报纸等大众传媒一方面藏污纳垢，另一方面在客观上也确实推动了戏剧本身的改进、评论和发展——这就显示出历史晦暗的复杂性。

《梅兰芳》中被作者一再嘲笑挖苦的齐东野人是影射戏剧评论家、戏剧史家齐如山（1875~1962），许多情节可以从齐如山与梅兰芳的通信中找到原型。[2] 齐如山出身译学馆，到过欧洲，1913 年刊发《说戏》，力主戏曲改进，想以西洋戏剧的框架来改造京戏。他结识梅兰芳后，一起设计新戏、改良技法，为现代京剧贡献甚多。[3] 但在儒丐的笔下，齐东野人被描绘成一个打秋风、架秧子、攀附权贵的小丑，中间的歪曲之处在所难免。1915 年，梅兰芳从上海回到北京，自当年 4 月起到 1916 年 9 月，陆续编演了《孽海波澜》《一缕麻》等 11 出时装新戏。儒丐

---

[1] 陈炳堃：《最近三十年中国文学史》，上海书店，1989 年 12 月据太平洋书店 1937 年版影印，第 148 页。

[2] 齐如山《与梅君兰芳书》（民国元年）、《与梅君兰芳书》（民国元年冬）等，见《齐如山文集 15：齐如山文存》，辽宁教育出版社，2009，第 10～17 页。

[3] 齐如山即 2008 年陈凯歌导演电影《梅兰芳》中"邱如白"的人物原型。

囿于成见与偏见，对此嗤之以鼻："兰芳既然成了名角，在这好戏上当然要吝唱的。若论他的戏，在旧戏里面，可听可看的甚多，如同祭江、祭塔、宇宙锋、红霓关、汾河湾、武家坡以及坐宫盗令等戏，都是极好的。可惜这些戏，人都不爱听，专爱看他的黛玉葬花、晴雯撕扇以及什么少女斩蛇、一缕麻等类。社会上既然爱看他这些新戏，兰芳也只得拿这些作门面，反把真正好戏，置诸高阁。假如今日再教他唱一出祭江，恐怕给一万块钱也不敢应了。俗语说得好，一天能卖十担假，百日难卖一担真。不但江湖上卖假药等类的如此，便是戏子也卖起假的来了，可胜叹哉。"①这大约也和作者本人戏曲观念倾向保守、并非"梅党"有关，《北京》中叙述宁伯雍等人结成"白社"拥护白牡丹以和梅兰芳的戏迷抗衡的情节，考其情节与《荀慧生传略》所记史事基本符合。②这些类似今日不同明星的粉丝相互之间因为偶像的关系彼此攻讦。作者主观代入，窜乱史实在所难免。

不过，人身攻击的内容只是小说旁逸斜出的枝节，作者所要表达的是对于国事的看法："转眼之间，民国的日月已过了五六年了，这五六年内，国家多事，人民流离，一些正经事也没办。可是捧兰芳的这群阔佬，没有一天不乐，没有一天不为兰芳尽心筹划，假如为政诸公，照爱兰芳一般去爱国家，这几年的民国，早已富强起来了。可惜大好的山河，竟不如一个唱戏的有价值，弄到这样，是谁之咎？福王少小风流惯，不爱江山爱美人。我想今日的政客，大都是福王一流，只要眼前有承欢的，便是作了外国奴隶，也甘心的。"③如此愤激直白的抨击，富含批判现实的精神。

至于小说对于梅兰芳本人的刻画，其面目与性格并不清楚，偶尔关于其内心的描写可以透露出叙述者的理解："人生在世，势力金钱，固然是不可少。这自

① 穆辰公：《梅兰芳》，盛京时报社，民国八年（1919）8月，第146页。
② 张伟君《荀慧生传略》记载："正当慧生在北京刚站稳了脚跟之际，却开始倒仓了。这时，由米佩弦、秋吟籁、刘弦伯、张梦词四位中国大学学生发起的，有画家胡佩衡、于非闇及北京大学的一些穷学生组成的关心爱护慧生成长的白社，派出上面提到的四位先生与庞师父商量，让慧生由唱梆子改学皮黄，停演养嗓，练功学戏。当时皮黄已日益兴盛于北京艺坛，庞师父迫于形势只得同意。于是慧生先后向陈桐云、乔蕙兰、曹心泉、李寿山、陈德霖、吴菱仙、孙怡云、路三宝、田桂凤、张彩林、陆杏林、程继先等名伶学唱京剧和昆曲，并坚持基本功训练和适当的声腔训练。延师求教的经费，也都是白社筹备资金相助的。"见北京市政协文史资料委员会选编《梨园往事》，北京出版社，2000，第283页。
③ 穆辰公：《梅兰芳》，盛京时报社，民国八年（1919）8月，第187页。

由二字，更是缺不得的。就拿我说，总算不忧饥寒，在唱戏的里面，究竟是头等角儿了，只是身不由己，已落在人家势力圈里，人家不喜欢的东西，我不敢爱，人家不满意的人士，我不敢交，如意承旨，小心伺候，还恐人家不乐，究竟我算干什么的，这梅兰芳三字虽然是我的姓名，究竟不是我的梅兰芳，连我带梅兰芳三个字都属了人家了。"① 这种无可奈何不仅仅是梨园行里的，整个社会上被侮辱与被损害的都处此等境地。在灰暗沉沦的社会中，跳梁小丑和窃国大盗沐猴而冠，善良淳朴的贫民却处于被践踏和被玩弄的境地，梨园的舞台上下和社会的舞台内外分明演出着几乎同样的悲剧和闹剧。对史实与地域性文化的存留、对现实社会处境的揭露讥讽是儒丐梨园书写的题中应有之义，不过仅有这些并不能凸显出其独特的价值，因为晚清笔记小说和同时代许多社会黑幕小说都有类似的功能，值得注意的，是在性别书写的文本缝隙中，除了抽象的权力压迫之外，还有国家政治寓言的意味。

小说最后的情节是在政府弱势外交的情况下，梅兰芳成为一个结与国之欢心的文化中介，代表中国被派往日本进行友好访问演出。历史中，梅兰芳确实曾经于1919年、1924年、1956年三次访日，儒丐写的是1919年首次东渡，彼时梅兰芳25岁，已经声名在外。戏剧杂志《春柳》1919年第4期报道说："梅兰芳就日本之聘，言明一个月。出五万元之包银，在日本已成为破天荒之高价，而中国伶界得如此之重聘，亦未之前闻。已定议四月中旬前往。美国以为梅兰芳宜先到美国一行，来回约了五个月，以三十万美金聘之。法国又以为兰芳不到法国，则以法国之剧艺美术论，不足以光荣。无论须银若干，法国不惜。一名优出洋小事也。外国当仁不让，亦可见矣。然而兰芳不肯做拍卖场之行为，仍按约先至日本。"②1919年4月21日，梅兰芳率团离京赴日。5月1日起，在东京帝国剧场共演出了12场，剧目包括《天女散花》《御碑亭》《黛玉葬花》《霓虹关》《贵妃醉酒》，演出方式是与松本幸四郎（七世，1870~1949）、守田勘弥（十三世，1885~1932）等日本歌舞伎演员同台奏艺，中间插演京剧。5月19日和20日，又应大阪日报社和关西日报社邀请，在大阪中之岛中央公会会堂演出两场。23日至25日，为华侨

---

① 穆辰公：《梅兰芳》，盛京时报社，民国八年（1919）8月，第117页。

② 马少波等主编，北京市艺术研究所、上海艺术研究所组织编著《中国京剧史》（中卷·上），中国戏剧出版社，2005，第772页。

兴办中华学校募集基金，又前往神户聚乐馆演出三场。但梅兰芳在日演出时，正值五四运动爆发，学生上街反对日本接管原德国在中国山东的权益，因此有留学生写信称他来日演出不合时宜。梅兰芳遂缩短行程，于5月27日回国。①

当时中国的戏曲杂志报道称赞此次梅氏访日，在宣传中国文化、改善民族形象上起了一定作用："甲午后，日本人心目中，未尝知有中国文明，每每发为言论，亦多轻侮之词。至于中国之美术，则更无所闻见。除老年人外，多不知中国之历史。学校中所讲授者，甲午之战也，台湾满洲之现状也，中国政治之腐败也，中国人之缠足、赌博、吸鸦片也。至于数千年中国之所以立国者，未有研究之。今番兰芳等前去，以演剧而为指导，现身说法，俾知中国文明于万一。"②然而，这些是中国知识分子从事件外部观察到的表象。日方邀请梅兰芳的原因，小说借一位"大仓男爵"的话来说："第一，他是贵国绝无仅有的名优，我们邻邦人，应当瞻仰的。第二，为中日两国亲善计，这事亦不可缓，将来两国交涉，借重梅郎的地方正多。"③一个伶人如何获得了如此高的社会地位和文化象征的功能呢？小说中的另一个人物叶玉虎（作为当时政府高官梁士诒④的代表）的言论似乎透露出一点端倪："提起这人（梅兰芳），真是我们中国最近一件可夸耀的事。若论我们中国，历史上的人物，如圣贤，如英雄，如文士，如学者，代不乏人，真有出色人物。不知怎的最近这几十年，不但没个英雄，连个美人也产不出，稍微有点知识的，大都抱才难之叹，谁知四百余州禹域江山秀丽，不钟于圣贤，不钟于英雄，不钟于学者文人，而独钟于一个唱戏的梅兰芳，岂不是一件奇事么？这人在我们中国，总算是一个代表人物，全社会上的人，不论贫富贵贱、老少男女，把精神都交于他的。英儒马可来评论沙克斯比尔有云，英伦三岛可以亡，沙克斯比

① 马少波等主编，北京市艺术研究所、上海艺术研究所组织编著《中国京剧史》（中卷·上），中国戏剧出版社，2005，第772~773页。
② 《梅兰芳到日本后之影响》，《春柳》1919年第5期，第10页。马少波等主编，北京市艺术研究所、上海艺术研究所组织编著《中国京剧史》（中卷·上），中国戏剧出版社，2005，第773页。
③ 穆辰公：《梅兰芳》，盛京时报社，民国八年（1919）8月，第218页。
④ 梁士诒（1869~1933），字翼夫，号燕孙。广东三水人。光绪进士，授翰林院编修。1911年11月在袁世凯内阁署理邮传部副大臣、大臣，参与袁世凯胁迫清皇室退位的活动。1912年3月任袁世凯总统府秘书长、交通银行总理、财政部次长，成为旧交通系（即粤系）首领。他大力筹措经费支持袁世凯称帝，还发起组成全国请愿联合会向参政院请求变更国体以邀宠。袁世凯死后，被列为帝制祸首，受到通缉，逃往香港。1918年2月受皖系军阀起用，回到北京，属于亲日一派。

尔不可无。如今我也要拿这话，评论我们梅兰芳的。中国二十三省可以不顾，梅兰芳是一时少不得的，皆因兰芳一身，是我们中国四万万人精神之所寄。若是把兰芳没了，我们的社会便如坠入沉渊，毫无生气了。"① 这一惊人之言引人注意之处在于，"梅兰芳"已经成为当时中国文化昭显于世界的"代表"，显示出身体隐喻的政治性，被女性化的男性——旦角——成为一个国家的符号，无论是政治的还是文化的，在男性中心的社会语境中都是一种蔑视。

作为想象东方文化的一个标记，"梅兰芳"的遭遇堪比不断被书写的晚清名妓赛金花。而小说中恰恰有段话点出了二者之间奇妙的关联："实则中国对于外人，也没什么可夸示的，如今拿兰芳作为国际间一个结欢品，总算为中国增光不小。假如借着兰芳的魔力，办一件痛快的交涉，这兰芳也可算是历史上不朽的人物，状元夫人赛金花不能专美于前了。"② 无论在学者的记述（刘半农、郑颖孙、商鸿逵的《赛金花本事》）、文学的书写（樊增祥的《彩云曲》《后彩云曲并序》、曾朴的《孽海花》、夏衍的《赛金花》），还是民间口耳相传的口头故事中，赛金花都是作为一种拯救国家于危亡之中的英雄形象。尽管已经有学者通过亲身经历，言之凿凿证明历史中真实的赛金花顶多只能接触到德军中少尉阶层的下级军官，并无左右时局的任何能力③，但是并没有妨碍文学的狂热想象。王德威曾经论述过，赛金花作为一个颓废无行的"尤物"（femmes fatals）正是最有资格引导我们进入腐败荒废、聚散不定的晚清社会的不二人选，《孽海花》的核心，是两个女人对中国命运的操弄。慈禧太后对合法权力的滥用，几乎导致国破家亡；而赛金花这一出身欢场的'美艳亲王'，却凭借名不正、言不顺的权力，挽救了中国。赛金花也许从来不曾被尊称为革命者，但她却以最不可能的方式，重振了晚清时代中国的身体政治"④。风尘女子的侠义行为向来是中国文人叙事津津乐道的一个传统，赛金花之所以得到那么多的文人学士青睐与此有关。不过赛金花超出以往情形之处在于，她的身体运作同家国命运联系在了一起，并且完成了男人所无法完成的"不可能之任务"。"梅兰芳"在《梅兰芳》文本中所面临的任务和扮演的角色同赛金花倒具有了异曲同工的效果。

① 穆辰公：《梅兰芳》，盛京时报社，民国八年（1919）8月，第216~217页。
② 穆辰公：《梅兰芳》，盛京时报社，民国八年（1919）8月，第214页。
③ 齐如山：《关于赛金花》，《齐如山随笔》，辽宁教育出版社，2007，第113~122页。
④ 〔美〕王德威：《被压抑的现代性——晚清小说新论》，宋伟杰译，北京大学出版社，2005，第118~119页。

因此,《梅兰芳》在这里就超越于稗官野史的流言八卦、被东方主义他者化的文化意义,而具有儒丐自身所始料未及的国家政治话语含义,尤其当这个文本同现实进行互动的时候。王德威曾借对巴金《第二的母亲》的分析,在与巴尔扎克的《萨拉辛》(Sarrasine)、清代李渔的《男孟母教合三迁》的比照,寻找颠鸾倒凤的传奇叙述的类型,由此探勘传奇背后的深层意识形态动机的复杂性。① 后来在一次演讲中②,

蓄须明志:让梅兰芳的历史形象得以升华

他用鲁迅《论照相之类》中对于男扮女装的乾旦的批判做引子,着重分析了巴金的《第二的母亲》和秦瘦鸥的《秋海棠》,观照巴金在"家"投射下的《第二的母亲》文本中缔造出的一个性倒错的"酷儿"家庭——叔叔同一个男性伶人组成的家庭,这种另类的组合是个相当颓废的命题,投射出一个无政府主义者的浪漫愿望:在一次性的摧枯拉朽的启蒙革命中是否再次有机会作出选择?对于巴金来说,反串及扮装是再次形成身份的机会,变成新的主体,不再具有现实主义的原生和唯一的意义。巴金由此开启了另一个现代性的可能,相比较之下,鲁迅对于乾旦(实际上就是针对梅兰芳在现实中的出访)的批判③,凸显的是启蒙话语的独断性。鸳鸯蝴蝶派的秦瘦鸥的《秋海棠》中,乾旦的命运波折呈现出性别身份悖反性的确定和转移,男性作家自身在书写鸳鸯蝴蝶小说这种"阴性文类"时也总是以一种女性的口吻,出现性别取向上的徘徊。秦瘦鸥将一个鸳鸯蝴蝶派关于军阀、姨太太和戏子的类型结构添加进"抗日爱国"的流行做法,里面的性别身份与国家政治之间产生的交织,性别表演与国家论述之间达成一种奇妙的互文,同样可以被视为一种现代性的可选择方案,只是这些方案无一例外在后来的政治与美学的一统中都被压抑了。

---

① 王德威:《"母亲",你在何方?——论巴金的一篇奇情小说》,《想象中国的方法:历史·小说·叙事》,生活·读书·新知三联书店,2003,第147~162页。

② 王德威:《粉墨中国——性别表演与国家论述》(演讲),北京师范大学,2006年11月9日。

③ 鲁迅在《论照相之类》(1924年11月11日)、《拿来主义》(1934年6月4日)、《略论梅兰芳及其他》(1934年11月6日)等文中数次议论男旦和梅兰芳,但批评的指向是对"国粹""送去主义"的反思。

　　有关多样现代性的话语可能性，不是本章论说的重点，但是《梅兰芳》无疑预先开启了《第二的母亲》和《秋海棠》中对于男性伶人描写的敞开性话语空间。王德威的解读实为"六经注我"，但是提醒我们注意到现实中的梅兰芳性别表演背后的政治意味。关于梅在公共空间的性别展示，最著名的莫过于蓄须明志的故事。1941 年 12 月 7 日，日军偷袭珍珠港，太平洋战争全面爆发，梅兰芳从此蓄起了唇髭，以示不为日寇唱戏。这个故事后来成为一个广为流传的爱国主义佳话，成为京剧大师在现实历史中的一个重要表演，其精彩的程度丝毫不逊于他在戏园子里的演出。真实与虚构、历史与书写、社会大舞台与剧场小舞台之间往往互相模拟，交互作用，产生一种惝恍迷离的效果，折射出的是种种有关意识形态的型构。儒丐在结尾诗的卒章显志中可谓一语中的：

> 莫谓书生语太酸，伤时心有未能安。
> 东方长大惟持戟，小子侏儒也戴冠。
> 魔鬼因人形瑟瑟，财神傲物面团团。
> 由来世事同儿戏，我作梨园一例看。

3. 制造英雄——重塑历史与认同

　　1934 年，离乡近 20 年的《盛京时报》主笔儒丐，开设了一个"北京梦华录"专栏，回想京城往事。说到满人的骑射游猎，依然心驰神往，涉及对八旗民众游手好闲的说法，则有一番辩护："无论古今中外，凡属四民，即无坐食之理。凡坐食者，非纨绔即游民，不得与四民之例者也。当清朝时代，人多谓旗人为坐食，是则由于不知其真相。姑无论旗饷有限，不抵今日军费万分之一，且此戈戈公饷，童儿习之，不知几易寒暑，弓马之费，先生束脩，一不如人，则万难取胜，既习成矣，由官验缺，额有一定，必马步冠军，始获一甲。甲饷至末叶，仅三两余，始无论长养妻子，即一身费用，亦不能敷用，是皆百战之余，为皇家争天下者，末叶食报，仅不过如此。而天下不谅，犹可说也；政府不谅，旗人又不自谋，甘之如饴，是真难于索解矣。或曰：子既不以旗制为然，而屡屡述之何也？曰：旗制胶固，不事变通，不早为计，诚有不能辞其咎者。至如教育事项，虽伴旗制以俱生，亦有不容轻议者，是则是之，非则非之，固不能一笔抹杀也。"① 而对于当时的伪满洲国，他也心存幻想："新兴满洲，标榜王道，经营乐土，天下引领而望。然其国中有无支那腐败之国之旧贯，虽不可知，然而天下亿兆之心，冀其刷洗一新，重睹太平盛世，则固不掩之事实也。"② 正是在这种认知谬误和期待视野中，他开始了关于清朝开国史的叙事。

1937 年 7 月 22 日至 1938 年 8 月 11 日，儒丐的《福昭创业记》连载于《盛京时报》副刊《神皋杂俎》专栏，总共 368 回，1939 年 6 月 30 日由满日文化协会作为"东方国民文库"出版单行本。这部作品曾经被伪满洲国授予"民生部大臣赏"，因为意识形态的原因和创作环境的背景，长期被埋没在历史的尘埃中。文学史如同一切历史一样，过于庞杂琐碎的事件人物作品不可能都进入叙述，而任何一种遴选的标准必然是记叙一部分而遮蔽另外一部分。这是任何历史书写的必然方式，不过"政治正确"可能是自有"文学史"以来通行不悖的前提，即使是以所谓"纯文学"的审美标准书写的历史，也不可能摆脱文化政策、审查制度的政治无意识。撇开文学建树、艺术贡献暂且不提，儒丐的社会身份、政治态度及这种态度对于文学创作的影响很显然成为日后他被文学史忽略的重要原因。重新回头观照《福昭创业记》这部在日本帝国主义全面侵华战争背景下书写族群历史的小说，在历史的真实与书写历史的冲动之间，我们可以捕捉到在英雄传奇的叙事中的满洲意识。考察这种意识的起源、原因和最终的表现形态，以及"伪满洲国"在现实中的失败，可以看到在中国面临全面危机的时候，儒丐这样的族裔民族主义者在族群性认同塑造（满洲）和地方性模仿"官方民族主义"（伪满洲国）时的失效。③

---

① 穆儒丐：《北京梦华录》，陈均编，北京出版社，2016，第 170~171 页。

② 穆儒丐：《北京梦华录》，陈均编，北京出版社，2016，第 133 页。

③ 本尼迪克特·安德森在其经典著作中论述过 19 世纪中叶出现的第三波民族主义浪潮，是欧洲王室对第二波群众性民族主义运动的反动。因为群众性民族主义威胁着这些王朝的存在，君主不再拥有不言自明的合法性，于是王室纷纷贴上民族的标签，标榜自己是民族的代表。他们不得不在不违背旧王朝原则的基础上对民族主义原则主动"收编"，掌握对"民族想象"的话语权，然后通过自上而下的同化策略，使群众效忠王室，巩固统治。〔美〕安德森：《想象的共同体：民族主义的起源和散布》，吴叡人译，上海人民出版社，2003，第 100~125 页。"伪满洲国"的意识形态无疑有着模仿此种官方民族主义的一面，但因为是在日本军国主义支配下的傀儡行为，加之国内已经建立由国民党领导的民族主义政府，更由于"大一统"的悠久政治传统，这种模仿不可能成功。

《福昭创业记》主要是记述努尔哈赤、皇太极父子两代雄主伐征经营、从建州女真部落到建立清帝国的事迹，截至吴三桂乞师、满洲兵入关为止，其中的"福"指努尔哈赤（死后葬福陵，即沈阳东陵），"昭"指皇太极（死后葬昭陵，即沈阳北陵）。小说从族源神话"三天女"传说开始，天女佛库伦吞了朱果受娠，生下布库哩雍顺，便是满洲人的始祖。经过许多年，到孟特穆，移居萨浒河赫图阿喇城，才稍有真实历史可考。从孟特穆起，又传了四代到努尔哈赤，五代到皇太极，移居沈阳，才奠定了一个皇朝的基业。这是一个中国历史小说典型的神话原型叙事模式——神圣起源与英雄的丰功伟绩。就其野心勃勃的创作动机和宏大叙事的意图构架来说，这部作品可以说是儒丐的代表作。对于这样一部书写历史的作品，仅从审美层面或者艺术技巧层面来观察无疑偏离了它主要的意旨所在。遍布在文本中的叙述与议论，很容易让读者感到叙述者有为满人代言的意识，该书"比较尊重历史，书中人物的言论、思想、作风、习惯、形象，以及各个历史事件的发生和结局，都有事实依据。……他的确阅读了大量文献资料，并进行了深入研究，去芜杂，留精华，用功之勤，不逊于治史的学者。作者取材于史书记载时，还借助学术界研究的成果，对史料的价值和可靠性作了必要的考订"[①]。作者如此精心地打造一部在报纸上连载的通俗小说，颇有些超出常理，可以解释的原因在于——他一开始就是（将其）当作一部严肃著作下笔的。

清福陵，又称沈阳东陵，是清太祖努尔哈赤的陵墓

---

① 玉漫：《福昭创业记·前言》，吉林文史出版社，1986，第 2~3 页。

儒丐有意叙述一条前后相继的满洲族群史，同时普及清代建国的历史，表达并意图激发满洲族群意识的自豪感。这个小说本身就是作为对于民族历史的一种追溯和确认，其背后有着明确地为民族立言的主观立场，只是浸润于文本内外的民族意识已经失去了社会根基，在现实政治形势中没有发展前景。对于历史，儒丐的态度颇为实用："关于读史的教训。一般人都好高骛远，好像除了前四史，其余都不足观，其实是极错误的意见。读历史并不是为赏鉴它的文章，乃是为明了事实的。事实越远越无征，也越无用，所以应当先由切近的读起。宋、辽、金、元四史，关于晚近文化，影响最大。举凡政治之隆汙，民族之分合，依然和现代关系着。所以治史的，先由近代作起，也是一个很好的方法。一位学人，长于汉史，却于明清历史，一无所知，这也未免过于厚古薄今了。"① 这同五四新文化运动之后渐成共识的古为今用及进化论史观是一致的。为了适应报刊连载的需要，儒丐的历史书写采取了传统通俗演义的方式——将原本繁多杂乱并没有一条平直发展轨迹的历史事件叙述为脉络清晰的故事，采取传奇化的办法无疑最简省和方便，而传奇化自然少不了以作为统领性的主角人物为线索。

福昭创业的历史与魏源《圣武记》中《开国龙兴记》一到四章所记的时间段相同。魏源是感触内忧外患而作："我生以后数大事，及我生以前上讫国初数十大事，磊落乎耳目，旁薄乎胸臆，因以溯徊于民力物力之盛衰，人才风俗进退消息之本末。晚侨江淮，海警沓至，忾然触其中之所积，乃尽发其椟藏，排比经纬，驰骋往复，先出其专涉兵事及尝所议论若干篇，为十有四卷，统四十余万言，告成于海夷就款江宁之月。"② 专门点明中英《南京条约》（"海夷就款江宁"），可见魏源意中所指——他追溯颂扬清初开疆拓土之武功，实有"揭示厥子若孙之虚弱无能，亟宜改弦更张，急起直追，以绍承先业"的警醒教化企图。③ 这种弘扬历史以激励后代奋进的意图，也表现在儒丐那里。作为文学写作，《福昭创业记》对史事删削节选、踵事增华，主要是为了塑造努尔哈赤、皇太极两代英雄的形象。

1897 年，严复、夏曾佑在《国闻报》连载的《本馆附印说部缘起》中对于小说描写"英雄"与"儿女"（历史与情感）两个"天下之公理"的论述："非有英

---

① 穆儒丐：《福昭创业记》，吉林文史出版社，1986，第 420 页。
② 魏源：《圣武记·序》，韩锡铎、孙文良点校，中华书局，1984，第 1 页。
③ 王钟翰：《魏源与〈圣武记〉》，《社会科学战线》1993 年第 1 期。

雄之性，不能争存"，故英雄主义是人类和种族生存所必需的精神；而"茫茫大宙，有人以来，二百万年，其事多矣，其人多矣"，为什么绝大多数都随时间流逝烟消云散，而惟有曹刘崔张等少数能够流传，并且"传之若是其博而大也"[1]？因为普通大众所接受的历史知识和道德观念更多来自小说戏剧的兴发感染而非经史子集的高头讲章，严、夏二人就此发现小说的社会教育意义而提升其社会地位，要义就在塑造民众普遍接受的英雄形象以凝聚张扬种群精神。无论维新改良的政治理念，还是小说功能的美学观念，儒丐内心里对于严、夏的观念都是接受的，他选择历史说部这一题材和体裁的原因正来源于此。中国历来有史传的传统，而历史叙述往往以帝王英雄为主角，这种传统史学叙述曾被梁启超在《新民丛报》等媒体上批驳为帝王家谱。这种说法固然带有新史学的整体观和民主意味，但就历史书写传统本身来说，却无可厚非，如唐德刚所言："梁说此语，是在我们文化转型的启蒙期食洋未化的似是而非之论。其实我国史学是源出于'谱牒之学'，早见于甲骨。此后在我们国家强于社会的封建和帝制时代，谱史合一原是个必然现象。耶教的旧约，回教的可兰经，还不是从家谱开始？中国传统史学是独步全球的，西方的现代文学史，未超过三百年。梁氏对中西比较史学初未经心，始有此启蒙期的哗众之言。"[2]梁说可能不足训，唐说也未为至理，二者各有侧重，每个历史书写者总是采取某一特定视角，而从帝王英雄入手显然属于更久远的传统，更经常与普遍。

这个久远的传统联系着具有集体记忆意涵的英雄崇拜问题。所谓英雄，是历史事件的主角，即是能为人之所难为的非常人物，在混乱分裂的年代能统一部众，在艰危时刻能杀敌御侮，在和平时代能为民造福。历史虽说是所有人合力的结果，但绝大多数的普通民众从来都不过是模糊的背景，跃动在前台、垂名史册的大多是那些区别于无名大众的英雄人物。被历史书写记录的英雄，在民族主义兴起的现代常常作为民族精神的图腾与象征，被塑造为崇拜的对象。而英雄崇拜几乎是人类本原性的心理欲求，是"集体无意识"的心理积淀，"几乎和人类文明一样悠久。甚至原始人就已意识到，他之所以能够在异己的和经常是敌对的世

① 严复、夏曾佑：《本馆附印说部缘起》，见陈平原、夏晓虹《二十世纪中国小说理论资料》（第一卷），北京大学出版社，1988，第9页。
② 唐德刚：《袁氏当国》，广西师范大学出版社，2004，第104页。

界中生存下来，全靠其杰出首领的英勇和足谋多智"①。许多远古神话和史诗的魅力正是在于：为人类提供了不朽的英雄偶像，英雄也成为文学作品中经久不衰的书写对象。

在现代民族/国家兴起的过程中，历史和文学叙事出于建构现代民族主体性的需要，普遍通过整合乃至虚构进行英雄的塑造与宣传，其过程掺杂夸张、想象、粉饰的成分。这样的英雄塑造往往使得历史成为传奇，传奇最后变成了神话。这种叙事的衍生功能在晚清以来的中国创建独立自主的现代民族/国家过程中，重心落在建立现代民族国家主体即"新国民"上。对于这样一个未知主体的寻找、想象、发明与构造，折射出近代以来尤其是晚清知识分子在现代民族国家建构过程中由于本土话语资源缺失所造成的焦虑。"侠"与"英雄"的想象，正是在这个背景下被重新启用，而启用并不是简单的复活与复制，而是意味着在新的时势下对旧有的资源加以重构，"淬砺"其"旧"，"采补"他"新"，后者构成了"英雄"想象的"现代性"起点。② 因为认识到民族危亡的时刻，英雄人物对于宣扬民族主义、提高民族凝聚力、张扬民族自信心有着巨大的作用，梁启超就曾撷拾史料，写作了大量中西伟人、烈士、侠客、英雄的传记。③ 秋瑾（1875～1907）、吕碧城（1883～1943）以及像《黄绣球》《女狱花》等小说也从女性的角度创造出"英雌"的叙事。④ 在晚清民族主义者与革命分子在进行国族想象和革命事业之时，贬低"东胡丑类"、颂扬汉家英雄也成为一种常见的叙事。⑤

儒丐要反拨的是在汉民族主义者那里被污名的满洲英雄形象。他不可能成为现实中的英雄，于是制造了一个书面中的英雄。《福昭创业记》试图通过将历史

---

① 〔美〕戴维·利明（David Leeming）、〔美〕埃德温·贝尔德（Edwin Belda）：《神话学》，李培茱等译，上海人民出版社，1990，第37页。

② 马淑贞：《民族国家话语焦虑与"新民"视野下的"英雄"想象——以报刊史料为中心的讨论》，《汕头大学学报（人文社会科学版）》2011年第5期。

③ 诸如张博望班定远、"黄帝以后第一伟人"赵武灵王、"匈牙利爱国者"噶苏士、"意大利建国三杰"玛志尼、加里波的和加富尔、"近世第一女杰"罗兰夫人、"二十世纪之巨灵"托辣斯、"新英国巨人"克林威尔、中国先秦至汉的刺客侠士、"祖国大航海家"郑和等。

④ 李奇志：《清末民初思想和文学中的"英雄"话语》，湖北教育出版社，2006。

⑤ 沈松侨：《振大汉之天声——民族英雄系谱与晚清的国族想象》，贺照田主编《在历史的缠绕中解读知识与思想》，吉林人民出版社，2003，第241～318页。

文学化的手法讴歌满洲的英雄，从而呼唤现实中的本族群英雄。对于民族英雄，他有个基本的判断："大凡所谓民族英雄，并不是由口头得来，而必须有实在的事功。最低限度，也须在民族间，立下一番事业，如石勒、苻坚之流。至若后世辽金元创业之主，功烈尤宏，然而艰苦卓绝，无如清代先人者矣。在太祖之先，迭遭变故，基业荡然。外而明廷朝鲜，皆以先进大国自居，以文字任意侮辱，习为故然。内而诸部分裂，互相攻杀。景、显二祖殂谢之后，以式微之家，逼处其间，不第不足以与明廷朝鲜抗，即哈达、叶赫、乌拉、辉发，皆为强敌，而无可奈何者。在此先进大国监临之下，又有同室操戈之惨，使无民族英雄，挺生其间。岂仅建州一姓，阒其无闻。满洲民族，亦将永无出头之日。天生太祖，仅不过有遗甲十三副，羽翼数十人，振臂一呼，尼堪授首，九部兵挫。三十年来，遂统一满洲，平服四国，使非感于民族之遭际，立志奋斗者，能臻此乎？试观与太祖并时角逐之诸国，微特朱明李鲜，其文化武力颇为优越，即叶赫、哈达、乌拉、辉发以及蒙古诸部，无不地大兵强，威名素著。由普通事理论之，皆足以并吞式微不竞之建州，万无转被建州并吞之理。然而数十年来，不但以上诸国，东亚大半之天地，亦咸归建州。建设古来未有之大清帝国，岂可尽以天命论之哉！盖不有英雄豪杰乘时握势，崛起其间，岂能转败为胜，定业兴王者乎？彼诸国，惟无英雄。故国虽大，人虽众，终于灭亡而已。然而英雄者，实国之魂胆，一国兴衰之所系也"①。这些言语类似英人卡莱尔（Thomas Carlyle，1795～1881）曾经表达过的意思：人类社会的发展史，实际上就是几个伟大人物的历史；一个民族有无伟大成就，要看它有无伟大人物，以及这些伟大人物对于多数民众的人格感召力，"整个世界历史的精神，很公正地说，就是这些伟人的历史"②。儒丐要通过对于满洲族群两代开国皇帝英雄形象的塑造来鼓吹英雄崇拜，召唤出对于已经颓败的清王朝光辉历史的回忆，从而也为自己心中的开明君主制张目。

推崇自己的英雄，就要摒除那些在作者看来是伪英雄或者暂时僭越了英雄名号的人物。比如中国传统文化中历来有不以成败论英雄的传统，到其极致往往成为同情失败者的口实。对于这种态度，儒丐针对袁崇焕和熊廷弼、毛文龙三人的情况作评论时说，三人"虽都一时之彦，而结果却都一祥。当熊廷弼被罪时，就有人说，

① 穆儒丐：《福昭创业记》，吉林文史出版社，1986，第414页。
② 〔英〕卡莱尔：《英雄与英雄崇拜》，何欣译，辽宁教育出版社，1998，第1页。

如果将熊廷弼在世，必不至此，如今又拿这些话来惋惜文龙。后来明帝杀了袁崇焕，又把惋惜熊、毛者，来惋惜袁崇焕。天为何不留一人，以试验他们的实效呢？把失败的死人，当作天神一样，可是把成了功的伟大人物，不问生死，即看得稀松平常，一点崇拜纪念的心情也没有，这样的重大毛病，若是一日不改，那末中国一定是免不了灭亡的。现在我们把这些闲话，姑且不提，一俟有了余暇我想作一篇《我的英雄崇拜论》[①]。这段话同郁达夫在1936年纪念鲁迅写的话异曲同工："一个没有英雄的民族是一个毫无希望的生物之群；有了英雄而不去珍惜、爱护、崇仰的民族，则是可怜的奴隶之邦。"[②] 儒丐和郁达夫不太容易相提并论，不过相似的言语却显示了共同面临的帝国主义背景和民族主义情绪：民族危亡中对于重振"民族魂"的吁求，只是前者基于满洲民族的褊狭立场，后者更具有中华民族的普遍意义。

另外一些人，比如同样在民间有着广泛声誉的农民起义领袖，对于他们身世的神话，作者采取了解魅（disenchantment）的手法。"因为运命之说，深中人心。不但圣贤豪杰，要替他们造出许多神话，便是凶贼大盗，一样也有神话，以附会之。好像说天下大乱，不关人事，乃天意使然。李自成与张献忠都是天神下界，奉了玉帝敕旨，来搅乱天下，以待真人之生。殊不知这神话，太偏重运命，而不管人事了。假使明有贤君，纪纲不乱，未必就能亡国。藉使偶有昏君，后继者知道整顿，也许转祸为福。不过明廷元气伤得太重了，同时内忧外患，相逼而来。再加上人民素信神话，以所黠者倡之，愚者从之，一下子就能弄得天翻地覆，祸害更烈。所以说运命和神话，若不根本铲除，草莽倡乱之夫，遇了机会，就要发动。成了事，就是禹汤文武，失败了就是赤眉黄巾。一个国家，常常这样捣乱，永远也不能入正轨。李自成等诸流贼首领，就是由这种运命和神话的社会中，孕育长养出来的草莽英雄，根本没有国家思想，只有粗浅的小说神话教育。偏又遇到明末民不聊生的时候，他们的智和力，又较一般老百姓高出不啻百倍。于是利用神话，以愚乱民，他们就都作了首领了。"[③] 这段文字就作者自己的作为来说是自相矛盾的，因为他本人的写法也是采取了"神圣叙事"——利用神话，然后一

---

① 穆儒丐：《福昭创业记》，吉林文史出版社，1986，第196页。
② 郁达夫：《怀鲁迅》，《文学》第7卷第5号，1936年11月1日。
③ 穆儒丐：《福昭创业记》，吉林文史出版社，1986，第613~614页。

步一步强调努尔哈赤和皇太极的崛起是天命所在。海登·怀特（Hayden White）认为人们在叙述一个历史实在的时候，历史事件、行为者、机构都会被编码成为故事要素，然后根据需要以史诗、浪漫剧、悲剧、喜剧或闹剧的形式讲述出来。儒丐《福昭创业记》的叙事模式就类似于海登·怀特所说的浪漫剧式历史叙事："浪漫剧根本上是一种自我认同的戏剧，它以英雄相对于经验世界的超凡能力、征服经验世界的胜利以及最终摆脱经验世界而解放为象征，是那类带有基督教神话中圣杯传奇或基督复活之类的故事。它也是一种关于成功的戏剧，这种成功即善良战胜邪恶、美德战胜罪孽、光明战胜黑暗，以及人类最终超脱出自己因为原罪堕落而被囚禁的世界。"[①] 儒丐在竭力强调福、昭的合理性时，刻意贬损李、张，全然忘记了这又与他在讥嘲袁、熊、毛时的观点和逻辑相悖——历史在他的虚构中真的成了一个任意打扮的小姑娘。

　　但在创作的时候，儒丐并没有将《福昭创业记》当作虚构的文学作品，而认为就是历史："本书虽系演义体裁，却是丝毫不许附会，关于当时实在情形更应当很忠实的叙述出来。"[②] 因此，他在细节上用力甚深，比如对于云梯的考究，对于天命元年，清太祖受尊号是"帝"还是"汗"的考辨，根据辽阳白喇嘛庙碑、沈阳抚近门匾额等实物凭证以及《满洲老档》对于大金国号的记载，乃至当时东北各地民间的老百姓"老汗王"的口语，综合起来勘查，得出结论认为："天命元年，群臣所上的尊号，确乎是汗，而不是帝。国号大金，也可以说是后金。"并解释"汗"字在一般习惯上固然逊于帝，在实际上也就等于帝了，如同成吉思汗，难道说不大于帝吗？"但是太祖当时不称帝而称汗，也有个道理。太祖原无取明而代之心，不过目击当时部民受尽明廷种种欺侮压迫，度着不合理的生活，慨然兴起拯济之念，奋斗二十余年，才把久未统一的部族统一起来，成功了一个理想的乌托邦，文治武备，全都有了规模。这才筹及长治久安的计划，于是不能没有国号，又不能没有君主。国号之建，必得恰合于全民的意志。而那时全民所最憧憬、所最企慕的，无过于再建大金帝国。于是金之国号，自然而然便应运而生了。但是到了太宗时代，国土益发加大，不但辽河东西已成腹地；蒙古、朝鲜亦列藩

---

① 〔美〕海登·怀特：《元史学：十九世纪欧洲的历史想像》，陈新译，彭刚校，译林出版社，2004，第10页。

② 穆儒丐：《福昭创业记》，吉林文史出版社，1986，第62页。

封。极其圣明的太宗文皇帝，已然感觉大金国号有些不合时宜。在未建大清国号以前，乃改以满洲为国号。满洲二字，其说不一，谓出佛典曼殊者近是。本来一民族，或一国家，当其建立称号时，必择佳名，又必适合大多数之意志者，始能成立。曼殊之号，自昔即为人人所乐称道。或作满住，或作曼殊，或作满洲，要不外一佳名，而能联属万众之意志，对内对外，往古来今，皆足以显示其存在，而不能消灭者。故大号之建，厥义深远，后之人于此号也，岂可轻弃乎！"① 这些细节上的繁琐考证就文学写作而言，原本没有必要，但是作者这么做，恰恰就是希望运用细节的真实来凸显这个演义式叙事作为"历史"的实在性，也使得自己的"辩诬"显得有根有据。

"叙事不仅仅是一种可以用来也可以不用来再现在发展过程方面的真实事件的中性推论形式，而且更重要的是，它包含具有鲜明意识形态甚至特殊政治意蕴的本体论和认识论选择。许多现代历史学家认为，叙事话语远不是用来再现历史事件和过程的中性媒介，而恰恰是填充关于实在的神话观点的材料，是一种概念或者伪概念的（pseudoconceptual）'内容'。这种'内容'在被用来再现真实事件的时候，赋予这些事件一种虚幻的一致性，并赋予它们各种各样的意义，这些意义与其说代表的是清醒的思想，还不如说代表的是梦幻。现实生活绝不可能被完全真实地再现出来，不可能具有我们在精致的或虚构的传统故事中才能看到的那种形式上的一致性。"② 从《福昭创业记》这一叙事文本来说，儒丐正是通过精心的事件挑选、结构设计、情节归纳，将原本并没有清晰线索可寻的纷杂历史统摄到"英雄经过磨难建立国家"的神话式母题框架中来，其目的是为了塑造民族英雄的形象。即便史实细节如何真实，也无法改变这种结构上的"梦幻"。尼采（Friedrich W. Nietzsche）曾将人对历史的态度意识分为三种：纪念的、怀古的和批判的。怀古的是保守与虔敬者，而批判性的以现在和将来的名义全盘批判过去，以便从过去的控制下完全解放出来——这种控制是一种负担因而必须全盘否定；与此相反，纪念的则是要在过去年代寻找英雄行为的榜样来给现实注入活力并教导人们在现实中怎样再一次具有英雄性。③《福昭创业记》显然属于后者。联系这个小说创作的时间正是在日

① 穆儒丐：《福昭创业记》，吉林文史出版社，1986，第63页。
② 〔美〕海登·怀特：《形式的内容：叙事话语与历史再现》，董立河译，文津出版社，2005，第1~2页。
③ 〔德〕尼采：《历史的用途与滥用》，陈涛、周辉荣译，上海人民出版社，2000，第11~24页。

本发动全面侵华战争之际，这个时候儒丐开始在伪满洲国境内的报纸上连载一部关于满洲民族英雄、清朝开国之君的征战历史，显然不是一时心血来潮。他的满洲英雄事实上既有别于革命者的炎黄子孙叙事，也有别于日本殖民主义的大和民族叙事，而是将满洲独立出来，作为一种族群民族主义的证词，只是因为客观上符合当时日本军国主义扶植伪满洲国的意识形态需要，而得到不出意料的奖赏。

撰述历史演义并不是新鲜的事物，明代末年可观道人在《新列国志叙》中说："自罗贯中氏《三国志》一书，以国史演为通俗演义，汪洋百余回，为世所尚。嗣是效肇日众，因而有《夏书》《商书》《列国》《两汉》《唐书》《残唐》《南北宋》诸刻，其浩瀚几与正史分签并架。"[①] 这段话描述了自《三国演义》问世之后，以"国史"演化为通俗演义的创作盛况。在从明余邵鱼的《列国志传》、冯梦龙（1574~1646）的《新列国志》到乾隆年间蔡元放的《东周列国志》，再到蔡东藩（1877~1945）的《中国历朝通俗演义》的强大传统下，儒丐的历史书写不足为奇。从商业角度来看，编撰历史演义是一种牟利的手段，在明中期到顺治年间的演义作者中就有一些人既为作家又兼为书贾，如熊大木（约1506~1578）、余邵鱼、余象斗等。但是演义历史毕竟是一种个体的精神劳动，作家一旦进入创作，就不可避免地要在作品中融入自己的思想感情，寄托自己的社会理想，也一定希望自己的作品能在读者群中产生一定的作用与影响。那么除开牟利的实际考虑外，儒丐写作历史演义又有什么样的动机呢？

一般来说，历史演义小说作家的创作思想大致可以分为三类：一是传播历史知识，牖启闾巷颛蒙；二是讽扬道德教化，鼓吹劝善惩恶；三是抒泄愤懑不平，寄托政治理想。[②] 目前尚无确凿的证据表明《福昭创业记》是由日本军方或者伪满当局授意撰写的，这种可能如果不能说没有，但是也不大。因为儒丐一生依恃报刊，编辑卖文为生，没有接受任何伪职，和政治保持了相当的距离，所以在抗战胜利和中华人民共和国成立后才能通过各类审查。但是他具有强烈的满洲民族意识，并且不满于民国的现状，而对于日本式的君主立宪情有独钟。为报刊撰文著书，不仅是职业所需，同时可以表明理想，主客观条件都利于促成这样一个作品的诞生。民族意识和民族主义叙事表述民族／国家过去成员和现在成员之间的历

---

① 可观道人：《新列国志叙》，转引自《中国历代小说论著选》（中编），江西人民出版社，1990，第246页。
② 纪德君：《论明清历史演义小说作家的创作思想》，《海南大学学报》1996年第4期。

史联结，同时通过某些仪式和传统也提供了一种空间联系的感觉，而民族情绪和文化在历史上一直依赖于各种各样的媒介，需要通过诸如神话、传说、史诗、传奇、颂歌、戏剧、小说等一系列形式来表述身份和传递认同。《福昭创业记》可以视为表述想象共同体的一个个案，为了取得预期效果，作者在貌似公允的叙事中采用了种种话术技巧。

此前，蔡东藩的《清史通俗演义》已于 1916 年由上海会文堂书局刊行。蔡著中渗透的是新民和教育的思想，第一回就明确点出功利切用的创作宗旨："现在清朝二字，已成为过去的历史，中国河山，仍然依旧，要想易乱为治，须把清朝的兴亡，细细考察，择善而从，不善则改。古人说'殷鉴不远'便是此意。"[1] 而在整个民国时代最为流行的清史小说，无疑是许啸天（1886～1946）《清宫十三朝演义》，自 1926 年初版至 1949 年就重版了将近 30 余次。许在自序中认为明朝的灭亡和清朝的衰落根本原因都在耽于安乐，因而强调写作目的在于"安乐死人，艰苦生人"[2]。同样撰述清代历史的演义，儒丐并没有常见的殷鉴后世的提法，而是着意重写历史，鼓舞民族自信，选材上自然就会与上述人等有所差异。蔡著、许著中满洲崛起不过是整个清代历史的一个序曲，儒丐则全力倾注于此段上升期，而不述后来的变化与衰落。对于神化了的起源，儒丐延续了以往的态度，蔡东藩则要理性得多："成为帝王，败即寇贼，何神之有？我国史乘，于历代开国之初，必溯其如何祯祥，如何奇异，真是谬论。是回叙天女产子、朱果呈祥等事，皆隐隐指为荒诞，足以辟除世人一般迷信，不得以稗官小说目之。"[3] 站在满洲本位的儒丐则主旨明确，运用比较史学来为自己服务时，明确地表明自己的立场：

> 罗马人是武力有余而文化不足的民族，自从征服了希腊，形势一变。希腊人虽有不幸沦为奴隶者，但是希腊的文明，却由这些被俘的学人，直接传给罗马的贵族，久而久之，希腊的文化全被罗马所吸收。旧的文化，新的民族，后来便孕成欧洲最放异彩的新文化。中国明末清初，也是这样，汉人的旧文化和满人的新体魄，以输血作用，孕成新的机运，就成了绝无仅有的清

---

① 蔡东藩：《清史通俗演义》，浙江人民出版社，1980，第 3 页。
② 许啸天：《清宫十三朝演义》第一册，新华书局，1948，第 4 页。
③ 蔡东藩：《清史通俗演义》，浙江人民出版社，1980，第 7 页。

代文明。可惜后继无人，大清帝国瓦解，将来如何，那就看谁来振作了。不过我们讲故事的人，用历史来证明，清初的事，却和罗马十分相似。不但入关以后，有好多汉人学者，为满洲王公所礼纳，便是关外时代，早已如此。照范文程、宁完我等，那些参与军事的不用说，便是当时诸贝勒府第中的奴仆，也有不少儒士，名分地位，虽不免歧异，实际上差不多都成了家庭讲师。[1]

不同文化交融混血，旧邦造出新命，儒丐给予清朝的评价以后世观点来看，尚为客观。只是一涉及民族之争，就不免入主出奴，设立虚拟的批判对象连篇累牍地给自己的族群辩解：

在不读历史的人，又囿于南北之见，总以为北人光恃武力，混一中国，无非是享现成。在文化上，未必有何建树。清之代明，也以为是坐享其成。这话未免太诬人，而且也绝无根据。如果肯虚心把历朝兴亡之迹，切实检讨一下，便能恍然。破坏中国文化古物的，不必是北族，大部出于中国之贼党乱民。北族不但破坏罪小，而且建设之功绝大。我们但看龙门、云冈以及河之南北、山陕辽东各地之石窟、佛像、墓表、雕刻，无人不认为是文化美术的瑰宝。在全世界中，绝无仅有，使世界高等人士，流连而不忍去。为中国吐万丈光焰，实多北族成绩。至于绝大建筑，如《洛阳伽蓝记》所载，更无一不出于北族。然而这些国宝，大半皆为中国盗贼、叛兵、乱民所破坏了。翻开历史，皆有铁案。明末乱离三十载，李自成、张献忠之祸，甚于以往的凶人。破坏之甚，杀人之多，不能缕述。清军入先，真可以说一无所有。宫殿城楼，已被烧毁。金银财宝，已被掠去。加以地方糜烂，遍地皆是盗匪灾民，有什么宝物奇货，可以承继的？幸喜清自太祖，已树根基。以关外实力，来浥注关内饥民。一方用兵，一方赈济，削平乱党，统一中国。到了圣祖仁皇帝的时代，休养了六十年。以天下之力，养天下之民，使互相调济。南方的百姓，可以到西北地旷处去移植。而北方的百姓，也享受了南方鱼米之利。这样平均的养育，中国的人口，才逐渐增加，视明末突加了百倍。中国全人口，有四万万，如果把通考翻开看看，就可以知道中国人口之增加，哪一朝

---

[1]　穆儒丐：《福昭创业记》，吉林文史出版社，1986，第238页。

也没有清朝增加得快。这第一是由于圣祖以下，仁君继世，大享承平之所致。第二也因为版图增大，五族化为一家。中国商民，容易迁徙资生之故。这样历史上的实在功绩，可以胡乱看过么？圣祖治世六十年，不但庶政武功，近绝前古。而酷好科学，力倡文化，也是前代帝王所没有的。大约在圣祖时，北京才像了样儿。城楼城壁，大加改修。宫殿之中，也多了贮藏。到了高宗纯皇帝的时代，虽也用兵，却又长治久安了六十年。偏生高宗之爱文学美术，比圣祖尤为进步，奖励提倡，复以高价搜求。宫中之物，益发增加了，但是什么是明宫故物，除了残缺的几套《永乐大典》，还有什么？清宫之物，都是清朝历代皇帝，自行搜集的，并非承自前朝。关于此点，王静安先生《观堂集林》中，已有辩论，可作参考。唯腹笥贫俭的志士们，以及贪如虎狼的军阀政客，则以为这些东西是故明的，是国有的，而不认为是清室私产。于是盗卖、打劫、强运，相逼而来，寸草不留。试问破坏中国文化古物，使中国一无所有，不能骄人，到底是北族是南人？无论什么事，须以良心说公平话，尤须顾及全中国，那才算好汉英雄呢！[①]

论辩式的言辞，意气现于笔端，情感的倾向性压倒了逻辑的严密性。对比于许啸天《清宫十三朝演义》的丰富细节与清畅语言，儒丐的插入议论往往干扰叙事，斫伤其作品的文学性。然而审美显然不在儒丐考虑的首位，个性化的评点倒实实在在在证明《福昭创业记》是个充满强烈个人情感的"小说"而不是"历史"。他还常用民族融合的观点来强调满汉一家的道理：

因为清与明，虽为敌国。若抛去政治，但由文化和民族沟通上来言，这时正是一个清新的民族，向一个衰老国家输血救亡时代，别看两下里在辽河东西战争了二三十年，由战争而交了朋友的，不仅是一二有名上将，双方的人民兵士，也因此交换感情，沟通文化，差不多彼此都有了关联，打成一片。北方诸民族，为什么很容易地联合到一起，就皆因他们彼此接触，已有二千多年的历史。不过到了清明之际，益见其融化沟通，业已无法分离，所以就完成了古所未有的大清帝国。

---

① 穆儒丐：《福昭创业记》，吉林文史出版社，1986，第631～632页。

　　吾人尝论清帝国之勃兴，其初期全为满洲民族自身之力。说现在的话，所谓自力更生，脱去明廷枷锁而已。一个民族，不受极大压迫，其反动力亦不能太大。明以野人夷狄目满洲，而加以侮辱欺凌，此恨不可不申。故太祖一呼，而额亦都、何和理、费英东、扈尔汉、费扬古诸豪，皆攘臂而起。统一民族大业既告成功，而新陈代谢，继起人才，视前尤盛，于是有志于关内。太宗始礼重汉人，盖以欲成大业，不能分畛域也。由是观之，清帝国前期，乃满洲自身之力创。入关以后，则为满汉共同之舞台。[①]

尽管儒丐在塑造明末清初鼎革嬗变的那段历史时，有人为的彰扬或者遮蔽，但是他的对清朝在中国历史中所起到融合南北民族、接通游牧与农耕、扩展疆域与文化视野的认知是准确的。通过一系列的叙事策略和措施，儒丐想要证明的是建立清朝的合法性，从而为旗人作为异民族入主中原正名。在这个过程中，他难免因为偏爱和隐恶的需要，对一些在汉人编纂的史实中强调的部分进行弱化，比如扬州十日、嘉定三屠，满洲内部统一过程中的血腥、欺诈、背叛、武力等行径则尽可能地淡化；而对某些争论不已的问题给予一个有利于清朝皇族的解释，比如洪承畴的降清。儒丐将努尔哈赤和皇太极刻画成领导顺应天意的正义之师的英主。在攻灭海西女真的过程中出现的"叶赫老女"东哥的故事，完全是个体的悲剧，东哥一生因为各种政治目的被七次许配给各族各部，其间建州女真未必比其他部落正义多少，但是东哥个人的悲欢哀乐并没有为作者所关注，作者注目的是努尔哈赤部的雄才大略。努尔哈赤死后的新君继位过程同样是阴谋重重，但是皇太极及诸位皇子逼迫大福晋乌拉那拉氏阿巴亥殉葬这样的内部纷争只是一笔带过。事实上原太子褚英被诛，继太子代善被诬与努尔哈赤第二个大福晋富察氏私通，也遭贬黜，最后皇太极在残酷的竞争中得登大宝。中间的尔虞我诈、钩心斗角都被掩盖，竭力突出的是皇太极的万众拥戴。

　　值得注意的还有儒丐的史观，中国历史自秦汉以降、易姓代祚、成王败寇是常有的事情，但是少数民族执掌大一统政权并不多见。在他们进取整个中原的过程中，只能迎合、接受、继承整个中国传统文化的衣钵，从"夷狄"转为"华夏"才具有正统性。晚清以来的许多反映明清鼎革这一段历史的演义小

---

① 穆儒丐：《福昭创业记》，吉林文史出版社，1986，第502、575～576页。

说，如痛哭生第二的《仇史》等①，往往摆脱不了狭隘民族主义的情绪，满洲被称为"满酋""虏""夷"，他们的入主中原被视为窃国神器，变华冠裳，这同清末革命派驱逐鞑虏的宣传影响有关。儒丐承传了文化民族主义的主张，大力鼓吹满洲替代明朝的合法性，以接续正统论反拨革命党人的汉民族主义。通过《福昭创业记》这个文本，我们可以切实地感觉到一个"英雄"是如何通过话语制造出来的，一个少数民族政权如何被赋予合法性，而同时对于民族身份和意识的表述与被表述有了更深一层的认识。儒丐这种模仿式民族主义书写的逻辑，无疑与当时在全国范围兴起的国族一体的抗日思潮是格格不入的，而强调满洲民族主义也疏离了日本帝国主义，其结果必然导致满洲与民国和日本不同历史话语之间的多重龃龉。这种扞格与龃龉或许在儒丐那里是不自觉的，颁布"民生部大臣文艺赏"给儒丐的日控政府也没有意识到。因为穆儒丐在日本帝国主义侵华的背景下具有地方民族主义色彩的书写，正好迎合了日本帝国主义者扶持伪满洲国的意识形态需要。

事实上，"满洲"在此际已经融入 20 世纪以来"中华民族"话语的型构之中，成为多民族一员的"满族"，尽管我们不必计较其是否"汉化"，但是其无论在通用语言（满语）的失落、骑射在火器时代的贬值和退化，还是在价值观念上（有清一代程朱理学的统治和近现代转型中民主共和观念的深入人心）都已经内在于中国文化大传统之中。因而，穆儒丐的族群民族主义是不具备中国历史传统与现实处境的，他所表述的族群性民族主义带有其特殊的政治与文化诉求，终究因为不符合时代大势而趋向于湮没，如同滔滔大潮中的一股微小的回流。

"历史就是'人'力图自'时间'中'解放'出来，又力图利用'时间'来达到'不朽'的一种方式和形式。是'人'对'时间'的体会而产生的'优先'向'无限'的尝试之方案，一种对'不朽'的追求之方案。"② 儒丐在文本中制造民族英雄，尝试让其彪炳千秋，但历史的书写总是在各种权力不停流转之中完成各种各样的

① 黄帝纪元四千三百九十七年（1905）九月一日《醒狮》第一、二期载。日本东京留学生会馆编，题前有"历史小说"四小字，仅刊出第一、二回。第三期编辑部敬白云："本报所登历史小说篇幅甚长，非数年不能完结，今后不复逐期登载，当谋刊单行本，以餍阅者先睹为快之望。"见江苏省社会科学院明清小说研究中心编《中国通俗小说总目提要》，中国文联出版公司，1990，第939~940页。
② 李纪祥：《时间·历史·叙事》，兰州大学出版社，2004，第221页。

移形换位。作家和历史学家一样，是"走在人们要求他完成的两项矛盾的使命之间的一条羊肠小道上。一方面，他必须使自己与那些存在于普通人心中的神话以及变形的集体记忆相分离，以便能把这些神话和集体记忆与得到证据和理性支持的非神秘化的陈述并列在一起。另一方面，作为一个建立和传播知识的人，他必须为历史意识的形成和同时代人的记忆作出贡献……事实上，政治权力始终试图控制或影响历史的编写。但是在相反的意义上，历史学家本人也具有令人生畏的权力，即塑造今天的历史意识和明天的记忆并使之合情合理的权力……（夏多布里昂警告）当一个人对落魄保持沉默而仅仅选择保留奴隶的锁链和告密者的声音时，当一切都在暴君面前颤抖时，当获得他的恩宠和招致他的羞辱同样危险时，历史学家便出现在舞台上，接受公众的复仇委托"[1]。儒丐的"复仇"可能会引起后来者新的"复仇"，"历史"总是在这样的"历史书写"中一次一次呈现出不同的面目。在这个意义上，文学重述历史，历史也就是广义的文学。

第二节　丧失感与底层悲悯

怀旧的激情不仅体现在儒丐这样主动进行历史重构的旗人作家那里，在通俗文学的无意识层面也有大量类似的表现。即便是在武侠小说这种高度类型化的写作中，旗人作家也很少具有想入天外的浪漫情绪，而浸润着现实中体察到的丧失感受和悲悯情怀。

王度庐（1909～1977，镶黄旗）是较早被文学史著者发现的以武侠著称的小说家，在20世纪80年代就被通俗小说的研究者视为"现代武

王度庐肖像

---

[1] 〔法〕弗朗索瓦·贝达里达（François Bédarida）：《历史的实践与责任》，辛未译，《第欧根尼》1996年第1期，第112～113页。

侠十大家"或者"北派武侠四大家"之一，并且写入影响较大的现代文学史教材《中国现代文学三十年》中。他的主要作品是以《鹤惊昆仑》《宝剑金钗》《卧虎藏龙》《剑气珠光》《铁骑银瓶》为代表的"鹤－铁"系列，作为"雅俗互动"中比较接近于雅文学的一员，"王度庐熟悉新文学和西方现代文化思潮。他的武侠小说已以性格心理、性格动作为重心，作者叙述时且有主观情绪的投入。他对江湖恩怨……能抱批评的态度，如《洛阳豪客》所写。《风尘四杰》富平民思想，用第一人称'我'来叙述，充满对天桥贫民的同情与赞扬，风俗描写逼真，通体的小说形式与纯文学作品的界限已很微小"①。这种评价已成定论，作者秉持着一种现代化的文学史观，将文学用二分法界定为"高雅"和"通俗"两大部类，而在这两个部类中隐含着等级的评判——以是否靠近"纯文学"作为水平高低的评价标准。反思这种文学史观，带有以现代西方文学的尺度规划中国本土文学门类的缺陷，这种规划固然有其历史适用性，有时却削足适履，阉割了更为丰富生动、庞杂多样的文学事实。

武侠作家的形象遮蔽了王度庐作为一个多产作家的其他侧面，其实他是以写言情小说开始的，社会小说、侦探小说、散文、评论等各类题材也多所涉及。《风尘四杰》（又名《天桥英雄》）就结合了武侠、言情、社会的多种要素，本章以之为中心，着重探讨王度庐作为一个类似于老舍那样的底层旗人出身作家的平民意识、知识分子心态和现实关怀。当然，这些特色在他那些被称为"悲剧侠情"的武侠小说作品中也时时有所流露。不过作为一个早先以创作言情、社会小说起步的作家来说，写作武侠小说这一类型更多是出于大众传媒读物的需要和读者消费市场的考虑。现实题材的"社会小说"可能更贴近落魄流散的旗人的处境和心境②，甚至在"鹤－铁"系列武侠小说中他也更多体现出游离于通行武侠的笔致。③如果说从剑胆的《妓中侠》中可以看到欲望的转化与升华，那么王度庐的《风尘四杰》则讲述的是侠义的没落与悲情，这种没落有其历史必然性，因而在悲剧性

① 钱理群、温儒敏、吴福辉：《中国现代文学三十年》（修订本），北京大学出版社，1999，第549页。
② 王度庐父亲原先可能供职于内务府上驷院，但在他七岁时就病故，家庭可能属于镶黄旗，极为贫穷。在后来的《古城新月》《落絮飘香》等作品中，他一再书写下层民众的困苦景况，就是来自少年时代的记忆。徐斯年：《王度庐评传》，苏州大学出版社，2005，第3~5页。
③ 本书第四章第四节还将就"鹤－铁"系列做探讨，讨论它们在武侠类型小说边缘的形态。

的丧失中就蕴含了对古风热肠缅怀式的眷念。

　　王度庐研究专家徐斯年认为："《风尘四杰》篇幅虽小，却很值得注目：（一）此书及其续书《香山女侠》皆以第一人称叙述，为所仅见；（二）书中之'我'，出身经历、性格气质皆与作者十分相近，自剖、议论、感慨之语颇多，是研究作者思想、情感、气质的重要材料；（三）《风尘四杰》几乎完全可以视为'纯文学'作品，构思、主题、情致既迹近老舍《断魂枪》，又类乎温瑞安《今之侠者》，是显示通俗文学与新文学交汇互补现象的代表作之一；（四）此书集中表现了作者对现代社会以及'游侠思想'与现时代之矛盾的清醒认识，因而是从创作思维角度研究其社会言情说部和悲剧侠情说部二者关系的'枢纽'。"[1] 这段话很有启发意义，不过徐氏仍然操持着"纯文学"高于"通俗文学"的概念，比如他在另一处就说"度庐先生社会言情小说的构思和主题，不仅比前一代通俗文学的同类作品有所发展，而且和'五四'之后的新文学有所'同步'"[2]，仿佛"通俗文学"唯有向"纯文学"靠拢才具有被评判的资格，其实所谓"纯文学"和"通俗文学"的概念本身并非严格意义上的学术概念，不过是一种方便的称呼（笔者在本书其他场合不加辨析地使用"通俗文学"这个概念大多是在这个意义上的）。"新文学"也并非一个横空出世，与以前的"旧文学"没有血脉关系的宁馨儿，并且"新""旧"的范畴与"现代"和"传统"的划分一样，都不过是知识生产中的一种话语型构。在接下来的论述中，笔者就将其是否为"通俗文学"或者"纯（严肃／高雅）文学"存而不论，不会因为它具有大众读物或者笔法技巧上的"通俗"就认为它天然的等而下之，也不因为它在某些形式和手法上运用了一些学自外国文学的内容就觉得它价值陡然得到了提升，这样也许更能在起始的时候就摒却既定价值判断的偏见，接近文本表述本身。

　　《风尘四杰》是以"我"作为一个观察者和部分参与者的身份来叙述故事的，具体的背景设立在1917年的北京。其时，"我"作为一个谋事未成的贫困文人蜗居在天桥附近，偶然出去散心的机会结识了卖大力丸的刘宝成。出于同病相怜和对草莽英雄的仰慕，"我"时常帮助刘宝成，因此被他视为知音。某次刘宝成带着"我"去看他的师父，"我"才得知他们的遭遇和经历。原来，刘宝成淹蹇于天桥

---

① 徐斯年：《侠的踪迹——中国武侠小说史论》，人民文学出版社，1995，第136页。
② 徐斯年：《侠的踪迹——中国武侠小说史论》，人民文学出版社，1995，第135页。

卖艺是为了养活年老失业、无力糊口的师父一家。他的师父就是早年赫赫有名的
"双刀太岁"胡老镖头。如今胡老镖头英雄迟暮落魄在家，陷入无人问津、衣食无
着的境地，昔日的荣光早已风流云散，刘宝成菲薄的收入也不过杯水车薪。"我"
的到来显然给这个困窘无奈的家庭带来了绝望中的一点希望，以至于全然失去威
风的双刀太岁一见面就将女儿胡丽仙托付给"我"，希望"我"能给她找个好婆
家。然而，"我"不过是个百无一用的文人，心有余而力不足，虽然觉得胡丽仙
美丽可人、大方伶俐，终究无计可施。在交往中，"我"还认识了胡丽仙的干姐妹、
在天桥唱老生的杨桂玲以及她的表哥、表演魔术的贾波林，都是一些勉强维持生
计的底层艺人。他们之间患难相扶、热心助人的朴素感情，让"我"颇为感佩。

一次出游中，胡丽仙被天桥的恶霸崔大爷看上了，这是悲剧的开始。崔大爷
试图用金钱诱惑胡丽仙，刘、杨、贾等人都要在天桥混饭吃，敢怒不敢言。"我"
去规劝胡丽仙不要上崔大爷的当，但胡丽仙其实什么都明白，不过是迫于无奈，
希望能从崔大爷那里得到一些钱，以赡养家里。"我"也只能空自嗟叹、无能为力。
然而，就在崔大爷诱骗胡丽仙快要得手的晚上，却发生了变故：不甘受辱的老镖
头与刘宝成去救被困在崔家的胡丽仙，与崔大爷发生冲突，在崔太太的帮助下，
刘宝成将崔大爷扔到楼下，救走胡丽仙。受伤的崔大爷将刘宝成告上法庭，胡老
镖头不顾身体安危，上天桥舞刀卖艺筹措出庭的费用，当天力竭而亡。大家共同
协力安葬了老镖头，"我"替胡丽仙在学校找了个杂役的工作，刘宝成在看守所
做了一个月劳工又出来卖艺了。"我"浪迹其他城市几年后回到北京，重逢刘宝成，
得知胡丽仙终于有了一个还算不错的归宿，快和一个铁路工人结婚了。小说中有
一段话直接表明，所谓的"风尘四杰"就是指刘宝成、双刀太岁、杨桂玲、崔太
太四个人："我什么也不行，我不如身强力大、正气磅礴的刘宝成；我不如老而
犹勇、侠义可钦的双刀太岁；我连慷慨陈词、奋勇无畏的女伶杨桂玲也不如；我
更万分也不及那维护正义、不顾自身利害，并且不顾自身的'崔太太'了！他们
和她们是卑贱的英雄，是这世上的渣滓，可也是瑰宝，是圣雄，是良心的光芒，
我称他们为'风尘四杰'。"①这"四杰"都是普通市井人物，即使双刀太岁、刘宝
成颇有武艺，但也不过比常人要灵活健壮一些而已，上述情节中也没有任何超出

<hr/>

① 王度庐：《风尘四杰》，范伯群主编《言情圣手 武侠大家——王度庐》，南京出版社，1994，第117页。

日常思维和逻辑关系的奇诡怪诞之处，完全可以视为发生在民国时代北京无数平民勉力挣扎求生的辛酸故事中的一件。至于其中的"侠义"，更多地体现为患难相济、急公好义、轻生重名的古典侠义精神。

这里有必要先简单梳理一下侠义的内涵和主要特征。先秦王纲解纽之后，最初是周室陵微，列国公子"借王公之势，竞为游侠，鸡鸣狗盗，无不宾礼"，实为"背公死党之议"，至汉兴禁网疏阔，出现了"布衣之侠"，"驰骛于闾阎，权行州域，力折公侯"的情形。[①]司马迁在书写建构中，提炼出"侠"的行为模式和精神特质是"千里诵义，为死不顾世"，"其言必信，其行必果，已诺必诚，不爱其躯，赴士之厄困，既已存亡死生矣，而不矜其能，羞伐其德"[②]。不惜冒着生命危险完成承诺和担当，又要功成身退，不求施恩图报，这样才算是侠。司马迁赞颂的是乡曲闾阎的布衣，那些身处乱世中而秉有慷慨激昂、信义为本的平民高尚之人。这种自由交往、公开结社的平民社会人际关系的道德准绳，带有匡正转型时代道德混乱的理想主义追求。侠客轻生忘死、舍生取义的行为内驱力在于具有超越意义的"名"。豫让恩不忘报，三击赵襄，为的是一酬知己，名高于世；荆轲易水别燕丹，西行刺秦王，也是为了将以有为，名垂后世。聂政刺侠累后为了避免连累他人，自残形容，其姐聂荣言"爱身不扬弟之名，吾不忍也"[③]，于是当街号哭，终于使聂政能名扬天下。聂荣理解弟弟追求的目标，因而甘愿杀己之身以传其名，后人同样赞其侠气。在侠的道德观中，"名"是一种抽象的社会历史精神价值，具有类似宗教的信仰性质，是存在于现实世界同时又具有永恒性的高尚的道德目标，为此可以殒身不顾以求死得其所、实至名归。侠的个人荣誉感至高无上，凡是可以得到荣誉的机会，必定倾全力去争取；凡是损害自己荣誉的事，宁可丧失生命也决不去做。为人（个体、个人）的尊严在侠的行为中得到了强调和尊重，在著名的"二桃杀三士"故事中，被晏婴设计杀死的、一向被认为是"上无君臣之义，下无长率之伦"的三位勇士，在儒者眼中无疑是嘲笑的对象。因为他们仅仅为了争区区一个桃子就相继自刎，实在是不明智，这在世故圆滑的普通人中间是不会发生的。实际上，他们是带着"不死无勇"的自觉意识，以死来捍

---

①　班固著，安平秋、张传玺分史主编《二十四史全译·汉书》第三册，汉语大词典出版社，2004，第 1829～1830 页。

②　司马迁：《史记·游侠列传》，转引自韩兆琦译注《史记》，中华书局，2007，第 370、366 页。

③　《战国策·韩策二》。

卫作为一名勇士的尊严。因为，得不到桃子（在那种特定的环境下成了荣誉的象征），无疑是对"名"的巨大损害，这是侠宁死也不愿放弃的；得到了桃子，又因为同室操戈而陷入不义，也是任侠之士所不齿的。两下交攻，决定了他们选择死的必然。当然，这样容易走上气度褊狭、睚眦必报和只顾私义、不问是非的道路，不过其中血性俨然，勃发着自古而下的刚强冲郁的生命力。因此从外部观察，侠者普遍的概貌是重然诺轻生死，一言不合拔剑而起，一发不中屠腹以谢。这种侠义精神作为隐秘的亚文化资源千载而下连绵不绝，直到双刀太岁们所处的现代社会初期也依然留有遗迹，并且可以成为近代民族危亡时期被民族主义者重新发掘的精神资源。

有论者归纳中国侠文化的道义理想为自由与兼爱，因而形成叛逆、放纵、平等、义气等追求。[1]不过，现实中的侠在汉以后就没落了，转而进入到文学想象之中[2]，千古世人侠客梦，成为一种远古的诗学理想。因此，就不难理解为什么弱质女流的杨桂玲和崔太太也可以被称为"杰"了——侠的内在精神比外在武技更重要。这也正是王度庐避重就轻的地方，他本不善于描写天马行空的拳脚兵器或者想入天外的玄幻江湖，而长在书写人情、展现世态。因此，王度庐的小说并不是在武侠文学系统中的"反武侠"[3]，而是游离在外的"非武侠"，前者通过滑稽叙事、狂欢效果结构颠覆了以前文本武侠世界的崇高感与历史感，后者却是为了张扬现实生活中卑微而有侠义精神的人格："我为这里一些风尘中的卖艺谋生的人表示着同情，并钦佩。我还知道他们——其实不仅是他们呀，连像崔太太那样的下流女人，她也是一个'人'，是有热情，有灵魂的。"[4]这个大写的"人"，恢复了侠在先秦时代的原初含义，只是这些人却生活在一个古典侠义已经落寞的工商理性主导的时代。

先秦侠义代表了一种踔厉发奋、昂扬自强的文化精神。基于侠的特点，在任何一个大一统的帝国中，它永远都是不安定的因素。对于这一点，提出了历代统

① 韩云波：《中国侠文化：积淀与承传》，重庆出版社，2004，第 54～85 页。

② 有关武侠在中国社会中的发展演变，可参看陈山《中国武侠史》，上海三联书店，1992。

③ 陈墨《新武侠二十家》（文化艺术出版社，1992）、《金庸小说人论》（百花洲文艺出版社，1999）较早提出这一观点。吴予敏、林岗、施爱东都有专文论述这个问题，尽管理路各有侧重，不过《鹿鼎记》"反武侠"的说法基本已经成为共识。

④ 王度庐：《风尘四杰》，范伯群主编《言情圣手 武侠大家——王度庐》，南京出版社，1994，第125 页。

治实际指导理论的法家看得非常清楚。法家思想集大成者韩非将"儒"与"侠"确定为专制统治危险的因素："儒以文乱法，侠以武犯禁"，"带剑者，聚徒属，立节操，以显其名，而犯五官之禁"①。"侠"是皇权所无法控制的非官方的私门民间力量。一方面，侠比儒者、纵横家、患御者、商工之民对于既有秩序的危害表现得更为直接，并且它在思想上造成贱爵禄、重私交的倾向，无论从实际武装上，还是从思想异端上，都在根本上危及统治秩序的稳定性。所以当权者对侠大都采取两手抓的政策：组织与身体上严禁私斗、收缴兵器、大肆捕杀，思想上贬损污蔑、钳制排挞。另一方面，任侠是个人实践蹈行的，没有学术思想论著行世流传，不附于三教九流，因此，不光儒家排摈它，其他诸家也排摈它。主流社会中重文轻武是个根本倾向，有清一代更为苛刻，关于这一点笔者在第四节会有更详细论述。总体而言，统治者在维护自身武力的情况下，反倒推崇文上武下、文本武末、文体武用的社会文化精神和心理，阻遏侠义精神的发展，弱化远古而下的强悍特质，从而在一个方面引起了种种所谓"国民性"的问题，诸如明哲保身、畏首畏尾、人格矮化、情调鄙陋等。进入现代以来，无论从器物（热兵器让冷兵器和技击术的贬值）还是从制度（法律和警察系统规范化了的正义行使方式）层面来说，侠都成了不合时宜的存在。侠义本身所具有的准贵族气质的古典情怀，在现代世俗社会中处处掣肘，风尘四杰们身处的就是这样的现实。

双刀太岁年轻的时候也曾经春风得意，像他自己所说："当年，有多少人都来求我？求我给说合事，求我收弟子，求我去给讨回来被劫去的镖银，求我替人报仇雪恨。都求我，送金送银，摆席摆酒，磕头作揖，托亲央友的都来求我。可是后来我倒了运，就一个也不再来求我，我去求人都不行。"②至于为什么"倒了运"，作品中没有具体说明，但是通过情节，我们可以很清楚地感受到社会环境和时代氛围不同了。所以"我"明白了："这位老人早先原是个保镖的。一定是好武艺，江湖之上，颇有威名，现在落到这般地步，是因为年头已经改变，他又老了，身手全无用处，生计才这样艰难。"③"年头变了"才是问题的关键，他的既有技能在

---

① 《韩非子译注》，刘乾先等译注，黑龙江人民出版社，2002，第 792、807 页。
② 王度庐：《风尘四杰》，范伯群主编《言情圣手　武侠大家——王度庐》，南京出版社，1994，第 53 页。
③ 王度庐：《风尘四杰》，范伯群主编《言情圣手　武侠大家——王度庐》，南京出版社，1994，第 53 页。

新时代失效了，原来的谋生方式成为被现代社会废弃的生活。^①镖局的产生与兴盛是与特定时代社会背景相联系的，如齐如山《镖局子史话》中所说："在清朝以前，国家无银行，只有票庄，义曰票号，都是山西商人所开，专与商家及官家汇兑款项；但数目小些的，可以汇，若数字太大，不能汇，必须运现，运现则专靠镖局子。商家的银两，自然是靠他代运，就是国家的公帑，也离不开他，各省少数的官帑，也常使票庄代汇，如大拨的，则派官押解，但只靠一二官员，即为解差的人，仍怕有失，在行军的时候运输粮饷，当然可靠军人护送，太平时候，不便随时动用兵丁，故必须靠镖局子保护，例如建筑平汉铁路的款项，都是由镖局子运往各处工地应用的。照以上所说，镖局子是于商业、于国家、于社会，都有其价值的。"^②只是随着事异时迁，现代交通、金融制度与公共安全系统让这种价值逐渐消磨渐至于无形了。王度庐在另一篇关于大刀王五的小说《绣带银镖》开头就写道：

> "保镖"一事，已随着交通的便利，币制的革新与夫各地警察组织之进步，而成为过去的名词了。无论相距多么远，可以用现代的交通工具将它缩短，用不着什么叫"起旱""打尖""投店"，无论多少款项，一纸汇票或是拍一个电报，便可以转移过去，用不着成鞘的银，整块的金往返搬运，无论有多么好的身手，或是手使什么"龙泉""太阿"削铜剁铁的宝剑绝对斗不过洋枪；再说现在到处都有警察，所谓"江湖好汉""绿林英雄"那是一万个也行不开的。所以，保镖的这项买卖已经没人提了，它受了时代的淘汰了，现在虽还存在着一两位当年的镖头，但也都须发如银，回忆着以往，真是一场"古老的梦"。^③

老舍在《断魂枪》的开头也说过类似的话，更突出了西方外来文化的震惊效应和颠覆性影响：

> 东方的大梦没法子不醒了。炮声压下去马来与印度野林中的虎啸。半醒

---

① 〔英〕齐格蒙特·鲍曼（Zygmunt Bauman）在《废弃的生命》一书中讨论了由现代性规划所产生的被视为垃圾和废品的人口和生活，可参看《废弃的生命》，谷蕾、胡欣译，江苏人民出版社，2006。
② 齐如山：《齐如山随笔》，辽宁教育出版社，2007，第84~85页。
③ 王度庐：《洛阳豪客 绣带银镖》，群众出版社，2001，第210页。

的人们，揉着眼，祷告着祖先与神灵；不大会儿，失去了国土、自由与主权。门外立着不同面色的人，枪口还热着。他们的长矛毒弩，花蛇斑彩的厚盾，都有什么用呢；连祖先与祖先所信的神明全不灵了啊！龙旗的中国也不再神秘，有了火车呀，穿坟过墓破坏着风水。枣红色多穗的镖旗，绿鲨皮鞘的钢刀，响着串铃的口马，江湖上的智慧与黑话，义气与声名，连沙子龙，他的武艺、事业，都梦似的变成昨夜的。今天是火车、快枪，通商与恐怖。[①]

双刀太岁这样昔日的豪杰和刘宝成这样在原本可能成为江湖上英雄的人物，在急剧变化的时代中明显落伍了，传统及其沦陷成为《风尘四杰》内在的悲怆之音。真正的悲剧还不在于技能的失效与谋生的无能，而在于落魄的现状与内在心理中无法舍弃的高傲之间的不相容。胡丽仙说："我们家里的人，连刘宝成都是这个脾气，秦二爷的铜，穷硬！不是这个脾气，还落不到这步田地呢！……我们向来谁也不指着，谁也不求，自己受穷，自己认命……"这种硬气可以视为古典的侠义好"名"之风的遗留，同样也折射出王度庐作为一个旗人后裔"好面子"的民族性格影响。

　　这种"好面子"显然不能轻率地等同于矫饰与虚荣，而是礼仪文化和个体自尊的体现。伴随传统沦陷过程的是道德及其底线的坚守问题。胡丽仙受崔大爷引诱的情节，在更早一点的张恨水小说《美人恩》中也有表现，不过男女主人公的结局却不一样。《美人恩》叙述的是落魄文人洪士毅与一个北京胡同穷家女常小南交往的过程。常小南是个捡煤核的少女，洪士毅出于同情用在慈善会打替工的微薄收入接济常家生活，对其渐生爱恋。貌美体俏的常小南后被杨柳歌舞团领班相中，禁不住浮华诱惑，见异思迁，先后甩掉洪士毅、乐师王孙，最终作了纨绔子弟陈四爷的姨太太。洪士毅幡然醒悟，不再做一个潦倒寂寞的士子转而走上从军之路。[②]张恨水 1931 年开始创作这个小说是为了激起知识分子的血性，与王度庐的对于底层平民的温情关怀有所不同。"我"也曾怀疑胡丽仙"虚荣"："她跟崔大爷在一块儿原来为的是图崔大爷的钱啊，并且这意思还是要想得到了钱养活她的家呀！是的，在这年头，一个女子，没有能力，没有高亲贵友，要想找一点钱，

①　老舍：《断魂枪》，《老舍全集》第七卷，人民文学出版社，1999，第 328 页。
②　张恨水：《美人恩》，北岳文艺出版社，2004。

赡身养家，就得出卖她的青春，灵肉，清白的身体呀！"[①] 这中间走投无路的沉重凄苦不是简单的"虚荣"二字所能概括的。作者本人也充满了同情之理解，并没有将女性的失足归为个体道德上的缺陷，而笔涉整个社会转型时期的不正义。事实上，崔太太就是胡丽仙的镜像人物，她的前世就是胡丽仙的今生，当"我"和杨桂玲以为她是崔大爷的帮凶时，她说："你们当是我愿意霸占这屋子吗？那就错了！这屋子谁愿意来，谁就来。我从十六岁，那时我是一个黄花女儿，真比学校里的女学生还规矩得多，就叫崔大爷——那时候他那个'爷'是才加上去，有人还只叫他崔大，他仗着点钱、点势力，就把我糟践啦！既不明媒正娶我，又不是接到他家去，二房吧，三房吧，给他做妾，弄了这个小房子就叫我在这儿住着，他高了兴时来，不高了兴时请他他也不来，有时弄些狐朋狗友，有时还弄些坏女人，来到我的眼前气我。到现在我二十七啦，在这儿混了十一年啦，真还不如我早先就下窑子去混事呢，那我到了现在还许倒有几个钱啦。我在这儿给他一个人儿嫖，还得受气挨打，把我弄得什么骂人的话，全会说了，脸我也不拿它当脸啦。"[②] 这段惊心动魄的话暗示了胡丽仙一旦被崔大爷霸占之后所可能出现的残酷蜕化情形。

同是在急剧变化的时代中被抛弃的孤独无助者，叙述者投射了作者本人的影子，尽管"我"对胡丽仙一再规劝，却也并没有太多地谴责她，而将矛头指向更广范围的社会现实。像徐斯年指出的，"前辈通俗文学作家的言情小说，如徐枕亚《玉梨魂》，李定夷《鸳湖潮》、《霣玉怨》等，皆为伦理悲剧，其悲剧冲突实为'父与子'的冲突。至度庐先生一辈优秀或较优秀作家笔下，上述悲剧冲突乃演化为'人与物（质）'的冲突"[③]。这是一个现代性命题。从王度庐身世来看，他对底层的悲哀境况深有体会。王度庐一生漂泊，从来都是一个平民的身份。他与我们后来文学史中经常讲到的一些平民作家或者具有平民意识的作家，比如老舍还是有区别的。后者在后来的遭遇中现实身份和作品身份出现了分裂，也就是说他们本身已经成为既有话语权力的掌握者，已经不再是平民，王度庐却一直是靠

---

① 王度庐:《风尘四杰》，范伯群主编《言情圣手 武侠大家——王度庐》，南京出版社，1994，第92页。

② 王度庐:《风尘四杰》，范伯群主编《言情圣手 武侠大家——王度庐》，南京出版社，1994，第102页。

③ 徐斯年:《侠的踪迹——中国武侠小说史论》，人民文学出版社，1995，第134页。

写作与教书生存。底层与边缘的生存本身就令人筋疲力尽，使得王度庐与那些处于领导时代潮流地位的启蒙者和革命青年，有着明显的差异。因此，小说的叙述中无时不弥漫着一种忧郁低回的情调，呈现出两种藕断丝连的情绪：带着旧式知识分子的茕茕孑立的悲悯，同时也有部分接受了五四新思潮影响的现代知识分子个体自觉意识。

在道德沦丧的时代，天桥底层民众显现出来的人性与道德的光辉让平民知识分子"我"感到一丝温暖："现在我实在悯念着这些人，愿时时跟他们在一起，因为觉得他们都有'人的感情'和人类悉应具有的道义，不过，我又为他们的命运悲哀。"[①]这种同情感显然是现代平等意识产生的结果，在专制等级帝国中，贵族、官员、士大夫与一般民众没有共同的思想与情感，阶级差别造成的忠诚与义务主要是由于政治权利。只有人人平等的观念深入人心了，原本处于区隔地带的知识分子才会容易对底层的民众产生同情意识。如同托克维尔所说："只有彼此相同的人之间才会有真正的同情。"[②]"我"的情感倾向表明，旗人知识分子已经跨越了等级、族群、性别的界限，而将自己与他人同归入底层公民之中，由此也可见民国之后民权观念的潜移默化。"在故乡养病半年，又到别处一个大城市里作了几个月的小职员，接近的是一些阔人，看见的是他们那些少爷小姐度的那些奢侈生活；'裙带风'表现出来的那些丑恶，使我憎恨；使我思念起古城风尘中的侠客、义士、卑贱而有真感性的女性们。"[③]就像克里斯蒂瓦（Julia Kristeva）在论卑贱时引用雨果《世纪的传说》中的话"愚笨的傻子也有真知灼见；卑贱的眸子也有上苍般闪光，时而温柔，时而凶狠"，民间的朴素正义不在沉默中毁灭就在沉默中爆发。"在卑贱中，有一种强烈而又隐隐的反抗，它是生灵借以对付威胁物的反抗"。[④]克里斯蒂瓦这番话，主要是就女性主义角度来说，而受侮辱与受损害的底层贱民实际上与受歧视受压迫的女性具有同构性。卑贱具有本质上被排斥物反抗的力量，"天桥这地方虽说讲究胳臂粗，可是凡指着在这里吃饭的人也全有点义

---

① 王度庐：《风尘四杰》，范伯群主编《言情圣手 武侠大家——王度庐》，南京出版社，1994，第 59 页。

② 〔法〕托克维尔：《论美国的民主》，董果良译，商务印书馆，1991，第 701 页。

③ 王度庐：《风尘四杰》，范伯群主编《言情圣手 武侠大家——王度庐》，南京出版社，1994，第 123 页。

④ 〔法〕朱莉娅·克里斯蒂瓦：《恐怖的权力——论卑贱》，张新木译，生活·读书·新知三联书店，2001，第 1 页。

气"①。这种言辞中，显示了作为知识分子的"我"的钦羡之情，从一个侧面折射出五四新文化运动以后日渐壮大的"劳工神圣"思潮。

晚清到民国的武侠小说大略有两大部类：一类是以还珠楼主《蜀山剑侠传》、平江不肖生《江湖奇侠传》为代表，另一类以平江不肖生《近代侠义英雄传》、姚民哀《山东响马传》为代表；前者在幻想中构筑一个旖旎绚烂的奇幻世外江湖，后者则立足世俗侠义人物精神，书写侠客传奇故事；而两者都夹杂着政治与国家的隐喻和想象。侠客在现代本属过时之物，缘何忽然在这样一个转型时代在大众文本中勃然作兴，实为一个值得深思的现象。晚清国家面临着激烈的权力斗争、中西新旧文化的代谢，原先掌握着正当暴力的清政府已经丧失权威，权力的失落，造成了暴力的转移与流窜，反过来暴力也成为获得权力的手段。换句话说，在"治世"里，以武犯禁的侠客是非法的，但是在"乱世"却具有了除暴安良、辅国安民的合法性。所以"风尘四杰"的所为被提升到道德高尚的层面，他们的私法（"义"）被赋予了公共正义的意味，正是因为整个社会在官、军、绅各自既割据又联合的"军绅政权"②下民众无所依托的表征——当政府机制与社会系统不能提供正义保障的时候，个体只能自求正义。

不过，需要注意的是，《风尘四杰》是1949年4月出版的，写作时间应该在之前不久，此时已经是中国"改天换地"的前夕。在经过20世纪40年代延安整风运动之后，逐渐趋于一统的美学趣味氛围中，原先国统区、沦陷区的大众文学也开始向主流的"新民主主义"乃至社会主义取向靠拢。王度庐的这个小说却有着奇特的哀伤意味，读者几乎丝毫感觉不到外部社会情势轰轰烈烈的变化，更多的是个体柔弱的生命在冷酷无情的社会历史进程中被挤压的痛楚。作者珍视的也许就是底层的贱民在面对命运挑战时发奋踔厉的无畏姿态，在复杂变动时代的心理走向以及抗争意识，并由此传达了对传统生存状态出路的迷惘，以及发掘一种理想生命状态的努力。

---

① 王度庐：《风尘四杰》，范伯群主编《言情圣手 武侠大家——王度庐》，南京出版社，1994，第124页。

② 陈志让曾经有见地地指出，1912年至1937年中国的军队，既不对侵蚀中国领土主权的外敌保卫国家的主权（十九路军上海之战是例外），而又自己决定谁是"内敌"。这个时期中国没有统一的军队，没有统一的指挥系统，也没有统一的军队管理系统。军阀与恶劣化了的地方绅士联合起来形成了"军绅政权"，其显著特征是"分崩离析"——政治、社会、经济都分为派系，或分为省和省以内的区。陈志让：《军绅政权——近代中国的军阀时期》，生活·读书·新知三联书店，1980，第1~7页。

　　虽然世道大变，生命却不能因此随波逐流。这里表达的既是对那个已成明日黄花的时代的凭吊，也是时代变迁中对生命尊严的坚守。这种坚守，因其在落寞中，所以也就成为一种抗争的姿态。这也是传统侠义精神的生命姿态与孤独的现实处境。因为从 19 世纪中叶以来，中国人面对的不仅是物质层面的冲撞和否定，更深层次的，还有对传统价值观、社会观的冲撞和否定。相对稳定了很长时间的中国老百姓，面对这样一种精神依赖的崩塌，所表现出的巨大丧失感，也不足为奇。困惑不解，也夹杂着落寞无奈。这实际上表现的是一种个体对人类现代历史进程的无可奈何感，是生命个体对已逝历史记忆的一种叹惋。这个时代所造就的，绝不仅仅是双刀太岁和刘宝成虎落平阳的悲剧，更是处在动荡不安年代里的中国传统文化所面临的共同悲剧。

第三节　通俗小说的类型融合

　　"传统失落"如果换个角度看，是它因应时势所生发的更新，也即"现代"也许并非是与"传统"的断裂，而是其连续性的传承与实践。现代文学的一个基本特色就在于它在"反传统"中对于"传统"的改造：精英的下移，民间与底层意识的崛起，以及高雅与通俗之间的互动。王度庐的"鹤－铁"系列小说集中地体现了现代武侠小说杂糅不同文类、风格与观念的尝试。

　　2001 年，李安根据《卧虎藏龙》改编的同名电影获得了奥斯卡奖十项提名、四项大奖。2004 年 11 月，人民教育出版社出版的全日制普通高级中学语文读本又摘选了《卧虎藏龙》的部分章节作为课文。媒体事件和教材文本改革引发了大众对于王度庐"鹤－铁"系列小说新一轮的关注，甚至连带引出王氏后人与 20 世纪 80 年代改写王度庐作品的作家聂云岚（1922～1994）之间的官司之争。这些事件一再表明王度庐作品历时数载依然具有的接受度。在既有文学史中，王度庐一向是作为武侠小说家的面目出现，他确实由言情转入武侠，并被视为通俗小说领域的一员干将。然而细读王度庐作品，我们会发现王的小说"武"事较少，而"侠"事更乏，并不能全然归为类型文学一类。前一节已就《风尘四杰》讨论其在社会变迁意义上对于现代性进程中的丧失感以及个体尊严和人道悲悯的表现，本节则在亚文化这一层面，以其代表作"鹤－铁"系列小说为中心，考察其杂糅言情、武侠、"新文学"要素的文体交融，以及这种交融所体现出的旗人文化和族群记忆。作为武侠类型边缘上的作品，这种亚文化特质既有着与同时代"通俗文学""大众文学"的共性，也有着自身的地方性、文化性特质，内在地构成了对"通俗文学"的现代改造。

"鹤－铁"系列小说包括《鹤惊昆仑》《宝剑金钗》《剑气珠光》《卧虎藏龙》《铁骑银瓶》五部内容互有关联而又各自独立的长篇小说，凡 270 余万字，以平朴诙谐、哀感缠绵又慷慨悲凉的文字勾勒了四代人的偶有交叉的人生遭际与情感历程。① 《鹤惊昆仑》主要写的是江志升因为犯了门规被师父鲍昆仑所杀，其子江小鹤浪迹江湖学艺以图报仇，中间夹杂江小鹤和鲍昆仑孙女鲍阿鸾之间的情感纠葛——这种情节设置自然不出现代武侠类型"复仇模式"和"成长故事"的规范。岁月流逝，人事蜩螗，江小鹤的"复仇"在经历了 10 年的光阴之后，其意义变得可疑起来。促使复仇的动机最初就是很暧昧的存在，因为父亲被杀死的时候，江小鹤还是个懵懂顽童，只是朦胧地意识到复仇的必然，复仇在这里被视为一种不证自明的合法行为。这是植根于血亲孝道的古老传统的遗留。多年以后，江小鹤在回顾往事的时候一厢情愿地认为"复仇"在自己而言是理所当然的责任，对母亲而言也是她的心愿。但冷酷的事实远非如此，当漂泊多年的游子回到故乡，他所面对的是破败和凋敝，生存的危机才是真正触手可及的现实。多年以前由于风流韵事（甚至仅只是个普通的合法纳妾行为，如同江志升所说："这女子是我新弄的老婆。可是也不是私弄的，他娘家婆家的人全都知道。我都跟他婆家的人说好了，过两天我赔他们三十两银子彩礼，他们就退婚，婆娘就接到我家里去了。这件事，谁也管不着，连本地县太爷都管不着！"②）引起的仇杀，同苦难的现状相比显得微不足道——母亲的改嫁更是说明复仇行动的荒诞性。因此当江小鹤留下银两给母亲养病，继续踏上寻找仇人的道路时，他的行动已经不是那么果决了。从复仇的对象看，鲍昆仑已经老迈，日之将暮，即使将其杀死，意义也

---

① 《鹤惊昆仑》1938 年上海励力出版社出版，又名《舞鹤鸣鸾》；《宝剑金钗》作于 1939 年，青岛新民报社出版，又名《宝剑金钗记》；《剑气珠光》1947 年上海文光书店出版，又名《剑气珠光录》；《卧虎藏龙》1948 年上海励力出版社出版；《铁骑银瓶》1948 年上海励力出版社出版。

② 王度庐：《鹤惊昆仑》，吉林文史出版社，1987，第 22 页。

不大。中间牵涉到与阿鸾的情思纠缠也并非如一般论者所言是问题的关键——即使没有与阿鸾的感情卷裹在内，江小鹤的行动依然是优柔寡断的。这是时间的熵，是血缘能量在漫长岁月中的消耗和衰减。王度庐一度对弗洛伊德的精神分析学颇有心得①，这个文本无疑显现出一种精神分析所讲的镜像。江小鹤的犹豫不决在于鲍昆仑根本就是他自己的人格投影：江小鹤的蛮横雄强正是鲍昆仑少年时脾性的折射，而鲍也在江的身上看到自己年轻时候的影子，尤其是在同自己窝囊的儿子作对比时，他更喜爱头角峥嵘、冥顽凶悍的江小鹤，因此才会屡屡舍不得下手斩草除根。反之亦然，江小鹤从暮年的鲍昆仑身上也隐隐感到了自己的某种性格因素的闪现，所以也总是在手到擒来之际放虎归山——鲍昆仑和江小鹤之间构成了互为投射的关系，任何一个杀死对方都构成了对自我的否定。因此，当江小鹤听刘志远说到鲍昆仑落魄到上吊而死的境地时，"觉得鲍老拳师死得实在太惨了，心中十分的忏悔"②。小说尽管对于复仇——合法化暴力——本身没有疑问，但是"复仇"这个在武侠小说模式中毋庸置疑的主题到最后已经指向了空洞和虚无，这里也可以看出它超出一般类型叙事之处。

　　如果说《鹤惊昆仑》里还保留了许多武侠小说的套路，《宝剑金钗》中则进一步将之淡化。《鹤惊昆仑》写的是复仇及复仇的幻灭，《宝剑金钗》则写的是情义和情义的升华。身负武艺的不第秀才李慕白在北京的游历，让他结识了德啸峰等京城名流，也因此同豪强黄骥北等人结怨。故事中间穿插李慕白同镖头之女俞秀莲及京城名妓谢纤娘之间的三角感情纠葛。李慕白原本志气昂扬，听同学的怂恿找俞秀莲比武，希望能博得芳心。后来得知她已许配给孟思昭，尤其是当他同孟意气相投，结为知已之后，便克己复礼，压抑了情感。孟为了成全李、俞二人，慷慨赴死替李慕白阻挡强敌，令后者更觉幸存者的歉疚，在道德感的压抑下尽管

① 徐斯年《论王度庐小说艺术之思想渊源》认为王度庐深受弗洛伊德学说影响，选择"性格－心理悲剧"为其侠情小说模式。因弗洛伊德认为在心理剧中，"造成痛苦的斗争是在主角的心灵中进行着，这是一种不同的冲动之间的斗争；这个斗争的结束不是主角的消逝，而是他的某个冲动的消逝。这就是说，斗争必须在自我克制中结束"。王度庐由此启发，乃致力刻画人物心灵的煎熬与斗争——"他不仅写不同的人物之间的心灵性的差异和冲突，更致力于剖示同一人物心灵内部的差异、分裂和冲突；从而使通俗文学品类之一的侠情小说，具有了现代型的悲剧美学风格"。参见徐斯年《侠的踪迹——中国武侠小说史论》，人民文学出版社，1995。
② 王度庐：《鹤惊昆仑》，吉林文史出版社，1987，第672页。

异常痛苦也不敢再对俞有任何想法。谢纤娘是李慕白潦倒京城、穷愁苦闷之时结识于风尘之中的慰藉,然而李终究囿于气量,辜负芳心,致使纤娘在绝境中愤而自杀。小说对于李慕白、俞秀莲、谢纤娘等人百转千回的心思愁结描写细腻入微,充分体现了王度庐言情的功底,而李慕白的优柔寡断和自哀自怜尤其婉转戚切。小说中有一段孟思昭劝李慕白的话"大英雄应当慷慨爽快;心里觉得可以做的事,便要直截去做,不可矫揉造作,像书生秀才一般"①,这句话恰恰点明了李慕白的弱点所在。他原本就是一个普通的落第书生,尽管对于干谒进取并无多大兴趣,但漂泊江湖、行侠仗义也非其所愿,就像他对谢纤娘所说的"你别以为我会几手武艺,就是江湖人"②。武技在他而言不过是诗酒风流之外的一种修养。无常的命运一步步将这个普通人推上了京城争雄的风口浪尖,就其本身而言却是由性格因素导致的命运驱遣。李慕白天性重情尚义,同时又深受儒家诗书礼义的教化,这必然带来性格自身的裂变和冲突。他对于德啸峰是拼将一死酬知己,对于孟思昭是同气相求、惺惺相惜,对于俞秀莲的挥慧剑、斩心魔,对于谢纤娘的愧疚怜惜,都源于"义"和"情"的冲突。有学者认为李慕白、俞秀莲终身压抑着真情是由于"侠客们舍弃了现实世界的所谓幸福,保持了生命的孤独状态。什么是'侠',它的本质意义就是孤独和牺牲。'侠'一生是孤独的,渴望着知音,可是一旦有了知音,你这个'侠'的意义就没有了"③。这种似是而非的说法看上去有一定的道理,其实是玄想,无论是从最初"侠"的成因和意义来说,还是从一般公众观念中对"侠"的理解来说,上述说法都不成立而自相矛盾。

从发生学起源来看,原始初民在艰难的生存环境及部落间频繁的争战中形成了强悍尚武的性格与风气。侠士的直接诞生则是由于"士"的文武分途。春秋末期,王纲解纽,列国争霸,旧的社会秩序分崩离析,各种社会关系重新调整。"士"阶层分化重组,一部分专门从文,承接夏商周三代王官之学、礼乐文化,形成最初的儒士;另一部分则仍然保持武士本色,并汲取民间社会的文化营养,发展成为早期的侠士。儒与侠的分流,表明儒家文明兴起后上层文化和平民文化的分途。

---

① 王度庐:《宝剑金钗》,吉林文史出版社,1987,第435页。
② 王度庐:《宝剑金钗》,吉林文史出版社,1987,第312页。
③ 孔庆东:《金庸评传》,郑州大学出版社,2004,第43页。

侠士的精神资源主要是墨家、道家及上古孑遗的强悍民风，^①在它诞生的开始就与民间的特质密不可分，带有深刻的平民烙印，与朝廷、庙堂对峙，带着异乎常规的疏解力；同时它又是以单独的个体间隔、抗衡于整个社会的正统。侠是立足于情义立场，注重的是超越于所有人伦世规之上的独立人格、个体尊严，因而总是现实体制的叛逆者、主流文化的离心力。侠士采取利他主义的立场，以特立独行的行为方式形成对于专制体制的离经叛道。故而自汉景、昭、宣诸帝起，历代统治者都对侠士采取或高压清剿或怀柔软化的政策，不愿意它这种或隐或显的威胁力量存在，造成侠士力量的大幅度削弱乃至湮灭，以致汉文化的民族性自东汉时期开始由强悍而被弱化。此后人们所讨论的侠往往是诗学化了的异质空间（江湖、绿林、武林）与特殊人物（侠士、剑客、盗寇）的想象，而非现实中人。

在王度庐的小说世界里，江湖人士基本上都在干着"镖局"的营生，这是那个时代武人所能够从事的正当行业之一，此外，能够欣赏他们、扶持他们的，又都是些有权势的官员例如德啸峰，甚或王公贵戚，例如铁小贝勒。这就注定了李慕白们不可能铤而走险"犯禁"，因此并不存在共识意义上的"侠"。另外，李、孟两个人在对俞秀莲的情感上互相谦让，双方看上去都是为对方牺牲自己的利益，实际上不过是自私而伪善地完成道德上的自我满足。男权意识形态主导下的高尚举动里，被牺牲的却是女性个体的幸福，这一点俞一开始不明白，后来恍然大悟："孟思昭、李慕白他们倒都不愧是有义气的人，德五爷也真是他们的好朋友，总归就是他们欺骗我一个人呀？咳！到底是女子好欺骗！"^②认识到这一点，"一夜之内，她把一颗凄凉的心情磨得像刀刃一般的坚强锋利"。"难道此后我俞秀莲，竟离了男人就不能自己

① 闻一多就认为"堕落了的墨家"组成了"游侠"，见《关于儒、道、土匪》，《闻一多全集》（3），生活·读书·新知三联书店，1982，第470页。冯友兰根据傅斯年"诸子起于职业说"，认为墨家即侠的代表，见《原儒儒》《原儒墨补》，载《三松堂学术文集》，北京大学出版社，1984，第321、354页。关于侠及侠义观念的成因和意义，可参见陈山《中国武侠史》，上海三联书店，1995；钱穆：《略论中国社会学（二）》，《现代中国学术论衡》，生活·读书·新知三联书店，2001；章太炎：《检论·儒侠》，《章太炎全集（3）》，上海人民出版社，1984；蔡翔：《侠与义——武侠小说与中国文化》，北京十月文艺出版社，1993；陈平原：《千古文人侠客梦——武侠小说类型研究》，人民文学出版社，1990；龚鹏程：《大侠》，锦冠出版社，1987；刘若愚：《中国之侠》，周清霖等译，上海三联书店，1991；淡江大学中文系主编《侠与中国文化》，学生书局，1993；曹正文：《中国侠文化史》，上海文艺出版社，1994。
② 王度庐：《宝剑金钗》，吉林文史出版社，1987，第485页。

活着了吗？"① 这样的自我意识，已经可以看到女性自主观念的苗头。不过，在俞秀莲那里这种苗头只是一闪而过，后来《卧虎藏龙》里的玉娇龙才真正将之发扬光大。

玉娇龙是九门提督之女，暗中学得高超武艺，不甘雌伏闺中，盗取了李慕白献给铁小贝勒的青冥剑。京城青皮头头刘泰保一心破案以扬眉吐气，在追查过程中，引出玉娇龙同大漠强盗罗小虎的情爱纠葛。最后在李慕白、俞秀莲等人的齐心协力下，终于让玉娇龙还回宝剑，而玉娇龙同罗小虎也因为门第的悬殊难成眷属。从表面看，这个小说有两条线索，青冥剑的失而复得与玉罗爱情的乍合终分，而底质里是关于自由和束缚的问题。玉娇龙天资过人，因为师父高云雁传授武艺而蒙昧顿开，在与"半天云"盗匪的交战中发现了自己的潜力，罗小虎充满野性的感情进一步激发了她的蓬勃活力。"龙非池中物，乘雷欲上天"，闺房中的狭小天地再也容不下她了。她希望自由地在江湖中驰骋，需要盗取青冥剑作为保障自由的辅助工具，所以才会有盗剑之举。只是这种浪漫构想在现实中没有施展的空间，这也显现出王度庐的现实感。小说中写到玉娇龙被迫同鲁君佩结婚时设计逃走，在路途中流落到俞秀莲的家中。这时她的鞋已经丢失了，她看到俞秀莲的鞋子。她是旗人女子，没有缠足，俞的鞋子就显得小。书中写道："她用剑尖给挑过来，穿在自己的脚上，但这小鞋哪能容得下她这天足，也就紧紧容下她的脚尖，她就脚踵悬起，脚尖挑着小鞋着地，在地下跳了几跳，就跳到屋外。"② 这段话可以视为一个绝妙的隐喻。玉娇龙的家庭以及这个家庭所代表的宗法体系、她的对头刘泰保以及刘泰保所体现的普通市民价值观、李慕白与俞秀莲等人所象征的带有形而上色彩的道德升华，统统构成了那双束缚玉娇龙脚的小鞋。玉娇龙对于自由的要求是如此之强烈，以至于原本作为自由象征的爱情也变成束缚了。她在偷偷返回京城的当晚做了个梦：

> 梦见着母亲突然病死了！她看着衣裳不住地哭，又觉得是罗小虎突然自暗中扑出来，用臂将自己紧紧抱出，自己骂他："可恨！不成材！"罗小虎只是笑着，两臂如铁箍似的将自己的身子箍得很痛，气也喘不过来。她不禁大嚷了一声："快放开我！"③

① 王度庐：《宝剑金钗》，吉林文史出版社，1987，第487、488页。
② 王度庐：《卧虎藏龙》，吉林文史出版社，1988，第416页。
③ 王度庐：《卧虎藏龙》，吉林文史出版社，1988，第451页。

这是一个非常弗洛伊德的场景，但最终玉娇龙还是没有称心如意地走上自由，因为如同萨特所说自由就要承担责任[①]，完全摆脱世俗家庭礼义的自由显然构成了她的不能承受之重。作为一个仅靠生命本能支撑追寻自由的豪门小姐，玉娇龙不可能承担礼义世俗带来的巨大压力。当黑暗与暗昧出于个体内部的时候，她最终的选择只能是逃避：逃离家庭和它所代表的主流意识形态，逃离感情包括亲情友情和爱情，甚至逃离自由本身。因为秩序的存在，玉娇龙只有借妙峰山还愿跳崖自杀作伪装，逃到塞外边疆（"生不入玉门关"）。在化外之地她似乎找到了自由，但是尽管外界的束缚解脱了，内心的桎梏依然存在。《铁骑银瓶》的情节讲的就是玉娇龙在去新疆途中雪夜产子，却被别人用女儿换走。玉娇龙觅子不得，只能将换来的女儿春雪瓶养大。19 年后，玉娇龙之子韩铁芳偶然得知自己身世，北上寻母，最后同春雪瓶结为伉俪。通过机缘巧合安排的大团圆结局不无牵强之处，但这是大众文化的必然要求，也显示了对于"秩序还原"的追求——玉娇龙、罗小虎的逆反疏离和悲欢离合通过后辈圆满了遗憾。

相形之下，《剑气珠光》的故事有些游离于这个系列之外，它主要是叙述李慕白因为杀了黄骥北，成为通缉犯，隐姓埋名乔装潜抵江南。在与当地豪强的争端中，无意得到一口削铁如泥的"青冥剑"，并为巧取豪夺"点穴秘图"而惹出许多事故。另一条线索则夹叙杨小太岁（豹）辗转得到大内珍珠，引起各方草莽觊觎而起纷争，终于被害身死。最后，李慕白、俞秀莲及江南鹤老侠等将珍珠还回宫中，李、俞二人归隐九华山。这依然是个秩序的破坏和复原的故事："寻找"和"复归"。本书向来被认为是"鹤-铁"系列中品质最差的[②]，然而也正因此，本书反而是整个系列中最具有一般意义上武侠小说类型色彩的。尽管不是特别出色，作者的叙述依然迂徐从容，没有太多刀光剑影，更多的是李俞二人细腻的心理描写：因为恪守正统的伦理道德，纵然心内暗伤，也只能发乎情、止乎理。作者对于各类人物语言的刻画拈重若轻，最见优长的描写功力。中间涉及英雄失路、捉襟见肘的生活更多写实色彩。比如写李慕白顺运河南下，阮囊羞涩，不得不典当衣物、变卖马匹，他沉思往事，瞻望将来，"想自己将来的衣食都很可忧虑，既不愿意

[①]　〔法〕萨特在《存在主义是一种人道主义》中详细解说了自由选择中包含着责任的观点，见《萨特哲学论文集》，安徽文艺出版社，1998。

[②]　如叶洪生就认为本书是"无论就文字、结构、情节、布局、内蕴意义、侠道精神各方面来看，俱不足观，乏善可陈"的狗尾续貂之作。见叶洪生《论剑：武侠小说谈艺录》，学林出版社，1997。

偷盗，又因身负重罪不能入行伍，不能保镖。难道就依赖朋友和盟伯一辈子么？越想越愁，牵着马匹在街头，他又不会吆喝着卖马，只可在阳光下站着"①。这段描写指出了习武之人在那时的三条出路：或者参军入伍，在边疆沙场搏个功名；或者开馆授徒、走马保镖、给富贵人家做个看家护院；而坠入下流的就是落草为寇、鸡鸣狗盗。比如冒宝昆，原本是北京四海镖局的镖头，但后来名誉破产，就勾结老鸹，"专门往水旱灾的地方，去收买模样好的小姑娘，贩到大地方卖给一些养人的，送到窑子里去作妓女"②。还有就是像杨公久、俞天杰那样的，在江湖争雄中失败，只能改辕易辙，做小生意糊口。而李慕白这样的"大侠"却是百无一用，连生计都成问题，其上流者偶尔做些路见不平、拔刀相助的义举，能够结交富贵（比如德啸峰），托钵豪门（比如铁小贝勒），就已经很不错了。

李慕白一路经历的种种挫折磨砺，表明这是个实实在在有着严峻生计问题、同"庙堂"相对的"江湖"，而不是个不食人间烟火的"大侠"的"武林"。王度庐小说区别于一般后来新武侠的地方在于，无论侠士强盗、镖师恶贼，都从不与官府朝廷作对，侠士们毋宁是作为官府这一权威体制的补充力量，以弥合官府权力鞭长莫及之处的隙漏。他们的作为同主流意识形态是合辙的，是维护正统秩序的存在，因此李、俞二人之间也必然因为这个正统的意识形态的阻挠而不能像真正的江湖儿女一样快意洒脱，只能陷入彷徨失路、欲迎又止的局面。初出茅庐的李慕白年少气盛，还喜欢争强好胜，但是江南鹤作为一个长辈和"侠"的代表和典范总是时时给予教训。开头就是他安排李慕白南下，并且一再嘱咐要小心谨慎，不可与人争执。结尾的时候他又出场，训斥李慕白的"心险""好斗""轻露"诸种过错，又叮嘱他去九华山。江南鹤神出鬼没、见首不见尾，但江湖上及李慕白等经历的种种变故都在他的掌握之中，他实际上成了小说中笼罩性的某种道德规范，统摄着李慕白等人的侠义发展方向。由《鹤惊昆仑》中血气方刚、冲动偏激的小伙子到《剑气珠光》中德高望重、无懈可击的"老侠"，江南鹤的形象体现了一个溢出规矩之外的边缘人对于秩序的回归。

整个"鹤-铁"五部曲里，大的叙事框架就是一个"叛逆-回归"的过程，或者可以说是"侠"的非侠化过程，显示出接续旗人侠文化中守法的特点。甚至

① 王度庐：《剑气珠光》，吉林文史出版社，1988，第31页。
② 王度庐：《剑气珠光》，吉林文史出版社，1988，第172页。

连凶狠泼辣的春雪瓶也一再说出诸如此类的话："我爹爹（按：指玉娇龙）生平的任性，她什么都得大干大作，可是却没有从衙门里救过人，因为真正的英雄不能够轻视王法。何况罗小虎他原是沙漠中的盗贼，虽与爹爹有着以前那些事，可是后来他们两人早已义断情绝了。即使我爹爹现在还活着，我想他老人家大概也不能去管罗小虎"①，"我爹爹生前吩咐过我，什么事情都可作，什么人都可以斗，可以杀，但对于官人差役却不可妄为，朝廷王法必须遵守。这也是因为我爹爹乃是宦门出身之故，所以我处处顾忌着这层"②。与犯禁的"侠"不同，守序正是旗人武侠中一以贯之的特点。

"鹤－铁"系列小说的情节结构带有非武侠意味，却依然具备通俗大众文化特征，笔者想强调的是小说文本所体现出来的具有现代意味的艺术手法。王度庐自学成才，曾经在北京大学旁听，吸收了五四新文化带来的个性发现及自由、民主等观念，同时对于莎士比亚的戏剧和弗洛伊德的精神分析浸淫有日。他的小说情节结构和人物塑造可以看出将传统小说由"情节中心"向"性格中心"转化的努力，是"'五四'新文艺和通俗文学互渗互补的产物"③。江小鹤与鲍阿鸾、李慕白与俞秀莲、罗小虎与玉娇龙之间情感的牵绊困扰，都是来自主体自身的性格因素。这种性格因素有先天气质上的，更多为后天文化教养所形成。因为当外界的阻力并不存在的时候，他们往往最终面对的是自身的心理障碍，这在李慕白与俞秀莲、罗小虎与玉娇龙身上体现得尤为突出。在孟思昭死后，李、俞二人结合的外在障碍已经不再存在——铁小贝勒、德啸峰、史胖子等朋友极力撮合，江南鹤作为家长象征也很赞成，两人本身也情投意合——问题在于两个人的道德自律不允许，而这正是现代主体个性与传统伦理冲突的标志。玉娇龙在摆脱鲁家婚事的困扰之后本可以同罗小虎匹马塞外、浪迹江湖，但是对于家族荣誉的重视和内心的正统观念却使她选择了只身隐去。"半天云蹂躏了她的青春，扰乱了她闺中安静的生活，破坏了她家庭天伦之乐！但是那雄壮、伟烈、粗暴、激昂慷慨，亦复缠绵有情的云，又使她决忘不了。"④尽管无奈，又必然只能东西参商永相隔。用弗洛伊德的理

---

① 王度庐：《铁骑银瓶》，吉林文史出版社，1990，第 594 页。
② 王度庐：《铁骑银瓶》，吉林文史出版社，1990，第 711～712 页。
③ 徐斯年、刘祥安：《中国武侠小说创作的"现代"走向——民国时期武侠小说概述》，见《中国现代文学研究丛刊》1996 年第 2 期，第 108 页。
④ 王度庐：《卧虎藏龙》，吉林文史出版社，1988，第 652 页。

论来解释，这些就是文明及其缺憾①，从主人公的本性来说，他们都有结合的愿望，但是文明的礼法规约以及内化而成的个体道德压抑了主体本能的张扬。从这个意义上来说，性格决定了命运，传统意义上的"正""邪"之分已经不那么明显了。

"鹤-铁"系列里主人公和他们的行为不再是超出日常的浪漫幻想，而立基于个人本身。他们并无力挽狂澜、解民倒悬的超常能力，只有本其为人的基本规范立身处世。《鹤惊昆仑》并没有多少侠义的内容，就是一个普通的复仇故事，主人公超出一般人的地方在于其身负高强武艺而已。他的所作所为完全是个人的选择，偶尔的"侠义"之举（比如救济灾民）不过是一般人常有的恻隐之心。小说在叙事过程中，人物已经溢出了通俗文学的刻板形象，而具有了自己真实的生命。英雄侠女也有失误失态、狼狈不堪的时候。因此出现许多活泼生动的场景。《剑气珠光》中俞秀莲在太行山被山贼欺骗坠入陷阱，落马丢刀仓皇逃走，只得在修武县城恃强抢剑。这段情节其实有失所谓"侠义"风范，因为被抢的柳梦云是无端罹祸，尽管后来说明柳梦云是个风骚女子，但俞秀莲的不问青红皂白却是一个普通人气急败坏之下的横蛮举动，也正是这一点赋予了人物鲜活的性格。后来俞秀莲同太行山群寇在常伯杰劝说下妥协，常劝俞："这马匹和双剑，无论如何你得还给那柳姑娘，因为这都是她心爱之物！"

> 秀莲一听这话，立时瞪眼说："这是她的心爱之物？那黑马和双刀还是我的心爱之物呢！你们既伤了我的马，丢了我的刀，就得拿这个赔偿我，反正你们都是一伙人！"②

这段对答，如见人物面目，一个赌气任性的少女活脱脱如在人前。后来，她被静玄点穴，当街出丑，一直愤愤不平，也没有在涉及个人感情时的优柔和人人敬重的侠女的大度，而像个邻家少女一样心眼狭小。李慕白在当涂江心寺见宝起意，深夜偷盗，尽管他后来解释了许多冠冕堂皇的理由，归根结底还是普通人常有的觊觎宝物、见猎心喜的心态。当然这些人物性格缺陷的描写并没有减少人物的"侠

① 参见〔奥〕弗洛伊德《文明和它的不满》，载车文博主编《弗洛伊德主义原著选辑》（上），辽宁人民出版社，1988。

② 王度庐：《剑气珠光》，吉林文史出版社，1988，第307页。

气”，反而使之亲切可信。

王度庐在刻画人物时的心理描写和细节描写尤堪称道。《宝剑金钗》中写春天时，俞雄远老镖头带着妻子女儿上坟，面对着生机勃勃的田野、无数坟茔和飘扬的纸灰，“老镖头摸摸他那被春风吹得乱动的白髯，心中发出一种莫名的怅惘，仿佛感觉到他已是六十多岁的人了，恐怕过不了几年，也就要长眠于地下了！这时秀莲姑娘心中的感想却与她的父亲不同。她却对这新垂丝的绿柳、才开放的桃花和这遍野芳菲，心中溢满了快乐。那位老太太像是个木头人，她坐在车的最里边，什么也不看，什么也不想，只盼着快到了坟地，烧完纸回家，好去拆洗她那件夹衣”[①]。白描式的心理描写，简洁明了而层次分明：俞老镖头因为心中担忧仇家报复又自伤晚景凄凉；秀莲青春年少正是思春时节，便觉草木含情、花草带笑；俞老太太则在麻木琐碎的想法中展现了一个家庭妇女的日常状态，短短一段文字，三人不同的面目尽现眼底。《铁骑银瓶》中写韩铁芳出门闯荡时带的家人毛三幻想发财的连续描写可谓绝妙，活画出一个类似于阿 Q 的灵魂。《鹤惊昆仑》第一回写江志升亡命前逃到家中，手抓冷饭吃的细节，到第十五回江小鹤回到家乡时，又听马志贤夫妇说起，悲慨莫名，作者之针脚绵密、草蛇灰线、伏笔千里的功力可见一斑。

在场面调度上，作者也层次分明、尺幅波澜。如写野店晨起：

> 这时厨房里头匣声呼呼答答的已响了起来。有的屋里才起来还没走的客人，高声唱着山西的“迷呼”调子，说：“实在可怜啊啊啊！母子们咦哟哟！……”公鸡又扯着嗓子跟人比赛。门外，已有骡车像辘辘一般地响着走过去了，而天上星月渐淡，东墙外绿的槐树已隐隐地起了一片一片淡紫色的朝霞。

作者还不时运用以景衬情的手段。写到李慕白颠沛流离终于到了凤阳谭家庄，稍得安闲，同谭氏父子跃马游览的一段：

> 走了不到一里多地就走出了这条小路，看见一片优秀美丽的风景。这里

① 王度庐：《宝剑金钗》，吉林文史出版社，1987，第 5 页。

很是空阔的，远处可以看见眉黛一般的青山，近处有一湾美人眼睛一般灵活的溪。这湾小溪，没有架着桥梁，水里也没有种着莲藕，只是清澈明洁，连溪底细沙都可以看得真切。若涉水过了小溪，那边就是一股小路，两旁都是水田。水田的尽头就是一遍柳林，如同浮着一片绿烟，衬以苍翠的远山，薄薄浮着白云的天空，更是显得色调悦目。李慕白忧愁二载，风尘经月，至此不禁胸襟大快。①

《剑气珠光》第六回李慕白违反对谭二员外的诺言，没有去定远，而南下江南时，因为得了柳建才的宝剑又摆脱了谭二员外的纠缠，心情舒畅，小说写道："李慕白并不急着去追赶，他只在后面慢慢的走，走过一条路，偏东转去。又去了些时，雨就完全停止了，那西方却现出锦线一般的长虹。一群群的小燕子似是由彩虹那边堕下来，堕到贴地，随后忽然又翻翅向上，直凌空际，渐渐消失在天色云影之中。此时李慕白心中十分畅快，身上被雨后的凉风一吹更觉十分清爽。他便扭头看了看天际的彩虹，由彩虹又想到自己新得的这口宝剑，由那轻快的燕子，他又想到身手武技……"当李慕白和俞秀莲经过几年离别，终于见面时："那当空一轮似圆未圆的月亮朦胧地散出水一般的光华，照得地下像落了一层严霜，霜上印着两条模糊的人影和一匹马影。李慕白仰首看着青天，薄云、明月，秀莲却牵着马看着李慕白那魁梧的身子，两人心中都发生无限的感想。他们想到旧事，想到那像天公故意愚弄似的，把他们两个人都不得不抑制爱情，再各抱着伤心。"②写景、抒情、议论，如盐入水，有机地结合在一起。

"鹤－铁"系列小说艺术上出色之处还在于塑造了一系列鲜明生动的人物形象，这是对类型武侠的成功提升。江南鹤少时顽皮凶劣，经历人事沧桑之后转为宽容大度。罗小虎豪气干云却为情所困，一蹶不振。即使是一些配角也栩栩如生，如史胖子急公好义、滑稽胆小，猴儿手骄纵调皮。最出彩的三个人物当是李慕白、刘泰保和玉娇龙。李慕白进退失据、苦闷彷徨，带有哈姆雷特式的忧郁。他是种自恋型的人格，之所以一再逃避爱情，是为了追求道德无亏——因

① 王度庐:《剑气珠光》,吉林文史出版社,1988,第64页。
② 王度庐:《剑气珠光》,吉林文史出版社,1988,第409页。

为向来自视甚高，又以文儒侠士合一自居，因此不惜以自虐虐人的方式来达到自身的完美，其结果是使相关各方都受到伤害，自己斯人独憔悴、俞秀莲郁郁终生、孟思昭只身赴死。甚至在面对已经山穷水尽的谢纤娘时还会说："我现在比你们还要可怜，被事情折磨得心都碎了"①——因为他沉浸在自伤自怜中，才致使谢纤娘完全绝望而自杀。我们在后来金庸《书剑恩仇录》中陈家洛的身上还能找见李慕白的些许影迹。刘泰保实是"鹤－铁"五部曲中令人难忘的人物——以非侠非盗、市井青皮的身份作为《卧虎藏龙》线索人物，在以往和后来的武侠小说中俱很少见。就刻画刘泰保所表现出来的叙事手法和描绘技巧来看，毋宁可以将这部作品视作夹杂了传奇的人物与情节的一般市井风俗小说，尤具京味儿韵味。

玉娇龙的形象最为光彩夺目，前人对其女性意识的萌动关注较少。玉娇龙出身旗人官宦世家，因为机缘巧合兼通文武，在与男人的争斗中发现自己超出于一个安分守己的贵族小姐和命妇的能力，这是一种女性意识的觉醒。她心比天高、志向远大，又刚愎自用、尖刻偏激，离家出走闯荡江湖，就是要证明自己。外表坚强，内心脆弱，是导致她一生坎坷、有情人难成眷属的重要原因。作者在描写悲剧冲突及其种种原因时，不满足对社会制度、文化差异等的外在考察和审视，而是将笔角深入到人物的灵魂和内心。把悲剧的诸因素集中在人物性格和人物心理来加以展现，这种展示"个人"与"社会"的矛盾冲突，是现代小说的重要特征。她在师父高云雁的墓碑上看到留下的碑文时有一段很长的心理描写，尤能见出其性格：

师父高云雁实在不明白自己，他以为我也是碧眼狐狸那样的人，并且以为我将来比碧眼狐狸更能作出什么恶事，他真是想错了，或只是因为他对我私抄书籍，以及纵火烧房深为衔恨，所以临死还气愤不出，还作了诗，托人刻在碑上，来骂我劝我。他真是书生的度量，太狭窄了，太小器了。只是小虎，原来他是姓杨，怪不得他唱的那首歌有什么"我家家世出四知"的话，真奇怪！这高老师既叫小虎恩仇分明，可又不早告诉他实话，歌词又作得那么含混不清，是什么意思呢？真是书生的行为。无怪他读了数十年书，学了数十

---

① 王度庐：《宝剑金钗》，吉林文史出版社，1987，第448页。

年的武艺，不能作一点官，也不能作个侠客；并且连碧眼狐狸也制服不了，真是个酸书生，无用的人！[1]

对于腐儒的不屑展现了玉娇龙有着自己独特的价值观。这种价值观要求豪爽大度、经便从权，反对泥古不化、胶柱鼓瑟，带有旗人文化传统中迥异于儒家文化的质朴刚健、开放达观的一面，也是个体意识与女性意识的自觉。相较于李慕白、俞秀莲这样的"侠义"之士对她的围追堵截，玉娇龙破坏了社会共识的陈规，具有强烈的颠覆性新质。

王度庐在刻画人物形象时不光给予其定型化的特征，随着情节的发展，人物的性格也是发展变化的。俞秀莲最初是个娴静淑雅的闺中女孩，遭逢一系列变故之后逐渐成长为一个英姿飒爽、人人敬重的侠女。这种性格发展变化的过程同一般武侠小说的"成长模式"故事是不同的，"成长模式"是类型化的套路，以人物的成长过程来敷排情节，而性格的内在发展则是典型化的手段。玉娇龙一开始端庄文静，由一系列遭际激发了性格中叛逆的因子后变得好勇斗狠，到单身独骑闯荡大漠，生了孩子之后，戾气渐渐消磨。后在陪韩铁芳回新疆的路途中病死白龙堆，那时已经宛如一个伤恸欲绝的慈母了。

因为"鹤-铁"系列小说最初是连载在报刊上的，必然要受到商业考量和受众口味的左右，加之作者没有充裕时间进行总体构思，所以"鹤-铁"系列没有集中的主题，总是跌宕起伏，连绵不绝，仿佛演史小说一般，有时候显得重复。作者叙事时力求照顾到读者的接受能力，不惜面面俱到，甚而时时补充说明，追叙前情，在一定程度上破坏了小说整体的结构。比如阿鸾被江小鹤所救，又为铁杖僧带走，再被道澄所掳的情节就是后来补续敷衍上去，显得冗长累赘、画蛇添足，不够凝练。不过换个角度来看，也正因为情节上的自然化，反而营造出一种民间风情画般的朴实，如同真实发生的事情一样。有论者指出："王度庐既无'奇幻仙侠'派（还珠楼主为代表）的奇思妙想，又无'超技击'派（白羽、郑证因、朱贞木为代表）的武术行家根底。王度庐是切近现实生活，将上天遁地的仙侠拉回到地面，把专以较量武技高下的门派高手还原为人们似曾相识的极富正义感的

---

[1] 王度庐：《卧虎藏龙》，吉林文史出版社，1988，第256页。

血肉之躯，以人物缠绵悲愤的真情笃义令人感慨不已。"①主人公由英雄豪杰向普通人的转化，悲剧由命运悲剧向性格悲剧、日常悲剧的转化，是王度庐超越前辈武侠和旗籍报人小说的地方。

从形式上而言，王度庐接续了文康《儿女英雄传》以来的隐形旗人文学传统，那就是以大俗大雅的笔法写儿女英雄："侠烈英雄本色，温柔儿女家风。两般若说不相同，除是痴人说梦。儿女无非天性，英雄不外人情。最怜儿女最英雄，才是人中龙凤"②，并且发扬了这个传统。如果说纳兰性德、顾太清、岳端、铁保、麟庆等构成了旗人文学精英层面，或者说侧重于"雅"的层面，和邦额、文康、石玉昆等构成了大众层面，或者说侧重于"俗"的层面，那么王度庐则可以说是与老舍一样，融合了雅俗。只是在后来文学史叙事中，后者被归为"纯文学"作者，前者被认为是"通俗文学"作者。据徐斯年研究发现，王度庐特爱纳兰性德的词，对他的侠情悲剧总体风格形成有一定的影响：哀婉阴柔而较少阳刚，苍凉悲怆多于雄奇壮烈。他操的是通俗的文体，却能在平凡中见出功底，在鄙俗里透出雅致。王度庐1909年出生于北京，家在地安门附近，在1933年流亡到陕西、山西、河南各地之前，一直生活在京旗文化阜盛的北京。民元后，绝大多数北京满人陷入极端贫困之中，王度庐家也不例外，他走上创作最初就是因为别无其他职业之路。③《剑气珠光》中对李慕白穷困落魄的描写有身世之感，《卧虎藏龙》中对京城下九流贫民的描写跃然纸上，没有切身的体会难以做到如此细致入微。作者甚至有时借书中人物之口诉说对于社会上一些人的讥刺："他们都忘了恩啦！他们都是花旗人家的钱养大了的。"

"鹤-铁"系列小说的旗人文化色彩首先就表现在京味营造上。如果说叙事语言的清丽流畅、娓娓道来还是一般大众文学的共同点，人物语言的活灵活现，俗而不腻，最见旗人京味神韵：

① 李忠昌：《论王度庐的文学史地位及贡献》，见路地、关纪新主编《当代满族作家论》，春风文艺出版社，2004，第37~38页。
② 文康：《儿女英雄传》，上海书店，1981，第1页。
③ "八旗生计"问题是清中叶就已经开始出现的问题。而辛亥革命之后，"社会上排满情绪十分严重。除少数有房有产有积蓄的王公贵族可以维持坐吃山空的生活外，一般满族人民是没有生活来源的。郊区的看坟的和庄户中的满族人可以就地从事农业养殖业为生，而原在营房里的满族人欲卖无物，欲业无门，要想在社会上求职业，一听是满族人就不要"。北京市政协文史资料委员会编《辛亥革命后的北京满族》，北京出版社，2002，第3页。

魏三老婆说："事儿可是天天有，这么多少万万人，争名图利，好酒寻花，哭的笑的，谁家谁人没有点事儿？"……"再没有什么事情了，我男的不常回家，我又不出门，前门城楼子要是塌了的话，我也不知道！"①

花牛儿李成说："这一点你太舍不开了，你离开了玉娇龙，难道你就不做人么？你心放宽了一点，跟我看看大萝卜，准保猪八戒使飞眼，是另有一股子风流劲儿。"②

刘泰保说："可是那家伙（指罗小虎）办事，起初总是很精细、有耐心，像细细地切肉丝似的；等到炒起肉丝来，他一定就要乱炒一气，结果又弄得一塌糊涂！"③

京城下层游民以刘泰保为代表。初见玉娇龙时，他的心理描写别有风味："活到今年三十二，还没媳妇呢！一想到媳妇的问题刘泰保就很是伤心，他想：'我还不如李慕白，李慕白还妍了个会使双刀的俞秀莲，我连个会使切菜刀，做饭煮菜的黄脸老婆也没有呀！'"④这样的内心活动让刘泰保的形象栩栩如生。许多口语如"这样鼓着肚子装胖子的事，长了也是不行呀！早晚闹得北京城无人不知，我一朵莲花早晚是要被人称为饭桶"⑤等，诙谐风趣，如见其人。玉娇龙这一独特形象及其迥异一般人物的性格新质也处处显示出旗人文化的特点。旗人文化中妇女不缠足，未出嫁的女孩子在家里往往具有较高的地位，贵族家的女孩子更有许多机会接受文化教育⑥，这一切客观上造成玉娇龙这一崭新人物诞生的条件。

"鹤-铁"系列五部里真正称得上古典意义上的侠者只有三个人：史胖子、刘泰保、德啸峰。史胖子属于一般武侠小说中的古道热肠的类型，刘泰保和德啸峰则具有京旗文化的特点。刘泰保并不只是个滑稽的角色，他也有着屡败屡战的坚定和永不放弃的坚忍，这可以视为京城下层人物的普遍性格，有着和邦额（约1736~）

---

① 王度庐：《卧虎藏龙》，吉林文史出版社，1988，第446、447页。
② 王度庐：《卧虎藏龙》，吉林文史出版社，1988，第463页。
③ 王度庐：《卧虎藏龙》，吉林文史出版社，1988，第525页。
④ 王度庐：《卧虎藏龙》，吉林文史出版社，1988，第7页。
⑤ 王度庐：《卧虎藏龙》，吉林文史出版社，1988，第145页。
⑥ 关纪新：《老舍评传》，重庆出版社，2003，第21页。

《夜谭随录》中三官保的影子①。金启孮盛赞《夜谭随录》一书之价值全在《三官保》篇，他认为："我们知识分子每知满族少年有贾宝玉、安龙媒等典型形象，从未见人言及三官保的典型形象。是知满族上层、写满族上层的人多，知满族下层、写满族下层的人少。事实上清朝前期满族绝大多数少年是三官保式的，尤其是在京旗之中。……三官保只是横行京旗之中、斗勇逞强叫字号。以后的游侠也多走的是三官保的道路，这大约和雍正朝的整顿有关，直到清末让国为止。……当时游侠即混混的斗争，不完全仗着力气和武艺，还讲究英雄和毅力，比如像三官保的不怕打，不怕痛，这就表现出英雄气概和坚忍毅力。"②金启孮指出了上下层旗人之间文化的差异和文化性格的区别，有利于全面认识旗人文化。德啸峰就是个正白旗人，慷慨仁义、赈人危难，身居官职而同一般青皮无赖仍然有广泛的交往。他对自己的族性身份有着自觉的认识："咱们这旗人的孩子，长大了还是当差去，可是也得叫他们练点功夫，将来好不受别人的欺负。"③当他被冤充军新疆时，也没有怨天尤人，反而乐观地说："我们旗人平日关钱粮吃米，没有什么机会可以到外面去玩，而且国法也不准私自离京。所以我们旗人，十个之中倒有九个连北京城门也没有出去过的。"④德啸峰的话包含了八旗制度的内容，旗人不能从事他业，也不许远离本人所属的佐领居住。⑤而他的刚健自强、乐观向上，虽处逆境仍然苦中作乐，映照了王度庐在穷困中保持的风趣精神。

王度庐还在许多地方直接写到旗人的习俗和八旗制度的内容，具有一定的认识价值。比如关于玉娇龙"两板头"和婚礼的描写：

按照旗人的规矩，凡是姑娘在十三四岁时，便要留满了发，而一到十七八就要梳头，一梳上了头，就可以有人来提亲了。这种头与妇人的发髻无异，只是鬓角稍微有些差别，在家中时是挽很高的云髻，出外会亲友，赴宴会，游玩，等等，还必要戴上那黑缎子扎成的"两板头"。一个旗人的女子

---

① 三官保的故事详见闲斋氏（和邦额）《夜谭随录》，岳麓书社，1986，第229~233页。

② 金启孮：《北京城区的满族》，辽宁民族出版社，1998，第14~15页。

③ 王度庐：《宝剑金钗》，吉林文史出版社，1987，第424页。

④ 王度庐：《宝剑金钗》，吉林文史出版社，1987，第559页。

⑤ "光绪会典事例"，卷一一一三，参见莫东寅《八旗制度》，载《满族史论丛》，生活·读书·新知三联书店，1979，第113页。

到了这时期，那就如同是一朵花苞已然开放，所等待的是人的折取了。①

　　这时忽然有许多人嚷嚷说："来了！来了！"立时众人的声音平息下去，个个都伸直颈项。官人的皮鞭也不抽了，只听一阵阵细细的管乐之声，送来了一行最讲究的仪仗，旗人娶亲没有什么"金瓜、斧、朝天镫"，只是高杆子挑着牛角灯，灯上写着双喜字；白天虽然不点着，可是六十对或八十对，摆列起来也极为好看、威仪。唢呐也是"官吹"单调的只是一个声音，没有什么"花腔"，显得怪沉闷的。随着乐器是来了一顶轿子；轿子是大红围子，不绣花，这就是接新娘用的。后面有七八辆大鞍车，是"娶亲太太"，大概新郎也坐在车上，都是赶到高坡上去了。②

这些描写具有强烈的民俗风味，婚礼的仪式、牛角灯、"娶亲太太"等都是北京旗人婚礼的习俗白描。③王度庐还将旗俗的描写同北京风土人情结合起来，有的描写直可看作北京民俗风物画：

　　一直往西，过了德胜桥，还往西，眼前就展开了一遍严冬的风景，只见一座七八顷宽阔的大湖，湖水都结成了坚冰。湖边扶疏地有几十株古柳，柳丝在这时已看不见一条，只有歪斜的枝干，在寒风之中颤着。在湖心偏西有乱石叠成的一座山，就仿佛一座岛似的，上面树木丛生，并有红墙掩映，那上面是有一座庙宇。湖的四周都是房屋，有的是雕梁画栋的楼房，似是富贵人家的别墅；有的却是房屋，有的却是蓬门土屋，是极贫穷的人家。地旷人稀，天色已晚，从那城墙边吹来的风，分外的寒冷，暮鸦在枝上乱噪着。刘泰保夏天曾来过此地，他晓得这是北京的名胜，文墨人叫它"净叶湖"，俗名儿叫做"积水潭"。④

这段文字叙位置、绘景色，对于居民的身份作猜想，加上主人公最后的点明，条

① 王度庐：《卧虎藏龙》，吉林文史出版社，1988，第159~160页。
② 王度庐：《卧虎藏龙》，吉林文史出版社，1988，第333~334页。
③ 可以对比爱新觉罗·瀛生、于润琦《北京婚礼中的满汉习俗》中关于牛角泡子灯、娶亲太太等的介绍来读，见其合著《京城旧俗》，北京燕山出版社，1997，第12~13页。
④ 王度庐：《卧虎藏龙》，吉林文史出版社，1988，第28页。

理分明而地理人文囊括无遗，没有对于北京的亲切熟稔断不能如此简洁明了。又如正月十五灯会的场面展示堪称妙绝：

> 在彼时北京最繁华的街头共有三处，俗呼："东单、西单、鼓楼前。"今天是这三处全有花灯。此时是晚间八点多钟，天作深青色，一轮明月由东方向西渐渐移动，但是此时没人注意月亮，全都聚集着看下面的花。大街很长，两边都是商号，每个铺子都悬着灯，有的是玻璃做的四方形的宫灯，有的是沿着壁挂着一副一副的纱灯。不论是玻璃上还是纱上，全画着工笔的人物，画的都是些小说故事，什么《三国志》《五才子》《聊斋》《封神榜》等等。图是连环的，从头到尾地看了，就等于是读了一部小说。所以这些灯前人都拥满了，一个挤着一个，连风都不透。马路上也是车马喧嚷，平常不大出门的那些官员太太、贵府的小姐，今天都出门观灯来了。一般老太婆、旗装汉装的少妇们、长女、小孩子们，个个花枝招展，红紫斑杂，笑语腾腾，也都在此往来着，拥挤着。灯光夺了月色，一些有钱的少爷们，并在人丛中放花盒、扔爆竹，咚咚地响着，烟火喷起跟树一样高的火花。天际的红灯儿、绿灯儿，也忽起忽落，并有商号放花盒，花盒里能变出各色各样的新奇的玩意儿。所以人是越来越多了，简直成了一大锅人粥，一大片人沙，一望无边的茫茫人海。而那些街头无赖也大肆活跃，暗中摸索妇女、暗中伤损人的新衣、偷钱……无恶不作。所以嚣杂的欢笑声里，并掺在女人的怒骂声、呼唤挤失了孩子之声、跟起哄声……像海潮似的，像雷雨似的，声音大极了，混乱极了。①

综上可见，王度庐小说是旗人文化传统和现代城市文明、大众传媒业态融合的结晶，在旗人文学系谱中占有重要地位，只作"北派武侠四大家"之一来看也许会遮蔽他最重要的特质。他写在武侠边上的作品，不仅照见了一个在民国乱世中谋生的边缘旗人处境，更显示出现代通俗文本从语言、风格，到人物形象、文化意识的静悄悄的革命。

---

① 王度庐：《卧虎藏龙》，吉林文史出版社，1988，第 165～166 页。

第四节　清以降武侠文化的变迁

徐皓峰在《刀背藏身》的自序中写到1922年赵焕亭开始写武侠小说，将"武术"改成了"武功"，第一部作品是写乾隆、嘉庆年间事的《奇侠精忠传》，开篇写一个大雨天，两名四品武官躲在民宅门檐下，却不敲门入户，因为扰民失身份。[①]徐感慨这种重礼仪、讲秩序、守规矩的古风在现代以来备受颠沛，长幼失序、尊卑混乱——武侠小说折射的是古典礼法社会在近代社会的窳败。赵焕亭（1877～1951）又名绂章，生于河北玉田，为汉军正白旗人，以"南向北赵"闻名于世。"向"即是以《江湖奇侠传》出名的平江不肖生向恺然，赵焕亭则成为后世所谓武侠"北派五大家"的开基人物。徐皓峰不经意间提到的赵焕亭小说细节，正是一种旗人武侠小说中的集体无意识：他们往往以遵守主流政治价值观为规范，"奇侠"并不"以武犯禁"，而是"精忠"地"以武助禁"。将桀骜不驯的侠士改造成"为王前驱"的鹰犬，实乃清代侠义及公案小说的普遍现象，"晚清小说中侠客的归顺朝廷，在文学发展史上有其必然性"[②]，它涉及清代理学意识形态及社会史的巨大变迁，也显示了"尚武"与"任侠"之间长久以来的扞格的暂时性平复，本节拟借此视角对旗人武侠文化做一个整体观照，这条线索对于旗人文学的近现代演变至关重要，不仅如前述的语言技巧、美学风格、平民意识等诸多方面，更多是旗人传统的整体性转换：由一个族群"小传统"融入中华民族的"大传统"。

1. 八旗制度与集体记忆

如前所述，旗人是复杂的群体，包含满洲、蒙古、汉军，还有鄂温克、达斡

① 徐皓峰：《纸上文章贵，毫端血泪多》，《刀背藏身：徐皓峰武侠短篇集》，人民文学出版社，2013，第1页。其实"武功"一词并非赵焕亭首创，至少在刘鹗《老残游记》中就有"武功绝伦"的提法，但他赋予"武功"以系统内涵，并发明了"玄天罡气""先天真气"，创造了服用"千年灵芝"大增功力的情节，影响深远。赵焕亭擅写世态人情，对侠义公案小说的说书口吻有所革新。

② 陈平原：《千古文人侠客梦》，新世界出版社，2002，第118页。

尔、锡伯、朝鲜、维吾尔、俄罗斯等不同族群，其主体则是由三大女真部落发展起来的满洲。①满人先祖原为白山黑水间的渔猎民族，无论在生产还是生活中，跨马扬鞭、渔射田猎都是重要内容和生存技能。在建州女真统一各部、满洲崛起之时，征战厮杀更是常事，这种地域与族群渊源形成了颇为剽悍的尚武传统。骑射与日常关系紧密且在满洲建国过程中起了决定性作用，如皇太极所言："我国士卒初有几何，因娴于骑射，所以野战则克，攻城则取，天下人称我兵曰：立则不动摇，进则不回顾，威名震慑，莫与争锋。"②即便在入关之后，从上层贵族到底层民众也都以尚武善战为能事。如昭梿所谓："国家以弧矢定天下，凡八旗士大夫无不习勤弓马，殊有古风。"③流风所及，旗人作家对武侠文化情有独钟，代表性的有文康《儿女英雄传》，石玉昆《三侠五义》，赵焕亭《奇侠精忠传》《双剑奇侠传》《清代畿东大侠殷一官轶事》《殷派三雄传》《英雄走国记》《蓝田女侠》等，王度庐的"鹤–铁五部曲"与《紫电青霜》《新血滴子》《风雨双龙剑》《宝刀飞》《洛阳豪客》等，老舍、剑胆等尽管并未专门写过武侠，但许多作品如《断魂枪》《神拳》《妓中侠》《盗中侠》等都有武侠的因素。

当清初福昭创业之时④，太宗皇太极命弘文院的大臣读大金世宗本纪，知晓金世宗完颜雍提倡"衣服语言，悉遵旧制；时时练习骑射，以备武功"为法，"虽垂训如此，后世之君，渐至懈废，忘其骑射，至于哀宗，社稷倾危，国遂灭亡"⑤。以史为鉴，他强调"国语骑射"的重要性，认为"此系我国制胜之技"⑥，并一再强调"武功首重骑射"⑦，尚武强军、好勇斗狠与开疆拓土、保家卫国的实际需要联系在一起，

① 参见刘小萌《满族从部落到国家的发展》，中国社会科学出版社，2007。
② 《清太宗文皇帝实录》卷三二，崇德元年丙子十一月癸丑，台湾华文书局《大清历朝实录》影印本，第569页。
③ 昭梿：《啸亭续录》卷一《射布靶》，中华书局，1997，第387页。
④ 清太祖努尔哈赤葬于沈阳清福陵，清太宗皇太极葬于沈阳清昭陵，故后世以"福昭"称这两位开国天子。前述儒丐长篇历史小说《福昭创业记》即记叙清从建州女真崛起，开创洪业的过程。
⑤ 《清太宗文皇帝实录》卷三二，崇德元年丙子十一月癸丑，台湾华文书局《大清历朝实录》影印本，第568页。另参见王钟翰"国语骑射"与满族的发展，王钟翰主编《满族史研究集》，中国社会科学出版社，1988，第195~208页。
⑥ 《清太宗文皇帝实录》卷一三，天聪七年癸酉春正月庚子，台湾华文书局《大清历朝实录》影印本，第235页。
⑦ 《清太宗文皇帝实录》卷五四，崇德七年辛巳春正月己未，台湾华文书局《大清历朝实录》影印本，第905页。

赋予了勇武剽悍一种"国家根本"的价值。

在民族精神的塑造上，由于中原文化的传入及满洲形成初期翻译文学的影响，比如《三国演义》等小说的译介，关羽等人物忠义形象成为重要的精神资源[1]，这些因素共同促成了满族文化中尚武与侠义的面相。当然，尚武与侠义二者之间如果从侠文化的渊源来说，其实存在着一定的割裂。侠义的内在精神是"以武犯禁"，匹夫阴操生杀赏罚之权对统治阶级有着直接的威胁，本来是秩序的破坏性、裂解性因素；而尚武并不必然要反抗既有秩序，相反如果能够纳入统治秩序之中则还有助力的作用。这一点放入满族文化发展史来看，它们二者往往会被结合在一起。进一步细化会发现，旗人尚武更多是统治阶层出于征伐、卫国、靖边的需要而提倡的国策，而侠义在旗人文化中更多是一种质朴的原始正义感，在清朝定鼎后尤其是中晚期的大众文艺发展中，更多体现为民间通俗文艺形成的平民想象性正义诉求心理。

"清朝统治中国，实行旗人与民人分治二元体制，即以八旗制度管理旗人，以省、府、州县制度统治民人。"[2]尚武精神此后在八旗制度的建立和完善的过程中得到强化，进而彼此相互影响促进，逐渐形成了旗人的民族精神。这种民族精神就是所谓"八旗精神"，其中心"是对清朝的忠诚"[3]。旗人入关后，清朝统治者一再强调"满洲甲兵，系国家根本，岁天下平定，不可不加以爱养"[4]。"爱养"的八旗制度形成了不事生产、专门从军的职业化甲兵制度。八旗兵丁成为职业士兵，而不再从事其他类型生产劳动。因为待遇优厚，加之到清中期以后大规模战争陆续结束，八旗将士逐渐骄逸自安，至乾隆时期，八旗武力的优势已经很难保持。[5]但八旗制度奠定了旗人民众普遍地将遵守秩序和制度内化为一种自然的心理，影响

[1] 张书杰《论旗籍作家武侠小说中的"关帝情结"》一文对此有所探讨，见《民族文学研究》2015年第3期。另，参见刘海燕《从民间到经典：关羽形象与关羽崇拜的生成演变史论》，上海三联书店，2004，第107~112、219~241页。

[2] 刘小萌：《清代北京的旗民关系》，见中国社会科学院近代史研究所政治史研究室编《清代满汉关系研究》，社会科学文献出版社，2011，第168页。

[3] 〔日〕太田辰夫：《满洲族文学考》（满族文学史编委会学术年会材料之二十三），白希智译，中国满族文学史编委会编印，1980，第50页。

[4] 《清圣祖仁皇帝实录》卷三二，康熙九年庚戌春正月乙亥，台湾华文书局《大清历朝实录》影印本，第463页。

[5] 孙静：《"满洲"民族共同体形成历程》，辽宁民族出版社，2008，第136页。

到其带有共通性的民族性格的形成，"重视组织的作用，组织纪律意识较强。但是，由于过于考虑组织的要求，也形成了保守意识，容易将个体淹没在组织中，主动性、创新性不足。在八旗制度下，人们形成了某种集体保障观念、等级分配原则和观念、注重功绩的意识。但是，也形成了保障依赖意识、不平等分配的观念、依赖祖荫的观念，丧失了开拓进取精神"[1]。这种尚武意识与秩序观念对于自主与叛逆的侠文化显然会构成压抑，它从属于主导性意识形态的要求，在实践过程中随着时间的流逝内化为旗人文化心理的重要特点。

　　族群传统的遗留加上统治阶层的倡导，上行下效，甚至旗人女子也表现出不输于男子的英武刚烈气概。李民寏《建州闻见录》记："女人执鞭驰马不异于男……少有暇日，则至率妻妾畋猎为事，盖其习俗然也。"[2] 驰马射猎是一种日常民俗与技艺传承。纳兰性德词《浣溪沙》中有"有个盈盈骑马过，薄妆浅黛亦风流"句，[3]"盈盈"二字活画出这个"见人羞涩却回头"的骑马少女娇羞中有着不同于汉人闺秀的飒爽英姿。乾隆女儿和孝公主也颇通武艺，"性刚毅，能弯十力弓。少尝男装随上校猎，射鹿丽龟"；康熙时将军萨布素夫人苏穆曾驰骋边疆，武英殿大学士麟书夫人凤娴武术，在乌鲁木齐以一支白蜡杆击退群盗。[4] 乾嘉年间的镶黄旗文人和邦额曾记录过一个有趣的故事，某个护军从军南征、夫人归宁，只有19岁的女儿一人在家，邻家少年时常调戏她，甚至在板壁上用刀挖了个孔偷窥，少女诱使少年"解盉出势，纳入孔中。女即捉之，佯为摩弄，潜扳鬓钗横贯之，脱颖而出。少年僵立痛甚，号叫声嘶。女出房扃其户，置若罔闻"[5]。其

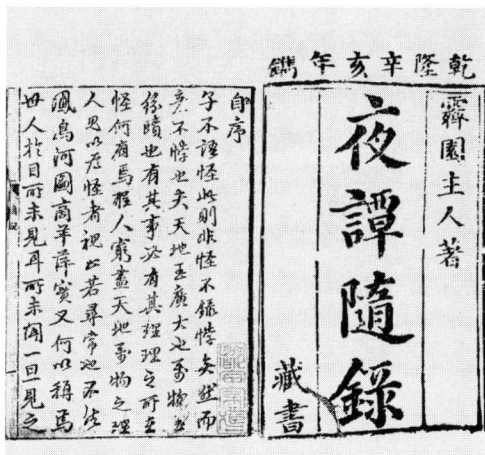

《夜谭随录》书影

---

[1]　鲍明：《满族文化模式：满族社会组织和观念体系研究》，辽宁民族出版社，2005，第294页。

[2]　《清入关前史料选辑》(3)，中国人民大学出版社，1991，第473页。

[3]　纳兰性德撰，赵秀亭、冯统一笺校：《饮水词笺校》，辽宁教育出版社，2001，第408页。

[4]　李婷：《京旗人家：〈儿女英雄传〉与民俗文化》，黑龙江人民出版社，2005，第212~213页。

[5]　和邦额：《夜谭随录》，王一工、方正耀点校，上海古籍出版社，1988，第268页。

当机立断、果敢凶狠的手段，不是一般汉人女孩所能做得出的。顾太清《金缕曲》与《前调》等词咏唱红拂、红线、红绡等一系列古代侠女，也表达了由衷的倾慕与赞颂。[①]这样的集体记忆和民族性格影响到文学书写和文学形象的方方面面：一方面在叙事模式中融入武勇游侠成分，比如《红楼梦》为代表的世情小说形式中加入侠义小说的因子；另一方面则出现了一些新的女侠的形象，比如十三妹、玉娇龙等人物，就明显不同于主流侠文化传统里的聂隐娘或者红线女。这些人物形象带有旗人妇女地位较高的文化因子，更具泼辣爽朗的民族性格。

《儿女英雄传》中十三妹大闹悦来店、火烧能仁寺的那几回天外飞仙，与全书的风格有着明显的不协调，这是因为它直承前代剑侠小说，脱胎于当时在京师流传极广的十一娘故事，因此"小说前一半的十三妹取自传统题材，充满了江湖气息，而后一半的何玉凤是作者理想中的佳人，充满了道学气息。二合一的结果，是塑造了一个既有别于传统世情小说，也有别于侠义小说中的妇女形象。有论者认为造成何玉凤形象特殊性的根本原因是题材传统力量制约与创作主体意识求新之间的矛盾"[②]。这种分析有一定道理，但没有注意到的是，文本内在冲突不仅是叙事模式本身创变时候未臻圆满的结果，更多是思想观念上的变化，即文康试图融合行侠与守序，让原先具有威胁性、难以驯服的江湖力量规驯到既定的庙堂秩序之中：一方面崇尚刚健武力和非同寻常的武艺技巧，但另一方面又要使得这种武力不至于逸出统治秩序之外，而使之纳入主导性意识形态的框架之类。这二者原本是抵牾不合的，强行糅合在一块，自然显得鲁莽灭裂。由此也可见，八旗制度及其集体记忆已经渗透在文学表述的潜意识之中，不惟在旗人那里如是，在更广泛的社会层面也同样产生了弥散性的影响。

2. 清代侠文化的旗人背景

满人以边缘少数民族入主中原，文化观念上虽然接受了中原正统，在行政与管理中却丝毫不曾松懈，专制制度严苛，国家机器极大强化，八旗和绿营各地驻

---

① 见卢兴基编著《顾太清词新释辑评》，中国书店，2005，第186~192页。
② 董文成主编《清代满族文学史论》，中国文联出版社，2000，第267页。

防之外，对于社会和民众的控制细化到保甲连坐的程度。一方面，有清一代严厉禁止一切有碍集权统治的行为，除了对谋反严厉镇压之外，集会聚众也被禁止。《大清律例》"刑律贼盗上谋叛第七条例文"记："凡异姓人但有歃血订盟、焚表结拜弟兄者，照谋叛未行律，为首者拟绞监候，为从减一等。若聚众至二十人以上，为首者拟绞立决，为从者发云贵、两广极边烟瘴充军。其无歃血盟誓焚表情事，止序齿结拜弟兄，聚众至四十人以上，为首者拟绞监候，为从减一等。若年少居首并非依齿序列，即属匪党渠魁，首犯拟绞立决，为从发云贵、两广极边烟瘴充军。"此条是从康熙年间《现行则例》改定的，雍正三年律内原则是："一凡异姓人歃血订盟焚表结拜弟兄，不分人数多寡，照谋叛未行律。"[1] 如此苛刻，便是防患于未然，禁灭一切聚众结社形成帮派危害统治的可能性。

另一方面，由于清初满汉矛盾比较激烈，明室遗民、文人志士与宗社故老常怀恢复山河的壮志，在反满情绪蔓延之际，许多文人学者一反文弱之风，崇尚武学侠义。精英思想波及现实层面，底层民众也多有不堪压抑而结成秘密社会。秘密社会组织以教门与会党为形式，从清初开始陆续起事的就有收元教、黄天道及其南传的长生教、罗教、弘阳教、东大乘教、清茶门、三元会、天地门、八卦教、圣贤教、九宫道、青莲教、一贯道等[2]，主要活动在北方；而天地会、哥老会、青帮、小刀会等会门则主要在南方，甚至延伸到海外，成为反叛清廷直至近代资产阶级革命的力量。[3] 官府与江湖之间的对峙彼此加强，使得清代武侠文化呈现出不同于以往的局面。

在文学史自身脉络之中，"清代有近百名文人学者都写过武侠小说。而清廷在平息了'三藩之乱'，兵定了台湾之后，不但在政治上出现了相对的稳定期，也使社会经济得到恢复发展，市镇日益繁荣起来。由于市民阶层的不断扩大和需求，刊印小说成为书商的热门货，这也为武侠小说的大发展提供了有利的条件。这时，我国的武术技击继明代以后又有了大的发展……因此在社会上流传了不少有关侠客的传说。加之统治阶级苛政猛于虎，广大下层人民往往寄希望于'清官'平反冤狱，抑制豪强，寄希望于'侠客'杀奸除恶，一抒人间不平……至嘉庆、道光

---

[1]　马建石、杨育棠主编《大清律例通考校注》，中国政法大学出版社，1992，第661页。
[2]　参见曹新宇、宋军、鲍齐《中国秘密社会》（第三卷·清代教门），福建人民出版社，2002。
[3]　参见欧阳恩良、潮龙起《中国秘密社会》（第四卷·清代会党），福建人民出版社，2002。

年间，因清廷腐败，白莲教、天理教等下层秘密组织纷纷起义……义军中就有人投靠朝廷成为清室打手，而'游民辄以从军得功名，桂耀其乡里，亦甚动野人歆羡'，并衍成故事在民间流传。在城镇说书的艺人，为投合政府和市井平民、游民商贩的心理，遂编说此类故事以谋生。于是在宋人公案话本和明人专门宣扬清官的公案小说基础上，加进一批所谓的侠义英雄人物和事迹，形成了独具特色的清人侠义小说"①。侠义公案小说可以说是在制度缝隙中寻找到武侠文化的一线发展空间。

1928年赵焕亭《北方奇侠传》刊载于上海《红玫瑰》杂志第五卷的广告，有意味的是简介中表达的反清复汉的言辞。

政府严控、文人反清意识和民间正义诉求这三个方面之间的张力，共同促成了清代尤其是晚清侠文化的特色。旗人武侠小说里更多的是颇具写实色彩的世情与民俗描写，这些闲笔往往盖过绿林异士的行侠仗义与武技神功而成为叙事的主体，并流露出浓郁的北方风情和方言特色。"快意恩仇"已经成了一种不可触及的想象，侠义小说中那些江湖豪客最为稳妥的去处是向体制和权力的自觉归附，在

① 董国跃编著《武侠文化》，中国经济出版社，1995，第61~62页。

体制内寻得自己安身立命的处所。像赵焕亭的《双剑奇侠传》中大侠邹玉林为了寻访旧友流落到浙江诸暨，协助地方团练对抗太平天国起义。侠客被视作在官府与底层民间的一种协调性的中间力量，起到了平衡权力、维护地方稳定与自治的功能。在尊重皇权与清官的基础上，侠客的行为不能触犯法律，他们处心积虑地通过合乎制度律法的手段惩奸除恶，而不是自作主张地赏善罚恶。《奇侠精忠传》中，杨遇春将在一个村落山神庙中兴妖作怪、淫乱妇女的妖道杀死后，没有一走了之，而是声称"罪不容死，自有国法处置"，并把其余不法僧徒交由地方官府治罪。《清代畿东大侠殷一官轶事》里主人公被绿林大盗玉格格诬陷，并没有一走了之，而是主动戴枷入狱，直到真相大白，也显示出对"国法"的尊重。行侠中对于法律的认知、尊重和顾忌在旗人武侠小说中几乎无一例外[①]，同时也构成了清代武侠文化的整体性特点。

从这个意义上来说，清代侠义文化的特点，总体上渗透着旗人文化的特质，也预示了普通大众道德逐渐取代了更为精英化、超越性的传统之侠的伦理观念。正如清代作为中国最后的帝制王朝所面临的现代性转型一样，侠义公案小说已经渗入现代市民社会的特点。《三侠五义》中白玉堂的形象，就"隐隐约约透露出中国民间社会在新旧交替之际的某种心理骚动。他对于传统社会秩序和价值观念的重新审视，对于自我发现的某种朦胧意识，都是以地道的中国方式表现出来的，粗浅然而扎实，丝毫没有外加的粘贴痕迹"[②]。这种变迁，固然是因为帝制王朝遭受了外来文化的冲击，同时也是中国本土传统内在活力的结果，显示了武侠文化本身固有的个人主义理念与其在现实实践中的艰难之间的内在冲突。伴随着经济、生产、生活方式的近代化，商人与市民在社会阶层中的逐渐壮大，中国文化既有传统遭到"富国强兵"的功利主义冲击，历史上那些狂宕无检束、反正统亚文化的侠失去了遁逃的现实空间与精神领地。

这是旗人文化秩序与规矩的崩解，也是古典武侠精神的沦丧与溃败。《双剑奇侠传》的开头借用光绪年间某进士的名义写了一首诗："侠徒今老矣，赤脚雪盈颠，夜夜深林下，朝朝抱虎眠"，"这首五言绝句老横无敌，宛然唐音，虽止寥寥

[①] 张书杰：《旗籍作家武侠小说创作中的侠义精神》，博士学位论文，北京语言大学，2015，第94~102页。

[②] 陈山：《中国武侠史》，上海三联书店，1992，第264页。

二十字，却活画出一末路失意的侠徒。但看赤脚，贫可知；雪盈颠，老惫可知。深林乃是避匿之区，抱虎喻存桀骜之气"[1]。这个失意落魄的侠徒是近代侠义文化的典型意象，尽管不驯之气尚存，却已经疲惫不堪，因为江湖绿林的飞地已经在近代商业、科技、法律的合力挤压中消解无遗了。如果说老舍的《断魂枪》中沙子龙还能通过秘技自珍、自我退守保留自尊，王度庐《宝剑金钗》中的李慕白则面临严重的生计窘迫，而到了《绣带银镖》里的王五、《风尘四杰》中的双刀太岁那里，已然毫无尊严可言，成了过时而落魄的市井小民，纵有惊人武技也只能苟活于穷街陋巷。"侠"的形象的历史变形，显示了侠文化经过先秦以降的反抗权威，到清代的与官府权力合作，在现代将要迎来退场的命运。

3. 肉体与技术的博弈

从诞生开始，"侠"的形象和内涵已经经历了数次变形，现代这次也并非什么新鲜事。最初春秋末期王纲解纽，侠从"士"的身份中分离时，他们经历政治学意义上的身份死亡，从此进入了正统庙堂之外的对立面——这一点被后来的各种历史、文学、影像的书写所继承并且发扬光大为"江湖""绿林"的异质空间。侠在中国文化中成为一种强大的亚文化传统，正是要得益于它从哲学、政治学和社会学上的抽身而出，成为诗学的主角，一种想象性的存在。它的活动空间，从干涉朝堂的卿士，到与统治权力两两相望的另类权力，再到市井街巷的平凡民众，最终只能化为缥缈的个体畅游在恣情快意的幻想中。

《史记》中的汉世豪强、间阎之侠在社会学意义上取消了侠在哲学形而上意义上的非功利和公共性，将其拉平为日常社会阶层划分和描述性的称谓。先秦之侠作为实际的存在，在汉之后，都成了"慕侠"的想象性存在，即它成为心理与情感事实而不是现实的客观存在。"侠"于是成为一种诗意化的文化，现实中游民、镖师、会党、道门、帮派一类底层社会的纷扰、困苦、豪气干云却壮志难酬，在武侠传奇与小说建构的旖旎瑰丽的文本中得到净化、拔高和超越，一举成为可以同俗世王权并驾齐驱的他者权力。这种权力靠身体上的超常发展（各类武

---

① 赵焕亭:《双剑奇侠传》，中国友谊出版社，2014，第4页。

功）、空间上的隔离（名山大川偏僻之所）、情义和信念的拜物教（日常生活于是被贬低为蝇营狗苟）而具有了迷人的魅力，从而成为"成年人的童话"。诗学武侠是有价值观的。刀光剑影、惩恶扬善、爱恨情仇、快意江湖，侠士们的轻生、重义、勇力、然诺，塑造出一种在立德、立功、立言的正统"不朽"之外重信讲情恩义的亚文化传统。这个传统在五伦中独尊朋友一伦，具有普遍的社会化、利他主义意识。侠文化是去利害、反契约、反现代性的个人主义和英雄主义，用于约束个人行为的准则是只可意会不可言传、心知肚明达成默契的"道义"——它可能有着已经绝迹的墨家的遗风。法家与儒家比如韩非和孟子都批评过侠的问题恰在于行私，蔑视公权，行小德而罔顾大义。然而众生小民，本也无所谓"大义"，他们要的仅只是情感上的虚幻满足和消费形象与词语的瞬间快感。武侠特别能够通过虚拟情境填补权力、金钱、情感、自由上的现实匮乏，因而诗学武侠在特定时期的形态总是映照着彼时彼地的社会压抑性语境，这同技术武侠构成了鲜明的对照。

"武"是"侠"之所以成为"侠"的根本，它作为一种虚拟权力，成了"侠"豁免伤害和追求正义的凭恃。冷兵器时代，肉体技术的自我训练确实能够获得一定的相对于官方社会制衡式的武力。但是近代以来，尤其是工业革命之后的科技发展和启蒙运动后的法律与民族国家的建立，使得肉体与技术的博弈出现了失衡。一方面，个体的肉身无论如何强悍也无法对抗现代科技和统治术——热兵器让武术贬值了，这中间还涉及现代性进程中的西方文化冲击，武术作为传统文化的有机部分已经难以抵挡代表现代文明的西方外来枪炮的威力。老舍的父亲作为守卫皇城的旗兵就是死于八国联军的枪弹之下，多年以后他写了《神拳》，里面的义和团大师兄高永义起初还相信能够飞剑取人首级，并且信誓旦旦地宣称："义和团善避刀枪，还怕什么呢？……有了武艺，再加上神法，咱们就没挡儿，准的！"[1] 结果却是即便有武艺在身也抵挡不住八国联军的炮弹。

另一方面，技术的发展与法律的建制也让武侠的扶危济弱在现实中没有施用的空间，反而甚至可能惹祸上身。就像王度庐在《绣带银镖》的开头充满感怀地忆旧时所说："无论有多么好的身手，或是手使什么'龙泉''太阿'削铜剁铁的宝剑绝对斗不过洋枪；再说现在到处都有警察，所谓'江湖好汉''绿林英雄'

---

① 老舍：《神拳》，《老舍文集》（第十二卷），人民文学出版社，1987，第119页。

那是一万个也行不开的。"① 这一切带来了武侠之梦的幻灭，传统意义上的诗意英雄在现实社会中举步维艰。但是作为一种边缘文化动力，武侠文化并没有因此消失，"实在说，他们（那些镖师侠客）若是在今日还活着也必等于一个废物，但，似那等的血性男儿，激昂的壮士，在现代还真是少有"②。只要有压抑就会有现实和想象中的反抗，虽然现代科技让武技在现实中不再具有实用性，但侠义的精神依然富于勃勃的生机，就像高永义相信的只要有"这股子气"，"多少外国，多少洋枪洋炮，也永远分吃不了咱们，灭不了咱们"③。"这股子气"便是武技失效后仍然有效的侠义反抗精神，它会在新的语境中获得转型、张扬与发展。

武侠文化在近代一反清代旗人文化影响下的妥协性、依附性与秩序性，再次成为秘密社会的道德准则和伦理文化。只是淡化了玄妙的"武"，而强化了"侠"所包含的"义"。司马迁以儒墨伦理观为主要参照，提出以"义"为核心的"信""功""洁""让"统一的侠之品德规范。④ 这些内容一度在旗人武侠中被秩序所统摄和压制，晚清以来，中西古今之争中，"侠"的反叛意义再次被凸显出来，并生发出民族主义式的积极价值："振兴武侠"便是要"挽末世之浇风，召垂丧之英魂"⑤。揆郑（1881～1948）有崇侠之谓："投之艰巨，不懈其仔肩，是之谓任；白刃可蹈，而坚持正义，弗丝毫贬损，又平均之象，隐兆魄而弗见，则起之椊之，是之谓'侠'"，"儒为专制所深资，侠则专制之劲敌"⑥。《水浒》也在被论者推崇"鼓吹武德，提振侠风"的同时，特别赞赏其"平等而不是泛滥，自由而恪守范围"的精神，称之为"社会小说""政治小说""伦理小说"。⑦ 显然，古老的侠文化作为一种"传统"被重新加以阐释和发明，被赋予了现代平等、自由、抗争的含义。

因而，"侠之大者，为国为民"在这个时候成为主导性理念。此际依然有侠的流风余韵，不过已经发生了变化："有抗击帝国主义入侵的抗外寇之侠；有将谋

---

① 王度庐：《洛阳豪客 绣带银镖》，群众出版社，2001，第 210 页。
② 王度庐：《洛阳豪客 绣带银镖》，群众出版社，2001，第 210 页。
③ 老舍：《神拳》，《老舍文集》（第十二卷），人民文学出版社，1987，第 192 页。
④ 徐斯年：《侠的踪迹——中国武侠小说史论》，人民文学出版社，1995，第 22～24 页。
⑤ 姜泣群辑《重订虞初广志》，上海书店，1986，第 3～4 页。
⑥ 揆郑（汤增璧）：《崇侠篇》，《民报》1908 年第 23 期，见张枬、王忍之编《辛亥革命前十年间时论选集》第三卷，生活·读书·新知三联书店，1977，第 88 页。
⑦ 徐斯年：《侠的踪迹——中国武侠小说史论》，人民文学出版社，1995，第 89 页。

生与行侠相合为一的镖师之侠；有走出国门行侠仗义的域外华人之侠……而从事维新、革命活动的革命党之侠则是在尊奉古侠义精神的基础上又加以提升的新质之侠。传统之侠与新质之侠并存是晚清任侠大潮中所独有的现象，新质之侠具有强烈的爱国主义和民族主义精神，主要致力于救国救民，在侠的历史上是最高境界的侠。"① 他们未必再是武人豪客，甚至从身体上来说孱弱瘦小，但却秉持了侠的精神。剑胆琴心与革命派的意识形态相结合，武侠文化再次焕发出新的生机。像汪笑侬、英敛之等有着维新革命思想的旗人知识分子，也背叛了八旗文化中那些制度化的道德规训，开始宣扬历史上和现实中那些具有侠义精神的当代平民义侠。

现实社会中的武技也是如此，它在清代曾是天地会、白莲教、漕帮、盐帮、哥老会等秘密社会成员抗衡主流权力的手段，到 19、20 世纪之交对抗帝国主义的背景下，被义和团、红灯照象征性地神化成了民族主义的表现形式之一。而义和拳神话的崩溃，瓦解了传统武技的神秘与神圣，在反对"东亚病夫"的话语中，武技被民族主义话语重新塑造为"国术"。"国术"超越了作为普通技艺的武术，而附着了文化怀旧的传承与文化复兴的渴望。② 这背后有着革命者的秘密社会性质所带来的提升被压抑文化的必然取向，比如孙中山本身就曾为了筹措革命资金而成为海外洪门的大佬；也有着割据地方的军阀势力利用武侠作为弹压地面的中坚力量的现实原因。民间道门、地下帮派、秘密会党在历史上起过特定的作用，无论正负影响，均必须结合当时语境去看，未可一概而论。③ 这些帮派会党在现代革命中的作用，延伸在后来以天地会、哥老会为原型的一系列当代大众文化的文字影像文本之中，比如金庸的《书剑恩仇录》《鹿鼎记》，关于洪熙官、方世玉和黄飞鸿的影视剧等，成为一种具有原型意味的文化资源。

诚如韩云波所言，"从游侠历史到武侠小说，最终形成了侠义的文化积淀——民族性中的侠性心理"，"要谈侠义的扩大和泛化，首先要站在中国文化的全局来看，尤其是当侠义处于亚文化地位时，它与主流文化的碰撞交融中，其内涵和外延都会发生巨大的变化，使侠文化变得日益复杂化和广泛化。……侠义文化在主

---

① 郑春元：《侠客史》，上海文艺出版社，1999，第 55~56 页。
② 刘大先：《侠与武的死亡与复活》，《艺术广角》2012 年第 5 期。
③ 秦宝琦：《中国地下社会》（第二卷　晚清秘密社会卷），学苑出版社，2005，第 877~885 页。

流文化的'官－民'体系之间，可以弥漫于支流文化的各种形态，而形成充分的复杂性"①。旗人的武侠文化由于全民皆兵的制度辐射而形成"尚武"重于"任侠"的倾向，当然"侠义"精神中所包含的轻财仗义、慷慨勇毅、惩强扶弱的一面，在不违反官方意识形态前提下在文学书写中得到有限张扬。考察旗人文化与清代以降武侠文化之间的关系，可以看到族群文化传统、八旗制度的历史遗产所构建的整体性武侠文化走向，这种走向改变了侠文化的反抗精神，而着力于融合民众与维护现存秩序。随着清中叶后"八旗生计"问题的出现、商业贸易和市民通俗文艺的繁荣，总体上呈现出"尚武"与"任侠"的双重衰落。作为前现代与现代转折时期的一种历史文化想象，旗人武侠文化的特质有着映射时代与社会变迁的功能与意义。直到晚清，现代性的转型使得旗人武侠文化破产，侠义精神中对抗强权的一面在文化精英和底层民间获得复兴，武侠文化的反叛与自主意识也在地下组织、秘密社会的支撑下再一次得到张扬，并与民族主义相结合，构成了武侠文化的泛化。晚清到民国出现的旗人武侠小说中，武侠文化的倡言者多是并无武技的文人，与在维新、革命等浪潮中涌现出来的知识分子慕侠、崇侠风气同辙，民众也在这种更多是想象层面的武侠文化中得以缓解抑郁、抒发豪情、凝聚民族精神，并接受最基本的情感熏陶和道德教育。在"武"已经失去实际意义的语境中被传承下来的"侠"，更多指向一种文化精神。旗人文化也从制度和精神层面退出，转回为一种从属于国家文化的"小传统"，成为中华文化的一个有机组成部分。

---

① 韩云波：《中国侠文化：积淀与承传》，重庆出版社，2004，第297～298页。

第五章
文化政治与身份重塑

　　本章集中于考察旗人群体在所依恃的帝国政权崩解之后，如何在不同取向中寻找到自己的道路，并通过文学书写来想象时代与社会，进而使得文学本身成为一种实践，参与到重新建构一种新的族群自我身份的历史之中。"清廷和八旗制度的历史并没有在辛亥革命中结束。虽然逐渐式微，但清皇室和八旗制度又存在了十多年，因为民国初年的几任政府进行了认真但逐渐递减的努力来遵守和执行让革命获得相对容易成功的退位协议。虽然民初的财政部门都十分艰难，但每任政府都继续如承诺的那样资助皇室和旗人。对于皇室来说，除了在 1917 年与张勋进行了妄想式的合作外，也很努力遵守退位协议的规定。……随着冯玉祥把溥仪逐出紫禁城并剥夺了他的皇帝头衔，以及随后国民党军队破坏了清皇陵，民国与皇室和旗人的这种暂时妥协在 20 世纪 20 年代中后期最终结束。当时，八旗制度内的人事任命也停止了，给旗兵的饷银和清廷的津贴都停发了。当日本人扶植'满洲国'时，皇室的成员而不是清王朝本身过上了一种时间并不长的'新生活'。然而，对于普通旗人来说没有第二次机会了，他们不仅要在经济上努力赚钱糊口，而且在精神上也要努力适应新的环境。由于他们的努力，他们在 1949 年后从清朝统治下的世袭军事阶层转变为一个民族，'旗人'转化成了'满族'。"[1] 这个过程中，旗人群体在总体性秩序变动中经历身份的瓦解与重建，旗人文学也内在于中国文化重塑自

---

① 〔美〕路康乐：《满与汉：清末民初的族群关系与政治权力（1861–1928）》，王琴、刘润堂译，李恭忠审校，中国人民大学出版社，2010，第 338～339 页。

身主体性的过程之中，因而也就具有了文化政治的意涵。文学在这个政治化过程中既是凝聚共同体的工具，也是区别身份认同的手段，更主要的还是一种想象乌托邦未来的途径。

旗人文学从那种脱离现实、讲究文人雅致的传统趣味中叛逆出来，经过清末民初的京旗报人作家在语言风格上的融合雅俗和观念上的亲近底层，在精英文人汪笑侬那里则表现为明确的革命观念，到"新文学"之后的老舍则以"国民性"批判显示了启蒙的影响，而从东北到延安的舒群则无疑接受了共产主义理念，他们体现了阶段性（同时也是类型性）的旗人文化抉择，在他们的取舍之间，旗人身份得以重塑，满汉不平等已经转为陈迹，旗人转化成"满族"，成为"中华民族"的一个有机组成部分。

第一节　汪笑侬与过渡时代

汪笑侬（1858～1918）的一生正逢内忧外患之际中国精英分子的数次试验：从洋务派的富国强兵到改良主义的变法自强，再到民族主义革命者的排满斗争，恰恰又在新文化运动之际辞世，可谓伴随着梁启超所谓"过渡时代"的始终。[1] 他本人也正

---

[1] 梁启超：《过渡时代论》（1901 年 6 月 26 日）："中国自数千年来，常立于一定不易之域，寸地不进，跬步不移，未尝知过渡之为何状也。虽然，为五大洋惊涛骇浪之所冲激，为十九世纪狂飙飞沙之所驱突，于是穹古以来，祖宗遗传、深顽厚锢之根据地，遂渐渐摧落失陷，而全国民族，亦遂不是不经营惨澹，跋涉苦辛，相率而就于过渡之道。故今日中国之现状，实如驾一扁舟，初离海岸线，而放于中流，即俗语所谓两头不到岸之时也。语其大者，则人民既愤独夫民贼愚民专制之政，而未能组织新政体以代之，是政治上之过渡时代也；士子既鄙厌考据词章庸恶陋劣之学，而未能开辟新学界以代之，是学问上之过渡时代也；社会既厌三纲压抑虚文缛节之俗，而未能研究新道德以代之，是理想风俗上过渡时代也。语其小者，则例案已烧矣，而无新法典；科举议变矣，而无新教育；元凶处刑矣，而无新人才；北京残破矣，而无新都城。数月以来，凡百举措，无论属于自动力者，属于他动力者，殆无一而非过渡时代也。故今日我全国人可分为两种：其一老朽者流，死守故垒，为过渡之大敌，然被有形无形之逼迫，而不得不涕泣以就过渡之途者也；其二青年者流，大张旗鼓，为过渡之先锋，然受外界内界之刺激，而未得实把握以开过渡之路者也。而要之中国自今以往，日益进入于过渡之界线，离故步日以远，冲盘涡日以急，望彼岸日以亲，是则事势所必至，而丝毫不容疑义者也！"（《梁启超全集》，北京出版社，1999，第 465 页）

具备了过渡人物的特征：从政治取向来说，他是满洲官宦家庭出身，但接受维新变法思想，愤恨抨击专制政治，却未能发展出超越于改良的理念；从为学上来说，他科考中举，此后却走上了"下九流"的戏子之道；从道德观念上来说，他落拓不羁、厌恶虚文缛节，却未能发展出新道德，而是掉转头去，试图从传统伦理中寻找应用于当代的精神资源。因而，其人其行提供了观察过渡时代满洲士人的行为、心态和实践的生动个案，进而可以管窥一般社会的转型。

1. 以优伶为志业

汪笑侬出生在正黄旗官宦家庭，自幼天资聪慧，好读诗书，却无意猎取功名，而热衷于听书顾曲。17 岁应试入学，22 岁考中光绪五年（1879）己卯科以后，他就不再措意科举了。当时三庆徽班在北京演出，汪笑侬对已臻成熟的京剧产生浓厚兴趣。但唱戏毕竟是"下九流"，其父担心他"不务正业"，加上盼子成龙心切，便在汪笑侬并不情愿的情况下，花钱给他捐了个河南太康的七品知县[①]，但他上任不久就因故去职。[②] 闲散后的汪笑侬常去西直门内盘儿胡同翠峰庵票房学戏，曾得到"老生后三杰"之一的孙菊仙指点，也常与金秀山（1855~1915）等京剧名角研讨切磋。1894 年，汪笑侬在天津正式下海，同年赴上海先后演出于丹桂、天仙、春仙茶园，挂名王清泉，成为职业京剧演员。如当时报纸所言："其时风气犹未开，视优伶为贱业，所亲力阻，不能夺其志，乃为伶以终焉。"[③] 他本名德克津，又作德克金，字瞬人，号仰天，又名孝农，号竹天农人，因为非常倾慕同为

---

① 但是据李雯考证，民国三十一年铅印本的《太康县令》和太康县志编纂委员会编、河南郑州中州古籍出版社 1991 年版的《太康县志》，光绪年间出任太康县令的人中未曾见汪笑侬或德克金、德俊卿等姓名。李雯：《汪笑侬戏曲研究》，硕士学位论文，华东师范大学，2009，第 4 页。

② 关于其去职缘由，众说不一，周剑云《汪笑侬之家庭》称："（汪笑侬）满人，世袭子爵，由拔贡得县令，性情疏懒，沉湎诗酒。以清狂革职，隐于伶，别署伶隐。"苏雪安《京剧前辈艺人回忆录》称其："牧守中州，常郁郁不得志。上峰因其耽于歌舞，颇嫌其行止不检。因某案，不肯受贿，得罪豪家，上峰借词汪某'耽于声色，怠于牧民'，竟被纠参。汪性旷达不羁，不以失官为意，回京后益发致力于戏曲。"见周剑云编《鞠部丛刊》，"民国丛书"第二编 69，上海书店，1990。1903 年第 2 号《大陆报》（上海）记者附志："汪君高士也。有卓识，负奇气，为某省旧令尹，伤时厌世，慨然弃官，以伶隐于沪。"

③ 《申报》1924 年 3 月 8 日，上海申报馆。

"老生后三杰"之一的汪桂芬（1860~1906），曾特地登门表达拜师学艺的愿望，不料遭到拒绝。受此刺激，才特地取"汪笑侬"为艺名，以策自励。这样的人生道路选择，固然为个人气质禀赋的倾向所影响，也是时代风气丕变的结果：科举为官在体制的结构性溃败中不再是一部分士人的首选，而大众娱乐业的兴起尤其是京剧的兴盛，为人们提供了别样的出路。

此际正是中国多事之秋，此前两次鸦片战争已启外衅之门，帝国主义殖民势力虎视眈眈，内部东南有太平天国起义，西北有回部叛乱。内外皆呈杌陧之象，迫使士人不得不转向于对自我文化传统的审视。汪笑侬下海次年就发生了甲午战争清廷惨败、缔结丧权辱国条约的大事件，这并非仅仅一场失败的战争那么简单，它是近代中国政治与文化在一系列挫败后的最后一根稻草，将士人心中关于中国传统的信念几乎击溃——连曾经在"朝贡体系"中处于臣属地位的日本都已经在西学影响下改革成功，"中体西用"的变革显然失败了，中国知识分子不能不怀疑中国的"道统"本身是否出现了问题。"此一历史事实，实为冲激思想演变之原始动力。近代文学之巨变，其创意启念，亦当自此为起始。思想动力总纲，原为力求救亡图存，在此动力推动之下，于是展开种种思潮之激荡，演为种种之改革论说，文学之工具功用，遂亦成为思考目标之一。"[1]变法失败后的康有为、梁启超逃亡海外，开始致力于文化宣传，1902年11月，《新小说》杂志在日本横滨创刊，"诗界革命""文界革命""小说界革命"遂从潜流成为众口喧喧的主潮。这些"革命"试图以文学改良入手，重塑中国人的民族、国家意识，"爱国之士，奔走呼号，鼓吹革命，提倡民主，反对侵略，即在戏曲领域内，亦形成了宏大潮流"[2]。戏剧改良感受风潮应运而生。晚清的戏曲改良中，杂剧传奇及演出繁盛的京剧和地方戏都在一定程度上进行了自我刷新。京剧是19世纪末20世纪初最有活力的戏剧样式。与杂剧、传奇主要通过报刊传播、受众主要为有一定文化水准的人士不同，京剧的传播范围不限于案头，而从知识分子扩及一般民众的社会舞台。汪笑侬适时出世，成为其中领军人物之一。

1904年，汪笑侬与陈去病（1874~1933）一起创办了中国第一份专门的戏曲刊物《二十世纪大舞台》，标志着戏曲改良运动理论探索的开始。陈去病与汪笑侬

---

① 王尔敏：《近代文化生态及其变迁》，百花洲文艺出版社，2002，第198页。
② 阿英：《晚清文学丛钞·传奇杂剧卷》（卷上）之《叙例》，中华书局，1962，第1页。

解释了创办的原因："同人痛念时局沦胥，民智未迪，而下等社会犹如狮睡之难醒。侧闻泰东西各文明国，其中人士注意开通风气者，莫不以改良戏剧为急务，梨园子弟遇有心得，辄刊印新闻纸报告全国，以故感化捷达，其效如响。吾国戏剧本来称善，幸改良之事兹又萌芽，若不创行报纸，布告通国，则无以普及一般社会之国民；何足以广收其效，此《二十世纪大舞台丛报》之所由发起也"，并开宗明义其创刊宗旨就是 "以改革恶俗，开通民智，提倡民族主义，唤起国家思想为唯一之目的"①。第一期的《二十世纪大舞台》上，陈去病提出："采欧美近事，而演维新活历史。"② 柳亚子则认为应 "捉碧眼紫髯儿，被以优孟衣冠，而谱其历史，则法兰西之革命，美利坚之独立，意大利、希腊恢复之光荣，印度、波兰灭亡之惨酷，尽印于国民之脑膜"③。这些言论都有着国际性的视野，并立足于本土国民教育的现实，一般被戏剧史家归为 "资产阶级革命派"，认为他们重视戏曲社会作用的理论主张与维新派的想法没有实质区别，"将'新民'的美好愿望寄希望于戏曲，将戏曲作为改良社会的主要工具这一点是相同的。因此，20 世纪初期的戏曲理论从一开始就带上了鲜明的政治工具论色彩，那就是启蒙和救亡"④。

戏曲因为其通俗易懂更具民众接受基础，能够发挥较大的教育功效。这是历来常识："院本大率不过谑浪调笑，杂剧则不然，君臣如《伊尹扶汤》《比干剖腹》，母子如《伯瑜泣杖》《剪发待宾》，夫妇如《杀狗劝夫》《磨刀谏妇》，兄弟如《田真泣树》《赵礼让肥》，朋友如《管鲍分金》《范张鸡黍》，皆可以'厚人伦，美风化'。"⑤ "戏虽小道，古之所谓'高台教化'，即今社会教育也！感人最易。"⑥ 正如汪笑侬署名竹天农人的《二十世纪大舞台题词》中所自言："隐操教化权，借作兴亡表。" 在这个特定的过渡时代，文化人的共识是发挥戏曲的固有影响力以 "提倡民族主义，唤起国家思想"。具体做法从内容上来说，一是发扬传统戏曲中的精粹，如 1904 年陈独秀在《安徽俗话报》上发表的《论戏曲》一文中提出了五

① 《〈二十世纪大舞台〉招股启并简章》，《二十世纪大舞台》1904 年第 1 期，大舞台丛报社。
② 陈去病：《论戏剧之有益》，《二十世纪大舞台》1904 年第 1 期，大舞台丛报社。
③ 柳亚子：《二十世纪大舞台发刊词》，《二十世纪大舞台》1904 年第 1 期，大舞台丛报社。
④ 周宁主编《20 世纪中国戏剧理论批评史》，山东教育出版社，2013，第 23 页。
⑤ 夏庭芝：《青楼集志》，见《中国古典戏曲论著集成》（二），中国戏剧出版社，1959，第 7 页。
⑥ 马少波主编《中国京剧史》，中国戏剧出版社，1990，第 332 页

点改良意见：（1）多多地新排有益风化的戏；（2）采用西法；（3）不唱神仙鬼怪的戏；（4）不可唱淫戏；（5）除去富贵功名之俗套。他认为既要改造旧戏，也要编写新戏，所谓新戏就是"以吾侪中国昔时荆轲、聂政、张良、南霁云、岳飞、文天祥、陆秀夫、方孝孺、王阳明、史可法、袁崇焕、黄道周、李定国、瞿式耜等大英雄之事迹，排成新戏，做得忠孝义烈，唱得慷慨激昂，真是于世道人心，大有益处"①。二是陈、柳等人所说的采用时事，尤其是具有镜鉴意义的中外政事。汪笑侬后来在自己的创作演出实践中对此二法都有所发挥。

汪笑侬、袁寒云同台出演《管鲍分金记》

1910年，因当时主管山东教育的蔡儒楷（1867～1923）久闻汪笑侬在戏曲改良上的成就，聘他为戏曲改良所所长。汪笑侬迁至济南，自题寓居处所为"天地寄庐"，并写有一联：

> 墨笑儒、韩笑佛、司马笑道，侬惟自笑也。
> 舜隐农、说隐工、胶鬲隐商，伶亦可隐乎？

上联自嘲，下联明志，可以见出汪笑侬对自己下海事业的价值判断：走上职业登

---

① 陈独秀：《陈独秀著作选》第一卷，上海人民出版社，1984，第88页。

台演戏的道路不再是卑贱可鄙的营生，而可以比肩传说和历史记载中的那些圣贤名家。他自视甚高，并且将"伶"的社会地位予以提升，这也是文化权势转移的表征：原先卑贱俚俗的伶与农、工、商并列，获得哪怕不是更高也至少平等的对待，而隐于伶则暗示着在伶的表象之外有更深刻高尚的目的。其旨归就在于通过戏曲启蒙大众从而改变世风，如同他在《自题肖像》二首中所言："铜琶铁板当生涯，争识梨园著作家。此是庐山真面目，淋漓粉墨漫相加"；"手挽颓风大改良，靡音曼调变洋洋。化身千万悦如愿，一处歌台一老汪"[1]。对自己的事业充满自信，志得意满之情溢于言表，同时也显示了他在公众那里的受欢迎程度。他曾为上海戏剧研究社题撰一联：

> 尧舜老生，汤武武生，宋齐梁陈不过丑末耳，千古帝王，上台下台真似戏；
> 经传正板，子史散板，诗词歌赋其为二六乎，一堂教育，新剧旧剧学而优。

另外还传有他为戏剧学校撰写的一联，与前联字句略有不同：

> 尧舜老生，汤武武生，莱封净，唐宋元明清乃是丑末耳，千古帝王，上台下台真似戏；
> 经传正板，子史散板，评话白，诗词赋策论其为二六乎，一堂教育，新剧旧剧学而优。[2]

这二联与上面取向相似，"新剧旧剧学而优"进一步透露出时代文化转型的趋向，即文化话语的权力下沉，戏曲俨然具有了教化之权和学优而仕的地位。1905 年，慈禧太后下诏书，宣布自下一年开始废除科举。之前昙花一现的高层政治体制改革失败，加上现在的科举废除，无疑给精英士人又一次重击。但很快他们就在现代启蒙思想的影响下（当然也不乏晚明以来内部思想变革的遗产继承），重新找到了定位——当无缘政治领导权之后，他们开始寻求文化领导权。文学地位的提

---

[1]　汪笑侬：《自题肖像》，《汪笑侬戏曲集》，中国戏剧出版社，1957，第 298 页。
[2]　任二北：《优语集》，上海文艺出版社，1981，第 244 页；杨葆荣、向家炳：《侬惟自笑 伶亦可隐——汪笑侬"弃官为伶"史记补遗》，《戏剧报》1986 年 6 月 15 日。

升与此种思想史的隐微转型密切相关，戏曲自然也在此列。以优伶为志业，区别于之前票友下海的无奈和被轻视，此时毋宁是一种直觉的选择，因为有了家国观念的支撑而不再自轻自贱。汪笑侬的"隐于伶"和"学而优"都是在过渡时代一种重新定位社会角色和文化角色的自我努力。

2. 不肖者的民族主义

甲午战争和义和团运动之后，维新派与立宪派主张重建帝国秩序的幻想破灭，进而带来的是具有普世主义色彩的世界主义观念的收缩。眼见模仿欧美列强的民族帝国主义无法实现之后，精英士人转向兴发现代民族／国家意识：大民族主义转向了种族民族主义，其中最突出的一个表现就是革命分子排满言论的激昂出现。"由帝国主义侵略扩张导致的国家之间的冲突斗争……转化成了国内民族间的斗争，由帝国主义侵略中国引发的仇外民族主义情绪，转化成了仇满的种族主义情绪。"[1] 这其中有外国因素起到的理论启发、幕后策划、暗中鼓励乃至公开支持的作用，同时也是内部知识分子寻求新的政治可能性的诉求——他们要塑造新的民权政治主体，将此前的"天下"式的文化认同改造为民族国家式的政治认同，进而参与国际竞争，从而在一定程度上将满人的统治类比为殖民者，以起到策略性的宣传与动员作用。

汪笑侬作为旗人后裔，在这种排满风潮中扮演的角色耐人寻味——他已经完全游离于狭隘的旗人认同之外。在19、20世纪之交，诋詈满人的言论在革命派那里不绝于耳，很多近乎谩骂。与汪笑侬密切合作的陈去病就是其中一员，作为南社的创始人之一，他编辑《陆沉丛书》，出版了初集4种包括《建州女直考》《扬州十日记》《嘉定屠城记》《忠文殉节记》，又编写了一本《清秘史》，包括《满州世系图》《二百四十年间中国旧族不服满人表》等内容，带有强烈的种族仇恨意味。汪笑侬的名剧《瓜种兰因》剧本也是他在自己主笔的《警钟日报》上连载的。陈去病一再鼓吹推翻清朝统治，汪笑侬未必全然接受关于满人为东夷胡种的污名，但在民族主义这一点上无疑是认同的。这让他带有了满洲不肖子弟的意味，

---

[1] 单正平：《晚清民族主义与文学转型》，人民出版社，2006，第151页。

事实上当初他下海的举动本身在正统理念来看就是不肖之举，而鼓吹革命更是离经叛道。他显然也并非唯一的满人个案，另一位出身镶黄旗的话剧先行者任天知（文毅）1905 年在东京加入同盟会，1907 年回到上海开展新剧活动，在演出中也随机穿插议论，发表演说，宣传革命。①

《瓜种兰因》（后改名为《波兰亡国惨》）是中国戏曲舞台上第一次出现的洋装新戏。剧本来源于波兰被瓜分的历史故事，系 1904 年 8 月根据《波兰衰亡史》改编而成，原计划写 16 本，但仅演出了 3 本，刊印 1 本。目前所看得到的第一本共 13 场，主要写波兰和土耳其开战，由于波兰君臣荒嬉、主帅骄矜、奸细通敌，导致兵败乞和，面临被瓜分的命运。第二本内容包括解散众议院、三叩波兰宫、创立秘密会、火烧景教寺、残杀众国民、逃奔瓦尔肖等。《瓜种兰因》有着世界眼光和中国关怀，说的是波兰被各国瓜分的故事，隐喻的却是中国时局，剖析波兰为什么会衰亡的原因，展现亡国教训是为了让中国民众警醒。汪笑侬作为文化精英无疑有着明确的启蒙自觉，他"在个人——社会和革命——活动家的层面上，把下层社会与精英社会联系起来，这被认为是一个体现了把精英阶层的革命计划向更低的阶层传达（通过相互参与对方的活动）具有可能性的好例子。更具体地说，观众里面新出现的反对清王朝的学生/知识分子群体与一般的阶层不定的看客的混合提供了一种使革命者与革命的事项/实行者在公共场域相接触的可能性，这种公共场域现在已成为煽动民众行动的潜在空间。……无论这场运动是不是真正成功地实现了它的联合'人民'（演员与观众）与精英（知识分子/改革者/革命者）的目标，戏剧改革运动的知识分子通过融合文本、背景与表演的方式确实为产生一种新形式的、能够被用来进行当前的转变的文化与民族语码、比喻和用法做出了一系列的努力。在这个意义上，汪笑侬的戏剧不仅是产生了一个当地的（中国的）话语与实际的场域，在这里，全球空间共时性的前提能被在晚清中国的语

---

① 1908 年，任天知与王钟声合办通鉴学校，1910 年冬创办进化团，开新剧职业化之先河，在长江流域巡回公演近两年，形成天知派新剧，影响甚广，代表作为《黄金赤血》。辛亥革命后，1912 年春，进化团在上海新新舞台与京剧同台演出失败，同年秋天解散。任天知在 1914 年短期参加民兴社、民鸣社、启民社、开明社演出，此后从新剧舞台上消失。任天知生卒不详，其基本经历材料参见徐半梅《话剧创始期回忆录》，中国戏剧出版社，1957，第 23～24 页；王凤霞：《早期话剧：从革命戏到商业剧的艰难迈进——任天知辛亥、壬子年戏剧活动新考》，《浙江艺术职业学院学报》2009 年第 2 期；陈凌虹：《任天知的戏剧活动和京都的新派剧》，《戏剧艺术》2012 年第 4 期。

境中阐发，同时，它也显示了社会政治变革是如何通过把'波兰'直接融入中国的解释与实践空间里而成为可能"①。与彼时盛行的"亡国史"叙述一样②，《瓜种兰因》将被殖民的惶恐直观地投射到便于接受的大众文化形式中，一方面普及知识，另一方面通过类比激发情感。有效的换喻策略与切合民众情绪的看点，让剧中宣传的"以独立为宗旨，倚外人则亡，倚反动政府亦败"思想，激起了观众的强烈共鸣。

类似的换喻也出现在重述历史传奇的《博浪锥》中，张良"替祖国报公仇"中的"祖国"观念显然是一种现代产物，他唱到"他本是西戎种混乱中朝……把公产当私财行同强盗，把人民当奴隶滥逞英豪……我想把好乾坤重新铸造，我想把专制君万剐千刀，本是我理应当报，恨不能学专诸刺杀王僚"③。"西戎种"与"中朝"之间的区分在之前是华夷之辨，到了如今则带有了种族之别的意味。汪笑侬没有意识到的是，如果仅从种族身份而言，他所出身的满洲也是个"混乱中朝"的蛮夷，像他的同侪所诋骂的那样。这种无意识也许显示了他尚停留在文化民族主义式的观念之中，而将"中朝"作为帝国主义的对应物，正如他在一首诗中所说："但解尽忠亦可恃，便言革命有何权？东西邻舍皆强暴，共保身家莫再眠"④。外敌环伺，要唤醒民众的自觉，进行制度的自我改造，因而他所强调的更多是反对专制。秦始皇在戏中唱出了法国太阳王路易十四（Louis-Dieudonné，1638~1715）式的唱词："法律出专断，威权种祸根；生不防家贼，死上断头台……百姓们不知是朕即国家，朕立意除尽那民党萌芽。"⑤战国时代的方国与统一帝国之间的族群矛盾，被转化成"主权在民"与"朕即国家"之间的阶级矛盾，这是民族主义的国族建构时代知识分子必然的选择——他们必须要排除任何内部的文化差异性，而熔铸出一个共同的政治主体。至于排满的汉族民族主义，不排除少数狭隘

①〔美〕卡尔·瑞贝卡：《世界大舞台——十九、二十世纪之交中国的民族主义》，生活·读书·新知三联书店，2008，第66页。

② 20世纪初与爱国启蒙思潮紧密相连，中国知识人群中出现一股亡国史编译热，涉及波兰、埃及、越南、朝鲜、土耳其、阿拉伯等被殖民入侵地区与国家。邹振环在《清末亡国史"编译热"与梁启超的朝鲜亡国史研究》一文做过简要统计，见《韩国研究论丛》1996年第2辑，第325~355页。

③ 汪笑侬：《博浪锥》，《汪笑侬戏曲集》，中国戏剧出版社，1957，第47~48页。

④ 汪笑侬：《愤时》，《汪笑侬戏曲集》，中国戏剧出版社，1957，第308页。

⑤ 汪笑侬：《博浪锥》，《汪笑侬戏曲集》，中国戏剧出版社，1957，第51~52页。

的大汉族主义，在更多人那里只是短暂的权宜之计。① 此剧作于辛亥革命后袁世凯篡权之时，着意于以民权反抗专制，有着极强的现实针对性。

反封建反专制的民权思想对汪笑侬影响极深，在其塑造的负面人物身上偶尔也会崭露出来。比如与代表正统的黄帝对抗的蚩尤，在为自己辩护时就称："自古帝王人有份，说什么臣子来叛君。"② 君主集权专政体制此际失去了历史的合理性，汪笑侬在一系列借古讽今的戏中都将矛头指向了落伍而无所作为的统治者。1900 年八国联军入侵北京，清廷被迫签订庚子条约，六幕京剧《哭祖庙》就是感于此事而作。该剧讲三国末期，魏国兵逼成都，北地王刘谌哭谏后主力战不成功，回府杀死妻儿，哭祭于祖庙，然后自刎。刘谌自杀前叙说蜀国前史，道出"创业难守成更难"的艰辛，分明演述的是清廷内部主战派与主和派的争执，鞭挞晚清政府败家辱国的丑行，反映国富民强的愿望。《骂阎罗》中南宋时代书生胡迪闻岳飞被秦桧杀害，愤骂阎罗，痛斥的也是清廷权贵和奸臣。汪笑侬将自己的旗人身份置之度外，而认同于更具时代性的"民权"诉求，这里的"民"是国民，是呼之欲出的中华民族。

戊戌变法失败，六君子之一的谭嗣同在临刑时曾仰天长吟"我自横刀向天笑，去留肝胆两昆仑"，汪笑侬闻知后挥笔写道："他自仰天而笑，我却长歌当哭"。悲愤之余遂编写《党人碑》一剧，取清初邱园（1617～1690）的传奇《党人碑》中第七、九两出戏的内容，描写北宋党争，借北宋书生谢琼仙不满蔡京诽谤忠臣，醉后怒毁元祐党人碑被捕判死，傅人龙冒死救脱的故事，以悼念戊戌变法牺牲的党人，针砭袁世凯窃国行径。《清稗类钞》记载："《党人碑》一剧乃采《六如亭说部》东坡逸事，略加附会，暗刺政府，而科白关目，亦能鼓舞观者兴趣。如在酒楼独叹时，酒保误蔡京为菜心，司马光为丝瓜汤，谓苏东坡有三弟，曰西坡、南坡、北坡，东扯西拉，诙谐有趣。至题诗一段，高唱'连天烽火太仓皇，几个男儿死战场。北望故乡看不见，低声私唱小秦王。长安归去已无家，瑟瑟西风吹黯沙。竖子安知亡国痛，喃喃犹唱后庭花'，腔调抑扬，不袭皮黄陈套。'花'字由低而高，延长至二十余音，宛转自如，尤为难得。在专制政府之下，笑侬竟能排演革命戏，胆固壮，心亦苦矣。"③ 对于《党人碑》的编写，时人刘豁公（1890-？）曾

---

① 刘大先：《现代中国与少数民族文学》，中国社会科学出版社，第 8～9 页。
② 汪笑侬：《战蚩尤》，《汪笑侬戏曲集》，中国戏剧出版社，1957，第 8 页。
③ 《汪笑侬演新剧》，见徐珂编撰《清稗类钞》第十一册，中华书局，1986，第 5124 页。

有这样的评价："伶隐汪笑侬为旗人之具革命思想者，生当清季，目击时艰，深以清廷之举措为非，怨愤之情时复见于言表。群以狂士目之，其实彼何狂者？汪既不为人所惊，遂托于歌以讽世，尝编《党人碑》剧以刺官僚之争权夺利，演时慷慨悲歌，声与泪俱。人皆赞其饰伪如真，不知其用心苦也。"[①] 身为旗人而具有革命思想者，不独汪笑侬。辛亥革命前后，在东北各地如张榕（1884～1912，镶黄旗）、恒宝昆（1880～1912，正白旗）、松毓（1863～1929，镶蓝旗）等，俱有反专制之言论与行动。出生于京郊正红旗的英敛之，先于维新变法之时支持康梁，后于1902年在天津创办《大公报》，与海外的《清议报》遥相呼应。

英敛之不仅在报界广有影响，在慈善与教育事业上也颇负盛名，其子英千里、孙英若诚、曾孙英达，俱为文化界名人

从满洲统治者角度看，这些人都可以算得上的是"不肖"子弟，然而正是他们的不肖举动显示了一种身份认同向"国民"和民族/国家的想象与重新界定。这种想象越过了血缘或族群的狭隘限制，而具有一个现代社会政治公民的自觉。他们关注作为整体的日益建构中的"中华民族"的命运，像汪笑侬诗中所写："天意何尝骄白种，地图无处殖黄民。扶桑遥望初升日，分些新红到比邻。"[②] 无论满汉蒙回藏苗，在这里无分差别，都是"黄种"，在国家危亡之期，保种立国，免于被殖民的命运才是时代的核心命题。诚如有论者所言："清末民初的文化反省运动转化了对传统的认同形式，重构了国家的主权形态，创造了新的政治/社会结构和认同形式，为各不相同的政治趋向和文学变革提供了基本的历史前提。现代国家意识及其相关联的现代文化既是新型国家认同和主权形式的最为重要的动力，也是导致民族认同和主权形式发生危机和转化的最为重要的内因。"[③] 在"民族性"和"现代性"之间的矛盾，凸显出这种重建家国的文化努力，此后在帝国主义入侵形势愈演愈烈之时，在"东北作家群"中的旗人出身作家如舒群

① 《戏剧月刊》第一卷第十期，第87页，见姜亚沙主编《中国早期戏剧画刊》，全国图书馆文献缩微复制中心，2006年版。

② 汪笑侬：《观日本从军有感》，《汪笑侬戏曲集》，中国戏剧出版社，1957，第307页。

③ 杨霞：《清末民初的"中国意识"与文学中的"国家想象"》，南京师范大学出版社，2012，第45页。

（1913~1989）、李辉英（1911~1991）、马加（1910~2004）、关沫南（1919~2003）等人身上得到了新一轮的延续，只不过他们最终从反抗帝国主义与封建主义、争取民族解放与民族独立，进一步演化为人民民主专政的社会主义文化认同了。

不过，人的情感复杂性无法用某个侧面就一言以蔽之，反叛自己的出身与阶级中也难免存在犹疑与部分的留恋。英敛之的精神站位，既受到自身天主教徒宗教身份的局限，也和他的民族出身有关系。他不满于革命党人笼统反满的作为，指出"所谓排满者乃自排，所谓'革命者'乃'革汉命'也"①。因而在辛亥革命后隐居，从事慈善与教育事业（儒丐《北京》中写到他主持香山静宜园，还创办了女学、辅仁社和辅仁大学等）②，甚少直接参与政事。这里可以看出族裔身份的潜在情感认同。如果细读文本，可以发现汪笑侬尽管立场鲜明，但也存在着这样割舍不掉的情结。戏曲作为大众艺术，虽然是知识分子进行下层启蒙的利器③，但同时也需要迎合社会公议的趣味。比如在上海他演出的剧目虽然也还有《哭祖庙》《党人碑》等改良京剧作品，但新排演的剧目却更多以连台本戏、灯彩戏为号召，对演出的商业性考虑得较多。因而常出詈骂贪腐的馋人之言，也未尝没有表演性质，以与公众情绪相呼应，取得更好的演出效果。究其底，汪笑侬的革命言说的底部潜藏的是温和改良的保守之道，并非要清除旗人文化，他的大部分古戏新编往往都针对贪官污吏、不法权奸，而旨归在现代意义上的新秩序的确立。

《将相和》中开宗明义进行公理、公法与强权，身、家与国的辩证演绎，蔺相如忍让的基础是"廉将军也不过一时之见，终不能昧公理敢讲强权"，"一朝忿忘其身必遗国患，他逆来我顺受方算奇男"。因而让李贤禁不住赞叹说："大臣都应先公而后私"④，那些奢谈国利民福者，实质是自私自利。最终廉颇也认识到服从"理法"是大臣的本分，因而将相言和。先公后私、法理至上，这是一种现代性的启蒙话语。但在《洗耳记》中，汪笑侬却又显示了逃避与"私"的一面：隐士许由对"放民力君无权必然纷扰，重君权民不利烦恼自招，观时势万不能两面见好"的情况心知肚明，因而他的逃避就有明哲保身的市侩意味。尧帝规劝时说：

---

① 英敛之：《论革命军必不能达其目的于20世纪之支那》，《大公报》1906年6月5日。
② 关纪新：《"手挽颓风大改良"——关于清末满族英杰汪笑侬、英敛之》，《甘肃社会科学》2012年第1期。
③ 李孝悌：《清末的下层社会启蒙运动：1901-1911》，河北教育出版社，2001，第163~233页。
④ 汪笑侬：《将相和》，《汪笑侬戏曲集》，中国戏剧出版社，1957，第36，39页。

"你休学厌世人山林高蹈，做一个救世者再莫辞劳"，显示出一种历史担当。而许由向巢父诉说时也明白："他言道家天下不如官天下，天下乃人人之天下，非一人之天下，所以不传于子而传于贤。"至于巢父的看法是："他乃专制之君，我们是自由之民，薰莸不同器，公私不两立，哪里能说到一处。"这二位貌似高蹈，实则是犬儒式的无聊。这里呼应了民初公私观念建立过程中的讨论，不乏汪笑侬对于现实的愤激表达，无意中却又显示了他本人文人气的褊狭一面。关于剧中所涉及的公和私，可以做进一步讨论[①]，而作为作者的汪笑侬的暧昧态度，却显示了一个转折时代文人的复杂面相。

3. 改良与革命的不满

蔡儒楷离开山东后，汪笑侬也随之离去。辛亥革命后，汪笑侬任天津正乐育化会副会长，1913 年又与严范荪（1860～1929）、蔡儒楷、卞庚言等人组织"易俗改良社"，提出"移风易俗，改良戏曲"的口号。同年又任天津戏剧改良社社长[②]，亲自撰写学戏讲义，为学生讲学，名《戏剧教科书》，连载于天津《教育报》。[③]1915 年以后，京剧改良运动开始走向衰微。汪笑侬继续辗转四处登台，据此时期《申报》的演出广告，1916 年以后他主要在上海第一台演出。这一时期汪笑侬经历过人生的各种风雨，见识了各种戏曲门类，丰富的人生阅历和舞台经验使其表演臻至成熟。从上海到北京，汪笑侬的表演获得了越来越多的认可，名作名段也得以广为流传。汪笑侬以自己的剧本创作和舞台表演将京剧改良的成果巩固下来，对以后的京剧发展有着深远的影响。

这是汪笑侬广为人知的成就，他也写了一些时调，基本都是直接表露了自己

---

① 相关议题，比较有启发性的著作有〔日〕沟口雄三《中国的公与私·公私》，郑静译，生活·读书·新知三联书店，2011；黄克武、张哲嘉主编《公与私：近代中国个体与群体之重建》，"中研院"近代史研究所，2000。此不赘述。

② 王芷章《中国京剧编年史》下"京剧名艺人传略集"记："民国初年，天津当道有戏剧改良社之设，聘汪著其事，从学者百余人，自著论说八十篇，所言皆发人所未发者。"中国戏剧出版社，2003，第 943 页。

③ 马少波等主编，北京市艺术研究所、上海艺术研究所组织编著《中国京剧史》（上卷），中国戏剧出版社，2005，第 473 页。

的劝惩观点：劝世醒世，企图开启民智，宣扬爱国主义和救世情怀。《十二月太平年（北调）》描述八国联军进入北京城后，烧杀掳掠，恣睢荒淫，百姓惨遭其害。但悲哀的是，"文武百官一半儿跑，太平年，到处男哭女又嚎"，"武卫军吃粮不能打仗，太平年，反把洋兵让进来"，"多少兵头要洋钱，也学官场送把万民伞，太平年，千方百计奉承洋官"；朝廷则"危急存亡全不管"，"火烧眉毛暂顾眼前"，通过赔款的方式来委曲求全，苟且偷安。汪笑侬用"太平年"的曲调来写"大街小巷挂人头""到处男哭女又嚎"的纷浊乱世，颇有反讽意味。《戒吸烟歌（仿梳妆台五更）》则以一个受尽鸦片毒害的黑籍人的口吻来写吸烟的害处。主人公后悔当初"贪玩耍，恋裙钗，吃两口，助精神，好把心开"，"上了鸦片烟的瘾"；上了瘾后，就在烟馆里开灯吸烟，"卖老枪，烟铺开，一两八钱，渐渐长起来，也不知误了多少正事，消磨了有用的身，费了些无用的财"；到后来深受其害，不仅自身面黄肌瘦一副病态，"阴阳反背身子弱，面黄肌瘦骨如柴。对孤灯，倦眼开，手拿着鸦片烟枪，不住的哼咳"，而且家财荡尽，债台高筑，"大小烟馆俱都赊遍，到三节，一定要上了避债台。倒庄店，卖田宅，典当衣裳，体面顾不来。眼看着，妻和子，难度日，二爹娘，身已死，落下没棺材"。最后现身说法劝告："想当初，悔不该，到如今，倒卧在当街。可叹我，抽洋烟，送了性命。劝诸君，早早戒，无病又无灾"。《戒缠足歌（仿红绣鞋十二月）》运用铺述的方式详细列举了缠足的种种危害："三寸金莲一步也难抬"，"十指屈曲疼痛好难挨"，"皮破血烂一见了也心灰"，"反乱临头跑也跑不上来"；同时说明了天足的益处："满洲人大脚一样坐八抬"，"西洋天足好不爽快"；最后以真挚热切的语气，奉劝诸君怜惜幼小婴孩不要缠足。《叹五更·悯缠足也》是以女性的口吻来写，劝戒姐姐妹妹们不要缠足，并声称积极投身天足会，"我把这纺棉花的钱捐入在会中"[1]。这些歌词时调以通俗鄙俚的文体劝世讽喻，其特征隐约可见北京口头曲艺的痕迹。

作为过渡时代的文人，汪笑侬更多停留在揭批的层面，表现出对昏庸无能、苟且偷生之朝廷官员的愤懑，以及对国困民穷、生灵涂炭之时局的担忧。《小五更·咏日俄交战也》呼吁"诸君大家要争口气"，"五更鼓里敲，五更鼓里敲，我黄种兵威杀气高，中国人为什么不要好，中国人为什么不要好。两国把兵交，中

---

① 李秋菊：《汪笑侬的六首时调》，《文史杂志》2009 年第 2 期。

立莫逍遥，强占我疆土，愤气怎能消！快齐心大家把国保，快齐心大家把国保"。"种"与"国"的观念得以强调，核心在于号召自保，带有普遍性的民族自强色彩。从思想上来说，汪笑侬尽管常有"革命"之词，却始终徘徊在"改良"之境。在他身上体现了旗人在晚清民国过渡时代的分化，像他这样持改良主义观念的旗人并不在少数，有些甚至为此付出生命的代价去实践，比如在杭州创办中学的瓜尔佳氏惠兴女士（1870～1905）。① 今日剧本不存的《西门豹》，在当时的媒体上评价是："此剧汪君笑侬在直隶教育司时所编学堂课本，系采投巫故事，观此知古人行政之手段，能设法破除社会之迷信，不使酿成暴动，真千古之良使也。"② 移风易俗、启蒙底层，以保全民族邦本为要，虽然有豪言壮语"敢乞先生医国手，为吾同种治疗麻"③，但汪半生落魄江湖、粉墨生涯，能力实为有限。无论从教育及自我修养，还是现实的遭遇与感触，汪笑侬念兹在兹的也就是维护稳定、追求秩序、尽公民应尽之道、以家国利益为重这些颇为抽象的大众民权观念。

随着清王朝中央统治的崩溃，权力涣散流窜，各种党派学说纷起，一方面促进了思想的解放、争鸣和生产，另一方面也造成了社会的动荡、道德的失序和人心的不安。在汪笑侬看来，这种情况势必会让外敌乘虚而入，"跳出伦常尽有天，父兄师保尽无权……危堂燕子犹相斗，大厦将倾在眼前"④。面对纷繁淆乱的晚清政治和思想潮流，他认为时局的稳定、政权的统一是救国保种的前提，所以主张放弃门户之见、共御外侮："推翻孔教破佛说，中下纷争便不休。如此危亡知旦暮，更谁惊惧读春秋。头颅大好何人砍，手足无灵不自由。努力齐心犹恨晚，尚忘公害快私仇。"⑤ 这种国族意识，无疑超出了旗人族群的畛域，但同时顺理成章地也不会同意驱逐鞑虏、排满兴汉、十八省建国的汉民族主义论调。他借《自题〈瓜种兰因〉新戏》表达了这种态度，其一为"拒虎前门原不易，岂知后户引狼来？驱除异族仍无救，种教相同亦祸胎。"其二为"多少人才难救国，却因众志未成城。

---

① 夏晓虹《晚清女性与近代中国》（北京大学出版社，2004）中一章"晚清女学中的满汉矛盾"对其事迹有所论述。
② 《申报》1916年12月14日，上海申报馆。
③ 汪笑侬：《与巢崇山先生畅谈医理不胜钦佩口占二绝》，《汪笑侬戏曲集》，中国戏剧出版社，1957，第297页。
④ 汪笑侬：《冷笑》二首，《汪笑侬戏曲集》，中国戏剧出版社，1957，第303页。
⑤ 汪笑侬：《冷笑》二首，《汪笑侬戏曲集》，中国戏剧出版社，1957，第303页。

一家犹自分门户，无怪强邻界限争"①。也就是说，在面临外来入侵与殖民沦陷的危急时刻，迫在眉睫的应该是凝聚国族、团结对外。

因而汪笑侬很自然地对激进革命持反对态度，认为如果推翻旧朝代的话，打破了稳定的秩序，甚至会出现国家很快灭亡的危险，所以应该采取平缓温和的改良措施。《题和平救国不二策》谓："廿纪政权到处伸，上天非不与黄民。自由若背服从义，数偏中原尽主人。""若无张李明犹帝，纵有洪杨汉亦奴。利用共和窃专制，奸雄依样画葫芦。""黄种岂无独立性？青年乱唱自由歌。君民过渡难飞越，我但焚香祝共和。""铁案欲翻廿四代，桐人痛哭五千年。悍然论史昧时势，大笔如椽诬圣贤。""饥鹰正欲争分肉，癫象何堪自去牙？寄语故候当保种，等闲莫摘青门瓜。""多数民权亦有弊，美人工党是前科。""迩来两语最奇特，君谢于臣官请民。此是先生将立宪，安排好作共和人。"他对于主张政治改良的康有为和倡导民主革命的孙中山也颇有微词，以为："先生能乱不能治，爆裂中原顷刻间。映雪读书无热力，孙康未必是英雄。"② 这固然是受到了当时盛行的虚无主义思想的影响，但从"能乱不能治"的角度提出却是同他的维护稳定、共御外侮的倾向相一致。《哀鸣》曰："稍有人心当自立，羞随鸡犬入桃源。意中深服华盛顿，眼底绝无拿破仑。大盗窃名志亦壮，小偷攘利智先昏。洪杨张李之公德，糜烂同胞不足论。"③洪秀全、杨秀清、张献忠、李自成这些底层犯上作乱的起义者在他看来是糜烂了纲纪、败坏了人民，并且他将眼光放诸国际，认为拿破仑的资产阶级革命也不足为道，华盛顿式的摆脱殖民但又保持了一定程度原有秩序的美国独立，才是值得钦佩的榜样。

在这种思想之下，汪笑侬剧作中君主的形象除了后主这样极少数的负面情况，大部分依然表征了秩序最终的皈依所在。《喜封侯》中蒯彻痛斥高祖，但是依然遵守法制，明知自己无罪也甘愿戴上刑具："国家法律，焉有不戴之理。"④ 这是维护权威的尊严，因为权威才有能力整饬秩序。汪笑侬同时有意无意间将政局的败坏责任归罪于权臣奸佞，如《受禅台》中逼迫汉帝让位的华歆、《刀劈三关》中通敌卖国的郭章、《党人碑》中迫害忠良的蔡京等，给予了猛烈的抨击。《马嵬驿》中给唐

① 汪笑侬：《自题〈瓜种兰因〉新戏》，《汪笑侬戏曲集》，中国戏剧出版社，1957，第295页.
② 汪笑侬：《题和平救国不二策》，《汪笑侬戏曲集》，中国戏剧出版社，1957，第302页。
③ 汪笑侬：《哀鸣》，《汪笑侬戏曲集》，中国戏剧出版社，1957，第305页。
④ 汪笑侬：《喜封侯》，《汪笑侬戏曲集》，中国戏剧出版社，1957，第65页。

明皇开脱："国乱时权在臣不在孤家。"①《煤山恨》里将亡国归于天命："无能臣子
误了朕，为王误了天下民"，其视角正是站在亡国之君的位置，对崇祯帝满怀同情，
尤其对他临死前留血诏给李自成说"宁可问我儿子罪，千万莫害众黎民"的行为给
予了肯定。②《排王赞》里，崇祯帝开头一番关于"道"的演说，涵盖制度问题、国
是民情，历史与现实交织，便是汪笑侬情绪的自我抒发。崇祯帝一再抱怨"冲霄之
恨冤未伸，患难之中无一人，都受爵禄与皇恩，全无半点尽忠心"③。汪笑侬却没有
让他反思为何会产生这种局面。"纲常何在名何存"？可能汪笑侬自己也没有思考过。

瘦碧在《耕尘舍剧话》称："汪笑侬之演戏，得力于牢骚二字，一新梨园之面
目。其遭际使然，非可强致者。当其为《骂阎罗》《党人碑》《哭祖庙》《桃花扇》
等剧，檀板一声，凄凉幽郁，茫茫大千，几无托足之地。幽愁暗恨，触绪纷来，
呜咽低回，慷慨淋漓，将有心人一种深情，和盘托出，借他人杯酒，浇自己块
垒；笑侬殆以歌场为痛哭之地者也。"④发牢骚于歌台，寄忧愤于戏文，发牢骚一
向是中国文人的传统，尤其生逢社会各方面急剧变化转型的时代。牢骚外显为骂，
《骂王朗》可为代表："王朗你本是汉老臣，食君之禄当报国恩，匡扶汉室你全不
论，兴刘安汉心无分毫，助纣为虐篡了汉鼎，甘心愿为谄媚臣……"⑤在上述借古
讽今、抨击权奸的戏码中都适用。而《长乐老》则是个鲜例，张瑶星辱骂三朝元
老王国恩"不忠不孝不仁不义，无父无君无羞无耻"，通过戏中戏的结构，穿插
如"乱臣贼子之戏"《打严嵩》，指桑骂槐。"你说是戏，又何尝不是真"。只是这
种击鼓骂曹式的表达，最终也无法解决任何问题，汪笑侬只能让张瑶星"国家兴
亡再不管"，"学一个无忧无虑小神仙"。⑥归隐山林其实是当矛盾无法解决时的一
种中国式的"机械降神"，汪笑侬本人隐于伶也可作如是观。

然而正如前文所说，汪笑侬既隐于伶，也是仕于伶。在改良与革命的矛盾之
中，他的戏剧不乏对传统伦理道德进行重建的努力。比如《献西川》据说就是
他为了表示对蔡儒楷的知遇之恩而创作的，而剧中人张松所谓"天下乃天下人

---

① 汪笑侬：《马嵬驿》，《汪笑侬戏曲集》，中国戏剧出版社，1957，第 158 页。

② 汪笑侬：《煤山恨》，《汪笑侬戏曲集》，中国戏剧出版社，1957，第 246、249 页。

③ 汪笑侬：《排王赞》，《汪笑侬戏曲集》，中国戏剧出版社，1957，第 238 页。

④ 瘦碧：《耕尘舍剧话》，《申报》之《宣南剧话》专栏，1916 年 4 月 22 日。

⑤ 汪笑侬：《骂王朗》，《汪笑侬戏曲集》，中国戏剧出版社，1957，第 133 页。

⑥ 汪笑侬：《长乐老》，《汪笑侬戏曲集》，中国戏剧出版社，1957，第 261、262 页。

之天下，非一人之天下也，有德者居之无德者失之"①，其实也是对刘备知遇之恩的报答。汪笑侬赞颂并实践了这种古老的道德。《孝妇羹》如果用今日的划分标准，可以算作是个家庭伦理剧，是汪氏少有的带有喜剧色彩的剧目。剧中张氏现世报的原因是因为儿子陈炳义教育妻子反抗强势，以免她落入同大嫂炳顺妻那样被婆婆欺凌的困境。陈炳义夫妻的道白采用了苏白，让这个剧带有了地方风味。孝子陈炳顺秉持"天下无有不是之父母"的传统孝道，最终完满地实现了理想："母慈子孝兄宽弟忍妻又闲"②。这个剧在道德观上似乎腐朽不堪，却反映了汪时代普通民众的隐秘欲望：在礼崩乐坏、道德操守俱发生大变局之际，新的伦理秩序不遑建立，他们所能寻求的只是最妥帖的古旧传统。汪笑侬本人对于新文化带来的一些现代观念也颇不能适应，《马前泼水》就出现了讽刺性的片段，汪笑侬在剧中采用了许多时兴词语，比如朱买臣不愿意休妻："无有中证，有干禁例，不能算数的。"崔氏直接答道："再见。"张三对崔氏说："我们就叫自由结婚！"嫌贫爱富、朝秦暮楚的崔氏在张三没钱时又弃之而去，说"你是自由结婚，今日我不同你过啦，我这叫着自由离婚！"③这分明是对当时的自由恋爱风气的讽刺，汪笑侬的道德观从这个意义上来说是趋于保守的。

　　这不仅是个特例，儒丐、老舍对比起同时代其他作家，在道德上都是趋于保守的。他们并非时代最激进的知识分子，而是代表了最大部分的普通民众的价值观，当最先进的那批人已经抛弃了的道德观，他们依然在坚守着。换句话说，他们其实是进化论下的牺牲品。当时代大踏步向前时，总有一些人跟不上急剧变化的速度，任何时代的大部分人都是这样。

第二节　观念的潜流

　　与出身官宦阶层家庭的旗人有着明确的族别自觉不同，对于老舍、萧乾这样

---

① 汪笑侬：《献西川》，《汪笑侬戏曲集》，中国戏剧出版社，1957，第 111 页。
② 汪笑侬：《孝妇羹》，《汪笑侬戏曲集》，中国戏剧出版社，1957，第 286 页。
③ 汪笑侬：《马前泼水》，《汪笑侬戏曲集》，中国戏剧出版社，1957，第 84、88 页。

的普通旗兵后裔而言，他们关于自身原属族群的认知是含混的，比如在中华人民共和国建立后被划为蒙古族的萧乾，祖上属察哈尔部蒙古八旗中的镶黄旗，但在他晚年回忆录中却自称"我身上并没有任何蒙族的意识和特征"①，而老舍也是在新中国成立之后才回溯自己正红旗家族的往事。这种身份认知从隐微到浮现的现象，凸显出社会主义制度中身份政治的变化，但被激活了的身份观念也并非空穴来风，而有着潜伏的文化记忆基础。考察这种记忆的脉络，有助于认识中国多民族文学来源多样的肌理。

作为被经典化了的作家，老舍的文化背景与思想资源的研究当中，有关他在北京、伦敦、新加坡、济南、青岛、武汉、重庆、纽约等地的经历，以及他与传统儒家文化、西方现代文化、宗教文化、地方文化、民族文化等的关系，已为论者详述甚多。而"北京—满族—平民"文化作为老舍文学世界的初始母体，在研究者那里几乎已经达成了共识。晚清民初京旗文学这一直接连接到老舍创作的层面，尚未被太多关注，本节拟着手在对既有研究借鉴和发展的基础之上，考察清末民初京旗小说与老舍的关系的几个层面，或偶有所得，可为老舍研究的细化和深入做一些

老舍（1899 年 2 月 3 日 ~1966 年 8 月 24 日）

推进工作，也利于理解清末民初数十年间旗人心象之流传嬗变。在集体记忆的观念作为暗流潜涌作用于后来者时，焕发出新的光华，同异之间，身份与认同悄然已变。

如果从大的范围来说，晚清旗人文学可以分为口头文学和书面文学，前者诸如日益衰微的子弟书、八角鼓词、馆场说部等，后者则多是对现实不再产生影响力而作为自我抒怀、自娱自乐的上层精英的旧体诗词。在洋务、甲午、维新、拳乱、新政、革命等急剧递变的社会政治背景之下，民间报刊蜂起并出，行之于世，形成舆论空场，以报刊为发表场地的京旗小说为代表，于前述二者之外渐成主导之势。作为普通民众的自我叙述，京旗小说在清末民初独特的舆论空

---

① 萧乾：《萧乾文集 6 · 未带地图的旅人》，浙江文艺出版社，1998，第 7 页。

间中带有公共性的一面，而作为前统治民族的"遗民"之思，它又是一种歧类
话语。从制度背景、叙事源流、现实语境来考察，清末民初的京旗小说具有独
特的美学风格、艺术技巧和观念形态，它们所营构出来的文化语境和舆论氛围，
构成了一种当时普通北京民众的教育、知识和娱乐资源。可以说老舍就是在这
样的环境中得到了最初的文学启蒙和生成。从旗人文学的系谱来看，清末民初
京旗小说构成了旗人书面文学流变中不可或缺的一环，成为从古典文学向现代
文学承上启下的中间体，于老舍卓然为"旗人→满族"的文学大家提供了启后
之机。

文学作为一种人文涵化，更多的影响在于潜在的渗透与滋养。清末民初京旗
小说的影响可能并没有直接体现在老舍的具体写作中，但是作为一种氤氲的氛
围，则涵养了老舍文学世界的气质和风味。因而笔者将更侧重对于观念层面的分
析，拈出京旗小说三个核心的观念，透视其与老舍创作的关联，以小观大，对于
今日我们重新省思晚清以来直至当下的文化文学观念转型也不无裨益。这三个观
念是：群体、道德、白话。

如前所述，清末民初的京旗小说所表述出来的观念有个共同特点是对于群体
观念的强调。综观这些小说，几乎没有"个性"特别张扬的人物，被称道的主人
公往往是符合公共价值预期的普通好人，标新立异、特立独行显然不符合这些作
品认可的德行。形成这种美学品位的原因有多种，而当其形成之后，又成为一种
文化定式作用于后来者。

其一，群体观念的深层根源在于内化于旗人心中的八旗制度所形成的秩序观
念。历史学家和人类学家观察到，富于组织性、纪律性和集体观念是北方游牧渔
猎民族的共性。八旗军队建制的日常化、旗民兵丁化、生活闲暇化，促成了一种
对于秩序的尊崇，之于思想上则是守成大于创新，集体高于个人。其影响是双方
面的，一方面重视组织的作用，纪律意识较强；但另一方面同时也形成了保守意
识，容易将个体淹没在组织中，主动性、创新性不足。[1]尽管八旗制度在晚清已经
衰落，不过群体意识已经在一定程度上形成了民族性格的一个部分，从而作用于

[1] 这一问题前文已经有所论述，此处不赘述。当然，这里的"集体"更多是专制体制所要求的工具
化集体，而非建基于个人主义之上的理性化集体。有论者认为这是一种"组织本位"的意识，也
是从体制对于心灵的影响上着眼。参见鲍明《满族文化模式：满族社会组织和观念体系研究》，
辽宁民族出版社，2005，第294页。

其精神生产的方面。

其二，转型时代社会失序、人口脱嵌语境中，群体可以作为个体尤其是作为"遗民"的旗人民众寻求安慰的心理依托。从内部来说，在"乾隆皇帝以后，清朝的八旗军力就滑向下坡，逐渐衰落，渐渐地一切都不行了。旗人，按他的老规矩，不许经商做生意；不许做农业；只许做官，只许当兵、打仗。所有的旗人，每月只靠发饷生活"[①]。这个问题从清中期延及其末世，在遭逢帝国主义入侵和帝国内部反叛斗争之时，更是雪上加霜。就外部而言，西方武力殖民与文化观念的引入带来民族主义兴起。满洲建国之初给汉人所留下的创伤记忆经过革命派的发掘和整理，旧痛暗伤再次复发，200余年间实行的民族区划与歧视政策加深了新仇旧恨的发酵。鼎革易代之际社会情绪往往易趋于极端，暴戾之气弥漫民间，在仇满、排满的宣传鼓动声势大涨之际，少数满洲权贵固然可以借政治和金钱优势暂且回避尖锐的现实，而普通满人往往在这样的社会整体舆论中扮演了一个"替罪羊"[②]的角色。当然，"排满"的人群种类分殊，不可一概而论，更兼应势随时，前后变化较大。不过，他们却有个潜在的共通心理基础：确立汉民族乃至个人的历史优越感，可以或多或少抵消现实中汉人被满洲统治200余年的耻辱以及中国人落后于西方所带来的心理压力——这样的话语氛围反过来加深了一大批旗人对于民族群体意识的向往。

以上两点还未尽全部，作为一种精神状态和观念诉求，还需要从思想发展的内在理路进行挖掘。大的社会背景中，士农工商四民社会解体，社会权势发生转移，边缘文化上升，民气升扬。旗人作家绝大部分是在传统科举道路上仕进无门，又无力或无法从事于新兴革命浪潮的夹缝中的"零余者"。作为落魄文人，当其不得不投身于方兴未艾的新闻娱乐媒体报刊行业中之时，情愿不情愿地为生存而挣扎，自觉不自觉地带有"合群"保国观念的影响。

如果说鸦片战争导致了洋务运动的兴起，那么甲午战争的失败则促使民族/国家主义的觉醒。中国的知识精英或多或少已经意识到帝制的"天下"必然要成为明日黄花，中国如果要在弱肉强食的世界中生存下去，必须要以一个"群"

---

① 顾颉刚：《中国史学入门》，北京出版社，2002，第288页。
② 法国哲学家勒内·吉拉尔（René Girard）从人类学的角度对历史上的群体性暴力和政治迫害做的分析可以作为参考，见氏著《替罪羊》，冯寿农译，东方出版社，2002。

的归属——以民族国家的身份与各国竞争。早在 1895 年发表于《直报》的《原强》，严复就强调"民民物物，各争有以自存。其始也，种与种争，及其成群成国，则群与群争，国与国争"，他借用荀子的话说："人之贵于禽兽者，以其能群也。"①1897 年，严复着手将斯宾塞（Herbert Spencer，1820～1903）的《Study of Sociology》（社会学研究）翻译成《群学肄言》，陆续刊于《国闻报》，这个用进化论探讨社会演变的书冠以"群学"之名，自然有其强烈的现实问题意识。此后他翻译穆勒（John Stuart Mill，1806～1873）的《On Liberty》（自由论）也译为《群己权界论》，"译者序"中说："学者必明乎己与群之权界，而后自繇之说乃可用耳。"② 这些与已经广为接受的西来进化论思想相一致。严复的言论代表了晚清思想界的一个重要命题：以群而强，以孤而败；两害相权，己轻群重；群己并生，则舍己为群。为了在殖民帝国主义的丛林中求得中国的生存之道，合为集体的"群"的诉求就成为一种必需。

　　康有为作为今文经学大师、维新的先驱、立宪的主将，同样也申论"中国风气，向来散漫，士夫戒于明世社会之禁，不敢相聚讲求，故转移极难。思开风气，开知识，非合大群不可，且必合大群而后力厚也"③。不过，严复和康有为更多是对精英群体发言，将这个观念辐射到更广泛的一般知识阶级层面，则有待梁启超的鼓吹和发扬。在《论中国国民之品格》（1903）中，梁启超历数了国人诸多缺点，如奴性、卑屈、依赖、推诿、怯懦、不武、为我、好伪、涣散、旁观、保守、嫉妒、无国家思想、无公共观念，群体意识、权利和义务观念缺乏……因而"新民"显然是当时要务，启蒙、宣讲、感发、教化是期望国人能"薥劣下之根性，涵远大之思想，自克自修，以蕲合于人格"④。新民的基本任务是，"纵观宇内大势，静察吾族之所宜，而发明一种新道德，以求所以固吾群、善吾群、进吾群之道"⑤。因为"人非群则不能使内界发达，人非群则不能与外界竞争，故一面为独立自营

---

① 严复：《原强》，转引自胡伟希选注《论世变之亟：严复集》，辽宁人民出版社，1994，第 8 页。
② 严复：《〈群己权界论〉译者序》，见〔英〕约翰·穆勒《群己权界论》，商务印书馆，1981，第 vi 页。
③ 康有为：《我史》（康有为自编年谱，1898），"中国学人自述丛书"，江苏人民出版社，1999，第 27～28 页。
④ 梁启超：《论中国国民之品格》，《饮冰室文集点校》，云南教育出版社，2001，第 701～703 页。
⑤ 梁启超：《新民说·论公德》（1902），《饮冰室文集点校》，云南教育出版社，2001，第 556 页。

之个人，一面为通力合作之群体，此天演之公例，不得不然者也"①。梁启超是在与"群"相对的"独""个体""己"等关系中去理解"群""合群"的，"善能利己者，必先利其群，而后己之利亦从而进焉。以一家论，则我之家兴，我必蒙其福，我之家替，我必受其祸；以一国论，则国之强也，生长于其国者罔不强，国之亡也，生长于其国者罔不亡。故真能爱己者，不得不推此心以爱家、爱国，不得不推此心以爱家人、爱国人，于是乎爱他之义生焉。凡所以爱他者，亦为我而已"②。他从利己主义的立场出发来论证"合群"的意义，延续的是严复的功利主义。

梁启超反复强调了个人对群体、社会、国家有着不可推诿的责任，并且从个体切己的利益入手论证个人同群体（他人、社会、国家、民族）之间命运的休戚相关。群体所具有的统一性、整合性、亲和性及凝聚力具有完全超出于个体的意义，从而也能由群体意识发展出社会责任感、民族认同感和爱国主义热情。这种基于社会达尔文主义原则的、为民族国家的救亡图存和复兴寻找契机的群体观念，被历世以当兵卫国为唯一事业的普通旗人接受起来几乎没有隔阂：一方面，世代以来的八旗制度化生活已经形成了必要的集体文化心理积淀，另一方面，旗人依然具有"家天下"的观念，"群"的指向是"国家"，从利己的角度而言，群体观念也投合了他们对于国家的想象。"排满"民族主义所造成的现实处境和心理阴影也使得京旗作家很大程度上对激进的言论和行动抱反感态度，在作品中对于民元之后的腐败现状以及激进知识分子的"新潮"时不时进行挖苦讽刺，老舍早期的作品也或多或少存在这样的因素，而其与新文化运动若即若离之关系也颇显此类症候。

但是，君主立宪始终是这些京旗作家所无法突破的天花板，儒丐、剑胆都有留日经历，日本明治维新的示范以及对大正时代（1912～1926）文化的羡慕，不自觉地表露于其作品之中。到了20世纪20年代之后进入文坛的老舍那里，群体的观念在经过新文化运动的洗礼和面临日本帝国主义入侵的紧迫局势之中，上升为真正具有现代民族国家色彩的集体观念。老舍《骆驼祥子》的结尾为人们所耳

---

① 梁启超：《论政府与人民之权限》（1902），《饮冰室文集点校》，云南教育出版社，2001，第844页。
② 梁启超：《十种德性相反相成义》（1901），《饮冰室文集点校》，云南教育出版社，2001，第695页。

熟能详："体面的，要强的，好梦想的，利己的，个人的，健壮的，伟大的，祥子，不知陪着人家送了多少回殡；不知道何时何地会埋起他自己来，埋起这堕落的，自私的，不幸的，社会病胎里的产儿，个人主义的末路鬼！"[1] 如果从叙事美学来说，这样的卒章显志似无必要，反倒限制了文本阐释的开放空间。但是，如果从作者本人的态度来看，老舍在 1936 年强调这一点，同时代主潮需要的集体主义、民族主义理念密切相关，并且它也并非全然应激外来的产物，而是渊源有自，对于个人主义的批评实际上隐含了对于新文化运动以来过于强调个人主义的反拨，同旗人文学一以贯之的观念相通，勾连起由晚清到民国一个已经渐趋"落后"的维新思想命题。到 20 世纪 40 年代老舍与宋之的合作的《国家至上》，就直接将战争情境下民族团结的"国家大义"作为主题来书写了。

老舍对于清末民初旗人作家的推进就在于此，在新文化运动风起云涌之时，老舍实际上是个旁观者，但是如同论者所言，"在中华民族生死存亡关头'一反常态'地表现出对于国家时政的超常热情和超常投入，正是他身后的那个民族——满族——上上下下共同表现出来的鲜明民族气节的缩影"[2]。这不仅是民族集体无意识的群体观念体现，同时也是在新的主导性意识形态形成之后，老舍找到了群体的归属感。

大略来看，清末民初京旗小说也可以归为谴责小说之一脉，优长与短缺都有相似之处，不过彼时各种名目的小说层出不穷，谴责小说至其末流就落入黑幕小说的泥淖之中，而京旗小说大抵还处于梁启超提倡的"政治小说""改良小说"的余波。在这些京旗小说的描绘中，整个社会都是晦暗颓靡的恶之渊薮。政府、官场的败坏失德自不待言，而民间社会亦无定信操守，妓寮、赌馆、烟馆、迷信、父不慈、子不孝、尔虞我诈、钩心斗角，种种丑陋现象遍布国中。更有甚者，那些本身批判官场、鼓吹改良风俗的党人新锐，德不配位，力不胜任，公德是虚伪，也毫无私德可言。今日以后见之明回首那段历史，自然可以得出诸如社会转型期，旧道已破、新德未立，因而造成种种道德滑坡、伦理沦陷的结论，然而当事人陷溺其中，空怀一腔愤慨，只能枉自嗟叹人心惟危、古道不存。

晚清中国启蒙者引入西方的个人主义、公民意识、自由理念，意在提升国民

---

[1] 《老舍小说全集》第四卷，长江文艺出版社，1993，第 463 页。
[2] 关纪新：《老舍与满族文化》，辽宁民族出版社，2008，第 44 页。

意识，以促成国家建设和文化转型，而结果却是播下龙种，收获了跳蚤。这不仅仅是因为彼时歧语纷呈，源自各种理论资源的知识精英都试图给中国的未来开出诊断疗救的药方，从而形成价值冲突与争夺的相持不下；同时，也因为破而不立，在传统的道统、正统坍塌之后，没有出现新的可供皈依的道德理想，所以出现了认同的空虚。"现代国民意识如果没有相应的道德伦理和宗教信仰的约束，即会陷于极端个人主义的欲望泥潭，而对社会造成很大威胁"①。在这种情形下，"恶"具有必然性，"当自我意识把其他一切有效的规定都贬低为空虚，而把自己贬低为意志的纯内在性时，它就有可能或者把自在自为的普遍物作为它的原则，或者把任性即自己的特殊性提升到普遍物之上，而把这个作为它的原则，并通过行为来实现它，即有可能为非作歹"②。民元之后，社会动荡、乱相毕出，也是势在必然。

道德信念和准则作为社会秩序的文化黏合剂，一旦面临危机，必然引起焦灼、恐慌、愤怒和寻找指责对象的诉求。而京旗作家心理上对于群体的过于依恃，容易造成群己界限不明、公共领域与私人领域的混淆。如此情形之下，京旗小说中自然而然生出的是对于个人主义的鄙薄。由此生发出来一个颇具讽刺意味的现象：当大时代已然踏步向前，这些京旗小说作家却依然高举着道德的大旗，对曾经指引过他们的启蒙精英们大加挞伐——这实在是个首尾乖互的现象。从社会分层上来说，京旗作家不是他们时代最"先进"的人，他们其实从属于被启蒙的平民大众，处于权力和话语双重弱势的地位。而道德之所以成为这些弱者最后的批判武器，跟伦理的不同步有着莫大的关联。主流道德从来都是由上层精英制定并由他们作为表率来遵守的，但对于差异性极大的社会民众而言情况要复杂得多：雅乐之下，逸乐并行；正祭之外，淫祀遍野。道德于此，其实有不同的分野，不同类型的价值观可以共存于一个社会结构的不同位置，即所谓"大传统"与"小传统"：某些根植于同理同情的人性深处的内容大体具有普适性，而涉及具体的社会文化诉求，则会应时而变。

作为文化领导权的必然行动，精英道德总是具有风行草上的教化功能，上层

① 单正平：《晚晴民族主义与文学转型》，人民出版社，2006，第214页。
② 〔德〕黑格尔：《法哲学原理：或自然法和国家学纲要》，范扬、张企泰译，商务印书馆，1982，第167页。

统治者会推行本阶层道德以维持统治的名教。宋代都城市民文化已具有这样的意味，明中期以后的发达的通俗文学、大众曲艺等手段更是加速了精英道德播撒的速度和范围。因而当底层接受精英道德的时候，他们的道德其实具有"滞后性"。当统治阶级的精英道德已经礼崩乐坏、"名不副实"的时候，依照原有惯性履行道德规范的底层反倒承担了本不应该由他们承担的道德沦丧的后果。这是一个古已有之的传统，历来就有在黄钟毁弃、瓦缶雷鸣中棘刺世道人心的民间言论，"礼失而求诸野"的原因正在于此。

不过，道德的滞后性坚守带来的另一个后果就是，如果它足够强大，或被另一类试图夺取话语权力的边缘人士挪用，它就会造成精英分子的普遍心理内疚，从而形成一种民粹主义（Populism）的取向——所谓"仗义半从屠狗辈，负心都是读书人（明·曹学佺）"。新文化运动落潮之后，"到民间去"的口号虽说从自觉的文化观念而言是主动地从被压抑与遮蔽的底层寻找精神与思想资源，但也隐含着民粹主义的意思；而反对"愚蠢的文学革命"的辜鸿铭干脆就认为占中国人口 90% 的文盲才是"中国乃至全世界的真正受过教育的有教养的人"，在他看来，在文明堕落退化的时代，"一个人越变得有文化或学问，他所受到的教育就越少，就越缺乏与之相称的道德"[1]。民粹主义同反智主义（anti-intellectualism）联系紧密[2]，而京旗文学却既非民粹亦非反智，而是显示出纯粹对于常识性传统道德的守望。老舍在这一点与他们几乎如出一辙。

新文学作品一大主题就是个人对于家庭与出身的反叛，家庭作为阶级压迫的象征与个人的自由、平等、民主追求总是发生冲突，构成了二元对立结构：大家庭的幽暗背影与私自同居的涓生和子君（《伤逝》），周府和周府代表的资产阶级与鲁大海、周冲（《雷雨》），老太爷的家与出走的觉新（《家》）……如果从文化批评的角度来看，可以发现旧道德的破坏在现代作家眼中几乎不成为一个问题，或者至少在必须要矫枉过正的中国社会现实中，旧道德必须要被牺牲掉。这个历史代价论无疑是一种精英视角，而京旗小说所表现出来的平民大众心声，则会被老舍们视若珍宝。《四世同堂》中尽管祁老爷子是"老中国的儿女"，但是老舍更多

---

① 辜鸿铭：《归国留学生与文学革命——读写能力和教育》（1919），转引自黄兴涛等译《辜鸿铭文集》下，海南出版社，1996，第 171173 页。

② 关于反智主义参看余英时《反智论与中国政治传统——论儒、道、法三家政治思想的分野与汇流》，《中国知识分子论》，河南人民出版社，1997，第 35～75 页。

的是给予同情的理解和宽厚的体恤，而祁家的儿孙也并没有同家庭发生剧烈的冲突。象征传统的钱默吟竟然能够焕发出新的生机，由吟风弄月的诗人成为秘密的反抗者。当然，《四世同堂》中的"家"其实是"国"的象征——老舍还是在"家国同构"的传统语境中书写一个民族主义故事。事实上，在"五四"运动后期，有识者已经在"德先生"（民主）和"赛先生"（科学）之外提出欢迎"穆勒尔小姐"（Miss Moral，道德）的口号[1]，伦理革命重返晚清"合群"的爱国与强国之道，只是关注之人较少，而老舍毋宁在不自觉中暗合了这一转变轨迹。

老舍最重要的作品中，对笔下人物的态度基本都是从道德上进行评判的，而他所秉持的道德观念就是最基本、最常识的平民观念。新文化与旧道德曾经在胡适、鲁迅的精神世界和现实生活中都引起堪称惨烈的天人交战，而在老舍这里却是非分明、清清楚楚（勿论后来与赵清阁之纠葛）。同反智主义相区别的是对于文化的尊重与执守；同民粹主义相区别的是，无论贵族或者平民，都不具有道德上的天然优越性，只要是不符合常识认知范围的伦理规范，老舍就会毫不留情予以鞭挞。有些时候读者会觉得老舍的笔法比较类似于狄更斯那样的漫画化，人物性格比较扁平，缺乏变化以及更深层次和暧昧的中间地带，而这正是老舍接续了他的旗人前辈们一以贯之的道德标尺所导致。

旗人的民族性格总体上的一个重要特色是"注重名与耻"，讲面子、重自尊。[2]关纪新注意到老舍出身于此种家庭环境和文化氛围中，作为独立个体走进社会时，免不了要按照自己耳濡目染、习焉不察的道德方式应对生活，反映在其文学世界中就是对伦理精神的执守，以及对国民道德衍变的持续关注。[3]较之于朝令夕改、变无常态的政治格局与社会风气，道德伦理作为稳固的心理深层结构，老舍同清末民初的京旗作家们可谓两两相望、前呼后应。当后来乌托邦革命年代不可逆料的灾难命运来临，老舍甚至不惜以一死来维护自己的尊严，从文化意义上来解读，就是践行祭殉自己的道德观念。

---

① 可参见鲁萍在《简论清末道德视野下的群与个人》（《四川大学学报》2003 年第 2 期）及《"德先生"和"赛先生"之外的关怀——从"穆姑娘"的提出看新文化运动时期道德革命的走向》（《历史研究》2006 年第 1 期）二文对此问题的论述。

② 鲍明：《满族文化模式：满族社会组织和观念体系研究》，辽宁民族出版社，2005，第 295 ~ 299 页。

③ 参见关纪新《老舍与满族文化》第三章"满族伦理观念赋予老舍的精神烙印"，辽宁民族出版社，2008。

　　白话文无疑是古典文学向现代文学转型中一个重大节点。尽管运用古典白话写作的文本从元末明初就史不绝书，但是直到戊戌变法前，白话文运动的自觉才由知识精英提出来，是民族主义的内驱力在其中发挥作用。黄遵宪在光绪十三年（1887）正式提出语言与文学合一的问题，他说："语言与文学离，则通文者少；语言与文学合，则通文者多。"[①]梁启超大力提倡新文体，自觉地注意通俗化。1898 年 8 月，裘廷梁的名文《论白话为维新之本》在"百日维新"的高潮中发表，白话文作为变法事业成功的根本途径之一，得到了充分、明确的肯定。陈子褒也发表文章提倡推行白话，并在《论报章宜改用浅说》一文中，明确提出报纸应改用白话，用白话文办报，使人人都能读。在他们的大力提倡下，白话报纸陆续出刊，白话书籍也开始印行。[②]京旗小说就是在这样的语境中应运而生。

　　京旗小说作者使用地道的北京方言写作，夹杂着古典白话的影响，就如同与它相近时期在南方口岸城市风行的鸳鸯蝴蝶派小说。从实际情形来看，这些作家是真正的"我手写我口"，不过这种白话可能未必是启蒙者最初所期望的，因为京旗小说几乎没有引起任何新文学运动倡导者的兴趣。这提示我们思考白话本身，也即白话本身已经成为一种民族主义色彩的意识形态，它的字词句法形式可能并非那么重要，影响大小也非首要关注，而关键在于内容和观念的"新"。

　　白话文最初在晚清的使用与接受，就明显地含有等级意识。文化水准的高低，成为取得阅读文言或白话资格的关键因素。整理国故、彰显国粹的文化保守者比如章太炎认为白话的价值根本就很可疑，后悔自己曾经写过的《驳康有为论革命书》，"斯皆浅露，其辞取足便俗，无当于文苑"[③]。及至后来胡适清楚地发现，"这五十年的白话小说史仍旧与一千年来的白话文学有同样的一个大缺点：白话的采用，仍旧是无意的，随便的，并不是有意的。民国六年以来的'文学革命'便是一种有意的主张"。而"无意的演进，是很慢的，是不经济的"。最近"二十多年以来，有提倡白话报的，有提倡白话书的，有提倡官话字母的，有提倡简字字母的：这些人难道不能称为'有意的主张'吗？这些人可以说是'有意的主张白话'，但不可以说是'有意的主张白话文学'。他们的最大缺点是把社会分作两部分：

---

① 黄遵宪：《日本国志》卷三三《学术志》二，富文斋，1890。

② 夏晓虹对此有较为详细的史料梳理，见氏著《晚清社会与文化》，湖北教育出版社，2001，第112～120 页。

③ 章太炎：《与邓实书》（1909），转引自汤志钧编《章太炎政论选集》上，中华书局，1977，第521 页。

一边是'他们'，一边是'我们'。一边是应该用白话的'他们'，一边是应该做古文古诗的'我们'。我们不妨仍旧吃肉，但他们下等社会不配吃肉，只好抛块骨头给他们吃去罢"。因而他最后特别申明"白话并不单是'开通民智'的工具，白话乃是创造中国文学的唯一工具"①。

这里潜藏着一个文学价值嬗变的过程。从传统的文化理路来看，文学不过是小道，不足为法，道、圣、经、学、理……这些范畴才是超越性的，具有恒久价值的。"文"是"质之饰"，"道之显"，"礼之盛"②，是可以"得意"而忘之的"象"和"言"。传统观念中，史书记载的"儒林"显然要高于"文苑"。章太炎等人更看重的其实是"儒林"，"文苑"都要等而下之，更何况原本连"文苑"都不屑的白话及其所携带的粗陋文化？至少到20世纪20年代，文言仍保留着事实上的优越与尊贵，作为精英人士共用的文体而被欣赏。以白话为开通民智的工具，固然可以收到立竿见影之效，也存在着根本的隐患。启蒙者的角色认定，使晚清白话文的作者自居于先知先觉的地位。这种居高临下的态度，造成运动的不乏深度，却缺少广度。因此，实际发生作用的主流思想是文言、白话并行不废。胡适等新文化运动的领导者也未见得摆脱精英意识，一面虽然想的是大众，在无意识的另一面却不乏难以摆脱的精英趣味。如同后来"革命文学"论者所批判的，新文学革命实际上是一场精英气十足的上层革命，故其效应也正在精英分子和想上升到精英阶层的人中间。尽管他们不停地标明"与一般人生出交涉"的发展取向，但在最初就已经伏下了与许多"一般人"疏离的趋向。古典白话与新型白话之间并不存在天然的延续性，尽管从历史的谱系来说，胡适通过历史叙事（《国语文学史》《白话文学史》）的拣选来提升白话的地位和权威，但这不过是策略性的手段，并且也引起很多争议——从根底上来说，新文化运动的白话就是一种语言的断裂性诉求。

从底层的接受者一面看，绝大多数"一般人"本身对新潮流其实无动于衷，在飞扬的热闹和平凡的安稳之间，他们更多向往的是岁月静好、现世安稳，这一点对于当时穷愁落魄的京旗作家而言更关乎切身遭遇。他们不怎么感受到文学革

---

① 胡适：《五十年来中国之文学》（1923），《胡适文集》（3），欧阳哲生编，北京大学出版社，1998，第202、252页。
② 彭亚非：《先秦论"文"三重要义》，《文史哲》1996年第5期。

命的冲击，甚至隐约地怀有反感，他们对于文学并无明确的纲领与追求，而首先是个生计问题，白话的运用纯乎是一种本能。当新文学倡导者挟带有革命意识形态内涵的白话呼啸而来①，他们那种自然主义式的白话也要成为被拉枯摧朽的一部分。

老舍甫登文坛之时，并没有意识到这一点，《老张的哲学》《赵子曰》《二马》等等，无论从思想观念还是白话技巧而言，多是延续了京旗作家的那种平民底色，不过吸收了西方文学尤其是英国 19 世纪批判现实主义如狄更斯以及康拉德那种带有浪漫悲剧色彩的笔法与格调。幸运的是，新文学话语在彼时正需要一个带有大众趣味而又不沦为下流的作家，老舍适逢其会。瞿秋白在 1930 年代批评"五四"以来的文学是"五四式的新文言，是中国文言文法、欧洲文法、日本文法和现代白话杂凑起来的一种文字，根本是口头上读不出来的文字"②，认为中国文学革命运动产生的新文学是"不人不鬼，不今不古——非驴非马的骡子文学"③。这虽然过苛，但未尝没有道出一点实情，老舍作品的诞生正是在这种情形中的独树一帜。他的价值在于，以一种"超时空、超党派、超雅俗"的平民语调讲述老百姓自己的故事。

京旗小说承接的满族传统说部、汉文翻译小说的营养、北京地方性文化的遗产，广泛吸收了诸如评书、相声、子弟书、八角鼓词等曲艺的语言成分。口语入文的写作方式和通俗晓畅的美学风格之所以会成为一种特色性的表征，同这种文化积淀和现实处境脱不了关系。老舍发挥京旗小说无意识中遗留下来的白话流风遗韵，将之变为一种"精致的通俗"：娱乐又不失品位，俚俗中蕴含格调，悲中含笑、苦中作乐。而京旗小说为新文化运动者所不屑的陷溺于凡庸中的缺陷，也被源自西来小说的现实主义所升华，因而老舍的语言从价值上得到了确立，而有关幽默等种种一目了然的特色又被有限度地保存下来。老舍正好出现在现代白话文学在古代白话和欧化白话俱已有所推进而未臻完满的时候，在此基础上结合本

---

① 白话在新文化运动中更多的是作为民族文艺复兴运动中的一种工具。胡适、陈独秀等人都在不同的场合提到欧洲民族国家兴起过程中，方言上升为国语，在宣传、鼓动、张扬民族意识上所起到的作用。这实际上是传统的"文以载道"的现代变体，一直延续到延安文艺座谈会上对于文艺大众化、民族风格的倡导。

② 宋阳（瞿秋白）：《大众文艺的问题》，《文学月报》1932 年第 1 期。

③ 瞿秋白：《学阀万岁》，《瞿秋白文集》第 3 卷，人民文学出版社，1989，第 177 页。

人的天赋，成为白话国语的典范。用语言学家张清常的话来说："既摆脱了当时纯粹按照北京口语比较粗糙的自然状态而卖弄方言土语的毛病，又避免了当时某些作家的学生腔及东洋西洋、洋味儿十足而超过汉语所能吸收的程度的中国话。老舍作品的语言是写得十分流利自然漂亮的，所以在 20 世纪 30 年代，人们（包括严厉批评他的作品的人）都已经承认他的作品是'宣传纯正国语的教本'了。"①可谓前修未密，后出转精。在 20 世纪 40 年代的文艺大众化讨论中，老舍从京旗小说一脉改造而来的语言同"民族形式、中国气象"尽管貌合神离——老舍更多是城市平民的气质——但并不妨碍他同源自农民的美学趣味并行不悖，共同构成后来的新型国家所需要的语言形式。

概而言之，京旗小说在晚清维新启蒙运动中产生，多是从亲历性底层经验出发书写大众文学产品，无论在文学理念和技法上都趋于传统的市民文学。在晚清向民国递进的整体上唯新是趋的社会风潮中难免不呈现出"落后"的面相，对照于新锐、快速的文化革新运动，它们反倒更贴切地呈现了城市平民的生存处境和思想现实。从文学史的命运上来说，京旗小说必然要被后来一统的线性进化论所淘汰，但作为带有大众品性的文化产品潜在地熏陶了同样作为旗人后裔的作家老舍。他们在急剧变动而又杂语纷出的总体文化语境中，浮现出另类的面孔，在大时代的洪波激流底部，形成了沉寂于浪潮下面的潜流暗涌。

作为一种文化传统，群体观念从京旗作家自为的制度性体验和心理回避机制，到老舍那里融合了现代国族危机意识，升格为国家主义；京旗小说的平民道德极端主义包含着时代的断裂性感受以及回归传统的欲望，老舍几乎完全接受了道德关注的视角，佐之以公民道德的内涵；在新旧文学的交战和递嬗之中，白话作为民间的言说方式，有着巨大而坚韧的生命力，老舍的文学从域外文化的视角铆接本土京旗小说的风绪，弥补了新文学革命在白话上天然的缺陷。以上种种，大抵可视为京旗小说与老舍文学之间不可忽略的内在关联。京旗小说作为时代转型中方生速朽的文学现象，今日看来，不唯可作历史学、社会学、民俗学的佐证，同样在近现代文学自身发展的内在理路中也有其一定的意义。它们见证了大时代的起承转合，以其自身书写参与到文化实践之中，并在客观上成为一种文化上的微

---

① 张清常：《北京话化入普通话的轨迹——老舍作品语言研究的新途径之一》，《张清常文集》第二卷，北京语言大学出版社，2006，第 234 页。

观政治，而当国家、殖民、国族主义、社会主义等宏观政治在现实中经历血的洗礼与火的锻造时，新的语境将这些旗人遗民群体整合改造，熔铸为新型的政治意义上的少数民族满族。老舍便是这个意义上的满族第一代文学大家。

第三节　病相报告：老舍的幻寓批判

老舍的作品在政治观念上始终游离在时代前沿之外，这与他对政治的热情形成了巨大的反差——他从最初步入文坛时便与五四新文学有着较大差异，每一次都努力积极地投入到政治意识形态之中，却总不能高屋建瓴，而落入到跟随主流常识话语与平庸思想的境遇之中。这似乎表明，关心政治并不合适他的气质禀赋。较之于迎合时政的《神拳》《国家至上》《陈各庄上养猪多》之类，老舍最精彩的作品无疑是带有人道主义、文化怀旧和平民关怀的《骆驼祥子》《断魂枪》《月牙儿》《离婚》《茶馆》。但"文学性"上不成功的作品未必没有意义，《猫城记》就是这样一部艺术上并不见佳却颇具时代与文本症候的作品。《猫城记》诞生后一度受到不同派别读者的攻讦，中华人民共和国建立之后较少为人注意①，却是难得的具有总体性观照国民与国家的幻想寓言小说。

所谓"幻想寓言小说"，我这里指的是那些在文本内容上脱离现实，借寓表意、以喻达情的小说。老舍作品中可以归为这一类的大致包括《猫城记》（1932）、《不成问题的问题》（1943）②、动物小说《狗之晨》（1933）③ 等。老舍的幻想性作品文体颇完备，除了小说，还有童话《小木头人》（1943）④、《小白鼠》（1945）⑤，歌舞

---

① 在"文化大革命"结束后几年，《猫城记》一度作为老舍被曲解冷落的作品而受到研究者的重视，陈震文、徐文斗、甘海岚、张桂兴、吕恢文、史承钧、杨中等纷纷撰文，就"怎样评价"的问题提出自己的看法，参见石兴泽《老舍研究：六十五年沧桑路》，山东文艺出版社，1997，第34~35页。不过，这些文章多为"翻案"文章，集中于其社会批判、文化批判层面，未深及更广泛意义上的现代性和民族性。
② 原收入《贫血集》，见《老舍全集》第八卷。
③ 作于 1933 年 1 月 24 日至 2 月 2 日，见《老舍全集》第八卷。
④ 收入《贫血集》，见《老舍全集》第八卷。
⑤ 原载《小朋友》1945 年复刊第一期，收入《老舍全集》第八卷。

剧《消灭细菌》(1952)①，歌剧《青蛙骑手》(1960)②，儿童剧《宝船》(1961)③，等等，但这些作品或者篇幅过小、影响甚微，或者受当时或后来意识形态的倾轧，不光在现代文学史上，而且在老舍本人的作品中亦处于边缘地位。不独老舍的此类作品遭到长时间的遮蔽，现代文学史上其他作家的类似作品也有相似命运，比如沈从文《阿丽思中国游记》(1928)、张天翼《鬼土日记》(1930)和张恨水《新斩鬼传》(1926)、《八十一梦》(1941)等。晚清以降的大量手法上采取现代科幻与传统魔幻神怪形式的小说在新中国以来的文学研究话语中都遭遇同样待遇，直到20世纪末有论者从"被压抑的现代性"角度重新发现那些小说中的另类现代性意味。④这种话语转型以"替代性的现代性"范式释放了晚清民国小说芜杂中的多样性可能，颇有反拨启蒙与革命话语一体化、极端化的意味。但本节讨论《猫城记》，主要着眼于旗人文学系谱中的文化民族主义视角。这部作品幻设了一个异质空间，时间在这个空间中去除了历史性，在这个非历史化的空间中，人、事、物及社会关系就成了抽象的国族寓言和思想试验。

鉴于《猫城记》的文体模糊性，文学研究者或对其存而不论，或笼统称之为"寓言小说""讽刺小说"，也有从题材和内容角度称之为"科幻小说""奇遇小说"，不一而足。⑤首先它毫无疑问是个虚构的散文性作品，诺思罗普·弗莱将虚构散文作品分为四种类型：小说（novel）、自白（confession）、剖析（anatomy）和传奇故事（romance）。⑥按此模式，《猫城记》包含了小说、剖析和传奇三方面要素，称之为"幻（romance）+寓（anatomy）+小说（novel）"，应当不成问题，它并不以形式创新、体裁变革取胜，而以其所要表述的内容擅场——其内容之荒诞怪异、

---

① 原载《说说唱唱》1952 年 4 月号，收入《老舍全集》第十二卷。
② 原载《人民文学》1960 年 6 月号，收入《老舍全集》第十二卷。
③ 原载《人民文学》1961 年 3 月号，收入《老舍全集》第十一卷。
④ 比如李欧梵对于施蛰存的历史新编小说如《将军的头》《鸠摩罗什》和玄幻小说如《魔道》等的研究，王德威对于晚清科幻奇谭作品的研究。李欧梵：《中国现代文学与现代性十讲》，复旦大学出版社，2002；李欧梵：《现代性的追求》，生活·读书·新知三联书店，2000；王德威：《想像中国的方法：历史·小说·叙事》，生活·读书·新知三联书店，2003；王德威：《被压抑的现代性——晚清小说新论》，北京大学出版社，2005。
⑤ 陈双阳：《"异类"的命运——中国现代幻设型讽刺小说论》，《中山大学学报》1999 年第 1 期。秦弓：《〈猫城记〉：笑的变异》，《枣庄师专学报》2000 年第 6 期；马兵：《论新文学史上的四部奇遇小说》，《山东大学学报》2004 年第 3 期。
⑥ Northrop Frye, *The Anatomy of Criticism* (Princeton University Press, 1957).

晦暗离奇且直刺多讽、影射说教堪称老舍作品中之异数，置诸现代文学场域也足占一席之地。

20 世纪 30 年代的中国，内部处于国民党政权宁汉合流后的威权统治与军阀政治割据纷争的腐败混乱，外部则有日本军国主义的武力侵略和地缘政治中的复杂局势，文化语境中是社会主义与民族主义之间的张力，国家主权岌岌可危。《猫城记》写于老舍从英国回国后不久，此前的《大明湖》已经显现出他对于现实政治的关注和国事民瘼的关怀。正在此时，发生了"九一八"和"一·二八"事变。日寇的入侵和国民政府的绥靖政策给整个国家带来灾难和危害，老舍身历其境，忧患日深。作为有着质朴爱国感情的知识分子，老舍的应对是用手中的笔揭露现实，让国民充分认识到整个民族生存的严峻处境，借此激励起民众热情，凝聚起民族力量。《猫城记》是在现实刺激中产生的："头一个就是对国事的失望，军事与外交种种的失败，使一个有些感情而没有多大见解的人，像我，容易由愤恨而失望。"[1]老舍的自谦也是对自己准确的剖析："有些感情而没有多大见解"。"失望"引发偏激的讽刺，他在"国民性"认知框架中还无法认识到普通大众的力量和民族自立自强的出路，因而有了文本中后来受到诟病的许多破坏性言词。

1932 年，在山东齐鲁大学任教的老舍在上海《现代》杂志开始连载这部相当"与众不同"的《猫城记》。小说讲述一个偶然登陆火星的中国人在一个以猫为主的国度中的神奇历险。在漫画般的笔法中，整个猫国沉浸在污浊、肮脏、颓废的环境与气氛之中。在那里，民族心灵和文化景观通过凹凸镜被逐一呈现出来，将"盲动""顺从""灵魂衰亡""民族意识堕落""革命""反革命"等众多的社会道德和心理主题融会在一起。感时忧国的主题在彼时司空见惯，《猫城记》迥乎一般的地方在其独树一帜的文体形式——通过幻想营造了一个恶托邦（dystopia）的所在，从而在深层结构上形成了一种关于文明衰落的警世寓言。

乌托邦或者恶托邦的主题在中国本土渊源有自，但没有通向现代科幻。一方面，《庄子·杂篇·则阳》，陶潜《桃花源记》，李公佐《南柯太守传》里淳于梦所至的槐安国，吴承恩《西游记》中唐僧师徒经历的各类国家，董说《西游补》里

① 老舍：《我怎样写〈猫城记〉》，收入李耀曦、周长风编《老舍与济南》，济南出版社，1998，第134页。

的青青世界，李汝珍《镜花缘》里林之洋、唐敖等人遨游海外所经历的诸多奇国异境，"寓言为本，文词为末"①，构成了一条亚文化文类脉络。另一方面，儒道互补的大传统中，敬天法祖，主流是"敬鬼神而远之"（《论语·雍也》）和"六合之外，圣人存而不论"（《庄子·齐物论篇》）的思想，对于"怪力乱神"虽不禁止，也不提倡。感悟型的思维习惯、道本器末的哲学观念也阻碍了人们对于客观世界从技术上进一步探索的热情。因此，尽管诸如志怪、志异的玄谈怪说文史俱不绝书，但都为正统的读书人所不屑或仅仅作为百无聊赖时的消遣，散落在街谈狐禅之中，神话传说、仙话怪谈也与科学理性断无联系，幻寓型的作品如果不是游戏笔墨，就是主文谲谏的话语策略。

作为西欧工业革命后才有的文化现象，科幻小说在中国的兴起与19世纪末、20世纪初打开国门、学习西方的历史大背景密不可分。1900年，逸儒译、秀玉笔记的《八十日环游记》出版。1902年，梁启超发表了一篇实践其理论的政治科幻作品《新中国未来记》，还发表了翻译法国天文学家弗拉马利翁（Nicolas Camille Flammarion，1842~1925）的《世界末日记》，并在附录的"译者曰"中阐明之所以翻译这篇"悲惨煞风景之文"，是效仿佛说华严经，证精神不灭："一切皆死，而独有不死者存。"②在从德富芦花（1868~1927）的日译本转译汉文过程中，梁启超做了一些增改，并创造性地以佛法进行解释，意在鼓动民气。1903年，梁启超、批发生（即罗普，1876~1949，康有为嫡传弟子）合译了凡尔纳的《十五小豪杰》（即 Deux ans de vacances，《两年假期》），在日本东京弘文学院留学的鲁迅也翻译过类似《月界旅行》《地底旅行》之类科幻小说。③他认为"我国说部，若言情谈故刺时志怪者，架栋汗牛，而独于科学小说，乃如麟角。智识荒隘，此实一端。故苟欲弥今日译界之缺点，导中国人群以进行，必自科学小说始"④。在梁启超和鲁迅的认知中，科幻小说服务于启蒙需要，如果说梁还从古代经典寻找资源转换的合理性，鲁迅的科学进化论已昭然若揭。最初的科幻小说译与作，一方面有着"西体中用"的思想在背后，另一方面也由于传统志怪荒诞说部的影响余绪，因而它们

① 鲁迅：《中国小说史略》，《鲁迅全集：编年版》第二卷，人民文学出版社，2013，第416页。
② 梁启超：《世界末日记》，《梁启超全集》第19卷，北京出版社，1999，第5642页。
③ 该译作最初连载在《浙江潮》，1906年付梓，原作是凡尔纳的 De la terre la lune trajet en 97 heures et 20 minutes，1865。
④ 鲁迅《〈月界旅行〉辨言》，《鲁迅全集：编年版》第一卷，人民文学出版社，2013，第58页。

多以政治性为主，"硬科幻"的技术性问题并不是关注重心。所以，许多原本期待视野中应该是新颖时髦的幻想小说，却标上所谓"拟旧小说"（或曰"翻新小说"）之名，如冷血与煮梦的同名作品《新西游记》、葛啸侬的《地府志》、女奴的《地下旅行》，幻寓出奇，讥谈世风。这些作品在后来的现实主义为主流的现代文学发展中也遭到了压抑。

　　整体上来说，科幻这一类型在近现代中国文学中属于边缘通俗文类，尽管晚清出现大批科幻奇谭，在现代科技和传统神怪之间有些沟通交流，但在启蒙与救亡的新文化与新文学主流冲击下很快消沉下去。五四新文化运动及其后的"科玄论争"之后，关于文学的主导性话语趋于现实关怀和问题意识。许多"科幻小说"不过借着科幻之表，阐说其社会思想之里。《猫城记》中不乏科幻小说常有的主题：星际飞行、外星人、探险、灾难，但这些只是掩人耳目（也许只是掩耳盗铃）的表象。我们也可以从《猫城记》中寻到凡尔纳（Jules Gabriel Verne，1828 ~ 1905）、威尔斯（H. G. Wells，1866 ~ 1946）所建立的经典科幻原型母题，甚至卡罗尔（Lewis Carroll，1832 ~ 1898）《爱丽思漫游奇境记》、威尔斯《最先抵达月球的人》（*The First Men in the Moon*，1901）的情节乃至细部，但《猫城记》的科幻色彩非常淡薄，更多的是中西方传统里夸张扭曲的寓言文学一脉。他接续本土"述异记""异闻录"类作品，以及希腊史诗《奥德赛》、阿拉伯故事《辛巴达历险记》那种异域奇闻描述传统，以科幻的外壳讲述一个中国寓言。以老舍彼时对英语文学的熟识，斯威夫特（Jonathan Swift，1667 ~ 1745）的《格列佛游记》无疑是其前文本。斯威夫特通过格列佛到小人国、大人国、飞岛、巫人岛、慧骃国等虚构国度的离奇旅行和种种遭遇，反映的是 18 世纪初英国社会的各种矛盾，嘲讽英国的内外政策。《猫城记》踵武其后，亦步亦趋，具有强烈的政治批评色彩。

　　老舍直接进入晚清以来的科幻奇谭、谴责小说的新文类。这两类小说无不借酒释怀，刻意表达对于时局政事的看法。尤其是科幻奇谭触角敏锐、刻意求变，而对洋务维新颇有钟情，于吸收新颖技术热心有加，试图对裨补时政有所建言，但也同样不无意淫之弊，且一般笔无藏锋。不过，奇谭玄想之作意指更多是其体现出在知识分子构想的中西古今之争时的应对策略，其形式手法尚在构建之中。证诸《猫城记》，幻寓之作正是为奇谭谴责寻找到合适的形式——借助换喻曲折地表达对现实的看法。

　　《猫城记》1933 年 4 月在《现代》杂志连载完，8 月出版单行本不久，就连续收到评论。称道肯定者主要来自于自由派文人，比如梁实秋（1903～1987）认为"这本小说是近年来极难得的佳构"①；是"值得读的""暴露文学"；艺术上"达到了成熟火候的阶段"②。同时，也有来自左翼批评家的尖锐批评，认为叙述者"认不清民众的力量"；作品一味地"涂满了悲观的色调"③。老舍此前作品除了《二马》那样较为抽象的文化比较，多以描摹刻画市民社会、民情风俗著称。然而，《猫城记》却选取了宏大题材"军事"和"外交"，对社会的各个领域，从各级统治者到庸民百姓，从军阀政客到学生教授，从农村到城市，从一国到多国，政治、经济、文化、教育，涉及之广、包容之多，为他所有作品之仅见，这一症候表明老舍欲通过这个作品综摄自身对于整个社会国家文化的看法。这一宏大构想导致他不得不采取简化象征的形式。不过，以全景式的扫描速写为手段来追求作品的现实性，往往是以细节、艺术性与深刻性的丧失为代价——长于广度疏于细部和深度，难免出现偏激的见解，这一点也正是幻寓小说普遍的现象。

　　然而，《猫城记》原本就出自激情而非出于客观全面的认知，是带有传奇玄幻色彩的超现实寓言，而非冷峻严谨思虑深远的现实主义。李长之在评价时说："没有热情，是决不会讽刺的"④，可谓知人之论。李长之同时还强调了老舍的国家思想，比如矮人国对于猫城的侵略明显影射日本人对于中国的侵略："褊狭的爱国主义是讨厌的东西，但自卫是天职。……我不能承认这些矮子是有很高文化的人，但是拿猫人和他们比，猫人也许比他们更低一些。无论怎说，这些矮人必是有个，假如没有别的好处，国家观念。国家观念不过是扩大的自私，

1947年"晨光文学丛书"中的改订本初版《猫城记》书影

----

① 谐庭：《〈猫城记〉》，《益世报》副刊《文学周刊》第43期，1933年9月23日。
② 姒：《〈猫城记〉》，《益世报》副刊《别墅》，1933年10月8日。
③ 王淑明：《〈猫城记〉》，《现代》第4卷第3期，1934。
④ 郜元宝、李书编《李长之批评文集》，珠海出版社，1998，第184页。

可是它到底是'扩大'的；猫人只知道自己。"① 此话显见是愤激之语，也正因为这类愤激之语才招致民族主义者和爱国主义者的批评。但老舍的思路同梁启超的国家观念颇为相似，梁启超认为"国也者，私爱之本位而博爱之极点，不及焉者野蛮也，过焉者亦野蛮也"②。这是在饱受西方列强侵略情况下的一种务实论，是以本民族为本位，着眼于当下，遵循丛林法则、弱肉强食的中西现实关系的常识理性，里面包含的是对强权逻辑无可奈何的认同和强烈的救亡图存的愿望。它并不具有普世和永恒的意义，更谈不上高蹈与超越，却是避免亡国灭种唯一切实可行的选择。当西方帝国主义以其剑与火将还处于天朝上国迷梦的清朝强行拉入世界史进程中时，中国民族性（衍生出鲁迅所批评的"国民性"）与现代性的矛盾已经展开，此际不过由于日本帝国主义的入侵而更趋强化而已。

如果说新文化运动时期的主潮是启蒙主义，20世纪30年代日寇入侵带来的局面是"民族性"的张扬，恰如李泽厚曾经所说的"救亡压倒启蒙"③。老舍对于"国民性"的剖析和批评一向被论者与鲁迅改造国民性的思想相提并论，不同的是，鲁迅是以"立人"为最终目标的，带有个人本位倾向的启蒙主义；而老舍的改造国民性则是以培养国民的现代国家精神为旨归，更贴近梁启超。他片面地强调个人对国家民族的责任和义务，甚至把个人意识的觉醒看作是妨碍国家强大的离心力与主要障碍。因而《猫城记》是特定社会进程、政治形势和文学情境中的阶段性产物，它的命运也随着社会和政治意识形态的消长而嬗变，其接受史交织着社会主义文化领导权与异域他者眼光的差异与冲突。④ 在政治、经济、军事、教育的宏观见解上，《猫城记》并不能给出超出普通市民所能觉悟到的东西，但是文化上却有自己的一套看法。

老舍最大的眷注在于文化。作为中国隐喻的猫城，种种腐朽沉沦、腐败落伍的根本原因，被他归因于人的蒙昧糊涂、迟钝冷漠、缺乏价值操守，而解决的办法就是"人格和知识"。从此可以看出，老舍并不具备思想家的洞察力和对历

---

① 老舍：《猫城记》，见《老舍全集》，人民文学出版社，1999，第296~297页。下有相关《猫城记》引文，皆见此版本，不再一一注明。
② 《梁启超选集》，上海人民出版社，1984，第220页。
③ 李泽厚：《中国思想史论·下》，安徽文艺出版社，1999，第842~859页。
④ 《猫城记》的遭遇有些"墙内开花墙外香"的意思，国内几乎在初版后没有再版，直到1999年修订《老舍全集》才收入。而在国外，老舍《猫城记》的影响是和《骆驼祥子》并驾齐驱的。舒乙曾说："《猫城记》被广泛地翻译成外文，版本之多仅次于《骆驼祥子》，还被誉为世界三大讽刺名著之一。"

史与现实政治的超越性把握，而是一个文化主义者。如同李长之归纳的，老舍的看法在于："中国问题的中心，是在一种熏陶于个人意味生活者过久了而需要集团精神的社会的生活的态度上的不适应……集团精神的培养，必须在教育上，于根本处，转换国人的生活态度，而顶重要的一点，两个字，是：负责。"①沙聚之邦如何蔚为人国？从五四以来的个人主义本位逐渐让位于国家主义本位了。以叙事策略论，我们可以从空间、伦理、叙事三个角度对《猫城记》做些寻绎。

第一，尽管被以荒诞外衣，《猫城记》仍有其现实根源。作者对于历史困境所不能已于言者，尽行投入虚拟世界。设计反理想的国度，假托外星世界，是为想象空间的位移。空间的变换和挪移使得故事具有了陌生化的效果，这种修辞术避免了可能招来的更多现实麻烦。老舍将对于中国的言说挪移转至火星，言在彼而意在此。而叙事人作为一个高出猫城人的旁观者更可以冷眼解剖，以其现实理智阐明搭击弊端之所在。猫国如同一个实验室，而叙事人固然亲身体验，实则为一置身事外的研究者，因为观察的距离而能够更为超然地加以分析。这是一种现代理性精神对文化理念的更新，即知识分子对本土的想象方式：走出传统文化脉络，而将其置于中西方文化的比较视野中来审视，用西方的价值理念反观古老的民族文化。空间的转换暗示了老舍自觉地将自己的国家民族与西方国家作比较的尝试，当然因为他的评判标准在欧美启蒙现代性，所以被"以西律中"的等级逻辑所左右。

"传统"在这种逻辑中被窄化并集中到负面因素上。《猫城记》与《阿Q正传》非常一致地体现出的不是对民族复兴所应怀有的热望，而是对整个民族和民众的绝望，表现出一种前所未有的对吾国吾民的厌倦。鲁迅对国民的"哀其不幸，怒其不争"，到老舍的《猫城记》则成了无药可救的决绝和厌弃。猫城的一切俱以理想的对立面出现，在文本中老舍以悲戚之感剖析诸种阴暗面，企图在感伤的文化构想中将理想的现代中国（"伟大的光明的自由的"）描画出来，这正是反乌托邦的典型手法。如果说小说文本同现实世界构成了双重世界的关系，在小说文本的内部，猫城同"叙事人－观察者－评价者"所由来的伟大光明永恒的中国其实也构成了双重世界的关系。与现实社会相比，猫城放大了黑暗、残缺、压抑和匮乏。

---

① 郜元宝、李书编《李长之批评文集》，珠海出版社，1998，第181页。

这种双重世界间的对比，强烈印证出恶托邦的窳劣和乌托邦的期望。中国现代文学史上像这样对国民人性和本民族种性如此失望和批判的作品并不多见。鲁迅让狂人重回到世俗的行列中，是因为他还没有找到民族振兴的出路，暂时屈服于传统的文化语境。老舍让猫人国亡国灭族，一点希望也不存留，具有基督教"末日审判"般的决绝和彻底。[①] 像郝长海所说，因为是现实与理想的落差造成了老舍巨大的失落，使他无法接受和认同，而强烈的爱国主义感情又让他不能沉默。"他要通过对社会的全面揭露和否定，使国人感到震惊，催国人猛醒。这正如闻一多的《死水》一样，是作家炽热的爱国主义情感到一种至极的表现。"[②] 正所谓置之死地而后生，绝望里才有希望。基督徒老舍尽管平日性情温和，但是国难积弊下形成的戾气自然地促生了毁灭与新生的激情。

第二，老舍不是从科学理性的角度，而是从自然心智和常识见解来观察和解释，延续了旧有幻寓小说从道德方面来分析的视角，这使《猫城记》无论从技术还是从观念上都有别于现代科幻小说。《猫城记》的恶托邦同赫胥黎或奥威尔描绘的恶托邦不同。《美妙的新世界》描绘了新世界"在人类的灵魂和体质上进行"的五个方面的革命，结果形成了一个是非颠倒、黑白莫辨、伦理错位、道德反常的所谓"新世界"[③]，是从科学和工具理性及其所可能产生的后果来进行乌托邦的表述，奥威尔《一九八四》则侧重于对专制集权的批判。老舍倾注力量的是更广泛范围里的文化，而他的文化观念与政治见解与其说是理性分析所得，毋宁说来自基于日常观察和体验的本能反应。如果说在技术恶托邦那里对于濒危的传统人文还抱有一丝温情，在政治恶托邦那里还秉持了自由与个人的信念，老舍《猫城记》所建构的文化恶托邦则二者皆可抛，在貌似嘉年华的猫城中，猫人之辱人贱行，社会百态之错位颠倒，人情世故之穷形尽相，无不显示出颠覆性的力量。

乡村里的劣绅，街面上的庸众，官场上的群丑，学校内的暴徒，儒林中的败类，军队里的懦夫……这一切在老舍早期的《老张的哲学》和《赵子曰》里都似

---

① 日下恒夫敏锐地从《猫城记》中发现了"毁灭的手指"的意象，进而推论出这个意象来自《圣经·但以理书》，在西欧文学中影响深远，狄更斯的《远大前程》《大卫·科波菲尔》中都有出现，基督徒老舍无疑受到了圣经的影响。〔日〕日下恒夫：《老舍与西洋——从〈猫城记〉谈起》，《复旦学报（社会科学版）》1986年第6期。

② 郝长海：《关于〈猫城记〉之研究》，见曾广灿、范亦豪、关纪新编《老舍与二十世纪》，天津人民出版社，2000，第289页。

③ 〔英〕阿道斯·赫胥黎：《美妙的新世界》，参看孙法理《译序》，译林出版社，2000，第3~12页。

曾相识，到猫城里都被极端化，所有的正当秩序、合理伦常、符合一般公众价值观的东西都被解构，失去了意义。这是一种全民性的狂欢，让人不由自主会想到巴赫金（M. M. Bakhtin, 1895～1975）对于中世纪笑谑文化和狂欢节的研究。巴赫金认为狂欢文化是全民性、节庆性、乌托邦性质和世界观深度的，笑谑其实是双重性的，也指向取消者自身，"人们不把自己排除在正在形成的整个世界之外，他们也是未完成的，也是生生死死、循环不已的"①。《猫城记》里唯一的取消者是叙述者，而叙述者自身也是这个世界的一个成分，只是他显示了一种可能性生长的空间：来自异域，有着新鲜的血液——暗示了借镜西方的想法。

第三，叙事上，《猫城记》穿梭杂糅于现代科幻、传统志异、近代奇谭之间，不定一尊，展开国族想象的叙述时就地取材，随心应手。老舍摆脱了他一贯温文尔雅、从容顺畅的语言，而采取了逆向、反向、颠倒的逻辑，在各种形式的讽拟、戏弄、贬低、亵渎、插科打诨中，猫城世界的等级消失，每个人都是被嘲笑和讽刺的对象：整个猫城无论从建筑还是从民众来说都充满了破败和没落之气。猫城没有大门，要想进城只能爬墙，没有城门的猫城，隐喻了民族文化的闭塞和凝滞。从代表民族的希望和未来的小孩到民族的中坚力量的青年人，都是一副卑贱萎缩之态，"脏、瘦、臭、丑"是孩子们的外在特征，这些特征昭示其内心的不健全，信仰的虚无，价值理念的模糊……如此的叙述形成了文本自身以及文本同现实之间处处可见的吊诡：诙谐幽默的笑与沉痛不及言的泪，激情勃发的讽刺与自诩勘透世事的智慧，国事民瘼的宏大内容与笑谑滑稽的解构形式，失去历史社会导向的虚幻时间与出于谨慎而位移了的异度空间，猫城的现实存在与光明中国的虚无构想……任何一个稍有历史与文学史常识的人都可以从中读出关于20世纪二三十年代中国现实显而易见的类比与反讽。《猫城记》的政治无意识是晚清以降经过五四新文学之后得到强化的感时忧国的传统："中国经历了君宪共和国、民宪共和国、文化启蒙救国得三个现代化救国方案探索的阶段，在其宣传与实施过程中，现代民主观念、人民主权观念、民族独立自决等观念得到了广泛宣传。而在这一背景下，各种完备的和不完备的现代性方案的设计与构想或直或曲地在

---

① 〔苏〕巴赫金：《〈佛朗索瓦·拉伯雷的创作与中世纪和文艺复兴时代的民间文化〉导言》，见张杰选编《巴赫金集》，上海远东出版社，第142页。

文学想象中表现出来。"①《猫城记》的国族寓言是归结到文化上的别一类，显示出一个"文化 + 民族"主义者的立场。

文化主义是中国文化化解与调和种姓之异冲突时的传统方式，华夏或后来的汉民族很早就认为，华夏文化是一种普世性的文化。华夏与周边民族间的文化差异，不是不同种类的文化之间的差异，而是一种普世文明不同发展阶段之间的差异，也就是文明与半文明乃至非文明之间的差异。如同章太炎所说："中华之名词，不仅非一地域之国名，亦且非一血统之种名，乃为一文化之族名……中国可以退为夷狄。夷狄可以进为中国。"② 这样，所谓"夷夏之辨"表面上是族类或种族的差异，实质是文化的差异。蛮夷如果提高了文明程度就可以变成华夏；相反，华夏的文明如果沦落，他们也会变成蛮夷。文化主义的解释认为，由这样的立场出发，华夏民族的文化归属感超越了它的政治的或族类的归属感。也就是说，中国文化民族主义的传统把文化而不是国家或族类（即种族）作为忠诚的对象。于此，我们似乎可以解释为什么在老舍那里，意识形态并非不重要，而更广泛意义上的文化对于生死存亡则显得更为重要。诸如"大家夫斯基""马祖大仙""红绳军"等，尽管不无政治抨击的表象③，但老舍的表述接续的是更为久远和普泛的传统。

如同一个后知后觉的人一样，老舍加倍地张扬了他出于自己常识得到的认知，有时候表现出执拗的偏见，而此时新文化启蒙在日趋严峻的现实面前已经被革命意识形态和民族主义所批判和挤压。20 世纪 20 年代后期的革命文学新秀们已经开始指责鲁迅、茅盾落伍④，老舍却还在深化这种"过时"的论调。不过，尽管延

① 杨霞：《清末民初的"中国意识"与文学中的"国家想象"》，南京师范大学出版社，2012，第100页。
② 章太炎：《中华民国解》，《民报》1907 年第 15 号。
③ 比如"马祖大仙"就有影射马克思的意思。罗素在中国的演讲中，专门在宗教条目中列出"马克思教"，劝诫人们不要盲目崇拜："在科学中，如马克思的社会主义，一般信仰者死守了成见，就可以说它是宗教的了，……如果持马克思主义的，还捧着他的书，保守住他的宗旨，把他的话当做了'佛音（福音？）'，看成了'圣经'，那就不是科学中的态度了。"章廷谦笔记《罗素先生的演讲》，《少年中国》第 2 卷第 8 期，1921。彼时，22 岁的教员老舍刚刚开始写作，我没有资料证明他一定受罗素演讲的影响，但他应该可以接触到类似的思想观念。
④ 参见后期创造社、太阳社对鲁迅、茅盾等五四代表人物的批评。如钱杏邨《批评与建设》，《太阳月刊》5 月号；成仿吾《从文学革命到革命文学》、冯乃超《艺术与社会生活》、李初梨《怎样地建设革命文学》《请看中国的 Don-Quixote 的乱舞》、杜荃《文艺战线上的封建余孽》等，见陈漱渝主编《鲁迅论争集》下卷，中国社会科学出版社，1998。

续的是文化启蒙立场，老舍却有着自己独特的关怀视角和解决方式。他认为要使国人在精神道德上真正觉悟，首要的不是五四时代一再强调的冲破一切束缚、鲜明决绝的"个性"态度，"而是由群体的自觉所体现出来的国家观念和自尊自信的民族意识"。这里彰显了他与五四精英在重建国民精神上的差异。自然这同时代危机有关，但也是老舍一贯的主张——他始终相信群体的活力和潜力。老舍对于与之血肉相连的市民群落的弱点（《猫城记》虽然涉及面极广阔，但有关农村与工业的描述不过草草了之，这是他所不熟悉的领域）有深刻的体察，但他并没有把自己设立为一个在高位俯察的救世者，作为作者不同思想侧面代言人的"我"与小蝎的无所作为就表明了这一点。[1] 他还殚思竭虑试图寻找市民群落里可能涵容隐藏着的优秀民族品质来证明，通过对传统优点的光复，市民也可以完成他们的超越之路。即便颓靡沦丧如猫人，在大蝎的威吓之下也"并不是不能干事"，正是这些构成了绝望中的希望。

不过，20世纪30年代中国的文学接受视野对于这种绝望中的求索，尤其是嬉笑怒骂的风格还没有做好接受上的准备：《猫城记》的思考方式和表达方式一方面不合时宜，另一方面也超出了其时的意识形态承受力。老舍必然要为此付出代价：《猫城记》注目于政治，旨归却在文化，它遭遇的恰恰是政治意识形态的挤压。原因在于他对于20世纪二三十年代国共两党的内战也统称之为"哄"，是"各祷神明屠手足，齐抛肝脑决雌雄"。惯长于索隐的批评者更是一一证明"大家夫斯基哄"或者"马祖大仙"分别影射国民党、共产党，或者又有影射王明路线之说。不久之后，老舍本人也承认《猫城记》是本失败的作品。他觉得《猫城记》写得太直白，暴露的问题太多，显得太沉重，和他一贯的温和风格相悖，而且这篇小说"在思想上，我没有积极的主张与建议"，"不能精到的搜出病根"[2]。他后来连篇累牍地写检讨书，探讨作品对社会造成的"损害"，以及自己当时如何"幼稚"，如何没有达到艺术上的"高明"。

在20世纪30年代普遍的反抗侵略、谋求自主的政治诉求中，老舍对国家和

---

[1]　"小蝎子"恰是老舍本人在读北京师范学校时候，同学们送给他的外号之一。见舒乙《老舍早年年谱——古城墙上的一颗小枣树》，中国建设出版社，1998。这至少表明在作家的潜意识中有着自我剖析的意味。

[2]　老舍：《我怎样写〈猫城记〉》，收入李耀曦、周长风编《老舍与济南》，济南出版社，1998，第133页。

社会的关注，限制了其对于个性的看法，但小蝎的内部主观视角和作为外来观察者"我"的客观视角，合力将猫城腐烂败坏的文化根因暴露出来，使得这个文本成了一份时代病相报告。由焦虑而引发的教育与立人的主张，在鲁迅或者其他五四文学那里是通过写实主义的手法出之，老舍却采用了幻寓这种在中国文学传统中的亚文类形式。这种形式以及它所体现出来的内容，同样是关乎中国文化、文学现代性的一种，其意义较之写实主义正典一点也不遑多让。后来的事实证明，嗣后40余年林林总总的意识形态迷你方唱罢我登场之后，中国文化首先面临的依然是"新启蒙"的问题——这也许恰恰证明了老舍那执拗的偏见背后的洞见。

第四节　城市意象与文化象征

　　老舍试图将文化主义与民族主义联结起来，内里暗含着旗人的情感积淀，虽然他没有遗民故国之思，但其内在理念也迥异于各种激进理论。他与清遗民不同的地方在于，虽然以文化作为方法，旨归却在新中国，支撑着的是现代民族主义理念。参与到"满洲国"的遗民希望"借由日本力量协助达成恢复帝制的梦想，非惟基于理念而已，并且还是文化共同体的归属感所致。他们误将侵略者以文化主义的立场，如同对待蒙古、满洲'异族'一样，化为道统的代言人。……遗民所谓的'天下'，固然已是我们现今所熟知的世界，不过昔日的'华夏'却为'东亚'地域；至于'蛮夷'，即是他们见证晚清以来所认定的白种人。换言之，近代中国面临时代转型，必须衡量这场东西'文化战'的争夺和结束。……如同民族主义所带来的魅力一样，遗民们在此'获得了力量，却丧失了判断'"[1]。映照之下，清遗民是一群过时的文化主义者，而老舍则是一个清醒的现代爱国者。然而，他的民族主义是复杂的内在构造，是一种融合了传统文化主义的民族主义："文化＋民族"主义，这使得他超越了狭隘地方性、族群性，而将多元一体的中华民族作为认同的地基。这种特殊的思想与认知尤为充分地体现在他关于城市意象的塑造和表述之中，如同有论者发现：《猫城记》可以看做老舍一系列小说的总标

---

① 林志宏：《民国乃敌国也：政治文化转型下的清遗民》，中华书局，2013，第343～344页。

题，只不过后来把'猫城'换成了'北京城'而已。在猫人——北京人——中华民族之间有一条明显的逻辑喻指关系。"① 如果说猫城意象幻寓着要批判的恶托邦，北京意象则在写实中象征着整体中国文化，它内在地包含了地域、族群、文化要素，融合了历史、传统、社会、时代、伦理、道德的多重意义。

几代帝京、五方杂处、数族混居的北京，其文化构成因素斑驳陆离，而面临着 20 世纪文化的新旧融合、古今碰撞、中西会通、多族涵化，各类因子千丝万缕地交错纠结在一起，作为多种政治、社会、文化、思想交锋对撞、折冲樽俎之地，更是被聚焦的中心。有关北京的文学书写与文学想象，近现代直至当下都不绝如缕，除了前文论述的儒丐的《北京》，与老舍同时代的林语堂、张恨水、梁实秋等都有关于北京的记忆与描绘，但是唯独老舍将其作为持续性的主题。这背后隐藏北京地方性与旗人文化之间彼此互渗的联结。北京作为辽金元明清历代的首都，是中国多民族混杂的城市，与旗人之间的关联尤为特殊。有清一代的北京内城几乎全为旗人居有，虽然从晚清开始有民人进入，但至少到庚子之前还很少旗民混居，而清末民初在反满排满氛围中受到压抑的旗人族群意识使得"北京人"转为旗人的新身份。如同季剑青所说，老舍、蔡绳格、金受申等民国旗人，"正是基于北京人这一地方性的认同，才自觉承担起北京文化书写者的角色……由于对满族历史记忆的刻意压抑，他们把一些原本属于旗人的风俗，转写成一般意义上的北京地方文化，于是满族文化传统便自然地汇入到中国文化之中"②。作为一个土生土长的旗人后裔，北京构成了老舍的文化母体，而他通过自己的文学创作，使人得以窥见彼时北京的风貌情状与世态人心，更主要的是可以看到在经历诸多波折后成为社会主义中国的公民和文学艺术界的领导人物之一的老舍，对于北京文化乃至整个中华文化的反思与重构。可以说，老舍与北京之间构成了一种共生关系，成为彼此印证的主体。

老舍对于北京的文学书写主要在三个维度上展开：（1）作为情节背景的存在，这在大多数老舍有关北京胡同平民生活题材作品中都可以寻见；（2）作为叙事结构的存在，如《骆驼祥子》《茶馆》《龙须沟》这样人与都市关系的作品，北京作

---

① 肖同庆：《世纪末思潮与中国现代文学》，安徽教育出版社，2000，第 253 页。
② 季剑青：《重写旧京：民国北京书写中的历史与记忆》，生活·读书·新知三联书店，2017，第 242 页。

为文本的一个结构性因素与人物之间形成了互动性效果；（3）作为文化想象的存在，如《离婚》和《四世同堂》，北京在这样的文本中已经超乎了一个地域文化的表象，而成为象征性的能指。

清末北京的城市日常景观

在《离婚》《四世同堂》里，老舍对于北京地方文化进行激切沉痛的批评，北京成为中国的象喻。在面临西方现代性对于本土民族性的冲击时，《断魂枪》《老字号》里对于"传统"的丧失无疑是缱绻眷念、念兹在兹。连"猫城"一定程度上也是北京的缩影。老舍不厌其烦地将北京文化作为中国文化的个案进行微观解剖，一贯延续了他的文化启蒙主题。作为一个出生于北京并且深受北京文化影响的土著，老舍尽管在后来几度出游海外，漂泊川鲁，但是最终还是回到了故乡。北京作为文学作品中的叙事背景、环境乃至叙事主角，或是就现实意义而言的文化中心、文学市场乃至意识形态想象的根源，无论何种意义上，都是他创作的起点和归宿。可以说老舍的创作有着难以割舍的北京情结，并且通过北京意象的营造，使得北京在他的文学世界里不仅承载了文学想象与被想象的任务，同时也是表述与被表述的主体。

作为文化象征的北京，从来都是怀旧与期望、虚构与抒情的产物，是一种心理与情感意象。在老舍这里尤为如此，都是本人并不在北京时候的"想北平"。《猫城记》与《离婚》分别是 1932 年和 1933 年写于济南，《四世同堂》则是 1944 年至 1946 年写于重庆和美国。地理上的差异与远离给了老舍以一个如同人类学上"局外人"的角度，客观而冷静地审观故都北京，这个曾经入乎其内、深谙个中三昧的本地人，此刻更有了出乎其外的眼光。问题的另一面是，远离与回望会在想象中放大与缩减记忆里的现实。现实中日寇入侵带来的冲击，无疑会触动老舍幼年失怙的创伤记忆——他的旗兵父亲正是在抗击八国联军进攻的北京保卫战中死于地安门——进而激发起爱国的情感与民族文化的反思。如同赵园所说："《离婚》、《四时同堂》借诸人物对北京文化的反复批判中，有关于近代中国历史悲剧及其责任的思考。"[1] 因为老舍清醒地意识到："虽然北平确是有许多可爱的地方。设若一种文化能使人沉醉，还不如使人觉到危险。"[2] 如果说《离婚》还只是通过北京小市民没有超脱于激情的平庸生活来一管窥豹，《猫城记》却以幻寓的手法建构了一个无所不包的恶托邦，试图涵括目力所及的全景式社会问题，只是那并非老舍擅长及能力所及，因而所采用的戏拟表现不无偏颇之处，令其毁誉参半。但是对于北京及北京象征的文化思考却一直延续了下来，并且在十来年后的《四世同堂》中得到了集中体现。

> 最爱和平的中国的最爱和平的北平，带着它的由历代的智慧与心血而建成的湖山，宫殿，坛社，寺宇，宅园，楼阁与九条彩龙的影壁，带着它的合抱的古柏，倒垂的翠柳，白玉石的桥梁，与四季的花草，带着它的最轻脆的语言，温美的礼貌，诚实的交易，徐缓的脚步，与唱给宫廷听的歌剧……不为什么，不为什么，突然的被飞机与坦克强奸着它的天空与柏油路！[3]

老舍在 1944 年和 1945 年的时候回忆被日寇占领时期的北京时，写下了上面这段不无深情又突然情绪逆转的话。这段话只是在 100 余万字的《四世同堂》中随意找到的一小段，类似对于北京的描写与议论在书中比比皆是，整部小说可以说是

① 赵园：《北京：城与人》，北京大学出版社，2002，第 79 页。
② 老舍：《离婚》，《老舍全集》第二卷，人民文学出版社，1999，第 468 页。
③ 老舍：《四世同堂》，人民文学出版社，2001，第 36 页。

通过乱世北京的刻绘而对整个民族的文化进行反思。这个反思所运用的解剖标本就是小羊圈胡同里的四世同堂之家，而背景则放在了北京在日军侵华而沦陷直至光复的时间段里。作为一种成熟乃至过熟的文化，自身盲目自大、故步自封，难以真正反省自身的缺陷与危机，必得需要外来的刺激方得焕发出新的活力：一方面外来文化的冲击输入异于以往的新鲜气息，另一方面也鼓荡着此一文化内部变化因子的成长与壮大。

1937 年 11 月，卢沟桥事变后不久，林语堂（1895~1976）写了《迷人的北平》一文，认为北京代表了中国的一切——泱泱大国的行政中心，能够追溯到大约 4500 年前的伟大文化精髓，世界上最源远流长、完整无缺的历史文化传统的顶峰，是东方辉煌的栩栩如生的象征。他说"北平是一个宝石城"，这里的"宝石"指的是北京灿烂的文化古迹，正是这些文化古迹如建筑、文化、风俗、文物等，使得北京金碧辉煌、光彩夺目。都市的古老文化传统如同老人般成熟、智慧，一草一木都暗含着深厚的文化沧桑。北京是如此平和安详，自然从容，典雅富丽。在林语堂看来，北平是一个有着博大胸怀的辉煌古都，"它容纳古时和近代，但不曾改变它自己的面目"①。包容导致和谐，一切都可存在，一切又都不妨碍，它是一个理想的城市，每个人都有呼吸之地；农村的幽静与城市的舒适兼容并蓄。正是由于北京的大环境才造就出几代北京人的乐观、达观、善于享受人生的生活态度和处事方式。北京人天生具有幽默感与较强的生命力，这样的普通人构成了城市的坚不可摧的生命力。正是因为有着这样的文化眷念与自信，林语堂在 1937 年 8 月 29 日的《时代周刊》上发表了《日本征服不了中国》的文章，认为抗日战争将会催生新中国的诞生。林语堂是在美国写这些文章的，难免带有隔了时空的美化与悬想，这一点在 1938 年 8 月至 1939 年 8 月间他旅居巴黎时用英文写的《京华烟云》中更是突出。在林语堂那里，老北京的精神"是一种生活方式。那种方式属于整个世界，千年万代。它是成熟的，异教的，欢快的，强大的，预示着对所有价值的重新估价——是出自人类灵魂的一种独特创造"②。对比一下 15 年前儒丐的《北京》，两者印象之不同，简直恍如两地。这其中的原因是多方面的，比如两人社会地位的不同带来的不同观察，现实题材与回忆建构的差异，以及具体写作

---

① 林语堂：《迷人的北平》，见姜德明编《北京乎》，生活·读书·新知三联书店，1997，第 508 页。
② 林语堂：《辉煌的北京》，《林语堂名著全集》第二十五卷，东北师范大学出版社，1994，第 12 页。

时的读者预期等,但最为关键的是是否拥有本地人的体验。1938年4月出版的日本反战作家阿部知二(1903~1973)的《北京》,则是一个旅游者的印象与观察。林语堂、阿部知二这些人都是过客或旅人,难以有切肤的感受,而曾经常年浸润在北京文化中,身处异地的老舍在仅观故都北平时则更多源自经验的反思与批判,又比儒丐的自然主义描写多了一层开阔和凝练。

老舍显豁地将《四世同堂》中的小羊圈胡同构造为一个戏剧化的空间,其中的祁家四代人则结构性地作为彼时中国不同代际人物的代表。尽管这种颇显生硬的象征在艺术表现上存在着无法深入而流于浅薄的局限,但就抗战文学来说,还是以其文化剖析的特色而自成一格。老派又精明的祁老太爷自然是古老帝国传统文化的象征,儿子祁天佑和孙子瑞宣带有转型时代的夹缝人的色彩,其他的孙子瑞丰和瑞全则是新一代文化产物,只不过前者是没有国家观念的堕落消费主义者,后者则在后来的行动实践中接受了农民和战争的教育,是有着建设新中国愿景的新人。这种叙事设置很明显地具有寓言性质,小羊圈胡同在某种意义上就是微缩的北京,进而北京则是全中国的象征:

> 祁家的房子坐落在西城护国寺附近的"小羊圈"。说不定,这个地方在当初或者真是个羊圈,因为它不像一般的北平的胡同那样直直的,或略微有一两个弯儿,而是颇像一个葫芦。通到西大街去的是葫芦的嘴和脖子,很细很长,而且很脏。葫芦的嘴是那么窄小,人们若不留心细找,或向邮差打听,便很容易忽略过去。进了葫芦脖子,看见了墙根堆着的垃圾,你才敢放胆往里面走,像哥仑布看到海上有漂浮着的东西才敢更向前进那样。走了几十步,忽然眼一明,你看见了葫芦的胸:一个东西有四十步,南北有三十步长的圆圈,中间有两棵大槐树,四围有六七家人家。再往前走,又是一个小巷——葫芦的腰。穿过"腰",又是一块空地,比"胸"大着两三倍,这便是葫芦肚儿了。……祁家的房便是在葫芦胸里。街门朝西,斜对着一棵大槐树。在当初,祁老人选购房子的时候,房子的地位决定了他的去取。他爱这个地方。胡同口是那么狭窄不惹人注意,使他觉到安全;而葫芦胸里有六七家人家,又使他觉到温暖。门外呢,两株大槐下可供孩子们玩耍,既无车马,又有槐豆槐花与槐虫可以当作儿童的玩具。同时,地点虽是陋巷,而西通大街,背后是

护国寺——每逢七八两日有庙会——买东西不算不方便。[①]

通过小羊圈胡同形状位置及功能的描述，可以看出它是一个别有洞天的壶中天地，内敛含蓄、韬光养晦又曲径通幽、别开生面，在垃圾的背后是个内蕴生意的所在，不偏不倚，既安全可靠又方便生活。祁家位于小羊圈胡同的胸部，既有道家的退藏隐忍，又有儒家随时可以入世的便利，进退适宜，是个非常符合儒道结合的"中和"之美的地方。它的唯一弊端大概就是底部是封闭的，有限而狭隘的入口背后是没有出路的所在。从这样的房屋地理空间结构中，可以看出祁老太爷的立身思想："北平城是不朽之城，他的房子也是永世不朽的房子。"[②]这样的想法是经过数百年的王城安稳生活，几乎静止的宗法制社会沉淀下来的心理。彼时的北京是个有着悠久文化积淀的首善之区，"他很自傲生在北平，能说全国遵为国语的话，能拿皇帝建造的御苑坛社作为公园，能看到珍本的书籍，能听到最有见解的言论，净凭耳熏目染，也可以得到许多见识。连走卒小贩全另有风度！"如果没有外界的强劲冲击，祁老太爷和他的子孙大概可以做着这样的长世大梦一直不醒。对此，老舍有着自觉的反思：因为过于成熟至于熟烂的文化，"北平，那刚一降生似乎就已衰老"[③]。在这个时候，他意识到北京及其所表征的旧有文化救不了国也无法带来文明的复兴，而从自己的亲身经历出发，逐渐向马克思主义的唯物史观靠拢。

作为生长于斯的本地人，老舍内心深处热爱着这个城市。在第十四章开头就是一长段对于北京之秋的描写：

在太平年月，街上的高摊与地摊和果店里，都陈列出只有北平人才能一一叫出名字来的水果。各种各样的葡萄，各种各样的梨，各种各样的苹果，已经叫人够看够闻够吃的了，偏偏又加上那些又好看好闻好吃的北平特有的葫芦形的大枣，清香甜脆的小白梨，像花红那样大的白海棠，还有只供闻香儿的海棠木瓜与通体有金星的香槟子，再配上为拜月用的，贴着金纸条的枕

[①]　老舍：《四世同堂》，人民文学出版社，2001，第9页。

[②]　老舍：《四世同堂》，人民文学出版社，2001，第11页。

[③]　老舍：《四世同堂》，人民文学出版社，2001，第270页。

形西瓜与黄的红的鸡冠花，可就使人顾不得只去享口福，而是已经辨不清哪一种香味更好闻，哪一种颜色更好看，微微的有些醉意了！

那些水果，无论是在店里或摊子上，又都摆列的那么好看，果皮上的白霜一点也没蹭掉，而都被摆成放着香气的立体的图案画，使人感到那些果贩都是些艺术家，他们会使美的东西更美一些。况且，他们还会唱呢！他们精心的把摊子摆好，而后用清脆的嗓音唱出有腔调的"果赞"："唉——一毛钱儿来耶，你就挑一堆我的小白梨儿，皮儿又嫩，水儿又甜，没有一个虫眼儿，我的小嫩白梨儿耶！"歌声在香气中颤动，给苹果葡萄的静丽配上音乐，使人们的脚步放慢，听着看着嗅着北平之秋的美丽。①

应该注意的是，这样不加节制的大段描写与抒情，相较于整个小说所营造的风雨如晦的艰难时世而言，并不协调，但是任何一个读者都会不知不觉地沉浸到那散文化笔法所流露出来的散淡爽朗的美感中去。这种白描手法并无特殊之处，只不过因为沁润了作者浓烈的主观情绪，从而带动着整体风格的逆转，较之作者不断直白表露出来的对侵略者的痛斥、对毫无气节的民族败类的愤恨、对懦弱无能的普通市民的哀怒，这种情绪才是小说真正的基调情绪。也就是说，作者在抗战文学的主流形式中不自觉地流露了他在根底里与主流政治意识形态文学的隔膜——他更是个基于普通市民审美观的带有民俗色彩的作家。这种朴素的美学风格，后来几乎成为关于北京书写的一种美学定规。② 小说中不时出现这样的描写高潮和抒情眷恋，沉浸其中几乎会忘记这是个被侵略的城市。第四十一章对于太平年月的北京之夏的风光与果品描写同样有着淋漓尽致的显现。"有我之境，以我观物，故物皆著我之色彩。"③ 叙述者并不是纯粹地进行

---

① 老舍：《四世同堂》，人民文学出版社，2001，第127~128页。
② 即"京味儿"，相关的讨论成果很多，可参见弥松颐《京味儿夜话》，人民文学出版社，1999；史继中：《斯人虽逝京味弥香》，《京味小说八家》，文化艺术出版社，1989；吕智敏：《化俗为雅的艺术——京味小说特征论》，中国和平出版社，1994；黄殿琴：《京都奇叟：京味文化的发现与收藏》，中国文史出版社，2005。1997年燕山出版社推出一套"京味文学丛书"，收集了张恨水、老舍、萧乾、林海音、汪曾祺、林斤澜、邓友梅、刘绍棠、刘心武、陈建功、韩少华、苏叔阳、毛志诚、赵大年14人的中短篇小说和散文，每人一集（30万字），这只是第一辑，还有郑万隆、王朔、赵晏彪等作家的京味文学作品另外成集。
③ 王国维：《人间词话》，人民文学出版社，1960，第19页。

自然景色描写，而是从人物内心主观出之，城市的风味并非是外在的，而是内在于叙事中。正是对这些已经失去的东西的回忆，通过一系列类似电影中的主观镜头将之一一再现，才越发见出外敌入侵（不仅仅是日寇，同时也是各种西来的现代文化）造成的今昔对比。

　　但是这些美好的回忆只是幻象。自 19 世纪中叶开始，"老大帝国"的荣耀和光辉已经日渐逝去，英法联军和八国联军分别于 1860 年和 1900 年两次让帝国首都北京沦陷为生灵涂炭之地。日本的入侵又将这种殖民化进一步扩大，当时的北京乃至中国，正如小说中的人物钱默吟所说，像一朵无刺的玫瑰："你温柔，美丽，像一朵花。你的美丽是由你自己吸取水分，日光，而提供给世界的。可是，你缺乏着保卫自己的能力；你越美好，便越会招来那无情的手指，把你折断，使你死灭。一朵花，一座城，一个文化，恐怕都是如此！玫瑰的智慧不仅在乎它有色有香，而也在乎它有刺！刺与香美的联合才会使玫瑰安全，久远，繁荣！中国人都好，只是缺少自卫的刺！"[1]造成这种情形的原因与清朝的统治不无关系，作为统治阶级，入关的旗人在吸收正统主流文化后所形成的独特的旗人文化于此影响格外深远。无论从上层贵族到下层旗兵本质上都是有闲阶层、消费阶层，这种悠闲而又有相当地位的处境，长久以来造成了文化的畸变："在满清的末几十年，旗人的生活好像除了吃汉人所供给的米，与花汉人供献的银子而外，整天整年的都消磨在生活艺术中。上自王侯，下至旗兵，他们都会唱二簧，单弦，大鼓与时调。他们会养鱼，养鸟，养狗，种花和斗蟋蟀。他们之中，甚至也有的写一笔顶好的字，或画点山水，或作些诗词——至不济还会沓几套相当幽默的悦耳的鼓儿词。他们的消遣变成了生活的艺术。他们没有力气保卫疆土和稳定政权，可是他们会使鸡鸟鱼虫都与文化发生了最密切的关系。他们听到了革命的枪声便全把头藏在被窝里，可是他们的生活艺术是值得写出多少部有价值与趣味的书来的。就是从我们现在还能在北平看到的一些小玩艺儿中，像鸽铃，风筝，鼻烟壶儿，蟋蟀罐子，鸟儿笼子，兔儿爷，我们若是细心的去看，就还能看出一点点旗人怎样在最细小的地方花费了最多的心血。"[2]这种斤斤计较于细枝末节的生活，可以说是将儒家的人生艺术化态度发挥到了极致。

---

① 老舍：《四世同堂》，人民文学出版社，2001，第 235～236 页。
② 老舍：《四世同堂》，人民文学出版社，2001，第 254 页。

　　按照马克斯·韦伯关于生产城市、消费城市、商人城市的类型划分，"北京可说是个典型的官僚城市"[①]，城市的居民直接或间接地依赖宫廷或其他大家族的购买力维生，工匠与商人的营利机会主要也是得看城里坐食者的消费。清朝北京的主体是皇室、官员、兵丁和平民，除了最后一部分从事部分商业和农作之外，前三者主要依靠家产制、政治的财源、兵饷钱粮和地租收入。这种社会构成造成了清初以来北京文化的原型：艺术化的人生。艺术化的人生贯穿于整个北京文化中，无论是上层皇族还是普通市民。构成老舍所关注的北京大众消费文化代表的是"评书大王"双厚坪（？～1926）、陈士和（1887～1955，善说《聊斋》），唱京韵大鼓的"鼓界大王"刘宝全（1869～1942）、"金嗓歌王"骆玉笙（1914～2002），单弦八角鼓名家随缘乐、张三禄，相声大师"穷不怕"（朱绍文，1829～1904）、"万人迷"（李德锡，1881～1926）、张寿臣……消费文化，尤其是城市里的消费文化原本是现代性发展的契机。事实上，从南宋开始，中原与南方大都市的商业化与进入现代性就已经迈出了缓慢的步伐。[②]北方蒙古人南下后，元代的大都等城市也继续了这种历程，到明朝更是由于传教士的文化渗透、海外商贸的开展，由农耕社会向商业社会转型渐次拓展空间。但是，满人的再次南下中原，将这种苗头又一次重创。原本是渔猎民族的满族在入主中原之后，迅速接受以汉人为主体的文化，将儒道互补的传统发展到登峰造极。但此时的世界已经进入工业革命之后的殖民时代。

　　简单描述这段历程，可以显示出有时候先发与后发民族文化间交融带来的未必就是积极的结果。而《四世同堂》时代的北京又有着与外省不同的地方，就在于它是一国之都、首善之区。帝国王都长治久安的想象由来已久，剽悍野蛮的八旗子弟在长久的安枕无忧之后自然懈怠松弛。从客观原因来说，旗人好礼仪也是政治上的崇高而经济上困窘的必然结果。既是自尊受礼的礼教结果，也有无奈忍气吞声的一面。前者要求区别于贩夫走卒的鄙俗，后者则是更现实的无奈。赤贫家庭出身的老舍在这方面无疑有着切肤的疼痛体验。关于旗人生计问题的反映在辛亥革命前后的京旗报人那里有较为密集的书写，但老舍的关怀要深广得多。当师陀（芦焚，1910～1988）说到"住满学生和靠进当铺为生的前代勋旧"的北京

---

① 〔德〕韦伯：《非正当性的支配——城市的类型学》，康乐、简惠美译，远流出版公司，1993，第5页。
② 参见〔法〕谢和耐《蒙元入侵前夜的中国日常生活》，刘东译，江苏人民出版社，1998。

时①，他实际上指出了北京的两类文化群体，一类是以五四学生为代表的激进青年，一类是清朝遗老与旗人群体。老舍对这两类人都有反思：站在普通市民的立场，激进的学生在老舍看来大多是胡闹的赵子曰、殴打师长的猫城大学生、崇洋媚外的西崽，这与他同五四新文化的隔膜有关系，老舍的观察也不无其合理之处，这对线性发展的历史进步观是一种补充；而老舍对于普通旗人与百姓的观察与剖析却是入木三分的，并且由此生发出一种独有的文化追求。

文雅、教养与忠恕面临野蛮的侵略时便毫无用处，这种认知同老舍教学英伦的经历有关，在异文化的文化震惊后，再回头反躬自省，北京尤其是旗人文化浓郁的北京便显示出其弊端。同东北起源地尚且保存的质朴清刚的民族气质不同的是，京城文化在老舍看来已经烂入了底子。人们因为长期的蜗居在城里，已经成了"都市的虫子，轻易不肯出城。从城内看城楼，他感到安全；反之，从城外看它，他便微微有些惧意，生怕那巨大的城门把他关在外边。他的土色是黑的，一看见城外的黄土，他便茫然若失。他的空气是暖的，臭的，带着香粉或油条味儿的；城外的清凉使他的感官与肺部都觉得难过，倦怠。他是温室里的花，见不得真的阳光与雨露"②。老舍不仅用花来形容北京，也用花来形容城里的人。正因为这种生活的美好，可堪嚼味，对于住在城里的人是一种强力的侵蚀，而在面对外来野蛮侵略时又显出无力和可悲。老舍的安排是让作为新文化的代言人的瑞全逃出北京，寻找出路。

逃离北京，构成了《四世同堂》夹杂着虚构与时局、文本与现实的结构原型。瑞全出逃，并非逃避义务、责任和束缚自己的家庭，而是逃往自由和证明自我，像《家》里的觉慧一样。早在辛亥革命失败之后，中国文化的中心已经由北京转移到了上海。而抗战的爆发，则进一步促使全国性的文化中心的分散，散落到桂林、重庆、昆明等一系列其他城市。北京由于沦陷几乎已经成了被革命遗忘的角落。到1943年老舍在重庆开始动笔写他心中的北平时便充满爱恨纠结的情绪，情感基质里则是深入骨髓的爱。当瑞全从外地返回北京时，"一看见天安门雄伟的门楼、两旁的朱壁与前面的玉石栏杆和华表，瑞全的心忽然跳得快了。伟大的建筑是历史、地理、社会与艺术综合起来的纪念碑。它没声音，没有文字，而使

---

① 师陀：《马兰》，文化生活出版社，1948，第2页。
② 老舍：《四世同堂》，人民文学出版社，2001，第867页。

人受感动，感动得要落泪。况且，这历史，这地理，这社会与艺术，是属于天安门，也属于他的。他似乎看见自己的胞衣就在那城楼下埋着呢。这是历史地理等等的综合的建筑，也是他的母亲，活了几百年，而且或者永远不会死的母亲"①。瑞全在西北农村的经历恰恰强化了他在北京的地方体验，地理经验与自我认同之间的紧密关联，城市与人的血肉一样的联系在这里得到了升华。

五方杂处、八音克谐，融合了中西古今的北京，成了中国的象征

　　与怀旧情绪并行不悖的是必然改变的欲望。老舍无疑是善于运用人体生理学与城市生理学的换喻的，1950 年完成的三幕话剧《龙须沟》②就是通过程疯子病理上的转变与龙须沟城市基础建设转变的同构性，形成一个"疾病的隐喻"③。程疯子的疯病在新政府的新工作中不治而愈，完成了"（旧社会）病态——（新社会）健康"的内在逻辑转换。旧社会里的北京在外敌入侵的时候显示出了一个"无刺的玫瑰"所具有的不健康的美，那种美蛊惑人心，连英国的富察先生也为之深深沉醉，但是却不能拯救自己的沦落。这种状况，在作者那里，传统的北京文化熟透而烂，只有到新社会才能得到翻天覆地的改变。这是一种政治现代性规划下的

---

① 老舍：《四世同堂》，人民文学出版社，2001，第 1036 页。

② 老舍：《龙须沟》，《老舍全集》第十卷戏剧二集，人民文学出版社，1999。

③ "疾病属于生理，而隐喻归属于社会意义。疾病被用来描绘那些从社会意义和道德意义上感到不正确的事物。参见〔美〕苏珊·桑塔格《疾病的隐喻》，程巍译，上海译文出版社，2003。

北京。

但政治现代性可能因为偏向于启蒙理性的一元霸权，在老舍那里还觉不够完备，他之所以孜孜不倦地对北京及北京文化作深度的剖析，是为了寻求一个文化现代的北京，这种文化现代性中包含了多元、调和与温情。西美尔（Georg Simmel，1858～1918）在他的都市社会学中曾认为：与农村的平缓相比，都市以其特有的景象、声音、气味带给人更多的刺激，人们被迫对事情作出区分、组织与规划，都市人由此变得工于心计。"大都市始终是金钱经济的地盘"。"金钱具有一种适用于世间万物的共性：它要求交换价值。它把所有的人格和品质都简化为一个问题：'值多少钱？'"[①]当初老舍的《骆驼祥子》里，乡村青年祥子来到都市里，就经历了被现代都市异化的过程，对自己的金钱有着异乎寻常的敏感与精打细算，具有了亚当·斯密（Adam Smith，1723～1790）所说的现代"经济人"（homo economicus）特质——金钱逻辑是一种现代性对于丰富人性的化约。北京在《骆驼祥子》中作为城市生活的象征，对乡村来的健康朴实的祥子起到了默转潜移的腐蚀作用。祥子起初是带着美好的向往来到都市，当他摆脱乱兵重新回到北京时居然有种回到故乡的亲切："祥子想爬下去吻一吻那个灰臭的地、可爱的地，生长洋钱的地！没有父母兄弟，本家亲戚，他的惟一的朋友就是这座古城。这座城给了他一切，就是在这里饿着也比乡下可爱，这里有的看，有的听，到处是光色，到处是声音；自己只要卖力气，这里还有数不清的钱，吃不尽穿不完的万样的好东西。"[②]北京体现出来的经济现代性已经渐渐蚕食了乡土中国的共同体传统，祥子像个清教徒一样积攒自己的财富，梦想着一个幸福的未来。但是，如同刘禾所说："祥子的前资本主义心智结构开始与他的生活环境发生冲撞，城市的生产方式不再与农村经济的生产方式相类同，而价值、所有权与独立的意义正在全新地界定着。"[③]由于半殖民半封建、内忧外患的现实与个体先天文化积淀上的盲点，祥子的幻想必然走向幻灭。

这种对于中国近现代都市经济现代性的影响探求，在老舍的创作中并没有得

---

① 康少邦、张宁等编译《城市社会学》，浙江人民出版社，1986。Georg Simmel 原作英译 *The Metropolis and Mental Life*，收入于海主编《城市社会学文选》，复旦大学出版社，2005，第 9 页。

② 老舍：《骆驼祥子》，《老舍全集》第三卷小说三集，人民文学出版社，1999，第 33 页。

③ 刘禾：《跨语际实践——文学，民族文化与被译介的现代性（中国，1900—1937）》，生活·读书·新知三联书店，2002，第 160 页。

到有效的发展，不久就被轰然而来的主流话语所裹挟而去。老舍在他的作品中寻求的是一种融合了经济、政治、生活各方面的文化现代性。而随着新中国的成立，老舍的文化现代性转向了主流的政治一体化的现代性，虽然在后来吉光片羽般的《正红旗下》试图再次返回自己独特的文化寻求时，已经时不我与，并且很快就在激进的政治与社会运动中半道殁世。历史走上了另一段急速前进的道路，新的故事在等待着被改造和被命名的作家们去重新展开。

结　语

　　2014 年 9 月 18 日，在延边大学朋友的帮助下，笔者到龙井市三合镇的口岸考察，图们江对面就是朝鲜的咸镜北道会宁口岸。当时，那位朋友指着对面说，那里很早以前是满族先祖所居之地。回来后查资料，我才弄明白 15 世纪之前，图们江两岸都是由女真所领。1433 年，朝鲜世宗李祹对明朝辖下的建州卫女真人发动进攻，扫荡了鸭绿江、图们江南岸的女真居住地，逼迫他们西迁北移，并在其旧地设置了"西北四郡"和"东北六镇"，① 会宁就是其中一镇。2016 年 6 月 15 日，因为给鲁迅文学院在吉林办的作家班讲课的机会，我又到珲春的防川村龙虎阁参观，那里就是著名的"一眼望三国（中、俄、朝）"的地方。后金、清时期大批东北女真人"从龙入关"，东北人口两度大减。清王朝定鼎后又推行封禁政策，致使此地人口稀少，生产力很低，社会发展滞后，而 19 世纪中叶以来俄罗斯一直觊觎欲进。1858 年 5 月 28 日，签订的《瑷珲条约》，沙俄侵占了黑龙江以北、外兴安岭以南约 60 万平方千米的领土。咸丰十年（1860）沙俄将《北京条约》强加给清廷，次年重新会勘时，又借机侵占了图们江沿岸的土地。② 为防边患，加以发展需要，有识之士多次上书解封，光绪六年（1880），江苏吴县人吴大澂第一次到此，开启了招屯实边的功业。③ 我在当地的博物馆里看到吴

---

① 杨昭全、何彤梅：《中国 — 朝鲜·韩国关系史》，天津人民出版社，2001，第 472～475 页。
② 何汉文：《中俄外交史》，中华书局，1935，第 116～117 页。
③ 吴大澂：《愙斋自订年谱》，收入祁寯藻等著《〈青鹤〉笔记九种》，中华书局，2007，第 97 页。

大澂"五进珲春"的资料，以及此地有史以来的发展历程。

一前一后两次"满洲"龙兴之地的旅程，见证了满族发展史上的两次变迁，满族从最初明朝与朝鲜夹缝中的"化外之民"到最后成为继承中华帝国王朝正统的监护者角色，300年历史沧桑，可谓一言难尽。自2004年开始接触满族文学以来，我陆续去过辽宁丹东、鞍山以及河北承德等地满族自治县，但并没有自觉的资料搜集意识，知识与理论来源都是来自间接的书本经验，史地探勘原也非文学研究者的长项，不过这两次实地考察，还是让我受益匪浅。最直接的收获就是直观地体会到历史变迁中人口、土地、政治体制、经济生活和文化之间的互动。"旗人"作为一个历史实存已经消逝于时间的长河之中，研究"旗人文学"的意义何在呢，尤其是当我们都明白"旗人文学"这一概念是以"后见之明"筹划规范的结果？整理、发掘与阐释历史与文学遗产，这当然是题中应有之意，而更主要的是使得这种遗产进入到当代文化生产之中，成为一种重新认识历史与文学的有机养料，并且为当代文学与文化的发展提供借鉴。因而，旗人文学的话题一定要置入政治、经济、外交、军事和文化的立体网络中来考察，它伴随着旗人自身身份、位置、观念的改变而改变，这种改变不仅仅是个体的命运，而是近现代以来每个中国人的集体命运——确认个体自我（个人）与集体自我（族群、国家）在世界与社会中的身份。因而，考察旗人文学的嬗变就导向了中国总体性的近现代文学观念的嬗变，所以我并非要写作一部面面俱到、首尾闭合的近现代"满族文学史"，而是结合政治、社会、文化的变迁，描摹并分析旗人通过文学书写所展示的心灵走向和认同移位。

八旗制度及此后的各种应对性举措生产了自己的反对者，如同论者发现的颇为讽刺的事实："18世纪清廷推动种族思考，后来竟成为汉人民族主义论调的推手；清廷忠实的奴仆僧格林沁和文祥成为军队改革之父，然而军事改革却成为后来革命军兴起的滥觞；1898年和1900年朝廷中的反对派根除了国内最后一股持有异见的保皇运动，其结果却是导致激进对手的日益壮大"[①]。而这同时又进一步导致旗人的外在形塑机制（制度、政策和特权地位）的瓦解，促使他们寻找内在的身份定位和自我认同。这个过程确实与一般所谓的"汉化"南辕北辙，也是"新清史"一些论者所讨论的"满洲传统"的强调、追认和重

---

① 〔美〕柯娇燕：《孤军：满人一家三代与清帝国的终结》，陈兆肆译，人民出版社，2016，第241页。

述的由来。但问题在于"汉化"本身是个伪问题，用汪荣祖的话来说，"汉人已经不能等同中国人，中华民族亦非仅汉族；所谓'汉化'，实际上是'中国化'，中国是统一之称，而'汉'乃对称"①。"新清史"论者在反"汉化"话语中过于突出了"同化"（assimilation）或者"涵化"（acculturation）的压抑意味，似乎不同文化与族群之间始终处于权力的征战争夺之中，而"满洲传统"在这种论述中则被拟人式地本质化和固化了。历史的实际过程充满不同族群间的碰撞、杂糅与交流，无论是官方政策还是个人选择里面都有着趋利避害的自主衡量和考虑，如果有一种"满洲传统"，那也是在历史进程中不停地建构、消解与重构的变化之中，因而我更愿意用"融合"来描述它。这种变动中的融合，涉及身份认同这样的心理和精神层面时，尤为生动地体现在旗人文学当中。

在本书围绕旗人文学所显的身份与认同纠缠的嬗变中，历时性史料爬梳与共识性理想类型建构交错运用于各章的问题，在线性时间的大致顺序中有时候出于议题的集中，会将关涉相关问题的不同时期作家作品并置。1840 年鸦片战争爆发至 1895 年甲午战争之间的旗人文学，映射的是王朝的焦虑与想象的疗救。最早出使欧美的旗人使节日记、诗稿等，如斌椿以及志刚、张德彝等外交人员不被以往文学研究者关注的书写记录，从中可以发现世界观念的更新与传统天下观念的执守。而文康《儿女英雄传》与顾太清《红楼梦影》及其诗词创作，则通过贵族家族小说的历史隐喻，与曹雪芹的《红楼梦》进行了互文对话，凸显出外患日亟，内部中央集权涣散，满汉分野格局逐渐被打破的情形下，旗人的心理创痛与修复机制。其时的通俗文学与民间文学，如石玉昆的《三侠五义》营构出具有旗人文化特色的"官侠合治"模式：上辅君王，下安黎民，实为维护统治秩序的叙事尝试，从较为底层的角度，折射出世情风俗和大众心理。

1895 年甲午之败以及在国际间"病夫"②的形象给中国世人以极大恐慌，惊

---

① 〔美〕汪荣祖：《清帝国性质的再商榷》，见《东方早报·上海书评》编辑部编《殊方未远：古代中国的疆域、民族与认同》，中华书局，2016，第 271 页。更详细的讨论见汪荣祖《以公心评"新清史"》，见汪荣祖主编《清帝国性质的再商榷：回应新清史》，中华书局，2020，第 18~51 页。

② 据现有可查资料，"病夫"一词最早出现于 1896 年 10 月 17 日上海出版的《字林西报》（North China Daily News）所翻译的英国《伦敦学校岁报》（London School Annual）中评价甲午战争的文章，后被佚名翻译发布于《时务报》第 10 册，1896 年 11 月 1 日。关于这一形象污名所造成的外界认知与中国内部的情感反映，可参看杨瑞松《病夫、黄祸与睡狮》（台湾政治大学出版社，2010）。

惧转而化为愤怒,维新改良的渐进话语在最高当局和激进士人那里都受到挫败,民族主义的传入被革命派改造为种族之争,满人统治中国在邹容、陈去病等人的类比思维中等同于殖民统治,因而连带起对旗人的污名化。中国逐渐进入到分崩离析的"军绅政权"统治阶段,士人阶层分化,现代知识分子产生而导致的旗人文学转型,表现为乱世民心的浮世绘。事实上,辛亥革命之后革命宣传动员时期精英的种族话语已经被抛弃,而在务实政治中变成了"五族共和",但其辐射在大众文化中的影响力仍在,直到20世纪30年代由于国内外局势的转变才走向"中华民族"的国族一体。就是在不同话语各行其是的语境中,一批曾经被主流文学史遗忘的旗人作家在刚刚兴起的大众传媒夹缝中开始另类书写,比如王冷佛、蔡友梅等的平民写作,由个人身世推及社会批判和观念建设;另一些文学史的边缘角色如汪笑侬、王度庐等在通俗文学中的表现,显示出平民关怀和素朴的人道主义。偏于沈阳一隅的儒丐则以充满族群民族主义倾向的历史重写,谋求族属身份和文化归属的认同。这类"遗民"色彩比较浓郁的作家则在舆论环境营造和文学改良中,通过自己的社会写实和评论与主导性话语进行辩诬与互动。

对这些旗人作家个案的发掘和阐释,形成了观测旗人文化感、历史感、人生感的另一面镜子,一方面勾勒出在辛亥鼎革前后,旗人对于君主立宪制和民主共和制之间何去何从的选择;另一方面也揭示出他们具有的普遍意义——代表了中国普通民众社会心理中的秩序与法律、伦理与情感、舆论与传播、日常生活的政治等。普通旗人的民族与国家、历史与社会认知在老舍笔下的常四爷那里有个清楚的表述:"大清国到底是亡了,该亡!我是旗人,可是我得说公道话!现在,每天起五更弄一挑子青菜,绕到十点来钟就卖光。凭力气挣饭吃,我的身上更有劲了!什么时候洋人敢再动兵,我姓常的还预备跟他们打打呢!我是旗人,旗人也是中国人哪!"①

从"旗人"到"中国人",意味着从辛亥革命之时就已经开始的旗人身份重塑。在1931~1949年间已经逐渐趋于明朗,在一个统一的"中华民族"叙事中,作为复合型族群的"旗人"日益被改造为从属于"中国人"的"满族"。新文化运动之后,文学观念和思想体系都已经在启蒙现代性笼罩中的旗人在国族叙事中重新寻找定位自身的契机与路径,在"后旗人"时代里日益分化。

---

① 老舍:《茶馆》,《老舍文集》(第十一卷),人民文学出版社,1987,第384页。

而当"洋人再动兵"的时候，满族人和无数其他族群的中国人一样，投入到救亡图存、再造文明的宏业之中。老舍、萧乾等在旅行书写和家国反思中走向国家至上的民族国家诉求。东北流亡满族作家如端木蕻良、舒群、马加、李辉英等则接受了共产主义理念，融入反帝和革命叙事的大洪流之中。[①]

这几个阶段并非全然割裂，许多作家横贯于多个阶段之间，自身的政治理念、美学观念和文学手法也在不断蜕变。与"满洲""旗族""满族"这些族群名称变化同时并行的，是旗人社会、政治、身份与文化的变革。在这个文学书写的脉络中所体现出来的文化特质和历史经验，具有可资借鉴的价值。其文学书写丰富了中国多元文学的版图，对这种文学书写的研究也开辟了中国文学研究的一条幽径。

在这条幽径上，我们看到在 18 世纪中叶，无论是贵族还是普通旗民，其文化认同、认知结构、情感心理和美学风格上都已经与儒家正统观念并无二致。从雍正时期《大义觉迷录》对道统与政统的接受与普及就已经较为完整地成为一种官方意识形态[②]，尽管清政府在另一面提倡"国语骑射"的国策，但这种"满洲特质"无疑是作为一种"大一统"内部的文化多样性而存在，不具备全局意义。也就是说，旗人固然与民人在政治地位和政策举措中有所区别，但作为帝国子民，他们所认同的国家与文化是同样的。夷夏之别、满汉之分、旗民之异，此际至少在理论上已经夷夏变态、华夷一家，现代族别观念尚没有产生。直到晚清民国的维新与革命思潮引入欧洲民族主义理论，并且在实践中加以运用，以反抗君主专制，谋求共和建国之时，旗人才由一个融合了大量族群的准职业群体向民族群体转变，旗人文学也由此产生了或保守专制或立宪维新或暴力革命的不同表述。这种分化本身也如同汉、蒙、藏、回以及西北和南方各个不同族群中人一样，属于现代公民的意识差别，而不是由族裔身份导致的差别。如果过于强调族别身份带来的区隔，则倒果为因，以话语取代了实践。

---

① 地方尤其是东北地方满人在现代以来伴随着救亡与革命话语的兴起而产生流动，并在此过程中逐步形成新型家国认同。这条自下而上的地方与底层的脉络较之"新清史"更为关注的自上而下的线索，对于形成现代满族而言可能更为重要。刘大先：《族群性、地方性与国家认同——百年中国文学的满人路径》，《当代文坛》2020 年第 4 期。

② 笔者在《现代中国与少数民族文学》一书关于"主体与认同"一章中对此有过分析，此不赘述。参见刘大先《现代中国与少数民族文学》，中国社会科学出版社，2013，第 106～107 页。

旗人文学一个多世纪的嬗变，印证了马克思的说法，生产方式的矛盾是民族发展的决定因素，民族交往是其发展的重要条件。旗人这一多元族群的历史进程，就是中华民族历史进程的微缩景观——它于 17 世纪初在特定历史条件下建制形成，融合了女真各部，并且在征战中壮大进而入主中原时，融入了其他不同血缘、地缘、宗教和文化的族群。而随着社会生产与生活的发展，最终消亡则是其最终的命运。现代转型时期的中国，"现代大工业以……集中的力量到处打破民族的藩篱，逐渐消除生产、社会关系、每个民族的民族性方面的地方性特点"[①]。这也一再体现在旗人向满族转变的过程之中。但是正如人类学族群边界理论所发现的："在这种社会系统中的互动通过变迁和涵化，不会导致自己消失；虽然族群内部的相互联系和相互依赖存在，但文化差异依然存在着。"[②] 所谓"核心稳定，边界流动"，某种长期形成的集体记忆、文化积淀、共同情感和思维方式在短时间的外部冲击中不会有根本性的突变，较之于器物、制度层面，文化心理层面的差异需要相当长的自然选择和移风易俗双重作用才会发生转化。这种差异内隐为心理质素，外显在心象披拂的文学文本之中。

考察这种"心象"，让我们可以更加贴切地理解在大历史的狂风骇浪之中，个人那卑微而又顽强的心灵世界。只有真正意义上不再无视这种一度被遮蔽的心灵世界，对其加以理解和共情，才能在这个仍然充满各种矛盾冲突的社会中达成更有效的沟通和交流。也惟其如此，我们方可充分认识近现代中国多元族群起伏升沉的身份调整与重塑的曲折过程，调动历史和现实中丰富而又复杂的思想、精神资源，来重建时代的文学与文化生态，复兴伟大的中华文明。

---

① 卡·马克思和弗·恩格斯：《时评。1850 年 5-10 月》，《马克思恩格斯全集》第 10 卷，人民出版社，1998，第 585 页。

② 〔挪威〕弗雷德里克·巴斯：《族群与边界》，高崇译，周大鸣校，《广西民族大学学报》1999 年第 1 期。

参考书目

一、作品、资料类

毛晋编《六十种曲》，北京：中华书局（开明书店原版重印），1958年。

宝廷：《偶斋诗草》，聂世美点校，上海：上海古籍出版社，2005年。

斌椿：《乘槎笔记·诗二种》，长沙：岳麓书社，2008年。

张德彝：《航海述奇》，钟叔河校点，长沙：湖南人民出版社，1981年。

云槎外史：《红楼梦影》，尉仰茄点校，北京：北京大学出版社，1988年。

胥洪泉笺校《顾太清词校笺》，成都：巴蜀书社，2010年。

金启孮、金适笺校《顾太清集校笺》，北京：中华书局，2012年。

纳兰性德：《饮水词笺校》，赵秀亭、冯统一笺校，沈阳：辽宁教育出版社，2001年。

张菊玲、关纪新、李红雨辑注《清代满族作家诗词选》，长春：时代文艺出版社，1987年。

朱眉叔、黄岩柏、董文成、卜维义选注《满族文学精华》，沈阳：辽沈书社，1993年。

王佑夫、李红雨、许征编《清代满族诗学精华》，北京：中央民族大学出版社，1994年。

唐晏：《天咫偶闻》，顾平旦校点，北京：北京古籍出版社，1982年。

和邦额：《夜谭随录》，王一工、方正耀点校，上海：上海古籍出版社，1988年。

昭梿：《啸亭续录》，北京：中华书局，1997年。

何刚德、沈太侔：《话梦集 春明梦录 东华琐录》，北京：北京古籍出版社，

1995 年。

文康：《儿女英雄传》，上海：上海书店，1981 年。

石玉昆：《三侠五义》，上海：上海古籍出版社，1980 年。

石玉昆：《七侠五义》，北京：宝文堂书店，1980 年。

刘烈茂、郭精锐主编《清车王府钞藏曲本·子弟书集》，南京：江苏古籍出版社，1993 年。

松龄：《小额》，〔日〕太田辰夫、〔日〕竹内诚编，东京：汲古书院，1992 年。

于润琦主编《清末民初小说书系·社会卷》，程敏、杨之锋点校，北京：中国文联出版公司，1997 年。

于润琦主编《清末民初小说书系·警世卷》，赵淑清点校，北京：中国文联出版公司，1997 年。

于润琦主编《清末民初小说书系·武侠卷》，吴洁点校，北京：中国文联出版公司，1997 年。

《赛金花公案·春阿氏谋夫案》，北京：中国文联出版公司，1996 年。

穆辰公：《梅兰芳》，沈阳：盛京时报社，1919 年。

儒丐：《福昭创业记》，长春：吉林文史出版社，1986 年。

儒丐：《北京》，台北：酿出版，2013 年。

儒丐：《如梦令》，高翔点校，沈阳：辽海出版社，2014 年。

儒丐：《北京梦华录》，北京：北京出版社，2016 年。

周建设主编《冷佛作品》，北京：首都师范大学出版社，2014 年。

周建设主编《损公作品》，北京：首都师范大学出版社，2014 年。

周建设主编《徐剑胆作品》，北京：首都师范大学出版社，2014 年。

周建设主编《小额》，北京：首都师范大学出版社，2015 年。

汪笑侬：《汪笑侬戏曲集》，北京：中国戏剧出版社，1957 年。

老舍：《老舍全集》，北京：人民文学出版社，1999 年。

赵焕亭：《奇侠精忠全传》，北京：新星出版社，2009 年。

赵焕亭：《双剑奇侠传》，北京：中国友谊出版社，2014 年。

王度庐：《鹤惊昆仑》，长春：吉林文史出版社，1987 年。

王度庐：《宝剑金钗》，长春：吉林文史出版社，1987 年。

王度庐：《卧虎藏龙》，长春：吉林文史出版社，1988 年。

王度庐：《剑气珠光》，长春：吉林文史出版社，1988 年。

王度庐：《铁骑银瓶》，长春：吉林文史出版社，1990 年。

王度庐：《绣带银镖》，长春：吉林文史出版社，1989 年。

《中国近代珍稀本小说》，沈阳：春风文艺出版社，1997 年。

姜德明编《北京乎》，北京：生活·读书·新知三联书店，1997 年。

邵之棠：《皇朝经世文统编》，上海：宝善斋，1901 年。

徐珂：《清稗类钞》，北京：中华书局，1986 年。

康有为：《我史》，南京：江苏人民出版社，1999 年。

陈平原、夏晓虹编《二十世纪中国小说理论资料（第一卷）1897-1916》，北京：北京大学出版社，1997 年。

朱一玄编《明清小说资料选编》，朱天吉校，天津：南开大学出版社，2006 年。

马建石、杨育棠主编《大清律例通考校注》，北京：中国政法大学出版社，1992 年。

来新夏编《清人笔记随录》，北京：中华书局，2005 年。

故宫博物院明清档案部编《清末筹备立宪档案史料》，北京：中华书局，1979 年。

张宗平、吕永和译《清末北京志资料》，北京：燕山出版社，1994 年。

张枏、王忍之编《辛亥革命前十年间时论选集》，北京：生活·读书·新知三联书店，1977 年。

杜亚泉等：《辛亥前十年中国政治通览》，周月峰整理，北京：中华书局，2012 年。

《梁启超全集》，北京：北京出版社，1999 年。

谢维扬、房鑫亮主编《王国维全集》，杭州：浙江教育出版社，2009 年。

黄兴涛等译，《辜鸿铭文集》，，海口：海南出版社，1996 年。

辜鸿铭：《张文襄幕府纪闻》，太原：山西古籍出版社，1995 年。

章太炎：《章太炎全集》，上海：上海人民出版社，1984 年。

林语堂：《林语堂名著全集》，长春：东北师范大学出版社，1994 年。

王栻主编《严复集》全五册，北京：中华书局，1986 年。

郅志选注《猛回头：陈天华邹容集》，沈阳：辽宁人民出版社，1994 年。

《民国史料丛刊》，张研、孙燕京编，郑州：大象出版社，2009 年。

张研、孙燕京主编《民国史料丛刊续编》，郑州：大象出版社，2012 年。

齐如山：《齐如山文集》，沈阳：辽宁教育出版社，2009 年。

北京市政协文史资料委员会选编《梨园往事》，北京：北京出版社，2000 年。

张次溪:《人民首都的天桥》,北京:修绠堂书店,1951年。

《京话日报》(1904~1922)

《盛京时报》(1906~1944)

二、研究类

1. 满族文学及晚清民国文学研究

张菊玲:《清代满族作家文学概论》,北京:中央民族学院出版社,1990年。

张菊玲:《旷代才女顾太清》,北京:北京出版社,2002年。

张菊玲:《几回掩卷哭曹侯:满族文学论集》,沈阳:辽宁民族出版社,2014年。

董文成主编《清代满族文学史论》,北京:中国文联出版社,2000年。

赵志辉主编《满族文学史·第一卷》,沈阳:辽宁大学出版社,2012年。

赵志辉主编《满族文学史·第二卷》,沈阳:辽宁大学出版社,2012年。

马清福主编《满族文学史·第三卷》,沈阳:辽宁大学出版社,2012年。

邓伟主编《满族文学史·第四卷》,沈阳:辽宁大学出版社,2012年。

马清福:《八旗诗论》,延吉:延边大学出版社,1989年。

关纪新:《老舍与满族文化》,沈阳:辽宁民族出版社,2008年。

关纪新:《满族小说与中华文化》,北京:社会科学文献出版社,2014年。

关纪新:《满族书面文学流变》,北京:中国社会科学出版社,2015年。

路地、关纪新主编《当代满族作家论》,沈阳:春风文艺出版社,2004年。

张佳生:《清代满族诗词十论》,沈阳:辽宁民族出版社,1993年。

张佳生:《独入佳境:满族宗室文学》,沈阳:辽海出版社,1997年。

张佳生:《清代满族文学论》,沈阳:辽宁民族出版社,2009年。

胥洪泉:《清代满族词研究》,北京:中国文史出版社,2015年。

赵志忠:《清代满语文学史略》,沈阳:辽宁民族出版社,2002年。

赵志忠:《曹雪芹·文康·老舍——京味小说溯源》,沈阳:辽宁民族出版社,

2005年。

〔日〕太田辰夫:《满洲族文学考》,中国满族文学史编委会,1980年油印本。

胡适:《胡适全集》,合肥:安徽教育出版社,2003年。

鲁迅:《中国小说史略》,北京:人民文学出版社,1973年。

陈炳堃:《最近三十年中国文学史》,上海:上海书店,1989年。

孙楷第:《中国通俗小说书目》,北京:中华书局,2012年。

阿英:《晚清小说史》,北京:东方出版社,1996年。

欧阳健:《晚清小说史》,杭州:浙江古籍出版社,1997年。

陈平原:《中国现代小说的起点——清末民初小说研究》,北京:北京大学出版社,2005年。

陈平原:《中国小说叙事模式的转变》,北京:北京大学出版社,2004年。

陈平原:《千古文人侠客梦》,北京:新世界出版社,2002年。

陈平原、夏晓虹编《二十世纪中国小说理论资料》(第一卷),北京:北京大学出版社,1988年。

范伯群主编《中国近现代通俗文学史》,南京:江苏人民出版社,2000年。

葛永海:《古代小说与城市文化研究》,上海:复旦大学出版社,2004年。

袁进:《中国小说的近代变革》,北京:中国社会科学出版社,1992年。

袁进:《中国文学观念的近代变革》,上海:上海社会科学院出版社,1996年。

袁进:《近代文学的突围》,上海:上海人民出版社,2001年。

袁进:《中国文学的近代变革》,桂林:广西师范大学出版社,2006年。

李楠:《晚清、民国时期上海小报研究——一种综合的文化、文学考察》,北京:人民文学出版社,2005年。

幺书仪:《晚清戏曲的变革》,北京:人民文学出版社,2008年。

左鹏军:《晚清民国传奇杂剧考索》,北京:人民文学出版社,2005年。

徐岱:《小说形态学》,杭州:杭州大学出版社,1992年。

杨义:《中国古典小说史论》,北京:人民出版社,1998年。

刘禾:《跨语际实践——文学,民族文化与被译介的现代性(中国,1900—1937)》,北京:生活·读书·新知三联书店,2002年。

单正平:《晚清民族主义与文学转型》,北京:人民出版社,2006年。

杨霞:《清末民初的"中国意识"与文学中的"国家想象"》,南京:南京师范大学出版社，2012年。

戴燕：《文学史的权力》，北京：北京大学出版社，2002年。

陈国球、王德威主编《抒情之现代性："抒情传统"论述与中国文学研究》，北京：生活·读书·新知三联书店，2014年。

〔美〕王德威：《被压抑的现代性——晚清小说新论》，宋伟杰译，北京：北京大学出版社，2005年。

王德威：《想象中国的方法：历史·小说·叙事》，北京：生活·读书·新知三联书店，2003年。

王德威、季进主编《文学行旅与世界想象》，南京：江苏教育出版社，2007年。

王德威：《后遗民写作》，台北：麦田出版社，2007年。

王德威：《写实主义小说的虚构：茅盾，老舍，沈从文》，上海：复旦大学出版社，2011年。

阿英：《晚清文学丛钞》，北京：中华书局，1962年。

傅谨主编《京剧历史文献汇编·清代卷》，南京：凤凰出版社，2011年。

周宁主编《20世纪中国戏剧理论批评史》，济南：山东教育出版社，2013年。

中国戏曲研究院编著《中国古典戏曲论著集成》，北京：中国戏剧出版社，1959年。

马少波主编《中国京剧史》，北京：中国戏剧出版社，1990年。

任二北：《优语集》，上海：上海文艺出版社，1981年。

徐半梅：《话剧创始时期回忆录》，北京：中国戏剧出版社，1957年。

单正平：《晚清民族主义与文学转型》，北京：人民出版社，2006年。

刘大先：《现代中国与少数民族文学》，北京：中国社会科学出版社，2013年。

赵园：《北京：城与人》，北京：北京大学出版社，2002年。

一粟编著《红楼梦书录》，上海：上海古籍出版社，1981年。

李婷：《京旗人家：〈儿女英雄传〉与民俗文化》，哈尔滨：黑龙江人民出版社，2005年。

齐裕焜：《中国古代小说演变史》，兰州：敦煌文艺出版社，1999年。

张俊：《清代小说史》，杭州：浙江古籍出版社，1997年。

钱理群、温儒敏、吴福辉：《中国现代文学三十年》，北京：北京大学出版社，1999年。

徐斯年：《侠的踪迹——中国武侠小说史论》，北京：人民文学出版社，1995年。

黎活仁、龚鹏程等主编《方法论与中国小说研究》，香港：香港大学亚洲研究中心，2000 年。

杨义：《中国古典小说史论》，北京：人民出版社，1998 年。

卢兴基编著《顾太清词新释辑评》，北京：中国书店，2005 年。

金启孮：《顾太清与海淀》，北京：北京出版社，2000 年。

张菊玲：《旷代才女顾太清》，北京：北京出版社，2002 年。

唐圭璋：《词话丛编》，北京：中华书局，1986 年。

钱仲联：《清诗纪事》，南京：江苏古籍出版社，1987 年。

段继红：《清代闺阁文学研究》，天津：南开大学出版社，2007 年。

石昌渝：《中国小说源流论》，北京：生活·读书·新知三联书店，1994 年。

〔美〕哈罗德·布鲁姆：《影响的焦虑》，徐文博译，北京：生活·读书·新知三联书店，1989 年。

赵毅衡：《礼教下延之后：中国文化批判诸问题》，上海：上海文艺出版社，2001 年。

上海古籍出版社编《古代白话小说选》，上海：上海古籍出版社，1979 年。

黄霖、韩同文：《中国历代小说论著选》，南昌：江西人民出版社，1990 年。

李纪祥：《时间·历史·叙事》，兰州：兰州大学出版社，2004 年。

武润婷：《中国近代小说演变史》，济南：山东人民出版社，2000 年。

张赣生：《民国通俗小说论稿》，重庆：重庆出版社，1991 年。

范伯群主编《言情圣手 武侠大家——王度庐》，南京：南京出版社，1994 年。

韩云波：《中国侠文化：积淀与承传》，重庆：重庆出版社，2004 年。

陈山：《中国武侠史》，上海：上海三联书店，1992 年。

宋和平：《〈尼山萨满〉研究》，北京：社会科学文献出版社，1998 年。

孟慧英：《萨满英雄之歌：伊玛堪研究》，北京：社会科学文献出版社，1998 年。

尹德翔：《东海西海之间：晚清使西日记中的文化观察、认证与选择》，北京：北京大学出版社，2009 年。

张治：《异域与新学：晚清海外旅行写作研究》，北京：北京大学出版社，2014 年。

吕智敏：《化俗为雅的艺术——京味小说特征论》，北京：中国和平出版社，1994 年。

季剑青：《重写旧京：民国北京书写中的历史与记忆》，北京：生活·读书·新知三联书店，2017 年。

2. 史学及相关理论研究

赵尔巽等撰《清史稿》，北京：中华书局，1976 年。

孟森：《清史讲义》，北京：中华书局，2006 年。

王钟翰主编《满族史研究集》，北京：中国社会科学出版社，1988 年。

王钟翰主编，支运亭、关纪新副主编《满族历史与文化》，北京：中央民族大学出版社，1996 年。

王钟翰：《王钟翰学术论著自选集》，北京：中央民族大学出版社，1999 年。

王钟翰：《清史满族史讲义稿》，厦门：鹭江出版社，2006 年。

蔡美彪主编《庆祝王钟翰先生八十寿辰学术论文集》，沈阳：辽宁大学出版社，1993 年。

莫东寅：《满族史论丛》，北京：生活·读书·新知三联书店，1979 年。

刘小萌：《满族的社会与生活》，北京：北京图书馆出版社，1998 年。

刘小萌：《旗人史话》，北京：社会科学文献出版社，2010 年。

刘小萌：《满族从部落到国家的发展》，北京：中国社会科学出版社，2007 年。

定宜庄：《清代八旗驻防研究》，沈阳：辽宁民族出版社，1999 年。

赵东升：《满族历史研究》，长春：吉林文史出版社，2005 年。

瀛云萍：《八旗源流》，大连：大连出版社，1991 年。

金启孮：《北京城区的满族》，沈阳：辽宁民族出版社，1998 年。

金启孮：《梅园集》，哈尔滨：哈尔滨出版社，2003 年。

戴迎华：《清末民初旗民生存状态研究》，北京：人民出版社，2010 年。

常书红：《辛亥革命前后的满族研究：以满汉关系为中心》，北京：社会科学文献出版社，2011 年。

滕绍箴：《清代八旗子弟》，北京：中国华侨出版公司，1989 年。

孙静：《"满洲"民族共同体形成历程》，沈阳：辽宁民族出版社，2008 年。

鲍明：《满族文化模式：满族社会组织和观念体系研究》，沈阳：辽宁民族出版社，2005 年。

佟永功：《满语文与满文档案研究》，沈阳：辽宁民族出版社，2009 年。

王政尧：《清史初得》，沈阳：辽宁民族出版社，2010年。

杨念群：《何处是"江南"：清朝正统观的确立和士林精神世界的变异》，北京：生活·读书·新知三联书店，2010年。

李治亭：《李治亭文集》，长春：吉林文史出版社，2012年。

北京市政协文史资料委员会编《辛亥革命后的北京满族》，北京：北京出版社，2002年。

中国社会科学院近代史研究所政治史研究室编《清代满汉关系研究》，北京：社会科学文献出版社，2011年。

王春霞：《"排满"与民族主义》，北京：社会科学文献出版社，2005年。

罗玉东：《中国厘金史》，上海：商务印书馆，1936年。

齐如山：《齐如山随笔》，沈阳：辽宁教育出版社，2007年。

闻一多：《闻一多全集》，北京：生活·读书·新知三联书店，1982年。

冯友兰：《三松堂学术文集》，北京：北京大学出版社，1984年。

钱穆：《现代中国学术论衡》，北京：生活·读书·新知三联书店，2001年。

马建石、杨育棠主编《大清律例通考校注》，北京：中国政法大学出版社，1992年。

李仁渊：《晚清的新式传播媒体与知识分子：以报刊出版为中心的讨论》，台北县：稻乡出版社，2005年。

白文刚：《应变与困境：清末新政时期的意识形态控制》，北京：中国传媒大学出版社，2008年。

杨国强：《衰世与西法：晚清中国的旧邦新命和社会脱榫》，北京：中华书局，2014年。

陈志让：《军绅政权——近代中国的军阀时期》，北京：生活·读书·新知三联书店，1980年。

刘志琴主编《近代中国社会文化变迁录》三卷本，杭州：浙江人民出版社，1998年。

林满红：《银线：十九世纪的世界与中国》，林满红、詹庆华等合译，台北：台大出版中心，2011年。

杨念群：《何处是"江南"：清朝正统观的确立与士林精神世界的变异》，北京：生活·读书·新知三联书店，2010年。

王汎森：《权力的毛细管作用：清代的思想、学术与心态》，北京：北京大学出版社，2015 年。

罗志田：《权势转移：近代中国的思想、社会与学术》，武汉：湖北人民出版社，1999 年。

罗志田：《裂变中的传承：20 世纪前期的中国文化与学术》，北京：中华书局，2003 年。

〔美〕史华慈：《寻求富强：严复与西方》，南京：江苏人民出版社，1996 年。

章永乐：《旧邦新造：1911-1917》，北京：北京大学出版社，2011 年。

林志宏：《民国乃敌国也：政治文化转型下的清遗民》，北京：中华书局，2013 年。

马勇：《从戊戌维新到义和团：1895-1900》，南京：江苏人民出版社，2005 年。

张海鹏、李细珠：《新政、立宪与辛亥革命：1901-1912》，南京：江苏人民出版社，2005 年。

王学斌：《最好与最坏的时代：局中人》，北京：东方出版社，2013 年。

刘凤云、刘文鹏编《清朝的国家认同："新清史"研究与争鸣》，北京：中国人民大学出版社，2010 年。

刘凤云、董建中、刘文鹏编《清代政治与国家认同》，北京：社会科学文献出版社，2012 年。

陈平原、王德威主编《北京：都市想像与文化记忆》，北京：北京大学出版社，2005 年。

吴建雍、王岗、姜纬堂、袁熹、于光度、李宝臣：《北京城市生活史》，北京：开明出版社，1997 年。

龚书铎：《社会变革与文化趋向：中国近代文化研究》，北京：北京师范大学出版社，2005 年。

郭洪纪：《文化民族主义》，台北：扬智文化，1997 年。

胡鸿：《能夏则大与渐慕华风：政治体视角下的华夏与华夏化》，北京：北京师范大学出版社，2017 年。

赵世瑜：《眼光向下的革命——中国现代民俗学思想史论（1919~1937）》，北京：北京师范大学出版社，1999 年。

戈公振：《中国报学史》，北京：三联书店，1955 年。

〔美〕周策纵:《五四运动: 现代中国的思想革命》, 周子平等译, 南京: 江苏人民出版社, 2005年。

丁守和主编《辛亥革命时期期刊介绍》, 北京: 人民出版社, 1982~1986年。

管翼贤纂辑《新闻学集成》, 北平: 中华新闻学院, 1943年。

胡绳武主编《戊戌维新运动史论》, 长沙: 湖南人民出版社, 1983年。

徐中约:《中国近代史: 1600-2000, 中国的奋斗》, 北京: 世界图书出版公司, 2008年。

钟叔河:《从东方到西方——"走向世界丛书"叙论集》, 上海: 上海人民出版社, 1989年。

罗岗、顾铮主编《视觉文化读本》, 桂林: 广西师范大学出版社, 2003年。

方东美:《生生之美》, 李溪编, 北京: 北京大学出版社, 2009年。

周宁:《龙的幻象》, 北京: 学苑出版社, 2004年。

朱一新:《无邪堂答问》第4卷, 北京: 中华书局, 2000年。

钱钟书:《七缀集》, 上海: 上海古籍出版社, 1985年。

〔美〕汪荣祖:《走向世界的挫折——郭嵩焘与道咸同光时代》, 长沙: 岳麓书社, 2000年。

〔美〕汪荣祖主编《清帝国性质的再商榷: 回应新清史》, 北京: 中华书局, 2020年。

《东方早报·上海书评》编辑部编《殊方未远: 古代中国的疆域、民族与认同》, 北京: 中华书局, 2016年。

王铭铭:《西方作为他者——论中国"西方学"的谱系与意义》, 北京: 世界图书出版公司, 2007年。

张隆溪:《走出文化的封闭圈》, 北京: 生活·读书·新知三联书店, 2004年。

赵毅衡:《对岸的诱惑: 中西文化交流记》, 上海: 上海人民出版社, 2007年。

李喜所:《近代留学生与中外文化》, 天津: 天津人民出版社, 2006年。

陈学恂、田正平编《中国近代教育史资料汇编》, 上海: 上海教育出版社, 1991年。

爱新觉罗·瀛生、于润琦:《京城旧俗》, 北京: 燕山出版社, 1997年。

茅海建:《天朝的崩溃》, 北京: 生活·读书·新知三联书店, 1995年。

赵蕙蓉:《燕都梨园》, 北京: 北京出版社, 2000年。

马少波等主编, 北京市艺术研究所、上海艺术研究所组织编著《中国京剧史》, 北京：中国戏剧出版社，2005 年。

唐德刚：《袁氏当国》，桂林：广西师范大学出版社，2004 年。

贺照田主编《在历史的缠绕中解读知识与思想》，长春：吉林人民出版社，2003 年。

曹新宇、宋军、鲍齐：《中国秘密社会》(第三卷·清代教门)，福州：福建人民出版社，2002 年。

欧阳恩良、潮龙起：《中国秘密社会》(第四卷·清代会党)，福州：福建人民出版社，2002 年。

姜泣群：《重订虞初广志》，上海：上海书店，1986 年。

郑春元：《侠客史》，上海：上海文艺出版社，1999 年。

秦宝琦：《中国地下社会》(第二卷 晚清秘密社会卷)，北京：学苑出版社，2005 年。

王尔敏：《近代文化生态及其变迁》，南昌：百花洲文艺出版社，2002 年。

姜亚沙主编《中国早期戏剧画刊》，北京：全国图书馆文献缩微复制中心，2006 年。

彭望苏：《北京报界先声：20 世纪之初的彭翼仲与〈京话日报〉》，北京：商务印书馆，2013 年。

李孝悌：《清末的下层社会启蒙运动：1901-1911》，石家庄：河北教育出版社，2001 年。

黄克武、张哲嘉主编《公与私：近代中国个体与群体之重建》，台北："中央研究院"近代史研究所，2000 年。

林郁沁：《施剑翘复仇案：民国时期公众同情的兴起与影响》，南京：江苏人民出版社，2011 年。

夏晓虹：《晚清女性与近代中国》，北京：北京大学出版社，2004 年。

夏晓虹：《晚清社会与文化》，武汉：湖北教育出版社，2001 年。

顾颉刚：《中国史学入门》，北京：北京出版社，2002 年。

余英时：《中国知识分子论》，郑州：河南人民出版社，1997 年。

刘海鸥：《从传统到启蒙：中国传统家庭伦理的近代嬗变》，北京：中国社会科学出版社，2005 年。

弥松颐：《京味儿夜话》，北京：人民文学出版社，1999 年。

黄殿琴:《京都奇叟:京味文化的发现与收藏》,北京:中国文史出版社,2005 年。

卢春红:《情感与时间——康德共同感问题研究》,上海:上海三联书店,2007 年。

宗白华:《美学与意境》,北京:人民出版社,1987 年。

张京媛主编《新历史主义与文学批评》,北京:北京大学出版社,1993 年。

〔德〕黑格尔:《法哲学原理:或自然法和国家学纲要》,范扬、张企泰译,北京:商务印书馆,1982 年。

车文博主编《弗洛伊德主义原著选辑》,沈阳:辽宁人民出版社,1988 年。

〔意〕安东尼奥·葛兰西:《葛兰西文选(1916–1935)》,北京:人民出版社,1992 年。

〔法〕吕西安·戈德曼:《隐蔽的上帝》,蔡鸿滨译,天津:百花文艺出版社,2002 年。

〔法〕朱莉娅·克里斯蒂瓦:《恐怖的权力——论卑贱》,张新木译,北京:生活·读书·新知三联书店,2001 年。

〔美〕M. H. 艾布拉姆斯:《镜与灯:浪漫主义文论及批评传统》,郦稚牛、张照进、童庆生译,北京:北京大学出版社,1992 年。

〔美〕戴维·利明、〔美〕埃德温·贝尔德:《神话学》,李培茱等译,上海:上海人民出版社,1990 年。

〔英〕卡莱尔:《英雄与英雄崇拜》,何欣译,沈阳:辽宁教育出版社,1998 年。

〔美〕海登·怀特:《元史学:十九世纪欧洲的历史想像》,陈新译,彭刚校,南京:译林出版社,2004 年。

〔美〕海登·怀特:《形式的内容:叙事话语与历史再现》,董立河译,北京:文津出版社,2005 年。

〔美〕爱德华·W. 赛义德:《赛义德自选集》,谢少波、韩刚译,北京:中国社会科学出版社,1999 年。

〔美〕爱德华·W. 萨义德:《东方学》,王宇根译,北京:生活·读书·新知三联书店,1999 年。

〔法〕皮埃尔·布迪厄:《艺术的法则:文学场的生成和结构》,刘晖译,北京:中央编译出版社,2001 年。

〔法〕皮埃尔·布迪厄、〔美〕华康德：《实践与反思——反思社会学导引》，李猛、李康译，北京：中央编译出版社，1998年。

〔德〕皮珀：《闲暇：文化的基础》，刘森尧译，北京：新星出版社，2005年。

〔加〕诺思罗普·弗莱：《批评的解剖》，陈慧、袁宪军、吴伟仁译，天津：百花文艺出版社，2006年。

〔法〕莫里斯·梅洛－庞蒂：《眼与心》，北京：商务印书馆，2007年。

〔美〕何伟亚：《怀柔远人：马嘎尔尼使华的中英礼仪冲突》，邓常春译，北京：社会科学文献出版社，2002年。

〔法〕佩雷菲特：《停滞的帝国——两个世界的撞击》，王国卿等译，北京：三联书店，1993年。

〔美〕司徒琳主编《世界时间与东亚时间中的明清变迁》上、下卷，北京：生活·读书·新知三联书店，2009年。

〔英〕齐格蒙特·鲍曼：《废弃的生命》，谷蕾、胡欣译，南京：江苏人民出版社，2006年。

郑曦原编《帝国的回忆——〈纽约时报〉晚清观察记（1854-1911）》，李方惠、郑曦原、胡书源译，北京：当代中国出版社，2007年。

〔日〕横光利一：《感想与风景》，李振声译，桂林：广西师范大学出版社，2005年。

〔日〕实藤惠秀：《中国人留学日本史》，谭汝谦、林启彦译，北京：生活·读书·新知三联书店，1983年。

〔日〕石川祯浩：《中国近代历史的表与里》，袁广泉译，北京：北京大学出版社，2015年。

村田裕子：《満州文人の軌跡——儒丐と『盛京時報』文藝欄》，〔日〕《東方学報》（京都大学人文科学研究所）第61册，1989年3月。

〔日〕沟口雄三：《中国的公与私·公私》，郑静译，北京：生活·读书·新知三联书店，2011年。

〔日〕森正夫等编《明清时代史的基本问题》，周绍泉等译，北京：商务印书馆，2014年。

〔美〕列文森：《儒教中国及其现代命运》，郑大华等译，北京：中国社会科学出版社，2000年。

〔美〕孔飞力:《中国现代国家的起源》,陈兼、陈之宏译,北京:生活·读书·新知三联书店,2013年。

〔美〕孔飞力:《中华帝国晚期的叛乱及其敌人》,谢亮生等译,北京:中国社会科学出版社,2002年。

潘卡吉·米什拉:《从帝国废墟中崛起:从梁启超到泰戈尔,唤醒亚洲与改变世界》,黄中宪译,台北:联经出版事业股份有限公司,2013年。

〔美〕卡尔·瑞贝卡:《世界大舞台——十九、二十世纪之交中国的民族主义》,北京:三联书店,2008年。

党为:《美国新清史三十年:拒绝汉中心的中国史观的兴起与发展》,上海:上海人民出版社,2012年。

〔美〕罗友枝:《清代宫廷社会史》,周卫平译,北京:中国人民大学出版社,2009年。

〔美〕路康乐:《满与汉:清末民初的族群关系与政治权力(1861-1928)》,王琴、刘润堂译,李恭忠审校,北京:中国人民大学出版社,2010年。

〔美〕柯娇燕:《孤军:满人一家三代与清帝国的终结》,陈兆肆译,北京:人民出版社,2016年。

钟焓:《清朝史的基本特征再探究:以对北美"新清史"观点的反思为中心》,北京:中央民族大学出版社,2018年。

〔美〕本尼迪克特·安德森:《想象的共同体:民族主义的起源和散布》,吴睿人译,上海:上海人民出版社,2003年。

〔英〕沙夫茨伯里:《人、风俗、意见与时代之特征:沙夫茨伯里选集》,李斯译,武汉:武汉大学出版社,2010年。

〔德〕康德:《判断力批判》,宗白华译,见《宗白华全集》第四卷,合肥:安徽教育出版社,1996年。

〔英〕梅因:《古代法》,沈景一译,北京:商务印书馆,1996年。

Eric Chou, *The dragon and the phoenix: Love, sex and the Chinese* (London, Joseph, 1971).

Susan Mann, *Local Merchants and the Chinese Bureauracy, 1750-1900* (Stanford: Stanford University Press, 1987).

Ernst Bloch, *Heritage of Our Times* (Berkeley: University of California Press, 1991).

Pamela K. Crossley, *Orphan Warriors: three Manchu generations and the end of the Qing world* (Princeton University Press, 1990).

Mark C. Elliott, *The Manchu Way: The Eight Banners and Ethnic Identity* in Late Imperial China (Stanford University Press, 2001).

Philippe Forêt, *CHENGDE Landscape Enterprise* (Honolulu: University of Hawai'i Press, 2001).

Pamela K. Crossley, *A Translucent Mirror: History and Identity in Qing Imperial Ideology* (University of California Press, 2002).

James A. Millward, Ruth W. Dunnell, Mark C. Elliott, and Philippe Forêt (ed.), *New Qing Imperial History: The Making of the Inner Asian Empire at Qing Chengde* (London & New York: RoutledgeCurzon, 2004).

Theodore Huters, *Bringing the World Home: Appropriating the West in Late Qing and Early Republican China* (Honolulu: University of Hawai'i Press, 2005).

Haiyan Lee. *Revolution of the heart: a genealogy of love in China, 1900-1950* (Stanford: Stanford University Press, 2007).

Xiaofei Tian, *Travel Writings from Early Medieval and Nineteeth-Century China* (Cambridge: Harvard University Press, 2011).

后 记

　　改完这部书稿的晚上，我的心里一阵轻松，趁着夜色去爬翠微山。早晨的一场小雪经过一天已经消融殆尽，远处城市的夜灯照亮天宇，可以看到魆黑的山势和虬结拳曲的老树。以前读美学史，观摩李成《读碑窠石图》、范宽《雪景寒林图》《雪山萧寺图》，对画中那些萧瑟清旷、苍劲挺硬的树木造型颇感费解，它们迥异于南方经冬不凋的草木。彼时足迹局限于长江沿岸，未见过淮河以北景物，今晚在朦胧夜色中我忽然就理解了。想了想，自己已经在北京生活18年，赶得上在南方度过的时间了。

　　很多时候，命运的偶然会改变乃至决定人们后来生活的走向，满学研究之于我就是如此。2003年我到中国社会科学院民族文学研究所工作，得以认识关纪新先生。民族文学对我而言是一个全然陌生的领域，关老师建议我不妨先从满族入手。他自己就是祖籍吉林伊通的满族瓜尔佳氏后人，对满族历史与文学有着发自内心的热爱，他还是中国老舍研究会的会长，也是《民族文学研究》的副主编，我的直接领导。他给我介绍了一些相关书籍，并且让我旁听他给研究生开的课，我也陪着他参加了各种关于老舍、满族文学及满族历史的研讨会。

　　我印象比较深的是2006年的两次会议，一次是6月在承德召开的"第二届中国纳兰性德研究学术研讨会"，另一次是9月在大连召开的"首届中国满学高峰论坛"。这两个会的与会者基本上囊括了与满族历史、语言、文学、宗教、民俗研究相关的所有国内重要学者以及一部分国外学者。那个时候"新清史"在国内还没有成为热议的话题，但我记得李治亭先生在会上已经对罗友枝（Evelyn Rawski）与柯娇燕（Pamela K. Crossley）提出了激烈的批评，颇令人开眼界，本书第二章第三节就是由我在大连会议提交的论文修改而来。

这样说起来我进入这个领域已经有十几年的光景，但时至今日，我也丝毫不敢妄言自己就能一窥满学的门径，本书只是多年来的一点学习心得总结，并且是断续的心得。我的兴趣太泛，中间又经历读博、出国等一系列事情，并没有把精力专注于这一个方面。2012 年我申请了一个国家社会科学基金项目"晚清民国旗人书面文学演变研究（1840~1949）"，希望能有一个外在的约束，有所聚焦，以免总是兴之所至、信马由缰。当初想得很简单，以为自己有了一些积累，应该很轻松就可以完成，不料世间事情往往并不总是尽如人愿，各种节外生枝，一直拖到 2018 年才结项。不过这几年我也并没有虚度，基本上把 20 世纪满族作家的作品都读了一遍，对于最初的写作计划也做了一些调整。因为到 2012 年的时候，"新清史""大元史""华夏边缘"之类俨然成了显学，族性话语在历史与文学领域带来的方法与范式转型，迫使国内的学者不得不对既有的研究做出反思。

族别研究类的范式在民族文学研究界至少从 20 世纪 50 年代末就已经逐渐成型，并且在各个民族中不断衍生出各种作品。从知识积累的角度来说，有其认知价值，但对于我个人来说意义不大，一则此种著作已出多种，无须锦上添花；二则我认为孤立地梳理某个族别的文学史与文学概况这项工作基本完成了，20 世纪 90 年代以来的"各民族文学关系研究"倒是需要进一步推进，但不是在"重写"的意义上翻新文学史，而是在当代性视野中确立新的问题，围绕问题做专题研究。

我在写作博士论文阶段形成了"作为中国研究的少数民族文学研究"的思路，就是为了解决少数民族文学学科的学术合法性问题，同时回应由后殖民主义、边缘/边疆研究、少数族裔族性话语所带来的对于中国的再认识——少数民族文学脱离了对中国的整体认知，无法独立存在，它自身就是中国形象、中国故事与中国话语的有机组成部分，而不是游离在外部或者次属层面。某种意义上来说，少数民族文学从来也没有成为"纯文学"，而关乎文化安全、重述历史和重绘地理的宏大命题。2013 年出版的《现代中国与少数民族文学》和 2014 年出版的《文学的共和》，算是在相关研究领域的一个阶段性总结。

本书以"旗人 / 满族"为中心，聚焦近代以来中国人的身份转型，以及如何在变化了的世界中塑造与定位"他者——自我"的问题，这里涉及的对民族的认知不再仅是共同语言、共同地域、共同经济生活、共同心理素质等固化的理解，更多附加上了由于人口、技术、金钱和信息的流动所带来的情感与认同上的动态变化。满族因其是中国历史上最后一个帝制王朝的统治民族具有典型性，其心理与情感通过文学表述这一形式体现得细微而生动。从学科分类来说，这本书属于少数民族文学研究，更可以视为近现代文学研究，从方法论上来说还是广泛意义上的"当代"文学研究。但于我而言，问题意识总是大于学科意识，具体的探讨可由读者自行阅读批评。

夜色在山径中行走，难免浮想联翩，忆及关老师很多次带我去蓝旗营张菊玲、孙玉石先生家聊天聚会，恍如隔世。菊玲先生是关老师的业师，也是满族文学研究的开拓者之一，20 世纪 80 年代就带着关老师和李红雨老师编《清代满族作家诗词选》，在纳兰性德与顾太清的研究中卓有成就，她的《清代满族作家文学概论》更是研究满族文学的必读书。2014 年在中央民族大学举办的"张菊玲教授从教 50 周年暨满族历史文学研究座谈会"上，定宜庄先生在书面发言中有一段话："张老师是南京人，不是满族。关纪新常常说，他父亲关山复先生说过，我们满族应该感谢两个人，其中一位，是我的导师、著名清史和满族史专家王钟翰先生，另一位就是辽宁省民委先前的负责人阿英嘎。但我认为，除了钟翰师和阿英嘎先生之外，张菊玲老师也是应该接受我们感谢的一位。"诚哉斯言！ 2019 年菊玲先生还同李红雨一起编著出版了三卷本《清末民初旗人京话小说集萃》，嘉惠后学，孰料当年 9 月 10 日猝然离世。春蚕到死丝方尽，其此之谓乎！我这本小书算是晚辈的一点菲薄的纪念吧。

在本书写作的过程中，除了受惠于张菊玲、关纪新二位老师良多，也要感谢张佳生、李红雨、陈水云、赵秀亭、冯统一、赵志强、赵志忠、定宜庄、刘小萌、滕绍箴、李治亭、孙宏开、何晓芳、刘云、常越男、季剑青等师长学友。他们的研究方向各异，涉及文学、历史、语言、审美文化与民俗等研究领域，但多少都与满族有些关联，对我的研究均有所启发。其他近代史和近代文学研究的学人著作也颇多沾恩，已在文中征引，不再一一列举。本书部分章节曾经在几个大学讲过，这里对所有的反馈与质询都谨表谢意。记得有一次汪亭存跟我说欧立德（Mark C. Elliott）对我在武汉大学讲的"晚清民国整体秩序变迁中旗人的文化、政治与认同"颇感兴趣，希望将课件发过去，我实在全无信心，也就没有发，但是再丑的媳妇总归也要"待晓堂前拜舅姑"，如今付梓，或有所得，或无所得，知我罪我，一任当世。

我不是满族人，只是机缘巧合与满学发生了关联，这个关联开阔了视野，就如同我现在不但可以欣赏江南山水，也能够体味李成、范宽的北方野树所传达的意境。按照原先雄心勃勃的想法，我准备以满、蒙、藏、回、西南诸民族为主题各写一部书，但烦琐的日常消磨志气，更让人意识到个人能力与视野的有限，时不我待，以梦为马，"开花落英于神圣的祖国"。谨以此自勉。

刘大先

2021 年 1 月 19 日于京西八大处

图书在版编目（CIP）数据

八旗心象：旗人文学、情感与社会：1840-1949 /
刘大先著 . -- 北京：社会科学文献出版社，2021.9（2022.10 重印）
ISBN 978-7-5201-8236-2

Ⅰ.①八… Ⅱ.①刘… Ⅲ.①满族 - 少数民族文学 -
文学研究 - 中国 - 1840-1949 Ⅳ.①I207.921

中国版本图书馆 CIP 数据核字（2021）第 067212 号

八旗心象
——旗人文学、情感与社会（1840~1949）

著　　者 / 刘大先

出 版 人 / 王利民
责任编辑 / 张倩郢
责任印制 / 王京美

出　　版 / 社会科学文献出版社
　　　　　　地址：北京市北三环中路甲 29 号院华龙大厦　　邮编：100029
　　　　　　网址：www.ssap.com.cn
发　　行 / 市场营销中心（010）59367081　59367083
印　　装 / 三河市东方印刷有限公司

规　　格 / 开　本：787mm×1092mm　1/16
　　　　　　印　张：22.5　字　数：385 千字
版　　次 / 2021 年 9 月第 1 版　2022 年 10 月第 2 次印刷
书　　号 / ISBN 978-7-5201-8236-2
定　　价 / 89.00 元

本书如有印装质量问题，请与读者服务中心（010-59367028）联系